여덟 번째
불빛이
붉게
타오
르면

The Devil and
the Dark Water

여덟 번째 불빛이 붉게 타오르면

사르담호 살인 사건

스튜어트 터튼 지음
한정훈 옮김

하빌리스

아다에게.

지금 너는 두 살이고 침대에서 자고 있어. 너는 우리를 미소 짓게 만드는 너무나 소중한 존재야. 네가 이 책을 읽을 때쯤이면 넌 완전히 다른 모습이 되어 있을 거야.

그 때에도 여전히 우리가 좋은 친구였으면 좋겠고 내가 좋은 아빠였으면 좋겠어. 내가 많은 실수를 저질렀더라도 용서해 주길 바라. 사실 나는 내가 뭘 하고 있는지 모르겠어. 하지만 항상 열심히 노력하고 있단다.

사랑해, 아가야. 이 책은 너를 위한 거야. 건강하게 자라 주렴.

1634년, 동인도회사는 세계에서 가장 부유한 무역 회사였고 아시아와 케이프 전역에 식민지를 갖고 있었다. 그중 가장 수익성이 높은 곳은 바타비아(현재 인도네시아의 자카르타-옮긴이)였으며, 동인도 무역선은 바타비아에서 후추, 향신료, 비단을 가득 채운 후 암스테르담으로 귀환했다.

대개 그 여정은 8개월이 걸렸고 위험으로 가득했다.

대부분의 바닷길은 지도 없이 항해해야 했고 항해 도구는 초보적인 수준이었다. 바타비아와 암스테르담 사이에는 오직 하나의 확실한 항로만이 존재했고, 그 항로를 벗어난 배들은 영원히 고향으로 돌아오지 못했다. 이 '웨곤 라인wagon lines'을 유지한 선박도 질병, 폭풍, 해적의 손아귀에서 자유롭지 못했다.

바타비아에서 배에 탑승한 사람들 중 많은 수가 암스테르담에 살아서 도착할 수 없었다.

사르담호에 탑승한 주목할 만한
승객과 선원들의 명단

★ 귀족 ★

얀 하안   바타비아의 총독. 동인도회사의 비밀 지배 조직인 신사 17인 회 합류를 위해 사르담호를 타고 암스테르담으로 향한다.

사라 웨셀   얀 하안의 부인. 뛰어난 치료 기술을 가지고 있으며, 미스터리 애호가이다. 귀족 부인답지 않게 착한 성품을 가지고 있다.

리아 얀   얀 하안 총독과 사라 웨셀의 딸. 어렸을 적부터 뛰어난 발명 가였지만, 마녀로 낙인찍힐 것을 두려워한 얀 하안에 의해 바타비아 요새에 갇혀 지냈다.

야코비 드레히트   경비 대장. 총독과 그 일가를 보호한다. 총독과는 과거에도 몇 차례 함께 항해를 한 경험이 있다. 특히 반다 제도에서 총독의 명에 따라 그곳의 원주민들을 학살했다.

크리지 옌스   얀 하안의 정부. 아름다운 외모와 우아한 매력이 흘러넘치는 여성. 전 남편 피터 플레처와의 사이에서 마커스와 오스버트라는 두 아들을 낳았다. 현재 아스토르 공작과의 약혼을 앞두고 암스테르담으로 향하고 있다.

코넬리우스 보즈   총독의 시종장이자 최고의 참모. 본래 총독과는 경쟁 상대였으나, 그에게 패배한 후 총독을 보필하는 시종장이 된다.

달바인 자작 부인   좀처럼 객실 밖으로 나오지 않는 의문의 탑승자.

★ 주목할 만한 승객 ★

아렌트 헤이즈   전직 육군 중위. 파트너이자 절친인 새뮤얼 핍스의 누명을 벗기고 그를 안전하게 암스테르담까지 호송하기 위해 사르담호에 올랐다.

샌더 커스 신교 목사이자 전직 마녀사냥꾼.

이사벨 샌더 커스의 제자. 동인도제도의 원주민 마디커족 출신의
여성.

★ 사르담호의 간부 선원 ★

레이니어 반 슈텐 동인도회사의 수석 상인. 하루 중 대부분의 시간을 술에 취
한 채 보낸다.

아드리안 크로웰스 사르담호의 선장. 뛰어난 항해 실력을 가지고 있으며, 사르
담호의 살벌한 선원들을 통솔할 수 있는 유일한 인물.

아이작 라르메 사르담호의 일등항해사. 난쟁이. 거친 말투와 위악적인 태
도와는 달리, 사르담호에 대한 애정만은 진심인 인물.

★ 주목할 만한 선원 ★

요하네스 와이크 사르담호의 갑판장. 완력으로만 차지할 수 있는 갑판장 자
리를 따낸, 사납고 잔혹하기로 유명한 거구의 사내.

프레드릭 반 데 허발 사르담호의 화약고 문지기. 과거, 남의 것을 훔치다 한쪽 팔
을 잃었다.

★ 죄수 ★

새뮤얼(새미) 핍스 죄수. 동인도제도에서 가장 유명한 명탐정이었으나, 모종
의 사건으로 체포되어 암스테르담으로 이송 중이다.

돌덩어리가 거대한 등을 강타하자 아렌트 헤이즈는 고통으로 신음했다.

또 한 개가 귀를 스쳐 지나갔고, 세 번째로 무릎에 명중하면서 아렌트를 비틀거리게 만들었다. 무자비한 군중들은 더 많은 돌덩어리를 던지기 위해 땅을 훑으면서 야유를 퍼부었다. 수백 명의 군중들이 도시 경비병들에게 제지당했지만, 욕설을 퍼붓는 입술은 침으로 범벅이 되었고 눈은 적개심으로 이글거렸다.

"제발 몸을 피하게." 새미 핍스가 소란 속에서 간청했다. 그는 먼지 투성이의 땅을 비틀거리며 걷고 있었고 손목에 채워진 수갑이 햇빛에 번쩍거렸다. "저들이 원하는 건 나야."

아렌트는 핍스 같은 대부분의 바타비아 남자들보다 키나 덩치가 훨씬 컸다. 그는 죄수 신분이 아니었지만 큰 몸집으로 자기보다 훨씬 더 작은 친구와 군중 사이를 가로막으며 그들이 겨냥하는 목표물을 보호하고 있었다.

새미가 몰락하기 전, 사람들은 두 친구를 곰과 참새라는 별명으로 부르곤 했다. 그 별명이 지금처럼 적절해 보인 적은 없었다.

핍스는 지하 감옥에서 항구로 끌려가는 중이었고, 그곳에는 그를 암스테르담으로 이송하기 위한 배가 기다리고 있었다. 총을 든 병사 네 명이 두 친구를 호위하고 있었지만 군중의 표적이 되는 것을 경계하며 그들로부터 거리를 유지하고 있었다.

"자네를 보호하는 게 내 임무야." 아렌트가 투덜거리며 말했다. 그는 눈가에 흐르는 먼지투성이의 땀을 닦으면서 안전지대까지 남은 거리를 측정하려고 애썼다. "끝까지 자네를 지켜 주겠네."

항구는 바타비아 중앙 대로의 맨 끝에 있는 거대한 성문 뒤에 위치해 있었다. 그들이 지나간 후 성문이 닫히면 군중의 손이 미치지 못할 터였다. 하지만 불행히도 그들은 더위 속에서 천천히 움직이는 긴 행렬의 끝에 있었다. 한낮에 습기 찬 지하 감옥을 나왔을 때와 마찬가지로 성문은 여전히 까마득해 보였다.

날아온 돌덩이가 땅을 때리면서 아렌트의 부츠에 메마른 흙을 뿌렸다. 또 다른 돌덩이가 새미의 쇠사슬에 맞고 튕겨 나갔다. 장사꾼들은 자루에서 돌덩이를 꺼내 군중들에게 팔면서 돈을 벌고 있었다.

"빌어먹을 바타비아 놈들." 아렌트가 투덜거렸다. "저놈들은 빈 주머니로 나오는 법이 없어."

보통 때 이 군중들은 대로에 줄지어 서 있는 빵 장수, 재단사, 구두 장수, 건초 장수, 양초 장수들에게 물건을 사곤 했다. 하지만 오늘 그들은 혹독한 더위에 투덜거리면서도 수갑 찬 남자를 비웃으며 고통을 가하고 있었다. 가장 온순한 영혼마저도 악마의 본성을 드러내고 있었다.

"저들이 원하는 건 내 피야." 새미가 아렌트를 밀쳐 내려 애쓰며 말했다. "자네 안전을 챙기게. 제발 부탁이야."

아렌트는 꿈쩍도 하지 않은 채 겁에 질린 친구를 내려다보았다. 새미의 짙은 곱슬머리는 이마에 들러붙어 있었고, 광대뼈는 감옥에서 당한 구타로 시퍼렇게 부어올라 있었다. 평소 유쾌했던 갈색 눈동자가 퀭하고 절망적으로 보일 지경이었다.

하지만 그런 고초를 겪었어도 새미는 잘생긴 얼굴이었다.

반면에 아렌트는 머리를 짧게 깎았고 코가 납작하게 주저앉은 얼굴이었다. 싸움에서 누군가에게 오른쪽 귀의 살점을 물어뜯겼고, 몇 년 전 어설픈 채찍질 탓에 턱과 목에 긴 흉터가 남았다.

"부두에 도착하기만 하면 우리는 안전할 거야." 그들 앞에서 환호성이 터져 나오자 아렌트가 목소리를 높이며 단호하게 말했다.

행렬은 얀 하안 총독이 이끌고 있었다. 갑옷을 걸친 그는 꼿꼿하게 등을 세우고 흰 종마에 올라타 있었다.

13년 전 그는 동인도회사를 대표해서 이 자리에 있던 마을을 사들였다. 원주민들이 계약서에 서명하자마자 그는 마을을 불태워 버렸고 그 대신 도로, 운하, 건물을 세우고 도시를 건설했다.

바타비아는 이제 동인도회사의 가장 수익성 높은 전초기지가 되었고, 얀 하안은 다시 암스테르담으로 돌아가 회사의 비밀스러운 지배 조직인 신사 17인회에 합류할 예정이었다.

총독의 종마가 위풍당당하게 대로를 지나가는 동안 군중은 눈물을 흘리며 환호하고 그의 다리를 만지려고 손을 뻗었다. 꽃다발이 쏟아졌고 축복을 기원하는 목소리가 여기저기서 들려왔다.

얀 하안 총독은 그 모든 것을 무시하면서 턱을 치켜세우고 앞을 주시했다. 매부리코에 대머리인 그는 말 위에 자리 잡은 매처럼 아렌트를 바라보았다.

노예 네 명이 숨을 헐떡이며 그와 보조를 맞추려 애쓰고 있었다. 노예들은 총독 부인과 딸을 태운 금박으로 장식된 가마를 메고 있었고, 부인의 하녀가 가마 옆에서 종종걸음을 하며 얼굴이 빨개진 채 더위를 식히려고 부채질을 하고 있었다.

그들 뒤로는 총을 멘 병사 넷이 포세이돈이 담긴 무거운 화물 상자의 모서리를 움켜쥐고 있었다. 이마에서 뚝뚝 떨어지는 땀 때문에 병사들의 손이 자꾸만 미끄러졌다. 그럴 때마다 그들의 얼굴에는 공포가 번뜩였는데, 총독의 전리품이 손상될 경우 그들이 받게 될 벌을 잘 알고 있었기 때문이다.

그 뒤에는 부하 아첨꾼들, 고위직 서기들, 그리고 그 가족들의 무리가 무질서하게 따라오고 있었다.

잠시 아렌트의 감시가 소홀해진 틈을 타 돌덩어리가 허공을 가로지르며 새미의 얼굴을 강타했다. 그의 얼굴에선 피가 줄줄 흘렀고 군중들은 조롱을 퍼부었다.

분노한 아렌트는 돌덩이를 집어 들어 투척한 자에게 다시 내던진 다음 그자의 어깨를 움켜잡고 땅으로 내동댕이쳤다. 군중들이 격분해 소리를 지르며 몰려들었고 이를 제지하려는 보초병들과 몸싸움을 벌였다.

"잘 던지는군." 새미가 고맙다는 듯이 중얼거리며 주변으로 더 많이 쏟아지는 돌덩이를 피하기 위해 머리를 숙였다.

마침내 부두에 도착했을 때 거대한 덩치의 아렌트는 만신창이가 되어 절뚝거리고 있었다. 새미는 약간 멍이 들었지만 큰 상처는 없었다. 이윽고 성문이 열리자 새미는 안도의 한숨을 내쉬었다.

부두 한쪽 편에는 화물 상자와 꼬인 밧줄, 술통이 수북이 쌓여 있었다. 우리 속에서는 닭들이 꽥꽥거리고 있었고, 돼지와 소들이 닭들을 애처롭게 바라봤다. 부두 노동자들이 고함을 지르며 보트에 화물을 실었고, 그것들은 항구에 정박해 있는 일곱 척의 동인도회사 무역선으로 옮겨졌다. 돛이 접힌 상태의 무역선들은 다리를 허공에 벌리고 죽은 딱정벌레처럼 보였지만 곧 300명이 넘는 승객과 선원들로 가득 찰 예정이었다.

사람들은 노를 젓는 연락선을 향해 돈주머니를 흔들어 보이면서 자기가 탈 배의 이름이 호명되면 앞으로 나아갔다. 아이들은 화물 상자 사이에서 숨바꼭질을 하거나 엄마의 치마를 붙잡았고, 아버지들은 사나운 하늘을 바라보면서 구름이 물러가길 기원했다.

부유한 승객들은 하인과 값비싼 여행 가방으로 둘러싸여 있었다. 그들은 양산 밑에서 투덜거리며 헛된 부채질을 하고 레이스 옷깃에 땀을 흘렸다.

행렬이 멈추고 그 뒤로 성문이 닫히기 시작하자 군중의 소리가 희미해졌다.

돌덩이 몇 개가 마지막으로 화물 상자에 튕기면서 소동은 마무리되었다.

아렌트는 허리를 구부리고 무릎에 손을 댄 채 긴 한숨을 내쉬었다. 이마에서 흙먼지 속으로 땀이 뚝뚝 떨어졌다.

"많이 다쳤나?" 아렌트의 뺨에 난 상처를 살피며 새미가 물었다.

"숙취 때문에 피곤해." 아렌트가 투덜거렸다. "그것만 아니면 별로 나쁘지 않네."

"감시병이 내 연금술 상자를 압수했나?"

새미의 목소리에는 진정한 두려움이 담겨 있었다. 새미가 가진 많은 재능 중 하나는 숙련된 연금술이었다. 그의 연금술 상자에는 실험을 하기 위해 개발한 알코올, 파우더, 물약이 들어 있었다. 대체가 거의 불가능하고 구하기 어려운 재료를 사용했으므로 그것들을 만드는 데 몇 년이 걸렸다.

"아니, 놈들이 집을 수색하기 전에 자네 침실에서 내가 몰래 빼냈네." 아렌트가 대답했다.

"잘했군." 새미가 말했다. "작은 물병에 연고가 들어 있네. 초록색 물병. 그걸 매일 밤낮으로 자네 상처에 바르게."

아렌트는 악취에 코를 찡그렸다. "오줌 냄새가 나는데?"

"내 연고는 전부 오줌 냄새가 난다네. 오줌 냄새가 나지 않으면 좋은 연고가 아니지."

장교 한 명이 부두 쪽에서 다가오면서 새미의 이름을 불렀다. 빨간 깃털이 달린 낡은 모자를 쓰고 있었고, 모자의 헐렁한 테두리가 눈 위로 낮게 당겨져 있었다. 헝클어진 금발 머리카락이 어깨 위로 흘러내렸고 턱수염이 얼굴 대부분을 가렸다.

아렌트는 장교를 천천히 살펴보았다.

바타비아에서 대부분의 머스킷musket(양손으로 조작할 수 있는 구식 소총-옮긴이) 총병들은 사설 경호원 역할을 하고 있었다. 그들은 반짝이는 제복을 입고 절도 있게 경례를 했으며 눈을 뜬 채 몰래 잠자는 일에 능숙했다. 하지만 이 장교의 낡은 제복은 그가 실전에서 군 생활을 했음을 암시했다. 오래된 피가 파란색 상의에 배어 있었고 총알과 칼날에 의해 생겼음 직한 구멍들이 점점이 찍혀 있었다. 각각의 구멍은 여러 번 헝겊으로 덧대어 있었다. 무릎길이의 붉은색 반바지 아래로 모기에 물리고 상처투성이가 된 그을리고 털이 많은 다리가 보였다. 어깨 탄띠에는 화약을 가득 채운 구리 탄약통이 덜렁거렸고 성냥 주

15

머니가 매달려 있었다.

아렌트 앞에 이르자 장교는 절도 있게 걸음을 멈췄다.

"헤이즈 중위, 나는 경비 대장 야코비 드레히트요." 얼굴에서 파리를 쫓으며 그가 말했다. "나는 총독 가족의 경호를 맡고 있소. 그분 가족의 안전을 위해 내가 당신과 함께 사르담호에 승선할 것이오."

드레히트는 그들을 호위하는 머스킷 총병들에게 명령했다. "제군들, 보트에 탑승하라. 총독께서는 핍스 씨가 사르담호에 안전하게 승선하길 원하신—"

"내 말을 잘 들어라!" 위쪽에서 날카로운 목소리가 들려왔다.

총병들은 강렬한 햇살에 눈을 찡그리며 목소리를 따라 위쪽으로 목을 길게 빼어 쳐다보았다.

회색 누더기를 걸친 사람이 화물 상자 더미 위에 서 있었다. 피로 흥건한 붕대가 손과 얼굴을 감쌌고 간신히 눈만 보였다.

"문둥병자." 드레히트가 혐오스럽다는 듯이 중얼거렸다.

아렌트는 본능적으로 한 걸음 뒤로 물러섰다. 어린 시절부터 그는 이 저주받은 병에 걸린 사람들을 두려워하도록 교육받았다. 문둥병자는 그 존재만으로도 마을 전체를 파멸에 이르게 할 수 있었다. 기침한 번, 가벼운 접촉 하나가 끔찍한 죽음을 의미했다.

"저 괴물을 불태워 죽여라." 행렬 앞에서 총독이 명령했다. "문둥병자를 도시에 들여놓으면 절대로 안 된다."

머스킷 총병들은 서로를 응시하면서 머뭇거렸다. 문둥병자는 창으로 찌르기에는 너무 높은 곳에 있었고, 총은 이미 사르담호에 선적되었으며, 그들 중 누구도 활을 가지고 있지 않았다.

소동을 의식하지 못하는 듯한 문둥병자의 시선이 앞에 모인 모든 사람들을 향했다.

"내 주인님께서…" 배회하던 문둥병자의 시선이 아렌트에게 꽂히자 그의 심장이 철렁 내려앉았다. "사르담호를 인도하실 것이다. 그분은 숨겨진 것들의 주인이시며 절망적이고 어두운 모든 것들의 주인이시다! 그분은 오래된 법에 따라 경고하셨다. 사르담호의 화물은 죄악이며 그 배에 승선하는 자들은 모두 무자비한 파멸에 이르게 될 것이다. 그 배는 절대로 암스테르담에 닿지 못할 것이다!"

마지막 말을 내뱉는 것과 동시에 문둥병자의 옷자락이 화염에 휩싸였다.

아이들이 울부짖었다. 지켜보던 군중들은 숨을 헐떡이며 공포에 사로잡혀 비명을 질렀다.

문둥병자는 비명을 지르지 않았다. 불길이 문둥병자의 몸에서 활활 타올랐다.

문둥병자는 움직이지 않았다.

그는 아렌트에게 시선을 고정한 채 묵묵히 불타고 있었다.

2

갑자기 불길이 자신을 집어삼키고 있음을 알아차린 듯 문둥병자는 누더기 옷자락을 털어 내기 시작했다.

그는 뒤로 비틀거리며 쿵 소리와 함께 땅바닥으로 추락했다.

아렌트는 에일 맥주 통 뚜껑을 맨손으로 뜯어 문둥병자에게 부었다.

누더기 옷이 이글거리며 타들어 가고 숯 냄새가 코를 찔렀다.

고통에 몸부림치며 문둥병자는 땅바닥을 긁어 댔다. 팔뚝이 심하게 불에 탔고 얼굴이 새까맣게 그을렸다. 인간의 형상으로 남아 있는 것이라곤 눈동자밖에 없었다. 비명을 지르려고 입을 벌렸지만 어떤 소리도 목구멍 밖으로 빠져나오지 못했다.

"이럴 수가…" 아렌트가 중얼거렸다.

아렌트는 새미를 힐끗 쳐다보았다. 새미는 상황을 좀 더 잘 살펴보려고 묶인 쇠사슬을 당기고 있었다. "문둥병자의 혀가 잘려 나갔어."

군중의 소음 너머로 아렌트가 소리쳤다.

"옆으로 비키세요, 저는 치료사예요." 고압적인 목소리가 들려왔다.

귀부인 한 명이 아렌트를 밀치고 레이스 모자를 벗어 그의 손에 맡겼다. 꽉 조인 붉은 머리카락 사이로 반짝이는 보석 핀이 드러났다.

하녀는 호들갑을 피우며 아렌트의 손에 있던 모자를 낚아채는 한편, 부인의 머리 위에 양산을 펼쳐 주며 가마로 돌아가라고 재촉했다.

아렌트는 가마를 향해 힐끗 뒤돌아보았다.

가마 안에는 동그란 얼굴의 소녀가 커튼 사이로 그들을 지켜보고 있었다. 검은 머리칼에 검은 눈동자를 한 소녀는, 말에 뻣뻣하게 앉아 아내를 못마땅하게 바라보는 총독과 똑 닮아 있었다.

"엄마." 소녀가 부인을 불렀다.

"잠깐만, 리아야." 부인이 대답했다. 문둥병자 옆에서 무릎을 꿇고 있는 부인은 갈색 드레스가 생선 내장에 더럽혀지는 것도 의식하지 못하고 있었다. "제가 당신을 도와드릴게요." 부인이 친절하게 문둥병자에게 말하고 나서 하녀를 불렀다. "도로테아!"

"네." 하녀가 대답했다.

"내 물약 병 좀 꺼내 줘."

하녀는 소매를 더듬어 작은 물약 병을 꺼내 뚜껑을 열고 부인에게 건네주었다.

"이 물약이 당신의 고통을 덜어 줄 거예요." 괴로워하는 문둥병자의 입술에 물약을 적셔 주며 부인이 말했다.

"이건 문둥병자의 살이 닿은 누더기입니다." 부인의 드레스 소매가 위험할 정도로 문둥병자 가까이로 내려가자 아렌트가 경고했다.

"알고 있어요." 물약 병 입구에 액체 방울이 모이는 걸 바라보며 그녀가 퉁명스럽게 말했다. "헤이즈 중위, 맞으시죠?"

"아렌트라고 불러 주십시오."

"아렌트." 부인은 그 이름이 이상한 향기를 풍기기라도 하는 듯 입가에서 음미했다. "저는 사라 웨셀이에요." 그녀는 잠시 말을 멈추고는 이내, "사라라고 불러 주세요."라며 아렌트의 거친 말투를 흉내 내며 덧붙였다.

사라는 물약 병을 살짝 흔들면서 문둥병자의 입속으로 액체 방울을 흘려 넣었다. 문둥병자는 액체를 고통스럽게 삼킨 후에 몸을 부르르 떨며 조용해졌고 눈동자가 초점을 잃으면서 경련이 멈췄다.

"총독의 부인이시지요?" 아렌트가 믿을 수 없다는 듯이 물었다. 대부분의 귀족들은 낯선 사람을 돕기 위해 달려오기는커녕 화려한 가마를 벗어나지 않으려 했다.

"당신은 새뮤얼 핍스 탐정을 도와주는 사람이지요." 사라가 쏘아붙이듯 대답했다.

"저는…" 짜증이 난 듯한 사라의 태도에 아렌트는 잠시 머뭇거렸다. 자신이 어떻게 그녀의 기분을 상하게 했는지 알지 못한 채 아렌트는 화제를 바꾸었다. "문둥병자에게 먹인 게 무엇입니까?"

"고통을 덜어 주는 물약이에요." 코르크 마개를 다시 물약 병에 끼우면서 사라가 말했다. "지역 특산물 약초로 만든 거예요. 저도 가끔씩 마셔요. 잠을 잘 수 있도록 해 주니까요."

"우리가 문둥병자를 위해 더 해 줄 수 있는 게 있을까요?" 사라에게 물약 병을 건네받아 소매에 다시 넣으며 하녀가 물었다. "부인의 치료 약을 가져올까요?"

아렌트는 바보만이 그런 시도를 할 거라고 생각했다. 그는 전쟁에서의 삶을 통해 어떤 팔다리가 없어도 살 수 있는지, 어떤 칼자국 상처들이 전투가 끝나고 조용히, 그러나 끝끝내 부상자를 죽일 수 있는지 배웠다. 문둥병자의 살은 이미 썩어 가고 있었고 화상으로 더 악화될 터였다. 끊임없는 간호로 그는 하루 혹은 일주일을 더 살 수 있겠지만, 생존이 항상 지불한 대가만큼 가치 있는 건 아니었다.

"아니야, 도로테아." 사라가 말했다. "그럴 필요는 없을 것 같아."

사라는 일어서서 아렌트에게 따라오라고 손짓을 했다.

"여기서는 이제 할 일이 없어요." 사라가 조용히 말했다. "자비 외에는 아무것도 남지 않았어요. 혹시…" 그녀는 다음 질문이 부담스러운 듯 잠시 말을 멈췄다. "사람을 죽여 본 적 있나요?"

아렌트는 고개를 끄덕였다.

"고통 없이 그렇게 할 수 있나요?"

아렌트는 희미한 미소를 지으며 다시 고개를 끄덕였다.

"제가 직접 할 용기가 없어서 유감스러워요." 사라가 말했다.

아렌트는 수군거리는 군중의 대열을 뚫고 새미를 감시하던 머스킷 총병에게 다가가서 들고 있는 칼을 달라고 손짓했다. 공포에 질린 젊은 병사는 저항도 하지 않고 칼을 내줬다.

"아렌트," 새미가 친구를 가까이 부르면서 말했다. "저 문둥병자, 혀가 없다고 말했지?"

"그래." 아렌트가 대답했다. "내 짐작으로는 얼마 전에 잘려 나간 것 같네."

"자네 일이 다 끝나면 나를 사라 웨셀에게 데려가 주게." 새미가 불안한 듯 말했다. "이 사건은 주목할 필요가 있어."

아렌트가 칼을 들고 돌아오자, 사라는 문둥병자 옆에 무릎을 꿇고 자신도 모르게 그의 손을 잡으려 했다. "저는 당신을 치료할 기술이 없어요." 그녀가 부드럽게 말했다. "하지만 만약 당신이 허락한다면 고통 없이 보내 드릴 수 있어요."

문둥병자가 입을 움직였지만 신음 소리만 새어 나왔다. 그는 눈에 눈물이 맺힌 채 고개를 끄덕였다.

"제가 당신과 함께 있을게요." 사라는 고개를 돌려 가마 안에서 그들을 지켜보고 있는 어린 소녀를 바라보았다. "리아, 괜찮다면 이리로 오렴." 딸에게 손짓을 하며 사라가 말했다.

리아가 가마에서 내려왔다. 열두세 살쯤으로 보이는 그녀는 이미 팔다리가 길쭉하게 뻗었고, 그 덕에 드레스를 입은 모습이 어색하기 짝이 없었다. 마치 자기 피부를 빠져나오려고 몸부림치다 실패한 것처럼.

사람들은 리아가 지나가도록 길을 열어 주는 한편, 저들끼리 술렁거렸다. 아렌트도 호기심 많은 구경꾼 중 한 명이었다. 매일 저녁 교회를 방문하는 엄마와 달리 리아는 외부에 거의 모습을 드러내지 않았다. 총독이 수치심에 딸을 숨겼다는 소문이 돌았지만 아렌트는 문둥병자를 향해 걸어가는 소녀의 모습을 지켜보면서 그 수치심이 무엇인지 알 수 없었다. 리아는 예쁜 소녀였지만 그림자나 달빛으로 빚어낸 듯 유난히 창백한 얼굴이었다.

리아가 가까이 다가오자 사라는 말 위에 뻣뻣하게 앉아 있는 남편을 긴장된 눈빛으로 바라보았다. 그는 이빨을 갈면서 턱을 약간 움직였다. 아렌트는 얀 하안 총독이 공공장소에서 분노를 드러낼 때 그렇게 한다는 걸 알고 있었다. 총독은 아내와 딸을 다시 가마 안으로 불러들이고 싶었지만 체면 때문에 참고 있는 게 분명했다.

리아가 곁으로 다가오자 사라는 안심시키듯 딸의 손을 꼭 쥐었다.

"이분은 매우 고통스러워하고 있단다." 사라가 부드러운 목소리로 말했다. "하지만 이제 헤이즈 중위가 그 고통을 끝낼 거야. 무슨 말인지 이해할 수 있겠니?"

소녀는 눈이 휘둥그레졌지만 이내 온순하게 고개를 끄덕였다. "네, 엄마." 소녀가 말했다.

"그래." 사라가 말했다. "이분의 두려움은 혼자서 감당할 수 있는 일이 아니야. 우리가 같이 기도해 주면서 이분에게 우리의 용기를 나눠 줄 거야. 시선을 피하면 안 된다."

문둥병자는 목 주위에서 가장자리가 들쭉날쭉하고 검게 그을린 작은 나무 조각을 고통스럽게 꺼냈다. 그리고 눈을 질끈 감으며 그것을 가슴에 댔다.

"준비가 되었으면 실행하세요." 사라가 말하자, 아렌트는 문둥병자의 심장에 칼날을 꽂았다. 문둥병자는 등을 구부리면서 경직되어 갔다. 그런 다음 축 늘어졌고 피가 흘러나왔다. 강렬한 햇빛이 시신 옆에 서 있는 세 사람의 모습을 피에 반사시켰다.

소녀는 엄마의 손을 꽉 잡았지만 동요하지 않았다.

"잘했어, 리아야." 사라가 딸의 얼굴을 부드럽게 어루만지며 말했다. "끔찍한 광경이었지만 너는 정말로 용감했어."

아렌트가 귀리 자루에 피 묻은 칼날을 닦을 때 사라는 머리카락에서 보석 핀 하나를 뽑았다. 그녀의 곱슬거리는 빨간 머리가 풀렸다.

"수고했어요." 사라가 아렌트에게 머리핀을 건네주며 말했다.

"대가를 지불하시려면 친절을 베풀지 마십시오." 아렌트가 말했다. 그는 사라의 손에 반짝이는 보석 핀을 남겨 둔 채 칼을 군인에게 돌려주었다.

사라의 얼굴에는 놀라움과 당황한 표정이 섞여 있었고, 시선이 잠시 아렌트에게 머물렀다. 그런 표정을 감추려는 듯 사라는 너덜너덜한 돛천 더미에 앉아 있던 항구 일꾼 두 명을 급히 불렀다.

일꾼들은 벌에 쏘인 듯 벌떡 일어났다.

"보석 핀을 드릴 테니 이분의 시신을 화장하고 기독교 장례를 치러 주세요." 일꾼의 굳은 손바닥에 머리핀을 쥐여 주며 사라가 말했다. "살아 있을 때 고통스러웠으니 죽어서는 평화롭도록 해 주세요."

일꾼들은 교활한 눈빛을 주고받았다.

"그 보석이면 장례 비용을 치르고도 여러분의 일 년치 술값만큼 돈이 남을 거예요. 하지만 나는 누군가가 당신들을 지켜보도록 할 거예요." 사라가 예의 바르게 경고했다. "만약 이 불쌍한 시신이 성벽 밖에 있는 벌판에 매장된다면 여러분은 교수형에 처해질 거예요. 아시겠어요?"

"네, 부인." 일꾼들이 공손히 모자를 기울이며 대답했다.

"새미 핍스를 위해 잠깐 시간을 내주시겠습니까?" 경비 대장 야코비 드레히트 옆에 서 있던 아렌트가 말했다.

남편의 불쾌감을 의식하면서 사라는 다시 한번 얀 하안 총독을 힐끗 쳐다보았다. 아렌트는 둘 사이에 감도는 긴장감을 느낄 수 있었다. 예민한 성격을 가진 얀 하안은 아내가 품위 없이 활보하는 모습을 내버려 두기가 힘들 것이다.

총독은 아내를 쳐다보지도 않았다. 그는 아렌트를 바라보고 있었다.

"리아, 가마로 돌아가렴." 사라가 말했다.

"하지만, 엄마." 리아가 목소리를 낮추며 불평했다. "저 분은 새뮤얼 핍스예요!"

"그래." 사라가 동의했다.

"새뮤얼 핍스!"

"엄마도 안단다."

"참새!"

"틀림없이 그가 좋아하는 별명일 거야." 사라가 말했다.

"저에게 소개시켜 주세요."

"핍스 탐정은 지금 죄수 신분이잖니."

"엄마!"

"오늘은 문둥병자를 만난 일로 만족하렴." 사라가 턱짓으로 도로테아를 부르며 단호하게 말했다.

소녀의 표정에 불만이 가득했지만 하녀는 소녀의 팔을 쓰다듬으며 가마로 데려갔다.

옷에 묻은 피를 닦아 내느라 분주한 죄수에게 사라가 다가가자 군중이 길을 열어 주었다.

"핍스 탐정님, 당신의 명성은 익히 들어 알고 있어요." 사라가 무릎을 굽혀 인사를 하며 말했다.

수모를 당한 뒤에 받은 뜻밖의 칭찬이 새미를 당황하게 만들었다. 그는 답례 인사를 위해 허리를 숙이려 했지만 쇠사슬 때문에 마음대로 움직일 수 없었다.

"저에게 무슨 말씀을 하고 싶으신 건가요?" 사라가 물었다.

"사르담호의 출항을 연기해 주실 것을 간청드립니다." 새미가 말했다. "문둥병자의 경고에 귀를 기울여야 해요."

"저는 문둥병자가 정신이 나갔다고 생각했어요." 사라가 놀라며 말했다.

"맞습니다. 그는 확실히 제정신이 아니었습니다." 새미가 동의했다. "하지만 그는 혀 없이도 말을 할 수 있었고 절름거리는 다리로 화물 상자 더미에 올라갈 수 있었습니다."

"혀가 없는 건 알았지만 절름발이인 건 몰랐어요." 사라는 시신을 힐끗 바라보았다. "확실한가요?"

"불탔어도 한쪽 다리가 불편한 게 뚜렷이 보이실 겁니다. 걷기 위해서는 목발이 필요했을 테고 다른 사람의 도움 없이는 화물 상자 위에 오를 수 없었을 겁니다."

"그럼 당신은 문둥병자가 혼자서 행동했다는 걸 믿지 않으시나요?"

"네 믿지 않습니다. 게다가 마음에 걸리는 게 또 있습니다."

"물론 그렇겠지요." 사라가 한숨을 내쉬었다. "걱정거리는 한꺼번에 몰려오는 법이니까요."

"문둥병자의 손이 보이십니까?" 사라의 말을 무시한 채 새미가 말을 이었다. "한쪽 손은 심하게 불탔지만 다른 쪽 손은 거의 손상되지 않았습니다. 자세히 살펴보면 엄지손가락에 멍이 들었고 과거에 적어도 세 번은 부러져서 삐뚤어졌다는 사실을 알 수 있어요. 이는 목수들이 자주 당하는 부상입니다. 특히 파도에 출렁이는 선박에서 일하는 목수들 말입니다. 게다가 문둥병자는 안짱다리였어요. 그건 뱃사람의 또 다른 흔한 특징이지요."

"자네는 그가 선단의 배 중 한 척에서 일하던 목수였다고 생각하나?" 아렌트가 항구에 있는 일곱 척의 배를 바라보며 조심스럽게 물었다.

"아직은 모르겠네." 새미가 말했다. "바타비아의 모든 목수들은 동인도 무역선에서 일했을 거야. 만약 내가 자유롭게 문둥병자의 시신을 조사할 수 있다면 그 질문에 좀 더 확실하게 대답할 수 있겠지만…"

"핍스 탐정님, 제 남편은 결코 당신을 풀어 주지 않을 거예요." 사라가 날카롭게 말했다.

"맞습니다." 새미가 얼굴을 붉히며 말했다. "저는 얀 하안 총독의

26

고집을 알고 있습니다. 그는 제 말을 들으려 하지 않을 겁니다. 하지만 부인의 말씀이라면 들을 겁니다."

사라는 얼굴을 돌려 항구를 응시했다. 돌고래들이 물속에서 공중으로 뛰어올랐다가 몸통을 비틀고 잔물결을 일으키며 수면 아래로 다시 사라졌다.

"부인, 제발 부탁드립니다. 아렌트가 이 사건을 조사하는 동안 사르담호의 출항을 연기하도록 부인께서 남편을 설득하셔야 합니다."

그 말에 아렌트는 깜짝 놀랐다. 아렌트가 마지막으로 사건을 조사한 것은 3년 전이었고, 요 근래에는 그런 일에 관여하지 않았다. 아렌트의 임무는 새미를 안전하게 지켜 주고 그에게 손가락질하는 자들을 응징하는 것이었다.

"질문은 칼이고 대답은 방패입니다." 여전히 사라를 바라보며 새미가 말했다. "부탁드립니다. 스스로를 보호하십시오. 사르담호가 출항하면 이미 늦을 겁니다."

3

바타비아의 뜨거운 하늘 아래에서 사라 웨셀은 시종들, 병사들, 아첨꾼들의 번뜩이는 시선을 느끼며 길게 늘어선 행렬을 지나갔다. 그녀는 비난받는 여자처럼 축 처진 어깨에 눈은 아래로 내리깔고 손을 옆구리에 대고 있었다. 수치심이 사라의 얼굴을 붉게 물들였지만 사람들은 더위 때문에 그런 줄로만 알았다.

사라는 어깨 너머로 아렌트를 힐끗 쳐다보았다. 보통 남자보다 머리와 어깨가 훨씬 더 크고 넓은 그의 모습을 발견하기란 어렵지 않았다. 새미는 아렌트에게 시신을 조사하도록 시켰고, 아렌트는 바구니를 나르는 데 사용하는 긴 막대기로 문둥병자의 누더기 옷을 살펴보고 있었다.

사라의 시선을 느낀 아렌트는 그녀 쪽으로 돌아보았고 둘의 시선이 마주쳤다. 당황한 사라는 시선을 다시 앞으로 돌렸다.

사라가 다가오자 총독을 태운 백마가 콧소리를 내면서 사납게 땅을 발로 찼다. 그녀는 이 짐승과 친하게 지낸 적이 없었다. 백마는 그녀와는 달리 총독의 밑에 있는 삶을 즐겼다.

그런 생각이 씁쓸한 미소를 자아냈지만 사라는 남편에게 다가가면서 여전히 굳은 표정을 하고 있었다. 총독은 아내에게 등을 돌리고 고개를 숙인 채 코넬리우스 보즈와 은밀한 대화를 하고 있었다.

보즈는 총독의 시종장이자 최고의 참모였고 바타비아에서 가장 영향력 있는 사람 중 한 명이었다. 하지만 카리스마나 활력은 없었다. 보통 키와 보통 체격, 짙은 머리 색… 두드러진 특징이 없는 얼굴이었지만 번뜩이는 두 개의 녹색 눈으로 항상 상대방의 어깨 너머를 응시하고 있었다.

"내 개인 화물은 제대로 실었나?" 총독이 사라를 무시하며 보즈에게 물었다.

"네, 각하. 수석 상인이 확인했습니다."

그들은 사라를 신경 쓰지 않고 대화를 계속했다. 총독은 아내가 방해하는 걸 용납하지 않았고, 오랫동안 총독을 보좌해 온 보즈는 그 사실을 잘 알고 있었다.

"그리고 비밀이 새어 나가지 않도록 뒤처리는 잘 했겠지?" 총독이 물었다.

"경비 대장 드레히트가 직접 그 일을 처리했습니다." 보즈의 손가락이 옆구리에서 춤을 추며 은밀한 계산을 수행하고 있었다. "우리에게는 또 다른 중요한 화물이 있습니다, 각하. 항해하는 동안 포세이돈을 어디에 보관하길 원하십니까?"

"내가 머물 선장실이 적절할 것 같군." 총독이 말했다.

"포세이돈은 덩치가 상당히 큽니다, 각하." 보즈가 당황스러운 듯 두 손을 비비며 말했다. "화물칸에 보관하는 게 어떻겠습니까?"

"동인도회사의 미래가 달린 물건을 평범한 가구처럼 화물칸에 처박아 둘 수는 없어."

"포세이돈이 무엇인지 알고 있는 사람은 거의 없습니다, 각하." 작은 보트가 첨벙거리며 다가오는 소리에 잠깐 정신이 팔린 보즈가 이내 말을 이었다. "우리가 그 화물을 사르담호에 싣고 온다는 사실을 아는 사람도 거의 없지요. 포세이돈을 보관하는 가장 좋은 방법은 평범한 가구처럼 위장하는 것일 수도 있습니다."

"영리한 생각이지만 화물칸은 너무 노출되어 있어." 총독이 말했다.

그들은 잠시 침묵하면서 그 문제를 고민했다.

햇빛이 사라의 등에 쏟아졌고 이마에 맺힌 굵은 땀방울이 얼굴로 흘러내리면서 주근깨를 감추기 위해 두껍게 바른 화장이 지워졌다. 사라는 옷매무새를 고치고 목에 두른 레이스 장식을 걷어 내고 싶었지만 남편은 자신이 방해받는 것만큼이나 아내가 안절부절못하는 걸 싫어했다.

"화약고는 어떨까요, 각하?" 보즈가 물었다. "그곳은 자물쇠로 잠겨 있고 문지기가 지키고 있지만 그 안에 포세이돈처럼 귀중한 물건이 보관되어 있을 거라고는 아무도 예상하지 못할 겁니다."

"그게 좋겠군. 준비를 하게."

보즈가 행렬을 향해 걸어가자 총독은 마침내 얼굴을 돌려 아내를 바라보았다.

총독은 사라보다 스무 살 위였고, 커다란 귀를 연결하는 검은 머리카락 한 줌을 제외하고는 대머리였다. 바타비아의 뜨거운 햇빛으로부터 머리를 보호하기 위해 사람들은 대부분 모자를 썼지만 총독은 모자가 자기를 바보처럼 보이게 한다고 생각했다. 그래서 그의 대머리는 진홍빛으로 번쩍거렸고 옷깃 주름에는 두피 각질이 가득했다.

총독은 손가락으로 긴 코를 긁으면서 납작한 눈썹 아래 두 개의 검은 눈으로 아내의 존재를 저울질했다. 어디로 보나 얀 하안 총독은 못생긴 사람이었지만 시종장 보즈와는 달리 카리스마를 발산했다. 총독의 입에서 나오는 모든 명령은 역사에 새겨지는 듯한 느낌이었다. 총독의 눈길에는 미묘한 질책이 담겨 있었고 자신을 규율과 가치관에 대한 살아 있는 모범으로 생각했다.

"부인," 얀 하안 총독은 자칫 기분 좋아 보이는 말투로 말했다. 남편이 얼굴로 손을 뻗자 사라는 움찔했다. 총독은 엄지손가락을 아내의 뺨에 대고 누르면서 화장품 가루를 거칠게 닦아 냈다. "더위가 당신의 미모를 망치는군."

사라는 모욕감을 삼키며 시선을 바닥에 떨궜다.

그들은 15년 동안 부부였지만 사라는 남편과 시선을 마주한 횟수를 한 손에 꼽을 수 있었다.

총독은 잉크처럼 검은 눈을 갖고 있었고, 그 눈은 리아의 눈과 똑같았다. 하지만 딸의 눈동자는 생명력으로 빛났고 남편의 눈동자는 오래전에 영혼이 사라진 두 개의 어두운 구멍처럼 텅 비어 있었다.

사라는 얀 하안을 처음 만났을 때부터 그렇게 생각했다. 그녀와 네 명의 언니들은 시장에서 배달된 고기처럼 로테르담에 있는 총독의 응접실로 향했다. 얀 하안은 그녀들을 한 명씩 심사했고 그 자리에서 사라를 선택했다. 그의 청혼은 철저하게 계산적이었고 사라가 자신과 결혼함으로써 그녀의 아버지가 누릴 혜택을 늘어놓았다. 그녀는 화려한 새장 속에서 평생 동안 갇혀 지내야 했다.

사라는 집으로 돌아오는 내내 울면서 아버지에게 자기를 버리지 말라고 애원했다.

하지만 아무런 소용이 없었다. 지참금이 너무 컸다. 그녀는 알지도 못하는 사람과의 정략결혼을 위해 살찐 송아지처럼 키워졌고 예의범절을 배워야 했다.

사라는 배신감을 느꼈지만 아직 젊었다. 이제 그녀는 세상을 더 잘 이해할 수 있게 됐다. 살찐 송아지는 갈고리에 매달리는 걸 싫어했다.

"당신의 행동은 품위 있다고 보기 어려웠소." 총독이 여전히 시종들에게 미소를 지으면서 아내를 꾸짖었다. 시종들은 대화를 엿듣기 위해 귀를 세우고 있었다.

"그건 위선이 아니었어요." 사라가 반발했다. "문둥병자는 고통받고 있었다고요."

"그래, 그자는 죽어 가고 있었지. 당신은 그런 놈에게 뭔가 해 줄 수 있다고 생각했나?" 총독의 목소리는 발 주위를 기어 다니는 개미들도 듣지 못할 정도로 작았다. "당신은 충동적이고 무모하고 아둔하고 마음이 여려서 문제야." 총독은 새뮤얼 핍스에게 돌덩이를 던졌던 사람들처럼 사라를 모욕했다. "소녀였을 때는 그런 성격을 용납해 줬지만 이제 당신은 어린애가 아니야."

사라는 총독의 말을 더 듣지 않았다. 들을 필요가 없었다. 그건 익숙한 질책이었고 폭풍이 몰아치기 전의 빗방울이었다. 그녀가 어떤 변명을 해도 남편의 생각을 바꾸지는 못할 것이다. 그리고 그들이 둘만 있게 될 때, 그녀에게는 처벌이 내려질 것이다.

"새뮤얼 핍스는 사르담호가 위험에 처해 있다고 믿고 있어요." 사라가 불쑥 말했다.

방해를 받는 데 익숙지 않은 총독은 얼굴을 찡그리며 말했다. "그자는 쇠사슬에 묶여 있소."

"손만 묶여 있지요." 사라가 반박했다. "그의 눈과 판단력은 자유로워요. 그는 문둥병자가 목수였다고 믿고 있어요. 우리를 암스테르담으로 돌려보내는 배에서 일했을 거라고 말했어요."

"문둥병자는 동인도 선박에서 일할 수 없소."

"바타비아에 도착한 후에 그 병에 걸렸을지도 모르잖아요?"

"나는 문둥병자들을 처형하고 불태우라고 명령했소. 바타비아에서는 문둥병이 용납되지 않아." 총독은 짜증이 나서 고개를 저었다. "미친놈의 헛소리에 휘둘리지 마시오. 여긴 위험하지 않아. 사르담호는 훌륭한 선박이고 훌륭한 선장이 있소. 함대에도 빈틈이 없고. 그래서 그 배를 택한 거요."

"핍스 탐정은 선박 자체에 대해 염려하는 게 아니에요." 사라가 목소리를 낮추며 말했다. "그는 불길한 사건을 두려워하는 거예요. 배에 탑승하는 사람들 모두가 위험에 처할 거예요. 우리 딸을 포함해서 말이에요. 그걸 감당할 수 있겠어요?" 사라는 숨을 들이쉬며 마음을 진정시켰다. "출항하기 전에 함대 선장들과 이야기를 해 보는 편이 현명하지 않을까요? 문둥병자는 혀가 없었고 발이 불구였어요. 만약 그가 동인도 선박에서 일했다면 선장들 중에 틀림없이 그를 기억하는 사람이 있을 거예요."

"그래서 나보고 어떻게 하라는 거요?" 더위에 허덕이는 수백 명의 사람들을 향해 턱을 기울이며 총독이 쏘아붙였다. "죄수의 충고에 따라 요새로 돌아가도록 이 행렬에게 명령하란 말이요?"

"포세이돈을 되찾기 위해 암스테르담에서 핍스를 소환했을 때 당신은 핍스를 충분히 신뢰했잖아요."

총독의 눈이 날카롭게 씰룩거렸다.

"리아의 안전을 위해서라도," 사라가 말을 이었다. "적어도 25명은 다른 배에 태울 수 있지 않겠어요?"

"아니, 우리는 사르담호를 타고 항해할 것이오."

"그럼 리아만이라도."

"안 돼."

"왜요?" 사라는 남편의 고집에 질린 나머지 그의 분노를 깨닫지 못했다. "다른 배 한 척이면 충분할 거예요. 왜 이렇게 그 배에 집착하는—"

그 순간, 총독은 아내의 뺨을 후려쳤고 그녀의 뺨에 시뻘건 손자국을 남겼다. 시종들이 놀라 숨을 죽였으나 이내 킥킥거렸다.

사라의 분노가 항구의 모든 배를 침몰시킬 듯했지만 총독은 침착하게 대응하며 주머니에서 비단 손수건을 꺼냈다.

총독의 내면에 쌓여 있던 분노가 모두 증발해 버렸다.

"우리는 딸과 함께 이 배에 탑승할 거요." 손에 묻은 아내의 화장품 가루를 털어 내며 총독이 말했다. "바타비아에서의 고생은 끝났소."

사라는 이를 악물고 행렬 쪽으로 돌아섰다.

모두가 킥킥거리고 속삭이며 사라를 지켜보고 있었지만 그녀의 눈은 오직 가마만을 향했다.

리아는 알 수 없는 표정으로 커튼 밖을 내다보았다.

지독한 인간, 사라는 생각했다. 지독한 인간.

4

보트가 출렁이는 푸른 바다를 가로질러 사르담호로 향했다. 노가 오르내렸고 떨어지는 물방울에 햇빛이 반사되어 반짝거렸다.

경비 대장 야코비 드레히트는 보트 중앙에 앉아 있었다. 좌석 양옆에 다리를 걸치고 손가락으로 금발 수염에서 소금에 전 생선 조각들을 뽑아냈다. 그의 사브르sabre 검은 허리에서 풀어져 무릎 사이에 놓여 있었다. 칼자루를 보호하는 섬세한 금속 손잡이가 달린 훌륭한 무기였다. 대부분의 머스킷 총병들은 창과 머스킷 총으로 무장하거나 아니면 전쟁터의 시체에게서 훔친 녹슨 칼로 무장하고 있었다. 드레히트의 사브르는 귀족의 칼이었고 보잘것없는 군인에게는 어울리지 않았다. 아렌트는 경비 대장이 어디서 그걸 발견했는지 그리고 왜 그걸 팔지 않았는지 궁금했다.

드레히트는 칼집에 손을 가볍게 얹고 있었고, 이따금씩 자신의 포로를 의심스러운 눈초리로 쏘아보곤 했다. 그는 뱃사공과 같은 마을 출신이었고 두 사람은 숲에서 사냥한 멧돼지와 그들이 방문했던 선술집에 대해 가벼운 잡담을 나누고 있었다.

새미는 보트 앞쪽에서 쇠사슬에 뱀처럼 휘감긴 채 녹슨 수갑을 불쌍하게 만지작거렸다. 아렌트는 친구가 이렇게 낙담하는 걸 본 적이 없었다. 그들이 함께 일한 5년 동안 새미는 짜증을 내고 성질이 급하고 친절하면서 동시에 게으른 사람이었지만 결코 좌절하지는 않았다. 마치 하늘에서 태양이 지는 장면을 보는 것 같았다.

"우리가 승선하는 즉시 총독께 말씀드리겠네." 아렌트가 다짐했다. "그분을 잘 설득하겠네."

새미는 고개를 가로저었다.

"총독은 자네 말을 듣지 않을 거야." 새미가 공허하게 대답했다. "그리고 자네가 나를 두둔할수록 내가 처형당할 때 거리를 두기가 더 어려워질 거야."

"처형이라니!" 아렌트가 소리쳤다.

"암스테르담에 도착하면 총독은 분명히 그렇게 할 거야." 새미가 코웃음을 쳤다. "저 배가 그곳에 무사히 도착한다고 가정하면 말이야."

무의식적으로 아렌트는 총독의 보트를 찾았다. 그 보트는 십여 미터 앞에 있었고, 총독의 가족은 커튼이 쳐진 덮개 밑에 앉아 있었다. 산들바람이 얇은 망사를 흔들자 엄마의 무릎에 머리를 기댄 리아의 모습이 드러났다. 총독은 조금 떨어져 앉아 있었다.

"신사 17인회는 결코 그런 일이 일어나지 않게 할 거야." 동인도회사의 지배자들이 새미를 좋게 평가했던 걸 떠올리며 아렌트가 주장했다. "자네는 죽기엔 너무 아까운 인재야."

"총독은 신사 17인회의 일원이 되기 위해 귀국하는 거야. 그들을 납득시킬 수 있다고 생각하는 거지."

그들의 보트가 두 선박 사이를 통과했다. 양쪽의 선원들은 돛대에 매달려서 바다 너머로 서로에게 짓궂은 농담을 던지고 있었다. 누군가가 배 옆쪽에서 오줌을 갈기자 노란 물살이 튀었다.

"왜 이런 일이 생기는 거지, 새미?" 아렌트가 답답하다는 듯이 물었다. "자네는 요청받은 대로 포세이돈을 되찾았어. 총독은 자네를 위해 만찬을 열었어. 그런데 대체 왜 자네는 하루 만에 총독 관저에 영웅으로 걸어 들어갔다가 쇠사슬에 묶여 끌려 나온 건가?"

"생각하고 또 생각해 봤지만 나도 잘 모르겠네." 새미가 절망적으로 말했다. "총독은 나에게 자백을 요구했어. 내가 뭘 자백해야 하는지 모른다고 말하자 화를 내더니, 다시 생각해 보라며 나를 지하 감옥에 가두었지. 그러니 제발 날 그냥 포기해."

"새미—"

"이 사건을 해결하는 동안 내가 한 어떤 일이 총독의 분노를 유발했을 거야. 그런데 나는 도무지 그게 뭔지 모르겠어. 이러면 내가 자네를 보호할 수 없다고." 새미가 말했다. "총독이 나를 처형하면 우리의 업적은 헛수고가 될 거고 동인도회사에서 우리의 지위도 박탈할 거야. 아렌트, 나는 자네에게 부담이 될 뿐이야. 나의 행동이 무모하고 오만했기 때문에 벌을 받고 있는 거야. 자네까지 수렁으로 끌고 들어가서 상황을 악화시키고 싶지는 않아." 새미는 몸을 앞으로 내밀고 아렌트를 응시했다. "바타비아로 돌아가게. 그게 자네가 살아남는 길이야."

"나는 자네에게 급여를 받았고 자네를 위험에 처하지 않게 하겠다고 약속했어." 아렌트가 대답했다. "자네가 까마귀 밥이 되는 걸 막을 수 있는 시간이 8개월이나 남았어. 나는 반드시 막아 낼 거야."

새미는 고개를 가로저으며 어깨를 축 늘어뜨렸다. 더 이상 할 말이 없었다.

그들의 보트는 사르담호의 측면으로 다가갔다. 사르담호의 선체는 거대한 장벽처럼 바다 위로 솟아 있었다. 암스테르담을 떠난 지 겨우 10개월이 지났을 뿐이지만 그 배는 이미 낡아 있었다. 녹색과 붉은색 페인트가 벗겨졌고 얼어붙은 대서양을 지나 뜨거운 아열대 지방으로 여행하는 동안 목재가 뒤틀렸다.

그렇게 큰 선박이 바다에 떠다닐 수 있다는 사실은 악마와도 같은 해양 기술의 성과였다. 아렌트는 그 거대한 존재를 바라보며 위압감을 느꼈다. 손을 뻗어 거친 목재를 매만지자 둔탁한 진동이 느껴졌다. 아렌트는 선박 내부에 무엇이 있을지 상상해 보았다. 갑판과 계단과 토끼 사육장 같은 미로, 어둠을 꿰뚫고 퍼지는 햇빛. 이렇게 거대한 선박이라면 항해하기 위해 수백 명의 선원이 필요할 것이고, 수백 명의 승객을 태울 것이다. 그들 모두가 위험에 처해 있었다. 사슬에 묶인 죄수의 신분이지만 그들을 도와줄 수 있는 사람은 새미뿐이었다.

아렌트는 이런 생각을 간절하게 드러냈다. "누군가 이 배를 침몰시키려고 하는데 나는 바위덩어리처럼 수영을 못 해. 자네 머리를 빌려서 어떻게 해 볼 수 없을까?"

그 말을 듣고 새미는 히죽 웃었다. "자네 혀로 군대를 벼랑 끝으로 이끌 수도 있겠군." 그가 비꼬았다. "문둥병자의 시신을 조사한 결과는 어떤가?"

아렌트는 부두에 있는 자루에서 잘라 낸 삼베 조각을 꺼냈다. 그 속에는 아렌트가 문둥병자의 숨을 끊어 놓을 때 그자가 손에 쥐고 있던 부적이 들어 있었다. 너무 새까맣게 그을려서 자세한 모양은 알 수 없었다.

새미는 몸을 기울여 주의 깊게 부적을 살펴보았다. "반으로 쪼개졌군. 불에 탔어도 들쭉날쭉한 가장자리는 알아볼 수 있지."

새미는 잠시 생각한 다음 드레히트 경비 대장을 향해 몸을 돌렸다. 쇠사슬에 묶여 있지만 새미의 목소리는 권위로 가득 차 있었다. "동인도 무역선에서 근무한 적이 있소?"

드레히트는 눈을 가늘게 뜨고 새미를 바라보았다. 마치 그 질문이 들어가고 싶지 않은 어두운 동굴처럼 느껴진다는 듯이.

"그렇소." 마침내 드레히트가 대답했다.

"배를 침몰시키는 가장 확실한 방법이 무엇이오?"

드레히트는 숱이 많은 금발 눈썹을 치켜올리고 아렌트 쪽으로 턱짓을 했다. "당신 친구한테 선체를 주먹으로 내려치라고 하시오."

"난 진지하게 묻는 거요, 경비 대장." 새미가 말했다.

"왜 그런 걸 묻는 거요?" 드레히트가 미심쩍은 듯이 물었다. "나는 당신이 총독을 지옥으로 끌고 가도록 내버려 두지 않겠소."

"나의 미래는 아렌트의 손에 달려 있소. 그 말은 더 이상 죽음이 두렵지 않다는 뜻이오." 새미가 대답했다. "하지만 사르담호는 위험에 빠져 있소. 그걸 막으려는 거요."

드레히트는 아렌트를 바라보았다. "아렌트 중위, 저 사람 말이 진심이오? 당신의 명예를 걸고 대답해 주시오."

아렌트가 고개를 끄덕이자 드레히트는 그들을 둘러싸고 있는 선박들을 응시했다. 그가 얼굴을 찡그리며 어깨 위에 걸친 탄띠를 조절하자 구리 통이 덜컹거렸다.

"화약고에 불을 지르는 게 가장 확실한 방법이오." 한참을 망설이다가 드레히트가 말했다. "나라면 그렇게 할 거요."

"누가 화약고를 지키고 있소?"

"늙은 문지기요." 드레히트가 대답했다.

"아렌트, 누가 화약고에 접근할 수 있는지 알아보게. 그리고 화약고 문지기가 어떤 불만 사항을 갖고 있는지도 알아보는 게 좋을 거야." 새미가 말했다.

아렌트는 친구의 목소리에 담긴 열정을 느끼며 용기를 얻었다.

대부분의 경우 그들은 절도나 살인 같은 범죄를 조사하고 쉽게 해결했다. 그건 마치 공연이 끝난 뒤, 극장에 버려진 각본과 무대 위에 남겨진 소품들을 이용해 이야기를 풀어 달라는 부탁처럼 쉬운 일이었다. 그러나 이곳에는 아직 실행되지 않은 범죄가 있었다. 생명을 구할 수 있는 기회가 있었다. 마침내 여기에 새미의 재능에 걸맞은 사건이 있었다. 어쩌면 아렌트가 친구의 자유를 확보하기 전까지 새미의 관심을 사로잡을 수도 있을 것이다.

"크로웰스 선장의 허락을 받아야 할 거요." 드레히트가 눈썹에서 바닷물을 닦아 내며 말했다. "선장의 허락이 있어야 당신을 화약고 안으로 들여보내 줄 거요. 그 허락이 쉽게 나오지는 않겠지만."

"그럼 거기서부터 시작하게." 새미가 아렌트에게 말했다. "화약고 문지기에게 말을 걸어서 문둥병자를 알고 있는지 확인해 봐. 나는 문둥병자가 희생자라고 생각해."

"희생자?" 드레히트가 비웃었다. "그자는 우리에게 저주를 퍼부은 놈이오."

"과연 그럴까?" 새미가 반박했다. "그는 혀가 잘린 상태였소. 그가 실제로 한 역할은 다른 목소리가 위협을 하는 동안 우리의 시선을 끈 것뿐이오. 문둥병자가 공모자인지 아닌지는 알 수 없지만 나는 그자가 혼자서 화물 상자 위에 올라가서 자기 옷에 불을 붙이지 않았다고 확신하오. 화물 상자 위에서 떨어질 때까지 그의 손은 옆구리에서 움직이지 않았고 불꽃이 그를 집어삼킬 때 우리 모두가 그의 공포를 보았소. 그는 자신에게 무슨 일이 일어날지 몰랐소. 따라서 그의 죽음은 살인이고 악랄한 범죄라고 할 수 있지." 작은 거미 한 마리가 새미의 쇠사슬에서 서성거렸고, 새미는 손으로 다리를 만들어 거미가 의자로 기어오르게 해 주었다. "아렌트가 문둥병자의 이름을 알아낸 후에 그자의 친구들과 이야기를 나누고 마지막 퍼즐을 맞출 거요. 그러면 우리는 그자가 어떻게 화물 상자 위에 서 있게 되었는지, 우리가 들은 목소리는 누구의 것이었는지, 그리고 사르담호에 탑승한 사람들에게 어째서 그런 저주를 퍼부었는지 알 수 있을 거요."

아렌트는 양처럼 조심스럽게 몸을 움직였다. "내가 그런 일을 할 수 있을지 확신이 서지 않아, 새미. 우리가 함께해야 해결할 수 있을…"

새미는 아렌트의 소심함에 짜증이 났다. "3년 전 자네는 나에게 수사 기법을 가르쳐 달라고 부탁했고 나는 자네를 조수로 받아들였어. 이제 자네 실력을 발휘할 때가 온 거야."

그들 사이에 오래된 논쟁이 거품처럼 일었다. "나는 그걸 포기했잖아." 아렌트가 화를 내며 말했다. "나는 자네처럼 될 수 없다는 사실을 이미 확인했어."

"릴에서 일어난 일은 자네 지성의 문제가 아니었어, 아렌트. 성급했기 때문에 실패한 거야. 자네의 힘이 스스로를 조급하게 만든 거였지."

"내 힘 때문에 실패한 게 아니야."

"그 사건이 자네의 자신감을 약화시킨 거야."

"무고한 사람을 죽일 뻔했다고."

"자네가 순수해서 그렇게 됐던 거야." 새미가 논쟁을 끝내려는 듯이 말했다. "지난 몇 년 동안 나는 자네를 지켜봤어. 자네가 얼마나 많은 걸 관찰하는지, 얼마나 많은 능력을 가지고 있는지 알고 있다고. 사라 웨셀이 오늘 아침에 무엇을 입고 있었나? 모자에서 신발까지 말해 보게."

"모르겠네."

"물론 그렇게 말하겠지." 아렌트의 본능적인 거짓말을 비웃으며 새미가 말했다. "자네는 고집이 센 사람이야. 말의 다리가 몇 개인지 물어봐도 자네는 말을 본 적이 없다면서 모른다고 할 거야. 도대체 자네는 자기 능력을 어디에 사용하려는 겐가?"

"자네를 살리는 데에."

"또 그러는군. 우리에게 필요한 건 자네의 힘이 아니라 자네의 지혜야." 새미는 무거운 쇠사슬을 들어 올렸다. "내 육체는 묶여 있어, 아렌트. 내가 혐의에서 벗어날 때까지 자네가 사르담호를 지켜 줘야 해." 그들의 보트가 사르담호의 측면에 도달했다. "총독이 나를 교수형에 처하기 전까지는 어떤 놈도 나를 바닷속에 익사시키지 못하도록 해 주게."

5

작은 보트들이 긴 대열로 바다를 건너면서 죽은 소를 공격하는 개미 떼처럼 사르담호로 몰려들었다. 보트에는 소지가 허용된 여행 가방 하나를 움켜쥐고 있는 승객들로 붐볐다. 밧줄 사다리를 내려 달라고 외치던 승객들은 선원들이 배 위에서 자신들을 조롱하고 있다는 사실을 깨달았다. 그들은 사다리를 찾을 수 없다는 둥 목소리가 잘 안 들린다는 둥 시간을 끌었다.

그도 그럴 게, 선원들은 사르담호의 선장으로부터 시간을 끌라는 지시를 받았다. 선장은 얀 하안 총독과 그의 가족들이 배 뒤편에서 승선을 완료하기를 기다리고 있었다. 그들이 편안하게 승선하기 전까지는 다른 승객들의 탑승이 허용되지 않을 터였다.

네 개의 밧줄에 붙어 있는 판자가 리아를 천천히 위로 들어 올리고 있었고, 사라는 아래쪽 바다를 바라보면서 두 손을 꼭 잡고 딸이 떨어지거나 밧줄이 끊어질까 봐 걱정하고 있었다.

남편은 이미 승선한 상태였고, 그녀는 마지막에 뒤따를 것이다.

배에 승선할 때 역시 다른 모든 상황과 마찬가지로 그녀는 가장 덜 중요한 사람이 되어야 했다.

승선할 때가 되자 사라는 판자에 앉아 밧줄을 움켜쥐었다. 갑판으로 올라가는 동안 바람이 그녀의 옷을 스쳤다. 그 느낌은 짜릿했다.

다리를 흔들면서 사라는 바다 건너 바타비아를 응시했다. 지난 13년 동안 그녀는 마치 버터가 녹는 것처럼 도시가 퍼져 나가는 걸 요새에서 지켜보았다. 바타비아는 골목과 상점, 시장, 성벽으로 둘러싸인 감옥이었다.

바다 위에서 바라본 그곳은 외로워 보였다. 거리와 운하가 서로 달라붙어 있고, 마치 침입해 오는 정글을 두려워하는 것처럼 해안에 등을 맞대고 있었다.

석탄 연기가 구름처럼 지붕 위로 드리워져 있었다. 밝은 색깔의 새들이 공중을 선회하며 시장 상인들이 버리는 음식 찌꺼기를 낚아챌 준비를 하고 있었다. 상인들은 곧 하루를 마무리하기 위해 짐을 꾸릴 것이다.

마음 한편에서 사라는 자신이 그곳을 얼마나 그리워하게 될 것인지 깨달았다. 매일 아침 바타비아는 잠에서 깨어났고, 수천 마리의 앵무새들이 합창하면서 나무를 흔들고 자기들의 색깔로 하늘을 가득 채웠다. 사라는 자연의 합창을 사랑했고, 원주민들의 서정적인 언어와 그들이 저녁의 거리에서 요리하는 매운 스튜 냄새를 좋아했다.

바타비아는 그녀의 딸이 태어난 곳이자 두 아들이 죽은 곳이었다. 그리고 좋든 나쁘든 그녀가 지금의 모습으로 성장한 곳이었다.

승강기는 배의 뒤쪽 갑판으로 사라를 인도했다. 선원들은 거미처럼 삭구(배에서 쓰는 로프나 쇠사슬 따위를 통틀어 이르는 말-옮긴이)를 기어올라 밧줄을 잡아당기면서 매듭을 조였고, 목수들은 뒤틀린 널빤지를 다듬었다. 객실 급사들은 균열을 메우고 코르크에 실을 꿰고 타르를 발랐다.

사라는 배의 전경이 내려다보이는 난간에서 딸을 발견했다.

"정말 멋진 선박이에요, 엄마." 리아가 감탄하며 말했다. "하지만 불필요한 장치가 너무 많아요." 리아는 화물 출입구를 통해 화물을 배의 짐칸으로 내리며 투덜거리는 선원들을 가리켰다. 항해가 시작되기 전의 사르담호는 마치 먹이를 잔뜩 줘야 하는 짐승이라도 된 것처럼 보였다. "더 좋은 도르래와 지렛대가 있으면 절반의 노동력만으로도 충분할 거예요. 제가 설계할 수 있어요, 만약 그들이…"

"그들은 원하지 않을 거야, 절대로." 사라가 말을 가로막았다. "리아야, 너의 지혜는 주머니에 넣어 두렴. 우리가 아무리 좋은 의도로 말해도 남자들은 그걸 받아들이려 하지 않는단다."

리아는 불만족스러운 도르래를 바라보며 입술을 삐죽 내밀었다. "너무 작은 장치에요. 왜 제가 설계하면 안 되는…"

"왜냐하면 남자들은 멍청하게 느껴지는 걸 싫어하고, 네가 말을 시작하면 그렇게 느끼기 시작하지. 단지 그뿐이란다." 사라는 딸의 얼굴을 어루만지며 그곳에서 본 혼란을 덜어 내기를 바랐다. "지혜는 힘의 한 종류지만 남자들은 자기보다 똑똑한 여자를 받아들이지 않으려 해. 자존심이 그걸 허락하지 않는 거야. 자존심은 남자들이 가장 중요하게 여기는 것이란다." 사라는 적당한 말을 찾지 못하고 고개를 저었다. "그건 네가 이해할 수 있는 상황이 아니야. 원래 세상이 그래. 바타비아에서는 너를 사랑해 주고 아버지를 두려워하는 사람들에게 둘러싸인 요새가 있었지만 사르담호에는 그런 보호막이 없단다. 여긴 위험한 곳이야. 이제 엄마 말에 귀를 기울이고 말하기 전에는 꼭 생각을 해야 해."

"네, 엄마." 리아가 대답했다.

사라는 한숨을 내쉬며 딸을 끌어안았다. 어떤 어머니도 자녀에게 재능을 숨기라고 말하고 싶지는 않겠지만 사라는 딸을 가시덤불 속으로 밀어 넣을 수 없었다. "이런 일이 오래 가지는 않을 거야, 약속할게. 머지않아 우리는 안전해질 테고 우리 뜻대로 삶을 살아갈 수 있을 거야."

"부인!" 갑판 맞은편에서 총독이 소리쳤다. "당신이 만나 볼 사람이 있소."

"거기로 갈게요." 딸에게 팔짱을 끼며 사라가 말했다.

남편은 얼굴 정맥이 튀어나온 채 땀을 흘리는 살찐 남자와 이야기를 나누고 있었다. 남자의 눈은 충혈되어 있었다. 분명히 늦게 일어나서 화장실을 아무렇게나 다녔을 터였다. 예절에 맞게 옷을 입었지만 리본은 헝클어져 있었고, 셔츠는 허리띠의 한쪽에만 대충 쑤셔 넣고 있었다. 파우더도 안 바르고 향수도 안 뿌려서 악취가 풍겼다.

"이 사람은 이 배의 총 책임자인 레이니어 반 슈텐 수석 상인이요." 총독이 말했다.

총독의 말 속에는 반감이 배어 있었다.

반 슈텐의 시선은 사라를 저울에 올려놓고 무게를 재면서 가격을 매기는 듯했다.

"배를 책임지는 사람은 선장 아닌가요?" 리아가 물었다.

반 슈텐은 엄지손가락을 허리띠에 쑤셔 넣고 불룩한 배를 내밀면서 당당하게 설명했다. "상선은 다릅니다, 아가씨. 선장의 역할은 단지 우리 배가 암스테르담에 안전하게 도착하도록 하는 것뿐이지요.

그 밖의 일은 모두 제가 책임지고 있지요."

퍽이나, 사라는 생각했다. 배가 침몰하지 않도록 하는 것보다 더 중요한 임무가 있을까.

그러나 물론 있었다.

사르담호는 동인도회사의 깃발을 휘날리는 상선이었고, 어떤 것보다도 이윤을 우선시했다. 화물이 망가지거나 케이프에서의 무역이 엉망으로 이루어지면 배가 암스테르담으로 무사히 되돌아간다고 해도 아무 의미가 없었다. 하지만 사르담호가 시체로 가득 찬 채 항구로 표류할지라도 향신료가 축축하게 젖지 않는 한 신사 17인회는 여전히 그 배를 환영할 것이다.

"저희 선박을 안내해 드릴까요?" 레이니어 반 슈텐이 리아에게 팔을 뻗어 자신의 보석 반지들을 하나하나 내보이며 물었다. 그의 겨드랑이 땀 냄새가 리아의 코를 찔렀다.

"엄마, 배를 둘러볼 거예요?" 리아는 수석 상인에게 등을 돌리고 혐오감에 얼굴을 찡그리며 물었다.

"내 아내와 딸은 차차 배에 익숙해질 걸세." 총독이 조급하게 끼어들었다. "그보다 내 화물을 좀 보고 싶네."

"각하의 화물이요?" 수석 상인은 잠시 멈칫했다. "아, 네. 제가 직접 안내하겠습니다."

"그렇게 하게." 총독이 말했다. "리아, 너는 3번 객실을 쓰거라." 총독은 그들 뒤에 있는 작고 빨간 문을 가리켰다. "부인은 6번 객실을 쓰시오."

"5번 객실입니다, 각하." 수석 상인이 변명하듯 바로잡았다. "제가 변경했습니다."

"뭐라고? 왜 그랬나?"

"그게…" 반 슈텐은 안절부절못했고 기둥의 그림자가 그물처럼 그를 뒤덮었다. "5번 객실이 더 편안하실 겁니다."

"무슨 헛소리를 하는 건가? 다 똑같은 방이지 않은가?" 총독은 아무리 사소한 것이라도 자신의 명령이 무시당했다고 느낄 때면 불같이 화를 냈다. "내가 6호실로 하라고 분명히 말했을 텐데."

"6번 객실은 저주받은 방입니다, 각하." 수석 상인은 당황해 얼굴을 붉히며 서둘러 말했다. "암스테르담에서 출발한 후 8개월 동안 두 명이 6번 객실을 사용했습니다. 첫 번째 승객은 천장 갈고리에 매달린 채 발견되었고, 두 번째 승객은 놀라서 눈이 휘둥그레진 채 잠결에 죽었지요. 그 방은 텅 비었을 때도 밤이면 안쪽에서 발소리가 납니다. 그러니 각하, 제발…"

"난 상관없어!" 총독이 말을 가로막았다. "부인, 당신이 직접 보고 어느 객실이든 마음에 드는 걸 고르시오. 오늘 저녁까지 나는 당신과 함께 있을 시간이 없소."

"알겠어요, 여보." 사라가 고개를 갸웃하며 대답했다.

사라는 레이니어 반 슈텐이 남편을 안내하며 계단을 내려가는 모습을 지켜본 다음, 리아의 손을 꽉 쥐고 그들의 거추장스러운 치마가 허락하는 한 재빨리 딸을 객실 쪽으로 데려갔다.

"엄마, 왜 이렇게 서두르세요?" 발을 질질 끌며 리아가 투덜거렸다.

"이 배가 출항하기 전에 크리지와 아이들이 여기서 내리도록 해야 해." 사라가 말했다.

"아빠는 절대로 허락하시지 않을 거예요." 리아가 주장했다. "크리지 이모는 앞으로 석 달 동안 바타비아를 떠나지 않겠다고 말했지만 아빠는 이모가 이 배에 있길 원했어요. 아빠가 벌써 이모의 객실 비용까지 지불했다고요."

"그래서 나는 네 아빠에게는 알리지 않을 거야." 사라가 말했다. "우리가 출항하기 전에 크리지가 배에서 내렸는지도 모르게 할 거야."

리아는 발을 세우며 두 손으로 엄마의 손을 움켜쥐고 억지로 걸음을 멈추게 했다.

"아빠는 엄마에게 큰 벌을 내릴 거예요." 리아가 두려운 듯이 말했다. "아빠 성격을 잘 아시잖아요, 이번에는 훨씬 더 가혹한…"

"크리지에게 경고를 해야 해." 사라가 말을 가로막았다.

"지난번에 엄마는 걷지도 못했잖아요."

사라는 딸의 얼굴을 감싸 안으며 부드럽게 말했다. "미안하구나, 리아. 그런 모습을 보여 주고 싶지 않았는데… 하지만 네 아빠가 아무리 완고하고 여자의 이성적인 충고를 받아들이지 않더라도 우리의 친구가 위험에 처하도록 내버려 둘 수는 없어."

"엄마, 제발요." 리아가 간청했지만 사라는 이미 빨간색 객실 출입문으로 몸을 밀어 넣었다. 다른 한쪽으로는 좁은 복도가 이어져 있었고, 촛불이 켜져 있었다. 복도 양쪽에는 각각 네 개의 객실이 있었고, 로마 숫자로 객실 번호가 표시되어 있었다. 선원들이 투덜대면서 귀족들의 여행 가방과 소지품을 옮기고 있었다.

사라의 하녀인 도로테아는 부인을 대신해 이곳저곳을 가리키면서 선원들을 귀찮게 했다.

"크리지는 몇 호실에 있지?" 사라가 물었다.

"7번 객실이에요. 리아 아가씨의 맞은편 방이요." 도로테아가 말했다. 그런 다음 리아가 사소한 문제에 대해 한참 동안 물어보기 전에 사라 혼자서 서둘러 나아가도록 했다.

사라가 혼란을 헤치고 나아갈 때 하프 한 대가 웅웅거리며 소리를 냈고 노끈으로 묶인 커다란 양탄자가 그녀를 가로막았다. 양탄자는 객실 문보다 훨씬 컸다.

"크기가 안 맞아요, 선장님." 선원 하나가 양탄자를 어깨에 메고 몸을 돌리려다가 투덜거렸다. "화물칸에 넣을 수 없을까요?"

"달바인 자작 부인은 그 안락한 양탄자가 꼭 필요하다고 말했어." 안에서 선장의 짜증 섞인 목소리가 들려왔다. "양탄자를 세워서 시도해 봐."

선원이 안간힘을 쓰자 막대기가 부러지는 소리가 들렸다.

"이 빌어먹을 놈아, 무슨 짓을 한 거냐?" 선장이 화를 내며 버럭 고함을 질렀다. "출입문을 망가뜨린 거냐?"

"우리가 그런 게 아니에요, 선장님." 가장 가까이에 있던 선원이 항의했다. 가느다란 막대기가 양탄자 속에서 삐져나와 바닥으로 떨어졌다. 한쪽 끝이 부러져 있었다.

선원 중 한 명이 급히 발뒤꿈치로 그것을 걸어찼다. "이건 양탄자를 말아 두는 막대기일 뿐이에요." 찡그린 얼굴로 그가 설명했다.

"젠장." 객실 안에서 선장의 목소리가 으르렁거렸다. "구석에 그냥 놓아둬라. 달바인 부인이 승선하면 그걸 실을 만한 자리를 찾을 수 있을 거야."

양탄자가 객실에 쑤셔 넣어지자, 어깨가 넓고 근육이 잘 발달된 남자가 복도로 나오며 사라와 얼굴을 마주했다. 그의 눈은 바다처럼 푸르렀고 머리카락은 이가 생기지 않도록 짧게 깎았다. 적갈색 구레나룻이 뺨과 턱을 뒤덮었고 햇볕에 그을린 각진 얼굴이 보였다. 그가 지휘하는 배와 흡사하게 희미하게 빛바랜 잘생긴 얼굴이었다.

사라를 보자 그는 마치 궁전에 있는 것처럼 화려하게 절을 했다. "저속한 표현을 사과드립니다, 부인." 그가 말했다. "여기 계신 줄 몰랐습니다. 저는 사르담호의 선장인 아드리안 크로웰스라고 합니다."

객실 복도가 좁고 분주해서 두 사람은 어색하게 가까이 서 있을 수밖에 없었다.

선장은 포맨더pomander(사향, 용연향 등의 향료 알-옮긴이) 향기를 풍기고 있었다. 치아는 유난히 희었고 입김은 박하를 씹고 있다는 걸 암시했다. 수석 상인과는 달리 선장의 옷은 비싸 보였다. 더블릿doublet(15~17세기 유럽에서 남자들이 많이 입던 윗옷. 허리가 잘록하며 몸에 꽉 끼는 모양이다-옮긴이)은 화려한 보라색으로 염색했고 황금빛 자수가 새겨져 있었다. 소매는 멋지게 주름을 넣어 부풀렸고 트렁크 바지는 스타킹 위에 비단 나비 장식으로 묶여 있었다. 구두 버클도 번쩍번쩍 빛났다.

그렇게 멋진 제복은 성공적인 경력을 암시했다. 함대 선장들은 전달한 화물의 일부분을 대가로 받아 챙겼다. 그렇다고 해도 크로웰스 선장은 그의 전 재산을 몸에 걸치고 있는 것과 다름없었다.

"저는 사라 웨셀이에요." 그녀가 머리를 살짝 숙이며 자기를 소개했다. "제 남편은 당신을 높이 평가했어요, 선장님."

크로웰스는 기뻐서 활짝 웃었다. "그 말씀을 들으니 영광입니다. 전에도 총독 각하와 두 번 같이 항해한 적이 있습니다. 그분을 모시는 일은 언제나 즐거웠지요."

선장은 주름진 사라의 옷소매를 보고는 이렇게 말했다. "사르담의 좁은 객실은 부인의 우아한 옷차림과는 어울리지 않는군요. 안 그렇습니까?" 어딘가에서 거친 목소리가 선장을 찾고 있었다. "일등항해사가 저를 부르는 것 같군요. 오늘 밤 만찬에 참석하시겠습니까, 부인? 주방장이 특별한 요리를 준비한 것으로 알고 있습니다."

사라는 원치 않는 사교 생활 속에서 훈련된 밝은 미소를 지어 보였다.

"물론이에요. 기대하고 있을게요." 사라는 거짓말을 했다.

"너무나 영광입니다." 선장은 사라의 손에 정중하게 키스를 한 다음 복도 밖으로 몸을 돌렸다.

사라는 7번 객실의 문을 두드렸다. 나무 문 뒤에서 친구의 웃음소리와 아이들이 장난치는 소리가 들려왔다. 그 소리는 안개 사이에 스며든 바람의 숨결처럼 사라의 기분을 편안하게 해 주었다.

발소리가 점점 가까이 다가왔고, 남자아이가 문을 조심스럽게 열었다. 문 앞에 서 있는 사람을 알아보고는 아이의 얼굴이 밝아졌다.

"사라 이모!" 남자아이는 두 팔로 사라의 몸을 껴안았다.

크리지 옌스는 비단 잠옷 차림으로 둘째 아들과 함께 마루 위에서 놀고 있었다. 두 남자아이 모두 속옷 차림에 피부와 머리카락이 축축하게 젖었고 바닥에 흠뻑 젖은 옷이 놓여 있었다. 장난을 치다가 옷이 젖은 게 분명했다.

마커스와 오스버트는 장난꾸러기 형제였다. 마커스는 열 살이었고 동생보다 두 살 더 많았지만 두뇌 회전이 그렇게 빠르지는 않았다. 사라에게 매달려 객실 안으로 이끌고 들어간 아이가 마커스였다.

"너희들이 따개비를 키웠구나." 마커스의 머리를 다정하게 쓰다듬으며 사라가 크리지에게 말했다.

크리지는 오스버트를 얼굴에서 밀어내며 바닥에서 따개비들을 살펴보았다. 크리지의 금발 머리카락은 나무 위에 헝클어진 비단 같았다. 깊고 푸른 눈은 햇빛에 반짝였고, 부드럽고 동그란 얼굴과 창백한 뺨은 아이들의 장난에 지쳐서 붉어졌다. 크리지는 사라가 본 여자 중 가장 아름다운 여자였다. 그건 사라와 그녀의 남편이 동의한 유일한 사실이었다.

"안녕, 리아." 엄마를 따라 객실로 들어오는 검은 머리 소녀에게 크리지가 말했다. "엄마를 곤경에서 구하고 있니?"

"노력하고 있지만 엄마는 그 일을 몹시 좋아하는 것 같아요."

크리지는 여전히 사라의 치마에 매달려 있는 마커스를 향해 투덜 거렸다. "사라 이모를 내버려 둬. 이모 옷이 다 젖잖니."

"우리는 엄청 큰 파도를 넘었어요." 마커스가 평소처럼 엄마의 잔 소리를 무시하며 설명했다. "그러고 나서—"

"이 녀석들은 파도를 보려고 벌떡 일어섰어." 크리지가 아찔한 기 억에 한숨을 내쉬며 말을 이었다. "그러다가 보트에서 바다로 떨어질 뻔했어. 다행히 보즈가 아이들을 붙잡았어."

사라는 시종장의 이름을 듣고서 눈썹을 치켜올렸다. "보즈와 함께 보트를 타고 왔다고?"

"보즈가 우리를 태웠다고 말하는 게 더 정확한 표현이야." 크리지 가 눈을 굴리며 말했다.

"그 아저씨는 매우 화가 나 있었어요." 아직도 엄마 곁에 누워서 벌 거벗은 배를 들썩이며 오스버트가 덧붙였다. "하지만 파도는 아프지 않았어요, 정말이야."

"조금 아팠어." 마커스가 바로잡았다.

"그래, 조금." 오스버트가 다시 정정했다.

사라는 무릎을 꿇고 아이들의 얼굴을 바라보았다.

아이들의 눈은 순수하고 맑고 호기심이 가득했다. 두 남자아이는 너무나 닮은 얼굴이었다. 갈색 머리칼과 붉은 뺨을 가졌고 아이들 의 귀는 머리 양쪽에서 세상을 향해 흔들리고 있었다. 마커스는 키 가 크고 오스버트는 통통했지만 그 외에는 그들을 구별할 만한 차이 가 거의 없었다. 크리지는 아이들이 아빠인 피터를 빼닮았다고 말하 곤 했다.

피터는 크리지의 두 번째 남편이었고, 4년 전에 살해당했다. 크리지는 그 이야기를 꺼내는 걸 싫어했다. 우연한 기회를 통해 사라는 크리지가 피터를 너무나 사랑했다는 사실을 알게 되었고, 이 사실은 그녀를 몹시 슬프게 했다.

"얘들아, 너희 엄마랑 얘기를 좀 해야겠구나." 사라가 말했다. "리아와 함께 놀러 가겠니? 너희들에게 자기 객실을 보여 주고 싶을 거야, 안 그러니, 리아?"

짜증이 난 리아의 이마에 주름이 잡혔다. 그녀는 어린애 취급당하는 걸 싫어했지만 아이들에 대한 애정 때문에 미소를 지어 보였다.

"내 객실에는," 리아가 짐짓 심각하게 말했다. "상어가 있는 것 같아."

"아니, 없어." 아이들이 일제히 반박했다. "배 안에는 상어가 없어."

리아는 당황한 척했다. "선원들이 내게 그렇게 말했어. 정말인지 확인해 볼까?"

남자아이들은 속옷 차림으로 벌떡 일어나면서 기꺼이 동의했다.

사라가 문을 닫자 크리지는 잠옷의 먼지를 털며 일어섰다. "이걸 배에서 입어도 될까? 파도에 흠뻑 젖은 상태라 입을 수밖에 없―"

"너희들은 사르담호에서 내려야 해." 사라가 목주름 장식을 풀어 침대에 내려놓으며 말했다.

"사람들이 나에게 떠나라고 요구하려면 보통 적어도 일주일은 걸리는데."

크리지가 소매에 묻은 더러운 얼룩에 얼굴을 찡그리며 말했다.

"이 배는 안전하지 않아."

"부두에서 문둥병자가 그렇게 말했지." 크리지는 술잔 네 개가 놓인 벽걸이 선반으로 걸어가면서 중얼거렸다. "포도주 마실래?"

"시간이 없어, 크리지." 사라가 초조하게 말했다. "너희들은 배가 출항하기 전에 내려야 해."

"왜 문둥병자의 헛소리를 그렇게 신뢰하는 거야?" 술잔 두 개를 채우고 한 개를 사라에게 건네주면서 크리지가 물었다.

"새뮤얼 핍스가 그렇게 말했으니까." 사라가 대답했다.

"핍스 탐정이 이 배에 탔다고?" 술잔을 입술로 가져가려다 말고, 크리지가 물었다. 그녀의 얼굴에 처음으로 관심의 빛이 나타났다.

"수갑이 채워진 채로."

"핍스가 저녁 만찬에 참석할까?"

"그는 죄수 신분이야." 사라가 강조했다.

"그래도 그는 여전히 대부분의 다른 승객들보다 더 좋은 옷을 입고 있을 거야." 크리지가 생각에 잠겨 말했다. "꼭 한번 만나 보고 싶어. 정말 잘 생겼대."

"내가 만나 보았을 때 그는 마치 쓰레기 더미에서 기어 나온 거지처럼 보였어."

크리지는 역겨운 표정을 지었다. "아마 하인들이 씻겨 줄 거야."

"그는 수갑이 채워져 있다고." 입에 대지 않은 술잔을 내려놓으며 사라가 말했다. "제발 이 배에서 내려."

"얀은 뭐라고 말해?"

"그는 내 말을 믿지 않아."

"그럼 얀이 왜 나를 놓아주는 거지?"

"그는 놓아주지 않아," 사라가 말했다. "나는… 그에게 말하지 않을 작정이야."

"사라!"

"이 배는 위험해!" 두 손을 허공에 휘두르다가 그대로 천장 기둥에 부딪힌 사라가 소리쳤다. "너와 아이들을 위해 제발 바타비아로 돌아가." 사라는 손가락의 아픔을 떨쳐 내려 했다. "4개월 후에 또 항해가 있을 거야. 충분히 네 결혼식 날짜에 맞춰 고향에 도착할 수 있어."

"시간이 문제가 아니야." 크리지가 주장했다. "얀은 내가 이 배에 오르기를 원했어. 그는 나의 객실 표를 구입해서 경호원을 통해 전해 주었어. 나는 그의 허락 없이는 떠날 수 없어."

"그럼 그에게 말해." 사라가 간청했다. "내리게 해 달라고 부탁해."

"아내 말도 듣지 않는데 얀이 과연 내 말을 들어줄까?"

"넌 그의 정부情婦잖아." 사라가 말했다. "그는 너를 누구보다 사랑해."

"침실에서만 그렇지." 크리지가 자신의 포도주를 들이켜고 사라 것까지 마시며 대답했다. "자신의 목소리에만 귀를 기울이는 게 권력을 가진 남자들의 특성이야."

"제발! 시도라도 해 봐!"

"그럴 수는 없어, 사라." 크리지가 부드럽게 말하며 사라의 흥분을 가라앉혔다. "그리고 얀 때문이 아니야. 이 배가 정말로 위험하다면 내가 너를 내버려 두고 내릴 것 같아?"

"크리지—"

"나하고 말다툼하려 하지 마. 두 남편과 연인으로 가득 찬 궁궐이 내게 완고함을 가르쳐 주었어. 게다가 사르담호를 위협하는 존재가 있다면 그걸 막는 게 우리의 의무야. 선장에게는 이야기했어?"

"아렌트가 이야기할 거야."

"아렌트." 크리지가 끈적거리는 목소리로 중얼거렸다. "너는 야성적인 헤이즈 중위와 언제 첫인사를 했니?"

"아까 부두에서." 크리지의 놀리려는 듯한 말투에 애써 반응하지 않으려는 듯 사라가 말했다. "나 보고 어떻게 사르담호를 구하란 말이야?"

"나도 모르겠어. 난 영리한 사람이 아니잖아."

사라는 그 말을 비웃으며 포도주를 빼앗아 크게 한 모금 들이켰다. "너는 다른 사람들보다 훨씬 더 많은 걸 알고 있잖아."

"그건 나를 수다쟁이라고 부르는 예의 바른 방법일 뿐이야." 크리지가 대답했다. "자, 이제 걱정스런 친구 노릇은 그만두고 핍스 탐정이 되어 수사를 해 보자고. 네가 리아와 함께 그의 사건을 흉내 내서 해결하려고 노력하는 걸 봤어."

"그건 게임일 뿐이야."

"너는 그 게임을 아주 잘하잖아." 크리지는 잠시 말을 멈추고 사라를 뚫어지게 바라보았다. "말해 봐, 사라. 우리는 뭘 해야 하지?"

사라는 한숨을 내쉬며 손바닥으로 관자놀이를 문질렀다. "핍스는 문둥병자가 목수였다고 추측하고 있어." 그녀가 천천히 말했다. "아마 이 배에서 일했던 목수일 거야. 분명히 누군가가 그를 알고 있을 거야. 만약 그렇다면 우리가 직면한 위험에 대해 그들이 더 많은 정보를 갖고 있을 수도 있어."

"사르담호의 깊숙한 곳으로 돌아다니는 두 여성은 안전하지 못할 거야. 게다가, 선장은 어떤 승객도 주 돛대를 넘어가는 걸 금지했어."

"주 돛대? 그게 뭐야?"

"가장 높은 돛대, 배의 중간에 있는 기둥."

"아, 우리가 거기까지 갈 필요는 없어." 사라가 대답했다. "우린 귀족이야. 그 정보가 우리에게 오도록 할 수 있다고."

문을 획 열어젖힌 사라는 목소리를 가다듬고 위압적으로 소리쳤다. "아무도 없느냐. 목수 한 명을 데려와라. 이 객실을 고쳐야겠다!"

새미 핍스는 공중에 매달려 있었고, 손과 발이 그를 사르담호로 끌어 올린 화물 그물 사이에 끼여 있었다.

"거기서 뛰어내리면 수갑의 무게가 당신을 익사시킬 거요." 경비 대장 야코비 드레히트가 아래쪽 보트에서 눈을 가늘게 뜨고 새미에게 경고했다.

새미는 껄껄 웃었다. "나를 바보로 착각하는 사람을 보는 건 오랜만이군, 경비 대장."

"자포자기가 가끔 우리 모두를 바보로 만들기도 하지." 드레이트가 모자를 벗고 밧줄 사다리로 뛰어오르며 말했다.

아렌트는 드레히트를 따라 천천히 밧줄 사다리를 올라갔다. 전쟁터에서 몇 년을 보내면서 아렌트는 무릎 관절이 안 좋아졌다. 부서진 부품이 자루에서 달그락거리는 것 같은 느낌이었다.

아렌트는 뱃전(배의 양쪽 가장자리 부분-옮긴이)으로 몸을 끌어 올려 중간 갑판에 올라섰다. 중간 갑판은 네 개의 노천갑판 중 가장 크고 가장 낮은 곳이었다. 아렌트는 좌우를 둘러보며 친구를 찾았지만 갑판은 매우 소란스러웠다. 모여 있는 승객들은 어디로 가야 할지 우왕좌왕했고, 선원들은 양동이의 물로 보트를 청소하고 대포에 삼베를 쑤셔 넣었다. 수백 마리의 앵무새들이 활대에서 꽥꽥거리고 있었고, 객실 급사들이 팔을 흔들며 새 떼를 쫓아내고 있었다.

갑판 해치를 열고 아래쪽으로 화물을 싣고 내리던 선원들은 작업이 뒤엉켜서 서로를 비난하며 욕설을 퍼붓고 있었다. 목소리가 가장 큰 사람은 반바지와 조끼를 입은 난쟁이였다. 그는 손에 펼친 승객 명단을 부르며 이름을 확인하고 있었다. 아렌트는 난쟁이를 보면서 벼락 맞은 나무 그루터기를 떠올렸다. 그건 난쟁이의 키와 몸집, 거친 피부, 그리고 그가 몰고 다니는 이상한 재앙의 느낌 때문이었다.

승객들이 신원을 밝히자 난쟁이는 승객 명부에 그들의 이름을 표시하고, 특이한 억양과 목소리로 그들의 숙소를 불러 주고 그들이 가야 할 방향으로 손을 흔들었다. 난쟁이가 이름을 부른 대부분의 승객들은 최하 갑판에 있는 집단 숙소로 내려갔다. 그곳은 어깨와 어깨, 발과 머리를 맞대고 생활하면서 질병과 전염병의 먹잇감이 되기 쉬운 악취 나는 공간이었다.

아렌트는 승객들이 내려가는 모습을 측은하게 지켜보았다.

이전 바타비아로 오는 항해 동안, 최하 갑판에서 생활하던 승객들의 거의 3분의 1이 목숨을 잃었다. 여행에 신이 나서 즐겁게 계단을 내려가는 아이들을 바라보며 아렌트는 가슴이 아팠다.

고급 객실 비용을 감당할 정도는 못 되지만 어느 정도 여유 있는 승객들은 중간 갑판 아래쪽의 일반 객실을 사용했다. 그곳에는 해먹이 보급품과 목공구들과 함께 나란히 걸려 있었다. 그들은 움직이고 누울 수 있는 충분한 공간을 갖게 될 것이다. 그리고 무엇보다 그들은 사생활의 장막을 갖게 될 것이다.

바다에서 한 달만 생활하면 그런 단순한 혜택마저 사치스럽게 느껴질 예정이었다.

아렌트는 이곳으로 오는 항해 동안 일반 객실에서 지냈고 같은 방식으로 되돌아갈 터였다.

"당신의 친구가 여기 있소." 중간 갑판 맨 끝에서 드레히트가 군중들의 머리 위로 손을 흔들면서 소리쳤다. 그의 모자에 달린 빨간 깃털이 선명하게 눈에 띄었다.

머스킷 총병 두 명이 엉킨 그물에서 새미를 꺼내면서 물고기처럼 바다에 던져 버리겠다고 장난을 치고 있었다.

새미는 겉으로는 이런 굴욕을 냉정하게 견디고 있었지만 아렌트는 총병들의 옷과 얼굴 사이에서 번뜩이는 새미의 눈을 볼 수 있었다. 새미는 어떤 비밀을 찾기 위해 총병들을 세밀히 살펴보고 있었다.

아렌트는 새미가 무엇을 찾는지 확신하지 못했다.

아렌트는 바타비아에서 이 두 병사를 알고 있었다. 그들은 어울리지 않는 한 쌍이었다. 제복에 기름때가 찌들었고 얼굴은 더러웠다. 둘 중 키가 큰 병사는 티먼이었다. 그는 누런 치아와 적갈색 턱수염을 기르고 있었다. 키가 작은 병사는 에거트였다. 그는 대머리였고 상처 딱지가 두피를 덮고 있었다. 에거트는 긴장할 때마다 그 딱지를 뜯었고 항상 긴장했기 때문에 상처가 아물지 않았다.

"어디로 가십니까, 경비 대장?" 아렌트와 드레히트가 다가오자 티먼이 물었다.

"뱃머리에 감방을 만들었다." 드레히트가 말했다. "우리가 감방으로 그자를 데려가겠다."

승객과 선원들이 그들을 통과시키기 위해 길을 비켜 주면서 파리 떼처럼 수군거렸다. 아무도 새뮤얼 핍스가 왜 수갑을 차고 있는지 정확히 알지 못했지만 추측이 분분했다. 이에 대해 아렌트는 부분적으로 자신의 책임도 있다고 느꼈다. 지난 5년 동안 그는 새미의 수사에 대한 보고서를 작성했다.

그 보고서는 투자 배당금을 확인하고 싶었던 고객들의 시선을 끌었지만, 시간이 지나면서 점원과 상인, 그리고 대중 모두에게 인기를 끌게 되었다. 그 보고서들의 사본이 필사되어 동인도회사의 깃발을 날리는 모든 항구로 보내졌고 급기야 무대에서 공연되었다. 음유시인들이 배경 음악을 연주하기까지 했다.

새미는 프로방스 지역에서 가장 유명한 사람이었다. 그는 너무나 환상적인 모험가였고 그의 추리 방법들이 지나치게 놀라웠기 때문에 많은 사람들이 그를 사기꾼으로 생각했다. 그들은 새미가 해결한 범죄를 두고 새미가 저지른 거라고 비난했다. 그것이 그가 사건을 해결할 수 있었던 유일한 까닭이라고 믿었기 때문이다. 다른 사람들은 새미가 악마와 음모를 꾸몄고, 영혼을 팔아 초자연적인 재능을 얻었다고 비난했다.

새미가 갑판을 가로질러 감방을 향해 갈 때 승객들은 손가락질하고 수군거리면서 자신들의 의심이 정당하다고 믿었다.

"마침내 잡혔군." 그들이 말했다.

"요망한 놈."

"악마에게 영혼을 팔아 버린 놈."

아렌트의 날카로운 눈빛이 순간적으로 사람들을 움찔하게 만들었지만 그가 지나가자 수군거리는 소리가 발밑에 짓밟혔던 풀처럼 다시 일어났다.

새미의 느린 걸음에 짜증이 난 에거트는 새미를 앞으로 밀어서 쇠사슬에 걸려 넘어지게 했다. 티먼은 낄낄거리며 새미의 엉덩이를 걷어차려고 했다. 하지만 다리를 휘둘러 보기도 전에 아렌트가 머스킷 총병의 셔츠를 움켜쥐고 장작을 쪼개는 듯한 힘으로 난간으로 내던졌다.

단검을 꺼낸 에거트는 아렌트를 향해 마구 휘둘렀다.

용병은 재빠른 걸음으로 머스킷 총병 주위를 움직이며 팔을 붙잡아 위로 비틀고 단검의 칼날을 턱에 갖다 댔다.

하지만 경비 대장 드레히트가 한 발 더 빨랐다. 그는 사브르를 꺼내 들고 앞으로 내밀어 칼끝을 아렌트의 가슴에 겨눴다.

"내 부하들에게 손을 대는 걸 용서할 수는 없다, 아렌트 중위." 아렌트와 시선을 마주하기 위해 모자 테두리를 들어 올리며 드레히트가 침착하게 경고했다. "에거트를 풀어 줘."

드레히트의 칼이 아렌트의 가슴에 닿았다. 조금만 더 찌르면 아렌트는 죽을 터였다.

7

아렌트와 야코비 드레히트가 대치하는 소란 속에서 샌더 커스가 승선하는 것을 아무도 눈치 채지 못했는데, 이는 그의 행색에 비춰 볼 때 이례적이었다. 그는 키가 크고 마른 데다가 구부정했으며, 지저분한 자주색 예복을 나뭇가지에 흔들리는 누더기처럼 팔다리에 걸치고 있었다. 주름진 얼굴은 머리카락과 마찬가지로 어두운 회색빛이었다.

그런 뒤 샌더의 뒤에서 작은 손이 나타났다. 손가락들은 강렬한 기세로 손에 쥐어야 할 것을 찾으려 했다.

노인은 손을 아래로 뻗어 도와주려 했으나, 작은 손이 이를 거부했고 곧이어 갈색 곱슬머리를 한 마디커족mardijker(해방된 노예의 후손으로 구성된 네덜란드 동인도제도(현재의 인도네시아)의 민족 공동체를 지칭한다-옮긴이) 여성이 숨을 헐떡이며 나타났다. 그녀는 샌더보다 훨씬 키가 작고 어려 보였으며, 넓은 어깨와 두툼하고 튼실한 농민의 팔을 가지고 있었다. 그녀는 면 셔츠 소매를 팔꿈치까지 걷어 올렸고 치마와 앞치마는 얼룩져 있었다.

놋쇠 버클이 꽉 조여진 거추장스러운 가죽 가방이 그녀의 등을 가로지르고 있었다. 첨벙거리는 바닷물이 가방 안으로 스며들진 않을까 걱정스러운 듯 그녀는 서둘러 가방을 확인했고 봉인된 것을 확인하고는 안도의 기도를 올렸다.

아래에서 흔들거리는 배에 휘파람을 불며 그녀는 뱃사공이 던져 올린 나무 지팡이를 민첩하게 잡아서 샌더에게 내밀었다. 샌더는 근처에서 벌어진 싸움에 몰입되었기 때문에 그녀가 내민 지팡이를 곧바로 붙잡지는 않았다. 그녀는 목을 길게 뺀 채 군중들 틈으로 살펴보면서 소문으로 들었던 곰과 참새를 알아보았다. 이는 분명 적절한 별명이었지만 소문으로 들은 것보다 더 대단했다. 실제로 보니 아렌트 헤이즈는 단순히 몸집이 큰 것이 아니라 괴물 같은 존재였다. 마치 트롤이 산에서 쿵쿵 내려오는 것 같았다. 그는 벌벌 떠는 머스킷 총병의 목에 칼을 들이대고 있었고, 수염을 기른 장교가 사브르 끝으로 그의 가슴을 겨냥하고 있었다. 아렌트의 거대한 몸집을 생각할 때 사브르가 그를 죽이기는커녕 그를 관통할 거라고 믿기도 어려웠다.

새뮤얼 핍스는 일어나려고 애를 썼고, 그 모습은 그녀에게 날개가 부러진 새를 연상시켰다. 하지만 수갑이 그를 일어나지 못하게 했다. 소문에서는 그를 잘생겼다고 묘사했지만 그건 깨지기 쉬운 아름다움이었다. 그의 뺨은 초췌했고 그 위에서 갈색 눈이 제단에 놓인 유리구슬처럼 반짝였다. 핍스는 그녀가 상상했던 것보다 훨씬 더 작고 아이처럼 연약해 보였다.

"이미 시작되었구나." 샌더 커스가 심란하게 중얼거렸다.

샌더는 그녀의 팔을 톡톡 치며 아까 총독이 탑승한 선미 갑판을 가리켰다. "의식은 저 위에서부터 충분히 효과가 있을 거다." 그가 지팡이에 몸을 의지하며 말했다. "따라오거라, 이사벨."

그녀는 마지못해 뒤따라갔다. 그녀는 근사한 싸움을 즐겼고, 아렌트가 무시무시한 명성에 부응하는지 몹시 확인하고 싶었다.

어깨 너머로 싸움을 힐끗 쳐다보면서 이사벨은 샌더를 도와 천천히 계단을 올라갔는데, 샌더에게는 한 걸음도 충분히 고난이었다.

하늘이 어두워지고 있었다. 장마철이었고, 오후가 되면 사나운 폭풍이 종종 불어왔다. 바다 위로 그림자들이 떠다니고, 갑판 위로 빗방울이 떨어지기 시작하면서 동인도회사의 웅장한 깃발이 바람에 나부꼈다.

선미 갑판에 도달한 샌더는 이사벨이 메고 있던 가방의 버클을 투박하게 풀면서 안에 들어 있는 거대한 책을 꺼냈다. 책을 감싸고 있는 가죽 장정에 빗방울이 튀자 그는 잠시 고민했다.

"앞치마를 들어라." 샌더가 명령했다. "책이 비에 젖지 않도록 보호해야 한다."

얼굴을 찌푸린 이사벨은 날카로운 샌더의 목소리에 찔끔하며 그가 시키는 대로 했다. 이분은 두려워하고 있어, 이사벨은 생각했다.

공포가 불씨처럼 그녀를 엄습했다.

이사벨은 1년이 넘도록 샌더에게 훈련받았지만, 샌더가 하는 그들 적에 대한 이야기는 도통 실감이 나지 않았다. 늘 그렇듯 다른 누군가의 비극은 무섭지만 먼 이야기였다. 샌더를 만나기 전에 그녀가 겪은 고통에 비하면 앞으로의 수고는 동화 같은 수준이었다. 어리석게도 그녀는 그것을 위대한 모험이라고 생각하고 있었다.

그러나 샌더의 손이 떨리는 것을 보면서 이사벨은 이상하게 목에 칼이 닿는 듯한 느낌이 들었다.

그녀의 시선이 바타비아를 향했다.

도망치기에는 아직 늦지 않았다. 해질녘이 되면 다시 한번 맨발에 뜨거운 흙을 묻힐 수 있을 터였다.

"팔을 벌려라, 이사벨!" 가죽으로 묶인 책 표지를 드러내기 위해 포장을 벗기면서 샌더가 소리쳤다. "책 위에 앞치마를 계속 펼쳐라, 책이 젖지 않도록. 몽상에 잠길 시간이 없다!"

시키는 대로 하면서 이사벨은 먼 곳을 응시했다. 이 배에 어떤 위험이 도사리고 있든 간에, 그녀는 바타비아가 안전하다고 스스로를 설득하는 비겁함을 용납하지 않을 것이다. 이사벨은 가난했고, 혼자였고, 여자였다. 이는 바타비아의 골목길마다 이빨이 있다는 걸 의미했다. 신은 그녀에게 암스테르담에서의 더 나은 삶을 제시했다. 그녀는 용기를 내야만 했다.

무거운 책의 모서리를 난간에 얹은 채 샌더는 경건한 표정으로 빠르게 책장을 넘기기 시작했다. 첫 번째 페이지에는 염소의 몸과 초췌한 인간의 얼굴을 가진 괴물이 뱀의 왕좌에 앉아 있었다. 다음 페이지에는 송곳니를 가진 괴물이 발톱을 드러내며 비명을 지르는 시체 더미 속으로 기어오르는 장면이 보였다. 그 다음에는 거미의 몸에 머리가 셋 달린 거대한 괴물이 얼굴을 붉히는 하녀를 음흉하게 바라보고 있었다.

계속해서 끔찍한 장면이 이어졌다.

이사벨은 얼굴을 돌렸다. 그녀는 이 책을 싫어했다. 샌더가 처음으로 그 내용을 보여 주었을 때 그녀는 교회 바닥에 엎드려 구토를 했다. 지금도 악마의 환희가 그녀를 메스껍게 했다.

샌더는 마침내 원하는 페이지를 찾았다. 가시 돋은 날개를 가진 벌거벗은 노인이 박쥐의 머리와 늑대의 몸을 가진 괴물 위에 올라타고 있었다. 노인은 손 대신 발톱을 가지고 있었으며 그것을 휘둘러서 늑대에 의해 꼼짝 못하게 된 어린 소년의 뺨을 할퀴고 있었다. 그 괴물은 겁에 질린 소년의 곤경을 비웃듯이 혀를 길게 늘어뜨린 채 으르렁거리고 있었다.

반대쪽 페이지에는 꼬리 달린 눈을 닮은 상징이 그려져 있었다. 그 밑에는 이상한 글귀가 적혀 있었다.

그림에 손바닥을 대면서 샌더는 다시 싸움에 관심을 돌렸다.

새뮤얼 핍스는 말을 하기 시작했고 모든 사람들의 시선이 그에게 쏠렸다. 마치 그 책 속의 이야기 같았다. 수갑과 조롱에도 불구하고 새미의 권위는 절대적이었다. 거인마저도 겁먹은 것 같았다.

뭔가가 경비 대장 드레히트를 긴장시켰고, 칼날이 아렌트의 가슴을 더욱 강하게 압박했다.

"찔러." 샌더 커스가 숨죽이며 재촉했다. "지금 당장 찔러야 해."

에거트의 목에 들이댄 단검과 자신의 가슴을 압박하는 칼날 사이에서 아렌트는 승선이 기대했던 것만큼 순조롭지 않다는 걸 인정해야 했다.

"진정해." 벌벌 떠는 머스킷 총병을 조금 더 움켜잡으며 아렌트가 말했다.

아렌트는 사브르 반대편에서 완벽하게 안정된 자세를 취하고 있는 야코비 드레히트를 바라보았다.

"나는 당신과 싸우고 싶지 않소." 아렌트가 말했다. "하지만 새미 핍스는 훌륭한 사람이고, 이런 오물 구덩이에서 병에 걸리도록 내버려 두지는 않겠소." 아렌트가 티먼에게 고개를 끄덕이자 티먼은 얼떨결에 비틀거리며 일어섰다. "새미는 병사들의 지루함을 달래 주는 장난감이 아니라는 말을 해 주고 싶소. 이제부터 새미에게 손을 대는 놈은 오래 살지 못할 것이오. 반드시 후회하게 해 주겠소."

아렌트의 말은 조금도 틀리지 않았다. 동인도회사에서 머스킷 총병만큼 천박한 인간은 없었다. 그 일은 보수가 나빴고, 그래서 가장 천박한 인간만 끌어들였다. 그들의 고향은 교수형 집행인이 있는 곳이었고, 그런 까닭으로 고향에서 멀리 떨어져 무모한 길을 추구하는 것에 만족하는 자들만이 이 일에 뛰어들었다. 일단 고향을 떠나면 그들의 유일한 관심사는 재미와 생존이었고, 그 사이에 끼어든 사람은 누구나 불행해지기 마련이었다.

그런 병사들을 지휘할 수 있는 유일한 방법은 겁주기였다. 드레히트는 어떤 행위를 눈감아 줘야 하는지, 어떤 행위에 처벌이 필요한지 알아야 했다. 드레히트가 그 병사를 죽이지 않는다면, 그들의 (있지도 않은) 명예를 지키지 않는다면, 병사들은 그걸 약점으로 여길 것이다. 앞으로 8개월 동안 드레히트는 자신의 권위를 지키기 위해 싸울 것이다.

아렌트가 단검을 꽉 움켜쥐자, 에거트의 피 한 방울이 칼날을 타고 흘러내렸다.

"칼을 내려놔, 드레히트." 아렌트가 요구했다.

"내 부하를 먼저 풀어 주게."

그들은 서로를 응시했고, 휘몰아치는 바람이 그들의 얼굴에 비를 뿌렸다.

"에거트, 당신 동료는 주사위 게임에서 당신을 속였소." 새미가 긴장감을 깨뜨리며 말했다.

새미가 거기 있다는 사실을 완전히 잊어버렸던 모두가 그를 바라보았다. 새미는 아렌트가 붙잡고 있는 머스킷 총병에게 말하고 있었다.

"뭐라고?" 에거트가 물었다. 그와 동시에 그의 턱이 움직였는데,

이때 아렌트는 실수로 그의 입에 여분의 구멍을 내지 않도록 단검을 내려야 했다.

"아까 당신은 나를 그물에서 꺼내 주면서 티먼을 노려보고 있었소." 새미가 얼굴을 찡그리고 힘겹게 일어서며 말했다. "최근에 티먼이 당신을 화나게 했을 테지. 당신은 계속 티먼의 돈주머니를 향해 시선을 던지고 얼굴을 찌푸렸소. 우리가 걸을 때 티먼의 제복 속에서 짤랑거리는 소리가 들리더군. 반대로 당신 돈주머니에서는 소리가 나지 않았고. 비어 있었을 테니까. 당신은 티먼이 당신을 속였는지 궁금했소. 맞소. 그는 당신을 속였소."

"그럴 리가 없어." 에거트가 콧방귀를 뀌었다. "그건 내 주사위였다고."

"티먼이 당신에게 그 주사위를 사용하라고 하지 않았소?"

"그래."

"당신은 몇 번 굴렸지만 티먼이 첫 게임을 이긴 후 당신의 운은 시들었을 것이오. 안 그렇소?"

에거트는 동요하면서 대머리 딱지를 뜯었다. 그는 새미의 추리에 너무 몰입해서 아렌트가 자신을 풀어 준 걸 눈치채지 못했다.

"당신이 그걸 어떻게 알 수 있지?" 에거트가 의심스러운 듯이 물었다. "티먼이 무슨 말을 했나?"

"티먼은 손에 또 다른 주사위를 감추고 있었소." 새미가 설명했다. "그는 당신 주사위를 받아 들었을 때 바꿔치기를 해 승리한 것이오. 그러고는 게임이 끝난 후에 당신에게 주사위를 돌려준 거요."

그들을 지켜보던 군중은 새미의 통찰력에 놀라며 술렁였다. 숨죽인 군중의 목소리가 새미를 악마라고 비난했다. 언제나 그런 식이었다.

새미는 그들을 무시하고 티먼에게 시선을 돌렸다. 그는 다리에 힘이 풀린 채 벽에 기대고 있었다. "티먼의 돈주머니를 열어 보면 그 안에 주사위가 들어 있을 거요." 새미가 말했다. "다섯 번 굴리면 다섯 번 이길 거요. 그 주사위는 티먼에게 유리하게 조작되어 있으니까."

에거트의 분노가 커지는 모습을 바라보면서 드레히트는 칼을 칼집에 넣고 두 머스킷 총병 사이를 가로막았다. "티먼, 저쪽으로 가라." 주 돛대를 향해 손짓하며 드레히트가 명령했다. "에거트, 너는 저 아래로 가고." 드레히트는 최하 갑판으로 가는 계단을 가리켰다. "오늘은 서로 가까이하지 마라, 그렇지 않으면 내가 대가를 치르게 해 주겠다." 드레히트의 눈빛은 그들이 그 대가를 좋아하지 않을 것임을 분명히 암시했다. "그리고 여러분들도 해산하시오. 각자 하던 일로 돌아가시오."

군중은 투덜거리며 뿔뿔이 흩어졌다.

드레히트는 에거트와 티먼이 서로 떨어졌는지 확인하고 나서 새미에게 관심을 돌렸다.

"어떻게 그걸 알아낸 거요?" 드레하드의 목소리에는 경외심과 놀라움의 기색이 역력했다.

"그 병사들의 성격과 동전 지갑의 상대적인 무게로 판단했소." 새미가 말했다. 아렌트는 새미의 먼지를 털어 냈다. "나는 에거트가 티먼에게 화를 내는 걸 알았고, 그 동기가 단순하게도 돈 때문으로 보였기에 그의 분노를 원하는 곳으로 이끌었을 뿐이오."

새미의 말은 빠른 속도로 야코비 드레히트의 머릿속을 뒤흔들었다. "추측이었다고?" 드레히트가 믿을 수 없다는 듯이 소리쳤다.

"그 게임의 속임수를 알고 있으니까." 쇠사슬이 허락하는 한계까지 손을 벌리며 새미가 말했다. "어렸을 때 내가 직접 사용했소. 그 주사위는 빠른 손놀림과 많은 연습, 그리고 속고 있다는 걸 깨닫지 못하는 어리석은 상대방이 필요하오. 그런 특징들을 나는 눈앞에서 다 보았지."

드레히트는 허탈한 웃음을 터트리고 새미의 대담함에 놀라며 고개를 저었다.

"주사위로 사람을 속였다고?" 드레히트가 말했다. "귀족이 주사위로 사람을 속이는 방법을 어디서 배웠나?"

"나를 잘못 알고 있군, 경비 대장." 새미가 불편한 기색을 보이며 말했다. 새미는 좀처럼 자신의 과거에 대해 말하는 법이 없었다. 그러나 아렌트는 새미가 그 과거로부터 벗어나기 위해 열심히 노력했다는 사실을 알고 있었다. "나는 귀족으로 태어나지 않았소. 아버지는 내가 어렸을 때 돌아가셨고, 어머니는 세상에서 가장 가난한 과부였소. 나는 흙을 베개로 삼고 바람을 담요로 삼아 자랐소. 다른 사람의 호주머니에 손을 대서라도 내게 필요한 돈을 마련해야 했소."

"도둑이었다고?"

"그리고 무용수, 곡예사, 연금술사였소. 나는 살아남아야 했고 지금도 마찬가지요. 그 이유로 내가 조사하는 살인범들이 그들의 살해 목록에 나를 추가하는 것을 막기 위해 아렌트를 고용한 거요. 아렌트는 이 일을 잘하오, 경비 대장. 그리고 누가 나를 위협하면 가만있지 않을 거요." 새미는 눈썹을 치켜올렸다. "물론 당신은 우리의 딜레마를 알고 있겠지."

"음." 드레히트가 생각에 잠기며 말했다. "그래서 내가 당신의 안전을 보장해 주려는 거요. 내가 신뢰하는 병사를 감방 앞에 세워 놓겠소. 당신을 귀찮게 하는 사람은 누구든지 내게 대가를 치를 것이며, 승선하는 사람은 모두 그것을 알 것이오." 드레히트는 아렌트 쪽으로 손을 내밀었다. "내 명예를 걸겠소, 헤이즈 중위. 받아 줄 테요?"

"그렇게 하겠소." 아렌트가 악수를 하며 말했다.

"그러면 이제 핍스 탐정을 감방으로 데려갑시다."

그들은 중간 갑판의 넓은 공간을 지나 뱃머리 아래쪽에 있는 어두운 구역으로 향했다. 그곳에는 앞 돛대의 두꺼운 기둥이 바닥을 뚫고 올라와 갑판을 향해 솟아 있었다. 천장에서 흔들리는 외로운 등불이 톱밥 위에 앉아 있는 선원들의 얼굴을 순간적으로 드러내고는 다른 곳을 비췄다. 선원들은 주사위 게임을 하며 불평하고 있었다.

"여기는 날씨가 나쁠 때 선원들이 휴식을 취하는 곳이오." 드레히트가 설명했다. "그와 동시에 배에서 가장 위험한 곳이기도 하고."

"위험한 곳?" 아렌트가 물었다.

새미가 톱밥을 걷어차자 그 밑에 핏자국이 드러났다.

"바다로 출항하게 되면 배의 앞부분은 선원들의 영역이고, 승객들과 간부들은 뒷부분에서 생활하게 되오." 드레히트가 설명했다. "반대쪽에서 수행해야 할 임무가 있지 않는 한 누구도 나머지 절반으로 건너가는 것이 허용되지 않소. 그 말은 배의 앞부분이 기본적으로 무법천지라는 뜻이오." 드레히트가 해치를 들어 올리자 사다리가 보였다. "여기로 내려갑시다."

사다리를 내려간 후에 그들이 도착한 곳은 커다란 돛천이 둘둘 말려서 벽의 갈고리에 매달린 작은 방이었다. 바닥에는 작업대가 못으로 박혀 있었고, 그 뒤에서 돛을 만드는 일꾼이 아렌트 손가락 크기만 한 쇠바늘로 삼베 두 조각을 꿰매고 있었다. 인부는 그들을 힐끗 쳐다보더니 다시 하던 일을 계속했다.

새미는 그 칸을 살펴보았다. "이 정도면 지낼 만하겠군. 나는 훨씬 더 안 좋을 거라고 예상했소."

그들 뒤로 문이 열리면서 엄청난 덩치를 가진 남자가 머리를 숙이고 들어왔다. 그는 대머리였고, 귀가 짓이겨져 있었으며, 피부에는 모래알 같은 곰보 자국이 무성했다. 가죽 안대로 오른쪽 눈을 가렸지만 눈 주변의 거미줄 같은 상처는 제대로 감춰지지 않았다.

애꾸눈은 핍스의 수갑을 보고 비웃었다. "네가 그 죄수냐?" 그는 갈라진 입술을 혀로 훑었다. "네가 승선한다는 이야기를 들었다. 같이 항해할 놈을 기다리고 있었지."

돛 만드는 일꾼이 바느질하면서 낄낄거렸다.

"그는 내 보호하에 있어, 와이크." 드레히트가 칼을 만지며 경고했다. "머스킷 총병들이 계속 감시할 것이다. 이 두 명에게 피해가 생기면 내가 너를 채찍질할 것이다. 네가 다른 곳에 있었다고 증언할 수 있는 선원들이 십여 명이라도 상관없이 말이다."

와이크는 얼굴이 어두워지면서 한 걸음 앞으로 나왔다. "군인이 나한테 무슨 말을 하는 거야?" 그는 거의 침을 뱉듯이 말했다. "당신은 선원들에 대해 아무런 권한도 없잖아."

"하지만 총독께서는 내게 권한을 위임하셨고, 그분은 마음만 먹으면 어떤 빌어먹을 놈의 귀도 잘라 버릴 수 있지."

와이크는 으르렁거리며 사다리로 쿵쿵 걸어갔다. "그럼 그자를 조용하게 만들어. 밤에 훌쩍거리면 가만두지 않을 테니까."

와이크는 덩치에 어울리지 않게 민첩한 속도로 사다리를 뛰어올라 해치를 통해 사라졌다.

"저게 누구요?" 새미가 물었다.

"갑판장." 드레히트의 어조는 암울했다. "선원들을 통솔하는 자요."

"새미를 저자와 함께 두지 마시오." 아렌트가 경고했다.

"알겠소. 와이크의 선실은 저쪽에 있고," 와이크가 나온 문을 가리키며 드레히트가 대답했다. "감방은 이 아래에 있소."

74

드레히트는 또 다른 해치를 열었다. 이번 사다리는 너무 좁아서 반쯤 아래에서 아렌트의 어깨가 끼었고 몸을 빼내려고 꿈틀거릴 수밖에 없었다. 맨 아래쪽에는 돛 만드는 일꾼의 창고가 있었고, 위에서 떨어뜨려진 자투리 조각들이 바닥에 쌓여 있었다. 한 줄기 빛이 해치를 뚫고 들어왔지만 그 밖의 모든 것은 어둠 속에 남겨져 있었다.

아렌트는 드레히트가 뒤쪽에 있는 작은 문의 빗장을 당기고 있다는 사실을 한동안 눈치채지 못했다.

"여기가 감방이요." 드레히트가 말했다.

아렌트는 새미를 뒤에 놔두고 머리를 안으로 밀어 넣었다. 그곳은 칠흑같이 어둡고 창문도 없었다. 악취가 진동하고 앞 돛대의 기둥에 의해 반으로 나눠져 있었다. 새미가 똑바로 서 있기 어려울 정도로 천장이 낮았다.

"이게 사람이 있을 곳이요?" 아렌트가 화를 참지 못하고 소리쳤다. 전쟁터에서 포로로 붙잡힌 장교들은 깔끔한 감방에서 계급에 준하는 대우를 받았다. 아렌트는 새미도 같은 대우를 받을 거라고 기대했었다.

"미안하오. 하지만 이건 총독의 명령이요."

새미의 얼굴이 일그러졌고, 처음으로 충격을 드러냈다. 그는 고개를 저으며 문에서 물러났다.

"경비 대장, 제발, 나는 이런 곳에서 도저히…"

"나는 총독의 명령을 따를 뿐이오, 핍스 탐정."

새미는 넋 나간 시선으로 아렌트를 바라보았다. "너무 좁아, 나는…" 새미는 분명히 도망칠 생각을 하며 사다리를 바라보았다.

드레히트는 긴장하며 칼자루를 움켜쥐었다. "새미 핍스를 진정시키시오, 헤이즈 중위." 그가 경고했다.

아렌트는 친구의 어깨를 잡고 그의 얼굴을 똑바로 바라보았다.

"내가 총독께 잘 말씀드려 보겠네." 아렌트가 달래듯이 말했다. "감방을 옮기도록 애써 보겠네, 하지만 자네가 죽으면 난 그렇게 할 수 없어."

"제발…" 필사적으로 친구를 움켜잡으며 새미가 애원했다. "날 여기에 내버려 두지 마."

"절대로 안 그럴 거야." 작은 공간에 대한 새미의 혐오감에 깜짝 놀라며 아렌트가 말했다. "지금 당장 총독에게 달려가겠네."

새미는 부들부들 떨면서 고개를 끄덕이더니 잠시 후 고개를 가로저었다. "안 돼." 그런 다음 더욱 단호하게 말했다. "자네는 먼저 배를 구해야 해. 선장에게 얘기해. 그런 다음 화약고 문지기에게 말해. 누가, 왜 우리를 위협하는지 알아내야 해."

"그건 자네가 할 일이야." 아렌트가 주장했다. "나는 자네를 구하고, 자네는 다른 모든 사람을 구해야 해. 늘 그래 왔잖아. 총독께 말씀드리겠네. 그분은 허락해 주실 거야, 난 그럴 거라고 확신해."

"우리에겐 시간이 없어." 새미가 말했다. 드레히트가 새미의 어깨를 붙잡고 감방 안쪽으로 끌고 갔다.

"난 자네처럼 할 수 없어." 이번에는 아렌트가 새미가 좀 전에 그랬던 것처럼 거의 공황 상태가 되어 말했다.

"그러면 나처럼 할 수 있는 다른 사람을 찾아내." 새미가 대답했다. "나는 더 이상 움직일 수 없으니까."

"어서 들어가시오!" 드레히트가 단호하게 말했다.

"부탁이니 제발, 새미의 수갑을 풀어 주시오." 아렌트가 요구했다. "이 상태로는 한순간도 편안하지 못할 거요."

드레히트는 녹슨 쇠사슬 고리를 응시하며 잠시 고민했다. "총독께서는 수갑과 관련해 특별한 지시를 하지 않으셨지. 기회를 봐서 수갑을 풀어 줄 사람을 내려보내겠소."

"이제 모든 건 자네에게 달렸어." 손과 무릎을 꿇고 네 발 달린 동물처럼 감방 안으로 기어 들어가며 새미가 아렌트에게 당부했다.

잠시 후 드레히트가 문을 닫고 빗장을 걸어 잠그자 새미는 캄캄한 어둠 속에 갇혀 버렸다.

3

사라는 객실을 서성거리며 이따금씩 멈춰 서서 둥근 창밖을 바라보았고, 바타비아가 여전히 저편에 있다는 사실에 안도했다. 사르담호는 아직 닻을 올리지 않았고, 그녀에게는 배를 위협하는 음모에 대한 실체를 밝혀낼 시간이 아직 남아 있었다. 사르담호가 출항하기 전에 그녀가 뭔가 확실한 것을 발견할 수 있다면 고집불통인 남편에게 그 위험을 납득시킬 수 있을 터였다.

목수는 아직 도착하지 않았고 사라는 점점 더 조급해졌다.

"그렇게 서성거리시면 배가 침몰할지도 몰라요." 도로테아가 바닥에 앉아 사라의 옷을 서랍에 정리하며 투덜거렸다.

도로테아는 하녀였지만 오랫동안 그들 가족과 함께 지냈기 때문에 그런 무뚝뚝함을 용서받았다. 결혼 초기의 외로운 시절, 하녀는 사라의 유일한 말상대였고 친구였다.

도로테아는 많은 머리를 뒤로 넘겼지만 다른 모든 면에서 예전 그대로였다. 좀처럼 미소를 짓지 않았고 자신의 과거를 입에 올리지 않았다. 하지만 그녀는 눈치가 빨랐고 때로는 현명했으며 총독에 대한 사라의 증오를 이해했기 때문에 그들은 해를 거듭할수록 친밀해졌다.

객실 문을 세 번 두드리는 소리가 들리자 도로테아가 고통스럽게 일어섰고 (그녀는 무릎이 좋지 않았다) 얼굴을 찡그리며 문을 열어 주었다.

"누구세요?" 도로테아가 문틈 사이로 물었다.

"목수예요. 이름은 앙리고요." 소년의 뚱한 목소리가 들려왔다. "부인께서 선반을 만들어 달라고 하셨어요."

"선반?" 도로테아가 어깨 너머로 사라에게 물었다.

"들어오라 하게." 사라가 허락했다.

사라는 위험 있는 목소리로 말하려는 스스로의 모습이 어리석게 느껴졌다. 애초에 위엄 있게 보여 줄 만한 것이 별로 없었기 때문이다. 이 객실은 요새에 있는 그녀의 탈의실 속에 들어갈 만큼 작았다. 낮은 천장 아래 벽에는 일인용 간이침대와 서랍 두 개가 있었다. 둥근 창문 근처에 탁자가 있었고, 음료수를 보관하는 선반 하나, 그리고 구석에 조심스럽게 밀어 넣은 요강이 있었다. 바닥에는 안락함을 위해 양탄자가 깔려 있었고, 사라는 하프와 그림 두 점을 가지고 승선하도록 허락받았다.

몇 년간 널찍한 요새에서 생활한 사라에게 사르담호의 고급 객실은 시체를 담는 관처럼 느껴졌다.

그녀는 가능한 한 많은 시간을 객실 외부에서 보낼 생각이었다.

소년은 도구 상자와 나무판자 몇 개를 겨드랑이에 끼고 객실 안으로 엉거주춤하게 들어왔다.

팔에 핏줄이 드러날 정도로 그는 몹시 말랐고 코 주위에는 점들이 마치 교회의 예배자들처럼 모여 있었다.

"선반을 어디에 만들까요?" 소년이 퉁명스럽게 물었다.

"여기하고 저기에," 기존 선반 위와 아래 공간을 가리키며 사라가 말했다. "얼마나 걸리죠?"

"금방 돼요." 소년이 울퉁불퉁한 벽면을 손바닥으로 매만지며 말했다. "갑판장은 출항하기 전에 제가 원래 임무로 돌아오기를 원해요."

"잘한 일은 합당한 보상을 받아야 마땅해요." 사라가 말했다. "선반이 마음에 들면 수고비로 금화 한 닢을 주겠어요."

"네, 아가씨." 소년이 활기차게 말했다.

"네, 부인." 사라의 드레스를 가지런히 접으며 도로테아가 정정해 주었다.

사라는 침대에 앉을까 잠시 고민했지만 이내 책상 밑에서 의자를 꺼내 얌전하게 자리를 잡고 앉았다.

"이런 일을 하기엔 어려 보이는군요." 소년이 팔뚝과 손으로 기존 선반의 길이를 재는 걸 바라보면서 사라가 말했다.

"저는 목수 보조예요." 소년이 산만하게 말했다.

"목수 보조를 할 만큼 나이가 어린가요?"

"아니요."

"아닙니다, 부인!" 도로테아가 화를 내며 바로잡자 소년의 얼굴이 창백해졌다.

"아닙니다, 부인." 앙리가 중얼거렸다.

"목수 보조는 무슨 일을 하나요?" 사라가 상냥하게 물었다.

"목수 대장이 원하지 않는 모든 일을 해요." 앙리가 투덜거렸다.

"나도 목수 대장을 만난 적이 있어요." 잡담처럼 들리게 하려고 애쓰면서 사라가 말했다. "절름발이, 맞지요? 혀가 없는?"

앙리는 고개를 저었다. "부인께서 말씀하시는 사람은 보세에요." 숯으로 목재에 선을 그으며 그가 대답했다.

"그 사람이 목수 대장 아닌가요?"

"절뚝거리는 발로는 돛대를 올릴 수가 없어요." 소년이 비웃었다.

"그렇겠군요." 사라가 동의했다.

"보세가 이 배에 승선했나요, 아니면 내가 완전히 다른 사람을 생각하고 있는 건가요?"

소년은 불편하게 자세를 고치면서 사라에게 경계하는 눈빛을 보냈다.

"왜 그래요, 젊은이?" 부싯돌처럼 놀란 눈빛으로 사라가 물었다.

"갑판장이 보세에 대해 이야기하면 안 된다고 경고했어요." 소년이 중얼거렸다.

"갑판장?"

"갑판 위에서 선원들을 지휘하는 사람 말이에요." 소년이 말했다. "그는 우리가 낯선 사람과 배에 관한 이야기를 하는 걸 싫어해요."

"갑판장 이름이 뭔가요?"

"요하네스 와이크."

마치 그 이름 자체가 공포인 것처럼, 소년은 떨면서 말했다.

앙리는 목재 하나를 집어 들고 복도로 나가서 톱질을 시작했다. 자투리들이 바닥으로 떨어지며 달그락달그락 소리를 냈다.

"도로테아," 소년을 바라보며 사라가 말했다. "내 동전 지갑에서 금화 두 닢을 꺼내 줘."

욕심이 생긴 앙리는 더욱 열심히 톱질을 했다. 사라는 소년이 일주

일에 이보다 더 많은 돈을 벌지는 못할 거라고 생각했다.

"이미 약속한 금화 한 닢에다 금화 두 닢을 더 줄 수 있어요. 와이크가 보세에 대해 이야기하지 말라고 한 내용을 내게 알려 주면." 사라가 말했다.

앙리의 눈빛이 흔들렸다.

"다른 선원들은 당신이 말했다는 걸 절대로 모를 거예요." 사라가 말했다. "나는 총독의 부인이에요. 항해 기간 동안 나는 다른 선원과 이야기하지 않을 거고요."

사라는 소년이 고민을 하도록 잠시 시간을 준 다음 금화를 내밀었다. "받아요. 보세가 이 배에 승선했나요?"

앙리는 사라의 손바닥에서 금화를 낚아채고 머리를 객실 쪽으로 돌려서 은밀히 말해야 한다는 뜻을 나타냈다. 사라는 살며시 문을 닫으며 소년을 따라 들어갔다.

"그래요, 보세는 사르담호에 승선했어요." 앙리가 말했다. "해적의 공격으로 절름발이가 됐지만 선장이 그를 좋아해서 계속 데리고 있었어요. 보세처럼 배를 잘 아는 사람은 아무도 없다면서 말이죠."

"감동적인 이야기네요." 사라가 말했다. "그런데 왜 와이크는 그런 이야기를 못 하게 하는 거죠?"

"보세는 결코 입을 다물지 않아요." 살짝 열린 객실 문을 조심스럽게 바라보며 앙리가 말했다. "그는 무슨 일이든 자랑하고 떠벌려요. 주사위 게임에서 이기면 일주일 동안 귀에 못이 박히도록 자랑해요. 창녀와 하룻밤을 보내면—" 앙리는 도로테아의 눈초리에 찔끔했다. "어쨌든 그는 항상 주절거려요. 최근에는 바타비아에서 어떤 거래를 했다고 떠들었어요. 그 거래로 부자가 될 거라고요."

"항상 주절거린다고요?" 사라는 얼굴을 찡그렸다. "내가 보세를 만났을 때는 혀가 없었는데."

앙리는 그들이 만나고 처음으로 부끄러워하는 모습을 보였다. "와이크가 잘랐어요." 소년이 조용히 말했다. "한 달쯤 전에 그렇게 만들었어요. 보세가 떠벌리는 소리를 듣는 게 지긋지긋하다면서 중간 갑판에서 칼로 잘라 버렸어요. 우리에게 보세를 붙잡고 있으라고 시켰어요."

사라는 동정심을 느꼈다. "선장이 와이크를 처벌했나요?"

"선장은 보지 못했어요. 그리고 아무도 와이크의 행동에 반대하지 않았고요. 보세도 저항하지 않았어요."

사라는 동인도 무역선에서 선원들의 생활이 어떻게 이루어지는 이해하기 시작했다.

"당신이 보세의 몸을 붙잡았다면 그는 문둥병자가 아니었겠군요." 사라가 말했다.

"문둥병자?" 소년은 혐오감에 몸을 떨었다. "동인도 선박은 문둥병자가 승선하는 걸 허락하지 않아요. 배가 정박하고 난 후에 문둥병에 걸린 걸 수도 있어요. 일단 항구에 도착하면 선장은 우리가 원하는 대로 돌아다니도록 해 줘요. 선원 대부분은 바타비아로 휴가를 갔지만 보세는 혀가 잘린 이후, 배 안에 혼자 남아 있었어요."

"혀가 잘리기 전에 보세가 그 거래에 대해 또 다른 이야기를 했나요? 누구와 거래를 했다든지?" 사라가 물었다.

소년은 대화를 끝내고 싶어서 고개를 힘껏 가로저었다. "지금까지 번 돈 중 가장 쉽게 번 돈이라는 이야기만 했어요. 여기저기에 호의를 베풀었어요. 우리가 무슨 거래냐고 물었을 때, 보세는 섬뜩한 웃음을 지으면서 '락사가르Laxagarr'라고 말했어요."

"락사가르?" 사라는 어리둥절했다. 그녀는 라틴어, 프랑스어, 네덜란드어를 유창하게 구사할 수 있지만 그런 단어는 한 번도 들어 본 적이 없었다.

"그게 무슨 뜻인가요?"

앙리는 기억을 더듬으며 어깨를 으쓱했다. "나도 몰라요. 우리 중 아무도 모를 거예요. 보세는 노르웨이 사람이었으니까 아마 그곳에서 쓰는 말일 거예요. 하지만 보세가 그 단어를 말할 때의 표정은… 소름이 끼쳤어요."

"이 배에 노르웨이어를 힐 줄 아는 사람이 있나요?" 사라가 물었다.

소년은 묘한 웃음을 지었다. "오직 한 명. 갑판장 요하네스 와이크. 하지만 부인께서 그의 입을 열게 하려면 금화 세 닢은 필요할 거예요."

아렌트가 돛 만드는 일꾼의 선실에서 겨우 빠져나왔을 때 선원 숙소
에서 종소리가 울렸다. 난쟁이가 의자 위에 올라서서 종을 흔들고 있
었다.

"이 게으른 것들아, 일어나!" 난쟁이가 입술에서 침을 튀기며 소리
쳤다. "모두 갑판 위로 올라가."

해치가 덜컹거리며 열리고, 선원들이 불을 피해 도망치는 쥐 떼처
럼 갑판 아래쪽에서 올라왔다. 그들은 앞사람의 허리를 붙잡으며 서
로의 머리 위로 기어오르고, 정신없이 삭구 주변에 모여들어 난간에
걸터앉거나 다른 이들의 넓적다리 위에 앉아 웃고 떠들었다.

아렌트는 뱃머리 쪽으로 밀려나 방금 걸어 나온 바로 그 문에 도달
했다. 공기는 땀과 에일 맥주, 톱밥 냄새로 점점 자욱해졌다.

경비 대장 야코비 드레히트가 모자 테두리를 으쓱하며 돌아온 아

렌트를 반겨 주었다.

드레히트는 한쪽 신발 바닥을 벽에 기댄 채 움직이지 않았고, 이빨 사이에 끼운 담배 파이프에서는 독한 연기가 피어올랐다. 조금 전까지만 해도 아렌트의 가슴을 압박했던 사브르는 다정한 친구처럼 옆에 세워져 있었다.

"대체 무슨 일이오?" 아렌트가 물었다.

드레히트는 엄지손가락으로 입술 모서리를 긁으며 입에서 담배 파이프를 뗐다. 커다란 모자와 새 둥지처럼 수북하고 누런 턱수염 사이로 가늘게 뜬 눈이 햇빛을 반사하며 파랗게 번뜩였다.

"크로웰스 선장의 신고식이지." 선미 갑판 쪽으로 턱을 내밀며 드레히트가 말했다. 그곳에는 각진 어깨와 두꺼운 다리를 가진 남자가 뒷짐을 지고 서 있었다. 꽉 다문 입술 아래로 처친 입 모양이 음침한 기질을 암시했다.

"저 사람이 선장이라고?" 아렌트가 놀라며 말했다. 선장은 아렌트가 만나 본 많은 장군들보다 더 잘 차려입고 있었다. "목사의 아내처럼 예쁘군, 안 그렇소? 뭐 하러 동인도 선박을 지휘하는 거지? 저 옷을 팔면 편하게 은퇴할 수 있을 텐데."

"당신은 항상 이렇게 질문이 많은 편인가?" 아렌트를 삐딱하게 바라보며 드레히트가 물었다.

아렌트는 그렇게 쉽게 자신의 성격이 드러난 데에 짜증이 났다. 이 끊임없는 호기심은 새미의 특징이었다. 그와 함께 시간을 보낸 모든 사람들에게 그런 특징이 생겨났다.

새미가 그들을 바꾸었다.

새미는 그들의 사고방식도 바꾸었다.

아렌트는 새미의 경호를 하기 전까지 18년 동안 용병이었다. 그 시절, 아렌트의 유일한 관심사는 칼과 총 그리고 그를 죽이려는 적군이었다. 그는 한가롭게 관찰하는 사람이 아니었다. 그럴 여유가 없었다. 창을 보고 너무 오래 생각하는 용병은 결국 그 창에 가슴을 찔리게 된다. 하지만 이제 그는 창을 보면 누가 그것을 만들었는지, 어떻게 그것이 군인의 손에 들어갔는지, 군인이 누구인지, 왜 그곳에 있는지 등을 계속 궁금해했다. 그건 아렌트를 이도 저도 아니게 만드는 비참한 재능이었다.

크로웰스 선장은 모인 선원들에게 시선을 던지면서 그가 지휘하는 모든 남자들의 세부사항들을 살펴보았다.

그들 주변으로 비가 후두두 쏟아졌다.

대화가 차례차례 끊어지자, 철썩이는 파도 소리와 위에서 빙빙 도는 새 울음소리만이 남았다. 크로웰스는 침묵이 감돌게 하면서 그대로 가만히 있었다.

"이 배에 타고 있는 모든 사람은 다시 육지를 밟아야 할 이유가 있다." 크로웰스가 목소리를 높이며 말했다. "기다리는 가족 때문일 수도 있고, 좋아하는 사창가일 수도, 때로는 채울 필요가 있는 빈 지갑 때문일 수도 있겠지."

'사창가'라는 단어에 선원들이 킥킥거렸다.

"우리는 가족을 보기 위해서, 우리의 지갑을 채우기 위해서, 숨을 한 번 더 들이쉬기 위해서 이 배를 계속 띄워야 한다." 앞쪽 난간에 두 손을 얹으며 선장이 말을 이었다. "하지만 그러기까지는 많은 고난이 있을 것이다. 해적들이 우리를 뒤쫓고 폭풍우가 몰아칠 것이며, 출렁이는 바다가 우리를 암초 속으로 처박으려 할 것이다."

선원들이 자세를 똑바로 했다.

"반드시 이것 하나만은 기억해라." 크로웰스가 목소리를 다시 높였다. "모든 위협 뒤에는 언제나 또 다른 위협이 있을 것이다. 우리는 집으로 돌아가기 위해, 거기서 기다리는 사람들을 우리 두 팔로 껴안기 위해, 우리는 그 위협보다 더 잔인해져야 할 것이다." 그의 말이 불꽃처럼 퍼지자 선원들이 환호했다.

"해적들이 우리를 공격한다면 우리는 그들을 학살하고 우리의 깃발 아래 그들의 배를 침몰시킬 것이다. 폭풍은 사악하지만 우리의 돛에는 바람이 불고, 암스테르담으로 돌아갈 때까지 우리는 몰아치는 모든 파도를 올라타고 넘어설 것이다."

모래시계가 기울고 종이 울리자 환호성이 터지며 선원들은 각자의 임무로 흩어졌다. 네 명의 건장한 남자들이 캡스턴 휠capstan wheel(닻을 올리고 내리는 회전 장치-옮긴이)을 돌리기 시작했고 바다 밑바닥에서 사르담호의 세 개의 닻이 끌어 올려졌다. 선장은 항로와 속도를 지시했고, 그 명령은 일등항해사를 거쳐 조타수에게 전달되었다.

그러나 주 돛대가 펼쳐지자 사람들의 환호성은 충격으로 바뀌었다.

바람에 나부끼는 거대하고 새하얀 천에는 꼬리 달린 눈이 잿빛으로 그려져 있었다.

11

모든 사람의 시선이 꼬리 달린 눈에 쏠려 있었기 때문에 아무도 크리지 옌스가 창백한 표정으로 선미 갑판의 난간을 움켜쥐고 있는 걸 보지 못했다.

아무도 샌더 커스가 이사벨의 손에 들린 커다란 책을 닫으며 거기에 그려진 꼬리 달린 눈을 감추는 걸 보지 못했다.

아무도 갑판장 요하네스 와이크가 안대를 매만지며 기억을 더듬는 걸 보지 못했다.

그리고 아무도 아렌트가 자신의 손목에 있는 흉터를 믿을 수 없다는 듯이 응시하는 걸 보지 못했다. 그 흉터는 돛에 그려진 꼬리 달린 눈과 정확히 같은 모양이었다.

12

크로웰스 선장이 명령을 내리자 조타수는 조타실 안의 작은 창문을 통해 배의 진로를 확인하고 손잡이를 돌려 방향타를 맞췄다. 사르담호는 들판을 가로질러 쟁기를 끌고 가는 소처럼 천천히 파도를 헤치며 나아갔고 갑판 위로 바닷물이 튀어 올랐다.

선원들은 각자의 임무로 흩어졌고, 홀로 남은 아렌트는 빗물에 씻겨 내려가는 돛의 상징을 응시했다.

선장이 돛에 구멍이나 허술하게 바느질된 부분이 있는지 검사하라고 지시했지만 아무 문제도 발견되지 않았고, 돛은 충분히 바람을 견딜 만하다고 판단되었다. 만약 누군가가 돛에 그 상징을 그린 것이라고 해도 별다른 의미는 없어 보였다. 대부분의 사람들은 그 상징이 짓궂은 장난이거나 창고에서 일어난 사고의 결과라고 생각했다.

아렌트는 아픈 손가락으로 흉터를 문질렀다. 그 흉터는 이제 잘 보이지 않았다. 다른 십여 개의 더 심한 상처 밑에 숨겨져 있었기 때문이다. 그 흉터는 소년 시절에 생겼다. 턱수염이 처음 돋아나고 얼마 지나지 않아서였다. 그는 아버지와 함께 사냥을 나갔고, 가족들은 평소처럼 그들이 그날 저녁에 돌아오리라 생각했다. 3일 후 어떤 상인이 길에서 혼자 방황하는 아렌트를 발견했다. 그는 손목을 심하게 다쳤고, 개울에 빠진 것처럼 흠뻑 젖었지만 근처에는 아무도 없었고 비도 오지 않았다. 그는 말을 할 수도 없었고 자신에게 무슨 일이 생겼는지 기억하지 못했다.

그는 지금도 여전히 그 일을 기억할 수 없었다.

그와 함께 숲에서 돌아온 것은 아버지가 아니라 그 흉터뿐이었다. 몇 년 동안 그 흉터는 아렌트의 치욕이고 수치였다. 흉터는 기억나지 않는 것들을 상기시켰다. 완전히 사라진 아버지를 포함해서 말이다.

어떻게 그 흉터가 돛에 그려져 있을 수 있었을까?

"아렌트 중위." 야코비 드레히트가 말했다.

아렌트는 눈을 깜박이며 경비 대장을 향해 돌아섰다. 바람이 바다를 건너 불어왔고 드레히트는 모자를 눌러쓰고 있었다.

"선장과 이야기를 나누고 싶다면 지휘실로 갑시다." 드레히트가 말했다. "나는 지금 거기로 갈 거요. 선장에게 당신을 소개시켜 주겠소."

아렌트는 의식적으로 등 뒤로 뒷짐을 지고 드레히트를 따라서 중간 갑판을 가로질러 배 뒤쪽으로 향했다.

아렌트는 마치 걷는 법을 다시 배우는 것 같았다.

이렇게 천천히 걷고 있어도 배가 발밑에서 흔들리며 그를 좌우로 기우뚱거리게 했다. 그는 까치발을 한 드레히트를 흉내 내며 배의 움직임을 예측하고 균형을 잡으려고 했다.

드레히트는 저런 자세로 싸우겠군, 아렌트가 생각했다. 가벼운 발로 원을 그리면서 절대로 멈추지 않는다. 상대방은 그가 서 있던 곳에 칼을 휘두르고 그는 상대방이 서 있을 곳에 칼을 꽂는다.

아렌트는 경비 대장이 그를 찌르지 않은 것을 다행으로 여겼다.

천만다행. 아렌트는 그 단어를 싫어했다.

그건 자신의 나약함을 드러내는 단어였고, 좋은 감각과 기술이 사라졌을 때 그가 의지했던 단어였다.

아렌트는 최근에 매우 운이 좋았다.

지난 몇 년 동안 아렌트는 실수를 하기 시작했고, 상황을 너무 늦게 파악했다. 나이가 들면서 점점 느려지고 있었다. 생전 처음으로 자신의 거대한 체구가 내려놓을 수 없는 돌덩어리처럼 무겁게 느껴졌다. 아슬아슬한 상황과 위기가 점점 가까워지고 있었다. 조만간 그는 살인자의 움직임을 보지 못할 것이고, 그들의 은밀한 발소리를 듣지 못할 것이고, 벽에 비치는 그들의 그림자도 붙잡을 수 없을 것이다.

죽음은 계속 동전을 던졌고 아렌트는 계속 도박을 했다. 그건 광기처럼 무모해 보였다.

그는 오래전에 그만뒀어야 했지만 다른 사람이 새미를 보호할 수 있을 거라 믿지 않았다. 그 자존심은 이제 터무니없게 우스꽝스러워 보였다. 새미는 위험에 빠진 배의 감방에 갇혀 있었고 아렌트는 바타비아를 떠나기도 전에 거의 죽을 뻔했다.

"좀 전엔 미안했소. 그렇게 행동하지 말았어야 했는데…" 아렌트가 균형을 잡기 위해 밧줄을 붙잡으며 말했다. "당신과 당신 부하들이 나쁜 상황에 처하게 만든 것은 미안하오."

생각에 잠긴 드레히트의 두 눈썹이 서로 맞닿았다.

"당신은 새미 핍스를 보호하기 위해 당연히 해야 할 일을 한 거요." 마침내 그가 말했다. "당신은 급여를 받은 대로 일을 했소. 그러나 나

역시 총독과 그 가족을 지켜야 할 의무가 있소. 그리고 머스킷 총병들의 충성 없이는 그렇게 할 수 없지. 나를 다시 그 상황에 처하게 하면 나는 당신을 죽여야 할 거요. 내가 나약해 보이면 병사들이 나를 따르지 않을 테니까. 이해하겠소?"

"이해하오."

문제가 해결되자 드레히트는 고개를 끄덕였다.

그들은 커다란 아치를 지나 중간 갑판 아래 칸으로 들어갔다. 그곳은 배의 폭처럼 넓었고 동굴처럼 뒤로 이어졌다. 해먹들이 우현 쪽의 벽에서 천장까지 걸려 있었고, 사생활을 보호하기 위해 그 사이에 커튼이 쳐져 있었다.

아렌트의 침상은 조타 장치에서 가장 가까운 곳에 있었고, 배를 가로지르는 긴 여정 끝에 마침내 방향타를 조종하는 손잡이가 있는 작고 음침한 방이 나타났다. 진로를 정한 조타수는 이제 동료 선원들과 함께 바닥에 쪼그리고 앉아 에일 맥주를 걸고 주사위 게임을 벌이고 있었다.

"선장을 어떻게 알게 되었소?" 아렌트가 물었다.

"나는 이전에도 몇 번 총독을 모시고 사르담호에 탑승한 적이 있소." 파이프 담배를 뻐끔뻐끔 피우며 드레히트가 대답했다. "크로웰스는 아첨꾼의 혀를 가지고 있고 총독의 오른팔로 자리를 잡았는데, 그건 누구나 할 수 있는 솜씨가 아니었소. 그래서 총독은 이 배를 타고 고향으로 향하는 거요."

드레히트가 몸을 숙여 지휘실 출입구로 들어가자 아렌트는 당황한 나머지 멍하니 그곳을 응시했다. 출입구는 그의 몸의 절반밖에 되지 않았다.

"톱을 가져오라고 할까?" 드레히트가 묻자 아렌트는 출입구에 거대한 몸을 비집어 넣었다.

어두운 조타실을 지나, 아렌트의 눈이 지휘실의 눈부신 빛에 적응하는 데 잠시 시간이 걸렸다. 그것은 적절한 이름이었다. 지휘실은 화물칸을 제외하면 사르담호에서 가장 큰 선실이었다. 벽에는 하얗게 회반죽을 발랐고 천장은 환하게 빛나고 있었다. 네 개의 격자 창문 밖에서는 함대의 나머지 배가 돛을 펼치고 있었다.

지휘실의 대부분은 거대한 테이블이 차지하고 있었고 두루마리와 상부, 탑승자 명부가 놓여 있었다. 항해 지도가 그 위쪽으로 펼쳐져 있었고, 네 모서리는 아스트롤라베astrolabe(과거 천문 관측에 쓰이던 장치-옮긴이), 나침반, 단검, 사분의四分儀(옛 천문 관측 기계-옮긴이)로 고정되어 있었다.

크로웰스 선장은 해도를 살펴보며 항로를 점검하고 있었다. 그의 제복 상의는 의자 등받이에 가지런히 접혀 있었고, 자신은 재단사에게 새로 맞춘 것으로 보일 만큼 깨끗하고 빳빳한 면 셔츠를 입고 있었다. 아렌트는 그것을 이해할 수 없었다. 항해는 옷이 더러워지는 일이었다. 선박은 타르와 녹과 때 투성이였고, 의복은 땀에 흠뻑 젖고 얼룩지고 찢어지기 일쑤였다.

대부분의 장교들은 옷을 누더기가 될 때까지 걸치고 마지못해 갈아입었다. 어차피 옷 같은 것은 항해를 하다 보면 남아나지 않을 터였다. 화려한 옷에 돈을 낭비할 필요가 없었다.

갑판 위에서 승객들에게 숙소로 가라고 지시하던 난쟁이는 이제 의자 위에 서서 손을 테이블 위에 올려놓고 배의 보급품 상황을 기록한 장부를 펼쳐 보고 있었다. 처진 입과 주름진 이마는 보급품 상황이 좋지 않음을 암시했다. 난쟁이는 선장의 팔을 툭툭 치면서 장부를 보여 줬다.

"저 난쟁이는 이 배의 일등항해사인 아이작 라르메요." 아렌트의 시선을 지켜보던 드레히트가 속삭였다. "선원을 관리하는 것이 그의 일이고, 그 말은 그가 성질이 고약하다는 뜻이니 가능하면 멀리 떨어지시오."

그들이 들어오자 크로웰스는 장부에서 힐끗 시선을 들어 올렸고, 곧바로 수석 상인 레이니어 반 슈텐에게 주의를 기울였다. 레이니어 반 슈텐은 의자에 털썩 주저앉아 다른 의자에 발을 얹은 채 포도주를 들이켜고 있었다. 보석으로 장식된 그의 손이 둥근 배를 가로지르고 있었다.

"우리는 150명분의 식량을 가지고 항구를 떠났소. 그런데 내가 어떻게 300명을 먹일 수 있는지 말해 보시오, 수석 상인." 크로웰스가 따져 물었다.

"리버든호에서 추가 물자를 공급받을 거요." 반 슈텐은 나른하게 말했다. 그의 혀는 이미 술기운으로 꼬여 있었다. "우리가 식량을 소비하게 되면 추가 물자를 실을 수 있는 공간이 생길 거요."

"우리가 리버든호를 놓치면 어떻게 해요?" 아렌트로 하여금 추운 겨울과 깊은 숲을 떠올리게 하는 게르만 억양으로 난쟁이가 물었다.

"큰 소리로 부르면 되지 않겠나?" 반 슈텐이 되물었다.

"지금은 술주정할 때가 아니라—"

"우리는 케이프에서 다시 공급받을 거요." 반 슈텐이 긴 코를 긁으며 말을 가로막았다.

"배급을 절반으로 줄이자는 말이오?" 크로웰스 선장이 또 다른 장부를 펼치며 물었다. 거기에는 그들이 보관하고 있는 식량이 나열되어 있었다.

"반의 반," 선장의 어두운 표정을 바라보며 반 슈텐이 말했다.

"어째서 충분한 식량도 없이 무작정 바다로 나선 겁니까?" 난쟁이가 화를 내며 물었다.

"식량 대신 총독의 화물을 실을 공간이 필요했기 때문이지." 반 슈텐이 대답했다.

"머스킷 총병들이 배에 실은 화물 상자 말이에요?" 라르메가 혼란스러워하며 물었다. "보즈 시종장은 화약고에 공간을 마련하라고 우리에게 지시했어요."

"그 화물 상자는 총독의 유일한 화물이 아니었어." 크로웰스 선장이 짜증스럽게 말했다. "훨씬 더 큰 뭔가가 있어. 수석 상인이 그걸 한밤중에 싣도록 지휘했고, 그것이 무엇인지 나에게 말해 주지 않았네."

반 슈텐은 포도주를 꿀꺽꿀꺽 들이켰다. "궁금하면 총독에게 직접 물어보면 될 일이지. 불호령을 각오하고 말이오."

두 남자는 서로를 노려보았다. 그들의 논쟁으로 분위기가 험악해졌다.

야코비 드레히트가 헛기침을 하고 아렌트에게 손짓을 하자 선장이 고개를 들었다.

"크로웰스 선장님, 소개해 드리겠습니−"

"나는 그를 충분히 잘 알고 있네, 이야기를 들었어." 크로웰스 선장이 드레히트의 말을 가로막고 다시 아이작 라르메에게 말했다. "객실에 대해 말해 봐. 총독이 선장실을 차지해 버렸으니 이제 나는 어디서 자야 하는 건가?"

"왼쪽 두 번째." 난쟁이가 말했다. "2번 객실을 쓰세요."

"난 그 방이 싫어, 선미루 갑판 가축우리 밑에 있잖아. 암퇘지가 내보내 달라고 한 시간 동안 꽥꽥 소리를 지를 텐데. 오른쪽 8번 객실을 주게."

"거긴 이미 내가 차지했지." 수석 상인이 빈 포도주 병을 실망스럽게 흔들고는 안을 들여다보며 말했다.

"뭐라고? 내가 그 방을 좋아하는 걸 당신도 알잖아." 두꺼운 목덜미를 덮은 옷깃을 휘날리며 크로웰스가 으르렁거렸다. "반 슈텐, 이 빌어먹을 자식이!"

"당신은 암퇘지가 밤새 꽥꽥거려도 잠만 잘 잘 인간이야." 수석 상인이 빈 술병을 허공에 흔들며 중얼거렸다. "누가 급사를 불러 줘, 술이 떨어졌어."

"또 누가 고급 객실을 차지하고 있지?" 선장이 수석 상인을 무시하며 물었다.

난쟁이는 테이블 위에 있는 승객 명단을 찾아본 다음, 귀족들을 나열한 페이지로 시선을 돌렸다. 그는 명단 밑으로 더러운 손가락을 훑으면서 어렵게 이름을 읽었다. "코넬리우스 보즈. 크리지 옌스. 그녀의 아들 마커스와 오스버트. 사라 웨셀. 리아 얀. 달바인 부인."

"방을 옮길 수 있는 사람은 누군가?" 선장이 물었다.

"모두 귀족들이에요." 난쟁이가 대답했다.

"젠장. 바구니 속의 독사 같은 것들." 주먹으로 테이블을 쾅쾅 내리치며 크로웰스가 한숨을 내쉬었다. "암퇘지라니."

선장은 드디어 아렌트를 제대로 바라보았지만 그의 관심은 즉시 딴 데로 향했다. 지팡이가 바닥을 탁탁 치는 소리가 들리고 절뚝거리는 발소리가 났기 때문이다. 아렌트는 어깨 너머로 고개를 돌려 지휘실 출입문에 서 있는 한 노인을 보았다. 그 노인은 마차 바퀴에 깔려 죽은 더러운 뭔가를 살펴보는 것처럼 그들을 응시하고 있었다. 얼굴이 수척하고 머리가 희끗희끗하고 눈이 벌겋게 충혈되어 있었다.

자주색 누더기 옷을 마른 몸에 걸치고 있었고 목에는 커다란 십자가가 매달려 있었다. 쪼개진 나무 지팡이가 간신히 그를 지탱해 주는 것 같았다.

아렌트는 노인의 나이를 70세 정도로 추정했지만 암스테르담에서 멀리 떨어진 이곳에서 나이와 외모는 별로 상관이 없었다. 동인도제도로 가는 힘든 여정은 10년의 세월을 몸에 더했고, 그렇게 잃어버린 외모는 거의 되찾을 수 없었다.

어깨가 넓고 젊은 원주빈 여자가 노인의 뒤를 따라 바스락거리며 들어왔다. 아렌트의 기억이 맞다면, 그녀는 혼혈 원주민이었고 기독교를 믿었기 때문에 동인도회사가 해방시켜 준 노예였다. 그녀는 헐렁한 면 셔츠를 입고 있었고, 곱슬곱슬한 갈색 머리카락 위에 하얀 모자를 쓰고 있었다. 그녀의 긴 삼베 치마가 바닥을 따라 늘어져 있었다. 그녀는 흠뻑 젖은 앞치마를 두르고 커다란 가방을 등에 메고 있었지만 그 무게를 전혀 개의치 않는 것 같았다.

"크로웰스 선장, 잠깐 얘기 좀 할 수 있겠소?" 노인이 물었다.

"오늘은 이상한 인간들이 너무 많구나." 크로웰스가 쪼개진 십자가를 바라보며 투덜거렸다. "누구요, 당신은?"

"샌더 커스라고 하오." 구부정한 노인이 말했다. 나약함이 비치는 떨리는 몸과는 달리 단호한 목소리였다. "그리고 이 여자는 내 제자인 이사벨이오."

태양이 순간적으로 구름 뒤로 사라지며 방이 어두워졌다.

의자에 앉아 있던 반 슈텐이 음흉하게 곁눈질을 하며 그들을 향해 몸을 돌렸다. "아 그래, 당신이 데리고 다니는 여자. 공짜로 재미가 좋으시겠네."

이사벨은 그 말을 이해하지 못했고, 이마를 찡그리며 샌더에게 설명을 구했다. 샌더는 매서운 눈동자로 반 슈텐을 응시했다. "너는 하느님의 품에서 너무 멀리 떨어져 나왔구나. 불쌍한 어린 양아, 무엇이 너를 어둠 속으로 몰아넣었느냐?"

반 슈텐은 사색이 되었고, 손을 내저으며 벌컥 화를 냈다. "이 늙은 이야, 썩 꺼져라. 이곳에 일반 승객은 출입할 수 없다."

"하느님께서 나를 여기로 데려오셨다. 너는 나를 내보낼 자격이 없다." 샌더가 너무나 확신에 찬 목소리로 말했다.

"당신, 신교 목사나 뭐 그런 거야?" 십자가를 살펴보며 아이작 라르메가 끼어들었다.

"그렇소."

난쟁이는 의심스러운 듯이 샌더를 응시했고, 선장은 테이블에서 금속 부적을 공중으로 휙 날린 다음 손바닥으로 붙잡았다.

아렌트는 불편한 표정을 지었다. 그는 이 자리에서 당장 벗어나고 싶은 충동을 느꼈다. 그의 아버지도 신교 목사였고, 이는 아렌트에게 본능적으로 악의와 연관된 직업이었다.

"샌더 커스, 당신은 여기서 별로 환영받지 못할 거요." 크로웰스 선장이 말했다.

"요나는 신의 뜻을 거스르는 항해를 해서 하느님의 저주를 받았고, 선원들은 모든 거룩한 사람들이 불행을 가져온다고 믿고 있소." 경고를 암시하는 어조로 샌더가 말했다. "나는 미신에 대한 인내심이 거의 없소, 선장. 인간에 대한 하느님의 계획은 우리가 태어나기 훨씬 전에 하늘에 기록되어 있소. 만약 이 배가 허우적거린다면 그분께서 벌을 내리기로 결정했기 때문이오. 나는 그분의 뜻을 영접하고 겸손하게 그분 앞으로 나아갈 것이오."

이사벨은 그 말에 동의하듯 고개를 끄덕였다. 그녀의 얼굴에 나타난 황홀한 표정은 그들 모두가 너무나 경건하게 익사하는 행복을 맞이할 것임을 암시했다.

크로웰스는 금속 부적을 공중으로 던지고는 다시 붙잡았다. "이보시오, 노인장. 숙소에 대해 불평하러 왔다면—"

"난 숙소에 대해 아무런 불만도 없소." 신교 목사가 말했다. "다만 주 돛대를 넘어가지 말라는 당신의 규정에 대해 의논하고 싶소."

"주 돛대 앞쪽은 선원들의 영역이며, 뒤쪽은 귀족과 승객들의 영역이오." 크로웰스 선상이 설명했다. "허락 없이 경계를 넘어가는 사람은 누구든 태형에 처해질 것이오. 이 규정은 동인도 선단의 모든 선박에서 지켜져야 하오. 나조차도 특별한 일이 아니라면 그 규정을 어길 수 없소."

목사가 눈썹을 치켜올렸다. "당신은 선원들이 두려운 것이오?"

"선원들 중 누구도 공짜 술을 마시려고 당신의 목을 베지 않고, 당신의 피가 아직 따뜻한 상태에서 당신이 돌보는 여자를 강간하지 않아." 레이니어 반 슈텐이 끼어들었다.

반 슈텐은 겁을 주려는 의도였지만 목사는 그를 차분하게 응시했고 이사벨은 가방 끈을 꽉 움켜쥐었다.

"두려움은 신앙 없는 자들의 저주일 뿐이오." 샌더가 말했다. "내 앞에는 신성한 의무가 놓여 있소. 나는 그 의무를 이행할 것이며, 그렇게 하는 동안 신께서 나를 지켜 주실 거라고 확신하오."

"선원들의 영역으로 가겠다는 거야?" 난쟁이가 물었다.

"그렇소. 그들에게 신의 말씀을 전할 것이오."

라르메는 고개를 치켜들었다. "선원들은 당신을 죽일 거야."

"만약 죽음이 나를 위한 신의 계획이라면 나는 죽음을 감사히 받아들일 것이오."

저 노인은 정말로 그럴 거야, 아렌트가 생각했다. 아렌트는 예전에 몇몇 독실한 사람들을 우연히 만났고, 사이비를 구별하는 방법을 배웠다. 참된 경건함은 야만적인 희생을 치러야 했다. 하느님은 그들을 밝혀 주는 유일한 빛이었고, 따뜻함과 방향의 유일한 원천이었다. 그들은 나머지 세상을 잿빛으로 보았고 빛을 전파하기 위해 황홀하게 불 질러야 할 곳으로 보았다.

크로웰스와 라르메 사이에 무언의 대화가 오갔다. 씰룩임과 머리의 작은 움직임으로 질문을 했고, 오므린 입술과 으쓱거리는 어깨로 대답을 했다. 그건 닫힌 공간에서 위험한 직업에 종사하는 사람들의 언어였다. 아렌트도 같은 방식으로 새미와 의사소통을 했다.

샌더 목사는 크로웰스 선장을 응시했다. "자, 이제 내 임무에 대해 당신의 허락과 축복을 기대해 볼 수 있겠소?"

크로웰스는 다시 금속 부적을 공중으로 던졌다가 낚아챘다. "내 허락이라, 좋소. 하지만 내 축복은 아니오. 그리고 당신 제자가 아니라 당신에게만 허락하는 거요. 나는 욕망에 굶주린 남자들을 자극하지 않을 거요."

"왜 저는 안 된다는 건가요?" 젊은 여자가 항의했다.

"이사벨!" 샌더가 엄하게 꾸짖었다. "우리가 여기에 온 목적을 잊지 말거라."

그녀는 사람들을 노려보았고, 그녀의 표정은 목사가 원하는 것은 얻었지만 그녀가 원하는 것은 얻지 못했다는 걸 분명히 나타내고 있었다. 이사벨은 입술을 깨물며 지휘실 밖으로 나갔다.

샌더 커스는 지팡이를 짚고 절뚝거리며 그녀 뒤를 따라갔다.

"아무런 쓸모가 없는 목사 같으니." 크로웰스가 눈썹을 긁으며 말했다. "자, 문제 해결사, 내게 바라는 게 뭔가?"

아렌트는 그 호칭에 발끈했다. 새미는 문제 해결사라고 불리는 걸 싫어했고 탐정이라고 불리기를 바랐다. 완전히 꾸며진 호칭이고 제멋대로의 호칭이지만 왕들은 금고를 비워서라도 새미를 고용했다.

"다리를 저는 목수가 승선했습니까?"

"아, 보세 말이군, 그렇네. 이 배의 구조를 손바닥처럼 알고 있는 사람이지. 하지만 선원 명단에는 포함되지 않았네. 왜 묻는 건가?"

"새미 핍스는 보세가 부두에서 우리를 위협한 문둥병자라고 생각하고 있습니다."

난쟁이가 움찔하더니 해도를 걷어 올려 명단을 덮고 의자에서 껑충 뛰어내렸다. "조타실로 가서 배의 속도를 확인해 봐야겠어요, 선장."

"그곳에 가면 조타수의 손에서 에일 맥주를 빼앗게." 크로웰스가 퉁명스럽게 말했다.

아렌트는 라르메가 떠나는 걸 지켜보며 선장으로부터 필요한 대답을 얻고 나면 라르메와 이야기를 해 봐야겠다고 생각했다.

"보세라는 자가 사르담호를 위협할 만한 어떤 이유가 있겠습니까?" 아렌트가 물었다.

"그와 선원들 사이에 문제가 있었다는 건 알지만 자세한 내막은 알지 못하네. 선장은 가능한 한 부하들과 거리를 두어야 해. 그렇지 않으면 그들을 다스릴 방법이 없어. 라르메가 더 잘 알 거야."

"부두에서 보세는 주인님이 있다고 말했습니다. 그 말에 대해 뭔가 짚이는 게 있습니까?"

"내게는 180명의 선원이 있네, 아렌트. 내가 보세의 이름을 알고 있으니 자네는 운이 좋은 거야. 솔직히 자네에게 필요한 사람은 라르메야. 그는 나보다 더 선원들과 친하지." 선장은 점점 짜증이 나는 듯했다. "또 다른 건 없나? 내겐 살펴봐야 할 여러 가지 성가신 일이 남아 있네."

"화약고를 지키는 문지기와 이야기하도록 허락해 주십시오." 아렌트가 말했다.

"왜?"

"새미 핍스는 누군가가 화약고를 폭파시킬 계획을 세우고 있다고 우려하고 있습니다."

"좋아." 금속 부적을 아렌트 쪽으로 던지며 선장이 말했다. 아렌트가 그걸 손바닥으로 잡았다. 금속 부적은 무거웠고 머리가 둘 달린 새가 새겨져 있었다. 가운데 구멍이 아니었다면 아렌트는 그걸 밀랍 도장으로 착각할 뻔했다.

"그 금속 부적을 화약고 문지기에게 보여 주게. 그러면 자네가 내 허락을 받았음을 알게 될 거야." 선장이 말했다.

"잠깐만 기다리시게." 의자에서 일어나 재빨리 테이블로 달려가면서 레이니어 반 슈텐이 말했다.

그는 잉크병에서 깃펜을 꺼냈고 양피지에 숫자들을 쓰기 시작했다. "나는 이 항해의 주인이며 내가 허락할 때까지 모든 문은 자네에게 닫혀 있을 것이네. 불행히도 나는 자네가 부탁한 것을 들어줄 수 없네. 자네가 빚을 갚기 전에는." 잉크가 번지지 않도록 하는 가루를 양피지에 한 움큼 뿌린 후에 아렌트에게 건네주면서 그가 말했다.

"이게 뭡니까?" 아렌트가 물었다.

"계산서라네." 반 슈텐이 초롱초롱한 눈빛으로 대답했다.

"무슨 계산서입니까?"

"통에 대한 계산서."

"통?"

"자네가 부두에서 깨뜨린 에일 맥주 통." 세상에서 가장 명백한 일이라는 듯이 수석 상인이 말했다. "그건 우리 회사의 재산이었네."

"문둥병자의 고통을 덜어 준 대가를 내게 청구하는 겁니까?" 아렌트가 믿을 수 없다는 듯이 따져 물었다.

"그 문둥병자는 우리 회사의 재산이 아니었어."

"그는 불타고 있었습니다."

"회사 재산이 불타지 않은 걸 다행으로 여기게." 반 슈텐이 여전히 계산적인 태도로 말했다. "유감이지만, 헤이즈 중위. 회사의 방침에 따라 자네가 부채를 청산하기 전까지는 어떠한 편의도 제공할 수가 없네."

크로웰스가 으르렁거리며 아렌트의 손에서 서류를 낚아채어 수석 상인의 얼굴에 흔들어 댔다. "헤이즈 중위는 우리를 도와주려는 거야, 이 탐욕스러운 돈벌레야. 지난 2주 동안 당신에게 무슨 일이 있었던 거야? 마치 다른 인간이 된 것 같군."

반 슈텐의 표정이 잠시 흔들렸지만 뻔뻔함은 사라지지 않았다.

"헤이즈 중위가 나에게 먼저 찾아왔더라면 이런 불쾌한 상황을 피할 수 있었을 테지. 하지만—" 그는 어깨를 으쓱했다. "이미 벌어진 일이니, 내 권한을—"

"네놈에게 무슨 권한이 있단 말이냐!"

그 목소리는 바로 옆 출입문에서 들려왔다. 그곳에는 분노로 얼굴이 일그러진 얀 하안 총독이 서 있었다. "감히 헤이즈 중위를 그런 무례한 태도로 대하다니. 지금부터 너는 그를 '중위님'이라고 불러야 할 것이고, 네가 내게 보여 주는 것과 같은 존경심을 그에게 보여 줘야 할 것이다. 그렇지 않으면 나는 드레히트 경비 대장을 시켜서 너의 혀를 잘라 버릴 것이다. 알겠느냐?"

"총독 각하," 반 슈텐이 더듬거리며 말했다. "저는… 저는… 나쁜 뜻으로 그런 것이 아니라…"

"너의 의도는 내게 전혀 중요하지 않다." 총독이 쏘아붙였다.

총독은 아렌트에게 시선을 돌렸고 분노가 가득했던 얼굴에 갑자기 미소가 피어났다.

"조카야, 이리 들어오너라." 아렌트를 선실로 초대하며 총독이 말했다. "우리가 이야기를 나눌 시간이 되었구나."

13

총독은 선장실을 차지한 상태였다. 그곳은 고급 객실보다 두 배나 넓었고 화장실도 딸려 있었다. 침대에는 모피 이불이 덮여 있었고 바닥에는 양탄자가 깔려 있었다. 벽에는 브레다 포위 작전*을 비롯해 총독의 개인사에서 유래한 명장면을 그린 유화가 걸려 있었다.

아렌트도 그 유화 속에 등장했다. 피투성이가 된 거인이 부상당한 삼촌을 어깨에 메고 한 손으로 스페인 병사들과 싸우고 있었다. 하지만 실제로 그런 일은 없었다.

사실 그들은 시체 밑에 숨어 있었고, 숨을 죽인 채 들판을 기어서

---

* 펠리페 4세 치하의 에스파냐가 30년 전쟁(1618~1648)을 치르던 중, 1625년 전략적 중요 요충지인 네덜란드의 브레다 지방을 함락한 사건을 말한다. 명화 〈브레다의 항복〉(디에고 벨라스케스1599~1660)의 모티프가 된 것으로도 유명하다.

적진을 빠져나왔었다. 하지만 아렌트는 삼촌이 왜 솔직한 그림으로 벽을 장식하지 않았는지 이해할 수 있었다. 그건 유화에 웅장하게 표현하기에는 곤란한 모습이었다.

지쳐 보이는 객실 급사 한 명이 여행 가방에 들어 있던 옷을 서랍으로 옮기고 있었고, 시종장 코넬리우스 보즈는 두루마리 상자를 선반 위에 매우 정확하게 배열하고 있었다. 아렌트는 시종장을 한 번에 알아보지 못했는데, 그가 흙투성이 머리카락에 지붕과 똑같은 색의 옷을 입고 있었기 때문이다.

"개입해 주셔서 감사하지만 제가 직접 다툴 수 있습니다, 삼촌." 아렌트가 선실 문을 닫고 들어서며 말했다.

"이런 저급한 다툼은 네게 어울리지 않아." 지휘실 쪽으로 손을 내저으며 얀 하안이 말했다. "레이니어 반 슈텐은 나약하고 부패하고 욕심 많은 인간이야. 내가 너무나 사랑하는 이 회사에 그런 인간이 있다는 건 조금 실망스러운 일이지."

아렌트는 삼촌을 바라보았다. 한 달 전, 새미와 함께 바타비아에 처음 도착했을 때 아렌트는 얀 하안 총독을 만났었다. 삼촌과 조카는 성대한 저녁 만찬을 즐기고 포도주에 취하고 11년 전의 추억에 잠겼었다.

삼촌은 크게 변하지 않았다. 세월이 흐르면서 매를 연상시키는 얼굴은 더욱 날카로워졌고 몇 가닥 남지 않은 머리카락이 햇볕에 그을린 대머리에 섬을 이루고 있었다. 유일하게 눈에 띄는 변화는 몸무게였다. 부의 특권이었던 살집이 거의 없어지고 길거리의 거지처럼 야위어 있었다.

너무 야위셨군, 아렌트는 생각했다. 노쇠했다기보다는 나이가 들면서 칼날처럼 날카로워진 모습이었다. 어떤 걱정이 삼촌을 저렇게 만든 것일까? 총독이 제복 위에 껴입은 흉갑이 번쩍거렸다. 분명 방어력은 뛰어날 테지만 매우 불편해 보였다. 전쟁 중인 장군들도 숙소로 돌아오면 갑옷을 벗기 마련이지만, 얀 하얀 총독은 절대로 벗지 않았다.

총독은 조카의 건장한 체격을 감상하다가 뒤에서 끈기 있게 기다리고 있는 드레히트 경비 대장을 발견했다. 그는 모자를 공손히 가슴에 대고 있었다.

"마치 내 장례식에라도 참석한 사람 같군, 드레히트. 무슨 일인가? 내게 바라는 게 무엇이지?"

"머스킷 총병 몇 명을 다른 선박으로 배치할 수 있도록 허락해 주시기 바랍니다, 총독 각하. 가능한 한 모든 빈 공간에 그들을 밀어 넣었지만 사르담호에는 충분한 자리가 없습니다."

"우리가 몇 명이나 태웠지?"

"70명입니다."

"그러면 자네는 몇 명이나 옮기길 원하는가?"

"30명입니다."

"어떻게 생각하나, 보즈?" 총독이 시종장에게 물었다.

보즈는 어깨 너머로 힐끗 돌아보았다. 숫자를 계산하면서 잉크가 잔뜩 묻은 손가락이 경련을 일으키고 있었다. "총독님의 경호는 30명의 총병으로도 충분히 가능하고, 식량도 아낄 수 있을 것입니다. 제게는 반대할 이유가 없습니다." 시종장은 그렇게 조언하고 하던 일을 계속했다.

"그럼 허락하겠다, 경비 대장." 총독이 말했다. "이제 그만 조카와 단둘이 시간을 좀 갖고 싶소. 우리는 이야기할 것이 많으니까."

정돈되지 않은 두루마리 더미를 아쉬운 눈길로 바라보면서 코넬리우스 보즈는 야코비 드레히트를 따라 선장실을 나갔다.

"보즈 시종장은 흥미로운 사람이군요." 아렌트가 말했다.

"숫자에 밝은 사람이지. 하지만 인형과 대화하는 게 더 재미있을 거야." 손가락으로 포도주 진열대의 술병들 사이를 훑으며 총독이 말했다. "하지만 충성심은 강하지. 드레히트도 마찬가지고, 요즘엔 그게 매우 중요해. 한잔할 테냐?"

"그게 그 유명한 삼촌의 포도주 진열대인가요?"

"꽉 채워 놓았지." 얀이 말했다. "너의 끔찍한 미각에 낭비하고 싶은 프랑스 포도주가 있단다."

"제게 낭비해 주시면 물론 환영이지요."

총독은 먼지를 불어 내며 술병의 코르크 마개를 뜯었고, 술잔 두 개를 꺼내서 아렌트에게 하나를 건네주었다. "가족을 위해!" 총독이 건배를 했다.

아렌트가 술잔을 부딪치자, 그들은 맛을 음미하면서 마음껏 들이 켰다.

"병사들이 새미를 끌고 간 후 저는 삼촌을 만나 뵈려 했지만 요새에 들어가는 것조차 허락되지 않았습니다." 아렌트가 목소리에 원망을 감추려 애쓰며 말했다. "여유가 될 때 삼촌께서 저를 불러 주실 거라고 사람들이 말했지만 저는 아무 소식도 듣지 못했습니다."

"그래, 내가 비겁했다는 것을 인정하마." 총독은 미안하다는 듯한 표정으로 말했다. "나는 너를 피했단다."

"왜 그러신 건가요?"

"너를 보게 되면… 내 마음이 흔들릴까 봐 두려웠지."

"삼촌…"

총독은 무슨 대단한 진리가 곧 드러날 것처럼 붉은 포도주를 깊

109

이 들여다보며 술잔을 흔들었다. 그리고 한숨을 쉬며 아렌트를 바라보았다.

"너를 마주하니 회사에 대한 나의 맹세가 네 가족에 대한 나의 사랑을 능가하지 못한다는 걸 깨닫게 되는구나." 총독이 조용히 말했다. "그러니까 걱정하지 말고 내게 말해 보거라. 너는 새뮤얼 핍스가 하는 짓을 알고 있었느냐?"

아렌트가 입을 열었지만 총독은 손가락을 흔들었다.

"네가 어떤 대답을 하건, 내가 너를 원망하는 일은 없을 거라고 분명히 약속하마." 아렌트의 얼굴을 훑어보며 총독이 말했다. "나는 너를 보호하기 위해 어떤 짓이라도 할 것이다. 하지만 새뮤얼 핍스가 신사 17인회 앞에서 취조를 당할 때 너를…" 총독은 적절한 단어를 찾으려 애썼다. "…공범으로 지목할 의도가 있는지 알아야 한다." 총독의 얼굴이 어두워졌다. "그럴 경우에는 추가적인 조치를 취해야겠지."

아렌트는 '추가적인 조치'가 구체적으로 무얼 의미하는지 전혀 몰랐지만 그 단어에서 피가 뚝뚝 떨어지는 소리를 들을 수 있었다.

"저는 새미가 부정한 짓을 저지르는 걸 본 적이 없습니다, 삼촌." 아렌트가 단호하게 말했다. "한 번도 말입니다. 새미는 자신이 왜 감금되었는지도 모르고 있습니다."

"아니, 그자는 알고 있어." 총독이 중얼거렸다.

"확신하시나요? 새미는 삼촌께서 생각하시는 것보다 더 좋은 사람입니다."

총독은 조카에게 등을 돌리고 선실 창문으로 갔다. 출항한 지 불과 한 시간 만에 선단은 이미 흩어지고 있었고, 검은 구름 뒤로 하얀 돛이 펼쳐지고 있었다.

"내가 바보로 보이느냐?" 목소리에 날을 세우며 총독이 물었다.

"아닙니다."

"그럼 무모하다고 생각하느냐? 아니면 경솔하다고?"

"그럴 리가요."

"핍스는 우리 모두가 몸담고 있는 이 고귀한 회사의 영웅이다. 그는 신사 17인회의 총애를 받고 있지. 다른 선택의 여지가 있었다면 나는 그에게 수갑을 채우지도, 굴욕감을 주지도 않았을 것이다. 날 믿어라. 그자의 형벌은 그 자가 저지른 범죄에 합당한 것이다."

"그 범죄가 도대체 무엇입니까?" 아렌트가 화를 내며 물었다. "왜 그걸 비밀로 하시는 겁니까?"

"지금 같은 그런 당황스러움이 네가 신사 17인회의 심문을 받을 때, 네게 가장 큰 방어 수단이 돼 줄 것이기 때문이다." 총독이 말했다. "신사 17인회는 네가 연루되었다고 믿고 있어. 어떻게 안 그럴 수가 있겠느냐? 그들은 너와 새미 핍스가 얼마나 가까운 사이인지 알고 있다. 새미가 너에게 얼마나 의지하는지도. 그들은 네가 새미의 정체를 몰랐다는 사실을 믿지 않을 것이다. 너의 분노와 혼란만이 우리가 신사 17인회를 설득할 수 있는 수단인 셈이지."

아렌트는 포도주 병을 집어 들고 자신의 술잔과 삼촌의 술잔을 다시 채웠다.

"새미의 재판은 8개월 후의 일입니다, 삼촌." 아렌트가 선실 창문으로 다가가며 말했다. "우리는 칼을 피하려다가 창에 찔릴지도 모릅니다. 새미는 이 배에 어떤 위협이 있다고 믿고 있습니다."

"물론 그자는 그렇게 주장하겠지. 그걸 핑계로 자신의 자유를 되찾으려 하겠지."

"문둥병자는 혀가 없었지만 말을 했습니다. 발이 불구였지만 화물 상자 위로 올라갔습니다. 이런 이상한 사건만으로도 새미의 말을 주목해야 할 필요가 있습니다. 그리고 돛에 상징이 나타났습니다."

"무슨 상징?"

"꼬리 달린 눈이요. 제 손목에 있는 흉터와 똑같은 모양이었습니다. 아버지가 사라진 뒤에 생긴 흉터 말입니다."

갑자기 총독이 아렌트의 말에 큰 관심을 보였다. 얀 하안은 책상으로 가서 잉크병에서 깃펜을 뽑더니 양피지에 뭔가를 그려서 아렌트에게 보여 줬다.

"이것 말이냐?" 얀 하안이 물었다. 시트에 잉크가 떨어졌다. "확실히 맞느냐?"

아렌트의 심장이 쿵쾅거렸다. "맞습니다. 어떻게 그 상징이 여기에 나타날 수가 있을까요?"

"네 아버지가 사라진 후 무슨 일이 일어났는지 기억하느냐? 네 할아버지께서 왜 너를 위해 달려오셨는지 기억하느냐?"

아렌트는 고개를 끄덕였다. 사냥 여행에서 혼자 돌아온 후 아렌트는 외면을 당했다. 누이들은 그를 멸시했고 어머니는 아들을 하인에게 맡기고 거리를 두었다. 모두가 아렌트의 아버지를 싫어했지만 아무도 그가 사라진 걸 기뻐하지 않는 것 같았다. 또한 그들은 아렌트가 돌아온 것도 기뻐하지 않았다. 결코 큰 소리로 말한 적이 없지만 그들은 아렌트가 아버지의 등에 화살을 꽂고 나서 기억나지 않는 척하는 거라고 생각했다.

얼마 지나지 않아 그런 소문은 아버지의 신도들 사이에 퍼져 진실로 굳어졌고 아렌트를 악인으로 만들었다.

처음에 그들은 아렌트를 조용히 비난했고, 마을 아이들은 길에서 아렌트를 볼 때마다 욕설을 내뱉었다. 얼마 후 마을 사람들 중 한 명이 예배 후에 악마가 아렌트의 뒤에서 춤을 췄다고 소리치며 저주를 퍼부었다.

아렌트는 두려움에 떨면서 어머니의 옷자락에 매달렸지만 그녀는 아들을 혐오의 눈빛으로 노려보았다.

그날 밤 아렌트는 한밤중에 살며시 집에서 나와 마을 사람들이 사는 집 대문에 손목 흉터의 상징을 새겼다. 자신이 왜 그런 행동을 했는지, 어떤 어두운 충동이 그 같은 행동을 하게 만들었는지는 기억할 수 없었다. 아렌트는 그 상징에 사악한 기운이 서려 있다고 생각했다. 자신을 두려움에 떨게 만든 그 상징이 다른 사람들도 두려움에 떨게 만들 거라고 생각했다.

다음 날 아침이 되자 상징이 새겨진 마을 주민은 의심의 대상이 되었고, 아무리 부인해도 헛수고였다. 사람들은 그 주민이 악마에 영혼을 팔았기 때문에 문에 그 상징이 나타났다고 믿었다.

성공에 흥분한 아렌트는 다음 날 밤에도 몰래 밖으로 나와서 그를 불쾌하게 한 적이 있는 모든 사람의 문에 상징을 새기고는, 그들이 의심과 두려움의 대상이 되는 걸 지켜보았다. 그건 사소한 장난이었지만 어린 아렌트가 가진 유일한 힘이었고 실행할 수 있는 유일한 복수였다.

장난으로 시작된 그 상징은 마을 사람들의 공포심을 자극하며 생명력을 얻었다. 얼마 지나지 않아 사람들은 상징이 그려진 모든 집을 불태우고 그곳에 거주하던 이들을 마을에서 내쫓았다. 아렌트는 자신이 만들어 낸 공포가 두려워서 밤에 나돌아 다니는 걸 중단했지만 그 상징은 계속해서 나타나 오래된 적개심을 키우고 새로운 적개심을 만들어 냈다. 몇 달 동안 마을은 원한의 무게에 짓눌려 산산조각이 났고, 사람들은 서로 저주를 하고 저주를 받다가 마침내 비난할 다른 누군가를 찾아냈다.

올드 톰.

생각이 이에 다다르자 아렌트는 긴장되었다. 올드 톰이 문둥병자였던가? 그게 모든 사람들이 그를 혐오한 이유였던가?

그는 기억할 수 없었다.

하지만 그건 중요하지 않았다. 아렌트와는 달리 올드 톰은 힘 있는 친족도, 뒤에 숨을 곳도 없는 불쌍한 사람이었다. 올드 톰은 분명히 악마가 아니었지만 항상 이상한 행동을 했다. 시장에서 같은 자리에 주서앉아 비가 오든 눈이 오든 구걸을 하고 있었다. 그가 헛소리를 주절거려도 사람들은 대수롭지 않게 생각했다.

그러던 어느 날 군중들이 올드 톰을 에워쌌다. 어린아이 한 명이 사라졌고 함께 놀던 친구들은 올드 톰이 그 아이를 데려갔다고 주장했다. 마을 사람들은 욕설을 퍼붓고 자백을 요구했다. 올드 톰이 결백을 입증하지 못하자 사람들은 그를 때려 죽였다.

아이들도 동참했다.

다음 날부터 상징은 더 이상 나타나지 않았다.

마을 사람들은 악마를 몰아낸 걸 기뻐하면서 아무 일도 없었다는 듯이 이웃과 함께 웃고 즐기는 일상으로 돌아갔다.

일주일 후 아렌트의 할아버지인 캐스퍼 반 덴 버그가 마차를 타고 마을에 도착했다. 그는 아렌트를 데리고 프리지아로 돌아왔다. 프로방스 반대편에 있는 프리지아에 캐스퍼 반 덴 버그의 소유지가 있었다. 캐스퍼는 다섯 아들이 모두 자신을 실망시켰고 후계자가 필요했기 때문에 아렌트를 데려왔다고 주장했다. 하지만 사실 그건 아렌트의 어머니가 요구한 일이었고, 아렌트도 그 사실을 알고 있었다. 그녀는 아들의 손목 흉터와 아들이 이웃의 문에 새긴 상징에 대해 알고 있었다.

그녀는 아들을 두려워했다.

"네가 프리지아로 떠난 후 우리는 그 상징이 프로방스 전역에 퍼졌다는 이야기를 들었다." 총독은 양피지를 양초에 갖다 대고 그 사악한 상징이 타오르는 모습을 지켜보았다. "나무꾼들이 먼저 눈치챘지. 그들이 베어 낸 나무에 그 상징이 새겨져 있었으니까. 그리고 나서 상징이 여러 마을에 나타나기 시작했다. 죽은 토끼와 돼지의 몸에 새겨져 있는 식으로. 상징이 나타나는 곳마다 재앙이 뒤따랐다. 농작물이 시들었고 송아지가 사산됐지. 아이들이 사라졌고 다시는 볼 수 없었다. 그런 일이 거의 1년 동안 계속되었고 성난 군중이 땅을 소유한 귀족 가문들을 공격하기 시작했지. 어둠의 세력과 음모를 꾸몄다고 비난하면서 말이다." 불꽃이 손끝에 닿자 총독은 양피지 조각을 선실 창문을 통해 바다로 던졌다.

"왜 저한테 그런 얘기를 하나도 해 주지 않으셨나요?" 아렌트가 손목 흉터를 응시하며 물었다. 그 흉터는 거의 눈에 보이지 않았지만 피부 밑에서 꿈틀거리고 있었다.

"네가 너무 어렸기 때문이지." 총독의 얼굴에는 다시 예전의 공포가 한 줄기 빛처럼 감돌고 있었다. "그건 네가 감당할 수 있는 짐이 아니었어. 우리는 상징의 사악한 힘이 숲에서 너를 덮쳐서 아버지를 죽이고 비뚤어진 의식으로 너에게 낙인을 찍었다고 생각했지만 너는 아무런 사악함도 드러내지 않았지. 얼마 후 우리는 마녀사냥꾼 한 명이 영국에서 그 상징을 뒤쫓아 왔다는 소식을 들었다. 그의 교단은 영국에서 수년 동안 그 상징과 싸우고 있었지. 그는 그 상징이 악마의 증거라고 주장하며 악마의 추종자들을 샅샅이 뒤지고, 문둥병자들을 학살하고, 마녀들을 불태웠다."

문둥병자, 아렌트는 생각했다. 보세 같은 사람들.

"몇 달 동안 프리지아 전체가 불바다가 되었고 마침내 폐허가 되었지." 얀 하안이 말을 이었다. "네 할아버지는 마녀사냥꾼이 너를 악마의 화신으로 의심할까 걱정하면서 숨겨 주셨다." 총독의 얼굴에 어두운 그림자가 스치고 손에 든 술잔이 떨리고 있었다. "정말 끔찍한 시간이었다. 악마가 위대하고 힘 있는 자들을 휘감아서 파멸로 이끌었고 유서 깊은 가문들이 몰락했지. 그들은 상징의 사악함에 도취되어 있었어."

생각에 잠긴 총독이 손톱으로 술잔을 톡톡 두드렸다. 그의 손톱은 끝이 담황색이었고 오랫동안 다듬지 않은 듯 보였다. 매의 발톱 같군, 아렌트는 생각했다. 매의 눈을 닮은 그의 삼촌은 이제 서서히 맹금류로 변신하는 것 같았다.

"아렌트, 네가 알아야 할 것이 또 하나 있다. 마녀사냥꾼의 말에 따르면 악마는 스스로를 올드 톰이라고 불렀다."

아렌트는 다리에 힘이 풀려 휘청거렸고 탁자에 몸을 기대야 했다.

"올드 톰은 거지였습니다." 아렌트가 반박했다. "마을 사람들이 그를 살해했다고요."

"아니면 마을 사람들이 우연히 적당한 희생양을 발견했던 것일 수도 있지. 돌팔매질을 하면 누군가가 얻어맞기 마련이니까." 총독은 고개를 가로저었다. "진실이 무엇이든 그 사건들은 거의 30년 전 일이다. 그런데 왜 지금 다시 그 상징이 나타난 걸까? 그것도 이렇게 멀리 떨어진 곳에서?" 총독의 어두운 눈길이 아렌트를 향했다. "너는 내 정부인 크리지 옌스를 알고 있느냐?"

아렌트는 새로운 질문에 혼란스러운 듯 고개를 가로저었다.

"크리지의 전 남편은 프로방스를 구한 마녀사냥꾼이었지. 널 의심하지 않을까 걱정하게 만들었던 그 남자 말이다. 나는 그를 통해 크리지를 알게 되었지. 그 남자가 크리지에게 자신이 하는 일에 대해 말해 주었다면 그녀는 올드 톰에 대해 더 많은 걸 알고 있을 게다. 올드 톰이 왜 이 배를 위협하는지, 그리고 너의 손목에 있는 흉터가 무엇을 의미하는지도."

"이 배를 위협하는 존재가 있다면 바타비아로 돌아가는 게 현명하지 않을까요?"

"나보고 물러서라는 말이냐?" 총독은 경멸하듯 코웃음을 쳤다. "바타비아에는 삼천 명의 주민들이 있고 이 배에 탄 사람은 삼백 명도 안 된다. 만약 올드 톰이 이 배에 있다면 그놈은 갇히게 될 것이다. 아렌트, 날 위해 이 사건을 조사해 주겠느냐? 필요한 것은 모두 지원해 주마." 총독은 아렌트의 속마음을 알아차린 듯 이렇게 덧붙였다. "새미 핍스를 제외하고 말이다."

"저는 핍스 없이는 이 사건을 해결할 수 없습니다."

"너는 나를 구하려고 스페인 군대의 요새도 습격하지 않았더냐." 총독이 목소리를 높였다.

"저는 성공을 기대하며 그곳에 간 것이 아니라 죽을 생각으로 그곳에 간 것이었습니다."

"왜 그런 무모한 짓을 했느냐?"

"시도도 하지 않은 채 죄책감을 안고 살 수는 없으니까요."

총독은 조카의 말에 감동을 받았다. "네가 어렸을 때 샤를마뉴 대제에 대해 가르쳐 주지 말았어야 했는데. 그의 용맹함이 네 마음을 사로잡았구나."

총독은 책상으로 가서 서류 몇 장을 훑어보았다. "너는 5년 동안 핍스를 지켜 줬지." 서류를 다시 정돈하고 나서 총독이 말했다. "분명히 너는 그자의 수사 기법을 관찰했어."

"맞습니다, 하지만 다람쥐가 나무 위로 뛰어오르는 걸 아무리 관찰해도 다람쥐처럼 할 수는 없지요. 이 배를 구하려면 삼촌께서 새미를 풀어 주셔야 합니다."

"핏줄을 들먹이며 엄밀하게 따지자면 나는 분명 네 삼촌이 아니지만, 나는 우리의 관계가 피보다 진하다고 확신한다. 난 네가 성장하는 모습을 지켜봤고 네 능력을 알고 있지. 넌 네 할아버지의 후계자야. 다섯 아들과 일곱 손자를 제치고 뽑혔지. 네가 어리석었다면 그분은 너에게 그런 영광을 안겨 주지 않았을 게다."

"새미 핍스는 단순히 영리한 게 아닙니다." 아렌트가 주장했다. "핍스는 세상의 감춰진 비밀을 파헤칠 수 있습니다. 제가 절대로 흉내 낼 수 없는 재능을 가지고 있어요. 제 말을 믿어 주세요, 삼촌."

가엾은 에드워드 코일의 얼굴이 아렌트의 뇌리에 스쳐 지나갔고 수치심이 뒤따랐다.

"난 그자를 풀어 줄 수 없다, 아렌트." 총독이 굳어진 얼굴로 말했다. "절대로 풀어 주지 않을 것이다. 차라리 이 배를 침몰시키고 그자를 감방에서 익사하도록 내버려 둘 것이다." 총독은 술잔을 비우고 탁자에 다시 쾅 내려놓았다. "올드 톰이 이 배에 타고 있다면 그 악마를 색출할 적임자는 바로 너다. 사르담호의 운명은 네 손에 달려 있어."

14

아렌트는 당황스러운 듯한 눈빛으로 삼촌을 응시했다. 이 사건을 혼자 떠맡을 거라는 생각은 전혀 하지 못했다. 자신에 대한 삼촌의 믿음이 부담스러웠다.

조카에 대한 얀 하안의 믿음은 항상 절대적이었다. 아렌트가 어렸을 때 얀 하안은 어린 조카에게 성인 남성을 상대하도록 검술을 가르쳤다. 처음에는 한 명, 그 다음엔 두 명, 그리고 세 명, 네 명. 하인들은 하던 일을 멈추고 아렌트가 훈련하는 모습을 바라보았다.

얼마 후 얀은 아렌트에게 상업을 가르쳤고, 캐스퍼를 설득해 아렌트를 교활한 상인들과 협상하도록 보냈다. 협상에 성공하지 못했더라면 아렌트의 손목이 잘려 나갔을 것이다.

그런 예전의 성공을 떠올리며 얀 하안은 이제 아렌트에게 사르담호의 운명을 맡기고 있었다.

"삼촌이 부탁한 대로 해야 한다면 저는 새미의 조언이라도 구하겠습니다." 아렌트가 필사적으로 말했다.

"감방 문틈으로 그자와 이야기를 해라."

"새미를 객실로 옮기도록 해 주십시오." 자신의 나약한 목소리를 증오하며 아렌트가 애원했다. "새미는 그런 감방에 갇힐 만큼 나쁜 일을 하지 않았—"

"내 가족이 객실에 있다." 욕설을 내뱉듯이 총독이 단호하게 말했다.

"만약 우리가 신선한 공기를 마시게 해 주지 않으면 핍스는 질병에 걸려 신음할 겁니다." 아렌트가 다른 이유를 대며 말했다. "암스테르담에 도착하기도 전에 죽을 거라고요."

"그래도 싼 놈이야."

삼촌의 고집에 화가 치밀었지만 아렌트는 이를 악물었다. "신사 17인 회가 반대하지 않을까요?" 아렌트가 다시 물었다. "혐의자에게 직접 듣고 판단하기를 원하지 않을까요?"

총독의 고집이 흔들렸다.

"새미를 풀어 줄 수 없다면 적어도 제가 그를 산책시킬 수 있도록 허락해 주십시오." 삼촌의 완고함에 균열이 생기는 걸 포착하며 아렌트가 말했다. "최하 갑판 승객들도 하루에 두 번씩 갑판을 산책하지 않습니까. 새미를 그들과 합류시키면 될 겁니다."

"나는 그자가 승객들 사이를 활보하는 걸 절대로 용납할 수 없다."

"삼촌—"

"한밤중에," 총독이 한발 양보했다. "자정에 그자를 산책시키는 것은 허락하겠다." 아렌트가 반박하기도 전에 총독은 단호하게 말을 이었다. "내 인내심을 더 이상 시험하지 말거라. 나는 이미 많은 것을 양보해 줬고, 그건 다른 사람이 아닌 바로 네가 부탁했기 때문이야."

"정 그러시다면 감사히 받아들이겠습니다."

"내일 나와 함께 아침 식사를 하겠느냐?" 총독이 물었다.

"오늘 밤 지휘실 만찬에 참석하지 않으실 건가요?"

"나는 해질녘에 잠들고 새벽에 깨어나는 걸 선호하지. 선장이 이 배에 승선한 바보들과 멍청이들을 만찬에 초청할 때쯤이면 나는 침대에 있을 것이다."

"그러시면 아침 식사 때 찾아 뵙지요." 아렌트가 동의했다. "하지만 제 가문의 이름은 비밀로 해 주십시오."

"네 가문의 이름이 너를 부끄럽게 하는 것이냐?"

"부끄럽지 않습니다, 삼촌." 아렌트가 반박했다. "하지만 그런 배경에 의지하고 싶지도 않습니다."

총독은 감탄하며 아렌트를 바라보았다. "너는 어릴 때부터 이상한 소년이었고 이제는 건장한 남자로 성장했지만, 내 생각엔 독특한 남자가 된 것 같구나." 총독은 숨을 한 번 내쉬었다. "네 뜻이 정 그렇다면, 알겠다. 네 진짜 이름이 내 입에서 언급되지 않도록 하겠다. 너의 과거가 너를 막으면 안 되지. 핍스는 네 손목 흉터와 네 아버지의 실종에 대해 알고 있느냐?"

"아니요. 할아버지께서는 제게 숲에서 일어난 일을 비밀로 하라고 말씀하셨고, 그 말씀은 제 마음에 새겨져 있습니다. 저는 그 일에 대해 말하지 않았습니다. 거의 생각조차 하지 않습니다."

"그래. 크리지를 만날 때도 그렇게 하거라. 그녀는 좋은 여자지만 '여자'라는 사실엔 변함이 없지. 여자들은 입이 가벼우니까." 총독은 손가락으로 책상을 두드렸다. "물론 그 상징이 나를 고통스럽게 만든 만큼 나도 비밀을 지킬 의무가 있다." 총독은 문을 열었고 시종장 보즈와 경비 대장 드레히트가 반대편에서 이야기를 나누고 있었다.

"보즈, 내 조카를 크리지 옌스에게 데려다주게. 우락부락한 겉모습에도 불구하고 그는 훌륭한 사람이며 내 지시를 따르는 사람이라고 그녀에게 말하게."

"먼저 화약고부터 가 보고 싶습니다." 아렌트가 말했다. "문둥병자의 주인이 이 배를 어떻게 공격하려고 하는지 알아낼 필요가 있습니다."

"그래, 좋은 생각이구나." 총독이 동의했다. "보즈, 내 조카를 화약고로 데려가서 문지기에게 질문을 하도록 해 주게." 총독은 몸을 기울이며 시종장의 귀에 속삭였다. "그러고 나서 크리지 옌스를 내게 보내게."

"고맙습니다, 삼촌." 공손하게 고개를 숙이며 아렌트가 말했다. 얀 하안은 두 팔을 벌려 조카를 끌어안았다. "핍스를 믿지 마라." 그가 속삭였다. "그자는 네가 생각하는 것만큼 좋은 인간이 아니야."

코넬리우스 보즈와 아렌트는 지휘실을 나와서 조타실을 통과해 중간 갑판 아래 칸으로 갔다. 보즈는 걸음걸이가 일정했고, 필요 이상으로 공간을 차지하는 걸 경계하는 듯 두 팔을 옆구리에 바짝 붙이고 있었다.

"고백건대, 나는 총독 각하의 족보를 모두 알고 있다고 생각했소." 보즈가 천천히 말했다. 한 마디 한 마디가 입술의 먼지를 불어 내는 것 같았다. "귀하가 총독 각하의 가족임을 즉시 알아보지 못한 것에 대해 용서를 구하고 싶소."

진심으로 후회하는 것처럼 말하는군, 아렌트가 생각했다. 할아버지의 나이 많은 시종들도 마찬가지였다. 주인의 가족은 그들의 삶이었고 섬김은 그들의 자존심이었다. 그의 할아버지는 그들의 목에 칼라를 둘러 주었고 그들은 그것을 반짝반짝 빛나게 닦았다.

"난 총독과 혈연관계가 아니오. 총독께서 애정의 표시로 나를 조카라고 부르시는 것뿐이오." 아렌트가 설명했다. "그분의 영지가 프리지아에 있는 나의 할아버지 집 옆에 있었소. 그분들은 서로에게 좋은 친구이고, 나는 그분들 사이에서 성장했소."

"당신의 출신 가문을 물어도 되겠소?"

"그건 말하고 싶지 않소." 아무도 엿듣고 있지 않은지 확인하며 아렌트가 말했다. "그리고 나와 그분과의 관계를 다른 누구에게도 언급하지 말아 주었으면 하오."

"물론이오." 보즈가 서릿발처럼 말했다. "입이 무겁지 않았다면 애초에 이런 자리에 오르지 못했을 테니까."

"보즈, 당신은 어떻게 얀 하안 총독을 모시게 되었소?" 아렌트가 물었다.

"총독 각하가 나를 망쳐 놨소." 보즈가 차분하게 말했다. "나는 원래 상인이었고, 내 회사가 총독 각하와 경쟁하게 되었소. 그분은 내 고객들에게 나에 대한 악의적인 소문을 퍼뜨려 사업을 난도질하고는 나에게 시종장 직책을 제의했소." 크리스마스 축제를 회상하는 듯한 담담한 어조로 보즈가 말했다.

"그래서 그 제안을 받아들였소?" 아렌트가 깜짝 놀라며 물었다.

"물론." 아렌트의 놀란 얼굴을 바라보며 보즈가 말했다. "그건 대단한 영광이었소. 나는 사업에는 재능이 없었지만 귀하의 삼촌께서는 회계에 대한 나의 재능을 알아봐 주셨소. 나는 지금 내가 있어야 할 곳에 있으며 매일 밤 총독 각하에게 지혜를 주신 신께 감사드리고 있을 뿐이오."

아렌트는 보즈가 분노를 억누르고 있는지 살펴보았지만 그런 기색은 없었다. 보즈는 자신이 총독의 전리품에 포함된 것이 고마운 모양이었다.

보즈는 주머니에서 작은 레몬 한 개를 꺼내 날카로운 손톱으로 껍질을 벗기고 허공에 즙을 뿌렸다. 용병은 잠시 그 모습을 지켜봤다.

"새미 핍스가 왜 수감되었는지 아시오?" 아렌트가 불쑥 물었다.

보즈의 표정이 굳어졌다. "모르오."

"아니, 당신은 알고 있소." 아렌트가 반박했다. "삼촌 말씀처럼 새미가 그렇게 나쁜 사람인 거요?"

"그렇소." 레몬을 깨물면서 보즈가 말했다.

그 말은 마치 동굴 입구의 바위처럼 대화를 가로막았다.

최하 갑판으로 내려가는 계단은 아렌트의 침상 맞은편에 위치해 있었고, 계단 아래쪽은 비참한 광경이었다.

어둠 속으로 내려가면서 아렌트는 그 공간에 통째로 삼켜지는 듯한 기분이 들었다.

굵은 대들보가 갈비뼈처럼 천장을 지탱하고 있었고 물방울이 담즙처럼 떨어지고 있었다. 여섯 대의 대포가 굽은 벽면을 따라 일정한 간격으로 배치돼 있었고, 갑판 중앙은 거대한 캡스턴 휠이 차지하고 있었다.

찌는 듯이 더웠고 승객들은 조금이라도 공간이 있다 싶은 장소에 자리를 잡고 누워 있었다. 아렌트는 어림짐작으로 이 아래쪽에 50명 정도가 있을 것으로 생각했다. 경험 많은 여행자 몇 명은 대포 사이에 해먹을 매달아 최소한의 바람을 쐬며 누워 있었고, 나머지 사람들은 한밤중 쥐가 그들의 주변을 돌아다니는 감각을 느끼며 바닥에 천을 깔고 누워 있었다.

아픈 승객들은 형편없는 숙소에 대해 불평하면서 기침을 하고 침을 뱉고 구토를 했다. 샌더 커스와 이사벨은 그들의 하소연을 들어주면서 신의 축복을 빌어 주고 있었다.

"화약고는 이쪽이오." 보즈가 손짓을 하며 말했다.

그들이 세 걸음도 가지 않았을 때 승객들이 몰려들어 불평을 늘어놓았다. 화가 난 한 남자가 아렌트의 가슴을 찌르려다가 그가 얼마나 키가 큰지를 깨달았고 대신 보즈를 쿡쿡 찔렀다.

"나는 이 배를 타기 위해 모든 것을 팔았소. 그런데 내 소지품을 놓아둘 공간도 없소." 남자가 투덜거렸다.

"유감스러운 일이군." 불쾌한 손가락을 밀쳐 내면서 보즈가 말했다. "하지만 당신 숙소에 대해서 내가 할 말은 없어. 내 숙소에 대해서도 할 말이 거의 없…"

보즈는 갑자기 말을 멈췄다.

보즈의 시선은 귀가 뾰족하고 갈색 머리카락을 가진 남자아이 두명이 장난을 치면서 갑판을 가로질러 달려가는 모습을 바라보고 있었다. 그 아이들은 똑같이 노란색 바지와 분홍색 셔츠, 짧은 망토를 두르고 있었다.

그건 귀족의 복장이었다. 다른 승객들이 착용한 낡아 빠진 신발과 지저분한 옷과 대조적으로 뚜렷하게 눈에 띄었다. 망토에 장식된 진주 단추만으로도 고급 객실 비용을 지불하기에 충분했다.

"도련님들!" 보즈가 소리치며 어린 귀족 두 명을 불러 세웠다. "여러분의 어머님은 이런 곳에서 장난치는 걸 허락하지 않으실 겁니다. 객실로 돌아가십시오."

아이들은 투덜거리면서 터벅터벅 계단을 올라갔다.

"크리지 옌스의 장난꾸러기 두 아들이오." 그녀의 이름을 말하는 보즈의 목소리가 어찌나 애틋한지, 아렌트는 순간적으로나마 그의 인간적인 모습을 본 듯했다.

승객들 속에서 울먹이는 여자 하나가 아렌트의 소매를 잡아당겼다.

"저는 아이가 두 명 있어요." 그녀가 손수건으로 눈물을 닦으며 불평을 했다. "이곳은 빛도 안 들어오고 공기도 탁해요. 여기서 8개월 동안 어떻게 견디라는 거예요?"

"내가 얘기해 보겠—" 아렌트가 대답하려는 찰나, 보즈가 그녀의 손을 탁 치우면서 아렌트를 당황하게 만들었다. "헤이즈 중위는 당신을 도와줄 수 없어." 보즈가 위세를 부리며 말했다. "우리도 당신처럼 승객일 뿐야. 일등항해사에게 투덜거려. 아니면 수석 상인에게 항의하든가."

"선장과 얘기하게 해 주쇼." 여자 옆에서 화난 남자가 요구했다.

"선장은 당신과 얘기할 만큼 한가한 사람이 아니야." 보즈가 건조하게 말했다. "아마 당신은 평생을 기다려야 할 거야."

보즈는 화약고를 향해 성큼성큼 걸어가서 권위 있는 표정으로 문을 두드렸다. 반대편에서 발소리가 들렸고, 환기창이 미끄러지듯 열리더니 거친 흰 눈썹과 의심에 가득 찬 푸른 눈이 보였다.

"누구요?" 늙은 목소리가 물었다.

"나는 시종장 보즈다. 얀 하안 총독 각하를 모시는 사람이지. 이분은 새뮤얼 핍스의 동료인 헤이즈 중위다." 보즈는 지휘실에서 크로웰스 선장이 아렌트에게 건네준 금속 부적을 달라고 손짓했고, 아렌트는 그걸 보즈에게 넘겨주었다. 보즈는 금속 부적을 환기창에 보여 주었다. "우리는 선장의 허락을 받고 여기에 왔다."

끼익 소리와 함께 화약고 출입문이 열리고, 한쪽 팔이 없는 늙은 문지기가 나타났다. 활처럼 허리가 구부러진 노인이었다. 셔츠는 입지 않았고 바지는 오물에 젖어 있었다. 목에는 누런 머리카락으로 묶은 열쇠가 걸려 있었다.

"들어오쇼," 문지기가 안으로 손짓하며 말했다. "그리고 들어온 후에는 빗장을 꼭 채우쇼."

화약고는 창문이 없는 공간이었고, 선반에는 수십 개의 화약통이 나란히 배열되어 있었다. 구석에는 해먹이 매달려 있었고 그 아래에는 비어 있는 변기통 하나가 보였다.

천장에서 굵은 나무 기둥이 삐걱거리며 앞뒤로 움직이는 바람에 아렌트는 머리를 숙여야 했다.

"방향타와 조타실에 있는 조종간을 연결하는 나무 기둥이요." 아렌트를 보며 문지기가 말했다. "조금 지나면 삐걱거리는 소리에 익숙해질 거요."

화약고의 중앙에는 포세이돈이 보관된 커다란 화물 상자가 있었다. 문지기는 그 화물 상자를 놀음판 탁자로 이용하고 있었다. 주사위 한 쌍이 그 위에 놓여 있었다.

아렌트는 어떻게 그토록 소중한 장치가 이렇게 부주의하게 취급당하게 되었는지 의아해하며 화물 상자를 뚫어지게 바라보았다. 새미와 아렌트가 몇 달 전 바타비아에 도착한 이유가 바로 그 포세이돈 때문이었다. 포세이돈이 무엇인지 아는 사람은 극소수에 불과했고, 새미도 알지 못했다. 포세이돈은 은밀히 만들어졌고 은밀히 사용되었고 은밀히 도난당한 다음 은밀히 회수되었다. 새미와 아렌트는 포세이돈을 회수하고 나서 한 시간 동안 동인도회사에서 온몸을 수색당했다.

하지만 그들은 포세이돈의 용도를 전혀 알 수가 없었다.

포세이돈은 세 개의 부품으로 나뉘어 서로 맞물리는 구조로 되어 있었다. 부품을 조립하면 별과 달과 태양의 고리로 둘러싸인 지구본이 되었고 톱니바퀴가 돌면서 모든 것이 움직였기 때문에 아렌트에게 두통을 일으키곤 했다.

용도가 무엇이든 간에 포세이돈은 신사 17인회가 가장 뛰어난 탐정을 보내서 되찾아 오도록 할 만큼 매우 중요한 물건이었다. 그 탐정은 암스테르담에서 바타비아로 가는 여정이 자신을 죽일지도 모른다는 사실을 매우 잘 알고 있었다.

다행히 새미는 살아남았을 뿐만 아니라 네 명의 포르투갈 스파이를 찾아내는 임무에 성공했다. 아렌트는 스파이들을 총독에게 끌고 가려 했지만 두 명은 체포되기 전에 스스로 목숨을 끊었고, 두 명은 아렌트의 추적을 눈치채고 도망쳤다.

그 실패는 지금도 여전히 아렌트를 부끄럽게 했다.

"당신들 같은 훌륭한 관리들이 왜 배의 더러운 밑바닥까지 내려온 거요?" 말린 생선포를 씹으며 늙은 문지기가 물었다. 이빨이 하나도 없는데 어떻게 씹을 수 있는지 아렌트는 문득 궁금해졌다.

"화약고에 불을 지르려고 당신에게 접근한 자가 있었소?" 더 나은 질문 방법을 찾지 못한 아렌트가 대뜸 물었다.

문지기의 주름진 얼굴이 즙을 짜낸 오렌지처럼 혼란으로 일그러졌다.

"어떤 놈이 그런 짓을 저지른다는 거요?" 문지기가 되물었다.

"이 배를 위협하는 자가 있소."

"내가 그랬다는 거요?"

"아니, 문둥병자가…" 아렌트는 자신의 대답이 얼마나 어이없어 보일지 생각하면서 머뭇거렸다.

"문둥병자?" 문지기가 이 황당한 이야기를 확인하기 위해 보즈를 쳐다보았다.

시종장은 다시 레몬 하나를 꺼내서 깨물었지만 아무 말도 하지 않았다.

"문둥병자가 이 배를 침몰시키려는 음모를 꾸몄다는 말이요?" 잇몸으로 생선포를 우물우물 씹으며 문지기가 물었다. "흐음, 그 점에 대해 잠깐 생각해 봐야겠군. 바타비아에는 문둥병자가 너무 많아서 범인을 찾아내기가 쉽지 않지."

아렌트는 바닥을 발로 찼다.

수사는 그의 일이 아니었고, 수사를 한다고 마음이 편해지지도 않았다. 예전에도 한 번 이런 적이 있었다. 새미는 아렌트에게서 어떤 재능을 발견했고 아렌트를 훈련시켜서 한 가지 사건을 맡겼다. 그 사건은 잘 진행되는 듯했지만 아렌트의 실수로 엉뚱한 사람이 교수형에 처해졌다.

실수를 저지르기 전까지 아렌트는 거만했다. 그는 새미의 재능을 보고 감탄했지만 그건 훌륭한 승마술을 보고 감탄하는 수준일 뿐이었다. 그런 재능은 존경할 만하지만 충분히 배울 수 있는 것이라고 생각했다.

하지만 전혀 그렇지 않았다.

새미가 하는 일은 배울 수도, 훈련할 수도 없었다. 새미의 재능은 그에게만 주어진 것이었다.

아렌트의 불편한 심기를 감지한 보즈는 그를 불쌍히 여기면서 문지기를 향해 딱딱한 시선을 보냈다.

"아렌트 헤이즈 중위는 얀 하안 총독 각하의 명령에 따라 조사를 하는 것이다." 보즈가 단호하게 말했다. "그의 질문에 예의를 갖추어 숨김없이 대답하지 않으면 네놈은 매질을 면치 못할 것이다. 알겠는가?"

늙은 문지기가 움찔했다.

"죄송합니다요, 중위님." 그가 더듬더듬 말했다. "무례를 용서해 주십쇼."

"질문에 대답하시오."

"이 배에 문둥병자는 없습니다요, 중위님. 음모도 없고요. 그리고 이 말씀을 드리고 싶습니다요. 만약 제가 자살하고 싶으면 밤새도록 창녀와 놀아나고 밖에서 개자식들과 술을 마시며 보낼 것입니다요." 문지기는 빗장이 채워진 화약고 출입문을 가리키며 말을 이었다. "하지만 저는 충분한 돈을 모았고 고향에서 저를 기다리는 가족들이 있기 때문에 자살할 이유가 없습니다요."

아렌트에게는 새미 같은 재능은 없었지만 거짓말을 알아내는 재능은 있었다. 사람들은 평생 동안 그를 속이려 했다. 할아버지를 위해 일할 때 나쁜 거래를 하도록 아렌트를 유혹했고, 등 뒤에 감춘 단검이 아렌트를 해치기 위한 게 아니라고 거짓말을 했다. 그러나 노인의 주름진 얼굴에는 초조함이 엿보일지언정 거짓의 빛을 띠고 있지는 않았다.

"이 화약고에 또 누가 출입할 수 있소?" 아렌트가 물었다.

"평소에는 아무도 못 들어오지요. 전투 명령이 떨어지면 모두가 들어오고요. 선원들이 대포에 장전할 화약을 꺼내기 위해 들락날락하지요. 열쇠를 가진 사람은 저와 크로웰스 선장과 일등항해사뿐입니다요." 발가락을 꼼지락거리며 문지기가 대답했다.

"보세라는 목수를 아시오? 혹시 다리를 절진 않았소? 사르담호에 원한을 품었다거나?"

"잘 모르겠습니다요. 저는 바타비아에서 이 배에 처음 승선한 것이라 이곳에 있던 선원들은 그때 처음 본 것일 뿐입니다요." 문지기가 생선포를 우물거리자 침이 턱으로 흘러내렸다. "누군가 배를 침몰시킬까 봐 걱정하시는 겁니까요?"

"그렇소."

"그렇다면 중위님은 잘못 생각하고 계신 겁니다요." 문지기가 말했다. "이 화약고에는 양쪽에 빵이 있고 깡통도 사방에 널려 있지요."

"그게 무슨 말이요?"

"빵이 양쪽 칸에 쌓여 포장되어 있다는 말씀입니다요." 문지기가 분명히 말했다. "화약에 불을 붙인다 해도 깡통과 빵 때문에 폭발력이 줄어들어서 선체에 구멍을 내지 못할 거라는 말씀입니다요. 불은 마법이 아니니, 불이 우리를 집어삼키기 전에 잠재울 시간이 있을 겁니다요. 그래서 이런 식으로 만들어 놓은 거지요."

"내가 크로웰스 선장에게도 똑같은 질문을 던질 거라는 걸 알고 있는가?" 보즈가 엄하게 물었다.

"선장도 그렇게 말할 겁니다요, 시종장님." 문지기가 대답했다.

"그렇다면 사르담호를 침몰시키는 더 좋은 방법이 무엇이겠소?" 아렌트가 물었다.

"몇 가지 방법이 있지요." 지저분한 머리카락을 만지작거리며 문지기가 대답했다. "다른 배가 우리에게 대포를 겨눠서 간단하게 파괴할 수도 있지요. 해적이 우리를 공격하거나 폭풍, 천연두가 우리를 끝장낼 수도 있겠지요. 그런 일은 실제로도 자주 일어나고요. 아니면…" 문지기가 머뭇거렸다.

"아니면?" 보즈가 재촉했다.

"아니면, 글쎄요… 저라면, 그런데 제가 그놈은 아니니까, 그냥 제 생각을 말씀드리려는 겁니다요."

문지기는 그들을 올려다보며 '그냥 말씀드리는 것'에 대한 허락을 요청했다.

"자네 생각을 말해 보게." 보즈가 허락했다.

"글쎄요, 저라면 선장을 제거하려고 하겠습니다요."

"크로웰스 선장을?" 아렌트가 놀라며 대꾸했다.

늙은 문지기는 탁자 위에 삐져나온 생선 가시를 만지작거렸다. "두 분께서는 그 사람에 대해 얼마나 아시는지요?"

"궁궐에 있는 것처럼 화려한 옷을 입고, 수석 상인을 싫어한다는 사실은 알고 있네." 보즈가 대답했다.

문지기는 웃음을 터뜨리며 자기 허벅지를 찰싹 내리쳤다가 보즈의 무뚝뚝한 표정에 멈칫했다.

"지당하신 말씀입니다만, 크로웰스 선장은 이 배에서 가장 훌륭한 선원이지요. 탐욕스러운 레이니어 반 슈텐을 비롯해 모든 사람들이 그 사실을 알고 있습니다요. 커다란 배에 화물을 싣고 암스테르담에 안전하게 도착하려면 크로웰스 선장이 꼭 필요하지요." 문지기의 목소리에는 존경심이 깃들어 있었다. "사르담호 선원들은 살인자와 도둑으로 구성되어 있고요."

"자네는 어느 쪽인가?" 보즈가 물었다.

"도둑이지요." 문지기는 자신의 잘린 팔을 가리켰다. "모두 예전 일이지만요. 하지만 중요한 건 이것입니다요. 이 배의 선원들은 질이 안 좋지만 그들 모두가 크로웰스 선장을 존경하지요. 그들은 투덜거리고, 음모를 꾸밀 테지만 절대 선장에게 반항하지 않을 겁니다요. 선장은 사납지만 부하들을 공정하게 다루고, 선장이 있어야 우리가 고향으로 돌아갈 수 있다는 사실을 알고 있기 때문에 짐승 같은 선원들도 머리를 숙이고 통제를 받아들이는 겁니다요."

"선장이 죽으면 어떻게 되겠소?" 아렌트가 물었다. "일등항해사가 선원들을 통제할 수 있겠소?"

"난쟁이는…" 문지기가 경멸하듯 말했다. "그렇게 하지 못할 겁니다요. 선장이 죽으면 이 배는 불타 버릴 겁니다요. 두고 보세요."

15

사라와 리아는 배 뒤편에 있는 선미루 갑판 위에서 바타비아가 멀리 사라지는 모습을 바라보고 있었다. 사라는 바타비아가 솜에서 지워지는 얼룩처럼 조금씩 사라질 거라고 예상했었다. 하지만 바타비아의 굴뚝과 지붕은 눈 깜짝할 사이에 사라져 작별 인사를 할 시간이 없었다.

"프랑스는 어떤 곳이에요, 엄마?" 리아가 물었다. 벌써 백 번째 반복하는 질문 같았다.

사라는 딸의 눈에서 두려움을 볼 수 있었다. 바타비아는 리아가 알고 있던 유일한 안식처였다. 리아에게는 요새의 벽을 넘어 모험을 하는 것이 거의 허락되지 않았다. 어릴 적, 리아는 미궁 속에 갇힌 다이달로스였고 그녀의 아버지는 다이달로스를 감시하는 괴물 미노타우로스였다.

소녀는 성벽과 경비병으로 둘러싸여 13년을 보낸 후 정원이 있는 큰 저택에서 벗어나 완전히 새로운 삶을 시작하기 위해 항해하고 있었다.

리아는 가슴이 두근거려서 몇 주 동안 잠을 제대로 이루지 못했다.

"나도 잘 알지 못해." 사라가 인정했다. "아주 어렸을 때 마지막으로 방문했는데 음식이 맛있었고 음악이 즐거웠던 기억이 나는구나."

리아의 얼굴에 희망에 찬 미소가 흘렀다. 사라가 잘 알고 있듯이 리아는 그 두 가지를 모두 사랑했다. "프랑스 사람들은 재능 있는 발명가, 학자, 치료사들이야." 사라가 생각에 잠기며 말했다. "그리고 그들은 기적을 만들어 내는 사람들이야. 하늘까지 닿는 대성당도 건축했단다."

리아가 엄마의 어깨에 머리를 기대자 검은 머리카락이 물결처럼 팔로 흘러내렸다.

등불이 긴 막대에 매달려 있었고 동인도회사 깃발이 바람에 펄럭였다. 가축우리에서는 닭들이 꼬꼬댁거리고 암퇘지들이 꿀꿀거리면서 불안해하고 있었다.

"프랑스 사람들이 저를 좋아할까요?" 리아가 조심스럽게 물었다.

"물론이지, 그들은 너를 사랑할 거야." 사라가 확신하며 대답했다. "그래서 우리가 이 계획을 세운 거란다. 더 이상 너의 미래를 두려워하지 마. 너의 재능을 숨길 필요가 없어."

리아가 엄마를 꼭 껴안았을 때 크리지가 금발 머리를 휘날리며 서둘러 계단을 올라왔다. 그녀는 잠옷 대신 리본 달린 빨간 드레스를 입고 깃털 달린 넓은 모자를 쓰고 있었다. 구두를 손에 들고 이마에 땀을 흘리고 있었다.

"여기 있었구나." 크리지가 숨 가쁘게 말했다. "한참 찾아다녔어."

"왜 그래? 무슨 일 있어?" 놀란 표정으로 사라가 물었다.

크리지는 총독의 요청으로 2년 전 바타비아에 도착해 햇볕처럼 나른한 생활을 하고 있었다. 크리지는 타고난 요부였고 말솜씨가 뛰어났다. 그녀는 우아하게 말하는 기술을 매일 연습했다. 사라는 크리지가 성질을 내거나 불안해하는 모습을 본 적이 없었다. 크리지는 천성적으로 즐거웠고, 항상 주변에 구애하는 남자들이 있었다.

"이 배를 위협하는 게 뭔지 알아냈어." 크리지가 숨을 헐떡이며 말했다. "보세의 주인이 누구인지 알아냈다고."

"뭐라고? 정말이야? 어떻게?" 사라가 한꺼번에 질문을 쏟아 냈다.

크리지는 난간에 몸을 기대고 숨을 골랐다. 난간 바로 아래에는 고급 객실의 둥근 창문이 있었고, 크로웰스와 반 슈텐이 객실 선택을 두고 다투는 소리가 들렸다.

"내가 두 번째 남편인 피터 플레처 얘기를 한 적이 있었니?" 크리지가 물었다.

"그 남자가 마커스와 오스버트의 아버지였다는 것." 사라가 대답했다. "그리고 그 남자와 얀 하안이 한때 알고 지낸 사이라는 것 정도."

"피터는 마녀사냥꾼이었어." 크리지가 고통스럽게 전 남편의 이야기를 꺼냈다. "30년 전 그러니까 나와 결혼하기 훨씬 전에 그는 영국에서 프로방스로 건너왔어. 귀족 가문들의 땅에 전염병처럼 퍼지고 있는 이상한 상징을 조사하기 위해서 말이야."

"오늘 아침 돛에 나타난 상징 말이에요?" 리아가 물었다.

"맞아, 정확히 똑같아." 펄럭이는 하얀 돛을 걱정스럽게 바라보며 크리지가 말했다. "피터는 그 상징을 조사하면서 수백 명의 문둥병자와 마녀들의 영혼을 해방시켰고, 그들 모두가 똑같은 이야기를 했어. 그들의 희망이 모두 사라진 최악의 시간에 자신을 '올드 톰'이라고 부르는 존재가 어둠 속에서 그들에게 속삭였대. 거래에 대한 대가로 그들의 욕망을 충족시켜 주겠다고 말이야."

"어떤 거래?" 사라가 흥분을 감추지 못하고 물었다.

새미 핍스의 새로운 사건 보고서가 바타비아에 도착할 때마다 사라는 그런 흥분을 느꼈다. 사라와 리아는 탐정 놀이를 하면서 나름대로의 추리를 완성할 때까지 결말을 읽지 않았다. 사라는 사건의 원인을 자주 틀리기는 했지만 올바른 결론을 내렸다. 질투와 거절당한 열정은 사라가 이해할 수 있는 개념이 아니었으며, 누군가가 살인을 하는 이유 역시 마찬가지였다.

"피터는 자기 일에 대해 더 이상 자세히 말하려 하지 않았어. 여자에게 들려줄 만한 이야기가 아니라고 생각했어."

"현명한 생각이었군요." 보즈가 계단을 올라오며 말했다. "총독께서 즉시 뵙기를 원하십니다, 옌스 부인."

크리지는 보즈를 외면했다.

보즈 뒤에서 아렌트가 나타났고, 사라에게 고개를 숙여 인사했다. 부두에서 본 후로 저 남자는 뭔가 달라졌어, 사라가 생각했다. 아렌트는 마치 어떤 새로운 무게가 얹힌 것처럼 무겁게 몸을 움직이고 있었다.

"잠깐만, 크리지." 사라가 말했다. "헤이즈 중위님을 알고 있니? 부두에서 내가 문둥병자를 돌보는 걸 도와주신 분이야."

"아렌트입니다." 크리지를 향해 미소를 지으며 아렌트가 낮은 목소리로 말했다. 크리지는 자신도 모르게 미소로 화답했다.

아렌트를 바라보는 크리지의 눈이 반짝였다. "꼭 한번 뵙고 싶었어요. 소문으로 들은 당신의 건장한 체격은 과장이 아니었군요, 헤이즈 중위님! 하느님은 당신에게 정말로 멋진 육체를 만들어 주셨어요."

"그분을 유혹하는 건 나중에 해, 크리지." 사라가 부드럽게 꾸짖은 다음, 아렌트에게 말했다. "돛에 그려져 있던 꼬리 달린 눈은 분명히 올드 톰이라는 악마의 상징이에요."

아렌트는 고개를 끄덕였다.

"올드 톰을 아세요?" 머리를 갸우뚱하면서 사라가 물었다.

"총독께서 제게 그 이야기를 들려주셨습니다."

"저는 오늘 어린 목수와 이야기를 나누었어요. 부두에 있던 문둥병자의 정체는 사르담호의 목수였던 보세라는 자였어요." 사라가 말했다. "죽기 전에 보세는 바타비아에서 누군가와 거래를 했고 부자가 될 거라고 자랑했대요. 그리고 그 대가로 그가 해야 할 일은 몇 가지 수고뿐이었대요."

크리지는 슬프게 고개를 저었다. "올드 톰이 보세에게 어떤 대가를 요구했든 그 거래는 고통으로 끝나 버렸어요." 그녀는 얼굴에 묻은 물보라를 닦아 냈다. "올드 톰과 거래를 한 사람은 악마의 노예가 돼요. 절대 벗어나지 못해요. 올드 톰은 인간의 욕망을 먹이로 삼고, 그에게 영혼을 바치지 않은 사람들은 살육당하죠. 피터는 엄청난 의지를 갖고 있었지만 그런 피터마저도 자기가 목격한 타락상을 언급하는 걸 주저했어요."

만약 올드 톰이 원하는 것이 인간의 욕망이라면 이 배에는 그런 욕망이 차고 넘칠 거야, 사라가 생각했다. 이 배에 탄 사람들은 모두 불만을 갖고 있었다. 모두가 홀대받는다고 느꼈다. 모든 사람들이 다른 누군가가 가지고 있는 것을 원했다. 사라는 사람들이 욕망을 채우기 위해 악마와 기꺼이 거래하는 모습을 상상할 수 있었다.

"사르담호에는 수많은 불만이 있지요." 사라의 생각에 동의하듯 아렌트가 중얼거렸다. "전 남편께서는 올드 톰이 실제로 어떤 모습인지 말씀하셨습니까?"

"어떤 악마의 모습인데 직접 부딪힌 적은 없다고 했어요. 그러다가…" 눈물을 글썽이며 크리지가 말을 이었다. "4년 전에 피터는 공포에 질려 집으로 돌아왔어요. 우리는 암스테르담에서 하인들로 가득 찬 웅장한 저택에서 살고 있었지만 피터는 아무런 설명도 없이 우리를 릴로 떠나는 마차에 태웠어요. 어떤 물건도 재산도 챙겨 오지 못했어요."

"릴?" 아렌트가 놀라며 중얼거렸다.

"네." 크리지가 말했다. "그곳이 중위님에게 무슨 의미라도 있나요?"

"아뇨, 저는…" 아렌트는 고개를 가로저었다. 창문을 스쳐 지나가는 무시무시한 형체를 본 남자의 표정이었다. "그곳에서 어떤 사건을 조사했었지요. 저는 그곳에 대해 안 좋은 기억이 있습니다. 이야기를 방해해서 죄송합니다."

사라는 아렌트의 모든 수사 보고서를 외울 만큼 읽었고 그가 릴에 대해 쓴 적이 없다는 사실을 알고 있었다. 그녀는 공개되지 않은 그 사건이 무엇인지, 그리고 왜 그렇게 아렌트를 불편하게 만드는지 궁금했다. 하지만 거기에 매달리기에는 다른 걱정거리가 너무 많았다.

"피터는 올드 톰이 우리를 발견했기 때문에 도망쳐야 한다고 말했어요." 크리지가 울먹이는 목소리로 말을 이었다. "자세히 말해 달라고 애원했지만 그는 더 이상 아무 말도 하지 않았어요. 새 집에 도착하기까지 3주가 걸렸고, 그곳에 도착하고 이틀 후에 피터는 죽었어요." 크리지는 울음을 삼켰다. "피터가 고문당하고 살해된 장소에 올드 톰의 상징이 새겨져 있었어요."

사라는 크리지의 손을 꽉 잡았다. "용기를 내서 내 남편에게 이런 이야기를 해 주겠니? 그러면 바타비아로 회항하도록 설득할 수 있을

지도 몰라."

"그렇지 않을 겁니다." 아렌트가 말했다. "총독께서는 그 상징이 무엇을 의미하는지 이미 알고 계십니다. 그분은 제게 조사를 하라고 지시하셨지만 배를 돌리지는 않으실 겁니다."

"빌어먹을 고집덩어리!" 사라가 남편을 원망하며 소리쳤다.

"남편을 그런 식으로 말하는 건 품위에 어긋나는 일이지요." 보즈가 질책했다. 크리지는 보즈에게 눈을 흘겼다.

크리지의 못마땅하다는 듯한 시선에 당황한 시종장은 두 손을 비비며 재빠르게 말했다. "악마가 이 배를 위협하고 있다면 신교 목사와 상의하는 것이 어떨까요? 분명히 이 사건은 우리보다 그가 더 잘 해결할 수 있을 겁니다."

"시종장님, 당신도 악마를 믿나요?" 리아가 물었다. "나는 그렇게 생각해 본 적이 없어요. 당신은 매우—"

"냉정한 인간이지." 크리지가 빈정거렸다.

"합리적인 분이잖아요." 리아가 바로잡았다.

"저는 악마를 직접 본 적이 있어요." 보즈가 말했다. "제가 소년이었을 때 제 고향 마을은 아수라장이었답니다. 악마의 저주에서 살아남은 집은 몇 채 안 됐지요."

사라는 아렌트를 바라보았다. "당신이 원한다면 제가 샌더 커스 목사에게 말할게요. 어쨌든 고해성사를 위해 그분을 만나야 하니까요."

"그래 주시면 도움이 될 겁니다. 고맙습니다." 아렌트가 말했다. "저는 보세의 행적을 계속 조사하겠습니다. 만약 보세의 주인이 정말 올드 톰이라면 그들이 어떻게 서로 만나게 되었는지, 내막을 알고 있는 보세의 친구가 있을지도 모릅니다."

"저도 보세에 관한 유용한 정보를 알아냈어요." 사라가 대답했다.

그녀는 그날 아침 앙리에게 들은 이야기를 아렌트에게 전해 주었다.

"락사가르?" 사라의 이야기를 듣고 아렌트가 생각에 잠겼다. "저는 몇 가지 외국어를 알고 있지만 그런 단어는 들어 본 적이 없습니다."

"저도 마찬가지에요." 사라가 동의했다. 배가 큰 파도에 부딪치자 그녀는 난간을 움켜잡았다. "앙리는 그 단어가 노르웨이어라고 생각 했어요. 그리고 이 배에서 노르웨이어를 할 줄 아는 사람은 갑판장 요 하네스 와이크뿐이라고 말했어요. 와이크는 보세의 혀를 잘라 낸 사 람인데, 우리의 질문에 순순히 대답해 줄까요?"

"그렇지 않을 겁니다." 아렌트가 말했다. "제가 이미 와이크를 만 나 보았습니다."

"저는 도로테아를 보내서 최하 갑판 승객들에게 수소문해 보았어 요. 혹시라도 도움이 될까 해서요." 사라가 말했다.

아렌트는 놀란 눈빛으로 사라를 바라보며 미소를 지었다.

"올드 톰이 인간의 욕망을 먹이로 삼는다면 왜 바타비아를 떠나겠 습니까?" 특유의 단조로운 목소리로 보즈가 끼어들었다. "그 도시에 는 수천 명의 인간들이 있고 사르담호에는 단지 몇 백 명만 타고 있습 니다. 만찬을 간식과 바꿀 이유가 없지요."

"올드 톰은 나를 노리고 이 배에 올라탄 거예요." 크리지가 힘없는 목소리로 말했다. "모르겠어요? 피터는 프로방스에서 악마를 몰아냈 고 사람들을 해방시켰어요. 악마는 복수를 하려고 피터를 살해했지 만 저는 살아남았어요. 저는 아이들과 함께 계속 도망쳤고 프로방스 에서 멀리 떨어진 바타비아로 가는 게 안전하다고 생각했어요. 하지 만 악마는 피터의 남은 가족을 찾아냈어요." 크리지의 절망적인 시선 이 사라를 향했다. "올드 톰은 우리 가족을 노리고 있어."

16

날이 저물자 선원들은 선미 갑판에서 이따금 들려오는 명령에 귀를 기울이면서 중간 갑판에서 노래를 부르고 춤을 추고 바이올린을 켰다. 삭구에 올라간 선원들은 야한 농담을 주고받았고 아래쪽에 있는 사람들에게 욕설을 퍼부었다. 그들은 너무 떠들썩해서 갑작스런 침묵이 천둥소리보다 더 클 정도였다.

아렌트는 주 돛대를 성큼성큼 지나가고 있었다.

선미 갑판 위에 있던 크로웰스 선장은 아렌트에게 경고를 하려다가 아무 소용이 없다는 걸 깨달았다. 아렌트 헤이즈는 누가 뭐라든 끝내 자신이 원하는 곳으로 갈 것임이 분명했다.

선원들은 하던 일을 멈추고 아렌트가 지나가는 모습을 바라보았다. 바다로 출항하면 주 돛대 앞쪽은 선원들의 영역이었다. 경계를 넘어가는 모험을 감행한 승객은 누구든 선원들에게 보복을 당했다. 하지만 아렌트는 아무것도 거리낄 게 없어 보였다.

아렌트가 지나갈 때 몇 명의 선원들이 절도나 협박의 기회를 노렸지만 아렌트의 거대한 몸집을 보고는 불순한 생각을 이내 단념했다. 기가 죽은 선원들은 하던 일로 되돌아갔고, 아렌트가 뱃머리에 있는 선수 갑판으로 향하는 계단을 올라가도록 내버려 두었다.

앞 돛대가 위로 높이 솟아 있었고, 돛천이 모든 것에 그늘을 드리웠다. 뱃머리가 바다 위로 뻗어 나갔고 황금 사자 조각상이 파도를 가르고 있었다.

이글거리는 주황색 태양에 아렌트는 순간적으로 눈이 아찔해졌다. 태양 빛은 선박의 흰 돛들에 반사되고 있었다. 아렌트는 눈을 깜박이면서 주먹싸움을 벌이는 소리와 환호성을 들었다. 한 무리의 선원들과 머스킷 총병 사이를 유심히 살펴보던 아렌트는 셔츠를 벗은 두 남자가 서로 대치하는 장면을 보았다. 그들은 멍들고 피투성이가 되어 거친 주먹을 휘둘렀다. 대부분은 빗나갔고 몇 대만 명중했다. 지쳐서 먼저 쓰러지는 사람이 패배자가 될 터였다.

아렌트는 군중 속에서 아이작 라르메를 찾고 있었다.

난쟁이 일등항해사는 뱃머리가 내려다보이는 난간에 앉아 짧은 다리를 흔들며 칼로 나무토막을 다듬고 있었다. 라르메는 이따금씩 고개를 들어서 서툰 싸움을 지켜보는 전문가처럼 찌푸린 얼굴로 상황을 곁눈질했다.

아렌트가 그를 향해 두 걸음도 내딛지 않았을 때 라르메가 고개를 돌렸다.

"꺼져." 라르메가 여전히 조각에 열중하면서 경고했다.

"선장은 당신이 보세라는 목수에 대해 뭔가 알고 있을지도 모른다고 내게 말했소. 보세의 친구들은 누구였소? 보세는 동인도회사에 들어오기 전에 무슨 일을 했소?"

"꺼지라고." 난쟁이가 다시 경고했다.

"지휘실에서 내가 보세를 언급했을 때 당신의 반응을 보았소. 당신은 움찔했소. 뭔가를 알고 있다는 듯이."

"꺼져."

"사르담호가 위험하오."

"꺼져. 꺼지라고."

주위의 선원들로부터 웃음소리가 울려 퍼졌다. 주먹싸움이 멈췄고 대신 모두가 거인과 난쟁이를 지켜보고 있었다.

아렌트는 주먹을 불끈 쥐었고 가슴 근육이 움찔거렸다. 그는 어렸을 때부터 관심의 대상이 되는 걸 싫어했다. 그는 항상 어깨를 구부리고 허리를 굽힌 채 걸었지만 너무 커서 눈에 띌 수밖에 없었다. 그래서 아렌트는 새미와 함께 일하는 게 즐거웠다. 참새가 있을 때 사람들은 곰에 주의를 기울이지 않았다.

"나는 얀 하안 총독의 권한을 위임받았소." 삼촌의 권한을 들먹이는 자신을 혐오하며 아렌트가 말했다.

"나는 흉포한 선원들이 밤에 당신 목을 베는 걸 막을 유일한 사람이라는 권한을 위임받았어." 아렌트에게 빈정거리는 미소를 번뜩이며 라르메가 말했다.

선원들은 야유를 보냈다. 이건 분명히 그들이 아까 지켜보던 것보다 훨씬 흥미진진한 싸움이었다.

"우리는 보세가 이 배를 침몰시키려는 올드 톰의 하수인이라고 생각하고 있소."

"당신은 보세가 그 일을 하기 위해 뭔가 교묘한 계책이 필요했다고 생각해?" 라르메가 쏘아붙였다. "동인도 무역선을 침몰시키는 가장 좋은 방법은 그냥 내버려 두는 거야. 폭풍이 우릴 못 잡으면 해적들이 우릴 죽일 거야. 해적이 못하면 질병이 해낼 거고. 이 배는 지옥에 떨어질 거야, 빌어먹을 문둥병자 때문이든 아니든.”

선원들은 중얼거리며 본능적으로 부적으로 손을 뻗었다. 각각의 부적은 그것에 매달리는 인간들처럼 다양했다. 불에 탄 조각상과 기묘하게 매듭을 지은 밧줄. 피가 섞인 머리카락과 검은 액체가 담긴 이상한 병. 녹은 쇳조각과 가장자리가 불꽃으로 그을린 광물 덩어리.

라르메의 부적은 더욱 이상한 모양이었다. 나무로 조각한 반쪽짜리 곁눈질하는 얼굴.

“내 질문에 대답해 주시오.” 아렌트가 재촉했다.

“싫어.”

“왜 싫은 거요?”

“그래야 할 의무가 없으니까.” 나무조각에서 옹이를 베어 내며 라르메가 말했다. 그는 옹이를 바다에 던졌다.

선원들의 웃음소리가 잦아들기를 기다린 라르메는 칼끝으로 피투성이가 된 싸움꾼들을 가리켰다. “당신은 싸워야 해.” 난쟁이가 말했다.

“뭐라고?” 갑작스런 말에 혼란스러워하며 아렌트가 물었다.

“싸워야 한다고.” 라르메가 대답했다. “여기는 정식 대결로 불만을 해결하는 곳이고, 승리하면 많은 상금을 챙기게 될 거야.”

선원들은 서로를 쳐다보며 누가 이 거인과 싸울 수 있는지 궁금해했다. 요하네스 와이크라면 가능하다고 누군가 말하자 다른 사람들이 동의했다.

“나는 재미로 싸우지 않소.” 아렌트가 말했다. 그러고 나서 솔직하게 덧붙였다. “더 이상은.”

144

라르메는 나무토막에서 칼날을 뽑아냈다. "재미를 위해 싸우는 게 아니라 돈을 위해 싸우는 거야. 재미있게 즐기는 건 우리야."

"나는 그런 짓도 하지 않소."

"그럼 당신은 여기 있을 이유가 없어."

아렌트는 어이없다는 듯한 표정으로 난쟁이를 응시했다. 그는 더 이상 무슨 말을 해야 할지 몰랐다. 새미였다면 뭔가를 알아차렸거나 중요한 사실을 발견했을 것이다. 새미라면 라르메라는 자물쇠의 열쇠를 아렌트보다 먼저 찾았을 것이다. 아렌트는 그곳에 선 채 무력감을 느낄 뿐이었다.

"내 질문에 대답하지 않겠다면 갑판장에게 대답을 얻어 낼 수 있는 방법이라도 알려 주시오." 아렌트가 필사적으로 말했다.

라르메는 다시 미소를 지었다. 그건 사악하고 끔찍한 미소였다. "배 부른 저녁 식사와 와이크의 귀에 듣기 좋은 말이라면 가능할지도 몰라." 난쟁이가 말했다. "됐지? 이제 그만 꺼져. 이런 말싸움은 너무 지겨워."

아렌트는 발걸음을 돌렸고, 선원들의 야유가 그를 따라 쏟아졌다.

17

황혼이 보라색과 분홍색 리본처럼 내려왔고, 별들이 밤하늘을 수놓고 있었다. 육지는 전혀 보이지 않았고 오로지 바다만 보였다.

크로웰스 선장은 선원들에게 돛을 접고 닻을 내리라고 명령하며 항해 첫날을 마무리했다. 총독은 왜 밤에 항해를 계속할 수 없느냐고 물었다. 총독은 달빛을 받으며 항해를 계속하는 선장들을 많이 알고 있었다.

"당신의 실력이 다른 선장들보다 부족한 것인가?" 총독이 크로웰스를 자극하며 물었다.

"배를 침몰시키려는 자를 찾을 수 없다면 항해 실력은 소용이 없습니다." 선장이 침착하게 대답했다. "밤에 항해하는 선장들의 이름을 알려 주시면 그들이 침몰시킨 배의 이름과 그들이 잃어버린 화물의 이름을 알려 드리지요."

그것으로 논쟁은 끝났고, 크로웰스는 아이작 라르메가 종을 8번 울리면서 불침번을 준비시키는 소리를 듣고 있었다.

크로웰스는 이 시간을 좋아했다. 선원들에 대한 의무는 끝났고 빌어먹을 귀족들과의 저녁 만찬은 아직 시작되지 않은 시간. 이것은 그의 시간이었다. 황혼 무렵 한 시간 동안 그는 공기 냄새를 맡고 피부에 소금기를 느끼면서 그에게 강요된 삶에서 약간의 기쁨을 발견했다.

난간으로 올라간 크로웰스는 지친 선원들이 부적을 문지르고 기도를 올리고 선체를 매만지며 행운을 비는 모습을 지켜보았다. 미신이야, 그는 생각했다. 그것만이 이 배를 바다 위에 떠 있도록 지탱해 주는 힘이었다.

크로웰스는 주머니에서 아렌트에게 건네줬던 금속 부적을 꺼냈다. 보즈가 아까 그것을 선장에게 돌려주었다. 보즈는 총독이 준 선물을 그렇게 함부로 대하는 것에 분명히 짜증이 난 듯 보였다. 선장은 엄지손가락과 집게손가락으로 금속 부적의 표면을 문지른 다음 하늘을 살폈고 눈살을 찌푸렸다.

지난 몇 시간 동안 선장은 피부에 익숙한 가려움을 느꼈다. 그 느낌은 폭풍이 수평선 너머에 형성되고 있다는 사실을 말해 주었다. 공기는 점점 따끔거리고 바다는 미묘하게 그늘을 바꾸고 있었다. 크로웰스는 입을 벌려 공기를 맛보았다. 마치 해저에서 건져 올린 쇳조각을 핥는 것 같았다.

하루면 여기까지 닥쳐올 거야, 아니면 더 빨리.

객실 급사 한 명이 횃불을 들고 배 뒤쪽으로 걸어가서 발끝을 세우고 거대한 등불을 점화시켰다.

함대의 다른 선박들도 하나둘씩 등불을 밝혔다. 끝없는 어둠 속에서 일곱 개의 불빛이 바다에 표류하는 별처럼 타오르고 있었다.

18

사라에게 그날 밤 저녁 만찬은 고문과도 다름없었다. 그녀는 다른 승객들과 시시한 대화를 나누는 한편, 머릿속은 걱정으로 가득 차 있었다.

경비 대장 드레히트가 고급 객실 밖에 머스킷 총병을 배치해서 그녀의 마음을 조금 안심시켰지만, 그날의 승리는 단지 그뿐이었다. 도로테아는 락사가르의 뜻을 알고 있는 승객을 찾지 못했다. 오직 요하네스 와이크만이 알고 있었다. 사라는 갑판장을 객실로 불러들여 직접 물어보고 싶었지만 남편이 알게 되는 위험을 무릅쓸 수는 없었다. 목수를 부르는 것도 상당히 위험한 일이었지만 그건 충분한 핑계를 댈 수 있었다.

사라는 짜증이 났다.

그녀는 사르담호에서 가장 지위가 높은 귀족이었지만 가장 미천한 신분의 객실 급사보다도 자유롭지 못했다.

그래도 이 지긋지긋한 저녁 식사는 거의 끝났잖아, 그녀는 생각했다.

음식은 모두 비워졌고 접시는 깨끗이 치워졌다. 빛나는 촛불은 모든 얼굴에 불길한 그림자를 드리우고 있었다. 보조 테이블이 치워지고, 식사를 마친 사람들이 지휘실 여기저기에 흩어져 사소하고 지루한 대화를 이어 나갔다.

사라는 두통을 가라앉히기 위해 구석에 있는 의자에 앉았다. 그건 그녀가 사교 모임에서 예전부터 사용해 오던 핑계였다.

사라는 조용히 앉아서 눈앞에 펼쳐진 이상한 모임을 바라보았다. 대부분의 고위 간부들은 사라가 알지 못하는 사람들이었다. 크로웰스 선장은 빨간색 상의와 주름 하나 없이 깔끔한 하얀 바지를 입고 있었다. 선장의 실크 리본은 완벽하게 접혀 있었고 단추는 촛불에 반사되어 번쩍거렸다. 낮에 입었던 제복과는 다르지만 똑같이 화려한 옷이었다.

리아는 선장에게 항해에 관련된 질문을 하고 있었다. 처음에 사라는 리아가 영리함을 노출시키고 있는 건 아닌지 걱정이 됐다. 리아는 흥분할 때 종종 그랬지만 지금은 최고의 위장을 하고 있었다. 구혼자를 감동시키려 애쓰는 가냘픈 귀족 여성의 천진난만한 표정을 짓고 있었던 것이다.

크로웰스는 편안한 표정으로 그 질문을 즐기고 있었다.

크로웰스 선장은 특이한 남자야, 사라가 생각했다. 스스로의 모순에 사로잡힌 남자. 훌륭한 옷차림에도 불구하고 속마음은 시커먼 남자. 크로웰스 선장은 부드러운 인사로 귀족들을 맞이했지만 다른 모든 사람들에게는 거친 성미를 그대로 내보였다. 지휘실 만찬은 사치스러웠지만 선장은 음식을 거의 먹지 않았다.

그는 포도주보다 에일 맥주를 마셨고, 주변에 대화를 권유하면서도 정작 자신은 말을 거의 하지 않았다. 그가 사람들에게 감동을 주고 싶어 한다는 점에는 의심의 여지가 없었지만, 감동을 주려고 하는 사람들에게 불편함을 느끼고 있다는 점에도 똑같이 의심의 여지가 없었다.

사라의 시선은 샌더 커스로 옮겨 갔다. 샌더는 이사벨과 함께 선실 창문 근처에 앉아 있었고, 만찬에 온 손님들을 자세히 살펴보고 있었다.

그는 저녁 내내 사라를 피하고 있었다.

처음에 사라는 신교 목사가 단지 어색해하는 것뿐이라고 생각했다. 하지만 시간이 지나면서 사라는 패턴을 찾아내기 시작했다. 신교 목사는 사람들에게 관심이 없었고 그들의 논쟁에 관심이 있었다.

사람들의 언성이 높아질 때마다 샌더는 귀를 기울였고 논쟁이 선의의 웃음으로 해결될 때마다 실망감으로 입술이 처졌다. 그는 이사벨에게 뭐라고 중얼거렸고, 이사벨은 동의하며 고개를 끄덕이곤 했다.

이사벨은 아무 말도 하지 않은 채 침묵을 지키고 있었다.

그녀의 예리한 눈빛은 의심과 두려움과 놀라움의 모든 순간을 인식하면서 그녀의 입이 하지 못하는 일을 했다.

출입문에서 소리가 나자 은근하게 아렌트가 도착하기를 기대했던 사라의 가슴이 뛰었다. 하지만 그건 술을 가져온 객실 급사일 뿐이었다.

사라는 자신의 간절함에 짜증이 났다. 아렌트가 무엇을 발견했는지 알고 싶었지만 그의 의자는 텅 비어 있었다. 건강이 좋지 않아 참석하지 못한 달바인 자작 부인의 의자도 마찬가지였다.

달바인 부인의 불참은 사람들에게 화젯거리가 되었다.

사람들은 새뮤얼 핍스의 혐의에 관한 소문을 한 시간 동안 떠든 후에 달바인 자작 부인의 재산과 혈통 이야기로 옮겨 갔지만, 그건 모두 추측이었다. 크로웰스 선장 말고는 아무도 그녀를 만난 적이 없었다.

"달바인." 사라는 그 이름을 중얼거렸다.

소녀 시절, 사라는 많은 가문의 이름을 알아야 했다. 파티에서 부유한 상대방의 이름을 모르면 아버지의 체면이 깎이기 때문이었다. 그러나 달바인이라는 가문의 이름은 도통 기억나지 않았다.

크리지의 웃음소리가 크게 들려왔다. 그녀는 객실에 틀어박혀 지낼 수 없는 여자였다. 크리지는 수석 상인 레이니어 반 슈텐과 이야기를 나누고 있었고, 그녀의 손끝이 그의 팔에 가볍게 놓여 있었다. 넋을 잃는 표정으로 볼 때 수석 상인의 마음은 이미 그녀에게 푹 빠져 있었다.

사라는 크리지가 왜 귀찮은 일을 만드는지 이해할 수 없었다. 반 슈텐은 항상 술에 취해 있는 성가신 존재였다. 다른 사람들은 반 슈텐과 멀리 떨어져 앉는 것이 오늘 저녁의 대책이라는 듯한 태도로 있었다.

언제나 그렇듯이 코넬리우스 보즈는 조금 떨어진 곳에서 뒷짐을 진 채 고통스럽게 갈망하는 표정으로 크리지를 지켜보고 있었다.

사라의 마음속에는 보즈에 대한 짜증과 동정이 뒤섞여 있었다.

보즈는 상당한 권력을 가지고 있었고 인생을 함께하기를 원하는 구혼자가 많았지만, 그는 크리지라는 불가능한 선택을 추구했다.

크리지 옌스는 동인도회사에서 가장 가치 있고 성적 매력이 넘치는 여자였다. 미모 외에도 그녀는 훌륭한 음악가였고 재치 있는 대화 상대였으며, 그녀 스스로 인정하듯이 침실에서도 재능이 뛰어났다. 그런 여자들은 몸값이 상당히 높았다.

크리지의 첫 남편은 매우 부유한 상인이었고, 두 번째 남편은 세

계 최고의 마녀사냥꾼이었다. 얀 하안은 마녀사냥꾼이 살해되었다는 소식을 듣고 나서 크리지를 바타비아로 불러들여 정부로 삼았다. 그리고 이제 그녀는 프랑스 궁궐에서 어떤 공작과 결혼하기 위해 다시 항해를 하고 있었다. 가엾은 보즈는 달과 사랑에 빠지는 것이 나았을지도 모른다.

사라를 발견한 크리지는 주변에 양해를 구하고 사라에게 다가갔다.

"정말 멋진 만찬이잖아." 포도주에 취해 눈이 풀린 채 크리지가 쾌활하게 말했다. "어째서 어둠 속에 숨어 있는 거야?"

"난 숨어 있는 게 아니야."

"잠복 중?"

"크리지―"

"가서 그를 찾아봐."

"누구?"

"아렌트 헤이즈." 크리지가 살짝 짜증을 내며 말했다. "자기가 대화하고 싶은 사람이니까 나가서 찾아봐. 자기는 그와 눈을 맞추고 문둥병자와 악마 그리고 다른 끔찍한 것들에 대해 정숙하게 말할 수 있을 거야. 둘이 함께 손을 잡고 악마와 싸우는 걸 생각하면 내 마음이 정말 흐뭇해."

사라가 얼굴을 붉히자, 크리지는 웃음을 지으며 사라의 손을 잡고 의자에서 일으켜 세웠다. "내가 알기로 그는 중간 갑판 아래 칸에 머물고 있을 거야. 그곳은 조타실 반대편에 있어."

"난 그렇게 할 수 없어." 사라가 아쉬워하며 대답했다. "나는 이 배에서 가장 지위가 높은 귀족이야."

"아니, 자기는 그렇게 할 수 있어." 크리지가 강한 어조로 말했다. "여기서 가장 지위가 높은 귀족으로서 자기는 원하는 대로 할 수 있어.

얀 하안은 침대에서 자고 있으니 걱정하지 마. 사라 부인이 뱃멀미 때문에 자리를 비웠다고 모두에게 말해 둘게."

사라는 친구의 뺨을 어루만졌다. "넌 정말 똑똑하고 멋진 여자야."

"뭐, 이 정도쯤이야."

"리아를 수석 상인으로부터 멀리 떨어뜨려 놔 줘." 사라가 출입문 쪽으로 한 걸음 다가서며 말했다. "그 사람은 정말이지 역겹기 그지없어."

"반 슈텐은 내버려 둬. 그는 경멸이 아니라 동정을 받을 자격이 있어."

"동정?"

"그의 심장이 뛰어야 할 곳에서 고통이 느껴지지 않니? 그는 자기가 상처를 받았기 때문에 남에게 상처를 주는 거야." 크리지가 말했다. "게다가 그를 좀 봐. 결혼식 날 밤에 취한 왕보다 더 취했어. 그는 리아는 고사하고 제 발로 객실 침대로 돌아갈 수도 없겠지만, 어쨌든 난 네 뜻에 따를게." 사라의 다음 질문을 예상하며 크리지는 이렇게 덧붙였다. "그리고 믿음직한 사람이 우리 둘을 안전하게 객실로 데려다줄 수 있도록 할게. 자, 이제 나가서 자기가 기다리던 멋진 근육질 남성을 찾아봐."

지휘실의 화려한 촛불을 벗어난 사라는 조타실의 어둠 속으로 들어갔다. 멀리서 바이올린 소리가 들려왔고 거기에 맞춰 누군가가 낮고 굵은 목소리로 노래하고 있었다. 처음에 사라는 그 노랫소리가 뱃머리에서 들려오는 것이라 생각했다. 하지만 노래는 선미 갑판 쪽에서 흘러나오고 있었다.

선장은 여자들에게 밤에 혼자 돌아다니지 말라고 경고했지만 호기심은 언제나 사라를 모험으로 이끌었다.

사라는 드레스 자락을 들고 계단을 오른 다음, 노랫소리 쪽으로 걸어갔다.

술통 위에 세워 둔 양초의 불빛 속에서 아렌트가 바이올린을 켜고 있었다. 눈은 살며시 감겨 있었고 큰 손가락이 현을 가로질러 능숙하게 움직였다. 경비 대장 야코비 드레히트는 아렌트의 맞은편에서 감상적인 노래를 부르고 있었고 그의 사브르 검은 발 옆에 놓여 있었다. 빈 포도주 병 두 개가 바닥에 굴러다니고 있었고 통 위에는 세 번째 술병이 놓여 있었다.

사라를 본 드레히트는 의자를 뒤로 젖히며 벌떡 일어났다.

음악을 연주하던 아렌트는 드레히트의 어깨 너머로 사라를 발견했다. 그는 진심으로 기뻐하며 웃었다. 사라도 미소로 화답하며 자신이 아렌트를 보고 그렇게나 기뻐한다는 사실에 놀라고 있었다.

"사라 부인." 드레히트가 비틀거리며 말했다. 그는 분명히 술에 취해 있었지만 안 그런 척하려고 애썼다. "도움이 필요하신가요?"

"저는 당신이 이토록 노래를 잘 부르는지 몰랐어요, 경비 대장." 사라가 박수를 치며 말했다. "몇 년 동안 당신이 우리 가족을 지켜 줬는데 제가 어떻게 그걸 몰랐을까요?"

"바타비아 요새는 넓은 곳이지요, 부인." 드레히트가 말했다. "그리고 저는 아주 조용히 노래하고요."

사라는 드레히트의 농담에 웃으면서 아렌트에게 시선을 돌렸다.

"헤이즈 중위님."

"이제 아렌트라고 편하게 부르십시오." 아렌트가 부드럽게 말했다.

"당신의 연주는 매우 아름답군요."

"전쟁터에서 배운 것 중 그나마 유용한 기술이지요." 아렌트가 바이올린을 매만지며 말했다.

"객실로 돌아가는 중이셨나요, 부인?" 드레히트가 물었다. "제가 모셔다드릴까요?"

"사실은 아렌트와 이야기를 하려고 왔어요." 사라가 말했다.

"그럼 앉으시죠." 아렌트가 그녀 쪽으로 의자를 밀어 주며 말했다.

"제가 도와드리지요, 부인." 드레히트가 말했다.

"아주 친절하시군요, 경비 대장. 하지만 의자에 앉는 것은 제가 남의 도움 없이 스스로 할 수 있는 몇 안 되는 일 중 하나이고, 저는 그일에 상당히 능숙하답니다."

낮은 의자를 바라보며 사라는 자신의 자존심을 후회했다. 그녀의 보디스bodice 드레스는 폭포 같은 레이스로 덮여 있었다. 옷 전체가 갑옷 한 벌만큼 무거웠다. 그녀는 매우 힘들게 의자에 엉덩이를 걸쳤고, 양초의 불빛이 그녀를 비춰 내렸다. 파도와 반짝이는 별들 속에서 지휘실의 시시한 잡담이 아주 먼 이야기처럼 느껴졌다.

"한 모금 하시겠습니까?" 아렌트가 사라에게 술병을 건네주며 물었다.

"제가 술잔을 가져다드리지요." 드레히트가 말했다.

"술병으로 마셔도 괜찮아요." 사라가 웃으며 말했다. "제 남편한테는 말하지 마세요."

포도주를 입에 대면서 사라는 군인들이 마시는 싸구려 술을 예상했지만 그건 고급 포도주였다.

"새미가 살던 집에서 가져온 술입니다." 바이올린 현을 튕기며 아렌트가 말했다. "진짜 군인들의 싸구려 술을 맛보시려면 이 술이 바닥나는 다음 주까지 기다리셔야 할 겁니다."

사라가 다시 웃으며 아렌트를 바라보았다. 아렌트의 눈동자는 초록색이었고 우락부락한 얼굴과 달리 매우 섬세했다.

"혹시 경비 대장께 올드 톰에 대한 이야기를 들려주셨나요?" 사라가 술병을 돌려주며 아렌트에게 물었다.

"이야기할 필요가 없었지요." 드레히트가 말했다. "이미 총독께서 돛에 나타난 상징과 그 상징이 30년 전에 프로방스를 폐허로 만든 일에 대해 제게 말씀해 주셨습니다. 제가 그 이야기를 믿는 건 아니지만 그분은 두려워하고 계세요. 그분은 선실을 떠날 때마다 제가 직접 경호할 것을 바라고 계세요."

"행운을 빌어 줘야겠군요." 사라가 비꼬듯 말했다.

"자네는 악마의 존재를 믿지 않나, 드레히트?" 바이올린을 귀에 대고 현을 조율하면서 아렌트가 물었다.

"악마를 특별한 존재라고 보지 말게." 턱수염에 걸린 나방을 잡아 손가락으로 으깨면서 드레히트가 말했다. "나는 여자와 아이를 죽이고 오두막집에 불을 지르는 악마를 본 적이 있어. 아렌트, 자네도 전쟁터에 나가 봤으니 남자들이 무슨 짓을 저지르는지 알잖아. 올드 톰은 그들의 귀에 속삭일 필요가 없어. 악마는 바로 여기서 나오는 거야." 드레히트는 자기 가슴을 가리켰다. "악마는 우리 안에서 태어나는 거야. 계급과 질서가 무너질 때 인간은 악마가 되는 거야."

사라는 그런 교훈을 얻기 위해 전쟁터가 필요하지 않았다. 그녀의 인생에서 남자들은 모두 위험했다. 남자들은 자기 기분에 따라 변덕을 부렸고, 실망할 때면 화를 냈고, 또 자주 실망했다. 대부분 그들 자신의 단점 때문이었다.

"이 배를 배회하는 게 악마가 아니라면 돛에 그려진 상징은 누가 저지른 짓일까?" 아렌트가 물었다.

"올드 톰의 이야기를 알고 있는 선원 중 한 명이 장난을 치는 걸 거야." 드레히트는 중간 갑판 쪽으로 손짓을 했다. 사라는 선원들이 음악에 맞춰 노래하고 춤추는 모습을 어렴풋이 볼 수 있었다. 그들의 웃음소리와 폭력과 비명 소리는 사라를 소름끼치게 만들었다. "이 배에서 일하는 선원들에게는 악의와 지루함밖에 없어, 내 말을 명심하게."

"하지만 악마의 짓이 아니라는 자네의 주장에는 여전히 많은 의문점이 남아 있어." 아렌트가 포도주를 들이켜며 대답했다. "새미는 그것에 대한 대답 없이는 납득하지 않을 거야. 특히 절름발이 목수가 어떻게 문둥병자가 되었고 화물 상자에 기어올라 혀도 없이 사르담호를 저주하게 되었는지 말이야."

"그는 문둥병자가 아니었어요." 사라가 말했다. "문둥병은 수년에 걸쳐 악화되는 무서운 병이에요. 만약 그가 사르담호에서 그 병에 걸렸다면 다른 선원들이 알았을 거예요. 바타비아에 도착해서 그 병에 걸렸다면 누더기가 필요할 정도로 악화되지는 않았을 거예요."

"위장이라고 생각하시는 겁니까?" 아렌트가 물었다.

"요하네스 와이크는 아마 알고 있을 거예요." 드레스에 장식된 진주를 매만지며 사라가 말했다. "그는 보세가 어떤 사실을 누설하지 못하도록 혀를 잘라 버린 게 틀림없어요. 또 거래에 대한 대가로 보세가 어떤 수고를 요구받았는지도 아마 알고 있을 거예요. 와이크는 틀림없이 락사가르에 대해 알고 있어요."

"락사가르?" 드레히트가 물었다. "누구의 이름인가요?"

"그럴 수도 있어요. 아니면 어떤 장소일수도 있고요." 사라가 어깨를 으쓱하며 말했다. "분명히 노르웨이 말일 거예요."

"제 부하들에게 물어보겠습니다. 아마 알고 있을지도 모릅니다. 여러 지역에서 온 사람들이니까요." 드레히트가 술잔을 비우며 말했다. "자넨 어떻게 생각하나, 아렌트? 악마가 이 배에 타고 있다고 믿나?"

"나는 새미가 유령 이야기의 실체를 밝혀내는 걸 수도 없이 봤기 때문에 여기서도 그런 일이 일어나고 있다고 믿고 있네." 아렌트의 눈에 불빛이 반사되고 있었다.

드레히트는 하품을 하며 일어섰다. "이제 나는 총독 선실을 지키는 머스킷 총병을 순찰하러 가 봐야겠네." 그는 사라에게 팔을 건넸다. "객실까지 모셔다드릴까요, 부인?"

"저는 신선한 공기 속에 좀 더 있고 싶어요, 경비 대장." 사라가 상냥하게 거부했다. "그러고 나면 아렌트 중위께서 분명히 저를 바래다주실 거예요."

드레히트가 확인의 눈길을 보내자 아렌트가 고개를 끄덕였다.

"그러시다면," 드레히트가 다소 불안한 표정으로 말했다. "저는 먼저 가 보겠습니다. 좋은 밤이 되시길 바랍니다, 부인. 자네도 좋은 밤을 보내게, 아렌트."

아렌트는 고개를 끄덕였고 사라는 손을 흔들었다. 드레히트가 계단 중간쯤에서 멈춰 서서 어깨 너머로 힐끗 보았을 때 둘 다 재미있다는 듯한 표정으로 바라보고 있었다.

"경비 대장이 믿지 못하는 사람이 저인가요, 아니면 당신인가요?" 사라가 물었다.

"아, 물론 부인이지요." 아렌트가 말했다. "저와 야코비 드레히트는 이제 좋은 친구가 되었거든요."

"그래 보이네요." 사라가 말했다. "하지만 오늘 아침에 그는 분명 당신 가슴에 칼을 들이대지 않았나요?"

"제가 그를 거스르면 다시 그렇게 할 겁니다." 아렌트가 기분 좋게 대답했다. "제가 만난 사람 중에 가장 차가운 피를 가진 남자거든요."

"이상한 우정이네요."

"이상한 하루였지요." 아렌트는 음악을 연주하고 싶은 마음이 간절해서 다시 바이올린을 집어 들었다. "어떤 노래를 좋아하시나요, 부인?"

"〈잔잔한 바다〉를 아시나요?"

"그럼요." 아렌트가 첫 음을 튕기며 말했다.

어떤 노래들은 단순한 노래가 아니라 추억을 떠오르게 하고 마음을 아프게 하는 노래가 있다. 〈잔잔한 바다〉는 사라에게 그런 노래였다. 그 노래는 사라를 어린 시절 부모님과 언니들과의 추억으로 데려다주었다. 다섯 명의 가족은 함께 식탁에 모여 스튜를 먹고 웃음꽃을 피우곤 했다.

리아는 그런 순수한 추억을 가져 볼 기회가 없었어, 사라가 슬프게 생각했다. 총독은 딸을 요새의 성벽 속에 감금했다. 바깥세상으로 내보내면 마녀라는 이유로 고발될 것을 우려했기 때문이다. 총독에게서 벗어나면 사라는 리아에게 어린 시절 경험해 마땅한 모든 것들을 안겨 주겠다고 결심했다.

아렌트는 부드럽게 바이올린 연주를 했다.

"저녁 만찬에는 왜 참석하지 않으셨나요?" 자신의 솔직함에 놀라면서 사라가 물었다.

아렌트는 사라를 잠시 바라본 다음 연주를 계속하며 물었다. "제가 참석하길 바라셨나요?"

사라는 고개를 끄덕였다.

"그럼 내일은 참석하겠습니다." 아렌트가 부드럽게 말했다.

사라의 심장은 격렬하게 뛰고 있었다. 어색함을 감추기 위해 그녀는 머리에서 보석 핀을 빼냈고 빨간 곱슬머리가 풀어졌다.

"부두에서 제게 건넨 머리핀과 같은 건가요?" 아렌트가 물었다.

"저는 보석 핀을 열세 개나 가지고 있어요." 머리핀을 불빛에 비추며 사라가 말했다. "얀이 결혼 선물로 준 거였는데 15년 후에야 드디어 그 용도를 찾았어요."

"그 머리핀은 엄청나게 비싼 물건일 겁니다." 아렌트가 말했다. "하지만 부인께서는 문둥병자의 장례식 비용으로 지불하셨지요."

"저는 돈을 갖고 있지 않았어요."

"하지만—"

"저는 결혼식 날 이후로 이 머리핀을 착용하지 않았어요." 손바닥에 있는 머리핀을 응시하며 사라가 말을 이었다. "남편이 착용하라고 해서 오늘 아침에 보석함에서 꺼내서 먼지를 털고 착용한 거예요. 오늘 밤 이 머리핀은 다시 보석함으로 들어갈 것이고 앞으로 15년 동안 다시 착용할 일이 없을 거예요."

사라는 머리핀을 양초 옆에 놓으며 어깨를 으쓱했다. "아마 당신은 이 보석 핀에서 금전적인 가치를 보았겠지만 저는 그렇지 않아요. 저는 그걸 하느님의 뜻에 따라 불행한 영혼을 위해 사용한 것이 너무나 기뻐요."

아렌트는 감동을 받은 표정으로 사라를 응시했다. "당신은 귀족답지 않은 귀족이시군요, 부인."

"저도 분명히 그러길 바라요. 아, 그러고 보니 생각나네요." 사라는 소매에서 뭔가를 꺼냈다. 부두에서 문둥병자에게 주었던 잠을 잘잘 수 있도록 돕는 물약 병이었다. 점성이 있는 갈색 액체가 촛불 속에서 반짝거렸다. "받으세요." 사라가 아렌트에게 건네주며 말했다. "저녁 식사 때 드리려고 했는데 여기서 드리게 되었네요. 새미 핍스를 위한 거예요."

아렌트는 자신의 손바닥에 놓인 작은 병을 어리둥절한 표정으로 바라보았다.

"그분이 잠을 이루는 데 도움이 될 거예요." 사라가 설명했다. "제가 머무는 고급 객실도 관처럼 답답한데 감방은 얼마나 끔찍할지 상상이 안 가네요. 한 방울만 마셔도 밤새도록 편안하게 잠을 이룰 거예요. 두 방울을 마시면 다음 날 오후까지 잠들 거고요."

"세 방울을 마시면 어떻게 되는 겁니까?"

"바지를 엉망진창으로 만들 때까지 잠들 거예요."

"세 방울이 적절하겠군요."

웃음을 참지 못하고 입이 벌어지자 사라는 재빨리 손으로 입을 가렸다. 그녀는 밤새도록 이곳에 머물면서 아렌트와 대화를 나누고 그의 연주를 듣고 싶었다. "이제 객실로 돌아가야겠어요." 아쉬움을 달래며 사라가 말했다.

아렌트는 조심스럽게 바이올린을 내려놓았다. "제가 모셔다드리겠습니다."

"그러실 필요 없어요."

"드레히트와 약속했습니다." 아렌트가 말했다. "그리고 그래야 제 마음이 놓일 겁니다. 게다가 부인께서는 도움 없이는 일어날 수 없을 것 같군요. 그 드레스는 너무 무거워 보입니다."

"맞아요." 사라가 투덜거렸다. "왜 재단사들은 그런 생각을 하지 않는 걸까요? 이 비단 드레스에는 주머니조차 없어요."

아렌트는 사라의 손을 잡고 일어서도록 도와주었다. 그의 피부는 거칠었다. 아렌트의 손길에 얼굴에 빨개진 사라는 부끄러움을 감추기 위해 얼른 앞으로 나아갔다.

아렌트는 술통 위에 놓인 머리핀을 집어 들고 사라의 뒤를 따랐다.

별이 총총한 아름다운 밤이었고 바다는 잔잔했다. 멀리 보이는 선단의 일곱 개의 등불이 빛나고 있었다.

그들은 경치를 감상하기 위해 계단에서 걸음을 늦추었다.

"부인께서는 악마를 믿느냐는 드레히트의 물음에 대답하지 않으셨습니다." 아렌트가 사라를 바라보며 말했다.

"잘 들으셨으면 그가 제게 물어보지 않았다는 걸 눈치챘을 거예요." 사라가 살짝 웃으며 말했다.

"그러면 제가 다시 묻겠습니다." 아렌트가 말했다. "이 배에 악마가 있다고 믿으십니까?"

사라의 손이 난간을 붙잡았다. "그래요." 그녀가 말했다.

어린 시절 사라는 악마가 영혼을 괴롭히기 위해 세상을 떠돌아다닌다고 배웠다. 두 갈래로 갈라진 악마의 혀가 사람들을 유혹했지만 그건 속임수에 불과했다. 그리고 그 속임수의 끝에는 지옥만이 기다리고 있을 터였다. 하느님의 사랑을 믿는 사람은 그런 유혹과 속임수에 흔들리지 않을 것이다. 그녀는 그렇게 믿었다, 그러나 그 믿음이 크리지의 남편을 구하지는 못했다. 그리고 만약 올드 톰이 크리지를 해치고 사르담호를 침몰시키려 한다면 그 믿음은 다른 누구도 구하지 못할 것이다.

"제 어머니는 치료사이셨고 종종 악마와 충돌하셨어요." 사라가 말을 이었다. "어머니는 제게 아이들이 자기 부모를 숲으로 끌고 가는 이야기를 들려주셨어요. 또 피부가 찢어진 어른들에 대해 말씀하셨어요. 왜냐하면 악마가 그들 안에 파고들었기 때문이에요. 우리는 악마에게 쥐처럼 놀아나고 찢기고 말아요. 돛에 그려진 상징은 그것이 시작되는 방식이에요. 악마는 우리를 두렵게 만들고 겁먹은 사람들은 두려움을 멈추기 위해 무슨 일이든 시키는 대로 할 거예요."

아렌트는 생각에 잠겼다. 사라는 그를 수줍게 바라보았다. 그녀가 크리지와 리아 외에 누군가에게 그렇게 거리낌 없이 말하는 건 드문 일이었다. 아렌트가 그녀의 말을 얼마나 진지하게 받아들이고 있는지 느끼면서 그녀는 놀라고 기뻐했다. 그들은 나란히 서서 아름다운 밤바다를 잠시 감상한 다음 계속 나아갔다.

고급 객실 출입구를 지키고 있는 병사는 오늘 오후에 아렌트에게 거의 목이 베일 뻔했던 머스킷 총병 에거트였다. 그는 용병을 노려보며 자신의 목을 무의식적으로 더듬었다.

"아까 내가 그런 식으로 자네를 위협하지 말았어야 했어." 아렌트가 에거트 앞에서 발걸음을 멈추며 말했다. "아까 낮의 일은 내가 경솔했고 유감스럽게 생각하네."

사라는 아렌트의 말에 깊은 인상을 받았다. 그녀는 지금까지 살아오면서 사과하는 사람을 많이 보지 못했다. 특히 사과할 만한 이유가 없는 사람이 사과를 하는 모습은 거의 보지 못했다.

에거트는 마치 그의 사과에서 속임수를 찾아내려는 것처럼 의심의 눈초리로 아렌트를 쳐다보고 있었다.

"괜찮소. 지나간 일이요." 아렌트가 내민 손을 맞잡으며 에거트가 긴장한 목소리로 말했다.

총병은 아렌트의 기습 공격을 두려워하며 얼굴을 돌리고 대응할 마음의 준비를 했다. 하지만 아렌트는 그를 향해 부드럽게 미소를 지은 다음, 사라를 따라 빨간색 출입문으로 들어갔다. 당황한 에거트는 그들의 뒷모습을 바라보며 눈을 깜박거렸다.

아렌트는 복도의 조금 안쪽까지 사라를 배웅했다.

사라는 그런 배려가 기뻤다. 마지막 몇 걸음은 그녀가 피하기를 바랐던 친밀감을 내비쳤다. 그와 함께한 외로운 저녁, 그녀는 이미 가슴속에서 이상한 감정이 뒤틀리는 것을 느꼈다.

사라는 앞으로 며칠 동안만 그 뒤틀린 감정을 간직하겠다고 스스로에게 다짐했다. 그녀는 사르담호에 승선한 목적이 있었고, 오늘 밤 그와 함께한 시간이 아무리 행복했더라도 유치한 사랑의 열병 때문에 그 목적을 망칠 수는 없었다.

"잘 쉬십시오." 아렌트가 머리핀을 돌려주며 말했다.

"잘 쉬세요." 사라가 대답했다.

아렌트는 더 하고 싶은 말이 있는 듯했지만 고개를 숙인 채 복도를 되돌아갔다.

사라는 아렌트가 떠나는 모습을 지켜보다가 객실 방문을 열었다. 그녀는 비명을 질렀다.

피 묻은 붕대가 휘감긴 형상이 객실 창문 너머에서 사라를 응시하고 있었다. 그녀가 부두에서 보살펴 주었던 문둥병자였다.

13

"제가 헛것을 보았다고요?" 사라가 얼음송곳처럼 날을 세우며 레이니어 반 슈텐에게 소리쳤다.

반 슈텐과 크로웰스 선장은 사라의 비명 소리를 듣고 객실로 황급히 달려왔고, 크리지와 리아가 사라를 진정시키는 모습을 발견했다. 아렌트는 제일 먼저 도착해서 선실 창문 밖으로 머리를 내밀었고, 범인을 추적하기 위해 객실 출입문을 지키는 머스킷 총병을 데리고 갑판으로 뛰어올라갔다.

사라는 떨리는 몸을 진정시킬 수 없었다. 반 슈텐이 도착하기 전까지만 해도 그녀는 공포 때문에 몸을 떨었지만, 지금 그녀를 떨게 하는 건 분노였다.

"오늘은 무척 피곤한 하루였습니다." 크로웰스 선장이 끼어들었다. 천사가 그에게 구름을 던지게 할 만한 평온한 말투였다. "그러니 아무도 부인의 지친 눈을 나무라지 않을 겁니다."

"제가 상상 속에서 그자를 보았다고 생각하시는 건가요?" 사라가 믿을 수 없다는 듯이 말했다. 아무도 문둥병자를 본 사람이 없었다. 심지어 아렌트마저도 너무 느렸다. 그녀가 비명을 질렀을 때 문둥 병자는 순식간에 사라졌고 위쪽 갑판에 있는 우리 속에서 가축들이 울부짖었다.

"물론 아닙니다, 부인. 저는 그저 부인께서 뭔가를 오해…" 크로웰 스는 약간 몸을 숙이고 사라의 시선과 같은 높이로 둥근 선실 창문을 바라보았다. "달을 문둥병자로 오해하셨군요!" 선장이 창문 밖에 떠 있는 달을 보며 의기양양하게 말했다.

"달이 피에 젖은 붕대로 몸을 감싸나요?" 사라가 차갑게 대꾸했다. "그런 걸 전혀 알지 못한 제가 정말 이상한 사람이군요."

"부인—"

"저도 사람의 얼굴과 달의 차이쯤은 알고 있어요." 그렇게 터무니 없는 비난으로부터 자신을 방어해야 하는 상황에 분노하며 그녀가 소리쳤다. 만약 문둥병자가 남편의 선실 창문에 나타났다면 사르담 호는 이미 바타비아로 귀항하고 있을 터였다.

"밖에는 옥외 화장실밖에 없습니다." 반 슈텐은 사라의 눈에 습기 가 찰 정도로 거칠게 숨을 몰아쉬며 툴툴거렸다. "서 있을 난간도 없 고 선미루 갑판에서 내려올 방법도 없지요."

크리지가 사라의 팔을 부드럽게 어루만졌다. "이제 그만 진정해."

사라는 한숨을 내쉬었다.

공공장소에서 여성이 남성에게 소리치는 건 용납되지 않는 행동 이었다. 특히 동인도회사의 고위 간부에게는 더욱 그랬다. 남성에 대 한 존중은 모자와 드레스와 함께 사라가 매일 아침 착용해야 하는 예절이었다.

"이해해 주십시오, 부인." 크로웰스가 달래듯이 말했다, "동인도 선박은 바람과 파도만큼이나 미신을 타고 항해합니다. 행운을 위해 입맞춤하는 선체 조각과 재앙으로부터 자기를 구해 줄 부적이 없이는 어떤 사람도 탑승하지 않을 겁니다. 만약 부인께서 문둥병자를 보았다는 소문이 떠돌게 되면, 그것이 사실이든 아니든 사람들이 미신을 창조할 것입니다.

돛대에 부딪혀 죽은 새, 부러진 팔, 삐뚤어진 못에 흘린 피 한 방울에도 그들은 의미를 부여하겠지요. 사악한 뭔가의 소행이라고 주장하면서요. 그 다음에는 선원들이 목을 베일 겁니다. 그들이 잠꼬대를 하는 소리가 악마의 소리처럼 들리기 때문이지요."

"무엇을 봤다고 생각하시든 이 객실 안에서만 간직하십시오." 반 슈텐이 말했다.

도로테아가 사라를 진정시키기 위해 포도주 잔을 건네고 나서 날카로운 눈초리로 반 슈텐을 쳐다봤다. "상인 주제에 자기 분수를 알아야지. 당신 앞에 있는 분은 고귀한 여성이에요. 사라 부인은 자신이 무엇을 보았는지 알고 있어요. 왜 당신이 더 잘 안다고 생각하는 거예요?"

반 슈텐은 도로테아를 노려보았다. 무례한 하녀에게 비웃음을 당하는 건 참을 수 없는 일이었다.

"내 말 잘 들으시오―" 손가락질을 하며 반 슈텐이 말했다.

"아니, 당신이나 내 말을 제대로 들어요, 수석 상인!" 사라가 말을 가로막으며 반 슈텐의 가슴에 손가락을 찔러 넣었다. "보세는 바타비아 항구에서 사르담호를 저주했어요. 이상한 상징이 돛에 새겨졌고 문둥병자가 선실 창문을 들여다보고 있었어요. 이 배에서 무슨 일이 일어나고 있다고요. 그러니 당신은 책임자로서 이 상황을 심각하게 받아들여야 해요."

"악마가 사르담호에 승선하고 싶었다면 다른 사람들처럼 표를 샀을 테지요." 이를 악물며 반 슈텐이 빈정거렸다. "남편 분과 얘기해 보시지요. 만약 그분이 조사하라고 지시하시면 저는 그렇게 할 것입니다. 그때까지 저는 처리해야 할 다른 문제가 있어서 이만 가 보겠습니다."

반 슈텐은 쿵쿵 걸어 나갔다. 크로웰스는 공손히 인사를 하고 그 뒤를 따랐다.

사라는 그들을 뒤쫓으려고 했지만 리아와 크리지가 막아섰다.

"소용없어. 그들은 아무런 도움이 되지 않을 거야." 크리지가 충고했다. "분노는 착한 남자를 고집부리게 만들고, 고집 센 남자를 옹졸하게 만드는 법이야. 저들은 네 말을 듣지 않을 거야."

사라는 무력감을 느끼면서 리아의 얼굴을 걱정스럽게 바라보았다. 이 배에 탑승했을 때 사라의 가장 중요한 임무는 딸을 보호하는 것이었지만 아무도 그녀의 말을 믿으려 하지 않았다. 그들은 어떤 어두운 바다이든 그들을 기다리고 있는 곳으로 항해할 작정인 듯 보였다.

"이렇게 돼서 미안해." 크리지가 의자에 주저앉아 두 손으로 머리를 감싸면서 말했다.

"이건 네 잘못이 아니야." 사라가 당황하며 말했다.

"문둥병자는 나를 찾고 있었어, 사라. 모르겠니? 올드 톰이 그자를 보낸 게 틀림없어."

세 번의 묵직한 노크 소리가 들렸다.

사라는 돌아보지 않아도 그것이 아렌트라는 걸 알 수 있었다.

"뭔가를 발견했나요?" 사라가 물었다.

"아무런 흔적도 없습니다." 객실로 들어가는 걸 망설이며 여전히 복도에 서서 아렌트가 말했다. "제가 노천갑판을 살펴봤습니다."

"노천갑판?"

"이 배에서 가장 높은 갑판 말입니다. 문둥병자는 제 옆을 지나 배의 내부로 들어갈 시간이 없었을 겁니다." 아렌트는 칼집에 든 단검을 꺼내 사라에게 건네주었다.

"그자가 또 나타나면 이것으로 얼굴을 찌르십시오."

사라는 단검을 받아 들고 손으로 무게를 가늠해 보았다. "저는 그자를 봤어요, 하늘에 맹세코." 그녀가 말했다.

"그래서 제 단검을 받으신 거군요."

"그자였어요. 보세. 틀림없이."

아렌트는 고개를 끄덕였다.

"우리는 그가 죽는 모습을 지켜보았잖아요." 사라가 처음으로 두려움을 있는 그대로 내보이며 말했다. "그런데 어떻게… 그 사람이 다시 살아나는 게 가능할까요?"

아렌트는 어깨를 으쓱했다. "새미는 석공의 죽은 아내가 교회를 지어 달라고 부탁한 사건을 해결한 적이 있습니다. 두 형제가 6년 동안 서로 말을 하지 않았음에도 불구하고 정확히 동시에 죽음을 맞이한 사건을 수사한 적도 있지요. 스스로 해결할 수 있는 문제라면 사람들은 그를 부르지 않습니다. 그리고 다행히 새미가 이 배에 타고 있습니다."

"그는 죄수예요. 갇혀 있는 몸이잖아요, 아렌트. 그런데 어떻게 이 문제를 해결할 수 있겠어요?"

"새미는 반드시 우리를 구해 줄 겁니다."

아렌트의 섬세한 눈이 믿음으로 빛났다. 그 믿음은 너무 강렬해서 사라의 마음속에 있는 의구심을 불태워 버렸다. 사라는 그것과 똑같은 눈빛을 신교 목사나 신비주의자들에게서 본 적이 있었다. 그건 그들이 하느님의 사랑만을 방패 삼아 위험한 길로 행군하기 직전의 눈빛이었다.

아렌트 헤이즈는 광신도였다.

그의 종교는 새뮤얼 핍스였다.

20

"헛것을 보았다고?" 자루를 어깨에 메고 중간 갑판을 가로지르면서 아렌트가 으르렁거렸다. 반 슈텐은 사라의 이야기를 대수롭지 않게 묵살했지만 그녀가 부두에서 보세의 시신 옆에 무릎을 꿇고 있는 모습은 보지 못했다. 문둥병자에게 자비를 베풀어 달라고 아렌트에게 요청하는 그녀의 목소리를 듣지 못했다.

사라 웨셀은 보세의 살이 녹아내리는 모습을 보았지만 그것은 그녀에게 히스테리를 일으키지도, 그녀의 이성을 흐리게 만들지도 않았다. 그녀는 슬픔과 연민으로 가득 찬 채 침착하고 맑은 눈을 유지했었다.

아니야, 사라 부인은 헛것을 본 게 아니었어.

아렌트는 올드 톰과의 관계에 대해 그녀에게 말하지 않은 걸 자책하며 손목 흉터를 응시했다. 하지만 그가 말하길 원했더라도 그 말은 그의 입에서 흘러나오지 않았을 것이다. 새미는 아렌트에게 뭔가를 알고 있더라도 그게 무슨 뜻인지 이해할 때까지는 남에게 털어놓지 말라고 늘 말했다. 그건 친구의 자존심을 살려 주려는 완곡한 경고였지만 아렌트는 고맙게 받아들였다.

불침번 교대를 알리는 종이 울리자 해치가 덜컹거리며 열렸고 선원들이 투덜거리며 갑판으로 올라왔다. 그들은 잠이 덜 깨서 눈빛이 흐릿했고 화가 나 있었다. 갑판에서 아렌트를 발견한 그들은 욕설을 퍼부었지만, 오후에 그랬던 것과는 달리 더 이상 아렌트를 방해할 의도는 없어 보였다.

아렌트는 선원들이 휴식을 취하는 선원 선실 아래 칸에 도착했다. 그 안에서 자비를 애원하는 소년의 목소리가 들려왔다.

"저는 절대로 안 그랬어요! 맹세해요, 그건—"

"낯선 사람에게 배의 일을 누설했잖아, 이 빌어먹을 놈아!" 성난 목소리가 말했다. "그 여자에게 얼마를 받았느냐?"

퍽 하는 구타 소리와 함께 고통의 울부짖음이 들려왔다.

아렌트는 몸을 구부리며 천장이 낮고 음침한 방으로 들어갔다. 선원들은 벽에 기대어 앉아 파이프 담배를 피우며, 요하네스 와이크에게 얻어맞는 어린 소년을 지켜보고 있었다.

소년은 바닥에 웅크리고 있었고, 와이크의 꽉 쥔 주먹 마디마디에 피가 묻어 있었다.

"아니에요, 갑판장님! 전 안 그랬어요, 절대로—"

"거짓말하지 마라. 앙리, 이 개자식아." 와이크가 소년의 배를 걷어차며 말했다. "금화는 어디에 숨겼냐? 어디에?"

저 소년이 오늘 아침 사라 부인이 이야기했던 목수로군, 아렌트는 짐작했다. 그녀는 문둥병자에 대한 정보를 얻기 위해 앙리에게 금화 세 닢을 지불했다.

"이제 그만하시오." 아렌트가 경고하는 목소리로 말했다.

요하네스 와이크는 눈을 가늘게 뜨면서 어깨 너머로 아렌트를 힐 끗 보았다.

"이건 선원들의 일이야." 입안의 썩은 이빨을 드러내며 그가 비웃 었다. "당신은 객실로 돌아가."

"내가 돌아하면 이 소년은 어떻게 되는 거요?" 아렌트가 앙리를 가 리키며 물었다.

와이크는 부츠 속에서 단검을 꺼내 들었다. "그건 당신이 상관할 바가 아니야."

아렌트는 물러서지 않았다. "그게 보세의 혀를 잘라 낼 때 썼던 단 검이오?"

그 말에 와이크는 잠시 멈칫거렸다. "그래, 바로 이 칼이야." 칼날 을 섬뜩하게 쓸며 그가 말했다. "별로 날카롭지 않아서 한 번에 혀를 잘라 내지 못하고 난도질을 해야 했지. 땀을 좀 흘렸지만 결국엔 깔 끔하게 잘라 냈어."

"그것도 선원들의 일이었나?"

와이크는 두 팔을 크게 벌려 자신의 존재를 과시했다. "내가 하는 일은 모두 선원들의 일이지. 안 그러냐, 얘들아?" 선원들은 중얼거리 며 동의했다. 몇몇은 마지못해서 동의했고 다른 선원들은 열정적으 로 동의했다. 분명히 선원들의 일이 항상 인기 있는 것은 아닌 듯했 다. 와이크가 아렌트를 음흉하게 노려보았다. "그리고 또 어떤 것이 선원들의 일인지를 알려 주지. 바로 당신처럼 겁도 없이 주 돛대를 넘어 돌아다니다가 선원들에 의해 갈기갈기 찢기고 실종되는 승객."

몇 걸음 뒤에서 접근한 대여섯 명의 선원들이 어둠 속에서 살의로 가득 찬 얼굴을 하고 있었다. "이런 배에 타면 불행밖에 없지." 와이크가 말했다.

아렌트는 와이크의 애꾸눈을 응시했다. 그 눈알은 그것이 목격한 모든 끔찍한 기억으로 번뜩이는 것 같았다.

"락사가르가 무슨 뜻이오?" 아렌트가 물었다. "노르웨이어라고 하던데. 당신이 그 언어를 할 줄 안다고 들었소."

"이제 꺼지시지, 용병." 와이크가 말했다.

"소년을 데려가겠소."

와이크는 웅크리고 앉아서 고통받는 소년의 머리에 단검을 들이댔다. "가엾은 앙리야, 저 말을 들었느냐? 마음씨 좋은 용병께서 네가 더러운 와이크에게 고약한 꼴을 당할까 봐 걱정하시는구나. 어떻게 생각하느냐?"

앙리가 머리를 바닥에서 들어 올렸고, 와이크의 눈은 아렌트를 응시했다.

"그냥 물러가세요, 용병." 앙리가 피투성이가 된 입으로 중얼거렸다. "죽는 게 나아요…" 그는 고통스럽게 침을 삼켰다. "…당신 도움을 받을 바에는."

기진맥진한 앙리는 다시 마룻바닥으로 축 늘어졌다.

와이크가 소년의 뺨을 두드렸다. "여기서 당신은 누구에게도 환영받지 못해, 용병." 그가 낮은 목소리로 경고했다. "그리고 이것이 당신에게 해 주는 마지막 경고야."

"아니," 아렌트가 차분한 목소리로 되받아쳤다. "이것이 당신에게 해 주는 마지막 경고요. 나는 이 배의 앞쪽에서 할 일이 있소. 그건 내가 매일 밤 이 시간에 여기를 지나게 된다는 뜻이오. 당신들 중에 나를 한 발짝이라도 막아서는 자가 있다면 목을 베어 배 밖으로 던져 버리겠소."

아렌트의 눈빛이 이글거리자 선원들은 뒤로 물러섰다. 아렌트는 해치를 들어 올리고 사다리를 통해 돛 만드는 일꾼의 선실로 내려갔다.

돛 만드는 일꾼은 해먹에서 코를 골면서 자고 있었고, 아렌트가 새미의 감방이 있는 칸으로 내려가는 두 번째 해치를 들어 올릴 때도 깨어나지 않았다. 사다리는 변함없이 발을 딛기가 불편했지만 아렌트는 간신히 몸을 꿈틀거리며 내려갔다.

약속대로 드레히트는 감방에 머스킷 총병을 배치했다. 놀랍게도 그 총병은 티먼이었다. 그날 아침 새미에게 친구를 속였다는 비난을 받은 바로 그 병사였다. 에게르트는 고급 객실에서 승객들을 지키고 티먼은 감방에서 새미를 지키고 있었다. 분명 드레히트는 이들이 가능한 한 멀리 떨어져 있기를 원한 것이리라.

인기척이 나자 티먼이 벌떡 일어섰지만, 누군지 알아보고는 얼른 다시 자리에 앉았다.

아렌트가 새미의 감방 자물쇠를 풀기 위해 애쓰는 동안 뒤쪽 화물칸에서 풍겨 나오는 향신료 냄새가 코를 자극했다. 마침내 자물쇠가 삐걱거리며 열렸고, 구토와 배설물 냄새가 밖으로 쏟아져 나왔다.

"새미?" 아렌트는 감방을 들여다보면서 입을 가리고 기침을 했다.

희미한 달빛에 벽에 걸린 갈고리 세 개와 기둥 아래쪽 구석이 보였지만 다른 곳은 모두 칠흑같이 컴컴했다.

쿵 하는 소리가 들리더니 새미가 팔과 다리를 미친 듯이 휘저으며 밖으로 나왔다. 새미는 필사적으로 공기를 빨아들였다. 달빛이 얼굴에 비치자 그는 고통스러워하면서 눈을 가렸다.

아렌트는 새미의 옆에 무릎을 꿇고, 새미의 팔을 손에 얹어 그를 안심시키려 했다. 새미의 몸은 부들부들 떨리고 있었고 얼굴은 몹시 창백했다. 수염에는 토사물이 잔뜩 묻어 있었다.

아렌트는 화가 나서 주먹을 불끈 쥐었다. 이런 고통 속에 친구를 내버려 둘 수가 없었다.

새미는 손가락 사이로 아렌트를 희미하게 바라보았다. "아렌트?"

"더 빨리 오지 못해서 미안하네." 포도주 병을 건네주며 아렌트가 말했다.

"나는 자네가 올 줄은 전혀 예상하지 못했어." 새미가 대답하면서 코르크 마개를 뜯어 포도주를 꿀꺽꿀꺽 들이켰다. "저 감방 속에 영원히 갇혀 있을 줄 알았어." 새미가 갑자기 멈칫했다. "아렌트, 자네는 여기 있으면 안 돼. 총독이 알게 되면—"

"총독께서도 알고 있어." 아렌트가 말을 가로막았다. "내가 동행하는 조건으로 자네를 한밤중에 산책시키도록 허락하셨네. 낮에도 햇볕을 쬘 수 있도록 허락받으려고 애써 보는 중이야."

"어떻게 총독의 허락을 얻어 낸…" 새미가 당황하며 얼굴을 찡그렸다. "총독이 자네에게 무엇을 요구했나? 이런 혜택을 얻기 위해 무슨 대가를 지불한 거난 말일세." 새미의 목소리가 높아졌다. "원하지 않는다고 전하게. 얀 하안 같은 자에게 빚을 지면 안 돼. 차라리 어둠 속에서 썩는 게 나아."

"아무런 대가도 요구받지 않았네." 아렌트가 새미를 진정시키려고 애쓰며 말했다. "빚을 지지 않았다고. 이건 호의일 뿐이야."

"총독이 왜 이런 호의를 베푼 거지?"

아렌트는 불편하게 티먼을 힐끗 쳐다보더니 목소리를 낮추었다. "그게 왜 중요한가?"

새미는 의심스러운 듯 아렌트를 바라보다가 고개를 가로저으며 얼굴을 돌렸다.

위쪽에서 돛 만드는 일꾼이 발을 쿵쾅거리자 천장에서 먼지가 떨어졌다.

"그렇게 달콤한 대화를 나누고 싶으면 밖에 나가서 해!" 일꾼이 소리쳤다. "시끄러워서 잠을 잘 수가 없잖아!"

여전히 불안정했지만 새미는 간신히 사다리를 타고 올라가서 갑판으로 나왔다. 선원들은 각자 맡은 업무에 흩어져 있었고, 아렌트는 충돌 없이 무사히 밖에 있는 그의 친구와 합류했다. 새미는 달빛을 응시하고 있었다. 달빛이 삭구와 돛을 은색으로 물들였다.

"아름다운 밤이야." 새미가 감탄하며 말했다. 그는 잠시 경치를 감상하다가 난간으로 걸어갔다. "잠깐 등을 돌려주게." 새미가 말했다.

"왜?"

"볼일을 좀 봐야겠어."

"어서 보게나. 내가 없는 셈 치고—"

"아렌트, 제발!" 새미가 소리쳤다.

"아무리 내가 인격이 거의 남지 않은 죄수의 신분이라고 해도 그렇지. 어떻게 그런…"

한숨을 쉬며 아렌트는 등을 돌렸다.

새미는 바지를 내리고 바다 위로 엉덩이를 내밀었다.

"총독은 위험한 사람이야." 새미가 끙 소리를 내자 배설물이 쏟아져 나오면서 바다에 첨벙 튀었다. "나는 자네에게 총독 이야기를 안하려고 했지만 내 마음의 평화를 위해서 말해 주게, 왜 총독이 나를 감방에서 내보내는 데 동의했을까?"

"왜냐하면 그분은 내게 가족이나 다름없으니까." 냄새에서 한 걸음 물러나며 아렌트가 대답했다. "삼촌이라고 부르지만 아버지에 더 가까울 거야."

"아버지?" 새미가 숨찬 목소리로 물었다.

"그분은 내 할아버지의 가장 친한 친구야." 아렌트가 설명했다. "그분들의 땅은 내가 자란 프리지아에서 나란히 붙어 있어. 나는 어린 시절에 그분 집에서 주말을 보냈지. 그분은 내게 울타리를 치는 법과 말 타는 법을 가르쳐 주셨네."

"실례하겠네, 아렌트." 새미는 밧줄에 용변을 닦고 바지를 올렸다. "자네가 군인 가문 출신이 아니라는 건 알고 있었지만, 자네 할아버지는 어떻게 얀 하안 총독처럼 강력한 권력자와 친구가 되신 거지?"

아렌트는 망설이며 적절한 말을 찾으려고 애썼다. 그 대답은 너무나 오랫동안 그의 마음속에 묻혀 있었고 뿌리가 깊었다.

"내 할아버지는… 캐스퍼 반 덴 버그야." 마침내 아렌트가 말했다.

"자네가 반 덴 버그 가문이라고?" 새미는 깜짝 놀라며 반걸음 뒤로 물러섰다. "반 덴 버그는 프로방스에서 가장 부유한 가문이야. 캐스퍼 반 덴 버그는 신사 17인회의 일원이고. 자네 가족이 사실상 동인도회사를 경영하고 있었군."

"그래? 내가 집을 떠나기 전에 누군가가 나에게 그런 말을 해 주었더라면 좋았을 텐데." 아렌트가 무덤덤하게 말했다.

새미의 입이 열렸다가 닫혔다. 그러고는 다시 열렸다가 닫혔다.

"젠장, 도대체 자네는 왜 이 배에 타고 있는 거야?" 새미가 화를 냈다. "자네 가족은 자네에게 배를 사 줄 수도 있어. 자네에게 무역 선단을 사 줄 수도 있다고!"

"내가 무역 선단을 갖고 뭘 어쩌겠나?"

"뭐든, 빌어먹을 자네가 원하는 대로 하는 거지."

아렌트는 그 말을 부정할 수는 없었지만, 두 사람 모두를 당황하게 만들지 않을 만한 대답을 갖고 있지도 않았다. 그는 스무 살에 집을 떠났다. 왜냐하면 신사 17인회 밑에서 7년 동안 공부한 후에 제안받은 삶의 실체를 보고, 그것이 얼마나 초라한지 깨달았기 때문이었다. 부자들은 자신들이 재물의 주인이라고 생각했고 원하는 걸 무엇이든 가질 수 있다고 착각했다.

그들은 틀렸다.

그들은 재물의 노예였다. 재물을 얻기 위해 우정을 저버렸고 재물을 지키기 위해 원칙을 짓밟았다. 그들은 아무리 많은 재물을 가지고 있어도 결코 만족하는 법이 없었다. 그들은 탐욕의 꼭대기에 외롭게 앉아서 경멸받고 두려워하면서 미친 듯이 재물을 쫓아다녔다.

아렌트는 그런 삶을 원치 않았다. 권력과 재물에 등을 돌린 그는 유혹에 초연해졌다. 대신 그는 명예가 중요한 곳을 찾아다녔다. 약자를 보호하기 위해 힘이 사용되고, 왕좌가 한 미치광이로부터 다음 미치광이에게 자동으로 승계되지 않는 곳을.

그러나 모든 땅은 똑같았다. 힘이 유일한 가치였고, 권력만이 유일한 목표였다. 친절, 동정, 공감은 짓밟히고 약점으로 악용되었다.

그러다가 아렌트는 새미를 만났다.

새미는 아무것도 가진 게 없는 평민 출신이었지만 영리한 재능으로 야만적인 질서를 뒤집었다. 새미는 자신의 이상을 추구하기 위해서 귀족을 농민처럼 쉽게 기소했다. 그는 낡은 규칙이 적용되지 않는 사람이었다. 새미를 통해 아렌트는 자신이 갈망하는 세상을 보았다.

"이건 내가 선택한 삶이야." 아렌트는 대화를 끝맺는 어조로 어깨를 으쓱했다.

새미는 한숨을 쉬며 갑판 말뚝에서 물통을 집어 들었다. 긴 밧줄을 손잡이에 묶고 물통을 바다 속으로 던져 넣은 뒤 다시 끌어 올렸다.

물통은 평소에는 의복 세탁이나 뒤틀릴 것 같은 나무를 식히는 데 사용됐지만 새미는 머리 위에 쏟아부었고 때가 벗겨지면서 분홍색 피부가 드러났다.

새미는 두 번 더 물통을 바다로 던져서 팔과 다리를 씻은 다음, 셔츠를 벗고 뼈만 앙상한 몸을 문질러 닦았다. 그가 마지막으로 음식을 먹은 지 일주일이 지났고, 그 사실은 갈비뼈에 뚜렷하게 드러났다.

새미는 목욕을 마친 후 흠뻑 젖은 옷을 챙겨 입었고 바지 주름을 펴고 헝클어진 머리를 손가락으로 쓸어 넘겼다.

아렌트는 말없이 새미를 지켜보았다. 다른 남자에게는 무의미한 허영심으로 보이겠지만 새미는 영리함만큼이나 근사한 복장으로 유명했다. 그는 멋진 옷을 입고 멋진 춤을 추고 멋진 식사를 했고, 그의 매너는 모든 행동에 깃들어 있었다. 만약 그 자존심이 아직도 그의 내면에서 살아 숨 쉬고 있다면 희망을 버리지 않았다는 뜻이었다.

"어때? 이제 좀 근사해 보이나?" 새미가 몸을 돌리며 물었다.

"암소 한 마리와 함께 밤을 보내면 딱 좋겠군."

"내가 자네 어머니를 외롭게 해 드릴 수는 없지."

아렌트는 웃으면서 바지 주머니에서 사라에게 받은 물약을 꺼내 새미에게 주었다. "사라 웨셀이 전해 주라는 선물이야. 잠을 자는 데 도움이 될 거라고 했어. 내가 자네를 석방시킬 방법을 찾는 동안 이 물약으로 그나마 편안하게 지내기를 바라네."

"정말 멋진 선물이로군." 코르크 마개를 뜯어 냄새를 맡으며 새미가 말했다. "부디 내 감사를 전해 주게. 부두에서 그녀의 성품을 보았지만 이것은… 나는 그녀처럼 착한 귀족 부인을 본 적이 없어."

아렌트도 그걸 인정했지만 사라를 향한 속마음이 드러날까 봐 아무 말도 하지 않았다. 대신 그는 식탁에서 몰래 챙겨 온 빵 한 덩어리를 새미에게 건네주었다.

"누가 이 배를 침몰시키려고 하는지 알아냈나?" 아렌트가 물었다.

"그건 자네 일이야, 아렌트. 나는 하루 종일 어두운 감방에 갇혀 있었어." 새미가 빵 덩어리를 우걱우걱 씹으면서 말했다. 고리대금업자의 마음처럼 딱딱한 빵이었지만 새미는 이보다 더 맛있는 음식이 없다는 표정이었다.

"오늘과 다른 날의 차이점은 자네에게 좋은 포도주와 담배 파이프가 없다는 것뿐이군." 아렌트가 말했다.

빵을 다 먹은 새미는 친구에게 팔짱을 꼈다. "그 말을 칭찬으로 받아들이겠네." 그가 말했다. "좀 걸을까? 몸이 뻐근하군."

예전에 수많은 밤을 보낸 것처럼 곰과 참새는 다정한 침묵 속에서 함께 산책을 했다. 그들은 중간 갑판을 가로질러 선미 갑판 계단을 올라갔다. 그림자들이 그들 주변에서 움직였다. 밧줄 더미가 갑판 위에서 몸을 웅크리고 있는 선원처럼 보였고, 기둥에 매달린 양동이들이 잠복해 있는 스파이처럼 보였다.

아렌트는 자신의 신경과민에 웃어야 할지 아니면 안전을 위해 허공으로 주먹을 휘둘러야 할지 확신할 수 없었다. 그는 선미 갑판에 도착할 때까지 긴장을 늦추지 않았다. 선미 갑판에서는 난쟁이 일등항해사가 와이크에게 얻어맞아 신음하는 어린 목수를 돌보고 있었다. 난쟁이는 앙리에게 위로하는 목소리로 말하고 있었다.

또 다른 계단을 통해 그들은 가축우리가 있는 선미루 갑판으로 올라갔다. 그들의 발자국 소리를 들은 암퇘지들이 곧 풀려날 거라고 믿는 듯이 꿀꿀거렸고 닭들은 나무를 쪼아 댔다.

아렌트는 난간 너머를 살폈다. 고급 객실이 바로 아래에 있었고, 둥근 창문으로 불빛이 새어 나왔다. 사라와 크리지의 객실만이 어둑

어둑했고, 문둥병자가 밤에 몰래 돌아올 때를 대비해서 채광창이 닫혀 있었다.

"무슨 일이 있었나?" 아렌트의 긴장감을 눈치채고 새미가 물었다.

"사라 웨셀이 오늘 저녁에 객실 창문에서 문둥병자를 보았네." 아렌트가 대답했다.

"부두에서 본 문둥병자? 자네가 칼을 꽂은 그 사람?"

"그래. 그의 이름은 보세였어." 아렌트가 대답했다. 그리고 보세와 올드 톰의 은밀한 거래에 대해 사라가 얻어 낸 정보와 요하네스 와이크가 보세의 혀를 어떻게 잘랐는지에 대해 새미에게 이야기해 주었다.

"고통을 당하고 고통으로 돌아오다니." 바닥에 웅크리고 있던 새미가 말했다. 그의 손가락은 거친 널빤지를 매만지며 문둥병자가 지나간 흔적을 찾고 있었다. "자네는 그녀가 헛것을 본 거라고 생각하나?"

"아니." 아렌트가 대답했다.

"그녀가 헛것을 본 게 아니라면 한 가지 의문이 드는군." 새미는 수색을 잠시 멈췄다. "음, 사실은 두 가지." 새미는 잠시 고민했다. "아니, 세 가지." 그가 정정했다.

"누군가가 죽은 문둥병자로 위장을 하고 사라 부인의 객실 창문을 들여다본 걸까?" 아렌트가 조심스럽게 물었다.

"그게 한 가지 의문점이야." 새미는 벌떡 일어서서 어두운 바다의 물결을 자세히 살펴보았다. "손으로 짚을 곳도 없는 가파른 선체인데 어떻게 객실 창문까지 올라왔을까? 그리고 어떻게 눈에 띄자마자 사라질 수 있었을까?"

"음, 그자는 틀림없이 이쪽으로는 달아나지 않았어." 아렌트가 말했다. "그녀가 비명을 지른 후 1분도 안 되어 내가 이곳으로 달려왔으니까. 그자가 도망치려면 내 옆을 지나가야 했을 거야."

"가축우리에 숨어 있었던 건 아닐까?"

"그랬다면 내가 창살 사이로 그자를 발견했을 거야."

새미는 난간을 따라 손을 더듬었다. "그자는 아래로 내려가기 위해 밧줄이 필요했을 테고 다시 올라와서 밧줄을 풀 시간이 없었을 거야."

"그리고 만약 그자가 바다에 빠졌다면 사라 부인이 풍덩 하는 소리를 들었을 테지."

새미는 선미루 갑판과 선미 갑판 사이에 솟아 있는 뒷 돛대를 향해 걸어가다가 배의 측면에 있는 밧줄을 잡아당겼다. 그 밧줄은 사르담 호의 선체 밖으로 튀어나온 굵은 대들보에 매여 있었다.

"그자가 서 있을 만한 유일한 곳이라곤 저 아래쪽에 있는 대들보가 전부인데, 보다시피 객실 창문으로부터 너무 멀리 떨어져 있지." 새미의 얼굴에 나타난 실망감은 아무런 단서도 없음을 암시했다. "올드 톰에 대해 말해 보게."

"올드 톰은 분명히 어떤 악마의 일종이야."

"내가 그렇게 믿는다는 말은 아니네." 아렌트가 덧붙였다. 그는 어둠 속에서 자신을 기다리고 있는 게 뭔지를 평생 동안 알아 온 사람이었다. 아렌트가 어렸을 때 그의 아버지는 설교하는 동안 아들이 하품을 했다는 이유로 어린 아들을 심하게 때렸다. 다시는 깨어나지 못할지도 모른다는 두려움을 각인시킬 정도로. 그의 어머니는 사흘 동안 눈물을 흘렸고, 아버지는 아내를 계단 아래로 끌고 내려가서 뺨을 때리며 고함을 쳤다.

네 어미의 슬픔은 믿음의 부족을 의미한다, 아렌트의 아버지는 그렇게 말했다. 아렌트는 자신의 불경에 대해 고해성사를 하도록 하느

님 앞에 인도되었다. 눈물이 아니라 기도만이 지금 유일한 의무라고
그의 아버지는 말했다.

아렌트는 기다리는 신이 없다는 걸 알았다. 악마도 없었고 성인도
죄인도 없었다. 오직 사람들과 그들이 자신에게 들려주는 이야기뿐
이었다. 그는 그것을 자기 눈으로 직접 보았다. 사람들이 하늘에 목소
리를 전하는 이유는 더 좋은 수확, 건강한 아이 또는 온화한 겨울 등
부탁할 것이 있기 때문이었다. 신은 희망이었고, 인간은 따뜻함과 음
식을 필요로 하듯이 희망이 필요했다.

그러나 희망과 함께 절망이 찾아왔다.

억눌린 사람들은 자신들의 불행에 대한 설명을 원했지만 그들이
진정으로 원했던 것은 비난할 대상이었다. 농작물을 망쳐 놓은 병충
해 때문에 가난한 여자들은 마녀라는 비난을 받으면서 희생양이 되
었다.

올드 톰은 악마가 아니었어, 아렌트는 생각했다. 올드 톰은 사람들
이 분풀이를 할 수 있는 거지 노인이었다.

"삼촌은 나에게 30년 전 올드 톰이 마을과 귀족 가문을 파괴하면
서 프로방스를 황폐화시켰다고 말했네." 아렌트가 설명했다. "분명
히 올드 톰은 사람들이 끔찍한 행위를 저지르는 대가로 그들이 마음
속으로 갈망하던 것을 제안했어. 올드 톰은 가는 곳마다 이상한 상
징을 남겼지. 꼬리 달린 눈. 우리가 바타비아에서 출발할 때 그 상징
이 돛에 그려져 있었고 내 손목에도 새겨져 있네." 아렌트가 솔직하
게 말했다.

"자네 손목에?" 새미가 깜짝 놀라며 물었다. "왜 그 상징이 자네 손
목에 새겨져 있지?"

"어렸을 때 나는 아버지와 함께 사냥을 나갔어." 아렌트가 대답했

다. "3일 후에 나는 이 흉터를 가지고 돌아왔지만 아버지는 영영 돌아오지 못했고, 무슨 일이 있었는지도 모르겠어."

새미는 놀라서 눈을 깜박거리며 아렌트를 쳐다볼 뿐이었다. "그럼 올드 톰이 그 상징을 프로방스에 퍼뜨리고 있을 무렵에 자네 손목에 그 흉터가 생겼다는 말인가?"

"내 생각에는 맨 처음으로 그 상징을 몸에 지닌 사람이 나였어. 아니면 그런 사람들 중 한 명이었겠지. 삼촌은 정확히 기억하지 못하시지만."

"내게 손목을 보여 주게." 뒷 돛대에 매달려 있는 등불 쪽으로 아렌트를 끌어당기며 새미가 재촉했다. "그리고 그 흉터에 대해 자네가 알고 있는 걸 모두 말해 주게."

"나는 아무것도 모르네, 다만 내가 앙심을 품고 몇몇 이웃의 대문에 그 상징을 그렸다는 것 외에는." 아렌트가 설명했고, 새미는 아렌트의 손목 흉터를 살펴보았다. "나는 그 상징이 어떤 해를 끼칠지 몰랐지만, 올드 톰이라는 늙은 거지는 겁에 질린 마을 사람들한테 결국 얻어맞아 죽었어."

"올드 톰?" 새미가 반복했다. "그러니까 이 상징이 자네로부터 해방된 후에 죽은 거지의 이름을 사칭하며 역병처럼 퍼졌군. 맙소사, 이건 그냥 악마가 아니야. 자네의 몸속에 있던 악마야."

"그건 어린 시절의 장난이었어."

"최악의 일은 종종 그렇게 시작되는 법이지."

새미의 작은 손가락이 아렌트의 거대한 손목을 샅샅이 뒤졌지만 밝은 빛에 비춰 봐도 그 흉터에 대해 새로 알 수 있는 사실은 아무것도 없었다. 흉터는 거의 보이지 않았고, 새미 핍스는 실망감을 감추지 못했다.

"자네는 아주 형편없는 단서를 갖고 있군." 아렌트의 손목을 놓아주며 새미가 투덜거렸다. "자네가 흉터를 악용한 사실을 누가 알고 있나?"

"할아버지와 삼촌이 알고 계시네. 어머니도 알고 있었지만 내가 집을 떠난 지 얼마 되지 않아 돌아가셨지."

"상심으로?"

"천연두로 돌아가셨네."

"사라 웨셀은 그 흉터에 대해 알고 있나?"

"삼촌이 말해 줬을지도 모르지만 아마 그러지 않았을 거야. 부인이 그 흉터에 대해 언급한 적이 없으니까. 그 외에는 아무도 모르고 있네. 할아버지는 그 흉터에 대해 입을 닫으라고 내게 명하셨지. 과거는 독이 든 오염된 땅이고 그곳에 머물던 사람들은 죽었다고 말씀하셨네. 나는 할아버지가 내가 그것에 대해 생각하지 못하게 하려는 줄로만 알았네. 삼촌은 내게 영국에서 온 마녀사냥꾼이 그 상징이 새겨진 사람을 추적하고 있다고 말했고, 그래서 그분들은 나를 멀리 숨겨 주었던 거야. 물론 그때 내가 이런 사실을 알고 있었던 것은 아니지만."

새미가 놀란 표정으로 말했다. "자네 할아버지는 현명한 분이셨군. 아버지가 사라진 날에 대해 기억나는 건 뭐가 있나?"

"거의 없어. 우리는 몇 시간 동안 숲속으로 들어가 멧돼지를 추적하고 있었지. 우리는 말소리를 내지 않았네. 나는 아버지의 짐을 나르기 위해 그곳에 있었지. 그런데 갑자기 멀리서 어떤 사람이 우리에게 도움을 요청했네."

"자네가 아는 사람이었나?"

"모르는 사람이었을 거야."

"그래서 어떻게 했나?"

"우리는 그에게 응답하고 그를 찾으러 갔네. 그리고 얼마 후에…"
아렌트는 어깨를 으쓱했다. 그것이 그가 기억하는 그날의 마지막 장면이었다. 몇 년 동안 아렌트는 더 많은 기억을 떠올리려고 애썼지만 그건 마치 절벽을 급히 기어오르는 것과 같았다. "…나는 젖은 채 몸을 떨며 길에서 깨어났고, 손목에 이 흉터가 새겨져 있었네."

새미는 조심스럽게 다음 질문을 던졌다. "아버지의 시신은 발견했나?"

아렌트는 고개를 저었다.

"그렇다면 살아 계실 수도 있겠군?"

"악마가 유머 감각을 가지고 있을 때만." 아렌트가 중얼거렸다. "아버지는 신교 목사였고, 그의 신도들이 아버지가 사랑한 유일한 대상이었네. 살아남았다면 그들을 위해 돌아왔을 테지. 죽은 내 아버지가 이 일에 연루됐다는 걸 자네는 믿을 수 없겠지! 자네는 유령을 배제하라고 말했으니까."

"유령은 신의 영역일세. 나는 살아 있는 자를 상대해야 하고." 새미가 말했다. 그의 머릿속에서 여러 가지 생각이 서로 부딪치고 있는 듯했다. "하지만 자네 아버지를 유령이라고 부르려면 반드시 시신이 있어야 해. 우리는 예전에도 이런 걸 본 적이 있잖아, 아렌트. 빈 첨탑 사건을 기억해 봐. 거기서는—"

"오래전 죽었다던 여동생이 벽 속에서 살고 있었지." 아렌트가 몸서리를 쳤다. 아렌트는 그녀를 밝은 세상으로 끌어내는 임무를 맡았고 일주일 동안 몸에서 나는 악취를 씻어 내야 했다.

"올드 톰에 대해 자네는 또 뭘 알고 있나?" 아렌트의 아버지에 대한 생각에 몰두하면서 새미가 물었다.

"올드 톰은 크리지 옌스의 두 번째 남편이었던 피터 플레처라는 영국 마녀사냥꾼에 의해 프로방스에서 추방당했어."

"총독의 정부 말인가?"

아렌트는 고개를 끄덕였다. "4년 전에 올드 톰은 암스테르담에서 플레처를 발견했어. 플레처는 가족을 마차에 태우고 릴로 도망쳤지만 올드 톰은 플레처를 뒤따라가 살해했지. 그리고 그의 시신 위에 상징을 남겼어. 크리지 옌스는 올드 톰이 죽은 보세를 부활시켜서 사르담호에 승선한 플레처의 나머지 가족을 죽이려 한다고 믿고 있네."

새미는 얼굴에 떠오르는 걱정을 감추려고 애썼다. "아렌트, 자네도 4년 전에 릴에 있었잖아."

아렌트는 그 사건을 떠올리고 싶지 않았다. 그 사건을 떠올릴 때마다 낙인처럼 남아 있는 수치심이 아렌트를 괴롭혔다.

그 사건은 아렌트가 혼자서 해결할 수 있으리라 신뢰받으면서 맡게 된 첫 번째 임무였다. 도난당한 보석을 되찾아 달라는 신사 17인회의 의뢰를 받고 새미는 아렌트를 파견했다. 나흘간의 조사 끝에 아렌트는 에드워드 코일이라는 서기를 범인으로 지목했다. 그는 코일의 목에 올가미를 씌우고 있었지만, 지친 말의 등에 올라탄 채 도착한 새미는 아렌트가 틀렸음을 증명하는 서류를 한 움큼 들고 있었다. 아렌트는 코일을 체포하기 위해 지나치게 서두르다가 진범을 놓친 것이었다.

새미는 아렌트가 기대했던 것보다 훨씬 더 친절했다. 그는 아렌트에게 또 다른 사건을 맡겼고, 능력을 증명할 또 다른 기회를 제공했다. 하지만 아렌트는 자신의 한계를 알고 있었다. 그 한계는 새미가 다른 사람들에게 안겨 주는 좌절감과도 같았다. 그들이 결코 알 수 없는 것을 새미는 즉각적으로 알아차리고야 만다는.

"새미, 나는 크리지 옌스의 남편을 죽이지 않았어." 아렌트가 항의했다. "난 그를 알지도 못했다고."

"자네가 안 그랬다는 건 알아, 이 답답한 친구야. 하지만 누군가 우리가 오해하게끔 만들려고 혈안이 되어 있거나, 아니면 우연일 수도 있어. 악마가 복수를 하기 위해 그토록 오래 기다린 이유가 정말 크리지 때문이었을까?"

"그녀는 도망쳤네. 그 뒤로 계속 이 나라 저 나라를 옮겨 다녔어."

"그녀가 이 배로 유인당한 게 아닐까?"

"유인?"

"이 배에서 올드 톰과 관련된 사람은 3명이야. 운명은 좀처럼 그렇게 노골적으로 자신을 드러내지 않지. 이게 정말 우연의 일치일까?"

"3명?"

"자네, 크리지 그리고 자네 삼촌." 새미가 설명했다. "어떻게 이 셋이 모두 사르담호에 승선하게 된 걸까?"

"나는 자네 때문에 이 배에 탄 거야." 아렌트가 반박했다.

"그리고 내가 이 배에 감금된 이유는 총독이 그렇게 명령했기 때문이지." 새미가 말했다.

"크리지 옌스도 마찬가지야. 삼촌은 그녀가 원하는 것보다 더 일찍 바타비아를 떠나도록 명했네."

"왜?"

"젊고 아름다운 애첩을 가까이 두고 싶어서 그런 게 아닐까?"

새미는 고개를 가로저었다. "팔자도 좋군, 그리고 나는 감방 안에 있지." 그가 투덜거렸다. "자네 삼촌은? 그는 왜 여기에 있는 걸까?"

"그분은 신사 17인회에 합류하고 포세이돈을 전달하기 위해 항해를 하고 있는 거잖아."

"그래, 그런데 왜 하필 이 배에 타고 있지? 분명히 자네 삼촌은 선단에 있는 어떤 배라도 고를 수 있었을 텐데. 왜 사르담호를 선택한 걸까?"

"크로웰스는 동인도회사에서 최고의 선장으로 인정받는 인물이야. 삼촌은 과거에도 그와 함께 항해를 했고 지금도 그를 신뢰하고 있지."

새미는 고민하며 한숨을 내쉬었다. "그건 결국 다 자네 삼촌에게로 귀결되는 거야, 안 그런가? 그는 빌어먹을 소용돌이처럼 우리 모두를 위험 속으로 빨아들일 거야." 새미는 아렌트를 바라보았다. "총독이 자네에게 이 배에 승선하라는 명령을 내렸다면 받아들였겠나?"

"자네가 이 배에 없었다면 거부했겠지."

"만약 총독이 나에게 사르담호에 탑승하라고 명령했다면 나는 '왜 제가 이 배에 타기를 그토록 간절히 바라십니까?'라고 물었을 거야."

"무슨 뜻인가?"

"나를 감옥에 가두는 게 자네를 사르담호에 승선하도록 만드는 유일한 방법이었다는 뜻이지."

아렌트가 발끈했다. "내 삼촌은 무뚝뚝하고 잔인하지만 조카를 사랑하는 사람이야, 새미. 그분은 나를 위험에 빠뜨릴 만한 행동은 하지 않을 거야."

새미는 동인도 무역 선단의 밝은 등불을 바라보았다. "우리는 죽은 사람들을 시야에서 놓치고 있어." 그가 스스로를 책망했다. "이 배에서 이상한 사건이 많이 벌어졌지만 우리가 조사할 실질적인 범죄는 단 한 가지뿐이야. 보세는 자신의 누더기 옷에 불을 붙이지 않았고 배를 저주한 건 보세의 목소리가 아니었어. 우리가 확신할 수 있을 때까지 나는 그의 죽음을 자살이 아니라 타살로 취급할 거야. 보세의 동료들과 얘기해 보았나?"

"시도해 보았지만 벽과 대화하는 것 같았네."

"그래도 다시 시도해 보게. 보세는 올드 톰과의 거래에 대해 틀림 없이 누군가에게 이야기했을 거야. 어쨌든 자네와 그는 연결되어 있으니 그가 자네를 알고 있었는지 확인해 보게. 아니면 자네 가족이나. 보세가 어디 출신인지 알아보게. 아마도 그는 올드 톰이 죽은 마을에서 고통받았을 거야."

아렌트가 고개를 끄덕였고 새미는 한 가지를 덧붙였다. "그리고 락사가르가 무슨 뜻인지도 알아내는 게 좋을 걸세."

"사라 부인이 조금 알아냈네." 아렌트가 대답했다. "우리는 그 단어가 노르웨이어라고 생각하고, 그 언어를 구사하는 사람은 보세의 혀를 잘라 낸 자뿐이야."

"유용한 정보로군. 하지만 더 자세히 확인할 필요가 있어."

"알겠네." 아렌트가 아까 와이크와 만났던 장면을 떠올리며 애매하게 말했다. "또 다른 것은 없나?"

"누더기 옷과 붕대는 찾기가 어렵지 않을 거야. 가능하다면 크로웰스 선장에게 배의 곳곳을 수색하라고 설득해 보게. 아니면 자네 삼촌에게 요청하게. 운이 좋으면 문둥병자의 누더기 옷과 같은 옷을 입고 있는 사람이 승객 속에서 저절로 드러나게 될 거야."

새미는 얼굴을 찡그리며 다시 바다 위의 불빛을 응시했다. "우리의 두 번째 수사 방향은 더 간단하네. 문둥병자가 범인이라면 이렇게 거대한 선박을 어떤 방법으로 침몰시킬까? 화약고 문지기와 얘기해 보았나?"

"문지기는 화약고를 폭파시키는 건 효과가 없다고 생각하더군." 아렌트는 말했다. "그는 선장을 죽이는 것이야말로 사르담호를 침몰 시키는 가장 빠른 방법이라고 주장했네. 그의 생각으로는 크로웰스가 이 배에 탄 선원들의 폭동을 막는 유일한 인물이야."

"화약고 문지기는 머리가 잘 돌아가는 사람이군." 새미가 감탄하며 말했다. "그 사람이 또 무슨 말을 하던가?"

"위협이 동인도 선단에서 나올 수도 있다고 말했네."

"다른 배가 우리에게 대포를 겨냥한다고?" 새미가 물었다.

"그냥 그 사람의 생각이었네." 아렌트가 대답했다.

"대담한 생각이로군." 새미가 동의했다. "그리고 골치 아픈 생각이기도 하고."

"저건 뭐지?"

갑자기 새미가 바다 위의 불빛을 가리켰다. "바타비아에서 출항한 동인도 선박이 몇 척인지 기억하나?"

"글쎄." 아렌트는 어깨를 으쓱했다. 그는 숫자를 세려고 애쓰지 않았다.

"일곱 척이야." 새미를 말했다.

"그래, 일곱 척." 아렌트가 헷갈려하며 말했다. "그런데 뭐가 문제란 말인가?"

"그런데 왜 바다 위의 불빛은 여덟 개일까?"

✳

네 명의 남자가 난간에 서 있었고 그 아래로 바다가 출렁거렸다. 세 명은 멀리 여덟 번째 불빛을 응시하고 있었고, 새미는 난쟁이 일등항해사를 내려다보고 있었다. 누군가의 시선에 짜증을 느낀 아이작 라르메는 얼굴을 일그러뜨리며 새미를 올려다보았다.

"뭘 보는 거야, 죄수?"

"난쟁이." 새미가 호기심 어린 목소리로 대답했다. "전에는 동인도 선박에서 난쟁이를 본 적이 없소. 난쟁이들은 대부분—"

"병신." 라르메가 쏘아붙였다. "너 같은 귀족들은 쓰레기야."

"라르메!" 크로웰스가 으르렁거렸다.

아렌트는 일등항해사에게 이상한 불빛에 대해 알려 주었고, 라르메는 선장을 불러왔다. 크로웰스는 여전히 반쯤 술에 취해 짜증을 내며 침대를 그리워하고 있었지만, 그가 진정으로 원하지 않는 것은 아이작 라르메의 단검에 묻은 새미의 피였다. 일등항해사와의 말다툼은 대개 그런 식으로 끝을 맺었다.

"나는 이 배의 일등항해사야." 아이작 라르메가 소리쳤다. "너 같은 죄수한테 놀림받을 사람이 아니라고."

"당신을 놀리려는 의도는 아니었소." 난쟁이의 불쾌감에 놀란 듯이 새미가 말했다.

"아이작 라르메는 내가 만난 최고의 일등항해사요." 여전히 등불을 응시하며 선장이 말했다. "그리고 이 배의 갑판장을 통제할 수 있는 유일한 사람이기도 하지."

"저 불빛에 대해 어떻게 생각하십니까, 선장?" 아렌트가 물었다. 그는 새미가 아이작 라르메를 더 자극하기 전에 화제를 바꾸고 싶었다.

"음, 저건 해적선 불빛은 아니오." 선장이 적갈색 수염을 긁으며 말했다. "그들이 누구든 자신들이 저기에 있다는 걸 우리가 알기를 원하는 거요. 해적들은 선단을 공격하지 않소. 외딴 배를 노리고 은밀히 접근할 뿐이지."

"바타비아에서 출항했다가 낙오한 선박일 수도 있어요." 목에 감은 반쪽짜리 부적을 만지작거리며 라르메가 덧붙였다.

"그럴 수도 있지." 머리를 매만지고 팔의 근육을 풀면서 크로웰스가 말했다.

크로웰스는 분명히 자기애가 넘치는 사람이군, 아렌트는 생각했다.

"라르메, 저 불빛을 계속 주시하게." 크로웰스가 말을 이었다. "자네 혼자서만. 나는 이 일이 승객들에게 알려지고 선원들이 동요하는 걸 원치 않아. 아무것도 아닐 수도 있지만 오늘 밤 뭔가 상황이 바뀌면 내게 보고하게."

"그럴게요, 선장."

"그리고 내일 날이 밝으면 제일 먼저 저 불빛이 어떤 선박인지 살펴보게." 선장이 말했다. "어떤 색깔의 깃발을 올리는지 확인하게."

"알겠어요." 라르메가 대답했다.

네 남자는 흩어졌고 아렌트는 새미와 함께 뱃머리로 향했다.

그들의 목소리가 다른 이들에게 들리지 않을 정도의 거리가 되자, 새미는 아렌트를 쿡 찔렀다. "라르메의 목에 걸린 부적을 봤나?"

"오늘 오후에 봤네." 아렌트가 말했다. "부러진 나무 조각, 맞지?"

"그래, 반쪽짜리 얼굴 모양이었어. 보세가 부두에서 꼭 쥐고 있던 반쪽짜리 조각과 일치하는 부적일 거야. 가장자리가 딱 맞는 한 쌍."

새미는 상당히 멀리 멀어진 곳에서 그 부적을 보았을 테지만 아렌트는 새미의 예리한 눈썰미를 의심하지 않았다. 한번 보면 잊지 않는 것이 새미의 또 다른 재능이었다. 그리고 그건 아마도 그의 재능 중 가장 불행한 재능일 것이다.

과거는 날카로운 것으로 가득 차 있다고 새미는 말했었다.

갑자기 뒤쪽에서 비명이 들렸다. 아렌트가 돌아보니 아이작 라르메가 젊은 여자를 어둠 속에서 끌어내고 있었다. 붙잡으려고 애쓰는 난쟁이보다 벗어나려는 여자가 덩치가 크고 힘이 셌다.

라르메는 으르렁거리며 여자의 복부를 강타해서 저항을 끝냈고 헐떡거리는 그녀를 크로웰스 선장 앞으로 끌고 왔다.

아렌트는 여자를 돕기 위해 움직이려 했지만 새미는 그의 팔을 잡고 한쪽 눈을 찡긋하며 고개를 가로저었다.

"당신은 신교 목사의 제자가 아니요?" 크로웰스가 당황하며 물었다. "통행금지 시간에 여기서 뭘 하는 거요? 이 위험한 곳에서."

"내 이름은 이사벨이에요." 그녀가 가쁜 숨을 몰아쉬고 난쟁이를 노려보며 대답했다.

"나는 당신 이름이 궁금한 게 아니라 설명을 원하는 거요." 크로웰스가 그녀 앞에 웅크리고 앉아 물었다. "어둠 속에 숨어서 뭘 하고 있던 거요, 이사벨?"

"산책을 나왔다가 잠깐 쉬고 있었던 거예요." 그녀는 배를 조심스럽게 쓸며 말했다. "그게 다예요."

"몰래 엿듣고 있었잖아." 이사벨에게 눈을 흘기며 라르메가 으르렁거렸다.

크로웰스는 코로 길게 숨을 내쉬었다. "선박의 규정은 승객의 안전과 선원의 안전을 위한 거요." 그가 음흉한 미소를 지으며 말했다. "대부분은 주로 승객의 안전을 위한 규정이요. 이 대화는 사적인 것이었고 그런 식으로 유지될 필요가 있소. 만약 외부로 알려지면 나는 정확히 누가 누설했는지 알 수 있을 거요. 알겠소?"

이사벨은 고개를 끄덕였다.

"그럼 이만 객실로 돌아가시오." 선장이 말했다. "한 번 더 갑판을 몰래 돌아다니다가 들키면 용서하지 않겠소."

이사벨은 선수 갑판 쪽을 불안하게 힐끗 쳐다보며 일어서서 중간 갑판 아래 칸으로 발걸음을 옮겼다.

그리고 어둠 속에서 한 형상이 보이지 않게 슬그머니 사라졌다.

21

여덟 번째 불빛은 동트기 몇 시간 전에 사라졌다.

곧 닥칠 공격을 두려워한 아이작 라르메는 크로웰스 선장에게 보고했고, 선장은 모든 선원에게 전투 준비를 지시했다. 전투 준비를 알리는 깃발 신호가 동인도 선단 전체에 전달되었고, 요하네스 와이크는 선원들을 해먹에서 끌어내 옷 입을 여유도 주지 않고 계단 위로 거칠게 밀어 올렸다.

선원들은 전투 준비를 위해 닻을 올리고 돛을 펼쳤다. 대포 주둥이에서 삼베 마개를 뽑았고 바퀴 밑에서 쐐기를 뽑았다. 화약고를 열어젖히고 수십 개의 화약통을 바닥으로 굴린 다음, 화약을 대포에 단단히 장전했다.

소란스러운 와중에 최하 갑판 승객들은 옹기종기 모여 호기심 어린 눈으로 대포가 발사되는 순간을 기다렸다. 고급 객실에서 사라는 용기를 내라고 속삭이며 리아의 떨리는 몸을 감싸 안았다. 크리지는 노래로 두 어린 아들을 달래며 마커스와 오스버트를 끌어안았다.

신교 목사와 이사벨은 두 손을 모아 함께 기도를 올렸고, 아렌트는 선미 갑판에서 상황을 묵묵히 지켜보았다. 아렌트는 어떤 적에게든 등을 보이는 사람이 아니었다.

얀 하안 총독은 습관대로 일찍 일어났고, 책상에 앉아 시종장 보즈에게 평상시처럼 지시를 내렸다. 다만 총독의 떨리는 손이 뭔가 잘못되고 있다는 걸 암시했다.

사르담호는 긴장 속에서 고양이처럼 털을 곤두세웠고, 두 시간 동안 마음을 단단히 먹으면서 전투 준비를 했다. 하지만 두려움은 혼란으로 변했고 점차 지루함으로 변하고 있었다. 동이 텄고, 밤이 회색으로 변하다가 완전히 자취를 감췄다.

망보는 선원은 삭구를 타고 올라가서 이마에 손날을 대고 바다의 모든 방향을 주시했다.

"배가 보이지 않아요!" 그가 크로웰스와 일등항해사에게 소리쳤다. "그 배는 사라졌어요, 선장님!"

22

객실 문을 두드리는 소리에 사라는 깜짝 놀라며 잠에서 깨어났고 손 닿는 거리에 놓아두었던 단검을 움켜쥐었다. 그녀는 탁자 옆 의자에 앉아 객실 창문을 응시하며 문둥병자가 다시 나타나기를 기다리다가 자기도 모르게 잠이 들었다. 그녀는 잠옷을 입고 있었고 핀으로 고정되지 않은 붉은 머리카락은 제멋대로 헝클어져 있었다. 코와 뺨에는 주근깨가 피어 있었다.

리아는 엄마 침대에서 자고 있었고, 숨소리가 아주 살짝 새근거렸다.

또다시 노크 소리가 들려왔다.

"누구세요!" 사라가 말했다.

도로테아가 과실 차 한 잔을 들고 안으로 들어서며 못마땅한 표정으로 눈앞의 광경을 살펴보았다.

"오늘 아침에 달바인 부인의 객실에서 이상한 소리가 들렸어요."
도로테아가 과실 차를 사라 앞에 놓으며 말했다. 자줏빛 열매가 찻잔
표면에 떠다녔다. 그 차는 가족의 특별한 기호품이었기 때문에 사라
는 도로테아에게 여행을 위해 챙겨 오라고 부탁했었다.

"이상한 소리?" 사라가 천천히 생각하며 말했다. 도로테아가 주워
들은 소문으로 대화를 시작하는 것은 드문 일이 아니었지만, 이렇게
이른 아침에 사라에게 그런 이야기를 하는 경우는 거의 없었다.

바타비아의 낮은 아무 일도 할 수 없을 정도로 더웠고, 밤이 되어서
야 그녀는 도시의 귀족들을 위해 연회와 무도회를 열었다. 지난 13년
동안 그녀는 정말 불행한 사람들만이 새벽에 일어나는 거라고 생각
하면서 잠자리에 늦게 들었고 늦게 일어났다.

하지만 신교 목사는 선원들이 욕설을 퍼붓지 않는 새벽 시간에 설
교를 하기로 결정했다.

"뭔가를 긁어 대는 소리요." 도로테아가 말을 이었다. "몇 초간 들
리다가 멈췄다가 다시 들렸어요. 정확히 알 수는 없지만 뭔가 익숙한
소리…" 그녀는 말꼬리를 흐렸다.

사라는 달콤한 과실 차를 한 모금 마셨다. 그 과실 차는 그녀가 프
랑스에서 그리워하게 될 바타비아의 추억 중 하나였다.

"잠은 잘 잤어?" 사라가 도로테아에게 물었다.

"별로 못 잤어요." 그 이상한 소리에 아직도 괴로운 것처럼 도로테
아가 대답했다. "부인은요?"

사라의 눈은 붉게 충혈되어 있었다. "조금." 사라가 둥근 창을 응
시하며 대답했다.

"리아 아가씨를 깨울까요?" 도로테아가 잠든 소녀를 바라보며 물
었다.

"그냥 내버려 둬, 설교가 시작되려면 아직 시간이 좀 남았어." 사라는 딸을 다정하게 바라본 후에 몸을 일으켰다. "락사가르라는 이상한 단어에 대해 알고 있는 승객은 좀 찾아봤어?"

도로테아는 대답 없이 서랍을 열어 사라가 그날 입을 옷을 꺼냈다. 사라는 하녀의 얼굴에서 못마땅한 표정을 읽을 수 있었다.

도로테아는 사라 같은 귀부인이 도둑 잡는 탐정을 흉내 내는 건 부적절한 행동이라고 생각했지만 언제나처럼 사라는 자기 마음대로 할 터였다. 그리고 언제나 그랬듯이 그녀의 남편이 아마 난폭하게 그것을 끝장낼 것이다.

사라는 그날을 상상하며 몸을 떨었다. 도로테아가 옳았다. 만일 그녀가 탐정 놀이를 계속한다면 남편은 그녀에게 가혹한 벌을 내릴 것이다. 하지만 딸의 생명이 위태로워질 수도 있는 상황에서 어떻게 그녀가 멈출 수 있을까?

"모두에게 물어보았지만 아무도 그 단어를 알지 못했어요." 도로테아가 대답했다. "아직 만나 보지 못한 승객이 몇 명 있으니 오전 산책 중에 만나서 물어볼게요."

"그렇게 해 주면 고맙겠어."

사라가 과실 차를 다 마시자, 도로테아가 사라의 드레스 시중을 들었다. 이내 잠에서 깬 리아 역시 엄마 옆에서 옷을 갖춰 입었다.

옷차림을 마친 세 명의 여성은 습한 아침 공기 속으로 걸어 나왔다. 아침 해와 새벽별이 함께 존재하는 이른 시간이었다. 새벽을 알리는 네 번의 종소리가 아직 울리지 않았고, 사르담호는 닻을 내리고 있었다. 바다는 고요하고 유리처럼 투명했다.

새벽 시간임에도 불구하고 갑판은 의외로 붐볐다.

신교 목사는 그날의 항해가 시작되기 바로 직전에 주 돛대 밑에서 예배를 올릴 거라고 공지했다. 어찌 된 일인지 그는 최하 갑판 승객들이 참석할 수 있도록 선장의 특별 허가를 받아 냈고 매우 많은 승객들이 참석했다.

크로웰스 선장과 간부 선원들은 간밤의 이상한 불빛에 대해 낮고 걱정스러운 목소리로 이야기를 나누고 있었다.

"그건 동인도 선박의 불빛이었어요, 나는 어디에서든 그 불빛을 알아볼 수 있어요." 아이작 라르메가 말했다.

"그런데 어떻게 그렇게 빨리 사라졌지?" 반 슈텐이 물었다. "그 불빛은 동이 트기 몇 시간 전에 사라졌잖아. 화물을 싣지 않은 동인도 선박이라도 그 짧은 시간에 우리의 시야를 벗어날 수는 없어. 게다가 바람도 불지 않았잖아. 그건 저주받은 유령선이 틀림없어."

사라와 리아가 다가오자 간부 선원들은 조용히 옆으로 비켜서서 설교대 앞자리에 있는 총독과 시종장 보즈에게 합류할 수 있도록 해 주었다. 암스테르담에서와 마찬가지로 귀족들은 목사와 가장 가까운 자리에서 하느님의 말씀을 듣기를 원했다.

도로테아는 다른 하녀들과 함께 뒤쪽에 머물렀다.

사라는 아내를 외면하는 총독의 옆자리에 앉았다. 언제나 그랬듯이 그녀는 남편의 존재에 두려움을 느꼈다. 목을 길게 뺀 그녀는 남편의 맞은편에 있는 크리지를 보았고, 마커스와 오스버트가 엄마 옆에서 언제나처럼 쉴 새 없이 꼼지락거리고 있었다. 목사의 제자인 이사벨은 그 아이들을 바라보며 살짝 웃고 있었다.

주 돛대 근처에서는 20여 명의 선원들이 서성거리며 설교가 시작되기를 기다리고 있었다. 사라는 그들이 참석할 거라고 예상하지 않았다. 그녀는 선원들의 천박한 언어를 들었고, 여자가 지나갈 때 던지는 그들의 음흉한 시선을 느꼈다. 하느님이 말씀하신다 한들, 그 목소리는 선원들의 야유에 묻히고 말 거라고 생각했다.

"오늘 아침 우리는 신에게 감사드리기 위해 이 자리에 모였습니다." 샌더 커스가 우렁찬 목소리로 설교를 시작했다. "이 배에 승선한 우리는 하느님의 영광을 직접 목격하고 있습니다. 여러분, 잠시 돛을 올려다보고 갑판을 돌아보고 바다를 내려다보십시오. 항해는 조종과 기술의 문제가 아니라 신성함 그 자체이며, 우리에게 신의 은총을 보어 주는 증거인 것입니다. 신께서 허락하시지 않는 한 여기서 이루어지는 일은 불가능한 것입니다. 바람은 그분의 숨결이며 파도는 그분의 손길입니다. 한 치의 실수도 없이 우리를 인도하여 바다를 건너게 하실 분은 바로 주님이십니다."

사라는 가슴이 뛰었다. 그녀는 신교 목사가 구닥다리 설교를 하는 허약한 노인이라고 생각했었다. 그러나 하느님의 말씀을 전하는 그의 모습은 전혀 다른 사람처럼 보였다. 구부정한 허리는 곧게 펴져 있었고, 손가락은 박력 있게 허공을 가로질렀다.

"어떤 개자식이 캡스턴 휠의 손잡이 막대를 훔쳤느냐!"

갑자기 요하네스 와이크가 소리를 지르며 난입하는 바람에 설교가 멈췄다. 사라는 이 남자를 직접 본 적이 없었지만 아렌트가 그의 모습을 충분히 묘사해 주었었다. 갑판장은 대머리에 움푹 팬 흉터와 눈가에 안대를 둘러싸고 있는 거미줄 같은 상처가 있었다. 뚱뚱한 배와 넓은 어깨가 그의 체중을 겨우 지탱할 수 있는 것처럼 보이는 굽은 다리 위에 놓여 있었다.

와이크는 목사의 설교를 듣기 위해 주 돛대 주변에 모여 있던 악취 나는 선원들의 어깨를 홱 잡아당기며 그들의 얼굴을 노려보았다.

"전투 준비 명령이 내려졌을 때 캡스턴 휠 손잡이가 네 개였는데, 오늘 아침에는 세 개뿐이다." 와이크가 분노한 목소리로 말했다. "그건 선박의 생명과도 같은 중요한 장치다. 어떤 놈이 훔쳐간 거냐? 당장 자백해라."

선원들은 두려움과 당황스러움이 뒤섞인 표정이었다.

"캡스턴 휠은 닻을 올리는 것을 더 쉽게 해 주지 않느냐? 그걸 못 찾으면 맨손으로 닻을 끌어 올려야 하니 네놈들 중 매일 열 명씩을 뽑겠다."

선원들은 당황하며 중얼거렸지만, 누구도 함부로 불쾌감을 크게 말하지 못했다.

"당장 자백해라, 아니면—"

깜짝 놀란 신도들을 바라보며 와이크가 위협을 하다 말고 중간에 말을 멈췄다.

사라는 와이크의 시선을 따라가려 했지만 그는 이미 뒤돌아 가고 있었다. 사라의 시선을 눈치챈 와이크가 그녀를 쳐다보았다. 그건 위협으로 번뜩이는 더러운 시선이었다. 그는 사라에게 조롱하듯 경례를 하고는 음흉한 미소를 지었다.

신교 목사가 헛기침을 하면서 다시 사람들의 관심을 이끌어 냈다.

"누누이 얘기했듯 우리는 누구도 비난해서는 안 됩니다. 판단은 주님의 일이기 때문입니다." 그는 그런 아이러니를 그리워하는 것 같았다. "저자를 불쌍히 여겨 주시옵소서. 저자를 용서하고 주님의 사랑으로 저자를 구원하옵소서! 목수들이 함께 못을 박아 이 배를 만든 것처럼 형제 같은 단합만이 앞으로의 모든 시련에서 우리를 안전하게 지켜 줄 것입니다." 목사가 잠시 말을 멈추었다.

설교를 들으면서 사라는 불안감을 느꼈다. 이 구절에는 뭔가 위협적인 것이 있었다. 다른 사람들도 그렇게 느끼는 게 분명했다. 왜냐하면 다들 서로를 불편하게 바라보고 있었기 때문이다.

목사는 한 시간 동안 설교를 계속하다가 마침내 목소리가 희미해졌고, 신도들은 흩어졌다. 사라는 신교 목사와 이야기를 나누고 싶었지만 레이니어 반 슈텐이 먼저 목사에게 다가가서 그를 한쪽으로 데려갔다.

"사적으로 당신과 할 얘기가 있소." 반 슈텐이 낮은 목소리로 말했다.

"그래요, 그럽시다." 신교 목사가 말했다. "주님의 어린 양. 당신에게 무슨 문제가 있소?"

반 슈텐은 주위를 은밀하게 둘러보았다. 그의 시선은 사라를 거들떠보지도 않고 지나쳐서 드레히트 경비 대장과 마주쳤고 깜짝 놀라 휘둥그레졌다. "내 객실로 가서 이야기를 할 수 있겠소?"

"먼저 다른 승객과 선원들의 고해성사를 받아 줘야 하오. 내 의무를 다한 후에 당신 객실로 찾아가겠소."

"나도 고해성사할 것이 있단 말이오."

"무슨 죄를 저질렀소?"

수석 상인은 더 가까이 몸을 기울여서 뭐라고 속삭였다. 신교 목사의 얼굴에 놀라움이 나타났다. "어떻게 그걸 몰랐단 말이오?" 목사가 따지듯 물었다.

"부탁이니, 가능한 한 빨리 와 주시오." 샌더가 더 이상 추궁하기 전에 반 슈텐은 황급히 사라졌다.

잠시 후 이사벨이 군중 속에서 나타나 샌더에게 지팡이를 건네주었다. 샌더는 너덜너덜한 예복 소매로 이마의 땀을 닦았다. 설교에 모든 힘을 다 쏟아부은 듯 얼굴이 붉고 숨을 헐떡거리고 있었다.

"감동적인 설교였어요, 목사님." 사라가 고개를 끄덕이며 말했다.

총독과 보즈는 머리를 맞대고 대화를 나누면서 지휘실 쪽으로 향하고 있었다.

"너무나 부족한 설교였소." 샌더는 자신에게 화가 나 있었다. "이 배에는 구원해야 할 영혼들이 많아서 더 강한 설교가 필요할 것 같아 걱정이오."

사라는 의미심장한 눈길로 도로테아를 바라보았고, 하녀는 마커스와 오스버트를 데리고 선미루 갑판에서 꿀꿀거리는 돼지들을 구경하러 갔다.

다른 사람들이 엿듣지 못할 거리가 되자 사라는 직설적으로 물었다. "목사님께서는 악마에 대해 뭔가 아시는 게 있는 건가요?"

샌더는 가방을 두 손으로 꽉 움켜쥐는 이사벨을 불안한 눈빛으로 쳐다보았다. "구체적으로 무슨 이야기를 하려는 거요?" 그가 물었다.

"문둥병자 한 명이 바타비아 항구에서 이 배를 저주하면서 그의 주인이 우리 모두를 파멸에 이르게 할 거라고 주장했어요. 그리고 어젯밤 그 문둥병자가 제가 머무는 객실 창문에 나타났어요. 저는 그 문둥병자가 어제 돛에 그려진 상징과 관련 있다고 생각해요. 꼬리 달린 눈은 30년 전 프로방스에서 처음 나타났고 끔찍한 학살을 초래했어요. 사람들은 그 상징이 올드 톰이라는 악마의 출현을 알리는 신호라고 이야기하고 있어요."

"글쎄올시다, 나는 그런 이야기를 전혀 알지 못하오." 손을 내저으며 샌더가 말했다.

사라는 이보다 더 나쁜 거짓말쟁이를 만난 적이 없었다.

"목사님, 제발요." 크리지가 끼어들었다. "제 남편은 악마와 싸우다가 목숨을 잃었어요. 이제 그 악마는 우리 가족을 노리고 있어요."

신교 목사의 얼굴에 반가움이 묻어났다. 그는 크리지를 향해 고통스러운 발걸음을 내디뎠다. "부인의 남편이 누구였소?"

"피터 플레처에요."

샌더는 손을 입에 대고 눈물을 글썽였다. 그는 하늘을 응시한 다음, 이사벨을 바라보았다. "내가 너에게 우리의 믿음이 보상받을 것이라고 말하지 않았더냐?" 목사는 환희에 넘쳐 말을 이었다. "우리의 임무가 신성한 것이라고 말하지 않았더냐?"

크리지는 어리둥절한 표정으로 목사를 바라보았다. "목사님, 제 남편을 아세요?"

"그렇소, 우리는 좋은 친구였소. 내가 이 배에 승선하게 된 건 그 사람 때문이오." 샌더는 갑자기 초조해졌고, 위험을 살피며 주변을 둘러보았다. "부인들과 내가 은밀히 얘기할 만한 곳이 어디요? 나는 두분께 할 말이 많소, 하지만 공개적으로 말하기는 곤란하오."

"저는 남편과 함께 아침 식사를 하기로 되어 있어요." 사라가 목소리를 낮추며 속삭였다. "제가 그 자리에 참석하지 않으면 남편은 드레히트 경비 대장을 보내 저를 데려갈 거예요. 목사님께서 크리지에게 말씀하시면—"

"나 혼자서는 어떤 얘기도 듣지 않을 거야." 사라의 팔에 매달리며 크리지가 말했다.

사라는 친구를 가만히 바라보았다. 크리지는 두려워하고 있었다. "그래, 알겠어." 사라가 체념하듯 대답했다. "하지만 시간이 별로 없으니 우리는 빨리 움직여야 해." 사라는 도로테아를 불렀다. "아렌트에게 메시지를 전해 주—"

"안 되오!" 신교 목사가 소리쳤다. 그는 자신의 격앙된 모습에 당황해 얼굴을 붉히더니 은밀하게 목소리를 낮추었다. "이 배에는 부인들이 아직 알지 못하는 문제들이 있소. 먼저 내 이야기를 들은 다음에 아렌트 헤이즈에게 그 문제를 알려 줄 것인지를 판단하기 바라오."

23

"제 남편을 어떻게 알게 되신 건가요?" 등 뒤로 객실 문을 닫으며 크리지가 신교 목사에게 물었다. "목사님은 그를 좋은 친구라고 말씀하셨잖아요."

도로테아와 아이들을 갑판에 남겨 둔 채 그들은 크리지의 객실로 들어왔다. 그곳은 사라의 객실과 같은 크기였지만 구석에 거대한 하프가 없어서 꽤 넓어 보였다. 바닥에는 안락한 양탄자가 깔려 있었고, 나무로 만든 장난감이 그 위에 어지럽게 널려 있었다. 벽에는 크리지의 두 번째 남편인 피터 플레처의 초상화가 걸려 있었다.

초상화 속 피터는 암스테르담에 있는 웅장한 저택 앞에서 사냥개들과 함께 서 있었다. 화려한 예복을 입은 그는 아이들과 매우 닮은 얼굴이었다. 커다란 귀와 장난스러운 눈 그리고 지평선 너머의 어떤 불행을 암시하는 반쪽짜리 미소가 보였다.

사라는 콕 집어 말하기는 어려웠으나 초상화의 뭔가가 계속 거슬렸다. 아마도 그건 초상화 속의 마녀사냥꾼과 초상화를 바라보는 마녀사냥꾼의 대조적인 옷차림과 관련이 있을 터였다. 샌더의 예복은 거의 누더기였고 허약한 팔다리는 구부러져 있었다. 그가 하는 모든 일이 그에게 고통을 주는 것 같았다.

"목사님!" 크리지가 목사의 주의를 끌며 말했다.

"아, 그래요. 내 정신 좀 보게." 슬픈 표정으로 초상화에서 눈길을 돌리며 샌더 목사가 말했다. "이해해 주시오. 나는 아주 오랫동안 친구를 만나 보지 못했소. 이런 초상화를 통해서라도 그를 다시 보게 되니 추억이 되살아나는구려."

"어떤 추억이요?" 호기심 어린 목소리로 리아가 물었다.

"피터는 한때 나의 제자였단다." 신교 목사가 대답했다. "하지만 나보다 훨씬 더 뛰어난 실력을 가진 사람이었지." 샌더는 초상화에서 눈을 떼지 못하고 고개를 끄덕였다. "피터는 위대한 사람이었고 영웅이었단다."

크리지는 손을 떨면서 자신의 술잔에 포도주를 따랐다.

크리지가 피터에 대해 많은 이야기를 해 주지는 않았지만 사라는 그들의 사랑이 얼마나 깊었는지 알고 있었다. 크리지는 부유한 농부의 딸로 태어났지만, 농부들은 밭일을 할 아들이 필요했고 딸은 별로 필요하지 않았다. 그들은 딸을 어린 나이에 결혼시키고 나서 왕래를 끊었다. 크리지의 첫 남편은 짐승과 다를 바 없는 인간이었지만, 아름다움이 꽃을 피우고 미모의 힘을 인식하기 시작하자 그녀는 더는 고통받을 필요가 없다는 걸 깨달았다.

로테르담으로 도망친 크리지는 고급 창부가 되었다.

공식적으로는 그녀는 피터를 무도회에서 만났다. 비공식적으로 그녀는 그를 사창가에서 만났는데, 두 사람은 처음부터 서로에게 이끌렸다. 이 특이한 토양으로부터 특이한 사랑이 자라났다. 크리지가 생각할 때 피터는 관대하고 선량한 영혼이었고, 돈과 웃음에서 자유로웠고, 악마를 몰아내는 데 헌신하는 사람이었다.

샌더는 늙고 주름진 손으로 얼굴을 만지며 한숨을 내쉬었다.

"나를 이곳으로 이끈 것은 당신 남편에 대한 존경심이었소." 샌더가 말하자 크리지는 몸을 진정시키기 위해 포도주를 들이켰다. "2년 전 나는 피터로부터 도움을 요청하는 편지를 받았소. 그는 올드 톰이라는 악마에게 쫓기고 있다고 말했고, 프로방스에서 그 악마와 싸우고 있다고 했소. 그는 바타비아로 도망칠 거라고 말했고, 내가 배를 타고 그와 합류할 수 있도록 자금을 보냈소. 그는 나와 힘을 합쳐 악마를 추방할 수 있다고 믿었소."

크리지는 술잔을 부드럽게 내려놓았지만 그녀의 얼굴에는 혼란의 기색이 역력했다. "그런 일은 없었어요." 그녀가 말했다. "악마가 우릴 추적한 건 맞아요. 하지만 우리는 릴로 도망쳤어요. 그리고 그건 2년 전이 아니라 4년 전이었어요. 목사님이 그 편지를 받았을 때 제 남편은 이미 죽었어요."

샌더는 당황했다. "아마도 피터는 나중에 바타비아로 갈 생각이었을 거요, 하지만—"

"피터는 바타비아에 대해 들어 본 적이 없어요." 크리지가 반박했다. "우리 둘 다 그랬어요. 제가 바타비아로 온 이유는 얀 하안이 제 남편의 사망 소식을 듣고 저를 바타비아로 초대했기 때문이에요."

신교 목사의 주름진 얼굴이 일그러지면서 기억이 지도 없는 바다 속으로 표류하는 듯했다. "하지만 피터는 나를 불러들였소." 목사가 완강하게 되풀이했다.

"목사님은 정말로 그렇게 확신하시나요?" 사라가 물었다.

"물론이오." 사라의 질문에 짜증을 내며 목사가 대답했다. "한 번 더 읽으면 그 편지를 백 번쯤 읽게 될 거요." 그는 이사벨을 돌아보았다. "얘야, 내 여행 가방에서 그 편지를 가져오거라." 이사벨은 문 쪽으로 걸음을 옮겼다. "그 책은 그냥 놔두고. 우리에게 필요할 테니까."

이사벨은 불안한 듯이 샌더를 응시했지만 샌더는 질책하는 표정으로 바라볼 뿐이었다. 위축된 그녀는 무거운 가방을 머리 위로 들어 올린 다음, 크리지의 책상 위에 아주 조심스럽게 내려놓았다.

잠시 후 이사벨은 밖으로 나갔다.

"피터의 편지를 받은 후 나는 바타비아로 가는 배의 탑승권을 예약했소." 책상으로 절뚝거리며 걸어가면서 샌더가 말을 이었다. "그런데 바타비아에 도착하니 옌스 부인이 이미 과부가 되었다는 사실을 알게 되었소. 그 도시에서 피터가 살해되었다고 생각한 나는 당신을 만나려고 했지만 당신은 이미 요새에 거주하고 있었소. 경비병들은 무뚝뚝하게 나를 막았소. 그들은 내 말을 듣지 않으려 했고, 그래서 나는 작은 교회를 세우고 신도들에게 도시의 끔찍한 사건들에 대한 소식을 전해 달라고 부탁했소. 하지만 한 목수가 고해성사를 하러 우리 교회에 왔을 때 내 조사는 난관에 봉착했소. 목수는 어둠 속에서 스스로를 올드 톰이라고 부르는 속삭임을 들었다고 말했소. 올드 톰은 그를 유혹했고 몇 가지 작은 수고에 대한 대가로 그를 부유하게 만들어 주겠다고 제안했소. 목수는 하느님이 자신을 용서해 주실지 알고 싶어 했소."

신교 목사는 단숨에 이야기를 쏟아 냈고, 사라는 그가 숨이 막히지 않은 것에 놀랐다.

"그 목수 이름이 보세였나요?" 그녀가 물었다.

"그런 것 같기도 하오." 목사가 손을 흔들며 애매하게 대답했다. "그는 절름발이였소."

"그럼 보세가 맞아요." 사라가 확인했다. "목사님과 만났을 때 그가 문둥병을 앓고 있었나요?"

"아니오, 하지만 그건 분명 올드 톰이 저지른 짓일 거요." 샌더 목사의 두 눈이 분노로 이글거렸다. "올드 톰과 거래하는 자는 악마의 노예가 되어 버리오. 만약 올드 톰의 뜻을 거역하면 그들은 썩기 시작하고, 오직 그 명령에 복종해야만 살아남을 수 있소. 올드 톰은 문둥병자들을 전령으로 삼고, 그들은 올드 톰의 허수아비가 되는 거요."

리아는 걱정스러운 듯이 안절부절못했다. "엄마." 그녀가 낮은 목소리로 말했다. "아침 식사에 늦으면 안 돼요, 아빠가―"

"보세가 올드 톰에게 어떤 제안을 받았는지 목사님께 말했나요?" 리아에게 조용히 하라고 손짓하며 사라가 물었다.

"분명히 올드 톰은 사르담호에 승선할 계획이었지만 우선 준비를 해야 했소."

"어떤 준비를 했나요?" 크리지가 궁금해하며 물었다.

"그 내용은 말하지 않았소. 단지 올드 톰이 수년 동안 즐겁게 먹이로 삼을 수 있는 큰 고통을 계획했다고 내게 말했을 뿐이오. 목수는 그것에 대해 더 이상 알지 못했소."

목사는 가방을 풀어서 양가죽 표지로 묶인 책을 조심스럽게 꺼냈다.

"데몬로지카군요!" 크리지가 놀라며 말했다.

"데몬로지카가 뭐예요?" 리아가 책 쪽으로 다가오며 물었다.

"악마를 분류해 놓은 책이란다." 샌더가 소매로 표지의 먼지를 닦아 내며 대답했다. "악마들의 계급과 그것들이 사람들을 타락시키는 방법, 그리고 악마들을 퇴치하는 방법이 기록되어 있지. 이 책은 마녀사냥꾼의 가장 위대한 무기란다. 내 교단에 있는 사람들은 모두 사본을 한 권씩 보관하고 있지."

"저는 제임스 왕이 비슷한 목적으로 두꺼운 책을 편찬했다고 들었어요." 뼈만 남은 신교 목사의 어깨 너머로 데몬로지카를 살펴보며 리아가 말했다.

사라는 미소를 지었다. 겁에 질렸어도 그녀의 딸은 지식에 대한 호기심을 억누를 수 없었다.

"그 책은 불완전한 추측에 불과해." 샌더가 경멸하듯 말했다. "소문에서 이끌어 낸 결론을 모아 놓은 것이지." 샌더는 사랑스런 손길로 데몬로지카의 표지를 매만졌다. "내 교단의 회원들은 정기적으로 만나서 악마를 조사하는 과정에서 알게 된 지식을 공유하고 새로운 정보를 이 책에 기록한단다. 데몬로지카는 악마를 추적하는 모든 마녀 사냥꾼들이 평생에 걸쳐 쌓아 올린 지혜를 담고 있고, 오직 성경의 지혜만이 그것에 필적하지."

샌더는 떨리는 손가락으로 데몬로지카의 페이지를 넘겼다. 각각의 페이지들은 복잡한 그림들로 가득했고 화려한 라틴어 문자로 액자처럼 둘러싸여 있었다. 원하는 페이지를 찾은 후 샌더는 옆으로 비켜서서 여성들이 그림을 볼 수 있도록 해 주었다.

여성들은 놀라며 뒷걸음질을 쳤다. 리아는 혐오감을 토해 냈고, 크리지는 본능적으로 허공에 성호를 그었다. 사라마저도 눈을 피했다.

그 그림은 끔찍했다. 박쥐의 날개를 가진 벌거벗은 노인이 박쥐 머리의 늑대를 타고 있는 모습이었다. 늑대는 어린 소년을 위협하고 있었고, 노인은 발톱이 달린 손으로 늑대의 얼굴을 쓰다듬고 있었다. 고깔모자를 쓴 문둥병자들이 원형으로 그들을 에워쌌다.

"저 노인이 올드 톰인가요?" 혐오감에 몸을 떨며 사라가 물었다.

"그렇소." 샌더가 대답했다.

"만약 이런 괴물이 사르담호에 탑승했다면 우리가 그 사실을 모를리 없어요." 크리지가 믿을 수 없다는 듯이 말했다.

"이것은 악마의 여러 모습 중 하나지만 지금 돌아다니는 악마의 모습은 아니오." 목사가 말했다. "올드 톰은 우리들과 똑같은 인간의 모습으로 위장해 사르담호에 올라탔소."

"혹시 목사님은 올드 톰이―"

"승객 중 한 명을 지배하고 있을 거요."

침묵이 그들을 엄습했다.

"그 승객이 누구인지 아시나요?" 마침내 사라가 물었다.

신교 목사는 고개를 가로저었다. "그걸 알아내기 위해 내가 여기에 온 거요."

24

문을 두드리는 소리가 났고, 이사벨이 편지를 가지고 돌아와서 샌더 목사에게 건네줬다. 목사는 생각에 잠겨 객실 창문 밖을 응시하고 있던 크리지에게 그 편지를 건네주었다. 사라는 여전히 올드 톰의 그림을 바라보고 있었다.

크리지는 뭔가 날카로운 것이 삐져나올까 봐 조심스럽게 편지를 열었다.

편지의 내용을 읽자마자 그녀의 얼굴이 굳어졌다. "이건 내 남편의 도장이지만 그의 필체가 아니에요. 이 편지는 피터가 쓴 게 아니라고요."

"그게 무슨 뜻이오?" 샌더 커스가 물었다.

"목사님이 이곳으로 유인되었다는 뜻이에요." 사라가 쾅 하고 책을 덮으며 말했다. "바타비아에서 뭔가 목사님을 노리고 있었어요.

그래서 목사님을 사르담호로 유인했을 거예요. 그 이유가 뭔지 아시나요?"

충격으로 샌더의 다리가 휘청거렸고, 이사벨이 황급히 그를 부축했다.

"내가 그들 중 마지막 생존자요." 손으로 얼굴을 감싸며 신교 목사가 말했다.

"마지막 생존자?"

"마녀사냥 교단의 마지막 생존자." 그가 말했다. "피터가 죽은 후 그들은 활동을 시작했고 사고와 살인이 벌어졌소. 그들 중 몇몇은 사라졌고… 이제 내가 마지막으로 남은 사람이오. 나는 몇 년 동안 숨어 있었소. 신교 목사가 되기 위해 이름을 바꾸고 천직을 버렸소."

"목사님이 숨어 계셨다면 이 편지를 위조한 사람은 어떻게 목사님을 찾아낸 걸까요?" 크리지가 물었다.

"내 교단은 광범위한 지역을 조사했고, 모든 메시지를 악셀에 있는 교회로 보냈소. 우리는 메시지를 확인하기 위해 몇 달에 한 번씩 그곳에 들러야 했소. 나는 거기서 피터가 보낸 편지를 발견했지만, 편지를 그곳에 두고 가는 사실을 알고 있는 건 내 교단에 소속된 사람들뿐이오."

"제 남편은 죽기 전에 고문을 당했어요." 크리지가 고통스럽게 말했다. "그때 교단에 소속된 사람들의 이름을 자백했을지도 몰라요."

"그렇다면 나는 올드 톰에게 쫓기고 있는 거요." 샌더가 말했다. 그는 눈에 불꽃을 번뜩이며 이사벨을 힐끗 쳐다보았다. "그 악마는 신의 판단에 자신을 내던짐으로써 중대한 오판을 저질렀소."

"목사님이 먼저 그자를 찾아야 해요." 샌더의 광신도 같은 눈빛에 불안해하며 사라가 말했다. "만약 올드 톰이 이 배에서 누군가를 지배하고 있다면 목사님은 왜 우리를 의심하지 않는 건가요?"

샌더는 사라를 뚫어지게 바라보았다. "부인들은 그리 중요한 사람이 아니기 때문이오." 그가 퉁명스럽게 말했다. "올드 톰은 자존심이 강하오. 그가 지배하는 자들은 권력자이거나 힘이 센 사람들이오. 그들은 올드 톰이 원하는 곳으로 갈 수 있을 만큼 충분한 영향력을 가지고 있고, 올드 톰이 그들을 지배하는 시간이 길어질수록 그 영향력은 커지게 되오. 그림자들이 갑판을 가로질러 우리를 따라오는 것처럼 올드 톰은 적개심과 파멸을 불러올 것이오. 나는 당신에 관한 이야기를 들었소, 사라 부인. 남편이 당신을 때린다는 이야기, 그렇지 않소?"

사라의 얼굴이 굳어졌다. 샌더는 가차 없이 말을 이었다. "사라 부인이 올드 톰의 편이라면 올드 톰은 총독이 그런 일을 저지르는 것을 결코 용납하지 않았을 거요. 옌스 부인은 전 남편 때문에 악마의 편이라는 의심을 벗어났소. 피터 플레처는 올드 톰을 가장 잘 알고 있는 최고의 전문가였고 미인계에 속지 않았을 것이오."

"피터 플레처가 살해된 후 올드 톰이 크리지 이모를 지배했을 수도 있잖아요?" 침대 위에 걸터앉은 리아가 물었다.

크리지는 리아를 힐끗 쏘아보았고 리아는 어깨를 으쓱했다. "이모가 악마라고 믿는 건 아니지만 누군가는 이 질문을 해야 하잖아요." 소녀가 진지하게 말했다.

"올드 톰에게 영혼을 팔아넘긴 자만이 악마의 힘을 얻을 수 있소. 하지만 나는 당신이 그런 힘을 얻었다는 걸 암시하는 증거를 당신 주변에서 거의 발견할 수 없었소." 신교 목사가 말했다. "이사벨도 같은 이유로 의심에서 벗어났소. 내가 이사벨을 제자로 삼아 내 교단으로 받아들였을 때 그녀는 거지였소."

"그렇다면 샌더 커스 목사님," 사라가 물었다. "왜 우리가 목사님을 믿어야 하지요?"

사라는 신교 목사가 화를 낼 거라고 생각했지만 그는 유쾌하게 웃었다. "마녀사냥꾼이 될 만한 자격이 있는 질문을 하시는구려." 그가 말했다. "만약 내가 올드 톰이라면 내가 가진 정보를 누설할 이유가 없을 거요. 게다가…" 샌더는 자신의 누더기 옷을 가리켰다. "마녀사냥은 큰 돈벌이가 되지 않소. 나는 이 배에 승선하기 위해 바타비아에 있는 나의 신도들에게 상당한 헌금을 요청해야 했소."

리아가 조급해했다. "엄마, 가야 해요. 아침 식사에 늦겠어요."

"아직 시간이 조금 남았어." 사라가 말했다. "올드 톰이 누구를 지배하고 있는지 모르신다면 아렌트를 부르자고 제가 제안했을 때 목사님은 왜 그렇게 심한 거부반응을 보이신 건가요?" 사라가 물었다. "아렌트는 강한 사람이지만 새미 탐정의 조수에 불과하잖아요. 게다가 저는 그에게서 명예롭지 못한 행동이나 용기 없는 행동, 친절하지 못한 행동을 거의 보지 못했어요."

사라가 아렌트를 강하게 옹호하자 크리지는 깜짝 놀랐다. 사라도 스스로의 말에 놀랐다. 사라와 아렌트는 서로 알게 된 지 하루밖에 지나지 않았다. 그들은 불타는 문둥병자 시체 옆에서 만났다. 사라에게 아렌트는 가장 잔혹한 남편의 사랑스러운 조카였다. 그녀가 아렌트에 대해 아는 것이라고는 새뮤얼 핍스에 대한 충성심, 그녀가 소녀였을 때 즐겨 부르던 노래를 연주할 수 있다는 것, 그리고 부두에서 그녀를 도와준 대가를 거절한 것 외에는 전혀 없었다.

"아렌트의 겉모습에 속아서는 안 되오." 사라를 꾸짖으며 샌더가 말했다. "악마들은 온갖 방법으로 위장을 한다오. 나는 그런 걸 몇 번이나 보았소. 스스로를 매력적으로 만드는 것이 악마들의 수법이기 때문에 우리는 기꺼이 그들을 따라 지옥으로 가는 것이오." 샌더는 콧등을 매만졌다. "아렌트가 악마라는 말이 아니라 다만 그럴 가능성도 있다는 뜻이오. 부유한 승객이나 선원 중 누구라도 악마의 화신이 될 수 있소. 올드 톰과 거래를 하는 영혼은 누구나 그 악마의 가면이 될 수 있다오. 30년 전 프로방스에서 피터는 악마에게 지배당한 귀족들을 추적하면서 귀족들이 악마에게 얼마나 쉽게 영혼을 팔아 버리는지를 깨닫고 끊임없이 놀랐소. 아렌트 헤이즈는 유명한 군인이었고 피비린내 나는 삶을 살았소. 새뮤얼 핍스를 통해 그는 이 땅의 어떤 왕에게도 접근할 수 있소. 그러니 그를 의심하지 않을 수가 없소."

"그런데 올드 톰이 지배할 가치가 없는 우리 세 명의 힘없는 여자들이 목사님을 어떻게 도울 수 있다고 생각하시나요?" 크리지가 짓궂게 물었다.

"우리는 악마의 정체를 밝혀내야 하오."

"어떻게요?"

"의심을 해야 하오. 이 악마는 변덕스러운 놈이며 사악한 존재로서 가는 곳마다 고통을 퍼뜨리고 있소. 하지만 숨어 있어도 본성을 오래 감출 수 없는 법이오. 궁지에 몰리면 악마가 모습을 드러낼 것이오."

"그다음에는요?"

"내가 그 악마를 죽일 거예요." 이사벨이 말했다.

샌더가 말을 이었다. "올드 톰은 육체를 지배하게 되면 죽어서도 그것을 포기하지 않소. 내 말이 의심스럽다면 보세의 경우를 떠올려 보시오. 영혼을 구원하기 위해서는 육체를 살해하고 그다음에 데몬로지카에 적혀 있는 퇴마 의식을 수행해야 하오. 그러면 올드 톰은 어떤 어리석은 자가 다시 소환할 때까지 지옥으로 보내질 것이오."

샌더는 다음 페이지로 책을 휙 넘기고 사라에게 보여 주었다.

그 페이지는 비극적인 세 부분으로 나뉘어 있었다. 첫 번째 부분은 텅 빈 오두막집에서 울부짖는 어머니들로 가득 찬 마을이었다. 문둥병자들이 아기들을 숲으로 데려갔고 그곳에서 올드 톰이 그들을 기다리고 있었다. 두 번째 부분은 강물이 불타는 그림이었고, 마지막 세 번째 부분은 밭을 가꾸는 남자들과 농작물이 뱀으로 변신하는 그림이었다.

"책을 닫으세요, 제발!" 역겨움에 얼굴을 돌리며 크리지가 소리쳤다.

샌더는 그녀의 외침을 무시하며 말을 계속했다. "올드 톰이 자신의 존재를 공표한 이상, 세 개의 불경스러운 기적이 뒤따를 것이오. 그 기적은 각각 꼬리 달린 눈의 상징으로 드러날 것이오. 그 상징은 우리에게 악마의 힘을 과시하기 위한 것이오."

"모세에게 나타난 불타는 덤불처럼 말이에요." 이사벨이 한마디 거들었다.

"불경스러운 기적이 시작되면 끔찍한 행위에 대한 보상으로 우리 마음에 욕망을 속삭이는 올드 톰의 목소리를 듣게 될 것이오."

목사는 페이지를 넘겼다.

마을이 불타고 시체가 땅 위에 쌓여 있었다. 마을 사람들은 횃불로 집에 불을 지르면서 괭이와 쇠스랑으로 서로를 공격하고 있었다. 문둥병자들은 주위를 둘러싼 채 손을 잡고 기뻐하며 살육을 바라보고 있었다. 그리고 그들 뒤에서 악마가 혀를 내민 채 배회하고 있었다.

"세 번째 불경스러운 기적이 행해진 후 올드 톰에게 영혼을 팔지 않은 사람은 영혼을 팔아 버린 자들에게 학살당할 것이오." 샌더가 말했다. "살아남은 자들은 다른 곳으로 보내져서 악마의 씨를 뿌리게 될 것이오. 우리가 행동하지 않으면 사르담호에서 그런 일이 벌어질 것이오."

사라는 손을 내밀어 그림을 쓸어 내렸다. 죽은 사람들 가운데서 그녀가 사랑하는 사람들의 모습이 떠올랐다. 눈물이 그녀의 뺨을 적셨다.

"불경스러운 기적은 언제 시작되나요?" 사라가 눈물을 닦아 내며 물었다.

"나도 확실하게는 모르오." 신교 목사가 말했다. "우리가 지체할 수 없는 이유도 바로 그 때문이오. 올드 톰은 이 배에 타고 있고, 그 악마를 찾아내지 못한 채 시간이 흐를수록 우리는 파멸에 가까워질 것이오."

25

"네 의견은 어떠하냐?" 얀 하안이 테이블을 쾅 치자 접시들이 덜컹거렸다.

"삼촌, 제가 감히 어떻게—" 아렌트가 머뭇거렸다.

"말해 보거라." 총독이 웃으며 말했다. "내가 틀렸다고 말해도 괜찮다."

사라는 옆에 앉은 딸이 아버지를 응시하기 위해 몸을 앞으로 숙이는 걸 느꼈다. 딸의 얼굴에는 혼란의 기색이 역력했다. 여느 때처럼 그들 가족은 아침 식사를 위해 모였다. 그건 가족이 하루에 단 한 번 함께하는 식사였다. 그럴 때면 대개 남편이 조용히 식사를 하는 동안 사라와 리아가 이야기를 나누었다. 얀 하안은 그들 모녀로부터 자유로워지기 위해 예의범절이 허락하는 한 빨리 음식을 먹어 치웠다.

하지만 오늘 아침은 달랐다. 모녀는 산만해져 있었다. 모녀의 생각은 여전히 샌더 커스의 이야기를 떠올리고 있는 한편, 총독은 즐거움에 넘쳐 있었다.

돌과 먼지 냄새가 나는 요새의 식당과는 달리 그들은 네 개의 격자창을 통해 햇빛을 받으며 지휘실에서 식사를 하고 있었다. 바다는 청록색이었고 배의 물결은 바타비아로 이어지는 오솔길을 형성하고 있었다. 혹은 사라가 그렇게 상상하기를 좋아했다.

하지만 그녀의 남편이 유쾌한 진짜 이유는 조카 덕분이었다. 그의 조카는 테이블 반대편에 앉아 보통 남자 두 몫의 자리를 차지하고 있었다.

가족 예절을 모르는 아렌트는 삼촌과 농담을 나누기 시작했고, 그는 사라가 다른 누구에게서도 들어 보지 못했던 방식으로 총독에게 말을 건넸다. 총독은 격식을 차리는 사람이었지만, 아렌트와 함께 자란 프리지아를 떠올리며 들뜬 반응을 보였다. 얀 하안은 스페인 독립전쟁 이야기와 상인이 되었던 이야기, 그리고 그 후에 바타비아의 총독이 된 이야기를 조카에게 들려주었다.

아렌트가 동석하자 총독은 마치 다른 사람이 된 것 같았다.

"너는 그 분쟁을 어떤 식으로 처리했겠느냐?" 그녀의 남편이 강하게 물었다. "어서 말해 보거라, 아렌트. 너는 명예로운 사람으로 알려져 있지. 그리고 너의 할아버지는 너를 그냥 지나칠 수 없을 정도로 영리하다고 생각하셨다. 너라면 어떻게 했겠느냐?"

"저는 그렇게 하는 걸 원하지 않았을—"

"여보," 사라가 조심스레 끼어들었다.

"신경 쓰지 말거라, 아렌트. 식사나 하시오, 부인." 총독이 아내에게 짜증을 내며 말했다. "이건 친밀한 대화고 나는 내 조카에게 솔직하게 묻고 있는 거요."

"피는 분쟁을 해결하는 나쁜 방법입니다." 아렌트가 조용히 말했다. "누구든지 자기가 경작한 곡식을 먹고, 그것을 좋은 가격에 판매할 수 있는 권리가 있습니다. 저는 왜 회사가 그 권리를 존중하지 않았는지 이해할 수 없습니다."

총독은 포도주를 한 모금 더 마셨다. 딱히 기분이 상한 것 같지는 않았다. 오히려 사색적인 것처럼 보였다.

"하지만 너는 전에 사람들을 죽인 적이 있지," 총독이 말했다. "죽이라는 명령을 따른 것이냐?"

"네, 깃발을 들고 돌진하는 자들이었습니다." 아렌트가 분명히 불편해하며 대답했다. "저를 먼저 죽이려는 자들."

"네가 대가를 받고 죽인 자들. 그것이 용병의 의무이지, 돈과 계약. 안 그러냐?"

"네."

"반다 제도 사람들은 계약을 파기했어." 얀 하안이 몸을 앞으로 내밀고 두 손을 맞잡으며 말했다. "우리는 그들에게 향신료를 재배해서 공급하도록 돈을 지불했지. 하지만 보트가 짐을 나르기 위해 도착했을 때 그들은 우리 병사 두 명을 죽이고 보트를 빼앗아 달아났다."

사라의 입술이 움찔했지만 그녀의 말은 입 밖으로 나오지 않았다. 그녀는 자신의 분노를 표출해서는 안 된다는 걸 알고 있었다. 그녀의 남편은 대화에서 반다 제도 이야기를 자주 꺼냈고 자신이 한 끔찍한 일에 상대방이 동의하도록 만들었다.

총독은 상대방이 굴복하는 모습을 보고 즐기는 사람이었다.

"계약이 공정하지 않았기 때문입니다." 아렌트가 반박했다. "주민들에게 주어지는 보수가 형편없었고, 주민들은 미래를 걱정하고 있었겠지요. 삼촌의 부하들은 무력으로 작물을 빼앗으려 했습니다."

총독은 어깨를 으쓱했다. "주민들은 계약서에 서명을 했다. 거래 조건을 알고 있었지."

"당신이 그들에게 공정한 대가를 지불할 수도 있었잖아요." 자신의 대담함에 놀라면서 사라가 말했다.

"반다 제도는 끔찍한 곳이오." 그녀의 남편이 차갑게 말했다. "영국에서 가져온 구슬을 사는 데 돈을 낭비하는 그들에게 재물이 무슨 소용이 있겠소? 그들은 예술도 없고, 문화도 없고, 논쟁도 없소. 그들은 하느님이 인간을 진흙에서 만들어 내실 때에 처음 존재했던 깃과 같이 미개한 존재요."

총독은 한심하다는 듯 고개를 저으며 다시 조카를 응시했다. "우리가 그들을 그렇게 내버려 둬야 하겠느냐? 회사는 단순히 부를 가져다주는 곳이 아니라 문명을 전해 주는 곳이다. 문명은 어둠 속의 빛이지."

"사회는 계약과 서로에 대한 약속, 그리고 그 약속에 대해 지불하는 대가를 바탕으로 형성된다. 물론 미개한 사회는 문명을 배워야 하지. 그게 내가 한 일이고 네 할아버지가 한 일이다. 반다 제도 사람들은 피로 잉크를 적셨고 나는 그들이 저항하는 걸 용납할 수 없었다. 내가 만약 그들의 저항을 허락했다면 다른 부족들도 따라서 저항했을 테니까. 계약은 아무 의미도 없었을 테고 회사의 미래는 위태로워졌겠지."

"삼촌께서는 섬 전체를 쓸어버리셨습니다." 삼촌의 냉혹함을 이해할 수 없다는 듯이 아렌트가 말했다.

"그래. 남자, 여자 그리고 아이들도 쓸어버렸지." 총독은 한 마디한 마디를 내뱉을 때마다 탁자를 주먹으로 쾅 쳤다. "한 번에 모조리 다 죽이면 또 다른 죽음이 필요하지 않아. 그래서 싹을 잘라 버린 것이다."

아렌트는 삼촌을 쳐다보기만 했다.

대화는 침묵으로 흘렀고 사라는 접시로 관심을 돌렸다. 그녀 앞에는 소금에 절인 생선과 치즈, 빵과 약간의 포도주가 놓여 있었다. 그녀는 포도주를 싫어했고 바타비아에서 마시던 잼부 주스를 훨씬 더 좋아했다.

얀 하안은 고개를 저으며 사라를 힐끗 쳐다보았다. "부인, 당신이 옳았소." 그가 점잖게 말했다. "반다 제도 이야기는 즐거운 만남에 어울리지 않는 너무 어두운 주제였소." 총독은 고개를 내밀었다. "사랑하는 나의 조카야, 내 실수를 사과하마."

사라는 포도주에 목이 막힐 뻔했다. 그녀의 남편은 누구에게도 사과한 적이 없었다. 칭찬도 한 적이 없었다. 그는 용인도 묵인도 한 적이 없었다.

사라는 테이블 아래로 리아의 손을 꽉 쥐었다. 딸이 평생 갈망하던 애정을 헤이즈 중위는 넘칠 만큼 받고 있었다.

"조사는 어떻게 진행되고 있느냐?" 총독이 닭고기 뼈를 발라내며 물었다. "악마가 왜 이 배를 위협하는지 알아냈느냐?"

"아직은 아닙니다." 아렌트가 본능적으로 사라를 힐끗 쳐다보며 인정했다. "우리는 문둥병자의 이름이 보세라는 사실을 알고 있습니다. 보세는 사르담호의 선원이었고, 갑판장 요하네스 와이크의 칼에 혀가 잘려 나갔습니다. 우리는 보세가 올드 톰과 은밀한 거래를 했다는 사실도 알아냈습니다. 새미는 보세가 죽은 원인을 밝혀낸다면 이 모든 사건을 해결할 수 있을 거라고 믿고 있습니다."

"이 악마를 만만한 놈으로 착각하지 말거라." 총독이 테이블을 바라보면서 경고했다. 테이블 위에는 빵 한 덩이와 커다란 칼이 놓여 있

225

었다. "프로방스를 공격했을 때 그 악마는 사람들의 욕망을 자신에게 유리한 쪽으로 이용했지. 원한을 품거나 다른 사람의 재물을 탐내는 사람들을 이용해서 말이다. 그런 사람들은 이 배를 노리는 악마의 먹잇감이란다." 총독이 닭고기를 물어뜯으며 말했다. "날 믿어라, 아렌트. 이 악마는 네가 이전에 상대했던 어떤 놈들보다 훨씬 더 사악하고 교활한 존재야."

사라는 리아와 두려운 눈빛을 교환했다. 이것이 올드 톰의 언어일까? 그 악마가 이들과 어울리고 있는 걸까?

"그러면 저는 새미를 감방에서 풀어 달라고 다시 한번 삼촌께 간청드려야겠군요." 바타비아 과일 한 그릇을 앞으로 가져오며 아렌트가 말했다. "저 혼자서는 이 사건을 해결할 수 없습니다."

총독은 우걱우걱 음식을 씹었다. "나는 어제의 논쟁을 반복하고 싶지 않구나." 그가 경고했다. "너는 내 기분을 알지 않느냐."

나머지 아침 식사에서는 불안이 가라앉았고 결론에 도달했다. 아렌트는 마지못해 내일 다시 참석하기로 동의했고, 총독은 화가 난 듯 자신의 선실로 향했다. 총독이 나가자 사라는 아렌트와 이야기를 나누려고 테이블 반대편으로 다가갔다. 아렌트는 마치 불가능한 수수께끼라도 본 것처럼 삼촌의 의자를 바라보고 있었다.

"삼촌은 정말로 양심의 가책을 느끼지 않았어요." 사라가 옆으로 다가오자 아렌트가 말했다. "그 많은 사람들을 학살하고도 그것이 옳은 일이라고 생각하고 있습니다."

사라와 리아는 시선을 교환했다. 그들이 아는 누구도 총독의 냉혹함에 아렌트처럼 놀라지 않았다. "남편은 양심의 문제로 고민한 적이 한 번도 없어요." 사라가 말했다.

"제가 어렸을 때 그분은 이러지 않았습니다." 아렌트가 추억을 떠올리며 말했다. "그분은 제 인생에서 가장 자상한 분이셨습니다. 삼촌께서 이렇게 되신 게 언제부터입니까?"

"15년 전, 우리가 처음 만난 날부터 그랬어요." 사라가 말했다.

"그럼 삼촌 안에서 뭔가가 변했군요." 아렌트가 씁쓸하게 중얼거렸다. "지금의 삼촌은 제가 어렸을 적에 기억하던 그분이 아닙니다."

26

아렌트, 사라, 리아는 선미 갑판 아래 칸을 지나 햇빛을 받으며 함께
걸어갔다. 하늘은 푸르렀고 사르담호는 순풍을 타고 나아갔다.

경비 대장 드레히트는 병사들을 중앙 갑판에 집합시킨 다음 상자
에서 무기를 나눠 주고 있었다. 그는 매일 병사들을 훈련시키기로 계
획했다. 날카로움을 유지하기 위해서라기보다는 집중시킬 일이 필요
했다. 지루함은 모든 것을 태워 버릴 수 있는 불꽃이었다.

"어젯밤에 무슨 일이 있었나요?" 리아가 물었다. "아무도 우리에
게 이야기해 주지 않으려 해요."

"또 다른 배가 나타났단다." 아렌트가 대답했다. 그의 머릿속에는
여전히 삼촌에 대한 생각이 가득했다. "그리고 나서 동트기 전에 다
시 사라졌지."

"올드 톰의 배였나요?" 리아가 다시 물었다.

"아무도 모른단다. 무슨 색깔인지 파악하기에는 거리가 너무 멀었어."

"아마도 올드 톰의 배일 거예요." 리아가 중얼거렸다. "어젯밤 바람은 남풍이었고, 화물을 가득 실은 동인도 선박의 무게는—"

"리아!" 사라는 딸에게 경고했다.

"저는 그저 그 배가 그토록 짧은 시간에 우리 시야를 벗어나 항해할 수 없다는 말을 하려던 거였어요." 얼굴을 붉히며 리아가 말했다.

사라는 얼굴에서 두려움을 감추려고 애썼다. 이렇게 무심코 중얼거리는 말들이 리아의 영리함을 드러냈고, 그녀의 남편이 리아를 요새 안에 가두도록 만들었다. 리아는 어렸을 때 여러 번 마녀로 고발당했다.

사라는 화제를 돌렸다. "당신이 발견한 것을 새미 핍스에게 말했나요?"

"'우리'가 발견한 것을 말했습니다." 아렌트가 정정했다. "새미는 우리가 답을 찾기를 바라는 몇 가지 질문을 던졌습니다."

"우리?" 사라가 놀라며 말했다.

아렌트는 당황했다. "죄송합니다, 저는 부인께서 그러기를 원하시는 줄 알고…" 그는 불확실하게 말을 흐렸다.

"그래요, 원해요." 사라가 재빨리 대답하면서 안심할 수 있도록 아렌트의 팔을 가볍게 쓸어내렸다. "정말로요. 난 그저 익숙하지 않아서…" 사라의 녹색 눈이 아렌트의 얼굴을 살펴보며 뭔가 감추는 게 있는지 찾아내려 했다. "아주 오랫동안 제 말을 잡담 이상으로 받아들여 주는 사람이 없었어요."

"저 혼자서는 이 문제를 해결할 수 없습니다." 아렌트가 시선을 마주치지 못하고 말했다. "부인께서는 적절한 질문을 하는 재능이 있습니다. 가능하다면 저를 도와주시길 바랍니다."

"대부분의 남자들은 여자가 나설 일이 아니라고 말할 거예요." 반감 어린 어조로 사라가 말했다.

"제 아버지도 그런 남자들 중 한 명이셨습니다." 아렌트가 인정했다. "그분은 제게 여성은 나약한 존재이며, 하느님께서 고의로 약하게 만들어서 남자로 하여금 그들의 미덕을 증명하게 했다고 말씀하셨습니다. 그 말은 충분히 옳게 들렸습니다, 전쟁터에서 남자들이 목숨을 구걸하는 동안 여자들이 그들의 땅을 빼앗으려는 기사들에게 괭이를 휘두르는 광경을 보기 전까지는 말입니다." 아렌트의 어조가 굳어졌다. "강함과 나약함에 있어서 성별은 아무런 상관이 없습니다. 나약하면 살아남을 수 없습니다."

아렌트의 말은 긴 겨울이 지난 뒤 식물에게 처음으로 닿는 태양의 손길처럼 사라에게 다가왔다. 그녀의 등이 곧게 펴졌다. 사라는 턱을 들었다. 그녀의 눈은 반짝였고 피부에는 혈색이 돌았다. 바타비아 요새에서 사라는 영혼을 침대에 두고 온 것처럼 공허함을 느끼며 잠에서 깨어났다. 그런 날이면 복도를 끝없이 돌아다니고 창문 밖을 내다보며 성벽 너머에 있는 자유로운 세상을 갈망했다.

사라는 문지기 몰래 마을로 나갔다가 어두워진 후에 돌아오곤 했고, 남편에게 발각되어 매질을 당했다. 그러나 아렌트와 이야기를 나누면서 그녀는 공허함을 채울 수 있었다. 그녀는 넘치는 생명력으로 심장이 터질 것 같았다.

"제가 어떻게 도와드리면 되나요?" 사라가 물었다.

"몇 가지 방법이 있습니다. 우리는 보세에 대해 더 알아낼 필요가 있습니다. 그가 어디 출신인지, 친구는 누구이며, 친구와 올드 톰이 그에게 무엇을 요구했는지를 파악해야 합니다. 새미는 이 사건에서 보세를 희생자로 보고 있습니다."

"저녁에 고위 관리들과 얘기해 볼게요." 사라가 말했다. "포도주가 그들의 혀를 풀어지도록 만들 거예요. 또 다른 것은요?"

"새미는 삼촌을 비롯해서 올드 톰과 연결된 많은 사람들이 왜 이 배에 타고 있는지 알고 싶어 합니다. 부인께서는 남편이 어째서 다른 배가 아닌 사르담호에 승선하려 했는지 아십니까?"

"남편은 크로웰스 선장을 매우 신뢰해요." 바람에 흔들리는 모자를 손으로 고정시키며 사라가 말했다. "선장은 레이니어 반 슈텐에게 어떤 화물을 실은 것에 대해 말했어요. 반 슈텐은 배에 탑승하자마자 그 화물을 확인하러 갔어요."

"포세이돈?"

"아니요, 다른 것. 좀 더 큰 것."

"저는 크로웰스 선장이 그 화물에 대해 불평하는 소리를 들었습니다. 그것 때문에 식량을 저장할 공간이 부족하다고 투덜거렸습니다. 그 화물이 뭔지 아십니까?"

"모르겠어요. 하지만 알아내려고 애써 볼게요. 당신은 어떻게 하실 건가요?"

"보세가 올드 톰과 어떤 거래를 했는지 알아보려고 합니다. 그런 다음에 요하네스 와이크를 설득해서 락사가르가 무슨 뜻인지 알아내야 합니다."

"필요하면 그에게 뇌물을 주셔도 돼요. 저는 많은 보석을 갖고 있어요."

사라는 음모를 꾸미는 듯한 미소를 지었고 아렌트는 자신도 모르게 따라 웃었다. "그걸 꼭 언급하겠습니다. 오늘 저녁 식사 후에 선미 갑판으로 다시 올라올 수 있겠습니까?" 아렌트는 그렇게 묻고 있는 자신의 모습에 어색함을 느꼈는지 헛기침을 했다. "제 말은 우리가 각자 알아낸 사실을 공유하자는 뜻입니다."

"알겠어요." 사라가 고개를 끄덕이자, 아렌트는 당황해서 쫓기는 듯한 표정으로 발걸음을 옮겼다.

"저 아저씨는 악마처럼 보이지 않아요." 아렌트를 바라보며 리아가 말했다. 그는 아치 사이로 몸을 굽혀 최하 갑판으로 향하는 계단을 내려가고 있었다.

"나도 그래." 사라가 인정했다.

"저 아저씨에게 믿음이 가요."

"맞아," 사라가 말했다. "나도 그래."

"엄마는 저 아저씨에게 우리 계획을 말해야 한다고 생각하세요?"

"그건 안 돼!" 사라가 소리쳤다. 그런 다음 좀 더 부드럽게 말했다. "그건 우리들만의 일이야. 너와 나 그리고 크리지의 일." 사라의 날카로운 어조가 그들 사이에서 산맥처럼 솟아올랐다. "미안해, 사랑하는 우리 딸." 사라가 리아의 어깨에 머리를 기대며 말했다. "네게 소리 지르지 말았어야 했는데."

"그래요, 그건 아빠의 습성이에요."

사라는 딸을 바라보며 슬프게 웃었다. "오래가지는 않을 거야." 사라의 얼굴에서 미소가 사라졌다. "필요한 건 모두 갖고 있니?"

"네. 그건 아주 간단한 일이에요."

"네게만 그렇지." 사라는 습한 공기 속에서 이상하게 차가운 손으로 딸의 검은 머리카락을 어루만졌다. "오늘 밤부터 시작하자."

모녀는 선미 갑판으로 올라갔다. 고급 객실을 지키는 머스킷 총병 에거트는 두피에서 딱지를 떼느라 바빴다. 그는 마지막 순간까지 총독 가족을 알아보지 못하다가 깜짝 놀라서 창을 떨어뜨릴 뻔했다. 그리고 창이 떨어지는 걸 막으면서 어설픈 경례를 하려다가 하마터면 자신을 찌를 뻔했다.

모녀는 선미루 갑판에서 크리지와 도로테아가 이야기하는 모습을 보았다. 무언의 동의 속에서 모녀는 계단을 올라갔고 친구들은 가축 우리에 등을 기대고 앉아 있었다. 도로테아는 오스버트의 재킷을 꿰매고 있었고 크리지는 머리 위에 파라솔을 펼치고 무릎에서 코바늘로 자수를 놓고 있었다.

"아렌트가 정말 악마의 화신일까?" 모녀를 바라보며 크리지가 물었다.

"만약 그렇다면 아렌트는 정체를 숨기는 일을 정말 잘하고 있는 거야." 사라가 말했다. "아이들은 어디 있니?"

"보즈와 함께 화물칸을 구경하고 있어." 항상 시종장에게 사용하는 경멸 어린 말투로 크리지가 말했다.

"보즈? 그가 아이들을 좋아해?"

"아이들을 좋아한다기보다는 내게 깊은 인상을 주려고 애쓰는 것 같아. 어쨌든 아이들은 화물칸을 구경하고 싶어 했고, 보즈가 아이들을 마치 강아지처럼 부르는 걸 보면 재미있어."

"아빠야말로 악마의 화신인 것 같아요." 리아가 말했다. 그녀는 분명 머릿속으로 아까 엄마와의 대화를 계속하고 있었다.

"뭐라고?" 크리지가 물었다. 그녀는 놀라면서 리아의 말이 맞는지 잠깐 동안 고민했다.

"아가씨의 아버님은 악마가 아니에요." 도로테아가 바늘에 찔린 엄지손가락을 빨며 조심스럽게 참견했다. "저는 그분의 냉혹함과 오랫동안 함께해 왔어요. 그건 그분만의 고유한 특성이에요. 절 믿으세요."

233

"아렌트는 삼촌이 변했다고 말했어." 사라가 생각에 잠기며 말했다. "도로테아, 얀 하안이 달라진 걸 기억해?"

"달라진 것이요?"

"예전에는 친절했었잖아."

"저는 그 소년이 이미 전쟁에 나간 후에 고용되었어요." 도로테아가 말했다. "만약 총독님에게 친절이 남아 있다 해도 그건 조카에게만 베푸는 선물이에요."

"왜 아빠가 악마일 수 없다는 건가요?" 리아가 끈질기게 몰았다. "신교 목사는 올드 톰이 악마의 본성을 감출 수 없을 거라고 말했잖아요."

"사실은, 누구나 악마가 될 수 있단다." 사라가 바다를 응시하며 말했다. "우리가 아는 한 샌더 커스는 거짓말을 하고 있어. 내가 만약 올드 톰이라면 의심의 방향을 다른 곳으로 향하게 할 거야. 아니면 그건 더 큰 악행을 저지르기 위한 속임수일 수도 있어."

바다에 반사된 사르담호는 유령 선원들과 유령 사라에게 점령당한 채 일렁이고 있었다. 이 각도에서 볼 때 사르담호는 아름다운 배였고 녹색과 빨간색 페인트가 칠해진 첫날만큼 신선해 보였다. 실제로 그 착시 현상은 뒤틀린 판자와 빛바랜 페인트가 칠해진 진짜 사르담호를 유령선처럼 보이게 만들었다.

"나는 샌더 커스 목사의 데몬로지카가 사실이라고 생각해." 크리지가 사라에게 부드럽게 기대면서 말했다. "내 전 남편도 비슷한 책을 갖고 있었어. 그리고 샌더 목사가 거짓말을 했다면 왜 우리에게 그를 여기로 유인한 가짜 편지를 보여 주었을까? 물론 샌더 목사는 내가 그 편지를 꿰뚫어 볼 거라는 사실을 알고 있었을 거야."

"샌더 목사는 거짓말을 하는 게 아니에요." 도로테아가 단호하게 말했다. "거짓말은 두 가지 방법밖에 없어요. 너무 날카롭거나 너무 부드럽지요. 그분은 단호하게 말했어요. 그분은 정직했어요. 게다가 그분은 신교 목사예요." 적어도 도로테아에게는 그 직함이 그의 결백을 나타내는 충분한 증거로 보였다.

"목사라는 건 그의 주장일 뿐이고 확인된 사실이 아니야." 사라가 중얼거렸다.

"이제 정말 엄마는 핍스 탐정님처럼 말씀하시네요." 리아가 웃으며 말했다. "그는 이야기 속에서 늘 그런 식으로 말을 하잖아요."

크리지가 사라의 어깨에 손을 갖다 대며 말했다. "우리가 어떻게 했으면 좋겠어?"

사라는 돌아서서 자신에게 쏠린 친구들의 간절한 눈빛을 바라보았다. 그들의 눈빛은 촛불과 같았고 불꽃을 피울 준비가 되어 있음을 주장하고 있었다. 아무리 무모해 보여도 그건 짜릿한 모험이었다. 그녀가 항상 꿈꿔 왔던 삶이 눈앞에 있었다. 여자라는 이유로 부정당해 왔던 바로 그 삶이.

사라의 등줄기에 공포인지 흥분인지 모를 소름이 쫙 끼쳤다. 올드 톰은 나를 자신의 목록에 추가하려고 애쓰지 않았을 거야, 그녀는 생각했다. 만약 올드 톰이 그녀에게 이런 삶을 약속해 줄 수 있다면 그녀는 무슨 대가든 지불할 용의가 있었다.

"이 일은 위험할 수도 있어." 사라가 경고했다.

"우리는 사악한 사람들로 가득 찬 배에 올라탔어." 자신의 예감을 확인하기 위해 다른 세 사람을 바라보며 크리지가 말했다. "악마가 위협하지 않더라도 이곳은 어차피 위험해. 아무것도 안 하면 우린 끝장이야. 사라, 이제 우리 어디서부터 시작할까?"

27

사라와 리아는 객실로 향했고 복도 끝에 있는 외로운 촛불이 흔들렸다. 사라는 사르담호의 음침한 분위기가 싫었다. 그 분위기는 마치 그곳을 걸어온 수천 구의 더러운 시체들이 어떻게든 얼룩을 남기려는 것처럼 그들이 탄 배에 진하게 배어 있었다.

그녀가 이런 느낌을 리아에게 말하려고 할 때 달바인 자작 부인의 객실에서 기침 소리가 새어 나왔다.

"엄마는 달바인 부인이 올드 톰일 수도 있다고 생각하세요?" 리아가 물었다.

사라는 의심스러운 눈빛으로 6호실을 바라보았다. 도로테아는 오늘 아침 그곳에서 이상한 소리를 들었다고 주장했지만 이틀이 지나도록 아무도 달바인 부인을 보지 못했다. 분명히 달바인 부인은 병을 앓고 있었지만 그 병이 무엇인지 아는 사람은 탑승자 중에 한 명도 없었다. 호기심에 불탄 크리지가 저녁 식사 때 크로웰스 선장에게 물어보려고 했지만 달바인의 이름을 언급하는 것조차 대화 전체에 어두운 그림자를 드리웠다. 달바인 부인의 객실 번호를 들은 간부 선원들은 얼굴을 찡그리며 부적을 만지작거렸고, 그 방이 저주받은 곳이라고 중얼거렸다. 그곳에서 이미 두 사람이 죽었다는 소문이 떠돌았다. 객실이 비어 있을 때도 마루를 서성거리는 발자국 소리가 들린다고 했다. 그들은 모든 배에는 이런 방이 있기 마련이라고 했다. 이런 방이란, 누군가가 심하게 넘어지거나 심하게 화상을 입은 곳이고 하인이 미쳐서 주인의 목을 벤 곳이었다.

사라는 충동적으로 6호실 문을 두드렸다. "달바인 부인? 제 이름은 사라 웨셀이고 치료사입니다. 무슨 문제가 있으신가요?"

"아무 문제도 없어요!" 늙고 날카로운 목소리가 대답했다. "그러니 다시는 나를 귀찮게 하지 말아요!"

사라와 리아는 놀란 표정을 지으며 문에서 물러났다. "어떻게 생각하니?" 사라가 딸에게 물었다.

"샌더 커스 목사님이 매일 밤 달바인 부인의 고해성사를 받아 줘요. 아마 목사님이 도와줄 수 있을 거예요."

"그래, 내가 목사님과 이야기해 볼게." 사라가 말했다.

작별 인사를 한 후 리아는 자기 객실로 들어갔고 사라는 5호실 문 앞에 혼자 남겨졌다. 사라의 손이 객실 빗장 위에서 머뭇거렸다. 문둥병자와 마주친 끔찍한 기억이 아직도 생생했다.

"하느님, 제발." 그녀는 심호흡을 하며 빗장을 들어 올리고 안으로 들어섰다.

햇빛이 선실 창문으로 쏟아져 들어와 공기 중의 먼지를 비추었다. 사라는 창문으로 걸어가서 밖을 내다보려 했지만 탁자가 방해가 되었다. 무거운 드레스 자락을 허벅지까지 끌어 올린 그녀는 어설프게 탁자 위로 기어올랐고 창밖으로 머리를 내밀어 자신이 본 것을 증명할 뭔가를 찾아보려 했다.

녹색으로 칠한 목재가 나방의 고치처럼 선체 밖으로 튀어나온 남편의 선실 아래쪽으로 구부러져 있었다. 위쪽 갑판에서는 여자들의 말소리가 들려왔다. 그들은 아이들을 토닥이며 고급 객실에서의 생활이 어떤 것인지, 배에 탑승한 이후로 누가 총독과 사라 웨셀을 보았는지 궁금해했다.

그녀는 거친 여자래, 그들 중 한 명이 말했다. 가엾은 남편에게 골칫거리래.

가엾은 남편이라니, 다른 여자가 비웃었다. 그녀는 요새에 있는 하녀들 중 한 명으로부터 총독의 성질이 사납다는 이야기를 들었다. 기분이 나쁠 때 아내를 개처럼 복도로 끌고 다니며 구타한대. 아내를 여러 번 죽일 뻔했대.

남편들은 다 그렇다고 다음 여자가 대답했다. 총독의 부인에게 무슨 동정을 표할 수 있을까? 대부분의 사람들은 물이 새는 지붕 밑에서 잠자고 썩은 음식을 먹으면서 더 심한 고통을 견뎌 냈다.

기분이 좀 나아지려 할 때 사라는 객실 창문 바로 밑에 더러운 손자국이 있는 걸 발견했다.

몸을 좀 더 내밀자 그 아래에서 두 번째 손자국이 보였고, 그 다음 세 번째와 네 번째가 보였다.

그것은 흙이 아니라 재였다. 선체는 문둥병자의 손이 화염에 그을린 것처럼 검게 그을려 있었다. 마치 문둥병자가 올라올 때 목재 판자에 구멍을 뚫어서 손가락을 찔러 넣은 듯했다.

사라의 시선은 구멍들을 따라 남편의 선실 지붕까지 내려갔고 거기서 구멍은 옆으로 사라졌다.

　　만약 그녀의 추측이 맞는다면 문둥병자는 바다 속에서 그녀의 객실 창문으로 기어올라 왔을 터였다.

28

아렌트는 여전히 아침 식사에서의 대화로 머릿속이 가득한 채 계단을 내려가 최하 갑판의 눅눅한 어둠 속으로 들어섰다. 수년 동안 그의 삼촌은 자상하고 다정하게 그를 키워 주었고 사냥하는 법, 말 타는 법, 그리고 흥정하는 법까지 가르쳐 주었다. 물론 당시에도 안 하얀은 성질이 급한 사람이었지만 그만큼 빠르게 진정되었고 손찌검 같은 것도 하지 않았다.

아렌트가 알고 있는 그 삼촌은 사람들로 가득한 섬을 결코 살육할 수 없었을 것이고, 그 섬을 통해 얻을 수 있었던 이익을 자랑할 수 없었을 터였다. 아렌트는 전쟁터에서 그런 광경을 목격한 적이 있다. 살육을 저지른 사람들이 어떻게 변해 갔고 어떤 괴물이 되었는지를. 살육은 독약처럼 그들의 영혼을 좀먹었다.

저 사람이 그 삼촌일 리가 없어, 아렌트는 생각했다. 현명하고 친절한 삼촌. 샤를마뉴에 대해 가르쳐 주었던 남자. 할아버지가 너무 완고하거나 잔인할 때 달려가 의지했던 남자.

선박의 움직임에 따라 빈 해먹이 부드럽게 흔들렸고 신발, 바늘, 실, 찢어진 옷, 술잔, 나무 장난감이 바닥에 방치되어 있었다. 대부분의 승객들은 아침 산책을 위해 갑판에 올라가 있었다. 사람들이 없는 동안 어른 손가락만 한 장난감 무희 두 명이 나무 치마를 빙빙 돌리며 마루를 오가고 있었다. 마커스와 오스버트가 갖고 놀던 그 장난감은 완벽하게 균형 잡히고 잘 움직이는 인상적인 물건이었다.

마커스의 손가락에 가시가 박혔고, 오스버트는 서툴게 가시를 빼내려 하고 있었다.

동생은 흐느끼며 울먹였지만 형은 보즈가 그들이 어디로 도망쳤는지 알아채지 못하도록 동생을 조용히 시켰다.

화물 상자 옆에 있는 아이들을 본 아렌트는 그들을 불렀다. 마커스가 다친 손가락을 붙잡고 터벅터벅 걸어오는 동안 오스버트는 밝게 웃으며 다가왔다. 어쩜 그렇게 닮을 수 있는지 놀라워하며 아렌트는 두 형제를 바라봤다. 갈색 머리카락이 크고 둥근 귀를 가로질러 내려왔고 아이들의 눈은 바다처럼 푸르렀다.

"손 좀 살펴보자." 마커스의 손가락에 박힌 가시를 살펴보기 위해 무릎을 꿇고 아렌트가 말했다.

아렌트는 아이의 고통에 공감하며 부드럽게 상처 주위를 만졌다.

"빼낼 수 있을 것 같구나." 아렌트가 진지하게 말했다. "너는 잠깐 동안 강해져야 해. 그렇게 할 수 있겠니?"

동생은 고개를 끄덕였고 형은 그 끔찍한 장면을 더 잘 구경하기 위해 가까이 몸을 기울였다.

아렌트는 매우 조심스럽게 마커스의 두꺼운 손가락 사이에 있는 가시를 쥐어짜서 피부 밖으로 밀어냈다. 아이가 아픔을 느끼지 않도록 힘을 조절하면서. 마침내 가시가 빠져나왔고 아렌트는 그걸 마커스에게 훈장처럼 건네줬다.

"피가 펑펑 날 줄 알았는데." 실망한 오스버트가 투덜거렸다.

"네 손에서 가시를 빼낼 때는 반드시 피가 나도록 해 주지." 끙 소리를 내고 일어서며 아렌트가 대답했다. 웅크렸던 큰 덩치 때문에 무릎이 쑤셨다.

"저건 너희들 거니?" 여전히 바닥을 오가는 장난감 무희를 바라보며 아렌트가 물었다. "작고 예쁜 인형이구나."

"네, 리아 누나가 만들어 줬—" 마커스가 대답하려 할 때 동생의 옆구리를 쿡 찌르며 형이 끼어들었다. "우리는 대답할 수 없어요." 오스버트가 말했다.

"왜?"

"그건 비밀이에요."

"그럼 그렇게 해야지." 아렌트가 대답했다. 불필요한 질문을 덧붙이지 않더라도 이미 그에게는 해결해야 할 다른 문제가 쌓여 있었다. "너희들은 이제 엄마에게 돌아가는 게 좋겠구나. 나는 모험을 하려고 하는데 내가 대응할 수 있는 것보다 더 빨리 위험해질 수도 있어."

소년들의 표정에는 웅장한 모험을 기대하는 마음이 드러났지만 어둡고 상처투성이인 아렌트 헤이즈의 얼굴은 그들의 마음을 바꾸기에 충분했다.

아렌트는 낮은 지붕 아래로 몸을 구부린 다음, 갑판을 둘로 나눈 접이식 나무 칸막이를 옆으로 밀어내고 선원 숙소 쪽으로 들어갔다. 그 공간은 밧줄에 매달린 돛천 조각으로 둘로 나뉘어 있었다. 한쪽은 병사들이 생활하는 공간이고 다른 한쪽은 선원들이 생활하는 공간이었다. 해먹 밑으로 침상을 놓아서 승객들에게 추가적인 자리를 제공했고, 개인 물품은 거미줄처럼 천장에 매달린 자루에 보관되어 있었다.

병사들은 모두 자리를 비우고 있었다. 그들은 드레히트와 함께 중간 갑판에서 훈련을 하면서 허공에 칼을 찌르고 수평선을 향해 총을 쏘고 있었다. 선원들은 노천갑판과 작업장에서 일하는 중이라서 거의 남아 있지 않았다. 단지 몇몇 선원들만이 남아 카드 게임을 하거나 동료들과 잡담을 나누고 있었다. 씻지 않은 몸에서 나는 악취가 공기속에 진동했다. 누군가가 세 개의 줄만 남은 바이올린으로 억지로 음악을 연주하고 있었다.

아렌트가 다가오자 그들은 하던 모든 것을 멈추고 눈을 흘겼다.

아렌트는 돈주머니를 꺼내 들고 목소리를 높였다. "보세를 아는 사람이 있습니까? 보세와 관련된 누군가가 문둥병자처럼 옷을 입고서 이 배를 돌아다니고 있습니다. 아마도 그는 바타비아에서 올드 톰이라는 자로부터 몇 가지 부탁을 들어주기로 거래를 한 것 같습니다." 아렌트는 돈주머니를 흔들었다. "보세가 하는 말을 들은 사람이 있습니까? 그의 동료가 누구입니까?"

선원들은 입을 꽉 다물고 아렌트를 응시했다.

조리실 불꽃이 탁탁 소리를 내며 튀었다. 발걸음들이 위쪽 갑판을 오가면서 천장에서 먼지가 떨어졌다.

어딘가 먼 곳에서 북소리가 시간을 알렸다.

"보세가 어디 출신인지, 무엇 때문에 사르담호에 탑승했는지 아는 사람이 있습니까?" 돌처럼 굳은 얼굴들을 바라보며 아렌트가 물었다. "보상은 충분히 하겠습니다."

선원들 중 한 명이 일어섰다. "우리는 너처럼 더러운 군인에게는 아무 말도 하지 않을 거야." 그가 침을 뱉었다.

다른 사람들도 중얼거리며 동의를 표했다.

왼쪽에서 누군가가 물병을 집어 던졌고 아렌트는 몸을 숙였다. 두 번째 물병이 아슬아슬하게 빗나가며 벽에 부딪쳐 산산조각이 났다.

누군가의 억센 손가락이 아렌트의 팔을 움켜잡았다. 아렌트는 자신을 붙잡은 사람을 떼어 내기 위해 몸을 돌렸지만, 그건 화약고를 지키는 외팔이 문지기의 손이었다. 그는 어제처럼 구부정했고 대포 구멍처럼 다리가 휘어 있었다.

문지기가 다급하게 뭉툭한 팔을 들어 올려 흔들었다.

"피를 보기 전에 어서 여기서 나갑시다." 아렌트를 끌어당기려 애쓰며 그가 말했다.

선원들은 주먹을 불끈 쥐고 아렌트를 향해 다가왔다.

아렌트는 더 이상 머무를 이유가 없다고 판단하면서 화약고 문지기가 이끄는 대로 나무 칸막이 밖으로 나왔다. 선원들은 나무 칸막이를 주먹으로 두들기며 욕설을 퍼부었다.

"당신은 바보 멍청이요. 틀림없어." 문지기의 말은 어쩐지 칭찬처럼 들렸다. 문지기는 갑판을 건너갔고 목에 걸고 있던 열쇠로 화약고 문을 열었다.

화약고는 수십 개의 화약통이 바닥에 쌓여 있는 탓에 몸을 움직일 공간이 거의 없었다. 늙은 문지기는 그걸 바라보며 투덜거렸다. "어젯밤 선장이 전투 준비를 지시했을 때 수백 명의 병사들이 화약통을 들고 나갔었는데 나 혼자서 이걸 다 정리하라는 게 말이 되는 소리요?" 그는 팔뚝으로 벽에 세워진 빈 선반을 가리켰다. "이 배 어디에도 분별력을 가진 사람이 없는 건가?"

문지기는 잠시 기다렸다가 아렌트가 눈치를 못 채자 의미심장하게 한숨을 내쉬었다. "팔이 하나뿐인 외팔이 노인에겐 너무 많은 일이지." 그가 능청스럽게 말했다.

아렌트는 화약통 두 개를 쉽게 들어 올려서 선반에 집어넣었다. "그래서 날 데리고 나온 거요?"

"다른 이유도 있지." 문지기가 힘겹게 의자에 걸터앉으며 말했다. "그런데 어젯밤에 어떻게 배가 위험에 처했는지 이야기를 듣고 싶지 않소? 문둥병자도 아니고 아무것도 아니니 지레짐작하지는 말고―"

"뜸 들이지 말고 어서 말해 보시오." 아렌트가 또 다른 화약통 두 개를 선반에 집어넣으며 물었다.

"음, 선장이 전투 준비를 지시하기 전, 그러니까 종소리가 두 번 울린 후였지. 나는 오줌을 누러 화물칸에 갔어. 항상 아래층 계단 바닥 근처, 불빛이 거의 없는 곳에서 볼일을 보니까. 멀리 가기 싫어서―"

"노인장!" 아렌트가 짜증을 냈다. "도대체 무엇을 보셨소?"

"알겠네, 알겠어. 난 단지 조금 더 흥미진진하게 얘기해 주려고 했을 뿐이야." 문지기가 말했다. "한 여자가 살금살금 내려오더군. 어깨가 넓고 곱슬머리였지. 어둠 속에서 나를 다른 사람으로 착각했어. 왜냐하면 그녀는 거의 붙잡힐 뻔했다고 말하면서 달려 내려왔거든." 문지기는 생각에 잠겨 입술을 살짝 깨물었다. "나는 깜짝 놀라서 얼른 당근을 다시 바지 속에 집어넣고 밝은 곳으로 나왔지. 거기까지였어. 그녀는 여우를 본 토끼처럼 도망가더군."

어깨가 넓고 곱슬머리인 여자는 신교 목사의 제자인 이사벨일 것이다. 어젯밤 그녀는 대화를 엿듣고 있다가 라르메에게 발각된 후 화물칸으로 내려온 게 틀림없었다. 분명히 그녀는 있어서는 안 되는 곳에 나타나는 재주가 있었다.

"내가 좀 더 알아보겠소." 아렌트가 공간을 확보하기 위해 선반에 화약통 몇 개를 밀어 넣으면서 말했다. "고맙소, 노인장."

문지기는 고개를 끄덕였다. 고민거리를 다른 사람에게 떠넘기게 되어서 분명히 기쁜 표정이었다.

뒤에서 아쉬워하는 시선을 느낀 아렌트는 다른 화약통을 팔로 감았다. 그건 별 힘을 들이지 않고도 바닥에서 들어 올려졌다.

"이건 비어 있군." 아렌트가 말했다.

"저쪽에 던져 놓으쇼." 세 개의 화약통이 놓여 있는 모퉁이를 가리키며 문지기가 말했다. "아마 어린 선원들 중 한 명이 명령이 내려지기도 전에 당황해서 대포에 화약을 채웠을 거야." 그가 껄껄 웃었다. "그러고는 첫새벽에 일어나서 아무도 모르게 바다에 화약을 쏟아 부었겠지. 들키면 채찍질을 당할 테니."

아렌트가 빈 화약통을 모퉁이에 던지자 문지기는 포세이돈이 들어 있는 화물 상자 위로 편안하게 맨발을 걸쳐 올렸고 주사위 두 개가 공중으로 튀어 올랐다.

"이 화물 상자에 뭐가 들어 있는지 아시는가?" 문지기가 물었다. "어제 보즈 시종장에게는 물어볼 기분이 아니었지. 그 사람은 어쩐지 무덤에서 나온 시체가 돌아다니는 것 같아."

아렌트는 상자를 보고 고개를 끄덕였다.

"이건 그냥 화물 상자요." 아렌트가 결론을 내리듯 말했다.

"시종장 보즈가 핑계를 대며 두 번이나 찾아와서 확인했던 화물 상자지." 문지기가 노련하게 말했다. "무엇이 들어 있든 아마 중요한 물건일 거야." 그의 눈이 반짝거렸다. "그리고 귀중한 물건이겠지."

"노인장께서는 그 화물 상자를 열어 보려 하지 않았다는 뜻이군." 아렌트가 말했다. 배가 항로를 바꾸면서 약간 기울어졌다.

"잠겨 있는 화물 상자고 내가 자물쇠를 따던 시절도 한참 지났으니까." 문지기가 잘려 나간 팔목을 긁으며 말했다.

아렌트는 어깨를 으쓱했다. "노인장은 질문 상대를 잘못 골랐소. 아무도 그게 뭔지 내게 말해 주지 않았고 나도 물어보지 않았소. 하지만 총독이 그 물건을 도난당했을 때 암스테르담에 있던 새미 핍스에게 연락을 했을 정도로 중요한 물건인 건 사실이오."

"안에 뭐가 들어 있는지 궁금하지 않으신가?"

"호기심을 발휘하는 건 새미의 일이오." 아렌트가 대답했다. "얼마 전까지 나는 그가 궁금해하는 것들을 밝혀내는 역할만을 담당했소. 말이 나온 김에 하나 물어봅시다. 노인장께서는 락사가르라는 말을 들어 본 적이 있소?"

"아니."

"그러면 두 명의 선원이 똑같은 반쪽짜리 부적을 들고 다닌다는 게 무슨 의미인지 아시오?" 아이작 라르메의 부적이 보세의 부적과 완벽하게 들어맞는다는 사실을 떠올리며 아렌트가 물었다.

"아, 그거." 문지기가 말했다. "그건 둘이 결혼했다는 뜻이지."

"결혼?" 깜짝 놀란 아렌트가 눈썹을 치켜올리며 물었다.

"육지에서 결혼한 게 아니라 선원으로 결혼한 거야." 문지기가 대답했다. "만약 둘 중 한 명이 항해 중에 죽으면 남은 사람이 그의 급여와 그가 가진 모든 물건을 물려받게 되지. 물론 때로는 해먹에서 남자끼리 서로 껴안고 이상한 짓을 하는 경우도 있지만."

"그렇다면 그들이 가까운 사이였다고 봐도 되겠소?"

"당연히 그렇겠지." 문지기가 동의했다. "확실하지 않으면 그런 약속을 할 수 없어. 잘못되면 돈 때문에 다툼이 벌어지고 결국 손에 피를 묻히게 되니까."

아렌트는 하던 일을 잠시 멈추고 이마의 땀을 닦았다. "왜 그렇게 내게 솔직한 거요? 다른 선원들은 나와 말을 나누는 것보다 차라리 내 얼굴에 침을 뱉는 게 낫다고 하는데."

"좋은 질문이야." 문지기는 이를 드러내고 웃었다. "자네는 동인도 선박에서 행동하는 요령을 터득하고 있는 것 같군. 군인과 선원은 물과 기름이지. 지난번 항해에서도 그랬고 이번 항해에서도 마찬가지일 거야. 이자들은 자네를 싫어해, 헤이즈." 문지기는 목둘레로 꼬아 내린 머리카락을 만지작거렸다. "이제 난 늙었어. 누구를 싫어하고 편을 가르기에는 너무 늙었지. 이제 고향에 돌아가서 손자들과 놀고 조금이라도 더 발밑에 흙을 디디면서 살고 싶어. 만약에 어떤 악마가 이 배를 침몰시키려 한다면 난 그 놈을 막으려는 사람과 함께할 거야. 그게 선원이든 군인이든."

"그럼 와이크의 입을 열게 할 방법을 알려 주시오. 와이크는 락사가르가 무슨 뜻인지 알고 있고 무슨 이유에선지 보세의 혀를 잘랐소."

"와이크⋯" 문지기는 혀를 차며 생각에 잠겼다. "재밌게도 내가 자네를 도울 수 있을지도 모르겠군. 저 문 좀 열어 주시게."

아렌트가 화약고 문을 당겨 열자 문지기는 머리를 밖으로 내밀었다.

"밖에 객실 급사 있느냐?" 그는 소리를 지른 후에 반응을 기다리며 귀를 기울였다. 하지만 아무 대답도 없었다. "거기에 있다는 걸 알고 있다. 자기 본분을 회피하고 어둠 속에서 농땡이를 피우는 놈이 항상 한 명은 있지. 어서 이리 나와라."

나무 벽에서 머뭇거리는 발소리가 들렸고 긴장된 표정을 한 어린 선원이 모습을 드러냈다.

"가서 와이크를 데려와라." 문지기가 명령했다. "그는 선실에 있을 게다. 문지기가 급한 용무가 있다고 전해라."

"무슨 생각이시오?" 기다리는 동안 아렌트가 물었지만 문지기는 고개를 가로저으며 와이크가 도착했을 때 할 말을 연습했다.

오래 기다릴 필요는 없었다.

"무슨 짓을 하려는 거냐?" 와이크가 고함을 지르며 최하 갑판 쪽에서 나타났다. 쿵쿵거리는 발소리가 나무 벽에 울려 퍼졌다. "화약고 문지기가 감히 나를 오라 가라 하다니!"

격분한 와이크는 주먹을 불끈 쥐고 어깨를 들썩이며 화약고로 들어왔다. 지난밤 아렌트가 와이크와 마주쳤을 때는 어둠 때문에 제대로 보지 못했지만 화약고의 불빛 속에서 확인해 보니 새삼 엄청난 덩치였다. 키는 아렌트보다 작았지만 두꺼운 팔뚝과 다리, 대머리에 둥근 몸을 가진 거구였다. 그는 오줌으로 얼룩진 비탈의 바위 같았다.

겁에 질린 문지기는 의자에서 벌떡 일어나 두 손을 들고 벽 쪽으로 뒷걸음질을 쳤다. 와이크가 그 불쌍한 노인의 목을 비틀기 전에 아렌트가 뒤에서 문을 쾅 닫았다.

"그는 당신을 부르지 않았소. 내가 부른 거요." 아렌트가 말했다.

와이크는 뒤로 돌아서며 늑대가 이빨을 드러내는 것처럼 빠른 속도로 단검을 뽑아 들었다.

"제발 흥분을 가라앉히시게, 와이크." 씩씩거리는 갑판장과의 거리를 가능한 한 멀리하려고 애쓰면서 문지기가 애원했다.

아렌트의 시선이 와이크의 험상궂은 얼굴에서 단검으로 내려갔다가 다시 얼굴로 돌아왔다. "락사가르가 무엇을 의미하는 거요?" 아렌트가 물었다. "그리고 왜 보세의 혀를 자른 거요?"

와이크는 아렌트를 바라보며 눈을 찌푸렸고 혼란스러운 표정으로 문지기를 쳐다보았다. "그것 때문에 영감이 날 깨웠나?"

"그래, 내가 자네를 깨웠지, 좋은 생각이 떠올랐거든." 문지기가 말했다.

"영감은 지금 내 시간을 낭비하고 있어."

"당신 둘은 싸울 것이고 아렌트가 질 거야."

아렌트는 놀라서 눈을 껌뻑거렸다. 문지기는 마침내 벽에서 벗어나 마치 들판에서 날뛰는 황소를 달래듯 와이크를 설득하기 시작했다.

"갑판장은 승진이 아니라 완력으로 차지하는 직책이지. 그 자리를 빼앗으려고 자네의 목을 노리는 젊은 녀석 두 명이 있다고 들었네." 문지기가 입술을 핥으며 말했다. "자네에게 필요한 것은 무력시위야. 아렌트를 깔아뭉개면 모든 선원들이 자네에게 줄을 서게 될 거야. 안 그런가?"

와이크의 표정이 번뜩였다. 유혹에 흔들리는 게 분명했다.

"이번이 마지막 항해라고 자네가 직접 말했잖아." 문지기가 말을 이었다. "자네에게는 부양할 가족이 있지만, 자네 벌이론 그들을 부양하기 어렵다는 걸 알고 있네."

"이 이상 내 사생활을 지껄이면 혀를 뽑아 버릴 거야." 와이크는 겉으로는 으르렁거렸지만 내심 솔깃한 제안이라고 생각했다.

"싸움에서 져 주는 대가로 당신은 그 질문에 대한 답을 원하는 건가?" 지저분한 손가락으로 귀를 긁으며 와이크가 아렌트에게 물었다.

아렌트는 고개를 끄덕였다.

"그 밖에 또 무엇을 원하나?"

"다른 건 없소." 아렌트가 말했다. "굴욕의 대가로 답변을 얻으려는 것뿐이오."

와이크는 문지기에게 시선을 돌렸다. "이 탐욕스럽고 교활한 늙은이는 이 일로 무엇을 얻는 거지?"

"아렌트가 질 거라고 내기를 걸 거야." 문지기가 웃으며 말했다. "아무도 그렇게 예상하지 않을 테니까."

와이크는 슬며시 고개를 끄덕이며 중얼거렸다. "이 배에서는 싸움을 하려면 정식으로 불만을 제기해야 해. 그렇지 않으면 채찍질을 당하게 되지. 몇 시간만 내게 주면 아이작 라르메에게 가서 이야기해 보겠어." 그는 귀에서 귀지 한 덩이를 빼내어 휙 날렸다. "만약 너희들 중 누구든 나를 배신하면 내장을 뽑아 버릴 거니까 각오해."

와이크는 화약고 밖으로 발을 내딛었고, 정신없이 주위를 두리번거리던 도로테아와 거의 충돌할 뻔했다. 아렌트를 보자 그녀의 표정에 안도감이 나타났다. "헤이즈 중위님, 당신을 찾아 헤맸어요. 사라 부인이 문둥병자의 흔적을 찾았어요."

29

크로웰스 선장은 뒷 돛대에 연결된 밧줄에 매달린 채 총독의 선실 지붕 위로 몸을 움직였고 그 아래로는 거품이 가득한 바닷물이 출렁거렸다. 그는 문둥병자가 지나간 흔적을 확인하기 위해 선체 아랫부분을 조사하고 있었다.

"선장님, 어때요?" 사라가 선미루 갑판에서 그에게 소리쳤다.

"구멍들이 난간에서 흘수선(배가 물 위에 떠 있을 때 배와 수면이 접하는 선-옮긴이)까지 쭉 이어져 있어요." 문둥병자가 선체를 기어오르는 데 사용한 구멍에 손가락을 집어넣으며 선장이 외쳤다. "당신 말이 맞았습니다, 부인. 지난밤에 제가 품었던 의심에 대해 사과드립니다."

사라는 특별히 앙심을 품는 성격은 아니었지만 레이니어 반 슈텐의 비웃음을 똑똑히 기억하고 있었다. 그녀는 반 슈텐에게 시선을 돌렸다. "수석 상인, 당신은 어때요? 아직도 제가 헛것을 문둥병자로 착

252

각한 것 같나요?"

"아닙니다." 수석 상인이 자신의 발목을 발로 차며 중얼거렸다. 그는 이미 술에 취해 몸을 휘청거렸고 옷을 대충 걸치고 있었다.

어젯밤에 크리지는 수석 상인이 괴로워했다고 말했다. 사라는 무엇이 그의 고통을 유발하는지 궁금했다.

그는 완전히 망가지고 있었다.

"반 슈텐, 자네는 내 아내가 히스테리를 부렸다고 비난했네." 총독이 단호하게 말했다. 하지만 사라는 남편이 수석 상인의 비난에 동의하던 걸 분명히 기억하고 있었다. "술도 깨지 않은 채 여기 서 있을 수는 없네. 사과하는 것이 순서야."

"죄송합니다, 부인." 비참한 표정을 지으며 반 슈텐이 중얼거렸다.

자신의 옹졸함에 부끄러움을 느낀 사라는 아렌트가 크로웰스를 돕고 있는 고물 난간 쪽을 바라보았다. 선장은 화려한 제복이 더러워지진 않았는지 몇 번이고 살폈고 짜증 섞인 얼굴로 셔츠에 묻은 먼지를 털어 냈다.

"당신의 사과를 받아들이겠어요, 수석 상인." 사라가 말했다. "하지만 더 큰 문제는 이제 어떻게 대응할 것인가 하는 거예요."

"그건 당신이 관여할 문제가 아니오, 부인." 총독이 날카롭게 손을 흔들며 아내의 말을 가로막았다. "당신이 해야 할 일은 따로 있소."

총독은 드레히트 경비 대장에게 손짓을 했다.

"내 아내를 객실로 데리고 돌아가라."

"이리 오십시오, 부인." 드레히트가 꼿꼿하게 말했다.

당황한 사라는 마지못해 경비 대장 뒤로 보조를 맞추었다. 그녀는 발견된 손자국들에 대한 다른 이들의 반응을 지켜보고 싶었기 때문에 모든 사람들을 갑판으로 불러내려고 했다.

그녀의 남편은 깜짝 놀랐고 보즈는 업무 도중에 불려 나온 것에 짜증이 난 듯 가축우리 옆에서 조용히 기다렸다. 손자국에 당황했을지는 몰라도 보즈는 그런 티를 내지 않았다. 악마를 믿지 않는다고 단호하게 주장했던 드레히트는 얼굴이 창백해졌지만 자신의 원칙을 지켰다.

아렌트는 산이 주변의 바람 소리를 듣는 것처럼 사라의 이야기를 들으며 그들에게 다가갔다. 그는 당황한 것처럼 보이지도 않았고 표정에도 별다른 변화가 없었다. 섣불리 대화에 끼어들려고 하지도 않았다.

드레히트는 선미 갑판 계단을 뚜벅뚜벅 걸어 내려가고 있었고, 사라는 그를 밀고 싶은 충동과 싸워야 했다. 그녀는 병사들이 칼날로 허공을 베는 모습을 지켜보았다. 그것은 마치 보이지 않는 적군과 싸우는 것 같은 신기한 장면이었다.

"이건 네가 조사하는 일이다, 아렌트." 총독의 목소리가 뒤에서 들려왔다. "이제 우리가 어떻게 대처해야겠느냐?"

"문둥병자의 누더기 옷을 찾기 위해 배를 수색해야 합니다." 아렌트가 대답했다.

"손자국을 보셨지요?" 보즈가 물었다. "그 손자국은 바다에서 나와 선체를 똑바로 올라가서 둥근 창으로 향했지요. 아마도 문둥병자는 같은 방법으로 되돌아갔을 겁니다. 그래서 우리가 그자를 찾아내지 못한 거예요."

"그럴지도 모르지만 새미 핍스는 배를 수색하라고 충고했고, 그의 판단은 항상 옳았소."

선미 갑판 계단을 내려간 드레히트는 객실 복도의 빨간색 출입문을 열고 사라에게 먼저 들어가라고 정중하게 손짓을 했다.

사라는 드레스 자락을 살짝 들어 올리며 어둠 속으로 발을 들여놓았다.

대화를 중단시키는 소동이 총병 대열에서 일어났다. 두 사람이 싸우고 있었고 다른 사람들은 주변에서 휘파람을 불며 흥미롭게 구경하고 있었다.

"티먼이군요." 이미 그들 쪽으로 한 걸음 움직이며 드레히트가 짜증 난다는 듯 말했다. "저 병사는 최근 들어 말썽을 피우는 걸 그만두지 못하는 것 같군요. 부인께서 허락해 주신다면 저는 이만 가 보겠습니다."

"물론이에요." 드레히트가 소동에 뛰어드는 걸 보고 기뻐하며 사라가 말했다.

사라는 객실로 얼른 들어가서 문에 걸쇠를 채우고 둥근 창문으로 향했다. 선미루 갑판은 창문 바로 위에 있었고 예상했던 대로 사람들의 대화를 전부 들을 수 있었다.

"선장, 선원들을 시켜서 문둥병자의 누더기를 찾아보게." 그녀의 남편이 말했다. "이 배를 호주머니 뒤지듯 수색해야 해."

"알겠습니다, 총독 각하." 발자국 소리와 함께 물러난 선장은 잠시 후 아이작 라르메에게 배를 수색하라고 지시했다.

"자네는 정말로 이 배에 타고 있는 누군가가 죽은 문둥병자인 척하고 있다고 믿나?" 레이니어 반 슈텐이 의심스럽다는 듯 물었다.

"새미는 그렇게 믿고 있습니다." 아렌트가 대답했다. "그리고 그자가 누구든 간에 위장하려고 많은 노력을 기울였습니다."

"어떻게 픕스는 이런 상황이 보세의 부활이 아니라고 확신할 수 있는 거지?" 반 슈텐이 답답하다는 듯이 물었다. "내가 어릴 적, 마녀가 우리 마을에 불경스러운 공포를 몰고 왔네. 매일 저녁 아이들은 그녀의 이름을 부르며 숲에 모였고 가축들은 미쳐 날뛰었어. 우유가 상하고 작물이 썩었단 말일세."

잠시 침묵이 흐르더니 그녀 남편의 목소리가 들려왔다.

"보즈, 자네는 이 문제에 대해 어떻게 생각하나?"

"이 세상에는 새뮤얼 핍스가 감히 맞먹을 수 없는 거대한 힘이 있습니다. 저는 그자의 궁색한 이론보다 거대한 힘의 존재를 믿는 편이 더 합당하다고 말씀드리고 싶습니다." 평소 무미건조하던 시종장의 목소리가 살짝 떨렸다. "그 손자국들은 목재를 검게 그을렸습니다. 문둥병자의 손가락은 선체에 구멍을 낼 수 있을 정도로 강력했고요. 속임수든 아니든 그건 인간의 능력이 아니지요."

아렌트가 반박하려 했지만 보즈는 그를 무시하며 말을 이었다. "그리고 만약 이런 상황이 위장이라면 정말 형편없는 짓이지요. 문둥병자는 가는 곳마다 공포와 분노를 불러옵니다. 문둥병자처럼 누더기 옷으로 위장하면 무슨 이득이 있겠습니까?"

"그게 바로 새미가 던진 질문이고 우리가 알아내야 하는 것입니다." 아렌트가 말했다. "바타비아에서 새미가 저지른 범죄가 무엇이든 그건 이제 중요하지 않습니다."

"그 범죄가 무엇인지 모르는 사람에게는 쉬운 주장이지." 그녀의 남편이 말했다. 사라는 이 단호한 말투를 알고 있었다. 얀 하안은 눈을 감고 이마를 주무르며 자신의 생각을 정리하고 있을 것이다.

마침내 총독이 다시 입을 열었을 때 거기에는 하느님의 말씀을 귀로 들은 사람의 권위가 실려 있었다. "모든 선단에 항해 중지 명령을 내리게, 수석 상인." 그가 명령했다. "모든 배의 선장들에게 문둥병자가 돌아다닌 흔적을 찾아 선체를 수색하고 누더기 옷을 찾아내라고 말하게. 그리고 여덟 시 종이 울릴 때 나에게 개인적으로 보고하도록 하게, 알겠나?"

선장이 알겠다고 대답했다.

"그럼 이만 해산하시오. 보즈, 자네는 잠깐만 기다리게. 얘기 좀
하세."

바람이 사라의 객실로 불어왔다. 하프를 울릴 만큼 강한 바람이었
다. 위쪽 갑판을 가로질러 쿵쾅거리는 발소리가 들렸고 가축들은 우
리에서 울부짖었다. 계단이 덜컹거리며 남자들의 목소리가 희미해
졌다.

사라는 심장이 두근거리는 걸 느끼며 기다렸다. 엿듣는 걸 남편에
게 들키면 어떻게 될지 상상할 수 없었지만 여기까지 와서 포기할 수
는 없었다. 남편의 말을 거역하고 무사할 수 있는 방법은 거의 없지만
어찌된 일인지 그녀는 오늘 두 번이나 그렇게 했다.

"아까 자네 답변이 마음에 들었네." 총독이 보즈를 칭찬했다.

"감사합니다, 총독 각하."

말소리가 멈췄고 한 동안 침묵이 이어졌다. 사라는 그들이 떠났을
거라고 생각했지만 남편의 긴 손톱이 나무를 긁는 소리를 들을 수 있
었다. 그건 얀 하얀이 불안해하고 있다는 확실한 증거였다.

"자네는 악마를 소환하는 데에 따르는 문제를 알고 있나, 보즈?"
마침내 총독이 입을 열었다.

사라의 호흡이 목에 걸렸다.

"한두 가지는 알고 있습니다, 총독 각하." 시종장이 건조하게 대
답했다.

"그들이 풀려났네." 그녀의 남편은 걱정스러운 듯 한숨을 쉬었다.
"올드 톰이 나를 지금의 위치로 만들어 주었지." 사라는 충격을 억누
르기 위해 입을 막아야만 했다. "그리고 이제 이 배에 타고 있는 누군

가가 올드 톰을 데려온 것 같네. 문제는 그 배후에 누가 있고 그들이 무엇을 원하는가 하는 것이야."

"30년 전과 똑같은 일이 일어나고 있군요. 조만간 거래를 제안하셔야 할 겁니다. 우리 입장에서는 그들이 무엇을 요구할지 그리고 우리가 그들의 요구에 응할 의지가 있는지 알아야 합니다."

"나는 아무것도 지불하고 싶지 않아. 누군가가 나에게 어떤 것을 강요한 지 오래되었지. 내가 지시한 명단을 추려 냈는가?"

"제가 기억할 수 있는 한도까지는 추려 냈습니다. 우리가 올드 톰을 풀어 준 지 꽤 됐습니다. 총독님의 책상 위에 그 명단을 올려놓았습니다만… 감히 한 말씀드리자면…"

"무엇인가? 말해 보게, 보즈."

"분명히 의심스러운 인물이 한 명 있습니다."

"아렌트…" 총독이 말했다.

"그렇습니다. 그가 돌아왔을 때 올드 톰의 상징이 나타난 건 우연일 리가 없습니다."

"자네 생각도 일리가 있지만 나는 좀 더 살펴봐야겠어."

"아마도 아렌트는 마침내 숲에서 자신에게 무슨 일이 일어났는지, 그리고 왜 올드 톰의 상징이 손목에 흉터로 남아 있는지 기억을 해냈을 것입니다. 총독 각하, 아렌트는 악마를 소환하기 위해 총독께서 얼마를 지불해야 했는지 알고 있을 것입니다."

30

문둥병자의 누더기 옷을 찾는 소리가 배 안에 울려 퍼졌다. 화물 상자들이 뜯겨져 나갔고, 선원들은 개인 물품이 낱낱이 수색당하는 걸 불평했다. 돛을 접고 닻을 내린 사르담호의 측면에 보트가 도착했다. 선장들이 밧줄 사다리를 붙잡고 올라왔다. 그들은 불평으로 가득 차 있었다. 라르메는 그들이 안 보일 때까지 몸을 숨기고 있었다.

라르메는 나무토막을 힘주어 깎아 냈다.

그는 배의 맨 앞쪽 돌출된 사자상 위에 앉아 짧은 다리를 허공에서 흔들거리며 칼로 나무토막을 다듬고 있었다. 아무도 그곳까지 올라가지 않았다. 그들은 라르메처럼 민첩하지 못했다.

주변에는 악취가 진동했다.

부리머리가 그의 뒤에 있었다. 부리머리는 선원들이 뱃머리를 더럽히며 바다 속으로 소변을 보는 작은 격자형 갑판이었다. 오줌 냄새로 난쟁이의 눈알이 시뻘개졌지만 그건 혼자만의 공간을 위해 지불하는 작은 대가일 뿐이었다.

난쟁이는 칼을 비틀어 나무토막에서 옹이를 베어 냈다. 그는 기분이 썩 좋지 못했다. 평소에도 그랬지만 이번에는 특별한 이유가 있었다. 바람이 적당하고 바다가 잔잔할 때 항해를 지체하는 건 재수 없는 일이었다. 그보다 더 나쁜 건 해적의 위협이었다. 화물을 잔뜩 실은 채 닻을 내린 무역 선단은 바다 위를 배회하는 해적들에게 좋은 먹잇감이었다.

"문둥병자 따위가," 난쟁이가 옹이를 잘라 내며 중얼거렸다. "너를 괴롭히다니." 그는 사랑하는 연인을 애무하듯 선체를 어루만졌다.

소가 단지 근육과 힘줄로 이루어진 게 아니듯이 사르담호 역시 단지 못과 목재가 아니었다. 배에는 향신료가 가득했고, 그 등에는 크고 하얀 날개가 펼쳐져 있었으며 그들을 고향으로 향하게 해 주는 커다란 뿔이 솟아 있었다. 선원들은 날마다 배의 표면에 타르를 바르고 상처 난 선체를 수리했다. 섬세하게 삼베 날개를 꿰매고 앞을 볼 수 없을 정도의 위험 속에서 그녀를 부드럽게 인도했다. 선원들 중 그녀를 사랑하지 않는 남자는 없었다.

어떻게 그녀를 사랑하지 않을 수 있을까? 사르담호는 그들의 안식처이자 수호자였다. 그건 다른 어떤 개자식이 그들에게 준 사랑보다 더 컸다.

라르메는 갑판 너머의 세상을 싫어했다. 암스테르담의 거리에서 그는 매를 맞고 비웃음을 당하는 인간이었다. 그는 정처 없는 떠돌이였고 사람들을 즐겁게 하기 위해 재주넘기를 했다.

동인도 선박에 발을 디딘 순간, 그는 마침내 안식처를 찾았다는 사실을 깨달았다.

이곳은 그의 체격에 맞는 세상이었다. 서커스를 하듯 삭구에 매달려 돛을 다룰 때면 그의 키가 다른 사람들의 절반인지는 중요하지 않았다. 물론 선원들은 그의 등 뒤에서 비웃었지만, 그들은 어차피 모두를 비웃었다. 10개월 간의 항해 동안 미치지 않기 위해서.

만약 폭풍우가 그를 배 밖으로 날려 보낸다면 그는 이 젊은이들 중 누구라도 손을 내밀어 그를 구해 줄 거라고 확신했다. 암스테르담에서는 그가 발에 걸어차일 때 다른 사람들이 와서 함께 걸어찼었다.

라르메는 나무토막에서 다시 한 점을 베어 냈다. 아직 그것이 무엇이 될지 확신하지 못했다. 그는 그렇게 대담한 예측을 할 정도의 기술은 가지고 있지 않았지만 그것은 다리를 가지고 있었다. 분명히 네발 달린 형체였지만 완성하려면 한참 더 걸릴 터였다.

뒤에서 발자국 소리가 들리자 라르메는 고개를 돌렸고, 경비 대장 드레히트가 머스킷 총병과 선원을 데리고 선수루 갑판 계단으로 올라가는 모습을 보았다.

선원은 목수의 나이 어린 조수 중 한 명인 앙리였다. 요하네스 와이크는 앙리가 사라 웨셀에게 내부 이야기를 한 사실을 알아내고 그를 두들겨 팼다. 앙리의 얼굴은 늙은 순무처럼 시퍼렇게 멍들어 있었다.

머스킷 총병은 티먼이었다. 그는 승선 중에 범죄 용의자인 핍스를 바닥에 내동댕이쳐서 아렌트 헤이즈의 분노를 샀었다. 티먼은 그날 아침에는 기가 죽어 있었지만 오늘 아침에는 아니었다. 그는 시퍼렇게 눈을 부라리고 있었다. 앙리와 티먼은 분명히 싸우고 있었다.

라르메는 사자 상에서 몸을 홱 빼고는 선수루 갑판 쪽 난간으로 뛰어올랐다.

모자 챙 아래에서 드레히트의 눈이 가늘어졌다. 그의 손이 칼자루를 향했다.

아이작 라르메는 쉽게 놀라지 않았다. 일등항해사가 하는 일의 대부분은 선장 대신 귀찮은 일을 처리하는 것이었다. 라르메는 아까보다 조금 더 강하게 단검을 움켜쥐었다. 드레히트는 한참 만에 라르메를 보는 것이었지만 대부분의 사람들처럼 난쟁이를 잊지 않았다.

"자네인가, 라르메?" 경비 대장 드레히트가 물었다.

"그래, 나야." 난쟁이가 경멸감을 감추지 않고 대답했다.

"나는 결코 자네의 찌푸린 표정을 잊지 않지." 드레히트가 웃으며 말했지만 긍정적인 반응이 돌아오지 않자 얼굴에서 미소가 사라졌다.

"그자들은 싸운 거야?" 라르메가 반쪽 부적을 목에 문지르며 물었다. 크게 효과가 있는 부적 같지는 않았다. 나머지 반쪽을 갖고 있던 보세에게는 분명히 효과가 없었다. 보세는 실력이 뛰어난 선원은 아니었지만 부두에서 불에 타 죽을 만큼 쓸모없는 선원도 아니었다.

"이 배에서 정식으로 싸움을 처리하는 특별한 방법이 있다고 하더군." 드레히트가 물었다.

"사르담호에서 싸움은 선수 갑판에서 주먹 대결로 해결해야 해." 라르메가 말했다. "무슨 문제가 있지?"

"이자가 내 손대패를 훔쳤어요." 앙리가 티먼을 노려보며 중얼거렸다.

라르메는 날카로운 눈길로 두 남자를 위아래로 훑어본 다음 한숨을 내쉬었다. 그는 멋진 싸움을 좋아했지만 이건 싸움이 될 수 없었다. 이런 말다툼은 거의 항상 개싸움이 되어 버렸고, 이 둘은 서로에게 오줌으로 가득 찬 주머니를 내던지려 하고 있었다.

"그걸 증명할 수 있나?" 라르메가 물었다.

"이자가 훔치는 걸 사람들이 봤어요." 앙리가 목소리를 높였다.

"당신은 그걸 부인하는 거야?"

"아니오." 티먼이 시인하며 판자를 걷어찼다. "내가 훔쳤고 들켰소. 충분히 공평해 보이게 말이오."

"손대패는 돌려줬어?" 라르메가 물었다.

"바다에 내던졌소."

"세상에, 이 사람아." 드레히트가 말했다. "왜 그런 건가?"

"이놈이 총병들에게 욕을 했습니다, 대장님. 이놈을 바다에 내던지려다가 손대패를 대신 던져 버린 겁니다."

드레히트는 턱수염 밑으로 미소를 지었다.

"우리가 닻을 내린 후에 여기로 돌아오도록 해." 라르메가 수많은 개싸움을 처리해 본 경험 많은 목소리로 말했다. "티먼, 당신은 절도를 인정했으니 대결에서 불이익을 받아야 해. 한 손을 등 뒤로 묶을 거야."

티먼이 깜짝 놀랐다. "이봐, 난쟁이! 그건—"

"그게 규정이야." 라르메가 차갑게 쏘아붙였다. "문제를 일으켰으니 대가를 치러야 해. 둘 중 한 명이 쓰러질 때까지 싸울 거야. 다른 사람들이 지켜보면서 내기를 할 테니까 잘해 봐."

"좋아." 두 남자의 어깨에 손을 얹으며 경비 대장 드레히트가 말했다. "그럼 가 보게."

그들이 투덜거리며 사라지자 드레히트는 탄띠에서 방향제를 꺼내 콧구멍에 대려다가 예의상 라르메에게 한 번 권했다.

난쟁이는 손을 저으며 사양했다.

"크로웰스 선장이 언제 폭풍이 올지 알고 있다는 게 사실인가?" 드레히트가 방향제 냄새를 맡으며 물었다. 독한 냄새에 눈물이 살짝 고였다.

"그래." 라르메가 말했다.

"지금 다가오는 폭풍이 하나 있다고 하던데?"

라르메는 고개를 끄덕였다. 드레히트는 파란 하늘로 턱을 내밀었다.

"이번엔 선장이 잘못 짚은 거야." 드레히트가 코웃음을 쳤다.

"아직 시작되지 않았어." 라르메는 반박하고 계단으로 향했다. "나는 수색하는 걸 도와주러 가야 해."

"자네도 그쪽 편이군." 드레히트가 라르메의 등 뒤로 소리쳤다. "그래야 무시당하는 걸 피할 수 있겠지. 하지만 자네와 나는 함께 가야 할 길이 많이 남았어. 친하게 지내는 게 좋지 않겠나?"

"선을 넘지 마. 그러면 당신이 원하는 대로 친하게 굴어 주지." 라르메가 계단을 내려가며 말했다. "아니면 내 칼날이 당신 등에 꽂힐 거야."

드레히트는 난쟁이가 내려가는 걸 지켜보다가 몸을 구부려서 나무토막을 집어 들었다. 라르메가 급히 떠나면서 떨어뜨린 것이었다. 드레히트는 나무토막을 살펴보며 이마를 찡그렸다. 무슨 모양인지 분명히 알 수는 없지만 분명 날개가 있었다.

아마도 박쥐의 것으로 보이는 날개가.

31

사라는 이사벨이 다가오는 발자국 소리를 듣고 그녀가 노크도 하기 전에 문을 열어 주었다.

"부인께서 저를 찾으신다고 들었어요." 이사벨이 화려한 고급 객실을 둘러보며 말했다.

"데몬로지카에 올드 톰이 소환되는 과정을 묘사한 내용이 있나요?" 사라가 물었다.

이사벨은 가방에서 책을 꺼내어 그 페이지를 재빨리 찾았다.

"여기요." 장식체의 단어들을 가리키며 이사벨이 말했다.

사라는 그 내용을 큰 소리로 읽었다.

"올드 톰을 소환하려면 세 가지가 필요하다. 첫째, 사랑하는 사람의 피가 칼날에 흘러야 한다. 그 칼날로 미워하는 사람을 희생시키고, 시체가 식기 전에 그를 위해 어둠의 기도문을 큰 소리로 읽어야 한다."

사라는 숨을 헐떡이며 페이지를 넘겼다.

미움받는 사람은 바로 아렌트의 아버지였을 거야, 사라는 생각했다. 그는 그 숲에서 죽은 유일한 사람이었다. 아렌트는 사랑받는 사람이었다. 그녀는 책을 계속 읽었다.

"소환되어 묶여 있는 올드 톰은 자유의 대가로 큰돈을 내놓아야 한다. 올드 톰은 흥정을 하고 꾀를 부리고 속임수를 쓸 것이다. 그러나 그 속임수를 꿰뚫어 보는 사람은 무엇이든 요구할 수 있다. 그 돈을 받는 순간, 그들은 끔찍한 악을 세상에 풀어 줌으로써 심판의 날에 엄청난 대가를 치르게 된다. 거래가 성사되면 악마를 소환한 사람은 그 이상의 호의를 위해 십일조를 지불해야 한다. 그 비용은 대개 매우 비싸다. 올드 톰은 바보 취급을 당하는 걸 좋아하지 않는다."

사라는 감사의 표시로 이사벨의 손을 꼭 잡았다. "당신은 내게 큰 도움을 주었어요. 혹시 아렌트 헤이즈를 보았나요?"

"조금 전에 최하 갑판으로 내려가는 걸 보았어요."

사라는 객실에서 급히 뛰어나오다가 크로웰스 선장과 부딪칠 뻔했다. 선장은 큰 모래시계를 지켜보고 있었고, 라르메는 매듭으로 연결한 밧줄을 바다 속으로 흘려보냈다. 밧줄에 묶인 통나무가 배 뒤에서 까딱거리고 있었다. 모래시계가 비었다.

"우리는 10.2 노트의 속도를 내고 있어요, 선장."

"이 속도가 폭풍의 손길을 벗어나기에 충분해야 할 텐데."

사라는 그들을 우회해 최하 갑판으로 향했다. 산책에서 돌아오는 승객들로 계단이 북적거렸다. 그녀는 아렌트가 인파를 밀치고 아래쪽 화물칸으로 사라지는 모습을 보았다. 그녀는 사람들의 시선에 개의치 않고 아렌트를 따라 계단을 내려갔다. 악취가 코를 찔렀다. 계단은 그녀가 상상했던 것보다 훨씬 더 아래로 뻗어 있어서 끝이 보이지 않을 정도였다. 아렌트는 보이지 않았다. 그는 이미 밑바닥까지 내려 갔음에 틀림없었다.

"아렌트." 그녀는 사람들이 엿듣지 못하도록 조용히 이름을 불렀다.

응답이 없었다. 귀를 집중시킨 그녀는 먼 곳에서 들려오는 수색 소리를 들었다. 여행 가방이 쏟아지고 통이 깨지는 소리였다. 선원들은 이미 배의 후미를 수색했지만 아무것도 발견하지 못했다. 이제 그들은 뱃머리로 옮겨 갔다.

바다에 발을 내디딘 사라는 남편이 어떻게 반응할지 상상하며 머뭇거렸다. 지금도 그녀는 무엇이 그녀를 어젯밤 아렌트와 야코비 드레히트와 함께 앉아서 술을 마시게 했는지 확신하지 못했다. 그건 어리석은 행동이었다. 드레히트가 말하지 않더라도 소문은 남편의 귀에 그대로 들어갈 터였다. 모든 사람들이 권력자의 환심을 사려고 했다.

남편이 알게 되면… 사라는 상상만으로도 몸서리를 쳤다. 하지만 더 이상 자신이 들은 이야기를 외면할 수 없었다. 궁금한 것이 너무 많았다.

그녀는 화물칸의 어둠에 몸을 맡겼다. 바닥이 미끌거렸고, 썩은 하수 냄새와 톱밥 냄새, 향신료 냄새가 났다. 천장에서 물방울이 뚝뚝 떨어져 화물 상자들을 적시고 있었다. 마치 위쪽 갑판에서 상상한 모든 끔찍한 생각들이 배 안으로 스며들어 여기에 고여 있는 것 같았다.

마침내 사라는 아렌트가 등불을 들고 구석구석을 조사하고 있는 모습을 발견했다. 그녀는 핍스 탐정의 수사보고서에서 이런 상황을 읽은 적이 있었다. 핍스의 말을 빌리자면, 모든 사물에는 흔적이 남아 있기 마련이다. 끊어진 거미줄은 누군가가 지나갔다는 걸 의미했고, 어깨에 묻은 끈적끈적한 거미줄은 그 사람의 정체를 말해 주는 것이었다.

"아렌트."

그는 등불에서 쏟아져 나오는 안개 사이로 그녀를 가늘게 쳐다보았다. "사라 웨셀 부인? 여기까지 무슨 일로 내려오신 겁니까?"

"제 남편이 올드 톰을 소환했어요. 그가 보즈에게 말하는 걸 우연히 엿들었어요." 사라가 작은 목소리로 말했다. "그는 자객을 고용해서 당신 아버지를 살해하고, 당신 손목에 그 상징을 그려 넣었어요."

아렌트가 그 말을 이해하는 데에는 수 초가 걸렸다. 그의 표정은 당황스러움에서 불신으로 바뀌었고, 그 다음에는 분노로 바뀌었다.

"삼촌이…" 그는 말을 끝맺지 못했다. "왜 그런 짓을?"

"권력이든, 돈이든… 올드 톰을 소환하는 사람은 악마를 풀어 주겠다고 동의하기만 하면 무엇이든 요구할 수 있어요."

"삼촌은 어디 계십니까?"

"지휘실에요."

아렌트가 계단에 발을 딛는 순간, 으르렁거리는 소리가 화물칸 깊은 곳에서 퍼져 나왔다. 아렌트는 즉시 화물 상자를 쌓아 놓은 미로 쪽으로 불빛을 돌렸다. 하지만 불빛은 성벽처럼 쌓여 있는 나무 상자에 부딪혀 반사될 뿐이었다.

"저게 무슨 소리죠?" 사라가 불안한 목소리로 물었다.

"늑대 울음소리 같습니다." 아렌트가 추측했다.

"동인도 선박에 어째서 늑대가?"

"단검을 가지고 오셨습니까?" 그가 물었다.

사라는 그녀의 가운을 가리켰다. "제 드레스 재단사는 주머니를 싫어해요, 기억하시죠?"

"갑판으로 돌아가십시오."

"당신은 어디로 갈 건데요?"

"무엇이 저 소리를 냈는지 알아보려고 합니다." 그는 화물칸을 가득 메운 상자들의 미로를 향해 성큼성큼 걸어갔다. 그의 손에 들린 등불은 시커먼 어둠 속에서 매우 초라해 보였다.

사라는 계단 쪽으로 몸을 돌렸다. 그녀는 남자들의 말에 순종하도록 교육받았다. 무엇을 해야 할지 지시를 따르면서 지금까지 살아왔다. 이는 그녀에게 자연스러운 환경의 일부였지만, 그럼에도 불구하고 아렌트가 혼자 가도록 내버려 두는 건 잘못된 일처럼 느껴졌다.

마치 자신이 아렌트를 버리는 것 같았다.

그녀는 계단을 올라가는 대신 얼음처럼 차가운 하수 속으로 발을 들여놓았다. 하수는 발목 깊이였고 이미 그녀의 치맛자락을 적시며 배가 흔들리는 대로 좌우로 출렁거렸다.

"아렌트." 그녀가 속삭였다. "기다려요."

"돌아가십시오." 그가 작게 소리쳤다.

"나도 함께 갈 거예요." 그녀의 단호한 목소리가 논쟁을 끝냈다.

화물 상자는 제멋대로 배치되어 있었다. 직선도 없고 뚜렷한 길도 없었다. 화물칸은 상자로 꽉 채워져 있었고, 한순간 그들은 후추 냄새에 재채기를 하다가 그 다음 순간에는 짙은 파프리카 냄새에 두통을 느꼈다.

아렌트를 따라 통로를 지나가면서 사라는 그의 넓은 어깨와 거대한 등을 바라보았다. 불빛이 그의 어깨를 따라 흔들리고 있었다.

사라는 갑자기 두려움에 휩싸였다.

여기서 그는 마음만 먹으면 그녀에게 무슨 짓이든 할 수 있을 테고, 그녀는 저항할 방법이 없었다. 만약 그녀가 틀렸고 샌더 커스가 옳았다면 그녀는 아무도 없는 곳에서 올드 톰에게 몸을 내맡긴 셈이었다.

남편이 그토록 비난했던 바로 그 호기심에 눈이 멀어 무모한 행동을 하고 있는 건 아닐까 걱정이 되었다.

"제게 가까이 붙으십시오." 아렌트가 말했다.

어떻게 그토록 멍청할 수가 있지? 사라는 이 남자를 잘 몰랐다. 부두에서 그의 친절한 행동을 보고 그것이 전부라고 생각했다. 그녀는 스스로를 불안한 상황으로 내몰았다.

하지만 그녀는 이를 악물고 불신을 떨쳐 냈다.

이 두려움은 자신의 것이 아니었다. 사라는 분노하며 그 사실을 깨달았다. 샌더 커스의 의심이 전염병처럼 그녀에게 달라붙은 것이었다.

그녀는 아렌트를 알고 있었다. 그의 내면에 있는 순수함을 정확히 알고 있었다. 아렌트가 문둥병자를 돕기 위해 달려왔을 때 그의 진정성을 보았다. 그녀는 그가 바이올린을 켜는 모습을 보고 그를 알게 되었고, 그가 음악에서 얻은 즐거움도 알게 되었다. 그녀는 문둥병자가 나타난 후 그가 준 단검을 보고 그의 진심을 알았다. 새뮤얼 핍스에 대한 충성심과 열정에서 그의 진심을 알았다. 그녀는 바로 이 수색에서 그의 진심을 알았다. 만약 아렌트 헤이즈가 악마라면 너무 완벽한 천사로 위장을 한 셈이었다.

"아렌트, 당신은 올드 톰의 상징과 똑같은 흉터를 가지고 있나요?"

아렌트는 그 질문에 얻어맞은 것처럼 움찔했다. 그녀를 향해 돌아설 때 그의 손에서 등불이 흔들렸다. "그렇습니다." 그가 말했다. "아버지가 사라진 후에 흉터가 생겼지만 어떻게 된 건지는 알 수가 없었습니다. 알았다면 좋았겠지만."

"당신의 흉터는 우리의 적과 연결되어 있어요." 그녀는 서운한 감정을 드러내며 말했다. "왜 저한테 그 사실을 숨긴 거죠?"

"부인께 어떻게 말씀드려야 할지 몰랐습니다." 아렌트가 자신의 손목을 응시하며 대답했다. "할아버지는 제가 어렸을 때 이 흉터를 비밀로 하라고 말씀하셨고, 저는 지금까지 그 말씀을 따랐습니다. 부인께 그런 이야기를 하지 않은 건 어쩔 수 없는 일이었습니다."

또다시 으르렁거리는 소리가 그들을 얼어붙게 만들었다.

"아, 저도 당신처럼 몸집이 컸으면 좋겠어요." 사라가 귀를 긴장시키며 말했다.

"제가 있던 대부분의 전쟁터에서는 저를 과녁으로 삼았습니다." 아렌트가 말했다. 그는 위험을 찾아내기 위해 등불을 좌우로 비추며 다시 걷기 시작했다.

"그걸 그리워한 적이 있나요?"

"과녁으로 이용되는 걸 말씀하시는 겁니까?"

"전쟁 말이에요."

그는 조심스럽게 어둠을 바라보며 고개를 저었다. "아무도 전쟁을 그리워하지 않습니다, 부인. 그건 죄악을 그리워하는 것과 같습니다."

"영광은 어때요, 명예는요? 브레다 전투에서 당신의 무용담은—"

"그건 대부분 거짓말입니다." 화난 듯한 목소리로 아렌트가 말했다. "대개 영광이란 귀족들이 만들어 내는 것에 지나지 않습니다. 명예는 귀족들이 저지른 살육을 미화하는 수단이지요. 병사가 하는 일은 빵 부스러기나 던져 주는 왕을 위해 싸우면서 고향에서 멀리 떨어진 전쟁터에서 죽어 가는 것입니다."

"그럼 왜 용병 일을 했나요?"

"돈이 필요했으니까요." 그가 말했다. "별 뾰족한 수도 없이 무작정 집을 뛰쳐나왔는데, 진흙 속에서 피투성이가 될 때까지 많은 일이 연달아 일어났습니다. 저는 상인이 되려고 노력했지만 할아버지께서는 끊임없이 저를 찾아내려 하셨지요. 그래서 그분이 저를 찾지 못하도록 아무런 연고도 없는 지역으로 갔습니다. 하지만 겨울에도 추웠던 적이 없고 배고픔도 몰랐던 제가 세상에 대해 무엇을 알았겠습니까? 누군가가 제게 준 첫 번째 급여는 도둑을 잡은 대가였습니다."

그들은 이제 미로 깊은 곳까지 들어와 있었다. 사라의 드레스가 너무 심하게 물에 젖어서 그녀를 지치게 하기 시작했다.

"도둑을 잡는 일은 어땠어요? 당신은 수사 보고서에서 새미 탐정을 만나기 전의 삶에 대해서는 언급한 적이 없더군요."

"그때는 대부분 사소한 사건을 해결했습니다." 그의 목소리는 애틋함으로 가득 차 있었다. "첫 번째 일은 술집에서 난봉꾼을 설득하는 것이었습니다. 한 시간 동안 그 남자와 이야기를 했는데, 그자를 때려야겠다고 생각하기 전에 신교 목사 앞으로 그를 무의식적으로 끌고 갔습니다. 그래서 그 남자는 자신의 아기를 가진 여자와의 약속을 지킬 수 있었지요."

"어떻게 핍스와 일하게 되었나요?"

"얘기하자면 깁니다."

"우리는 긴 미로 속을 걷고 있어요."

아렌트는 그렇다고 인정하면서 웃었다. 사라는 아렌트가 이런 상황에서도 웃을 여유를 갖고 있다는 점에 놀랐다. 위험은 분명히 그들에게 매우 다르게 영향을 끼쳤다. 그녀는 걸음을 멈추면 공포에 질려 자신이 밖으로 달아날 거라는 사실을 알기 때문에 자신의 신경을 딴 데로 돌리려 하고 있었다.

하지만 아렌트는 불안해하지 않았다. 그의 어조는 단호했다. 우연히 마주친다면 그를 보고 산책하러 나온 사람쯤으로 착각할 터였다.

"저는 1년 동안 도둑 잡는 일을 했습니다. 그때 패트릭 헤이즈라는 영국인에게 빚을 받기 위해 찾아갔습니다." 아렌트가 말했다. "그는 저를 습격했고, 저는 그를 죽였습니다. 그럴 의도는 아니었지만…" 아렌트는 흉터가 가득한 자신의 커다란 손을 바라보았다. "저는 제 힘을 통제할 수가 없습니다."

"왜 그 사람 이름을 사용하는 거죠? 헤이즈라는 이름 말이에요."

"부끄러움 때문입니다." 아렌트는 어깨 너머로 그녀를 바라보았다. "저는 사람을 죽이는 일이 어떤 느낌이었는지를 상기시켜 줄 새로운 이름을 원했습니다."

"그게 효과가 있었나요?"

"지금도 그를 생각하고 있습니다." 천장에서 기름기 섞인 물방울이 등불에 떨어졌다. "그걸로 충분할 것 같았습니다. 죄책감을 느끼면서 다시는 그런 삶을 살지 않겠다고 약속하기만 하면 되는 줄로만 생각했지요. 그런데 헤이즈의 형제가 제게 복수를 하러 왔습니다. 그들은 친구가 있었고, 그 친구들도 형제가 있었지요. 한 명의 목숨을 앗아 갈 때 뒤쫓아 올 가족들까지 죽여야 한다고 아무도 제게 말해 주지 않았습니다."

사라는 잠시나마 그를 의심한 자신이 어리석게 느껴졌다.

"그 후로는 모든 죽음이 가볍게 느껴졌습니다." 미로의 구석구석을 살펴보며 아렌트가 말했다. "한 명의 죽음은 열 명보다 가벼웠고 백 명의 죽음은 무게가 없었습니다. 저를 죽이려고 했던 모든 사람들을 죽였을 때 용병이라는 직업은 돈을 버는 쉬운 방법처럼 보였습니다. 제가 브레다에서 삼촌을 구해 낸 후 삼촌이 제 몸값을 내주셨기 때문에 저는 더 이상 진흙탕에서 싸울 필요가 없었습니다. 그때 새미가 찾아왔습니다." 아렌트는 미소를 지었다. "새미는 일단 거미줄이 제거되면 거미가 어디로 도망가는지 전혀 신경 쓰지 않는 사람입니다. 불행하게도 그의 고객들은 그렇게 생각하지 않았습니다. 새미는 자기 대신 원치 않는 추격전을 벌일 사람을 고용했고, 그게 바로 저였습니다."

사라는 그 이야기에 충격을 받았다. 아렌트의 보고서에서 새미는 범인을 쫓기 위해 창문에서 말 위로 뛰어내리는 사람이었다. 그는 너무나 용감하게 악당들을 세상에서 몰아냈다. 그녀는 곰과 참새와 함께 새로운 모험을 떠나는 자신의 모습을 여러 번 상상했었다. 핍스가 완전히 다른 사람이라는 걸 알게 되자 사라는 혼란스럽기도, 슬프기도 했다.

"그럼 왜 그 일을 하세요?" 사라가 물었다.

"그것이 옳은 일이기 때문입니다." 아렌트는 당황하며 그 질문에 대답했다. "새미는 다른 사람들이 신경 쓰지 않거나 외면하는 잘못을 지적합니다. 의뢰인이 푼돈을 잃어버린 거지이든 침대에서 사라진 귀족이든 상관없습니다. 만약 그 사건이 흥미롭다면 새미는 조사할 것입니다. 그런 사람들이 더 있다고 상상해 보십시오. 나쁜 일이 일어났을 때 그들을 도와줄 사람이 있다고 상상해 보십시오."

아렌트의 목소리에는 정의로운 세상에 대한 동경이 가득 담겨 있었다.

"할아버지는 대부분의 사람들이 소모품이라고 생각하셨고, 그들을 더 많은 재산과 더 많은 권력을 추구하기 위해 쓰고 버리는 도구라고 생각하셨습니다. 부유하지 않고 강하지 않은 사람은 삶에서 어떤 부당한 일도 받아들여야 한다고 말씀하셨습니다. 그들을 존중하거나 보호하지 않았습니다. 저는 그런 점이 싫었습니다. 그리고 그런 생각이 지배하는 현실이 정말 싫었습니다."

으르렁거리는 소리가 사라의 목에 있는 솜털을 곤두세울 만큼 가까이에서 들려왔다. 등불이 아렌트의 손에서 흔들리며 목재에 새겨진 뭔가를 잠깐 드러냈다. 사라는 아렌트의 팔을 잡고 가까운 화물 상자 쪽으로 등불을 가져갔다. 불빛이 그곳을 비추자 그녀는 심장이 얼어붙는 느낌이었다.

화물 상자에 새겨진 것은 꼬리가 달린 눈이었다.

"올드 톰의 상징이군요." 아렌트가 역겨워하며 말했다.

그는 무의식적으로 뒤로 물러났지만 등불의 불빛에 조금 더 앞쪽에 있는 다른 상징이 드러났다. 발걸음을 옮기자 또 하나, 그리고 또하나가 드러났다.

미로의 끝에서 으르렁거리는 소리가 들려왔다.

그쪽을 향해 돌아서자 작은 양초를 손에 들고 있는 문둥병자의 모습이 보였다.

문둥병자는 그들을 지켜보고 있었다.

그렇게 잠시 그들에게 바라볼 시간을 준 문둥병자는 서두르지 않고 걸어갔다. 사라는 아렌트의 팔을 붙잡았고, 그가 떨고 있지 않다는 사실에 안도했다.

"문둥병자는 우리가 따라오기를 원해요." 사라가 말했다.

"아마 함정이 있을 겁니다."

"그럼 왜 뒤에서 우리를 공격하지 않을까요? 왜 이런 식으로 유인하는 걸까요?"

그들은 몸을 밀착한 채 통로를 따라 문둥병자가 있던 지점까지 갔다. 모퉁이를 돌자 문둥병자가 다시 그들을 기다리고 있었다. 이번에는 더 가까이 있었고, 작은 양초 위에 경건하게 머리를 숙이고 있었다.

"무엇을 원하는 것이냐?" 아렌트가 외쳤다.

문둥병자는 대답 없이 다시 사라졌다. 이번에는 두 사람도 주저하지 않고 추격의 속도를 높였다. 향신료 냄새가 사라의 코를 자극했다. 텀벙거리는 물속에서 쥐들이 쏜살같이 도망쳤다.

상징은 미로 깊숙한 곳까지 나타나 모든 화물 상자를 뒤덮고 있었다. 마치 수천 마리의 거미들이 벽을 기어오르는 것처럼 나란히 줄지어 있었다.

사라의 이빨이 덜덜 떨렸다. 그녀는 죽을 만큼 두려웠지만 지금까지 살아온 인생 대부분의 날들도 끔찍이 두려웠다. 그래도 이것은 끝이 보이는 두려움이었다.

마치 양초의 뚜껑이 벗겨진 것처럼 불빛이 이글거렸다.

아렌트는 긴장하면서 조심스럽게 그쪽으로 다가갔고, 사라는 조금 거리를 두고 뒤따랐다.

아렌트는 기습 공격을 예상하고 얼굴을 보호하기 위해 팔을 위로 들어 올린 다음 재빨리 모퉁이를 돌았다. 여덟 개의 촛불이 제단 위에서 타오르고 있었고, 올드 톰의 상징이 그 위에 그려져 있었다. 수백 개의 상징이 주위의 벽을 뒤덮고 있었다.

"저건 종교의식이에요." 사라가 소스라치게 놀라며 말했다. "올드 톰은 자신의 교단을 만들었어요."

"그렇다면 이미 선원들 사이에는 올드 톰의 추종자들이 생겨났을 겁니다." 아렌트가 말했다.

32

아렌트와 사라는 혼란 속에서 미로를 헤치고 계단 쪽으로 되돌아갔다. 화물칸은 여전히 칠흑같이 어두웠고 악취는 여전히 코를 찔렀지만 적어도 당분간은 위험이 사라졌다는 사실을 그들 둘 다 알고 있었다.

문둥병자는 할 일을 끝낸 상태였다.

"올드 톰이 원하는 게 뭘까요?" 아렌트가 물었다.

"숭배." 사라가 대답했다. "그게 아니라면 무엇 때문에 제단이 필요할까요?"

"희생양을 바치는 것?" 아렌트가 생각에 잠긴 채 말했다. "이사벨이 이곳에 내려온 이유가 저 제단 때문이 아닐까요?"

"이사벨이요?"

아렌트는 어젯밤 이사벨이 화약고 문지기 노인과 마주친 일에 대해 사라에게 말해 주었다.

"당근을 다시 바지 속에 넣었다고요?" 사라가 웃음을 참지 못하며 물었다. "그게 화약고 문지기가 사용한 단어에요?"

"저도 그 단어를 들었을 때 웃겨서 아침 식사를 거의 다 토할 뻔했습니다." 아렌트가 빙긋 웃으며 대답했다. "우리는 이사벨이 밤에 배 주위를 몰래 돌아다니는 걸 알고 있습니다. 그 제단은 다른 어떤 이유 못지않게 좋은 이유가 됩니다. 어쩌면 올드 톰이 신교 목사의 제자를 개종시켰을지도 모릅니다."

"그건 합리적인 추리에요." 사라가 말했다. "샌더 커스는 올드 톰을 추적하고 있어요. 그는 악마가 이 배에 있는 누군가를 지배하고 있다고 믿고 있어요. 그가 오늘 아침에 그렇게 말했어요."

"누구를?"

"당신."

"올드 톰이 저를 지배한다고요?"

"어쩌면요. 아무튼 우리는 피비린내 나는 과거를 가진 사람을 찾고 있는 셈이에요."

"좀 더 좁혀 보아야 합니다." 아렌트가 그들의 추리에 작은 생명을 불어넣으며 말했다. "샌더 커스가 아무 이유 없이 악마가 죽기를 바랄까요? 아마도 그는 살인을 저지를 좋은 구실을 찾고 있는 걸지도 몰라요."

"그래요, 하지만 샌더 커스가 거짓말을 하는 것 같지는 않았어요." 그들 위 높은 곳에서 화물을 내리기 위해 사용되는 격자의 불빛이 나타났다. 발소리가 격자를 가로질러 오가고 있었다. 화물 상자 더미를 타고 올라가서 누구인지 확인하는 게 더 빠를 터였다.

하지만 그러기에는 사라의 드레스가 너무 무거웠다.

"샌더도 이 배로 유인당했어요." 사라가 계속 말했다. "그는 크리지의 남편으로부터 올드 톰과 싸우기 위해 바타비아로 오라는 편지를 받았지만 그 편지가 써졌을 때 이미 피터는 죽은 상태였어요."

"우리는 샌더와 이사벨에 대해 좀 더 알아보아야 합니다." 아렌트가 말했다.

"그건 저한테 맡겨 주세요, 제가 하녀에게 시켜서—"

가까운 어딘가에서 긁히는 소리와 쿵 하는 소리가 들렸다. 누군가가 욕을 하고 있었다.

"아이작 라르메의 목소리처럼 들리네요." 사라가 눈썹을 치켜올리며 말했다.

"라르메, 당신인가?" 아렌트가 물었다.

"이쪽이야." 라르메가 소리치며 대답했다.

그들은 난쟁이의 목소리를 따라갔다. 라르메는 쟁반 위에 촛불을 들고 올드 톰의 상징을 조사하고 있었다. 그의 손에는 칼이 들려 있었고, 칼날은 녹슬어서 들쭉날쭉했다. 그는 막 어떤 일을 끝마친 것처럼 숨을 헐떡이고 있었다. 그들을 보자마자 라르메는 상징을 가리켰다. "당신들도 이걸 봤어? 돛에 그려져 있던 것과 같은 상징이야."

사라는 라르메의 칼날 끝에 들러붙어 있는 나무조각을 발견했다.

"그게 바로 올드 톰의 상징이요." 아렌트가 말했다. "그 상징이 나타나면 재앙이 뒤따르지. 이게 바로 내가 당신에게 경고하려고 했던 거요."

"그 상징은 이 배의 곳곳에 새겨져 있어요." 사라가 말했다. 그녀는 손으로 미로 쪽을 가리켰다. "문둥병자가 저쪽에 제단을 쌓았어요. 올드 톰이 이 배를 지배하려 하고 있어요."

라르메는 다시 한번 상징을 힐끗 바라본 다음 단검을 부츠에 꽂았다. "아니면 선원들이 쓸데없는 장난을 치는 거겠지." 그가 대답했다. 그리고 신분에 전혀 개의치 않고 사라를 위아래로 훑어보았다. "여자는 여기 내려오면 안 돼. 여기엔 여자들 자리가 없어."

"우리는 긁히는 소리와 쿵 하는 소리를 들었소." 아렌트가 말했다.

라르메의 얼굴에 긴장감이 스쳤다. "아마도 문둥병자의 흔적을 수색하는 소리일 거야." 그가 둘러대듯이 말했다.

"그것보다 더 가까이에서 들렸어요." 사라가 반박했다.

"나는 아무 소리도 못 들었어." 난쟁이가 중얼거렸다.

사라는 주위를 둘러보았지만 화물칸은 너무 어둡고 양초는 너무 밝았다. 양초의 불빛은 라르메를 뚜렷하게 비추고 다른 모든 것을 가려 버렸다.

"왜 보세와 친구라고 말하지 않았소?" 아렌트가 물었다.

"난 그자의 친구가 아니야."

"당신들은 각각 반쪽짜리 부적을 갖고 있었소." 아렌트가 말했다. "그건 당신이 이번 항해를 마칠 때 보세의 급여를 대신 받는다는 걸 의미한다고 들었소. 서로 가까운 사이라는 이야기를."

"당신이 상관할 일이 아니야." 라르메가 양초를 받친 쟁반을 집어 들자 순간적으로 불꽃이 흔들렸다.

"누가 보세를 죽였는지 알고 싶지 않으세요?" 사라가 라르메에게 물었다. "누가 그를 부두의 화물 상자 위에 올려놓고 산 채로 불태웠는지 알고 싶지 않으세요?"

라르메는 대답 없이 신경질적으로 혀를 찼다.

"아니면 당신은 이미 알고 있을지도 모르지." 아렌트가 천천히 말했다. "우리가 알아내는 걸 원하지 않을 뿐이겠지."

"알지도 못하면서 함부로 말하지 마." 라르메가 으르렁거렸다.

"그럼 말해 주시오." 아렌트가 말했다.

"내가 말해 줄 거라고 생각해? 난 당신과 얘기할 수 없어. 당신은 군인이잖아."

"저는 군인이 아니에요." 사라가 반박했다.

"당신은 여자야. 더 나을 게 없어."

"세상에, 제발." 사라가 난쟁이의 고집에 짜증을 내며 말했다. "어둠 속에 우리 셋만 있어요. 남자든 여자든 그게 무슨 상관인가요?"

라르메는 단호하게 고개를 저으며 손가락으로 그들을 가리켰다. "사람들은 항해가 바람과 파도를 다루는 일이라고 생각하지. 하지만 그렇지 않아. 항해는 선원들을 다루는 일이고 미신과 증오를 다루는 일이야. 선원들은 살인자나 도둑 출신이고 불평이 많은 자들이야. 다른 어떤 일에도 적합하지 않지. 그들은 다른 곳에서는 교수형에 처해질 것이기 때문에 이 배에만 있는 거야. 그들은 거친 성질과 폭력적인 성격을 가지고 있고, 우리는 소를 가두어 놓기에도 부적절한 공간에 그들을 모두 함께 가둬 놓았지. 크로웰스 선장은 이 배를 지휘하고, 나는 선원들이 폭동을 일으키지 못하게 하고 있어. 둘 중 한 명이 실수를 하면 우리는 모두 죽어." 라르메의 턱은 마치 술집에서 누군가의 술을 쏟을 준비가 된 사람처럼 거칠게 튀어나왔다. "선원들이 왜 그렇게 군인들을 멀리하는지 알아? 우리가 그렇게 하라고 지시했기 때문이야. 그렇게 하지 않으면 선원들은 저들끼리 서로 증오할 것이고, 우리는 항해를 계속할 수 없어." 라르메는 양초의 불빛을 안정시켰다. "내가 당신 질문에 대답하고 당신을 돕는다면 나는 그들 편이 아니라 당신 편이 되는 거야. 나는 선택을 해야 해. 보세냐 이 배냐. 당신이라면 어느 쪽을 선택하겠어?"

난쟁이는 아무 대답도 듣지 않고 코웃음을 치며 짧은 다리로 뒤뚱

거리며 어디론가 가 버렸다.

라르메의 발자국 소리가 희미해지자 사라와 아렌트는 좀 전에 라르메가 서 있던 곳으로 걸어갔다. "우리는 분명히 긁히는 소리와 쿵하는 소리를 들었습니다. 라르메는 여기서 뭘 하고 있었던 걸까요?"

"화물 상자를 옮기고 있지 않았을까요?" 사라가 말했다.

아렌트는 화물 상자 하나를 밀어 보았지만 위에 쌓인 것들의 무게로 단단히 고정되어 꿈쩍도 하지 않았다.

"다른 생각은 없습니까?"

"혹시 반대쪽이 아닐까요?" 사라가 물었다.

아렌트는 상자 몇 개를 쿵쿵 쳤다. 그것들은 모두 단단히 고정되어 있었다.

사라가 바닥에 발을 구르자 물이 튀었다. 그녀는 항상 핍스의 이야기에서 비밀 문을 발견하는 장면을 즐겼고, 스스로 그런 비밀을 발견하고 싶었다. 하지만 그녀는 실망했다. 만약 바닥에 비밀 문이 있다고 해도 단단히 잠겨 있을 터였다.

아렌트는 그들 쪽으로 구부러져 있는 선체의 두꺼운 기둥을 살펴보며 손가락으로 거친 나무판자를 더듬거렸다.

"무엇을 찾고 있나요?" 사라가 물었다.

"제가 놓친 것, 아니면 새미가 놓친 것이 있나 해서요."

아렌트가 갑자기 손뼉을 딱 쳤다. "라르메는 난쟁이예요! 그는 우리가 수색하고 있는 벽의 높이까지 손이 닿지 않을 겁니다."

아렌트는 하수 속에 무릎을 꿇었다. 악취가 코를 찔렀다.

사라는 더러운 물을 혐오스럽게 바라보았지만 그녀도 이미 그런 생각을 할 처지가 아니었다. 그녀는 잠깐 망설이다가 그와 함께 진흙탕으로 들어가기로 했다.

그녀의 작은 손가락에 못이 닿았다.

"여기에요!" 사라가 소리쳤다.

사실 그건 잘 숨겨져 있다고 말하긴 어려웠다. 누가 만들었든 그걸 감추기 위해 대단한 기술에 의지했다기보다는 어둠을 믿었을 것이다. 사라가 그걸 잡아당기자 뚜껑이 벗겨지며 바닥에 떨어졌다.

그 뒤에는 비밀 공간이 있었다.

아렌트는 안을 들여다보기 위해 등불을 가까이 끌어당겼다.

"이런!" 사라가 실망하며 말했다. 비밀 공간은 텅 비어 있었다. 핍스가 조사한 사건에서는 항상 안에 뭔가가 있었다. 보통은 보석이지만 특별히 끔찍한 사건에서는 잘려 나간 머리가 들어 있었다.

"라르메는 이 안에 있던 걸 옮긴 게 틀림없어요." 그녀가 말했다. "그는 뭔가를 감추려고 여기 내려왔어요."

33

아렌트가 지휘실에 도착했을 때, 선장들은 테이블 주위에 둘러앉아 주먹을 내리치고 서로 소리 지르며 아드리안 크로웰스에게 불평을 쏟아 내고 있었다. 그들은 어두운 밤에 나타나는 외로운 불빛이 무엇이든 될 수 있다고 주장했다. 전투 준비를 하라며 그들을 침대에서 깨울 필요가 없었다고 투덜거렸다.

소리치지 않는 유일한 사람은 크로웰스뿐이었다. 그는 파이프 담배를 입에 문 채 금속 부적을 만지작거리고 있었다.

아렌트는 그의 침묵에 일리가 있다고 생각했다. 그의 삼촌을 짜증 나게 하는 일은 감동시키는 일보다 훨씬 쉬웠다. 이 사람들 중 절반은 조만간 낡은 선박으로 퇴출되어 도대체 언제부터 그들의 운이 나빠졌는지 궁금해할 터였다.

"그만!" 마침내 총독이 소리쳤다. "내 말을 잘 들으시오!" 지휘실이 조용해졌다. "오늘 밤 우리는 항해용 등불을 끄고 의문의 선박에 추격의 여지를 주지 않을 것이오. 만약 그 선박이 돌아온다면 사르담 호는 조사를 위해 수색 보트를 내보낼 것이오. 그러니 각자 배로 돌아가 준비를 시작하시오."

아렌트는 선장들이 투덜거리며 나오기를 기다렸다가 지휘실로 들어갔다. 그의 삼촌은 자리에 앉은 채 옆에 서 있는 보즈와 뭔가를 의논하고 있었다. 보즈는 뒷짐을 지고 있었다. 경비 대장 드레히트는 지휘실 출입문 옆에 자리를 잡고 있었고 아렌트에게 친근한 태도로 고개를 끄덕였다.

주인과 두 마리의 사냥개 같군, 아렌트가 냉소적으로 생각했다.

아렌트의 발자국 소리를 들은 총독은 고개를 돌려 반가움의 미소를 지었다.

"아렌트, 어서 오너—"

"삼촌, 제가 어떻게 이 흉터를 갖게 된 겁니까?" 아렌트가 손목을 내밀며 물었다. "아버지에게 무슨 일이 일어났던 겁니까?"

아렌트의 어조는 드레히트의 손을 칼자루로 향하게 했고, 보즈는 그의 주인을 대신해서 노려보았다. 총독은 그저 의자에 등을 기댄 채 두 손을 맞잡고 있었다.

"만약 내가 알았다면 너에게 말해 주었을 것이다." 얀 하안이 침착하게 말했다.

"삼촌께서 보즈와 얘기하는 걸 들었습니다." 아렌트가 말했다. "삼촌이 올드 톰을 소환했다는 것을 알고 있습니다. 아버지의 목숨이 그 대가였다는 것도 말입니다."

총독의 얼굴이 굳어지며 시종장을 노려보았다. 마치 매가 아래쪽에 있는 들쥐를 노려보는 것 같았다.

"그게 사실입니까?" 아렌트가 물었다. "올드 톰을 이 세상에 끌어들이기 위해 제 아버지를 희생시킨 겁니까?"

총독은 표정을 읽을 수 없는 먹물 같은 눈으로 조카를 바라보았다. "네 할아버지께서 네 아버지를 죽이라고 명하셨다." 그가 마침내 말했다. "네 아버지는 광신도였고 네가 태어나는 순간부터 너를 악마의 씨앗이라고 믿었다. 네가 의식을 잃을 때까지 두들겨 패는 걸 본 네 할아버지는 결국 그가 너를 죽일 거라고 생각하셨고, 그런 일이 일어나도록 내버려 둘 수 없었지. 그분은 너를 너무 사랑하셨어. 그분은 내게 지시했고 나는 그 말을 따랐을 뿐이다."

아렌트의 생각이 빙빙 돌고 있었다. 아버지의 실종에 대한 수수께끼는 그의 어린 시절을 집어삼켰다. 그것이 그를 어머니의 집에서 몰아냈다. 할아버지의 하인들은 그가 들을 수 없다고 생각했을 때 그 일에 대해 속삭였다. 하인들의 자녀들은 아렌트를 괴롭히기 위해 게임을 고안했고, 문 옆에서 그들이 아렌트 아버지의 영혼이며 그를 데리러 왔다고 속삭였다.

그리고 늘 그를 따라다녔던 의심. 사람들은 끊임없이 그가 자기 아버지 등에 화살을 쏜 것이라고 의심했다. 그런데 만약 그게 사실이라면, 대체 그는 무엇 때문에 그런 짓을 저질렀을까?

할아버지와 삼촌이 그런 일을 저질렀다는 건, 그로서는 상상도 할 수 없는 일이었다. 끔찍하고도 명백한 배신이었다.

"왜 할아버지는 제게 말씀해 주시지 않은 거죠?" 아렌트가 비틀거리며 말을 더듬었다

"아들을 죽이라고 명하는 건 쉬운 일이 아니기 때문이지, 아렌트." 캐스퍼 반 덴 버그를 위한 것이든 얀 하안을 위한 것이든 아렌트는 그 대답에 동정심을 느꼈다. "네 할아버지는 자기 아들이 한 짓을 부끄

러워하셨다. 그분은 자신이 해야 할 일을, 그리고 그것을 스스로 할 수 없다는 것을 부끄러워하셨다. 네 할아버지는 나약한 모습을 보여 주는 걸 싫어하셨으니까."

총독은 한 줄기 햇빛 속으로 몸을 기울이며 숨을 깊이 들이쉬었다. "과거는 독이란다. 그분은 그것을 숨기고 싶어 하셨고 나는 비밀을 지키겠다고 맹세했지."

"그럼 왜 제가 이 흉터를 갖게 된 겁니까?"

"암살자가 그런 것이지." 입술을 깨물며 총독이 대답했다. "그 암살자는 여러 가지 골치 아픈 일을 저질렀다. 그는 너의 집이 보이는 곳에서 네 아버지를 죽이기로 되어 있었어. 네가 3일 동안 숲을 헤매도록 놔두지 않고 말이다. 솔직히 말해서 우리는 그 시간에 네가 어떻게 되었는지 모른다."

"그 암살자는 어떻게 되었습니까?"

"사라졌다." 총독이 주먹을 쥐며 말했다. "종적을 감췄지. 그는 네 아버지의 묵주를 할아버지에게 전달했고 돈을 받아 갔단다. 그러고는 두 번 다시 연락이 오지 않았지."

"그 묵주가 아버지를 죽였다는 증거였습니까?"

"그래. 그것은 네 아버지의 가장 소중한 소유물이었어. 캐스퍼는 네 아버지가 살아 있는 한 결코 그 묵주를 포기하지 않으리라는 사실을 알고 있었지."

"하지만 삼촌은 올드 톰을 소환하시지 않았습니까? 그걸 인정하셨다고 들었습니다."

보즈는 당황하며 헛기침을 했다. 아렌트는 시종장이 거기 있다는 사실을 완전히 잊고 있을 만큼 대화에 몰입한 상태였다. 총독은 그의 부하를 무시하고 아렌트를 뚫어지게 바라보며 물었다. "아렌트, 너는 악마를 믿느냐?"

"아닙니다." 조카가 단호하게 대답했다.

"네가 악마를 믿지 않는다면 내가 어떻게 악마를 소환할 수 있겠느냐? 네가 나에게 이런 질문을 하는 이유는 숲에서 너의 삶이 바뀌었기 때문이야. 그리고 너는 무엇이 그 변화를 일으켰는지 알고 싶어 하지. 하지만 이 말을 해 주고 싶구나. 네가 여기까지 오게 한 모든 결정은 네가 내린 것이다. 내 결정도 아니고 네 할아버지의 결정도 아니지. 물론 하느님의 것도, 올드 톰의 것도 아니고."

"삼촌은 제 질문에 대답하지 않으셨습니다."

"나는 한 가지 질문에 대답을 했다." 총독이 엄지손가락 마디로 눈을 비비며 대답했다. "때로는 그것이 네가 바랄 수 있는 최선이란다."

"그건 제 보고서 중 한 구절입니다."

"내가 그 오랜 세월 동안 너를 잊고 지냈다고 생각하느냐?" 총독은 마치 지난 시간을 돌아보듯 탁자를 두드렸다. "내가 너에게 말할 수 없는 일은 이것 말고도 많다."

"삼촌―"

"그건 네 가족에 대한 내 사랑의 증거다. 나는 내가 가진 모든 정직함으로 네 질문에 답하고 있는 것이다. 그 누구도 나에게 이런 요구를 할 수 없었지."

총독의 목소리에는 질책의 기미가 섞여 있었다. 얀 하안의 입장에서 볼 때 이것은 굴욕이었다. 그의 관용은 오래가지 못할 터였다.

"제 할아버지가 올드 톰에 대해 알고 계셨습니까?" 아렌트가 물었다.

"나는 네 할아버지에게 아무것도 숨기지 않았다."

"삼촌, 왜 이런 일이 생기는 겁니까? 배후가 누구입니까? 왜 악마의 상징이 돛에 그려져 있던 겁니까?"

"내가 제안받은 것보다 더 많은 것을 원했기 때문이지. 나머지는 네가 나를 대신해서 밝혀 줄 거라고 믿겠다." 총독은 잠시 말을 멈췄다. "내가 널 사랑한다고 믿느냐, 아렌트?"

아렌트는 주저 없이 대답했다. "물론입니다."

총독은 가슴이 뿌듯해졌다. "그럼 내가 너를 보호하기 위해 내 비밀을 지킨다는 사실을 의심하지 말거라. 나는 이 배에서 누구보다도 너를 믿는다. 네가 이렇게 당당한 모습으로 성장한 게 자랑스럽구나."

총독은 일어서서 애틋하게 아렌트의 팔에 손을 얹었다. 그는 슬픈 표정을 지으며 미소를 짓고 나서 다른 말 없이 자기 방으로 걸어 들어갔다. 보즈는 조용히 문을 닫으며 총독을 따라 안으로 들어갔다.

드레히트는 놀라서 아렌트를 쳐다보았지만 별다른 말은 하지 않았다.

아렌트의 분노는 잦아들었다. 삼촌의 말이 옳았다. 그의 아버지는 분명히 그를 죽일 수 있는 괴물이었다. 캐스퍼와 얀 하안은 아렌트를 보호하기 위해 그의 아버지를 살해했고, 그들 스스로를 보호하기 위해 거짓말을 했다.

사라는 지휘실 밖에서 초조하게 기다리고 있었다.

그녀는 아렌트에게 달려갔다. "다 들었어요. 정말 미안해요, 아렌트."

"저보다는 사르담호를 불쌍히 여기십시오." 아렌트가 돌아서며 말했다. "만약 올드 톰이 삼촌을 지배하고 있다면 그 악마는 이 배를 지배하고 있을 겁니다. 이 싸움은 이미 패했는지도 모릅니다."

34

"화물칸에 있는 라르메의 비밀 공간이 텅 비어 있었다고?" 의자에 걸터앉은 드레히트가 숫돌로 칼의 흠집을 다듬으며 물었다. 경비 대장은 셔츠를 벗고 있었고 노란 털이 가슴을 덮고 있었다. 언제나 그랬듯이 그는 빨간 깃털이 달린 챙 넓은 모자를 쓰고 있었다.

드레히트는 한 시간 전에 중간 갑판 아래 칸으로 들어갔고 아렌트가 혼자 앉아서 허공을 응시하고 있는 모습을 발견했다. 드레히트는 지휘실에서 들은 이야기를 언급하지 않았다. 그저 테이블로 사용하는 맥주 통에 포도주 한 병을 내려놓고는 아렌트의 하루가 어떻게 흘러갔는지 물었다. 용병은 문둥병자의 제단과 사라와 함께 발견한 비밀 공간에 대해 그에게 알려 주었다. 크로웰스 선장은 그 제단을 파괴하라고 명령했다.

"완전히 비어 있었네." 두 번째 술병의 코르크 마개를 뜯으며 아렌트가 말했다. 오후의 더위가 갑판을 짓누르고 있었고, 대부분의 선원들은 실내에 있거나 그늘 속에 들어가 있었다. 그래서 평소에 떠들썩하던 사르담호는 파도가 출렁거리는 소리 외에는 섬뜩할 만큼 조용했다.

"비밀 공간이 얼마나 컸지?" 드레히트가 물었다.

"곡식 한 포대를 넣을 수 있을 정도?"

"밀수꾼의 공간이로군." 숫돌로 칼날을 다듬으며 드레히트가 중얼거렸다. "사르담호는 그런 놈들로 들끓지. 모든 동인도 선박이 그럴 거야. 간부 선원들은 그 공간을 이용하기 때문에 동인도회사에 선적 비용을 지불하지 않는 거야."

아렌트는 포도주를 들이켰다. 날씨가 더워 술기운이 확 올라왔다. "비밀 공간에 무엇을 싣지?" 아렌트가 입술을 닦으며 물었다.

"이익을 챙길 수 있는 것이라면 무엇이든." 드레히트가 대답했다.

"보세와 라르메는 친구였네." 아렌트가 생각에 잠기면서 말했다. "그리고 보세는 목수였지. 보세가 비밀 공간을 만들었다면 라르메는 그걸 이용해서 불법으로 화물을 운반하고 이익을 동료와 나누었을 거야. 하지만 오늘 아침 라르메는 거기서 무엇을 꺼냈을까?"

드레히트는 별로 흥미가 없는 듯 침묵했다.

"내 삼촌이 새미 핍스를 왜 감방에 넣었는지 아는가?" 아렌트가 불쑥 물었다.

"누군가에게 호의를 베풀기 위해서지. 내가 알기로는 그렇다네. 누구인지는 몰라도 말이야. 총독은 나에게 그런 말을 하지 않아." 칼날의 흠집을 보고 인상을 찌푸리며 드레히트가 중얼거렸다. "보즈는 총독을 위해 비밀을 지키지. 나는 그 비밀을 누설하는 자들을 죽이고."

호의라니, 아렌트는 생각했다. 도대체 그의 삼촌이 누구를 위해 그런 호의를 베풀었을까? 누구든 간에 그들은 분명히 사악한 목적을 가지고 있을 터였다.

"나도 질문 한 가지를 하겠네." 드레히트가 말했다. "총독이 이 배에 실은 비밀 화물이 무엇인지 아는가?"

"포세이돈?"

"아니, 다른 것. 훨씬 더 큰 것."

"그런 건 들어 본 적이 없네." 아렌트가 말했다.

드레히트는 짜증이 나서 잠시 칼날 손질을 멈추었다. "그것이 무엇이든 옮기는 데 3일이나 걸렸네. 한밤중에 몰래 실었는데 지금은 화물칸의 절반이나 차지하고 있지."

"왜 자네는 그런 걸 신경 쓰는 거지?"

"사람들이 왜 총독을 죽이려고 하는지 모른다면 나는 그를 보호할 수 없네. 그 화물이 무엇이든 매우 중요한 물건일 거야." 드레히트는 답답하다는 듯이 고개를 저었다. "이 배에는 너무나 많은 비밀이 있고, 나는 그 모든 게 칼을 들고 총독을 향해 접근하고 있다고 확신하네."

"자네는 내 삼촌을 얼마나 오랫동안 모셔 왔지?"

"너무 오래돼서 잊어버렸네." 드레히트가 다소 시큰둥하게 대답했다. "우리가 언제 바이아Bahia(브라질 북동부에 있는 주-옮긴이)를 점령했지?"

"약 17년 전."

"그럼 그때쯤이겠군." 드레히트는 그 기억을 떠올리며 눈살을 찌푸렸다. "자네 삼촌은 스페인에서 호위할 사람이 필요했고, 나는 전투에서 살아남은 대부분의 사람들과는 달리 여전히 멀쩡한 팔다리를 가지고 있었네. 아내에게 6개월 후에 돌아오겠다고 말했지만 그 이후로 쭉 총독을 모셨지. 자네는 핍스와 얼마나 오래 일했나?"

"5년." 아렌트가 독한 포도주를 다시 들이켜며 말했다. "핍스는 나에 관한 이야기를 들었고, 살인죄로 사람들을 고발할 때 자기 앞에 서 있을 경호원이 필요하다고 말했지."

드레히트는 웃었다. "자네는 그런 이야기를 절대 보고서에 적지 않았어."

"그런 걸 보고서에 적으면 겁쟁이처럼 보일 테니까." 아렌트가 넓은 어깨를 으쓱하며 말했다.

"새미 핍스는 실제로 어떤 사람인가?" 드레히트가 다시 숫돌로 칼날을 다듬으며 물었다.

"그날그날 달라지지." 아렌트가 조심스럽게 대답했다. "새미는 아무것도 없이 태어났고 다시 그 상황으로 돌아가는 걸 두려워했네. 나는 흥미로운 사건에 대해서만 보고서를 쓰지만 그는 어떤 퍼즐이든 잘 풀어내지. 대부분은 순식간에 해결하고 나서 지루해져서 가까운 곳에 있는 악덕을 탐닉하며 불우한 사람들에게 돈을 쓰곤 하지."

드레히트는 살짝 풀이 죽어서 말했다. "그 이야기는 새미 핍스를 매우 고귀하게 보이게 하는군."

"태양이 비추고 바람이 그의 뒤에서 불어올 때는 그렇게 보이지." 아렌트는 긴 한숨을 내쉬었다. 사실 새미는 상당히 친절했고 그의 재능이 삶을 변화시켰다. 예전에 새미는 길에서 말에 치여 지갑을 도둑맞고 죽은 남편을 위해 울부짖는 노부인의 사연을 들은 적이 있었다. 한 시간 만에 새미는 사건을 해결하고 지갑을 찾아 그의 주머니에서 돈을 더해 노부인에게 돌려주었다. 새미는 그 수수께끼가 너무 흥미로워서 대가를 지불할 가치가 있다고 주장했지만 아렌트는 그 노파의 얼굴에 가득한 감사의 마음을 보았다. 새미는 손을 뻗어 세상을 살짝 어루만졌다.

그리고 그건 어려운 문제였다. 드레히트는 새미가 어떤 사람인지 알고 싶어 했지만 그는 너무 난해한 사람이었다. 아렌트는 새미가 영리하고 독특하고 특별하다고 말할 수도 있지만, 탐욕스럽고 게으르고 때로는 잔인하다고 말할 수도 있었다. 한 마디 한 마디가 진실일 수도 있지만 그 어떤 말도 적당하지 않을 터였다.

하늘은 그저 푸른색이 아니었고 바다는 단순히 물로 구성된 게 아니듯 새미는 보통 사람들과 같지 않았다. 부와 권력과 특권은 그에게 중요하지 않았다. 그는 자신이 조사하고 있는 사람에 대해 유죄라고 생각하면 지위 고하를 막론하고 누구든 고발했다. 새미는 아렌트가 세상에서 만나기를 원했던 사람이었다.

아렌트는 고개를 저었다. 그는 이런 상념에 젖어 드는 걸 싫어했다. 현실은 그를 우울하게 만들었다. 그는 너무 오래 살아남았고 너무 많은 전쟁터를 돌아다녀서 따뜻한 이야기들을 믿지 못했지만, 새미가 살아 있는 동안 왕들과 귀족들은 두려워할 존재가 있었다. 그 사실은 아렌트에게 유일한 위안이었다.

아렌트는 드레히트에게 술잔을 건네며 물었다. "어떻게 해서 바타비아에 오게 되었나?"

"바타비아가 아니면 또다시 빌어먹을 전쟁터로 돌아가야 했으니까." 그가 술을 들이켜며 대답했다. "나는 전쟁에 신물이 났네. 게다가 총독은 자신을 암스테르담으로 안전하게 데려다주면 나를 부유하게 만들어 주겠다고 약속했네. 나는 하인을 부릴 수 있고 내 아내는 들판에서 일하지 않아도 되지. 내 아이들은 아버지보다 더 행복하게 살 수 있을 거야. 그건 좋은 일이지."

드레히트는 칼날의 모서리를 응시했고 햇빛이 칼날에 반사돼 번쩍거렸다.

"내 삼촌이 그 칼을 선물해 주었나?" 아렌트가 물었다.

"지난 몇 년간 나의 충성심에 대한 보상이지." 드레히트의 눈이 가늘어지면서 마침내 정말로 하고 싶은 이야기를 꺼냈다. "자네 삼촌은 권력을 가졌어. 권력을 가진 사람은 친구보다 적이 더 많아. 특히 한 사람이 마음에 걸려."

"그게 누군가?"

"나도 잘 모르지만, 누가 됐든 총독은 오랫동안 그 사람을 두려워했네. 그래서 요새에서 나온 거야. 많은 병사들을 이 배에 태우고 항해할 정도로 총독은 뭔가에 겁을 먹고 있어. 대체 누구 때문일까?"

"올드 톰?" 아렌트가 추측했다.

드레히트는 어깨를 으쓱하고 나서 다시 칼날을 부드럽게 닦기 시작했다.

35

선장들이 각자의 배로 돌아갔을 때 사라는 객실에서 하프를 연주하고 있었다. 그것 외에는 안식처가 없었다. 악기 위에서 손가락은 자유롭게 움직였지만 그녀는 음악에 집중하지 못했다. 음악은 사르담호 주변의 바다처럼 그녀 주위를 떠돌았다. 잠시 후 그녀는 자신이 연주하고 있다는 사실을 완전히 잊어버렸다.

음악 너머로 어둡고 무서운 생각들이 떠올랐다.

자신이 인정했듯이 그녀의 남편은 프로방스 전역에 말로 표현할 수 없는 고통을 초래한 존재인 올드 톰을 소환했고, 이제 올드 톰은 사르담에 제단을 만들었다. 그녀는 총독이 악마와 어떤 거래를 했는지, 그리고 지난 몇 년 동안 총독이 저지른 끔찍한 일들 중 얼마나 많은 것들이 그 빚을 갚기 위한 것이었는지 궁금했다.

사라는 하프 사이로 크리지와 리아를 바라보았다. 그녀의 친구는 저녁 식사 때 입을 화려한 실크 드레스를 입고 있었고, 리아는 드레스 핀을 입에 물고 천 조각을 손에 들고 있었다. 빈 두루마리 상자가 옆에 놓여 있었다.

"다시 걸어서 방을 돌아다녀 보세요." 리아가 말했다.

"벌써 다섯 번이나 걸었잖니." 크리지가 간곡하게 거절했다. "이 정도면 충분해."

"만약 이모가 걸음걸이를 바꾼 걸 사람들이 알아차린다면 어쩌려고요." 리아가 걱정스럽게 말했다.

"이 배의 사람들은 내 걸음걸이가 바뀐 걸 알아채지 못할 거야."

"한 번만 더 부탁해요." 리아가 간청했다.

"리아!" 크리지가 화를 내며 목소리를 높였다.

"엄마." 리아가 사라에게 도움을 구했다.

"크리지," 사라가 개입했다. "한 번만 더 방을 걸어 줘. 리아가 살펴보게끔."

그들이 실랑이를 계속하는 동안, 사라의 생각은 그녀의 남편에게로 돌아갔다. 그는 부유하고 권력까지 가졌다. 만약 그 모든 것이 올드 톰에게서 나온 거라면 그 대가가 얼마나 컸을까?

사라는 남편이 저질렀던 모든 악행을 떠올렸다. 남편은 계약을 구실로 반다 제도 주민을 학살했다. 그것이 올드 톰의 요구였을까? 남편이 브레다 전투에서 살아남은 건 그 악마가 도와주었기 때문일까? 남편이 그녀를 세 번이나 거의 죽을 만큼 폭행했던 것도 악마가 시킨 짓일까? 짐승에게 던져진 먹이는 어디에 있는 것일까?

사라의 손가락은 하프 현을 놓쳤고, 음악은 엉망으로 만들어진 집처럼 무너졌다. 그녀는 다시 연주를 시작했다.

"고리를 더 크게 만들어야 할 것 같아요." 리아가 크리지의 드레스를 살펴보며 중얼거렸다.

"고리는 충분히 크단다." 크리지가 리아의 손에서 옷자락을 빼내며 말했다.

"쉽게 들어 올릴 수 있어요? 아니면 너무 무거운가요?"

"이제 그만 해." 크리지가 짜증을 냈다. "사라, 네 고집 센 딸에게 모든 게 완벽하니까 이제 그만 좀 하라고 말해 줄래?"

사라는 듣지 못했다. 그녀는 초초해하고 있었다.

그녀는 남편이 어떤 생각을 하는지 알고 있었다. 남편은 적을 약화시킬 수 없다면 그들을 죽일 것이다. 만약 죽일 수 없다면 매수하려고 할 것이다. 만약 매수할 수 없다면 흥정을 할 것이다. 만약 올드 톰이 이 배에 탔고 그 악마가 정말로 남편을 위협하고 있다면 남편의 첫 번째 전략은 거래를 제안하는 것일 터였다.

남편은 많은 것을 거래했다.

그는 세계에서 가장 강력한 정치 집단 중 하나인 신사 17인회의 일원이 되기 위해 암스테르담으로 항해하고 있었다. 그들을 통해 남편은 함대와 군대를 통제하게 될 것이다. 그가 단순히 지도 위에 손가락을 올려놓기만 해도 큰 혼란을 일으킬 수 있게 될 것이다. 만약 그것이 올드 톰이 원하는 아비규환이라면 그녀의 남편은 완벽한 악마의 화신이 될 것이다.

음악은 불협화음이 되었다. 사라의 손이 떨리고 있었다.

요새에서 그녀는 새뮤얼 핍스 탐정 이야기를 좋아했고, 실패하든 성공하든 항상 질문에 대한 답을 얻을 것이라고 확신했다. 미스터리는 풀리고 정의로운 사람들이 승리할 것이라고. 그녀가 사랑하는 누구에게도 해를 끼치지 않을 거라고.

그러나 그건 더 이상 사실이 아니었다. 올드 톰은 승객들 중 누군가를 지배하고 있었고, 그자를 찾아내지 못한다면 그녀가 사랑하는 모든 사람들이 죽음을 맞이할 것이다.

"리아."

"네, 엄마."

"너는 이 배를 떠 있게 하는 과학적 원리를 얼마나 잘 이해하고 있니?"

"그건 부력 때문이에요."

"놀랍구나." 리아의 지식의 깊이를 헤아릴 시간이 없는 사라가 말을 끊었다. "선체 내에 비밀 공간을 만들기 가장 좋은 장소를 알 수 있겠니?"

"선박 모형을 만들어 봐야 해요." 눈빛을 반짝이며 리아가 말했다.

"내가 목재를 구해 주면 모형을 만드는 데 얼마나 걸릴까?"

"일주일 정도요." 리아가 즐겁게 말했다. "왜 그게 필요하세요?"

"보세가 밀수 칸을 만들었다면 여러 곳에 만들었을 테고 라르메는 숨겼던 물건을 다른 칸으로 옮겼을 거야."

"아, 잘됐네. 드디어 네게 새로운 관심거리가 생겼어." 크리지가 리아에게 말했다. "이제 너는 마침내 나를 혼자 내버려 두겠구나."

36

날이 저물었지만 더위가 여전히 사르담호를 무겁게 짓누르고 있었다.

수색은 문둥병자의 흔적을 찾지 못한 채 끝났고, 선원들은 그런 결과에 대해 수군거리며 조바심을 냈다.

붉은 석양이 수평선 너머로 기울 때 크로웰스는 닻을 내리고 돛을 접으라는 명령을 내렸다. 선단에 있던 배 두 척이 황혼을 향해 나아갔다. 그들은 시간을 허비했고 바다는 평온했다. 그들은 분명 밤새도록 계속 항해할 터였다.

크로웰스는 그들이 붉은 석양 속으로 사라지는 모습을 지켜보았다.

"바보 같은 놈들." 그가 중얼거렸다. "무모하고 바보 같은 놈들."

37

객실 급사들이 저녁 식사를 위해 접시를 나르고 있을 때 사라는 지휘실로 들어갔고 익숙한 두려움 속에서 남편의 선실 문을 두드렸다.

아무 대답도 없었다.

그녀는 다시 두드렸다. 여전히 대답이 없었다.

"총독께서 안에 계신가요?" 사라가 파이프 담배를 피우고 있는 경비 대장에게 물었다.

"제가 여기에 있으면 총독께서는 안에 계신 겁니다." 드레히트가 무뚝뚝하게 말했다.

세 번째 노크를 하면서 사라는 선실 문을 열었고, 총독은 안쪽에서 등을 구부리고 흔들리는 촛불에 승객 명부를 비춰 보고 있었다.

"여보." 사라가 과감히 말했다.

그녀는 항상 남편을 두려워했지만 지금은 달랐다. 그는 악마와 홍정을 한 인간이었다. 그녀가 아는 한 남편은 이미 올드 톰에게 영혼을 맡기고 있었다. 그녀는 이 방에 들어가지 않을 수만 있다면 어떤 대가든 지불할 용의가 있었다.

"음." 총독이 몸을 일으켰다. 그는 눈을 깜박거리며 아내를 쳐다본 후에 선실 창문 밖으로 어두워진 하늘을 바라보았다. "시간이 벌써 이렇게 되었군." 그가 중얼거렸다. "나는 우리에게 할 일이 있다는 걸 깨닫지 못했소."

총독은 일어서서 바지 끈을 풀기 시작했다.

"잠깐만요." 사라가 포도주 보관함으로 가서 총독이 좋아하는 포르투갈 술병 하나를 꺼내 왔다.

"먼저 술 한잔할까요?" 사라가 남편에게 병을 보여 주며 물었다.

총독은 눈살을 찌푸렸다. "부인은 정말로 내가 너무 혐오스러워서 포도주로 취하게 만들고 당신의 책임을 회피할 수 있다고 생각하는 거요?"

네, 그래요, 사라가 속으로 생각했다.

"너무 덥고 피곤한 하루였잖아요." 그녀는 핑계를 댔다. "이 배는 눅눅해요."

남편에게 등을 돌린 채 그녀는 소매 속에 감춰진 작은 주머니에서 물약을 몰래 꺼내 술잔에 섞었다. 그건 그녀가 부두에서 보세의 고통을 덜어 주는 데 사용한 것과 같은 물약이었다. 액체 한 방울이 서서히 술잔 가장자리로 흘러내렸다.

그녀는 책상 위에 놓인 승객 명부 뒤에 양피지 조각이 삐져나온 걸 보았다. 세 사람의 이름이 보였지만 그 밑에 또 다른 이름이 있는 게 분명했다.

바스티안 보즈 - 1604

투키히리 - 1605

길리스 반 더 슐렌 - 1607

사라는 얼굴을 찌푸렸다. 처음 두 명은 그녀에게 아무 의미도 없었지만 반 더 셀런은 치욕스럽게 몰락하기 전까지 명망 높은 가문이었다.

사라는 그 치욕이 무엇이었는지 기억해 내려고 애썼지만 자신이 제대로 알고 있는지 확신하지 못했다. 그 사건이 일어났을 때 사라는 어린 소녀였고 그녀의 기억은 사실보다는 소문으로부터 이루어진 게 대부분이었다. 귀족들은 항상 그런 식이었다. 그들은 소문을 즐기고 또 다른 소문을 퍼트렸다.

"코르크 마개가 막혔소?" 그녀의 남편이 일어서려고 발을 움직이자 목재 바닥이 삐걱거렸다.

"아니에요." 사라가 재빨리 말했다. "제 술잔에 거미가 있어요, 그게 다에요. 저는 거미를 꺼내려고 애쓰고 있어요."

"눌러 죽이시오."

"불쌍한 생명을 죽일 필요는 없잖아요."

총독은 아내의 소심함을 비웃었다. "여자의 심장은 너무 쉽게 겁을 내지. 여자라는 족속이 난로와 집을 선호하는 것은 당연하오."

여자라는 족속. 그 말은 남편의 영혼을 들여다보는 창이었다. 그 창을 통해 사라는 남편의 황폐한 정신을 엿볼 수 있었다.

그녀는 약병을 바라보았다. 아렌트는 한 방울이 무엇을 할 수 있는지 물었고, 두 방울과 세 방울로 무엇이 가능한지를 물었다. 그는 다섯 방울에 대해서는 물어보지 않았다.

다섯 방울은 죽음을 의미했다.

그것은 가장 간단한 해결책이 될 터였다. 그녀가 조금 더 세게 흔들면 액체가 쏟아져 나올 것이고 남편은 몇 시간 안에 죽을 것이다.

사라는 그 은밀한 유혹에 흔들렸다.

그녀는 그렇게 하고 싶어서 손이 떨렸다. 리아를 위해 버텨 온 끔찍한 삶이었어, 사라는 스스로에게 말했다. 지난 15년간 그녀를 괴롭혔던 악마 같은 남편을 끝장내고 싶었다.

하지만 끝끝내 시도할 수는 없었다. 만약 남편이 알아차리고 드레히트를 부른다면? 약물이 효과가 없다면? 만약 효과가 있다면 올드 톰은 사라지겠지만 그녀가 악마를 몰아내기 위해 남편을 죽였다는 걸 사람들이 믿어 줄까? 동인도회사 법에 따르면 반 슈텐은 나머지 항해 기간 동안 그녀를 선원에게 던져 주고 암스테르담에서 처형할 수 있는 권한을 갖게 될 터였다.

리아는 부모를 잃고 혼자 남겨질 것이다.

사라는 스스로를 다독이며 그 계획을 접어 두었다.

"제가 들어왔을 때 무슨 생각을 하고 계셨나요?" 잠드는 약물이 술에 스며들 시간을 벌려고 애쓰면서 사라가 물었다.

"왜 묻는 거요?"

"노크를 세 번이나 했는데 대답이 없으셨잖아요." 그 순간 물약 병에서 두 번째 방울이 술잔으로 떨어졌다.

그녀는 심장이 멎을 뻔했다.

한 방울을 떨어뜨리면 남편은 깊은 잠에 빠지겠지만 평소보다 오래 자지는 않을 것이다. 두 방울을 떨어뜨렸으니 아침 식사 시간이 훨씬 지나서 깨어날 것이다. 남편은 보통 동트기 전에 일어나기 때문에 다른 사람들이 이상하게 생각할 것이다. 그녀는 핑계를 대고 다시 시도할 것을 고려했지만 남편은 분명히 이상한 행동을 알아차릴 터였다. 사라는 설사 남편이 늦잠을 자더라도 부디 바다 공기 탓으로 돌리길 바라며 포도주를 따랐다.

"당신은 피곤해 보였어요." 사라가 남편에게 술잔을 건네며 말을 계속했다. "당신에게는 드문 일이잖아요."

"나의 안위는 결코 당신의 걱정거리가 아니었지." 얀 하안이 길고 날카로운 손톱으로 술잔을 두드리며 의심스럽게 말했다.

사라는 그 순간 자신이 잘못 말했다는 걸 깨달았다. 그녀는 수년 동안 다정한 아내가 아니었다.

"이상한 하루였어요." 사라는 더 나은 평계를 댈 수가 없어서 힘없이 말했다.

"재미있는 소문이 들리더군." 총독이 눈을 가늘게 뜨며 말했다. "아렌트와 함께 화물칸으로 들어가는 네 모습이 사람들 눈에 띄지 않을 거라고 믿었나?" 총독은 포도주를 탁자에 쾅 내려놓고 일어섰다. "너의 의도는 무엇이지, 사라? 나에게 굴욕감을 주려고? 무엇을 얻기를 바랐나?"

사라는 눈앞이 캄캄해졌다. 남편의 폭력을 예상하며 움찔했지만 총독은 계속해서 말했다.

"어젯밤의 소란을 내가 모를 거라고 생각했나?" 잔뜩 일그러진 총독의 얼굴에 음흉한 미소가 떠올랐다. "아렌트의 바이올린은 좀 즐겼나?"

"여보—"

"변명은 필요 없어." 총독이 손을 흔들며 침을 뱉었다. "앞으로 네가 아렌트를 볼 일은 없을 거야. 아렌트는 네게 너무 과분해. 나 역시 더 이상 너와 함께 아침 식사도 대화도 하지 않을 거야." 총독이 잔인하게 웃으며 말했다. "너의 자유는 끝났어. 나에 대한 의무를 지킬 때

빼고는 객실에 꼼짝없이 갇혀 지내게 될 것이야. 의무를 마친 후에 너는 그곳으로 돌아가야 해."

총독은 화가 나서 포도주를 들이켜고 술잔을 쾅 내려놓았다.

"벗어." 총독이 요구했다. 분노의 흔적은 모두 증발해 버린 것 같았다.

얼어붙은 사라는 눈을 내리깔고 어깨의 매듭을 풀었다. 그녀의 가운은 바닥으로 미끄러져 내려갔고 코르셋과 속옷 없이 남편 앞에 벌거벗은 채 서 있었다. 총독은 아내를 경멸하며 흉갑을 고정시킨 여섯 개의 가죽 끈을 풀고 구석에 있는 갑옷 받침대에 매달았다. 그녀는 흉갑 허리띠 뒤에 양피지 조각이 꽂혀 있는 걸 보았다.

총독이 바지를 벗자 뼈만 앙상한 다리와 창백한 성기가 드러났다. 그는 아내에게 침대에 누우라고 손짓하며 그녀 위에 자세를 잡았다.

그것은 순간의 행위였다.

총독은 몇 번의 신음과 함께 이를 갈며 사정을 했다.

총독이 숨을 헐떡거리자 사라의 얼굴에 악취가 풍겼다.

시트를 꽉 움켜쥐고 있던 사라의 두 손이 풀렸다. 그녀는 남편의 가느다란 목을 바라보며 그가 마지막 숨을 거두는 모습을 보면 어떤 기분일지 상상했다.

총독은 아내의 턱을 움켜쥐고 검은 눈동자로 그녀를 노려보았다. "아들을 낳아. 그러면 이런 의무도 끝날 테니."

"난 당신이 싫어요." 사라가 소리쳤다.

그건 무모하고 어리석은 말이었다. 그 말을 하지 말았어야 했지만 사라는 자신을 억제할 수 없었다.

"나도 알고 있어. 왜 내가 너희 자매들 중에서 너를 선택했다고 생각하나?" 총독은 아내에게서 손을 떼고 탁자로 가서 포도주를 가득

따랐다. "네 아버지는 나를 원수로 만들었어, 사라. 나는 해적들을 보내서 네 아버지의 창고를 불태우고 그의 배를 습격했지. 그리고 그의 소중한 딸들 중 한 명을 전리품으로 챙겼어. 나를 절대 사랑할 수 없는 여자, 나를 가장 싫어할 여자."

총독은 포도주를 단숨에 들이켜고 트림을 했다. "너의 고통이 네 아버지 때문이라는 사실을 아는 기분이 어때?" 그는 아내의 반응을 기다리며 날카롭게 쳐다보았다.

"당신이 올드 톰과 거래를 했다는 걸 알아요." 사라가 혐오스럽다는 듯 대답했다. "당신이 그 악마를 소환했다는 걸 알고 있어요."

얀 하안의 눈빛이 흔들렸다. 그건 충격이나 분노가 아니었다. 슬픔도 놀라움도 아니었다.

그건 자존심이었다.

"우리 가문은 아버지의 무능함으로 인해 어쩔 수 없이 몰락하게 되었고, 나는 궁지에 몰린 가족의 넷째 아들이었어." 총독이 말했다. "하느님이 내 미래에 대한 거창한 계획을 세우지 않으셨기 때문에 내가 직접 악마를 불러내 계획을 세웠지. 사라, 너는 날 부끄럽게 여길 수 없어. 그리고 나는 후회하지 않아. 포세이돈이 전해지면 나는 역사에 기록될 것이고, 너는 아무런 의미도 없는 여자인 채로 잊힐 테지."

총독은 아내를 뿌리쳤다.

"그만 나가. 볼일은 끝났어."

38

좁은 침상에서 아렌트는 팔과 다리를 오래된 제복 안으로 쑤셔 넣었다. 바지가 허리에 꽉 끼었고 빛바랜 녹색 더블릿은 입기가 힘들었다. 이는 당황스러운 일이기는 했으나 놀라운 일은 아니었다.

사람들을 뒤쫓는 직업에도 불구하고 아렌트는 그 어느 때보다도 편안한 삶을 살고 있었다. 풍성한 음식을 먹고 좋은 포도주를 마시고 일주일 내내 긴장을 하지 않았다. 거의 매일 행군하거나 적과 싸웠던 군대에서는 그렇지 않았다. 그리고 적이 없을 때 군인들은 자기들끼리 싸웠다. 아렌트는 그런 비참하고 불편했던 시절이 전혀 그립지 않았다.

아렌트는 더블릿 단추를 간신히 잠그고 닳은 셔츠 자락을 바지 속에 집어넣었다. 옷깃에 마른 피가 몇 방울 묻어 있는 게 보였다.

그래도 어쩔 수 없었다. 지저분하긴 했지만 이 제복은 그가 가지고 있는 옷 중에 가장 좋은 옷이었고 저녁 만찬에 적합한 유일한 옷이었다. 삼촌이 그의 몸값과 함께 그 옷을 사 주었다. 무수한 결점에도 불구하고 얀 하안은 왜 아렌트가 할아버지의 집을 떠나고 싶어 하는지를 이해해 준 유일한 사람이었다. 소리를 지르거나 행동을 제약하지 않은 유일한 사람이었다. 아렌트의 눈을 들여다보고 그 밑에 숨어 있는 공포를 본 유일한 사람이었다. 충성심 때문에 그는 조카에게 새로운 일을 그만두게 하려고 했지만, 만류할 수 없다는 사실이 확실해지자 조카가 도전에 나서도록 자신이 할 수 있는 모든 일을 다 했다.

다시 한번 아렌트는 자신이 알고 있던 삼촌에 대한 추억과 그가 어떻게 변했는지를 떠올리며 충격을 느꼈다. 아렌트는 악마의 존재를 믿지 않았지만 그 유혹을 이해했다. 악마에게 비난의 화살을 돌리고 올드 톰을 추방해 그를 길러 준 삼촌이 원래대로 돌아오도록 해 주고 싶었다.

아렌트는 손목의 흉터를 문질렀다. 삼촌은 암살자가 그 흉터를 아렌트에게 남긴 것이라 주장했다. 왜 그랬을까? 그리고 누가 그 사실을 알았을까? 아렌트의 과거를 아는 누군가가 올드 톰의 상징을 돛에 새겨 놓았다. 그자들은 어떤 목적을 가지고 보세를 사르담호에 승선시켰다. 그리고 보세에게 문둥병자의 누더기를 입히고 사람들에게 경고를 하도록 화물 상자 위에 세워 두었다.

그런 일은 권력과 계획 그리고 조직이 필요했지만 하찮은 용병에게 낭비하기에는 쓸데없이 많은 노력처럼 보였다.

아렌트는 재킷을 곧게 펴고, 텅 빈 조타실을 지나 지휘실로 들어섰다. 급사들이 나르는 술은 승객들과 장교들 사이에서 욕조의 따뜻하고 차가운 물처럼 섞여서 어색한 대화 속에 몇 마디 농담을 하도록 해 주었다.

샌더와 이사벨은 사라 모녀와 이야기를 나누고 있었다. 사라의 눈가에는 최근의 고통을 암시하는 눈물 자국이 보였다. 그녀는 지휘실로 들어오는 아렌트를 보고 반가운 미소를 지어 보였다.

아렌트는 가슴이 두근거리는 걸 느꼈다.

보즈는 불행으로 얼굴이 일그러진 채 선실 저편에서 누군가를 응시하고 있었다. 그 시선의 끝에는 크리지가 있었다. 만찬에 참석한 사람 중 크리지만이 즐거워 보였다. 그녀는 크로웰스 선장과 은밀한 거리 안에 있었고, 아렌트는 누가 더 좋은 옷을 입었는지 판단하기가 힘들었다. 크리지는 구슬로 장식된 실크 가운을 입고 있었고, 금발 머리가 그녀의 등 뒤로 흘러내렸다. 그녀의 가슴에 있는 화려한 레이스가 돋보였다. 크로웰스는 가죽 상의와 그 안에 실크 셔츠를 입었고, 오렌지색 바지와 어울리는 깃털 망토를 휘감았다.

크리지는 하얀 치아를 번득이며 웃고 나서 선장의 제복을 장난스럽게 잡아당겼다. "선장님, 말씀해 주세요. 당신은 정말 어떤 사람이죠? 무례한 상인인가요, 신사인가요?"

"둘 다가 아닐까요?"

"그건 불가능해요." 크리지가 머리를 흔들며 말했다. "상인은 부를 창조하고 오직 그것의 획득과 보존에만 신경을 써요. 신사는 부를 소비할 뿐 그것이 어떻게 이루어졌는지는 신경 쓰지 않아요. 그 둘은 양립할 수 없는 존재이지만 당신은 둘 다 갖고 있네요."

크로웰스는 자랑스럽게 가슴을 부풀렸다. 크리지 옌스의 칭찬을 듣는 건 기분 좋은 일이었다.

"자, 선장님, 어떻게 그렇게 매혹적인 모순이 가능하게 되었는지 말씀해 보세요."

아렌트는 크로웰스의 긴장이 풀려 있다고 확신했다. 선장은 너무 매혹되어서 크리지가 얼마나 직접적으로 질문을 던지는지 알아차리지 못했다. 어려운 질문을 부드러운 말로 포장하는 것이 가장 좋은 기술이라고 새미가 아렌트에게 말한 적이 있었다. 크리지는 그런 기술을 가진 여자였다.

아렌트는 그녀가 무엇을 노리고 있는지 궁금했다.

"크리지 엔스 부인, 말씀드리죠. 제 이야기를 즐기실 것 같군요." 선장이 대담하게 그녀에게 다가서며 말했다. "할아버지가 자신의 영혼을 저주하며 재산을 탕진하기 전까지 우리 가문은 귀족이었습니다. 자라면서 저의 주변에는 과거 영광의 흔적이 곳곳에 남아 있었지요. 어머니는 작은 방에 들여놓기엔 너무 많은 가구를 갖고 계셨답니다. 그녀는 귀족의 예절을 지켰고 때때로 아직 연이 닿는 귀족들을 찾을 수도 있었지요. 그것이 제가 선장이라는 임무를 맡은 방법이랍니다. 그건 몰락한 사람들과의 관계를 정리하려는 예전 친구의 마지막 호의였지요."

크리지는 깜짝 놀라며 손으로 입을 가렸다.

"결국 저는 타고난 선원인 셈이지요." 선장은 그녀의 반응을 즐기며 허풍을 늘어놓았다. "바다를 항해하고 하늘을 살펴보는 데 저보다 더 능한 사람은 없습니다. 선원들에게 물어보십시오. 저는 다른 사람들이 우리를 잘못 인도할까 봐 사르담호의 항해 지도에 손을 대지 못하게 한답니다. 하지만 선장이라는 지위가 잃어버린 모든 것을 대신하는 좋은 방법처럼 보이지는 않아서 저는 제가 할 수 있는 것에 집착하지요. 제 예절, 제 의복, 제 교육에 말입니다. 저는 그것들을 중시하기 때문에 재산을 다시 모으면 우리 가문은 잃어버린 영광의 삶을 다시 시작할 수 있을 겁니다."

크리지는 선장에게 열렬한 약속의 눈빛을 보냈고, 아렌트는 간섭을 피하려고 외면했다. "당신은 놀라운 분이시군요, 선장님." 그녀가 말했다. "그러면 재산을 어떻게 모으실 건가요? 곧 되찾으실 수 있나요?"

크로웰스는 목소리를 낮추었다. "곧 그렇게 될 것입니다. 이 배에는 항상 기회가 있으니까요." 그는 의미심장하게 총독의 선실을 힐끗 바라보았다.

임무를 마친 크리지가 선장에게서 벗어나려 했지만 그들의 대화는 공허한 한담으로 이어졌다.

지휘실 안으로 들어갈 때가 되었다는 걸 깨닫고 아렌트는 크게 심호흡을 했다.

"나도 그랬다네." 뒤에서 술 취한 목소리가 말했다.

아렌트가 돌아보니 레이니어 반 슈텐이 조타실 구석에 처박혀 있었다. 그의 두 다리는 축 늘어져 있었고 가랑이에는 술병이 놓여 있었다. 저녁 만찬를 위해 옷을 제대로 차려입으려 한 듯 보였으나 헛수고였다. 그의 더블릿 단추는 잘못 끼워져 있었고, 바지는 오줌으로 얼룩져 있었다. 그에게는 술 냄새와 땀 냄새 그리고 긴 밤의 후회가 서려 있었다.

"왜 이러고 있소?" 아렌트가 물었다.

"내가 잘못을 했어." 수석 상인이 딸꾹질을 하며 말했다. 그의 목소리는 끔찍하고 슬프고 절박했다. "나는 그들처럼 되고 싶었어."

"누구를 말하는 거요?"

"저자들!" 반 슈텐이 지휘실을 향해 손을 내저으며 소리쳤다. "고귀한 귀족들! 나는 그들이 가진 것을 원했지. 나도 거의 다 가질 뻔했다고." 그는 고개를 떨구고 턱으로 가슴을 짓눌렀다. "나는 귀족들이 그걸 얻기 위해 무엇을 했는지 깨닫지 못했어. 그것이 얼마나 많은 걸 요구하는지를 말이야. 비용이 얼마인지를."

아렌트는 반 슈텐에게 한 걸음 다가갔다. 올드 톰은 그들에게 호의를 베풀었다. 그 악마는 부두에서 보세를 통해 사르담호를 무자비하게 파괴할 계획을 세웠다는 걸 알렸고, 수석 상인은 그 계획을 실행하는 데 훌륭한 동맹군이 될 터였다.

"반 슈텐, 당신은 어떤 대가를 지불했소?" 그가 물었다.

반 슈텐이 얼굴을 들었다. "자네가 무슨 상관이야? 군인이 되는 걸 포기한 녀석. 자네는 지금 뭘 하고 있나? 핍스의 애완견."

"어떤 대가를 지불했냐고 물었소." 아렌트가 몰아붙였다.

"자네도 알다시피 나는 이 회사가 싫어. 항상 그랬지. 이익을 원칙, 자존심, 사람보다 우선하니까. 우리 어머니는 지금의 나를 보면 부끄러워하실 거야. 내가 한 짓을 부끄럽게 여기실 거야." 수석 상인이 말했다.

아렌트는 그들 사이의 공통점을 발견하고 놀랐다. 그의 아버지도 마찬가지였을 것이라는 생각이 들었다. 매주 일요일 예배 때마다 그의 아버지는 동인도회사를 탐욕스러운 집단이라고 부르며 비난했었다. 인류가 필요로 하는 모든 것은 신에 의해 자유롭게 주어졌다는 게 아버지의 믿음이었다. 본디 식량과 자원은 나무에, 토양에, 숲에 가득했다. 하느님의 은총으로 그들에게는 선천적인 권리가 주어졌다. 그는 악마가 탐욕을 가져왔다고 설교했다. 악마는 설탕, 담배, 술 같은 사치품으로 사람들을 유혹하고 정신을 산만하게 만들고 그것들을 미친 듯이 쫓도록 만들었다. 동인도회사에서 아렌트는 악마의 손이 작용하는 것을 보았다. 악마는 인간성을 욕망으로 물들이고 새로운 족쇄를 채웠다.

아렌트는 아버지를 미워했지만 결국 그 미친 사람의 말에 반쯤 동의하게 되었다. 그는 농부들이 밭에서 죽도록 일하는 것을 보았다. 그들은 그들이 생산한 것에 대해 터무니없이 적은 돈을 받았다. 거절한 사람들은 강요당했다. 진보가 희생을 요구했기 때문에 방해가 된 사람들은 살해되었다.

반 슈텐이 옳았다. 동인도회사에 사람은 중요하지 않았다. 그들은 회사의 다른 모든 것들과 마찬가지로 상품에 불과했다. 생산이 자유롭고 대체하기에 값싼 물건. 그들이 땅에서 파낸 것만이 가치가 있었다.

"이보게." 반 슈텐이 중얼거렸다. "솔직히 나는 올드 톰이 이 배를 바다 밑바닥으로 처박으면 기쁠 거야. 탑승자들 중에서 구할 가치가 있는 인간은 아무도 없으니까."

"그렇게 되지는 않을 거요." 아렌트가 주장했다.

"자네가 막을 텐가?" 그의 목소리에는 가엾은 데가 있었다. "핍스의 춤추는 곰은 자기가 지금 쇠사슬을 잡고 있는 사람이라고 생각하고 있군. 웃기는 일이야." 그의 눈은 가늘어졌고, 어조는 날카로워졌다. "나는 자네에 대한 이야기를 들었지. 마지막으로 다룬 사건에 대해서. 에드워드 코일이라는 사람과 잃어버린 다이아몬드와 관련이 있더군."

아렌트는 긴장했다. "그건 오래전 일이요."

"보석은 결코 되찾지 못했지. 자네가 훔쳤나, 아렌트? 사람들은 그렇게 말하더군."

"나는 보석이 도난당하고 석 달 후에 릴에 도착했소. 그로부터 한 달 뒤에 새미가 도착했고. 그때 발견한 거라곤 코일이 침대 밑에 숨겨둔 엄청난 돈뿐이었소."

"가족의 재산이었지."

"그건 새미가 발견한 것이오." 아렌트는 이를 악물고 말했다. "나는 실수를 했소."

"코일은 어떻게 됐나?"

"잘 모르겠소."

"자네가 그의 명예를 망쳤는데도 모른 척하는군." 반 슈텐이 빈정거렸다.

"그는 새미가 결백을 밝혀 주기도 전에 달아났소. 어디로 갔는지는 알 수가 없었소."

아렌트는 누군가가 자신을 밀쳐 내는 것을 느꼈다. 진한 포맨더 향이 크로웰스 선장임을 암시했다.

"맙소사, 수석 상인." 크로웰스가 반 슈텐을 측은하게 내려다보며 말했다. "어떻게 된 거요? 당신은 지난 2주 동안 미련한 당나귀처럼 굴고 있소."

반 슈텐은 눈물을 흘리며 애원하듯 그를 올려다보았다.

"내가 미련한—"

그의 말은 다급한 발소리에 가로막혔고, 지휘실 출입문이 쾅 하고 열리면서 아이작 라르메가 안으로 뛰어 들어왔다.

"다시 나타났어요, 선장." 그가 숨을 헐떡이며 말했다. "여덟 번째 불빛이 돌아왔다고요!"

33

감방 문이 열리자마자 새미는 황급히 밖으로 나와서 깨끗한 공기를 들이마셨다. 그의 몸은 습기로 축축했다. 눈은 접시처럼 퀭하고, 머리는 헝클어지고, 입김은 메스꺼웠다. 그는 사라가 선물해 준 잠드는 약병을 움켜쥐고 있었다.

"하느님, 지옥에서 내보내 주셔서 정말 감사드립니다." 아렌트가 내민 팔을 붙잡고 일어서며 그가 중얼거렸다.

아렌트는 절망적인 표정을 감추려고 애썼다.

그의 유일한 임무는 새미 핍스를 위험으로부터 보호하는 것이었지만, 새미가 이 감방에 갇혀 있는 매 시간마다 그는 그 임무에서 실패했다. 어제 그는 자신에 대한 삼촌의 애정이 새미의 자유를 얻기에 충분할 거라고 확신했었다. 하지만 바로 오늘 그는 새미가 객실로 옮겨지지도 않을 거라는 사실을 알았다.

노천갑판에 도착했을 때 새미는 전날 밤처럼 아렌트에게 등을 돌리라고 요청했고, 바지를 내린 채 배 옆으로 볼일을 보았다.

"여덟 번째 불빛이 돌아왔군." 새미가 멀리서 보이는 불빛의 개수를 헤아리며 말했다.

"그걸 조사하기 위해 수색 보트를 내리고 있네." 아렌트가 말했다. "자네가 서두르면 우리가 확인할 수 있을 거야."

"남자가 볼일을 보는 동안만큼은 절대 재촉하지 말게나." 새미가 투덜거렸다. "무엇을 알아냈는지 말해 주게."

"나는 오늘 문둥병자를 목격했네. 그자는 나를 사르담호의 화물칸에 세워진 제단으로 이끌었지."

"아직 제단이 거기에 있나? 내가 조사해 봐도 될까?"

"크로웰스 선장이 파괴하라고 명령을 내렸네."

"물론 그랬겠지." 새미는 한숨을 내쉬었다. "다른 건 없나?"

"우리는 보세가 사르담호에 비밀 공간을 만들고 일등항해사인 아이작 라르메와 거래를 했다고 생각하네. 우리는 화물 상자를 찾았ㅡ"

"우리가 누구인가?"

"나와 사라 웨셀."

"아하!" 새미의 목소리가 약간 커졌다. "사라 웨셀."

"그래, 사라 웨셀."

"아주 좋군."

아렌트는 눈을 깜박거렸다. "뭐가 좋다는 말인가?"

새미는 두 팔을 즐겁게 벌렸다. "자네는 조각된 바위처럼 튼튼하지." 그는 잃어버린 대의를 한탄하듯 친구를 응시했다. "난쟁이의 비밀 공간 안에는 무엇이 있었나?"

"비어 있었네. 우리가 도착했을 때는 이미 라르메가 뭔가를 옮긴

후였지. 그는 주변에 올드 톰의 상징이 새겨져 있는 걸 보고 놀란 것 같았어."

"그러면 올드 톰은 난쟁이도 모르게 보세를 이용해 뭔가를 밀반입 했을지도 모르겠군."

"그런 다음에 발설하지 못하도록 보세를 죽였겠지." 아렌트가 동의했다. "아, 그리고 레이니어 반 슈텐 말인데… 그를 속에서부터 완전히 갉아먹고 있는 비밀을 우리가 거의 다 알아낼 뻔했는데…" 그는 여덟 번째 불빛에 손짓을 했다.

새미는 바지를 걷어 올리고 친구와 다시 합류했다. 아렌트는 새미에게 저녁 식사에서 남겨 둔 손대지 않은 닭고기 한 조각과 빵 한 덩이, 그리고 포도주 한 병을 건네주었다.

"그리고 요하네스 와이크가 왜 보세의 혀를 잘랐는지 내게 말하게 할 방법을 찾은 것 같네." 중간 갑판을 지나가면서 아렌트가 말했다.

"어떻게?"

"내가 싸움에서 져 주기로 했지."

새미는 먹고 있던 빵을 꿀꺽 삼켰다. "자네는 전에 그런 적이 있나?"

"마지막에 넘어진다는 것만 빼면 이기는 것과 마찬가지야."

이제 그들은 수색 보트가 바다 속으로 내려가는 장면을 볼 수 있을 정도로 가까이 있었다. 수색 보트는 생각했던 것보다 훨씬 컸다. 세 개의 좌석에 각각 세 명의 선원을 앉힐 수 있었고 다른 선원이 웅크릴 수 있는 충분한 공간을 가지고 있었다. 하지만 밧줄 사다리를 타고 내려오는 사람이 세 명밖에 없는 걸로 보아, 크로웰스는 그렇게 많은 선원들을 위험에 빠뜨리고 싶지 않은 듯 보였다.

아이작 라르메는 어미 닭처럼 여기저기 간섭하고 있었다. "육안으로 확인할 수 있는 곳까지만 노를 저어. 가까이 가지 말고." 그의 목소리에는 진심 어린 걱정이 배어 있었다. "그 배의 색깔과 갑판에서 어떤 언어를 사용하는지만 파악해."

보즈가 중간 갑판 아래 칸에서 나왔다. 달빛 아래에서 그는 마치 해골에 피부를 씌운 것처럼 으스스한 모습이었다.

"총독은 어디 계시오?" 크로웰스가 물었다.

"나는 그분을 깨울 수 없었소." 보즈가 말했다.

새미는 아렌트의 팔을 쿡쿡 찌르며 선미 갑판 쪽으로 턱을 돌렸다. 그곳에는 사라 모녀가 크리지와 함께 바다를 바라보고 있었다.

수색 보트가 물방울을 튀기며 바다에 내려졌다.

"선장," 아이작 라르메가 외쳤다. "저길 보세요!"

그가 여덟 번째 불빛을 가리켰다. 오렌지 빛이 피처럼 붉게 변하고 있었다.

잠시 후, 고통스러운 비명이 허공을 가르다가 갑자기 끊어졌다.

모두가 귀를 막았지만 아렌트는 이런 상황에 대응하는 방법을 잘 알고 있었다.

비명은 경고였다.

그걸 향해 달려가거나 아니면 멀리 달아나야 했다. 머뭇거리는 건 아무런 도움이 되지 않을 터였다.

"아렌트!" 선미 갑판에서 사라가 소리쳤다. "비명 소리는 우리 뒤쪽에서 들려왔어요!"

아렌트는 계단을 성큼성큼 올라갔고, 새미가 그 뒤를 쫓았다. 드레스 때문에 방해를 받은 사라가 그 둘을 쫓아 선미루 갑판으로 갔다. 리아와 크리지는 맨 뒤에서 따라왔다.

뭔가가 아렌트의 발밑에서 질퍽거렸다. 손을 뻗어 그걸 만져 보려는 순간, 새미가 말했다. "피일세." 새미가 인상을 쓰며 말했다. "피 넘새가 나."

새미는 항상 냄새에 예민했다.

아렌트가 가축우리 문을 열어젖혔다. 모든 가축이 죽어 있었고 내장이 흘러나와 있었다. 그는 암퇘지가 가장 불쌍하다고 생각했다. 그 돼지가 비명을 지른 게 틀림없었다.

크리지는 난간으로 달려가 저녁에 먹은 음식을 토했고 사라는 공포에 질려 한 걸음 뒤로 물러섰다.

"아렌트." 사라가 말했다.

그는 그녀에게 위안이 필요할 거라고 예상하며 돌아섰지만 그녀는 발밑을 가리키고 있었다. 피투성이가 된 바닥에 꼬리 달린 눈이 그려져 있었다.

"올드 톰의 상징이에요." 리아가 경악하며 속삭였다.

"우리는 스무 걸음 정도 떨어진 곳에 서 있었잖아." 사라가 그들이 있었던 선미 갑판 쪽을 힐끗 돌아보며 말했다. "어떻게 우리가 듣지 못하게 가축들을 도살하고 이 상징을 표시할 수 있었을까?"

사라는 아렌트가 자신이 모르는 해답을 찾기를 바라는 듯 그를 바라보았다.

그러나 아렌트 역시 알지 못하기는 마찬가지였다. 그는 그녀만큼 불안했다. 아렌트는 오랫동안 새미와 일하며 불가능해 보이는 것들을 수없이 목격해 왔다. 하지만 이런 건 처음이었다. 그는 이 정도로 끔찍한 광경을 본 적이 없었고, 이토록 그 목적을 알 수 없었던 것도 없었다. 시체는 누군가가 그 사람이 죽기를 바랐음을 의미했다. 도둑질은 누군가가 도둑맞은 물건을 원한다는 걸 의미했다. 어떻게 그렇게 되었는지는 모르지만 적어도 아렌트는 왜 그런 일이 일어나는지 항상 이해했었다.

그러나 이 사건은 달랐다.

이건 혼란스럽고 사악한 일이었다. 이상한 상징과 도살된 가축들은 단서가 아니라 누군가가 던지는 메시지였다. 악마든 아니든 간에 이 사건의 배후에 있는 존재는 배에 탄 사람들에게 무력감을 선사하기를 원했다. 그 존재는 자신이 얼마나 쉽게 사람들을 공격할 수 있는지 알기를 원했다. 그 존재는 모두에게 두려움을 안겨 주려고 했다.

그리고 그건 성공적이었다. 아렌트의 피부에 소름이 돋았다. 그는 배에서 뛰어내려 다시 바타비아로 헤엄치고 싶었다. 그는 얼마나 많은 사람들을 등에 업을 수 있을지 확신하지 못할 뿐이었다.

"이게 그 계시에요, 그렇죠?" 리아가 엄마에게 달라붙으며 말했다. "불경스러운 기적들 중 첫 번째라고요. 신교 목사가 말한 대로 상황이 진행되고 있어요."

"불경스러운 기적?" 아렌트가 물었다.

"샌더 커스 목사는 세 가지 기적이 나타날 거라고 경고했어요." 사라가 말했다. "그 기적은 우리에게 올드 톰의 힘을 확신시키기 위한 것이고, 더 많은 사람들이 그의 제안을 받아들이도록 만들 거예요. 각각 올드 톰의 상징이 나타날 것이고요."

"왜 세 가지뿐인 거죠?" 새미가 물었다.

"제안을 받아들이지 않은 사람은 제안을 받아들인 자에 의해 학살당하기 때문이에요."

크로웰스 선장이 마침내 충격을 떨쳐 버리고 수색 보트로 내려갔다. "저 불빛이 보이는 곳으로 빨리 가자, 내가 직접―"

"너무 늦었소, 선장." 보즈가 말했다. "벌써 사라졌소."

크로웰스는 멍하니 그곳을 바라보았다.

붉은 빛이 비치던 곳에는 이제 어둠만이 남아 있을 뿐이었다.

40

새미는 중간 갑판에서 횃불을 꺼냈고 가축우리로 돌아와서 아렌트에게 부싯돌 주머니를 달라고 조바심을 내며 손짓을 했다. 새미가 불꽃을 튀기는 동안 크로웰스 선장은 아이작 라르메의 어깨를 붙잡았다.

"객실 급사 두 명에게 걸레를 가져오라고 해." 선장이 말했다. "그들에게 이 모든 난장판을 치우라고 해."

그들 앞에 펼쳐진 참혹한 상황을 생각하면 선장의 침착함은 천박해 보였다.

"어서 명령대로 해!" 반 슈텐이 충격에 떨며 말했다. "사람들이 이 상황을 목격하는 일만은 결코 있어선 안 돼. 공포에 질려 배가 산산조각 날 테니까."

"동인도 선박에서는 어떤 비밀도 감출 수 없소." 크로웰스가 주장하며 삭구를 향해 시선을 던졌다. "저 위에서 지켜보는 눈이 있소. 이 소식은 벌써 사람들 사이에 퍼졌을 것이오."

"그래요, 아마도 그들은 무슨 일이 일어났는지 봤을 겁니다." 새미가 동의하면서 횃불 심지에 불을 붙이자 갑판이 환하게 밝아졌다.

"우리는 무슨 일이 일어났는지 알고 있어." 미치기 일보 직전의 넋나간 목소리로 수석 상인이 말했다. "무슨 일이 일어났는지 다 봤다고. 저주받은 여덟 번째 불빛이 가축들을 죽였어. 그 불빛은 피처럼 붉게 빛났고 가축들을 도살했어. 다음은 우리 차례가 될 거야!"

"라르메," 크로웰스가 말했다. "삭구에 올라가서 누구든 목격자를 여기로 데려와라. 그들에게 질문할 게 있다." 선장은 발로 죽은 암퇘지의 몸을 흔들었다. "그리고 일이 끝나면 신교 목사와 주방장을 내게 데려와라. 나는 이 고기가 신의 축복을 받고 알맞게 해체되고 소금에 절여지기를 원한다."

수석 상인이 황당한 표정을 짓자 선장은 어깨를 으쓱했다. "악마의 저주라고 해도 나는 이 좋은 고기를 낭비하지 않겠소. 지금 우리는 식량이 부족하오."

아렌트는 사라가 리아를 감싸 안고 있는 모습을 보았다. 소녀는 충격으로 울먹이고 있었다. 크리지와 보즈의 모습은 보이지 않았다. 그들은 소란 속에서 어디론가 사라졌다.

"리아를 객실로 데려가야겠어요." 사라가 말했다. "그 후에 이야기를 해요."

아렌트는 고개를 끄덕이고 나서, 엉덩이만 밖에 남긴 채 가축우리 속으로 기어 들어간 새미에게 주의를 돌렸다.

"이보시오, 탐정." 크로웰스가 새미에게 물었다. "이 모든 사건에 대해 어떻게 생각하시오?"

"나는 항해 첫날 밤, 문둥병자가 나타났던 객실 창문이 바로 이 아래에 있다는 점에 주목하고 있습니다." 가축우리 안에서 새미가 대답했다. "문둥병자의 누더기를 발견했나요?"

"배를 샅샅이 뒤졌지만 아무것도 찾지 못했소."

"선장, 당신은 아직도 이게 악마의 저주라는 사실이 믿기지 않소?" 수석 상인이 물었다. "수색 보트가 바다에 닿자마자 여덟 번째 불빛이 빨갛게 변했소. 가축들은 곧바로 도살되었고." 그는 죽은 암퇘지를 가리켰다. "우리는 이 불쌍한 동물이 비명을 지르는 소리를 들었소. 배의 난간을 뛰어넘지 않는 한 우리에게 발각되지 않고 도망칠 수 있는 자는 아무도 없소. 만약 그랬다면 우리는 바닷물이 튀는 소리를 들었을 거요."

새미는 막대기 끝에 두 개의 물건을 걸치고 꿈틀거리며 가축우리 밖으로 나왔다.

"무엇을 찾았소?" 크로웰스 선장이 눈을 가늘게 뜨고 물었다.

새미가 불빛을 비추자 피 묻은 붕대와 묵주 조각이 드러났다.

"그건 문둥병자의 붕대야." 반 슈텐이 말했다. "문둥병자가 가축들을 도살하면서 묵주를 떨어뜨린 게 틀림없어."

"음." 새미가 묵주를 살펴보며 의심스럽게 말했다. "이건 가난에 빠진 부자의 소유물이었습니다. 그는 여행을 자주 하고 독실했지요. 신교 목사가 아닐까요?"

반 슈텐이 깜짝 놀라며 말했다. "어떻게 그런 사실을—"

"구슬의 구멍이 실을 꿰는 끈에 비해 너무 크고 안을 들여다보면 금속 고리에 긁힌 자국이 보일 겁니다. 이 구슬들은 한때 금속 사슬에 달려 있었지요. 대부분의 금속 묵주는 부자들의 소유물이고 종종 보석 구슬로 장식하기 때문에 이것의 주인은 풍요롭게 삶을 시작했을 겁니다. 그런데 주인이 가난에 빠지면서 보석 구슬들은 팔려 나갔고 나무 구슬로 대체되었지요. 금속 사슬도 끈으로 대체되었고요. 하지만 나무 구슬이 얼마나 매끄러운지 보십시오. 기도할 때마다 반복해서 문지른 것처럼 닳아 있습니다. 이건 독실함을 나타내지요. 그리고 나무 구슬은 각각 다른 재질로 만들어졌습니다. 얼핏 봤을 때 프로방스, 독일, 프랑스 등에서 난 다양한 나무의 재질이 보이는군요. 좀 전에도 말했다시피 그는 자주 여행을 했습니다." 말을 마친 새미는 사람들의 놀란 얼굴을 바라보았다. "우리의 전체 문명은 나무, 돌, 그리고 몇 가지 종류의 금속으로 이루어졌습니다. 만약 그 재료들을 식별할 수 있다면 여러분은 얼마나 많은 사건이 명백해지는지 놀랄 것입니다. 크로웰스 선장님, 보통 누가 가축들을 돌보지요?"

"대부분 객실 급사들이오." 선장은 새미의 추리에 놀라서 더듬거렸다.

"그들 중에 붕대를 감은 사람이 있는지, 묵주를 잃어버린 사람이 있는지 알아봐 주실 수 있겠습니까?"

"이건 말도 안 돼." 수석 상인이 두 손을 하늘로 향하며 소리쳤다. "진실이 명백한데도 당신은 그걸 부인하고 있어."

새미는 그를 무시하고 선장과 대화를 계속했다. "암스테르담으로 돌아가는 배의 항로를 누가 알고 있습니까?"

"밤하늘에 별이 뜨면 내가 항로를 계획하오." 그는 자랑스럽게 말했다. "다른 배들은 최선을 다해 우리를 앞지르고 있소."

"이탈하는 것에 대해 걱정하지 않습니까?"

"8개월 동안 선단이 함께 항해할 방법은 없소. 바람과 파도가 그것을 허락지 않을 것이오. 차분한 날씨에도 안전을 위해 선박 간에 거리를 두어야 하오. 오늘 저녁에 우리 없이 두 척의 배가 항해했고, 결국 다른 배들을 잃게 될 것이오. 우리는 도움이 될 수 없소."

"그래도 수수께끼의 추적자는 우리를 계속 찾아내고 있습니다." 여덟 번째 불빛이 사라진 지점을 노려보며 새미가 말했다. "그건 인상적인 능력입니다."

"그건 악마의 짓이야." 수석 상인이 완강히 말했다. "그리고 나는 악마가 우리를 삼키도록 가만히 기다릴 수 없어. 선장, 새벽에 바타비아로 돌아가도록 명령을 내리시오."

"그래요, 그게 가장 좋은 방법인 것 같소. 새벽에 선단에 전갈을 보내겠소. 하지만 먼저 총독의 허락을 받아야 하오." 그는 한숨을 내쉬며 말했다.

"당신은 해낼 수 있을 거요." 반 슈텐이 떠나면서 말했다.

그들이 세부사항들을 결정하자 아렌트는 새미를 뒤로 불러냈다. "우리는 이 묵주의 주인을 찾을 필요가 없네." 그는 조용히 말했다. "나는 이미 이게 누구의 물건인지 알고 있어."

"놀랍군!" 새미가 소리쳤다. "누가 그걸 손에 들고 있는 걸 봤는가?"

"그래." 아렌트가 말했다. "내 아버지. 그분이 사라진 바로 그날에."

41

크리지 옌스는 조금 전에 본 끔찍한 광경을 기억에서 지우기 위해 포맨더 향수 냄새를 맡았다. 그녀를 괴롭힌 것은 피였다. 광경이 아니라 냄새였다. 그 냄새는 그녀의 머리카락과 피부에 배어 있었다. 마치 가축우리 안에서 목욕을 한 것 같았다.

"괜찮소?" 보즈가 걱정스럽게 말했다.

"너무 무서웠어요." 크리지가 선미 갑판 쪽으로 계단을 내려가며 말했다. "동물 사체를 그렇게 가까이서 본 적은 처음이에요."

그녀는 임무 때문에 총독을 만나러 가고 있었고, 보즈는 조용히 그녀의 뒤를 쫓고 있었다. 보즈가 말을 건 것은 이번이 처음이었고, 여느 때처럼 크리지는 보즈와 함께 있는 걸 매우 불편하게 여겼다.

"개인적인 일로 당신과 이야기를 하고 싶소." 다른 모든 대화에 사용하는 단조로운 어조로 보즈가 말했다.

이 남자는 정말로 톱니바퀴와 스프링으로 만들어진 게 아닐까, 크리지는 생각했다. 그들이 방금 본 참혹한 광경에도 불구하고 그는 마치 산책이라도 하는 것처럼 말했다. 어째서 그는 그녀가 화가 나서 혼자 있고 싶어 한다는 사실을 알지 못할까?

"내일까지 기다릴 수 없나요? 지금 저는—"

"내 지위를 바꿀 수 있는 막대한 재산에 관한 이야기요." 보즈는 크리지의 표정을 지켜보면서 말을 끊었다.

"어떻게요?" 크리지는 딱히 대꾸할 말이 없었다.

"나는 오랫동안 계획을 세워 왔소." 보즈가 말했다. "암스테르담에 도착하면 결실을 맺을 것이오. 새롭게 마련한 재산을 이용해서 나는 바타비아의 다음 총독이 될 수 있도록 내 자격을 과시할 작정이오. 신사 17인회에 말이오. 물론 얀 하안 총독도 나를 지지해 줄 것이오."

크리지는 이 새로운 정보에 의해 얻어맞은 듯한 표정으로 보즈를 응시했다. "보즈 시종장님, 왜 저한테 이런 이야기를 하는 건가요?"

"왜냐하면 당신에게 청혼을 하고 싶기 때문이오."

크리지의 입이 벌어졌다.

"당신이 아스토르 공작과 약혼했다는 걸 알지만, 내 조사에 따르면 아스토르 공작은 전쟁에 나가야 하오. 그는 전쟁에서 멀어진 적이 결코 없었소."

크리지는 그저 보즈를 쳐다볼 뿐이었다. 그녀는 계산이 빠른 자로부터 청혼을 받고 있었다. 크리지의 당황한 표정을 개의치 않고 보즈는 이야기를 계속했다.

"아스토르 공작은 훌륭한 결혼 상대요. 하지만 그가 전쟁터에서 죽으면 어떻게 할 거요? 당신은 아름답지만 아름다움은 사라지기 마련이오. 그렇게 되면 당신은 무엇으로 먹고살 것이오? 내가 제안하는 건 서로에게 이익이 되는 결혼이오. 나는 당신을 존중하고 부귀영화를 안겨 주고, 당신은 내가 야망을 펼칠 수 있도록 도와주시오."

"저는… 저는…" 크리지는 머뭇거렸다. 그녀는 적당한 말을 찾을 수 없었다. 만약 찾는다고 해도 그 말을 해야 할지 확신하지 못하리라.

"저는 그가 백작인 줄 알았어요." 그녀는 자신 없이 더듬거리며 말했다.

"백작 따위는 당신에게 어울리지 않소."

크리지의 눈은 보즈의 얼굴을 처음 보는 것처럼 바라보았다.

"당신이 그런 야망을 가지고 있는지 몰랐어요." 그녀가 처음으로 관심을 보이며 말했다.

"총독은 그런 야망을 용납하는 사람이 아니오. 나는 총독을 불쾌하게 할 만큼 어리석지 않소."

"당신이 필요로 하는 재산은—"

"내가 계산을 해 봤소. 나는 내가 무엇을 요구하고 무엇을 제안해야 하는지 알고 있소. 원한다면 나의 가치를 보여 주겠소."

그들은 어색하게 조타실을 지나 지휘실로 들어갔다. 촛대는 모든 접시들과 함께 치워져 있었다. 의자들이 쌓여 있었고 선실은 달빛만이 비치고 있었다. 격자무늬 창문의 그림자가 거미줄처럼 드리워져 있었다.

"당신은 이 제안이 얼마나 위험한지 알고 있나요?" 크리지가 목소리를 낮추며 말했다. 총독 선실 문 밑으로 불빛이 새어 나왔다. "얀 하안이 원했기 때문에 저는 사르담호에 승선했어요. 그가 내 객실 비용과 항해 비용을 지불했지요." 보즈는 이 말에 약간 고개를 갸웃거렸다. 마치 그건 그가 한 번도 금기라 생각해 본 적이 없다는 듯이. "제가 아직 총독의 정부인 상태에서 당신이 저를 원한다는 걸 총독이 알게 된다면—"

"나는 지금 당장 당신의 대답을 요구하는 것이 아니오. 하지만 당신의 배려가 나를 더 편히 잠들게 해 줄 것이오." 보즈가 말했다.

"알겠어요." 크리지가 고개를 숙이며 말했다. 보즈는 미소를 지으며 고개를 끄덕이고는 그가 왔던 길로 다시 사라졌다.

크리지는 안도의 한숨을 내쉬었지만 보즈의 이야기가 여전히 머릿속에서 맴돌고 있었다. 분명 좋은 제안이긴 했다. 보즈는 그녀가 품고 있던 모든 의심에 답을 하고, 그 의심을 지워 버렸나. 크리지는 보즈를 만난 이후 처음으로 그를 생각하며 웃고 있는 자신을 발견했다.

크리지는 지휘실을 가로질러 총독 선실 문 앞에 도착했다.

"안녕하십니까, 부인." 경비 대장 야코비 드레히트는 항상 그랬듯 못마땅한 어조로 그녀에게 인사를 했다.

크리지를 본 모든 남자들은 그녀를 열망했다. 그것은 크리지가 가진 힘이었다. 드레히트의 경멸에 처음 직면했을 때 그녀는 그것을 도전으로 받아들였다. 그녀는 드레히트에게 추파를 던지고 음식을 가져다주고 식사에 초대했지만 그 모든 것은 실패로 돌아갔다.

그가 크리지에게 원하는 건 그들 사이의 벽뿐이었다.

드레히트의 부하 중 한 명을 통해 크리지는 그의 아내와 딸이 드렌테Drenthe(네덜란드 북동부에 있는 주-옮긴이)에 있다는 사실을 알게 되었다. 드레히트는 가족을 진정으로 사랑했다. 가족을 마지막으로 본 지 4년이 지났지만 그는 결코 다른 곳에서 기쁨을 누리지 못했다. 드레히트 같은 남자들은 드물고 위험했다. 그들은 아무리 많은 고통을 겪더라도 그들 주변에 있는 사람들에게 의무를 다했다. 드레히트에게 여자는 아내 한 명으로 충분했다.

드레히트는 옆으로 비켜서서 크리지를 안으로 들여보냈다.

선실 문이 닫히자 크리지의 얼굴이 변했다. 상냥한 미소는 사라지고 눈빛은 차갑게 변했다.

사라가 예상한 대로 약물에 취한 얀 하안은 앙상한 가슴을 들썩이며 갈비뼈를 드러낸 채 깊은 잠에 빠져 있었다.

크리지는 냉담하게 총독을 바라보았다. 그는 창문에서 마지막 날갯짓을 하는 파리처럼 보였다. 얀 하안이 한때 내뿜었던 정력은 오래전에 사라졌지만 그는 그 사실을 그의 업적, 갑작스러운 태도, 그리고 드레히트와 보즈 같은 사냥개들이 그의 모든 변덕을 기꺼이 묵인하는 것으로 위장했다. 총독이 매일 밤 크리지를 부르는 까닭은 그녀에게 반해서도, 참을 수 없는 성욕 때문도 아니었다.

그건 총독이 어둠을 두려워했기 때문이었다.

거의 매일 밤 크리지는 옷을 벗고 총독 옆에 누워 있었다. 총독이 놀라서 깨어났을 때 부드러운 팔로 안아 줄 누군가가 옆에 있어야 했다.

때때로 성관계를 가지기도 했지만 크리지는 사라가 남편과 함께 밤을 보내기를 거부했기 때문에 얀이 자신을 원하는 거라고 확신했다.

크리지는 친구가 가진 자긍심에 대해 생각했다.

다른 모든 여성은 총독의 요구에 기꺼이 응했을 것이고, 그 대가로 제공되는 삶의 풍요로움을 누렸을 것이다.

하지만 사라는 아니었다.

남편의 구타, 분노, 욕설 속에서도 사라는 조각가의 망치에 굴복하기를 거부하는 대리석처럼 강하게 버텼다. 여러 밤 동안 크리지는 얀 하안이 완고한 아내에 대해 격분하는 모습을 보았다. 그건 대중 앞에서는 결코 드러내지 않는 모습이었다. 그의 오만함은 오랜 세월 동안 자신이 아내를 괴롭히고 있다고 착각하게 만들었지만, 크리지는 그것이 정반대라는 사실을 알았다. 사라는 얀 하안이 결코 이길 수 없는 유일한 적이었다.

얀 하얀이 잠결에 중얼거리자, 크리지는 상념에서 깨어났다. 서둘러 책상으로 간 그녀는 그날 오후에 사라가 보았던 승객 목록을 발견했다. 사라는 크리지에게 그 목록을 몰래 필사해 달라고 부탁했고, 크리지는 사라가 요청하는 거의 모든 것을 두말없이 들어주는 버릇이 있었다. 사실 사라는 그녀의 남편만큼이나 권위가 있었다. 다만 그 권위는 탐욕보다는 친절의 토대 위에 세워진 것이었을 뿐.

깃펜을 집어 들었을 때 크리지의 시선이 얀 하얀의 갑옷 보관대에 닿았다. 접은 양피지 조각이 그의 흉갑 끈 사이로 빠져나와 있었다.

"저건 뭐지?" 크리지가 중얼거렸다.

42

처음에 사라는 속삭이는 소리를 듣지 못했다. 새벽이 다 되어 가는데도 잠에 들 수 있게 해 주는 약물 생각만이 간절했다.

그런 날이면 사라는 몇 시간 동안이나 물약 병을 응시하다가 갈망을 잊기 위해 결국 도로테아에게 그걸 치우라고 말하곤 했다.

—사라

그 속삭임은 천장에서 벽을 타고 내려와 천 개의 다리처럼 그녀의 몸을 더듬었다.

눈을 깜박이면서 그녀는 깨어났고, 처음에는 무엇이 자신을 깨웠는지 알지 못했다.

방은 아직 어두웠고 시간은 불명확했다. 창문 너머에 불이 꺼져 있는 것으로 보아 그녀가 잠든 지 1시간쯤 지난 듯했다.

갈증을 느낀 그녀는 머리맡에 있는 물병을 잡으려고 손을 뻗었다.

—사라

그 속삭임 때문에 그녀는 소름이 돋았다.

"누구세요?" 피가 귓가로 쏠리며 그녀가 물었다.

—그대의 마음속에 숨겨진 열망

그녀는 천천히 침대 옆 탁자를 더듬어 단검을 찾았고, 손가락으로 칼자루를 움켜쥐었다.

어젯밤에 단검은 그녀를 안심시킬 정도로 무거웠지만, 지금은 그저 어색하게만 느껴졌다.

용기를 내어 그녀는 침대에서 벌떡 일어나 객실 네 귀퉁이를 뒤졌다. 모두 비어 있었다. 그녀의 유일한 동반자는 달이었고, 구름의 가장자리가 달에게 자리를 내주고 있었다.

—그대는 무엇을 갈망하는가?

그녀는 문을 홱 잡아당겨 열었다. 텅 빈 복도에는 외로운 촛불만 보였다.

—그대는 무엇을 갈망하는가?

사라는 귀를 틀어막았다. "저리 가!" 그녀가 소리쳤다.

—그대는 무엇을 갈망하는가?

자유. 그녀는 하마터면 큰 소리로 그렇게 말할 뻔했다. 그녀는 안 된다는 말을 듣고 싶지 않았고, 원하는 곳으로 가고 싶어 했다. 그녀는 매일 자신이 어떻게 살고 싶은지 스스로 결정하기를 원했다. 그녀는 편견 없이 자신의 재능을 추구하고 싶었고, 자신이 되어야 하는 엄마보다는 자신이 되고 싶은 엄마가 되길 바랐다.

—그대는 무엇을 갈망하는가? 말해 봐, 그럼 내가 들어주겠어

"나는 자유를 원해요." 그녀가 조용히 말했다.

—그러면 그대는 내게 무엇을 줄 텐가?

사라의 입이 열렸다가 닫혔다. 겁에 질리기는 했어도 그녀는 상인의 아내였다. 그녀는 거래가 어떤 것인지 알고 있었다.

"어떤 대가를 바라나요?"

✳

보즈는 잠옷을 입은 채 두 손으로 귀를 막고 속삭이는 소리를 듣지 않으려 애썼다.

—그녀는 그대를 거절할 거야

"아니야." 그는 이를 악물고 소리쳤다.

—그녀는 그대를 비웃고 있어

"아니라고."

—피가 흐르고 우리의 거래가 완료되면 그녀는 그대의 여자가 될 거야

✳

—단검을 침대 밑에 넣어 두겠어

촛불 속에서 눈을 크게 뜬 채 리아는 자신이 만들고 있는 사르담의 모형을 꼭 쥐었다. 그건 아주 간단한 제안인 듯 보였다. 그토록 큰 보상에 따르는 희생이 거의 없다시피 한 제안.

✳

—그대는 무엇을 갈망하는가?

요하네스 와이크는 침상에서 굴러떨어졌다. 칼을 손에 쥔 채 문 쪽으로 돌았고, 주변을 경계했다.

갑판장은 깊은 잠을 잘 여유가 없었다. 코를 골고 깊은 잠에 빠지면 살해될 터였다.

와이크의 선실은 선원 선실 아래쪽에 있었고, 그곳에서 선원들은 휴식을 취했다. 그는 위에서 바이올린 소리와 주사위 던지는 소리를 들을 수 있었다.

―그대는 무엇을 갈망하는가?

"누구냐 너는?" 돛 만드는 일꾼 칸의 문을 열어젖히며 와이크가 물었다. 돛 만드는 일꾼은 평소처럼 해먹에서 코를 골고 있었다.

―올드 톰

"올드 톰." 표정이 바뀌면서 와이크가 중얼거렸다. 그는 자기 방으로 돌아왔다. 칠흑같이 어두웠지만 그는 어둠을 개의치 않았다. 그들은 서로를 알고 있었다.

"그래, 나는 너를 잘 알지, 올드 톰." 와이크는 안대를 두드렸다. "네가 언제 나를 찾아올지 궁금했다. 하지만 이렇게 될 줄은 몰랐군."

속삭이는 목소리는 침묵했다.

"내가 너를 갑판에서 못 알아봤을 거라 생각했나?" 와이크가 비웃었다. 나는 네 비밀을 지키고 눈 하나를 잃었어. 그건 내가 마지막으로 명예롭게 한 일이었지. 네가 이 배에서 뭘 하는지 알고 있다. 그리고 무엇을 위해 그러는지도 알 것 같군."

와이크는 원을 그리며 선실을 뒤졌다. 그의 얼굴에 교활한 빛이 어렸다. 악마는 그를 두렵게 만들지 않았다. 그가 살아온 삶 자체가 사악하기 짝이 없었으니까. 그가 즐길 만한 새로운 죄악은 없었다. 더이상 그를 유혹할 타락도 없었다. 그는 인간이 할 수 있는 모든 끔찍한 짓을 저질렀고, 지옥이 그를 기다리고 있다는 걸 알고 있었다. 이미 그는 돌이킬 수 없는 길에 들어섰다.

속삭이는 목소리가 침묵을 깨뜨렸다.

—그대는 무엇을 갈망하는가?

"네가 내게 줘야 할 것." 와이크가 다시 안대를 만지며 말했다. "나에게 빚진 것."

*

최하 갑판에 있는 이사벨은 침상 위로 몸을 돌려 도로테아의 잠든 얼굴을 똑바로 응시했다. 하녀의 얼굴은 보름달에 빛났고 어쩐지 비현실적인 느낌을 주었다. 이사벨은 나이든 여자가 일어나서 소원을 들어주길 반쯤 기대했다.

사라의 하녀는 그날 오후 이사벨 옆으로 자리를 옮겼고, 익숙한 얼굴 근처에서 자는 게 더 안심이 된다고 말했다. 이사벨은 즉시 그것이 거짓말임을 알아챘다. 도로테아가 어제 오후에 말했듯 거짓말에는 두 가지밖에 없다. 이건 너무 표가 났다.

사라가 그녀를 보냈음에 틀림없었다.

갑판 위에서 새벽 두 시를 알리는 종이 울렸다. 목재 칸막이 반대쪽에서 선원들이 투덜거리며 깨어나는 소리가 들렸다. 불침번을 교대하기 위해 쿵쾅거리며 계단을 올라가는 발자국 소리가 들렸다.

도로테아의 얼굴을 주시하면서 이사벨은 조용히 일어났다. 주위의 해먹과 잠자리에서 코고는 소리가 나고 몇몇 승객들은 잠꼬대를 내뱉었다. 유일한 빛은 화약고 문 밑에서 나왔고, 그곳에서 문지기는 혼자 조용히 노래를 흥얼거리고 있었다.

이사벨은 어젯밤 화약고 문지기와 우연히 마주쳤고 그 이후로 계속 자책하고 있었다. 그것이 도로테아가 지금 그녀 옆자리에 누워 있는 이유일 터였다. 이사벨은 오늘 밤 더 조심하기로 다짐했다. 그녀는 그럴 수밖에 없었고, 그렇지 않으면 멈춰야 했다.

도로테아에게 마지막으로 조심스러운 시선을 보내며 이사벨은 계단을 내려가 화물칸으로 사라졌다.

✳

사라가 리아의 안부를 확인하기 위해 객실 복도로 나왔을 때 크리지가 객실에서 나와 품속으로 안기며 울음을 터뜨렸다.

"올드 톰이 내게 속삭였어." 크리지가 친구에게 매달리며 말했다.

"나에게도 속삭였어." 사라가 여전히 떨면서 말했다. "올드 톰이 네게 무엇을 약속했니?"

"네 남편을 죽이면 내 아이들은 살려 줄 거라고 말했어!" 크리지는 가슴을 치며 숨을 고르려고 했다.

"네게는 무엇을 원했니?"

"똑같아." 사라가 말했다. "어떻게 죽여야 하는지도 알려 줬어."

"침대 밑 단검." 크리지는 소스라치게 놀랐다. "네 남편이 올드 톰을 소환했는데, 악마는 왜 그가 죽기를 바라는 걸까?"

43

아렌트는 새벽에 숙소로 돌아왔고 그의 손에는 아버지의 묵주가 감겨 있었다. 레이니어 반 슈텐은 그 묵주가 저주를 받았다고 주장하며 바다에 던져 버리라고 말했지만 새미는 수사에서 그것의 중요성을 언급하며 손에 쥐고 있었다. 그러면서도 그는 그 묵주가 어떻게 사르담호에 있게 되었는지에 대해 어떤 이론도 제시하지 않았다. 총독의 말에 따르면 이 묵주는 암살자가 임무를 완수하고 아렌트의 아버지를 죽였다는 것을 증명하기 위해 가져온 증표였다. 캐스퍼 반 덴 버그의 손에 있어야 할 그 묵주가 어떻게 사르담호 가축우리에 버려진 것일까?

이런 수수께끼들은 새미를 즐겁게 했지만, 아렌트에게는 매번 똑같은 돌을 들어 올리며 그 아래에서 새로운 것을 찾기를 바라는 것과 다름없었다.

아렌트의 목에 한 줄기 햇살이 닿았다. 수색 보트가 내려지고 있었다. 레이니어 반 슈텐은 총독이 허락하는 즉시 선단에서 가장 가까운 배로 보트를 보내어 그들이 돌아갈 것임을 전하라 명령했다. 그 전언을 받은 배는 다시 수색 보트를 내려 가까운 배에게 그 사실을 알렸고, 선단의 모든 배들에 그 전언이 닿을 때까지 수색 보트는 계속해서 내려졌다.

선원들은 보트를 제자리에 고정시키고 있는 매듭을 풀면서 지난밤 그들을 공격한 유령선에 대해 수군거렸고, 그것이 사르담호의 곳곳에 악마의 상징을 새겼다고 수군거렸다. 소문은 소문 속에서 커져만 갔다. 여덟 번째 불빛은 단순히 멀리 떨어져 있는 것이 아닌, 바다에서 길을 잃은 영혼들로 구성된 흐릿하고 불명확한 천상의 것에 가까웠다. 선원들은 여덟 번째 불빛이 사라지기 전에 올드 톰의 상징이 사르담에 새겨져 있었고, 그것이 눈을 깜박거렸고 꼬리를 흔들었다고 말했다.

그 소문을 생각하며 아렌트는 침상에 이르렀다. 커튼을 젖힌 그는 어리둥절한 표정으로 해먹을 응시했다.

그의 놀라움은 곧 분노로 변했다. 누군가가 거기에 대변을 뿌려 놓은 것이었다.

웃음소리가 갑판에 울려 퍼졌다. 와이크와 몇몇 다른 선원들이 삭구 위에 의기양양하게 앉아 있었다. 라르메에게 가져가야 할 불만이 이거였군, 아렌트가 문득 깨달았다.

"좀 더 깨끗한 방법을 찾을 수 있었을 텐데." 아렌트가 중얼거렸다.

밖으로 나온 그는 선미 갑판에 있는 라르메에게 다가갔다. "불만이 있어서 정식 대결을 신청하러 왔소." 아렌트가 무뚝뚝하게 말했다.

라르메가 놀란 표정을 지었다. "어떻게 불만의 규정을 알게 되었지?"

"그게 중요한 거요?"

"그렇지는 않지만 이 배에서 불만이 없는 사람은 한 명도 없는데, 무엇 때문에 당신을 특별 대우해 줘야 하지?"

"특별할 필요는 없고, 불만이 있으면 대결로 해결한다고 들었소."

"선원들에게만 적용되는 거야." 누가 대화를 엿듣는지 확인하며 난쟁이가 말했다.

"어제 어떤 총병이 선원과 정식 대결을 벌이는 걸 봤소." 아렌트가 말했다.

"그건 빌어먹을 손대패를 둘러싼 시시한 싸움이었지." 라르메가 투덜거렸다. "누구한테 불만이 있는 거야?"

"요하네스 와이크."

난쟁이는 믿지 못하겠다는 듯이 아렌트를 쳐다보았다. "배에 타고 있는 모든 사람들 중에서 하필 요하네스 와이크와 싸우고 싶다고?"

"그가 나에게 시비를 걸어 왔소."

"증거가 있어?"

"그의 비웃음이 증거요."

라르메는 삭구에 휘파람을 불어 와이크를 소환했다. 갑판장은 안대 속의 애꾸눈을 찌푸리며 민첩하게 달려 내려왔다.

"당신이 이 거인의 해먹에 똥을 쌌어?" 난쟁이가 무뚝뚝하게 물었다.

"내가 한 짓이 아니야." 와이크가 대답했다.

"그럼 악수를 하고 오해를 풀어." 라르메가 말했다.

"아니," 아렌트가 완강히 거부했다. "불만의 규정에 따라 나는 정식으로 선수 갑판에서 결투를 요구하는 거요."

"그러면 무기는 사용할 수 없어." 라르메가 경고했다. "증거가 없으니 맨주먹으로 싸워야 해."

"무기를 사용할 수 없다고?" 와이크가 믿을 수 없다는 듯이 소리쳤다. "저자의 덩치가 무기야."

"억지 부리지 마, 당신 덩치도 그렇게 작지 않아." 라르메가 반박했다. "주 돛대와 뒷 돛대가 서로 주먹을 날리는 셈이야."

와이크는 공격을 막아내듯 두 손을 들고 뒤로 한 걸음 물러섰다. "라르메 자네도 그 이야기를 들었잖아. 저자는 피비린내 나는 브레다의 영웅이야. 스페인 군대를 혼자서 물리쳤다고."

"저자의 침상을 변기로 사용할 때 그 생각을 했어야지. 그러면 아마도 당신 똥구멍이 정신을 꽉 붙들어 매지 않았을까."

"나는 대등한 싸움을 원해." 와이크가 고집스럽게 그들을 응시하며 말했다. "그렇지 않으면 싸우지 않겠어."

라르메는 와이크를 노려보았다. "아렌트는 정식으로 결투를 요구하고 있어."

"나는 아무 짓도 하지 않았다고 말했잖아. 자네는 아무런 증거도 없이 나를 불곰 같은 자와 싸우게 만들고 있어. 이건 공정하지 않아."

라르메는 지겨운 듯이 겨드랑이를 긁었다. "와이크, 도대체 뭘 원하는 거야?" 난쟁이가 물었다.

"칼."

아렌트의 등골이 서늘해졌다. 왜 와이크가 거래 조건을 변경했을까? 칼을 사용하면 적당하게 저 주기가 매우 어려울 것이다. 유혈 사태가 벌어질 것이다.

와이크의 시커먼 눈빛이 아렌트를 긴장하게 했다. "어때, 용병. 그게 공정하겠지?"

"좋소." 이것 외에 아렌트는 달리 할 말이 없었다. "결투는 언제요?"

"저녁에, 우리가 닻을 내린 후에." 라르메가 한숨을 내쉬며 말했다. "당신들은 둘 다 돌대가리야. 둘 중 한 명이 죽으면 나는 더할 나위 없이 기쁠 거야."

44

신도들이 혼란에 빠져 웅성거리고 있었다. 그들은 신교 목사의 설교를 듣기 위해 주 돛대 앞에 모였지만, 아직 그는 도착하지 않았다. 이사벨이 그를 깨우러 갔지만 해먹이 텅 비어 있었다.

차가운 비가 내리기 시작했다. 드문드문 햇빛이 보였지만 검은 구름을 뚫고 나올 수는 없었다.

이건 불길한 징조야, 사람들이 속삭였다.

사라는 크리지와 리아 옆에 서서 신도들이 안절부절못하는 모습을 지켜보았다. 밤에 악마가 그녀에게 속삭였다. 악마는 크리지와 리아에게도 속삭였고, 틀림없이 이 신도들에게도 속삭였을 것이다. 그들의 얼굴에 나타난 죄의식을 보면 유혹에 빠진 것이 분명했다. 사라는 사람들이 자기와 같은 제안을 받았는지 궁금했다.

총독의 침대 밑에 단검을 넣어 두겠어. 아직도 그 목소리가 귓가에 맴돌았다.

그녀의 시선이 주 돛대 너머로 향했다. 선원들은 음흉한 표정으로 그들을 지켜보고 있었다. 과연 그들 가운데 몇 명이 오늘 아침 신도들 사이에 있는 총독을 보길 기대하며 나왔을까? 그들 중 몇 명이 그를 죽일 생각이었을까? 악마는 그들에게 무엇을 들어주겠다 속삭였을까? 크리지와 리아를 탐욕스럽게 바라보는 선원들의 표정을 보면서 사라는 자신이 답을 알고 있다고 생각했다.

요하네스 와이크는 선수 갑판에 올라가 있었다. 사라는 그가 왜 그 장소를 선택했는지 알지 못했다. 와이크는 설교를 듣지 않을 터였다.

그가 어젯밤 올드 톰의 목소리를 들었을까? 사라는 와이크와 악마가 정기적으로 접촉하고 있다고 추측했다.

이사벨이 군중을 헤치고 사라를 향해 다가왔다. "최하 갑판을 수색했지만," 그녀가 허둥대며 말했다. "샌더 목사님을 찾을 수가 없어요. 아무도 그분을 못 봤대요."

"아렌트의 해먹이 그분 옆자리에 있어." 사라가 말했다. "아마 아렌트는 뭔가를 알고 있을 거야."

크리지는 헛기침을 하며 사라에게 잠시 기다려 달라고 손짓을 했다. "아렌트와 얘기하기 전에 네가 꼭 봐야 할 것이 있어. 어젯밤에 총독의 선실에서 흉갑 뒤에 접혀 있는 양피지를 발견했어. 나는 핍스가 왜 투옥되었는지 궁금했어." 크리지는 사라에게 양피지 조각 한 장을 건네주었다. "얀이 자는 동안 이걸 필사했어."

사라는 빗물이 글자를 흐리기 전에 얼른 내용을 읽었다.

새뮤얼 핍스에게 수갑을 채워라. 나는 그자가 영국의 스파이라는 증언을 확보했다. 그자는 우리의 고귀한 사업에 해가 될 배신자일 뿐만 아니라, 조국을 배신한 반역자이기도 하다. 아직 널리 알려지지는 않았지만 나는 이미 그 사실을 확인했고 곧 내 동료들에게도 밝힐 것이다. 처형이 대기 중이다. 신사 17인회 앞으로 그자를 끌고 오면 자네의 지위가 크게 향상될 것이다. 빨리 돌아와서 일을 진행시키도록 해라.

자네를 기다리겠다.

—캐스퍼 반 덴 버그

"핍스가 스파이라고?" 사라가 당황하며 말했다.

"아렌트에게 이걸 보여 줄 수는 없어." 크리지가 경고했다. "만약 네 남편이 내가 자기 선실에서 서류를 훔쳤다는 사실을 알게 되면 나를 바다 속으로 던져 버릴 거야."

"그럼 다른 핑계를 생각해 낼게." 사라가 말했다. "아렌트는 이 사실을 알아야 해, 크리지. 그는 핍스를 존경해."

네 명의 여성은 중간 갑판 아래 칸 승객 숙소로 갔지만, 사라는 문턱에서 머뭇거렸다. 남편은 그녀가 아렌트를 만나거나 대화하는 걸 엄격히 금지했다. 그녀는 남편에게 잠드는 약물 두 방울을 먹였고, 남편은 아직 자고 있었다. 그렇더라도 공개적으로 남편의 명령을 거역하는 건 너무 위험했다. 보즈는 배의 어디에든 있을 수 있고, 그의 눈은 사실상 총독의 눈이었다.

호기심이 사라를 앞으로 떠밀었고 두려움이 사라를 뒤로 끌어당겼다. 그녀가 올드 톰을 계속 조사하기 위해서는 눈에 띄지 않게 돌아다닐 방법이 필요했다. 그녀는 리아를 바라보았다. "네가 지휘실 근처로 가서 네 아빠와 보즈, 드레히트를 지켜봐 주겠니?"

리아가 싱긋 웃었다. "알겠어요. 우리가 마치 탐정이 된 기분이에요. 이건 핍스 탐정님의 이야기 중 하나 같아요."

아렌트의 침상을 둘러싼 커튼이 열려 있었고 그가 매트 위에서 코를 골고 있는 모습이 드러났다. 바닥은 물청소로 깔끔해졌지만 희미한 똥 냄새가 여전히 공기 중에 남아 있었다.

"어머나, 건장해라. 자기는 좋겠네." 아렌트의 커다란 가슴과 두꺼운 팔을 바라보며 크리지가 말했다. 사라는 얼굴을 붉혔다.

"아렌트," 사라가 그를 깨우려고 부드럽게 말했다.

그는 움직이지 않았다.

"아렌트!" 사라가 초조하게 그의 발바닥을 걷어찼다. "일어나요."

"이렇게 일찍…" 그가 잠꼬대를 하면서 다리를 움직였다. "무슨 일로…"

"샌더 커스가 실종됐어요. 당신의 도움이 필요해요."

아렌트는 졸린 눈을 비비며 주위를 둘러보았다. 파프리카 냄새가 공기 중에 짙게 배어 있었다. 누군가가 화물칸에 있는 파프리카 상자를 열었음에 틀림없었다.

"샌더 목사는 여기서 제일 먼저 몸을 일으켜 황급히 나갔습니다." 그가 팔꿈치로 몸을 일으키며 말했다. "최하 갑판 계단으로 내려가는 그의 발자국 소리를 잠결에 들었습니다."

"이미 제가 최하 갑판을 찾아봤어요." 이사벨이 초초하게 말했다.

아렌트는 피곤한 듯 두 손으로 머리를 받치고 일어나 앉았다. "아마 화물칸으로 내려갔을 수도 있고, 칸막이를 지나갔을 수도 있겠지요. 주 돛대 쪽은 수색해 봤습니까?"

"저에게는 거기까지 가는 게 허락되지 않아요." 이사벨이 답답하다는 듯이 말했다.

"내가 가서 그분의 행방을 알아보겠습니다." 아렌트가 말했다. "부츠를 신고 난 후에."

사라는 크리지가 필사한 양피지를 그에게 건네주었다. "그러기 전에 먼저 이걸 읽어 보세요. 당신 할아버지께서 제 남편에게 보낸 편지에요. 새미가 감옥에 갇힌 이유를 설명해 주는."

아렌트는 정신을 번쩍 차리고 편지를 두 번 읽었다. 그러더니 갑자기 웃기 시작했다. "할아버지께서 어디서 이런 정보를 얻으셨는지는 모르겠지만, 거짓말입니다. 새미는 스파이가 아니에요." 아렌트가 웃으며 말했다. "그는 스파이로는 쓸모가 없습니다. 새미는 국가나 왕을 좋아하지 않아요. 주머니 속의 돈, 그리고 재미있는 퍼즐에 관심이 있을 뿐이에요."

"새미에게 이 편지에 대해 물어보세요." 사라가 요청했다. "그리고 제 남편에게는 당신이 알고 있는 것을 말하지 마세요. 제가 남편 선실에서 그걸 훔쳤어요."

아렌트는 창문 밖으로 양피지를 떨어뜨려 바람에 날려 보냈다. "물론 그렇게 하겠습니다, 부인. 걱정하지 마세요."

사라, 리아, 이사벨, 그리고 크리지는 다시 갑판으로 올라갔다. 갑판에는 실망한 신도들을 해산시킬 만큼 심하게 폭우가 쏟아지고 있었다.

"우리는 아직도 아렌트가 악마가 아니라는 걸 확신할 수 없어요." 이사벨이 말했다.

"그는 악마가 아니야." 더 이상의 논쟁을 끝내려는 듯이 사라가 말했다.

그녀의 확신은 모두를 놀라게 했지만 그녀는 그들의 의심을 가라앉혔다. 이틀 동안 아렌트와 동행하면서 사라는 15년 간의 결혼 생활 동안 남편을 알게 된 것보다 아렌트를 더 깊이 알게 되었다.

"날 믿어, 이사벨. 샌더 목사님이 배 안에 있다면 아렌트가 꼭 찾아 낼 거야." 사라가 말했다. "하지만 레이니어 반 슈텐과 얘기를 해 봐야 해. 그는 샌더 목사님에게 고해성사를 간청하고 있었어. 그러니 오늘 아침에 목사님이 어디로 갔는지 알고 있을지도 몰라."

"먼저 아이들을 객실 안으로 들여보낼 수 있을까?" 쏟아지는 비를 맞으면서 크리지가 말했다. "감기에 걸릴 것 같아."

마커스와 오스버트는 선미 갑판에서 서로 원을 그리고 쫓아다니며 술래잡기를 하고 있었다. 도로테아는 아이들이 난간 너머 바다로 떨어지지 않을까 걱정하며 초조하게 지켜보고 있었다. 아이들의 활달한 성격을 고려하면 근거 없는 걱정은 아니었다.

아이들이 도로테아의 경고를 듣고 달려 내려왔을 때 여성들은 계단 아래에 있었다. "우리도 객실 안으로 들어가는 게 좋을 것 같아요, 부인." 바람을 등지고 하얀 모자를 손으로 꽉 움켜잡으며 도로테아가 말했다.

사라는 도로테아의 팔을 꼭 잡았다.

"오늘 시간을 내서 실용적인 옷을 만들어 줄 수 있겠어, 도로테아?" 사라는 이사벨의 헐렁한 면 셔츠와 삼베 치마를 가리켰다. "저런 것 말이야. 그리고 내 얼굴과 머리카락을 덮는 챙이 달린 모자가 필요해."

"위장을 하시려는 거예요?" 도로테아가 물었다. 그녀는 사라가 요새에서 몰래 빠져나오는 걸 여러 번 도와준 경험이 있었다.

"그래, 바로 그거야."

"드레스를 한두 벌 정도 잘라 내야 할 거예요." 도로테아가 경고했다.

"필요하면 무슨 옷이든 잘라도 돼." 사라가 말했다.

도로테아가 아이들을 객실 안으로 데리고 들어가자 크리지가 어색하게 목청을 가다듬었다.

"사라…" 크리지가 머뭇거리며 물었다.

"응."

"아렌트 헤이즈 말이데…"

"응." 사라가 천천히 대답했다.

"자기가 그를 옹호한 것은 뭐랄까, 상당히…"

"열정적이었어요." 리아가 거들었다.

"그래, 열정." 크리지가 젖은 금발 머리를 쓸어 올리며 말했다.

"내가 그랬어?"

"그리고 자기는 최근 아렌트와 많은 시간을 보내고 있어."

"과도한 시간은 아니야." 사라가 반박했다.

"자기는 그를 좋아해?"

사라는 머뭇거리며 누가 그 질문을 하고 있는지에 대해 생각했다. "응." 사라가 얼굴을 살짝 찡그리며 대답했다. 그녀가 그 사실을 입 밖으로 내뱉은 건 처음이었다. 그건 마치 시장 한가운데로 특히나 못생긴 암소를 끌어당기는 기분이었다.

리아는 미소를 지었고 크리지는 질문의 요점을 향해 나아갔다. "자기가 가지고 있는 이 감정들은… 자기는 그것들이 '불가능'하다는 걸 이해해야 해."

"물론이지." 사라는 짜증스럽게 옷깃을 잡아당기며 말했다. 도로테아는 바닷물로 세탁을 해야 했으므로 모든 옷은 뻣뻣해졌고, 그 옷이 피부에 스칠 때면 가려움을 유발했다. 그래도 선원들보다는 사정이 나았다. 그들은 땀과 오줌에 찌든 옷가지들을 거의 빨지 않았다. 앞으로 5개월 후면 배 전체에 변소 냄새가 진동할 것이다.

"나는… 그를 향한 내 감정이 좋아." 사라가 계속 말했다. "그는 내가 될 수 없는 사람이 되라고 강요하기보다는 나 자신이 되도록 만들어 줘. 그게 다야. 그 감정은 쉽게 정리될 거야."

"꼭 정리해야 한다고 확신하세요?" 리아가 조심스럽게 물었다. "그 아저씨는 엄마를 행복하게 해요, 저는 그걸 봤어요."

"아렌트와 나 사이에는 희망이 없어." 사라는 목소리를 낮추었다. "만약 우리의 계획이 성공한다면 나는 사라질 것이고 아렌트는…" 그녀는 말을 흐렸다. 그녀는 알지 못했다. 새뮤얼 핍스가 처형되면 아렌트는 어디로 가게 될까? 다시 전쟁으로? 사라의 마음속에서 희망이 약해졌다.

아렌트는 용병이었다. 더 중요한 건 그가 남자라는 점이었다. 그에게는 아무런 제약도 없었다. 그는 원하는 곳이라면 어디든 갈 수 있었다. 어쩌면 그는 사라와 함께 모든 과거에서 벗어나 새로운 삶을 시작할 수도 있을 것이다. 또 어쩌면 그녀는 새로운 정착지에서 그에게 소식을 전할 수도 있을 것이다.

사라는 화가 나서 고개를 가로저었다. 왜 내가 이런 생각을 해야 하지? 리아와 내가 비로소 자유로워질 수 있는데, 그 기회가 코앞까지 다가왔는데, 어떻게 내가 그 자유에 위험을 드리울 어린애 같은 생각을 할 수 있는 거지?

그들이 객실 출입구에 도착하자 에거트가 경례를 하며 문을 열어 주었다. 복도 안으로 들어선 사라는 레이니어 반 슈텐의 객실 문을 두드렸다.

수석 상인은 얇은 면바지 외에는 다른 옷을 거의 입지 않은 채 나타났다. 여성들은 혐오감에 얼굴을 돌렸다. 그의 방은 술병으로 가득했고 수십 개의 빈 포도주 병이 탁자와 바닥에 흩어져 있었다.

이렇게 절망적인 상태로 술을 마셨다니, 사라는 생각했다.

"어젯밤에 올드 톰은 정말로 내 말을 경청하고 있었소." 반 슈텐이 눈앞의 여성들을 바라보며 말했다.

크리지가 재미있다는 듯 코웃음을 치자 사라가 무의식적으로 미소를 지었다. "어제 샌더 커스 목사님에게 가서 고해성사를 했나요?" 사라가 수석 상인에게 물었다.

그는 술병이 가득한 자기 객실 쪽으로 손짓을 했다. "내가 고백할 게 뭐 있겠소? 이 항해는 총독의 마음대로요. 이 항해는 나를 술이나 마시는 부유한 승객으로 만들었소."

"당신은 내 남편이 몰래 뭔가를 밀반입하는 걸 도왔어요." 사라가 수석 상인의 표정이 변하는 걸 지켜보며 말했다. "아무도 그 화물이 무엇인지 모르는 것 같지만 당신은 그 이후로 계속 술을 마셨어요."

반 슈텐의 얼굴이 순간적으로 두려움과 의심, 그리고 죄책감에 휩싸였다. 사라는 필요한 대답을 들을지도 모른다고 기대했지만 외려 독설이 쏟아져 나왔다.

"당신 남편은 당신이 아렌트 헤이즈와 놀아나는 것을 알고 있나?" 수석 상인이 머리를 치켜들며 소리쳤다. "당신이 딸을 이런 위험 속으로 끌고 가는 걸 알고 있나?" 그는 리아를 힐끗 쳐다보았다. "내가 총독에게 말하면 아마 당신은—"

"샌더 커스 목사님이 실종됐어요." 이사벨이 앞으로 몸을 내밀며 반 슈텐의 말을 가로막았다. "그분이 당신에게 고해성사를 받으러 왔다면 당신이 목사님을 마지막으로 본—"

"나는 아무것도 몰라. 그리고 알더라도 그 빌어먹을 목사한테는 말하지 않을 거야."

반 슈텐은 여성들의 얼굴을 향해 쾅 하고 문을 닫았다.

45

"이제 어떻게 하죠?" 반 슈텐의 객실 앞에서 터벅터벅 발걸음을 돌리며 이사벨이 물었다.

사라는 곰곰이 생각한 다음, 뒤에 있는 리아에게 말을 걸었다. "사르담호의 모형과 밀수 칸은 어떻게 돼 가고 있니?"

"이제 막 시작했어요. 왜요?"

"네 아버지는 비밀 화물을 배에 실었고, 레이니어 반 슈텐은 그렇게 할 수 있도록 도와주었지. 만약 반 슈텐이 샌더 목사에게 그 사실을 고해성사했고 네 아버지가 알게 되었다면, 샌더 목사가 사라진 이유도 짐작이 가. 그 화물은 이 배 어딘가에 실려 있고 보세의 밀수 칸이 가장 적절한 장소겠지. 우리는 그 화물이 어디에 숨겨져 있는지 알아내야 해."

"그 편지를 잊지 마." 크리지가 말했다. "샌더 목사는 사르담호로 유인당했어. 만약 올드 톰이 배후에 있다면 아마도 목사의 실종과 관련이 있을 거야."

"어쨌든 아렌트가 수색을 끝낼 때까지 기다리는 것 외에는 당분간 우리가 할 수 있는 일이 없어." 사라가 말했다.

이사벨은 이 상황이 마뜩잖았지만 딱히 다른 방법이 없었다. 다른 모든 승객들과 마찬가지로 그녀의 자유도 제한적이었다.

크리지는 옷소매에서 또 다른 양피지 조각을 꺼내 사라에게 건네주었다. "이게 자기의 흥미를 북돋워 줄 거야. 총독의 선실에서 보았던 이름들이야."

바스티안 보즈 - 1604

투키히리 - 1605

길리스 반 더 슐렌 - 1607

헥터 딕스마 - 1609

에밀리 드 하빌랜드 - 1610

"저는 데몬로지카에서 이 이름들 중 일부를 보았어요." 이사벨이 사라의 어깨 너머로 시선을 던지며 말했다. "그들은 모두 올드 톰에게 영혼을 팔아서 피터 플레처의 추적을 받은 가문의 사람들이에요."

그렇게 말하는 이사벨에게서 희미한 파프리카 냄새가 났다. 그 냄새 때문에 사라는 살짝 배가 고파졌다. 그녀는 왜 아끼는 그 냄새를 전혀 느끼지 못했는지 의아해했다. 파프리카 상자는 화물칸에 보관되어 있었고 이사벨의 숙소 바로 밑에 있을 텐데 말이다.

"얀 하안이 왜 이런 이름에 관심이 있는지 알아?" 크리지가 물었다.

"어제 남편이 보즈와 이야기하는 걸 들었어." 사라가 기억을 더듬으며 천천히 대답했다. "겨우 조금 엿들었지만 남편은 30년 전에 권력을 대가로 올드 톰을 세상에 풀어 준 사실을 인정했어. 그리고 이제 다른 누군가가 자신을 공격하도록 악마를 풀어 주었다고 생각하고 있어. 아렌트가 따져 물었지만 남편은 더 이상 아무 말도 하지 않았어."

크리지는 사라의 팔을 잡으며 상기된 목소리로 물었다. "얀이 악마를 세상에 풀어 주었다고?"

"그래. 자기 입으로 그렇게 말했어." 사라는 이사벨에게 주의를 돌렸다. "이 명단에 있는 사람들이 어떻게 되었는지 알고 있니?"

"피터 플레처는 방대한 기록을 보유하고 있었어요." 이사벨이 자신의 가방을 두드리며 말했다. "데몬로지카에 해답이 있을 거예요."

"그럼 내 객실로 가서 살펴보자." 사라는 크리지를 바라보았다. "어젯밤 크로웰스 선장에 대해 알아낸 사실이 있어?"

"나는 크로웰스 선장이 우리가 찾는 악마라고 생각하지 않아. 그게 자기가 묻고 있는 거라면." 크리지가 말했다. "선장의 가문은 한때 귀족이었고, 그는 그 재산을 회복하려고 노력하고 있어. 선장은 얀이 자신을 도와줄 거라고 생각하고 있었어."

"어떤 방법으로?"

"나도 몰라, 하지만 오늘 밤에 다시 알아볼게. 아, 그리고 나는 자기 남편이 올드 톰과 연결돼 있는 것에 대해 보즈로부터 더 많은 정보를 얻을 수 있을지도 몰라."

"네 치명적인 매력을 의심하는 건 아니지만…" 사라가 회의적으로 말했다. "보즈는 매우 충성스러운 사람이야."

"그는 나에게 결혼해 달라고 말했어." 크리지가 눈을 반짝이며 말했다.

"보즈가 청혼을 했다고요?" 리아가 소리쳤다.

"그래, 어젯밤 우리가 여덟 번째 불빛에 공격을 당한 후에."

"하지만 크리지 너는…" 사라는 적절한 단어를 찾으려 애썼다. "총독의 여자고, 그는…"

"그는 총독의 부하지." 크리지가 생각에 잠기며 동의했다. "하지만 분명히 그는 엄청난 재산을 모을 거고 바타비아의 다음 총독이 될 거야."

"재산?" 사라의 얼굴이 달아올랐다. "어디서 그런 돈을?"

"나도 모르겠어. 그는 오랫동안 계획을 세워 왔다고 말했어. 아…" 크리지가 뭔가를 깨달았다. "보즈는 아니야. 분명히 보즈는 아니야. 그는 너무…" 크리지는 '소심'이라는 단어를 찾기 위해 애썼다.

"그는 영향력을 가지고 있고 그의 상황은 곧 바뀔 거야. 만약 올드 톰이 누군가를 지배하려 한다면 보즈는 그 후보로 아주 그럴듯해. 내 남편은 수년간 그에게 많은 자율권을 주었어. 그는 바타비아에서 두 번째로 막강한 권력을 가진 사람이었고 많은 일에 손을 뻗고 있는 것 같아. 그가 모은 재산을 조사할 필요가 있어."

"그래, 물론이야." 크리지가 말했다. "나도 물어봐야겠다고 생각은 하고 있었어. 보즈의 청혼을 진지하게 고민해 보려면 모든 세부 사항이 필요할 것 같아."

"정말로 고민하고 있는 건 아니죠?" 리아가 물었다.

"왜? 그럼 안 돼?" 크리지가 가볍게 말했다. "보즈는 유혹에 약하고 열정적이고 소심하고 상상력이 부족해. 그런 결점들로 인해 내가 내 아들들을 위해 만들 수 있는 삶을 생각해 봐. 게다가 나의 아름다움은 영원히 지속되지 않을 거야. 최대한 비싸게 팔아야 해."

사라는 뒤따라오는 이사벨을 바라보았다. "크리지와 얘기할 동안 데몬로지카를 내 객실로 가져와 주겠니?" 사라가 상냥하게 부탁했다.

이사벨이 데몬로지카를 가지러 가자, 사라는 크리지의 팔을 잡았다.

"자기가 보즈와 결혼하면 우리 계획은 어떻게 되는 거지?" 사라가 걱정스러운 듯 물었다. "프랑스는? 리아와 나는?"

"애태우지 마, 자기야." 크리지가 침착하게 말했다. "쉽게 정리할 수 있을 거야. 포세이돈은 내 결혼 계획에 사용하기에는 너무 소중해. 그리고 난 너희 모녀를 절대로 버리지 않을 거야."

사라는 그녀의 친구를 응시했다. 크리지는 두 모녀의 자유를 원했고 결국 이를 쟁취할 것이다. 그리고 바로 이게 크리지의 인생이 흘러가는 방식이었다.

"어젯밤 계획들은 잘 실행했어?" 화제를 바꾸면서 사라가 물었다.

주변에 아무도 없는 것을 확인한 후 크리지는 치마를 들어 올렸고, 치마 안쪽에는 세 개의 두루마리가 있었다. "물론이지." 크리지가 두루마리를 꺼내면서 말했다. "얀은 내내 정신없이 잠들어 있었어. 나는 자기의 직감이 얼마나 예리한지 칭찬해야겠어."

"세상에, 크리지, 리아의 객실에 놓아두지 그랬어?" 사라가 물었다.

"만약 객실 급사 중 한 명이 그걸 봤다면? 자기 남편이 방문했다면? 이건 그냥 계속 내가 갖고 있는 게 더 안전하다고 생각해."

"그건 내가 고친 드레스가 아니잖아요." 리아가 두루마리를 두 손에 들고 말했다.

"그래, 내가 직접 고쳤어." 크리지가 자랑스럽게 대답했다.

"아침 내내 치마에 두루마리를 끈으로 묶고 돌아다닌 거예요?"

"네 엄마에게 전해 줄 적당한 때를 기다리고 있었어."

사라는 그녀의 친구에게 상냥하게 고개를 끄덕였다.

"저는 즉시 계획대로 시작할게요." 리아가 말했다. "하지만, 새 양초가 필요해요."

"내가 급사에게 양초를 가져오라고 말할게." 사라가 말했다.

"아마 양초를 다른 곳에 가져다 놓아야 할 거예요." 리아가 말했다. "사르담호의 모형 제작과 우리 계획을 동시에 진행하려면 저는 밤늦게까지 일해야 할 거예요. 제가 왜 그렇게 할 일이 많은지 아빠가 궁금해하는 걸 원치 않아요."

리아는 두루마리를 움켜쥐고 자기 객실로 사라졌고, 남은 두 여성은 사라의 객실로 들어갔다.

데몬로지카가 이미 탁자 위에 펼쳐져 있었다.

이사벨은 하프를 살펴보며 감탄했다. 바타비아의 선술집에도 플룻, 바이올린 같은 악기가 있지만 대부분은 싸구려였다.

황홀한 표정으로 보아 이사벨은 평생 이렇게 우아한 악기를 본 적이 없는 게 분명했다. 현은 햇빛으로 만들어졌고 나무는 윤이 나서 이사벨은 그 표면에 마치 영혼이 걸린 것처럼 자신의 반사된 모습을 볼 수 있었다.

이사벨은 더러운 손가락을 뻗어 현 하나를 튕겼고 소리를 감상했다. 그들이 만난 이후 처음으로 사라는 이사벨이 자신의 어린 시절 모습과 닮았다고 생각했다.

"그 악기를 연주하고 싶다면 내가 가르쳐 줄게." 사라가 친절하게 말했다.

이사벨은 그 제안에 당황하며 얼굴을 붉혔다. "무례한 짓을 하려는 건 아니었어요." 그녀가 사라의 눈을 마주치지 못하고 말했다. "하지만 그건 제게 과분한 제안이에요. 그래서 잔인하고요. 부인의 손가락은 하프를 연주하기에 완벽해요. 부드럽고 길어요. 이 하프는 그 손가락을 위해 신이 설계한 거예요. 저를 위해서가 아니라."

이사벨은 자기 손을 내밀어 살펴보았다. 그녀의 손은 배 주위를 돌아다니면서 굳은살이 박였고 더러웠다. "제 손은 고된 노동과 투쟁을 위해 만들어졌어요. 제가 샌더 목사님을 처음 봤을 때 그분은 바타비아의 골목에서 강도를 맞닥뜨렸죠. 그분은 신교 목사였고, 저는 칼을 들고 강도들이 제가 거기 있다는 사실을 알기도 전에 그들의 목을 베었어요. 대가를 바라고 한 일은 아니었지만 샌더 목사님은 제게서 신의 섭리를 보았다고 하셨죠. 그분은 저를 받아들이시고는 마녀사냥 교육을 받게 했어요." 이사벨의 목소리에는 자부심이 넘쳤다. "저의 사명은 신성해요. 저는 올드 톰을 처단할 사람이에요. 제 손은 그런 용도로 쓰여요. 이 배에서 내리면 다시는 볼 수 없을 악기를 연주하기 위해서가 아니라요."

사라가 반박해야 할지 사과해야 할지 결정을 내리지 못하고 혼란스러워하자 이사벨이 데몬로지카의 표지를 가리키며 말했다. "부인께서 부탁하신 대로 책을 가져왔어요."

사라는 이사벨을 계속 바라보았다. "크리지, 데몬로지카에 내 남편의 책상에서 필사한 이름들이 들어 있는지 알아봐 줄래? 나는 이사벨의 아기를 진찰하고 싶은데, 괜찮겠어?"

이사벨은 당황하며 두 손으로 곧장 배를 가렸다.

"어떻게 아셨어요?"

"어제 설교 중에 네가 마커스와 오스버트를 쳐다보던 애틋한 눈빛을 봤어." 사라가 부드럽게 대답했다. "그때 너는 뱃속의 아이가 두 형제 또래가 되는 걸 꿈꾸고 있었어. 나도 아기 셋을 낳아 봐서 그 표정을 알아."

사라가 이사벨의 태아를 진찰하는 동안 크리지는 데몬로지카의 책장을 넘겼다.

"그 이름은 내 전 남편 피터 플레처가 올드 톰에게 지배당한 것으로 의심하는 가문들이었어." 크리지는 목을 가다듬고 큰 소리로 책을 읽기 시작했다. "바스티안 보즈는 부유한 상인이었지만, 조사 결과 그의 재산은 그의 땅을 둘러싼 마을에서 일어난 끔찍한 사건의 결과인 것으로 밝혀졌다. 우리는 어느 날 밤늦게 그를 길에서 체포했고, 3일간의 심문 끝에 올드 톰의 얼굴이 우리에게 드러났다. 퇴마술이 행해졌지만 보즈를 구할 수는 없었다. 우리는 그를…" 크리지의 목소리가 작아졌다. "불로 정화시켰다." 그녀는 비틀거리며 읽기를 중단했다.

"크리지, 왜 그래?"

"피터는 절대로…" 그녀는 머뭇거렸다. "절대로 아무도 죽이지 않았다고 주장했어. 그는 퇴마 의식만으로 올드 톰을 쫓아낼 수 있다고 했어."

크리지는 숨을 죽이고 다음 페이지로 넘어갔다.

"투키히리는 타국에서 온 뛰어난 조선업자로, 그의 선박은 가볍고 빠르며 동인도 선박보다 강했다. 기독교 조선공들의 조사 결과 악마만이 그 배를 떠 있게 할 수 있다는 사실이 확인되었고, 우리는 선체에 악마의 기운이 서려 있는 것을 발견했다. 투키히리는 혐의를 부인했고 심문을 받다가 죽었다. 그의 영혼은 구원받을 수 없었다."

크리지는 갑자기 일어나서 손으로 입을 가린 채 선실 창문으로 갔다.

사라가 이사벨의 진찰을 마쳤다. "이 아기는 좋은 엄마를 둔 행운을 가졌어." 사라가 미소를 지으며 말했다. "건강하게 자라고 있어. 항해를 하는 동안 계속 지켜보겠지만, 불편해지면 말하렴. 도움이 될 만한 몇 가지 약물이 내게 있어."

사라는 탁자로 가서 데몬로지카를 들여다보았다.

표지는 영어로 적혀 있었다. 우아하기엔 너무 많은 이질적인 부분들이 한데 꿰매진 서투른 언어. 사라는 영어를 말할 수 있었지만 그 언어가 불편했다. 그리고 그녀는 자신이 특정 단어를 큰 소리로 읽고 있음을 깨달았다.

사라는 심문과 자백, 마녀사냥꾼이 보았던 공포와 그에 대한 반응으로 저지른 살인에 대한 건조한 문장을 읽으면서 화를 참으려고 애썼다.

"그에겐 증거가 많이 필요하지 않았어, 그렇지?" 객실 창문 옆에서 몸을 떨며 크리지가 말했다. "마녀임을 부인했다는 이유만으로 그가 에밀리 드 하빌랜드에게 유죄를 선고한 내용을 읽었니? 에밀리는 그저 소녀였을 뿐이야!"

사라 역시 그 내용을 발견했다. "그녀의 증언은 앞뒤가 맞지 않는 것뿐이었다. 거짓 위에 거짓으로 내면의 악마를 숨기고 있었다." 사라가 큰 소리로 읽었다. "퇴마술이 실행되었고 에밀리는 악마에서 자유로워졌지만 너무 늦었다. 드 하빌랜드 일가의 사악한 행위를 들은 마을 사람들이 그 집을 습격해 불태우고 그 집에 살던 사람들을 살해한 끝에, 한때 명문이었던 가문은 파멸을 맞이했다."

다음 두 개의 이름이 이어졌다. 헥터 딕스마와 길리스 반 더 셸런. 그들은 다행히 혐의에서 벗어났고 계속해서 행복한 삶을 살았다.

크리지는 눈물을 흘리며 떨고 있었다.

"나는 이 책에서 내 남편을 알아보지 못하겠어." 사라가 데몬로지카 읽기를 멈추었을 때 크리지가 말했다. "내가 아는 남편은 그런 사람이 아니었어. 나의 피터는 절대 그런 짓을 하지 않았을 거야. 바스티안 보즈, 투키히리, 에밀리 드 하빌랜드, 그리고 다른 어떤 사람들에게도. 내 남편은 살인자가 아니었다고."

46

크로웰스 선장은 지휘실 창문을 응시하고 있었다. 두 손은 등 뒤로 꽉 쥐고 있었고, 손가락은 조바심으로 춤을 추고 있었다. 아침이 지났지만 사르담호는 나머지 선단과 함께 정박해 있었다.

바다는 시시각각 거칠어지고 있었다. 번개가 수평선에서 번쩍이고 비가 유리창을 때리고 있었다. 사르담호는 닻을 올리고 돛을 펼치기도 전에 갈기갈기 찢어질 터였다.

규정상으로는 폭풍우를 넘어 전진하려고 노력했어야 했지만 반 슈텐은 바타비아로 돌아가는 계획을 확고히 했다. 그렇게 하려면 총독의 허락이 필요했지만 총독은 여전히 잠에서 깨어나지 않았다. 이런 경우가 거의 없었기 때문에 시종장 보즈는 총독이 여전히 숨을 쉬는지 확인하기 위해 그의 침실을 몇 번이나 들락거렸다.

다른 선장들은 분노하며 회항 명령을 거부했다. 바타비아를 출발한 이후로 다른 선박들은 여덟 번째 불빛을 발견한 것 외에는 다른 어떤 이상한 사건도 보고하지 않았다. 그들은 원래대로 항해하길 원했다. 그들은 암스테르담으로 운송할 화물을 실었고, 만약 바타비아로 회항한다면 화물은 엉망이 될 터였다.

크로웰스의 뒤에서 보즈가 지휘실을 건너 총독 선실의 방문을 두드리려 했지만 그 전에 문이 열렸다. 얀 하안이 눈을 깜박이며 불빛 속으로 나타났다. 그의 몰골은 끔찍했다. 옷깃은 구겨졌고 셔츠는 바지 밖으로 삐져나왔고 흉갑에는 여섯 개의 가죽 버클 중 네 개만이 채워져 있었다. 붉은 눈동자는 여전히 졸린 기미가 가득했다.

"맙소사."

"총독 각하."

"각하, 저희는—"

총독은 비틀거리며 손을 들어 보즈를 가리켰다.

"요약하게. 하고 싶은 말이 뭔가?" 여전히 정신이 몽롱한 상태로 총독이 말했다.

"크로웰스 선장과 수석 상인 반 슈텐이 이 배를 바타비아로 귀항시킬 것을 요청하고 있습니다."

"안 돼." 총독이 하품을 하며 말했다. "보즈, 아침 식사를 올려 보내게."

보즈는 고개를 숙이고 방을 나갔다.

"각하." 반 슈텐이 끼어들었다. "어젯밤 여덟 번째 불빛이 다시 나타났습니다. 각하께서 명하신 대로 수색 보트를 바다에 띄우려고 할 때 그 불빛이 우리의 가축을 모두 도살했습니다."

수석 상인은 빠르고 분명하게 말했다. 크로웰스 선장은 수석 상인이 처음으로 술에 취하지 않은 상태라는 사실을 깨달았다. 손에 술병이 없는 반 슈텐을 마지막으로 본 게 언제인지 기억이 가물가물했다. 아마도 그들이 출항하기 일주일 전쯤 경비 대장 드레히트가 검문을 위해 배에 탔을 때였을 것이다. 반 슈텐은 평소 활기찬 성격을 가진 사람이었고, 짜증 나지만 종종 매력적이었다. 선장은 수석 상인의 성격이 어떻게 그렇게 망가져 버렸는지 궁금했다.

총독은 의자에 털썩 주저앉아 대머리를 문질렀다. 아직 잠이 덜 깬 상태였다. "가축은 누가 죽였나?" 그가 물었다.

"문둥병자입니다." 크로웰스가 말했다. "그자가 가축의 내장을 갈라 버렸습니다. 헤이즈 중위는 어제 화물칸에서 제단을 발견했습니다. 이미 선원들 중에 악마의 추종자가 생긴 것 같습니다."

"그래서 바타비아로 돌아가는 게 우리가 악마와 싸우는 데 어떻게 도움이 된다는 말인가?"

"우리는 배를 비워야 합니다." 크로웰스가 말했다. "그런 다음 배의 모든 부분을 수색해야—"

"만약 자네가 제안한 대로 한다면 우리의 화물은 망가질 테고 이 항해는 모두 헛수고가 될 거야." 총독이 말했다. "나는 신사 17인회에 합류하기 위해 암스테르담으로 돌아가는 중이야."

"물론입니다. 하지만 총독님. 지금 상황은—"

"죽은 가축 몇 마리 때문에 배를 돌리자는 말인가?" 총독이 경멸 어린 어조로 말했다. "크로웰스 선장, 과거 우리가 함께한 영광에 비추어 볼 때 나는 자네 마음이 그렇게 유약하다고 생각하지 않네."

크로웰스는 반박하려 했지만 총독은 그를 무시한 채 손톱으로 탁자를 두드렸다.

"만약 이 배를 위협하는 악마가 있다면 아렌트가 그놈을 찾아낼 걸세."

갑자기 사르담호가 흔들리자 총독이 의자에서 떨어지고 크로웰스와 반 슈텐이 탁자에 몸을 부딪혔다. 그들이 몸을 일으키자마자 배가 다시 요동쳤다. 크로웰스는 비틀거리며 창문 쪽으로 향했다.

하얀 물보라를 일으키며 바다가 소용돌이치고 하늘이 거칠게 변하고 있었다.

"이게 무슨 일인가?" 마치 자신의 권위를 무시당한 것처럼 화를 내며 총독이 물었다.

"제가 경고했던 폭풍입니다." 크로웰스가 소리쳤다. "빠르게 다가오고 있습니다."

"그러면 돛을 올리고 반대 방향으로 항해하도록 하게, 선장." 총독이 말했다.

논쟁할 여유가 없다고 판단한 크로웰스는 엄지손가락으로 구석의 양초를 끄고 나서 조타실의 키를 움켜쥐었다.

"모든 등불을 다 꺼라." 선장이 반대 방향에서 달려오는 아이작 라르메에게 지시했다. "배가 휘청거리는 동안 화재가 발생하면 절대로 안 된다."

"선장, 그 다음은 어떻게 할까요?"

"돛을 완전히 펼쳐라. 우리는 폭풍우보다 빠르게 전진할 것이다."

✳

폭풍우가 늑대처럼 몰아쳤다.

하루 종일 사르담호는 흔들리고 휘청거리면서 어렵게 돛을 펼치고 간신히 앞으로 나아갔다. 아이작 라르메는 배의 항해 경로를 해도 위에 아무렇게나 헝클어진 끈으로 표시했다. 하지만 그런 노력에도 불구하고 폭풍은 그들의 등 뒤에서 검은 입을 벌리고 번개를 번쩍이며 맹렬하게 따라왔다.

바다가 거칠어지고 날씨가 추워지자 선원들은 몸을 가누기가 어려워졌고 바닥에 발을 붙이기 위해 애썼다. 귀족들은 객실로 들어가도록 지시받았고 악천후를 무사히 넘길 때까지 그곳에 머물러야 했다. 최하 갑판 승객들은 바다로 추락할 위험 때문에 갑판으로 올라가는 것이 금지되었다.

그런 상황이 다음 날에도 그리고 또 다음 날에도 이어졌다. 크로웰스 선장의 노련한 솜씨 덕분에 폭풍의 중심에서는 간신히 벗어날 수 있었지만 완전히 따돌릴 수는 없었다. 2주 동안 폭풍우가 그들을 맹렬히 추격하자 선원들은 그것이 악마의 짓이라고 생각하기 시작했다. 사투 속에서 지쳐 버린 선원들은 삭구에 기대어 늘어진 채 불침번을 섰고 그날이 폭풍우의 마지막 날이기를 기원하면서 부적을 계속 만지작거렸다. 선단의 다른 배들은 어디에도 보이지 않았다.

사람들의 공포는 사르담호의 모든 곳에서 느껴졌다. 최하 갑판 승객들은 선실 창문을 닫은 채 어둠 속에서 서로의 몸을 밀착시키며 신에게 기도를 올렸고, 귀족들은 고급 객실에 틀어박혀 걱정으로 가슴을 졸였다.

선미 갑판에서 크로웰스 선장은 두려움과 분노를 함께 느끼며 바람에 저주를 퍼부었다. 아무리 발버둥을 치고 항로를 바꿔 봐도 그들의 추격자를 따돌릴 수는 없었다.

폭풍우가 이 배의 냄새를 맡는 것 같군, 선장은 생각했다.

늙은 선원들은 그것이 자신들에게 내려진 저주라고 생각했다. 속삭이는 목소리가 요구하는 희생이 충족되지 않으면 풀리지 않을 저주. 샌더 커스가 실종된 건 당연했다. 그들은 성자를 사랑하지 않았고, 폭풍이 몰아치기 직전에 목사가 사라진 건 우연의 일치일 수 없었다. 아렌트 헤이즈는 흔들리는 배 밑바닥에서 넘어지고 쓰러지면서 사흘 동안이나 신교 목사를 찾아다녔다.

하지만 아무런 흔적도 찾을 수 없었다. 샌더 커스는 승선하지 않은 것처럼 홀연히 사라져 버렸다.

선원들은 악마의 속삭임을 받아들인 누군가가 신교 목사를 난도질해서 바다에 던져 버렸다고 생각했다. 거의 모든 사람들이 한밤중에 거래를 제안하는 유혹적인 목소리를 들었다. 그 목소리는 작은 수고만 해 주면 그들의 욕망을 실현시켜 주겠다고 약속했다. 어떤 사람들에게는 간단한 일이었고, 다른 어떤 사람들에게는 위험한 일이었다. 무엇을 요구하고 무엇을 제안하는지에 대한 일관성은 없어 보였다.

아침에 그들이 받은 제안에 대해 말할 때 어떤 사람들은 악마의 유혹을 물리치려고 부적을 꽉 움켜쥐었지만, 어떤 사람들은 눈에 욕망이 가득 찬 것처럼 보였다. 왜 그러면 안 된단 말인가? 선원들은 폭풍우 속에서 불침번을 서며 배의 뒤쪽, 귀족들이 잠든 고급 객실을 바라보았다. 귀족들은 그런 혜택을 누리기 위해 무슨 노력을 했는가? 귀족들은 돛을 꿰매거나 배를 수리하는 방법도 몰랐다. 부유한 가문에서 태어났기 때문에 부를 누리는 자들이었다. 부모가 귀족이기 때문에 그들의 아이들도 귀족이 될 것이다. 끝없는 대물림 속에서 그런 상황이 계속될 것이다.

반면에 선원과 병사들, 하층민들은 항상 가난했기 때문에 여전히 가난했다. 그들은 희망도 없고 자식에게 물려줄 것도 없었다. 계급은 족쇄였고 가난은 감옥이었다. 그들은 아무런 잘못 없이 그저 그렇게 태어났을 뿐이다.

세상은 말도 안 되게 불공평했고, 인간은 불공평한 것을 견뎌 낼 수 없었다.

비좁은 숙소에서 앞뒤로 몸을 밀착한 채 그들은 불평하고 서로의 분노를 자극했다.

만약 이런 불공평이 신의 뜻이라면 아마도 올드 톰의 거래를 받아들일 가치가 있을 것이다. 그들에게는 선택의 여지가 없어 보였다.

올드 톰은 자신의 힘을 과시하기 위해 여덟 번째 불빛을 보여 줬고, 이제 폭풍우가 그들의 등 뒤에서 몰아치고 있었다. 만일 폭풍우를 벗어난다고 하더라도 문둥병자가 화물칸에 올드 톰의 상징을 새기면서 끝없이 배회하고 있었다. 사람들은 그것을 알고 있었다. 누더기 옷과 피 묻은 붕대가 외로운 촛불을 들고 미로를 통과해 배의 중심부에 있는 제단으로 선원들을 유혹하고 있었다. 선장이 아무리 파괴하라고 명령해도 문둥병자는 그 제단을 다시 만들 것이다.

사람들은 그것이 보세라고 말했다. 다른 사람들은 그것에 침을 뱉었다. 보세는 죽었다. 그들은 부두에서 그를 보았다. 보세가 불길에 휩싸여 아렌트 헤이즈의 칼날에 관통당하는 것을 지켜보았다. 하지만 그는 다리를 질질 끌고 역겨운 냄새를 풍기지 않았던가? 그들이 한 짓을 겪고 나서도 그는 이 배에 출몰하지 않았던가? 요하네스 와이크에게 혀를 잘린 후에도?

보세이든 아니든 이제 사람들은 그 사건이 불행으로 이어진다는 것에 동의했다. 객실 급사, 견습 항해사, 그리고 뿔피리 부는 선원이 이미 어둠 속에서 죽어 버렸다. 객실 급사는 사다리에서 굴러 떨어져 목이 부러졌다. 돛 만드는 일꾼과 뿔피리 부는 선원은 피투성이가 되어 죽었다. 서로의 단검에 베여서 잘려 나갔다. 그들의 증오는 한동안 잠잠했지만 이제 모두 표출되고 있었다.

사람들은 선원들이 달라졌다고 주장했다. 어쩐지 거리감이 느껴지고 이상해졌다고.

물론 몇몇은 그렇게 변했다. 그게 중요한 건 아니었다. 소문이 그들 주위에서 비틀리고 있었다. 모두가 마찬가지였다. 그들은 제단에 무릎을 꿇고 그들의 헌신을 맹세했다.

아무도 그들 가까이 가지 않을 터였다.

어두운 바다 속에서 뭔가가 소용돌이치고 있다고 늙은 선원들은 주장했다. 스스로를 올드 톰이라고 부르는 뭔가가.

47

"2주 동안 갈고리에 걸린 물고기처럼 퍼덕이다가 이제 우리는 저 속으로 빨려 들어가고 있어." 폭풍이 마침내 사르담호를 덮쳤을 때 크로웰스가 중얼거렸다.

선원들은 기진맥진했다. 싸움은 끝났다. 그들은 모든 것을 시도했고 모든 근육과 힘줄을 긴장시켰지만 폭풍은 가차 없이 휘몰아쳤다. 선장은 선원들이 자랑스러웠지만 더 이상 계속 버티라고 요구할 수 없었다. 속으로는 그렇게 말하고 싶었지만 언성을 높이지는 못했다.

선미 갑판으로 오른 크로웰스는 하늘을 바라보며 고개를 가로저었다. 낮인지 밤인지 분간하기 힘들었다. 돌풍이 휘몰아치고 비가 억수같이 쏟아지는 탓에 갑판에는 물이 발목 높이까지 차올랐다.

"젠장, 뭐가 보여야 말이지." 선장이 선단에 있는 다른 배들의 흐릿한 돛을 향해 가늘게 눈을 흘기며 라르메에게 불평했다. 폭풍 속에서 세 척의 배가 사르담호 가까이로 접근하고 있었다. 선장은 그런 상황만은 피하고 싶었다.

"키를 돌려서 그들과 멀리 떨어져야 한다." 선장이 소리쳤다. "폭풍 속에서 서로 접근하면 충돌할 것이다."

라르메는 여우처럼 움직였지만 크로웰스는 동작이 느렸다. 갑판이 휘청거리며 선장을 바닥으로 내동댕이쳤다. 근처 난간에 팔을 둘러 간신히 매달린 선장은 두 명의 선원이 공중으로 떠올랐다가 갑판으로 추락하는 걸 지켜볼 수밖에 없었다.

중간 갑판에서 종소리가 미친 듯이 울려 퍼졌다.

크로웰스는 비틀거리면서 겁에 질린 객실 급사를 잡아당겼다.

"저 종이 못 울리도록 해라." 선장이 밀려드는 파도 너머로 급사에게 명령했다. 저절로 종이 울리는 건 불길한 징조였고, 모두가 그것을 알고 있었다. 바다가 거칠어질 때 가장 먼저 처리해야 할 일이었다.

"갑판장!" 크로웰스가 울부짖는 바람을 뚫고 소리쳤다.

요하네스 와이크는 밧줄을 꽉 붙잡은 채 비틀거리며 중간 갑판으로 올라왔다. "네, 선장."

"당직이 아닌 선원들을 모두 최하 갑판으로 내려보내라." 선장이 얼굴을 때리는 비를 닦아 내며 지시했다.

와이크는 고개를 끄덕이며 가장 가까운 선원 두 명의 목을 잡아당겨 지시를 전달하고 그들을 해치 쪽으로 떠밀었다.

하얗게 날을 세운 파도가 몰아쳐 갑판을 바닷물로 가득 채우는 가운데, 크로웰스가 비틀거리며 지휘실로 들어갔다. 출렁이는 바닷물이 지휘실 유리창을 압박하고 있었고 덜렁거리는 창문을 아렌트가 몸으로 막아 내고 있었다. 지난 2주 동안 다른 승객들은 모두 선실에 머물러 있어야 했지만 아렌트 헤이즈에게는 적용되지 않았다. 크로웰스는 아렌트가 새미의 감방과 사라 웨셀의 고급 객실 사이를 정기적으로 오가고 있다는 걸 알고 있었지만 두 가지 문제에 대해 별다른 제한을 가하지 않았다.

배가 급경사로 기울어지며 요란하게 삐걱거렸다.

"아렌트, 자네의 도움이 필요하네." 크로웰스가 벽에 몸을 기대며 말했다. "배수펌프를 돌릴 수 있는 강한 팔을 가진 사람이 필요해. 배 밑바닥으로 바닷물이 빠르게 스며들고 있어."

"저는 새미를 먼저 구출해야 합니다," 아렌트가 소리쳤다.

"총독께서 절대로—"

"폭풍우 속에서 감방에 계속 갇혀 있으면 물고기 밥이 될 거라는 걸 선장님도 아시지 않습니까?"

크로웰스는 아렌트의 주장에 반박할 말을 찾지 못했다.

"새미 핍스를 최하 갑판으로 데려오게." 크로웰스가 마지못해 허락했다. "총독의 눈에 띄지 않도록 해야 해. 그 다음에 배수펌프를 맡아 주게."

그들은 함께 지휘실 밖으로 나섰다. 휘청거리는 배 안에서 엉금엉금 발걸음을 옮기며 그들은 중간 갑판 아래 칸으로 들어섰다. 작업대에 기대어 몸을 일으킨 크로웰스는 사라 웨셀이 리아를 데리고 아래 칸으로 향하는 아치형 통로를 조심스럽게 지나가는 걸 목격했다.

선장은 눈을 껌벅거리며 할 말을 잊었다. 사라는 평민 복장을 하고 있었다. 무거운 드레스 대신, 단조로운 갈색 스커트와 리넨 셔츠, 조끼를 걸치고 있었다. 밭에서 일할 때 쓰는 모자를 썼고 허리에는 단검이 매달려 있었다. 리아도 비슷한 옷차림이었다.

사라는 흠뻑 젖은 상태였다.

멋지게 차려입는 걸 즐기는 크로웰스에게 평민 복장을 한 귀부인을 바라보는 것보다 더 큰 충격은 없었다.

"부인, 객실에서 나가시는 건 너무 위험합니다." 선장이 파도 너머로 목소리를 높이며 두 번이나 외쳤지만, 그 소리는 채광창에 부딪치며 약해졌다.

"어디나 위험해요, 선장님. 저는 부상자들을 돌봐야 해요." 사라가 아치형 통로에 몸을 기대며 말했다. "저는 숙련된 치료사이고, 사람들에게는 지금 도움이 절실히 필요해요. 저는 병실로 내려갈 거예요."

아렌트는 사라에게 다가가서 그의 여행 가방 열쇠를 건네주었다. "새미의 연금술 약품들이 제 가방 안에 있습니다. 치료에 좋은 소변 냄새가 나는 연고도 있고요."

사라는 다정하게 아렌트의 손을 잡으며 그의 귀에 입을 대고 속삭였다. "고마워요. 원하신다면 새미 핍스를 제 객실로 옮기셔도 돼요."

아렌트는 사라의 푸른 눈을 바라보았다.

"제가 핍스에게 가는 걸 어떻게 아셨습니까?"

"그가 위험에 처해 있으니까요." 사라가 간명하게 말했다. "그를 놔두고 당신이 어딜 가겠어요?"

"단검을 잘 챙기십시오." 아렌트가 사라의 시선을 마주하며 말했다. "혼란한 틈을 노리는 자들이 언제나 있기 마련이니까요."

"저는 걱정하지 마세요." 그녀가 말했다. "당신도 조심하세요."

사라는 열쇠를 들고 아렌트의 침상으로 향했고 아렌트는 계단을 내려갔다. 크로웰스는 서둘러 갑판으로 돌아왔다. 그의 눈앞에서 거대한 파도의 장벽이 솟구쳐 올랐다가 갑판으로 내리쳤다.

파도에 휩쓸린 선원들은 비명을 지르며 바다로 추락했다.

난간을 꽉 붙잡고 있던 크로웰스는 몸을 질질 끌며 계단을 올라와 평상시 하던 대로 선미루 갑판에 자리를 잡았고, 그가 떠난 자리에 나와 있는 얀 하얀 총독을 발견했다. 총독은 첫 번째 큰 파도 직후 모습을 드러냈지만 조용히 자리를 지키면서 자신의 존재에 대한 언급도 설명도 하지 않았다.

총독의 얼굴에 바닷물이 몰아쳐 긴 코와 턱으로 뚝뚝 떨어졌다. 맹렬히 눈을 깜박거리면서 그는 입술에 반쯤 미소를 띠고 검은색과 보라색 폭풍 구름이 소용돌이치는 것을 바라보았다.

크로웰스는 그런 모습을 전에 본 적이 있었다. 총독은 바다에 몰입되어 있었다. 배에 있는 모든 사람들이 그 표정을 알고 있었다. 바다의 차가운 공허함이 마음을 가득 채울 때의 표정을. 바다에 사로잡힌 정신은 다른 것을 생각할 여유가 없었다.

사람들은 그대로 서서 익사했다.

배 한 척이 좌현에서 전복되어 선원들이 바다 속으로 빨려 들어갔다. 그들은 팔을 흔들며 도와 달라고 외쳤지만 크로웰스는 폭풍의 울부짖음 때문에 그들의 말을 들을 수 없었다.

선장은 그들을 구하려는 생각도 하지 않았다. 수색 보트는 이런 파도 속에서 1분도 버티지 못할 터였다. 젊은이들이 죽음을 인식할 겨를도 없이 바다가 먼저 그들을 삼켜 버렸다.

총독이 선장의 어깨를 툭 치며 위를 가리켰다. 총독의 손가락을 따라 크로웰스는 우뚝 솟은 파도 꼭대기에 매달린 다른 배를 보았다. 그 배는 난파된 선박으로 향하고 있었다.

크로웰스는 차마 그 광경을 바라보지 못하고 고개를 돌렸지만 총독의 표정만으로도 그 상황을 충분히 짐작할 수 있었다. 그 배는 난파된 선박으로 내동댕이쳐졌고, 선체가 반으로 갈라졌다.

왜 총독이 그걸 보고 싶어 하는지 크로웰스는 궁금했다. 폭풍우는 마치 그가 등을 돌릴 수 없는 적인 것 같았다.

선장의 판단으로는 사르담호를 제외하고 이제 바타비아를 출발한 선단에서 남아 있는 배는 한 척뿐이었다. 크로웰스는 그 배가 무사하기를 바라며 필사적으로 찾아다녔고, 그 배는 멀리서 허우적거리고 있었다. 배의 색깔로 보아 그것은 리버든호일 터였다. 그러나 그는 그 배에 사르담호보다 더 큰 생존의 기회를 줄 수 없었다.

주 돛대만큼 높은 파도를 맞닥뜨린 크로웰스는 사르담호가 정면으로 파도를 향해 나아가도록 지시했고 배는 가파른 파도 사이로 곤두박질치기 직전에 높은 바닷물의 장벽을 기어올랐다.

선원들은 삭구와 난간에 매달려 있었다. 그들은 균형을 유지하기 위해 분투하면서 파도의 공세를 견뎌 내고 있었고, 올드 톰이 폭풍우를 불러와 그들을 덮쳤다고 확신했다.

크로웰스는 더 이상 명령을 내리지 않았다. 이미 할 수 있는 모든 것을 다 한 상황이었다. 만약 사르담호가 충분히 강하다면 그들의 목숨을 지켜 줄 터였다. 사르담호의 선체 골격이 휘어졌거나 선원들이 파악하지 못한 썩은 부분이 있다면 달걀처럼 깨져 버릴 터였다. 모든 폭풍은 똑같았다. 암스테르담에서 낯선 사람들이 그 배를 얼마나 잘 만들고 정비했느냐에 따라 삶과 죽음이 나뉠 터였다.

칼날 같은 번개가 갑판에 내리치자 크로웰스는 이 고난을 통해 그들을 심판해 달라고 하느님께 기도를 했다. 하지만 아무런 반응이 없자, 그는 올드 톰에게 기도를 했다.

사람들이 악마에게 사로잡히는 방식이 바로 이런 거겠지, 그는 씁쓸하게 생각했다. 희망이 거의 사라진 채, 손에 모자를 들고 중얼거리는 그들의 모든 기도는 답변을 듣지 못하고 있었다.

48

아렌트는 계단 손잡이를 움켜쥐고 천천히 최하 갑판으로 내려갔다. 채광창은 파도에 의해 산산조각이 났고 선실 창문으로 바닷물이 쏟아져 들어와 그 밑에 있는 사람들을 삼켜 버렸다. 피와 토사물로 뒤덮인 선원들은 기둥에 달라붙어 있었고 세상이 뒤집어진 것처럼 보였다.

승객들은 웅크리고 모여 앉아 아이들을 달래거나 공포에 질려 비명을 질렀다. 멀리 한쪽 모퉁이에 이사벨이 있었다. 그녀는 겁에 질려 헐떡거리고 있었고, 사라가 옆에서 무릎을 꿇고 그녀를 다독이고 있었다.

폭풍우 때문에 샌더 목사를 찾는 수색이 중단되었다. 이제 사라만이 이사벨의 유일한 안식처였다.

"당신은 하느님의 말씀을 전하는 사람이야, 이사벨." 사라가 말했다. "이 사람들은 그분의 말씀을 들어야 해. 샌더 목사님이 했던 역할을 이제 당신이 해 주면 좋겠어."

이사벨도 그러고 싶었지만 배가 흔들리자 그녀는 무릎을 가슴에 끌어당기고 비명을 질렀다.

"용기는 두려움을 이겨 내는 거야." 사라가 외쳤다. "두려움 속에서도 우리는 빛을 찾아야 해. 지금 우리는 당신이 필요해. 제발 용기를 내."

주저하던 이사벨은 비틀거리며 갑판을 가로질러 걸어가다가 승객들의 무리 속에서 쓰러졌고, 사람들이 팔을 뻗어 그녀를 감싸 안았다.

사라가 갑판 반대편에 있는 병실로 향했을 때, 아렌트는 비틀거리고 넘어지면서 선원들의 숙소를 가로질러 돛 만드는 일꾼의 선실로 들어갔다. 돛을 말아 놓은 두루마리가 벽에서 떨어져 선실 바닥을 뒤덮고 있었다. 아렌트는 해치를 열고 사다리를 통해 그 아래 창고로 내려가서 새미의 감옥 문을 두드렸다.

응답이 없었다.

"새미!"

당황한 아렌트는 잠금장치를 뜯어내려고 했지만 배가 흔들리고 손이 물에 젖어서 힘을 쓰기가 어려웠다.

"새미!" 아렌트의 목소리가 공허하게 울려 퍼졌다.

마침내 잠금장치를 뜯어낸 아렌트는 칠흑 같은 동굴과 마주쳤다.

안으로 비집고 들어가려고 했지만 감옥 입구가 너무 좁아서 어깨와 머리만 밀어 넣을 수 있었다. "새미!"

아무 대답도 없었다.

"새미!"

그는 숨을 고르며 생각을 정리하려고 애썼다. 그는 상실의 공포에 사로잡혔고, 만약 새미가 감옥 안에서 숨을 거두었다면 어떻게 해야 할지 고뇌했다. 친구를 보호하는 일은 아렌트가 전 생애에 걸쳐 추구한 것 중 유일하게 가치 있는 일이었다. 그는 새미의 활약을 돕는 자신에 대해 자부심을 가지고 있었다. 올바른 일을 행하고 있다는 감각. 아렌트는 할아버지의 곁을 떠난 이후 처음으로 그 감각을 느꼈다. 그는 더 이상 돈을 벌기 위해 살인을 하거나 외국의 전쟁터를 떠돌 필요기 없었다. 새미가 스파이라는 혐의가 어이없게 보이는 이유도 바로 그 때문이었다. 새미는 권력의 속성을 알고 있었고 그래서 그것을 의심했다. 새미는 그 혐의에 당황했고, 친구인 아렌트처럼 가볍게 웃어 넘기지 않았다. 동인도회사를 위해 일하는 동안 영국인이라는 사실은 항상 복잡한 문제를 야기했지만 새미는 그것 때문에 감옥에 갇히게 될 줄은 전혀 예상하지 못했다.

"아렌트." 새미가 힘없이 대답하며 불빛 쪽으로 손을 뻗었다.

아렌트는 안도의 한숨을 내쉬며 눈물을 흘릴 뻔했다. 그는 새미를 부축해 밖으로 데리고 나갔다. 새미의 이마에서는 피가 흘러내리고 있었다.

"괜찮은가?"

"좀 멍하긴 한데 숨은 쉬어져." 새미가 더듬거리며 말했다. "이 혼란이 올드 톰의 짓인가?"

"나는 자네가 악마를 믿지 않는다고 생각했어." 새미의 손을 사다리에 올려 주며 아렌트가 대답했다.

"어젯밤 그 악마가 내게 속삭였어, 아렌트." 새미는 소스라치게 놀란 것 같았다. "그 악마는 나의 비밀스러운 속마음을 알고 있었네. 내가 총독을—"

"총독을 죽이라고 제안했나?" 새미를 사다리로 밀어 올리며 아렌트가 물었다. "그 악마는 사라와 크리지에게도 같은 제안을 했네."

"나를 자유롭게 해 주고 내 명예를 회복시켜 주겠다고 제안했네. 자네에게는 뭘 제안했나?"

"나는 아무 소리도 듣지 못했네. 선원들이 말하는 걸 들어 보면 제안을 받지 않은 사람은 나밖에 없는 것 같아."

사다리에 올라선 새미는 희미한 미소를 지었다. "자네의 무뚝뚝한 성격이 때로는 장점이 되기도 하는군."

해치 밖으로 나온 그들은 고통의 울부짖음을 들었다. 병실에서 치료사가 목수 보조 앙리의 부러진 다리를 톱으로 잘라 내고 있었고, 사라와 리아는 다른 환자들을 돌보고 있었다. 커튼으로 둘러싸인 병실은 수술용 침대 두 개와 벽의 말뚝에 매달려 있는 괴상한 모양의 드릴과 날을 제외하고는 특별하다고 할 만한 것이 별로 없었다.

"사라 부인!" 아렌트가 다급하게 소리쳤다.

사라가 피를 흘리는 새미를 보고 달려왔다. "다행히 큰 부상은 아니네요." 그녀가 상처를 살펴보며 말했다. "타박상이에요. 핍스 탐정님을 저쪽에 눕히세요, 제가 응급치료를 할게요."

"감사합니다." 새미가 몸을 똑바로 세우려고 애를 쓰며 말했다. "저도 몇 가지 치료 기술을 가지고 있습니다. 필요하시면 제가 도와드릴 수 있습니다. 도움이 필요하신가요?"

"핍스 탐정님!" 흥분한 리아가 앞으로 달려 나오며 소리쳤다. "저는 당신의 열렬한 팬이에요!"

새미는 리아의 뒤쪽 탁자 위에 펼쳐져 있는 자신의 물건을 발견했다. "저건 내 연금술 재료가 아닌가?" 새미가 다소 화난 목소리로 중얼거렸다.

"맞아요. 우리에게 저 재료들을 이용하도록 허락해 주시면 감사하겠어요." 사라가 말했다. "탐정님의 화합물 중 많은 것들이 우리에게 소중한 약품이에요."

새미는 여전히 화난 표정이었다.

"탐정님을 불쾌하게 할 의도는 없었어요." 사라가 당황하며 말했다. "저 화합물이 부상자들을 치료하는 데 도움이 될 수 있다고 아렌트 중위가 제안을 해 주어서…"

"물론입니다, 부인." 새미가 얼굴을 붉히며 말했다. "제 기술을 혼자만 알고 싶은 이기적인 욕망이 순간적으로 저를 압도했군요. 용서해 주십시오. 저 화합물들은 제 일생의 업적이며, 제가 수많은 사건들을 해결하는 데 도움을 주었지요. 저는 그 비법을 지금까지 철저히 감춰 왔습니다만, 이제 그 비법이 무엇인지 보여 드리겠습니다."

아렌트는 사라와 즐거운 눈길을 주고받은 다음, 화물칸으로 내려갔다. 바닷물이 화물 상자 사이로 흘러내리고 있었고, 물에 빠진 쥐들이 수면에서 허우적거리고 있었다. 목수들은 선체가 망가진 곳에 미친 듯이 새 판자를 못질하고 있었고, 선원과 머스킷 총병들은 오수를 퍼냈지만, 그들이 허리가 부서져라 작업해도 바닷물이 차오르는 속도를 따라갈 수 없었다. 드레히트도 상의를 벗고 그들과 함께 일하고 있었다.

배가 격렬하게 기울었고 화물 상자들이 그물망에서 떨어져 밑에서 일하는 선원들을 덮쳤다.

선체에 부딪치는 파도 소리가 고통의 울부짖음을 삼켜 버렸다.

물속에 피가 흥건했다.

"드레히트!" 아렌트가 오수 쪽으로 걸어가면서 소리쳤다. 경비 대장은 안도하며 고개를 들었다. "그들을 돌봐 주게." 아렌트가 부상병들을 가리키며 말했다. "오수는 내가 처리하겠네."

배수펌프를 돌리려면 보통 장정 세 명이 필요했지만, 아렌트는 그들을 밀어내고 혼자서 작업을 시작했다.

멀리 떨어진 곳에서 구명탄이 발사되었다.

선단 중 한 척이 사르담호보다 더 큰 곤경에 처했음에 틀림없지만 어쩔 도리가 없었다. 그 배에 있는 모든 사람들도 그 사실을 알 터였다.

아렌트는 더 빨리 펌프질을 하면서 배수 작업에 몰두했다.

몇 시간 동안 계속된 작업 탓에 아렌트 손바닥의 살이 뜯기고 피가 터져 나왔다. 드레히트는 아렌트를 쉬도록 설득하려고 노력했지만, 작업을 멈추게 되면 다시 시작할 수 없을 터였다.

해질녘이 되어서야 아렌트는 무릎을 꿇었다.

더 이상 바닷물이 사르담호의 선체 틈으로 밀려들지 않았다. 목수들은 발톱 같은 손을 움켜쥔 채 털썩 주저앉았다.

대부분의 물을 퍼냈기 때문에 이제 수위는 발목 높이 정도밖에 되지 않았다.

누군가의 손이 아렌트의 어깨에 닿았고, 보리 스튜 한 컵과 빵 한 덩어리가 건네졌다. 무거운 고개를 들어 올리자 아렌트 앞에 사라가 서 있었다.

"우리는 무사해요." 그녀가 말했다. 아렌트의 다음 질문을 예상하고 사라가 덧붙였다. "새미, 리아, 크리지, 도로테아, 이사벨 모두가 안전해요. 친구들은 모두 무사히 살아남았어요."

그녀는 이마에 멍이 들었고, 빨간 머리카락은 얼굴과 어깨에 산발적으로 달라붙어 있었다. 옷과 팔뚝은 피투성이였다.

"이 피 중에 당신 것이 있습니까?" 아렌트는 사라의 손을 잡고 피곤한 목소리로 물었다.

"조금이요." 걱정하는 아렌트를 향해 사라가 웃으며 대답했다.

"당신이 정말 존경스럽습니다, 사라 웨셀."

그녀는 미소 지으며 배수펌프를 돌리느라 누더기가 된 아렌트의 손바닥을 바라보았다. "병실에서 제가 당신 상처를 치료해 드릴 수 있어요." 그녀가 말했다.

"이런 상처는 별것 아닙니다," 아렌트가 말했다.

경비 대장 드레히트가 어깨를 치며 아렌트 옆에 웅크리고 앉았다.

"부인께서 그를 보셨어야 해요." 드레히트가 경탄하며 사라에게 말했다. "밤새 쉬지 않고 혼자서 배수펌프를 돌렸습니다. 저는 그런 장면을 본 적이 없습니다. 마치 하늘이 내려 준 사람 같았습니다."

아렌트는 칭찬에 귀를 기울이기보다는 스튜 냄새를 맡기 바빴다.

"저게 뭐지요?" 사라가 물었다. "주방장이 음식을 나눠 주고 있어요."

"보리 스튜입니다." 드레히트가 코를 찡그리며 말했다. "인간이 먹을 수 있는 최악의 음식이지요."

"살아 있는 게 어떤 맛인지 알 수 있게 해 주는 음식이지." 행복에 겨워 미소 지으며 아렌트가 정정했다.

보리 스튜는 진흙과 피로 뒤덮인 채 전쟁터에서 돌아온 군인에게 주는 음식이었다. 뜨겁고 짜고 자극적인 음식이었지만 매우 값이 쌌다. 동인도회사의 영토를 가로지르는 모든 전쟁터에서 보리 스튜를 만드는 솥이 부글부글 끓었다. 주방장들은 밤낮으로 솥을 들고 다니면서 그 안에 오래된 고기 조각과 순무와 닭 뼈를 던져 넣었다. 아무도 원치 않는 재료와 부위였다. 그 솥 안에 있는 썩어 빠진 재료들은 용감한 자의 내장에 있는 용을 깨웠다.

아렌트는 보리 스튜를 꿀꺽꿀꺽 마시고 입술에서 기름기를 닦아 냈다.

"한번 드셔 보시겠습니까?" 아렌트가 사라에게 물었다.

사라는 그걸 조심스럽게 받아 들고 입술에 살짝 갖다 댔지만 역겨움이 그녀를 압도했다. 그녀는 즉시 보리 스튜를 뱉어 내고 구역질을 했다.

"끔찍한 맛이로군요." 사라가 투덜거렸다.

"네." 아렌트가 행복하게 말했다. "하지만 살아 있어야 그런 맛도 느낄 수 있지요."

49

바다는 잔잔해졌고 하늘은 두 갈래로 갈라져 있었다. 뒤쪽은 검었지만 앞쪽 하늘은 푸르렀다. 여전히 비가 내리고 있었지만, 더 이상 무자비하게 쏟아붓지는 않았다. 부러진 삭구가 덩굴처럼 덜렁거리며 갈기갈기 찢어진 돛을 때렸다. 갑판 위에는 금이 갔지만, 아무도 그것을 수리하지 않았다. 모두들 기진맥진해서 바닥에 털썩 주저앉았고, 얼굴은 충격으로 멍해졌다.

모두가 말을 잊은 듯했다.

크로웰스 선장은 배의 측면을 내려다보며 손상을 점검하고 있었다. 값비싼 셔츠가 찢어져서 가슴털이 그대로 드러났고, 팔에 난 상처에서는 피가 흘러내리고 있었다.

"피해는 어느 정도인가?" 총독이 선장에게 다가와서 물었다. 어찌된 일인지 총독은 별다른 상처 없이 무사했다. 시종장 보즈가 여전히 주인의 뒤를 따랐다.

"지금 사르담호는 뗏목이나 다름없습니다." 크로웰스가 누더기가 된 돛을 향해 손짓을 하며 말했다. "돛 만드는 일꾼이 이틀 안에 수리할 것입니다. 부서진 갑판에도 못질을 해야 합니다. 다행히 선체는 온전한 것 같습니다."

"어쨌든 우리는 살아남았군."

"네, 하지만 폭풍우가 사르담호를 항로에서 이탈시켜 버렸습니다." 선장은 팔에 난 상처를 만지면서 움찔했다. "우리가 어디에 위치해 있는지 전혀 알 수가 없고, 주변에는 배 한 척도 없습니다."

"내가 마지막으로 보았을 때 리버든호는 여전히 바다 위에 떠 있었네." 총독이 텅 빈 바다를 응시하며 말했다. "우리가 그 배를 찾을 수 있다면 도움을 받을 수 있을 거야."

"관측 선원은 그 배를 찾지 못했습니다." 크로웰스가 근거 없는 희망에 짜증을 내며 말했다. "어떤 이들은 그 배가 전복되는 걸 보았다고 했습니다. 만약 그 배가 바다 위에 떠 있다고 해도 우리만큼 큰 피해를 입고 선원들을 잃은 상태일 겁니다. 운이 나쁘면 그 배를 찾지 못할 겁니다."

총독이 선장을 응시했다. "자네는 내게 부탁이 있는 것 같군."

"우리에겐 포세이돈이 필요합니다."

"그건 간단한 부탁이 아니야, 선장."

"저는 포세이돈의 힘을 알고 있습니다. 제가 확인했으니까요." 선장이 대답했다. "포세이돈 없이는 별자리를 확인할 수 없고 다른 아무것도 할 수 없습니다. 우리는 바다를 맴돌게 될 것입니다. 그리고 무엇보다, 우리에게는 이런 상황을 대비한 물자가 없습니다."

갑자기 총독의 코에서 피가 줄줄 흘렀다. 보즈는 즉시 그에게 손수건을 건네주었다.

"내가 직접 포세이돈을 확인해야겠네." 총독이 말했다.

총독은 선장과 보즈를 데리고 화약고로 향하다가 계단을 올라오는 드레히트 경비 대장을 만났다.

"피해 상황이 어떤가, 경비 대장?" 총독이 물었다.

"폭풍으로 네 명의 총병을 잃었습니다." 드레히트가 대답했다.

총독은 최하 갑판에 들어섰을 때 피해의 심각성을 깨달았다. 천장에서 물이 떨어져 피와 토사물의 웅덩이를 만들었다. 대포는 옆으로 쓰러져 있었고, 소지품들이 바닥에 나뒹굴고 있었다. 천장의 못에 매달린 작은 장화만이 온전해 보였다.

흠뻑 젖은 선원들과 승객들은 녹초가 되어 기침과 구토를 했다. 다른 사람들은 치료를 기다리면서 부러진 팔과 다리를 움켜쥐고 바닥에 널브러져 있었다. 아렌트는 그의 친구들과 이야기를 하고 있었다.

크로웰스 선장은 두 부인과 죄수가 병실 커튼 뒤로 재빨리 숨는 장면을 목격했다. 의심할 여지없이 그들은 여기서 총독에게 발견되는 걸 두려워했다. 다행히도 총독의 시선은 완전히 지친 객실 급사에게 고정되어 있었다. 객실 급사는 죽은 시신에 삼베를 덮고 있었다. 크로웰스는 객실 급사가 그렇게 하라고 명령받았는지 아니면 그냥 자발적으로 책임을 맡았는지 궁금했다. 어느 쪽이든 객실 급사는 오늘 밤에 에일 맥주를 추가로 배급받을 것이다.

계단 아래에도 시체가 있었다. 경비 대장 드레히트는 재빨리 시체를 뛰어넘어 화약고 문을 두드렸다.

"문지기, 그 안에서 살아 있나?" 그가 물었다.

작은 환기창이 미끄러지듯 열리면서 거친 흰 눈썹이 드러났다. "죽다가 살아났소." 문지기가 투덜거렸다. "당신은 누구요?"

총독이 드레히트 앞으로 나섰다. "얀 하안 총독이다. 문을 열어라. 우리는 포세이돈을 가지러 왔다."

문지기의 얼굴에 두려움이 번뜩였지만, 총독이 시키는 대로 천천히 빗장을 열고 옆으로 물러났다.

"이해할 수 없군요." 드레히트가 말했다. "피를 부르는 저 커다란 화물 상자가 어떻게 우리를 돕는다는 겁니까?"

"포세이돈은 바다에 있는 동안 우리가 어디에 있는지 그 위치를 정확하게 파악할 수 있게 해 준다네." 크로웰스 선장이 설명했다. "그렇게 하면 바타비아가 어디에 있는지 그리고 그곳으로 직진하는 방향을 알 수 있게 되지."

"저는 포세이돈이 무기인 줄로만 알았습니다." 드레히트가 무덤덤하게 말했다.

"포세이돈이 있으면 동인도회사 선박들은 정해진 항로를 벗어나서 해도에 없는 바닷길을 자유롭게 항해할 수 있을 것이오." 보즈가 설명했다.

무덤덤한 침묵이 깊어질 뿐이었다.

"이걸 보시오, 경비 대장." 보즈가 말을 이었다. "포세이돈이 있으면 어떤 전함이든 적을 쉽게 제압할 수 있을 것이오. 그들은 지도에 없는 항로를 도표로 나타낼 수 있을 것이고, 아무도 주목하지 않았던 육지를 발견할 수 있을 것이오. 포세이돈은 신사 17인회가 전 세계를 장악하는 도구가 될 것이오."

총독은 부하들에게 화물 상자를 잡으라고 손짓을 했다. "보즈, 한쪽 끝을 잡게. 드레히트, 다른 쪽을 잡아. 갑판으로 옮겨야 하네."

그들이 끙끙거리며 상자를 들어 올렸지만 겨우 한 걸음을 내딛은 참에 총독이 소리쳤다. "내려놔!"

그들은 총독의 당황한 시선을 따라갔다. 포세이돈 상자가 놓여 있던 판자에 올드 톰의 상징이 새겨져 있었다. 드레히트는 경호를 위해 즉시 총독 옆으로 몸을 밀착시켰고, 보즈는 한 걸음 물러나며 저주를 퍼부었다.

그건 조잡한 그림이었다. 눈이 튀어나오고 꼬리가 뒤틀려 있었다. 하지만 흔들리는 등불 아래서 그 상징은 살아 있는 존재처럼 보였다.

"화물 상자를 열어라." 총독이 목에 두른 커다란 열쇠고리를 꺼내 경비 대장에게 건네주며 명령했다. "지금 당장 열어!"

습기에 녹이 슨 자물쇠가 땅바닥에 뚝 떨어졌다. 드레히트는 뚜껑을 들어 올린 다음 한숨을 내쉬었다.

"총독 각하, 화물 상자 안에는 아무것도 없습니다." 드레히트가 빈 화물 상자를 밀면서 총독에게 말했다. 포세이돈의 세 가지 부품이 들어 있어야 할 자리가 텅 비어 있었다.

총독은 문지기의 멱살을 움켜잡고 얼굴을 들이댔다.

"포세이돈은 어디에 있느냐?" 그가 추궁했다.

"저는 모릅니다요." 문지기가 울먹이며 대답했다.

"우리가 눈치채지 못할 줄 알았느냐?" 총독이 거의 악을 쓰며 말했다. "그걸 가지고 무슨 짓을 한 거냐?"

"저는 모릅니다요, 총독 각하. 정말입니다요. 안에 뭐가 들어 있는지 몰랐습니다요. 그건 저에게 단지 화물 상자일 뿐이었습니다요."

문지기를 바닥에 내동댕이치며 총독이 으르렁거렸다. "채찍 스무 대를 맞으면 기억이 되살아날 것이다."

"제발, 총독 각하, 살려 주십쇼." 손을 비비며 문지기가 애원했지만 드레히트는 그를 화약고에서 끌고 나갔다.

＊

아렌트는 그의 삼촌이 도착하기 전에 병실에서 새미, 사라, 리아와 즐거운 시간을 보내고 있었다.

사라는 새미에게 올드 톰에 대해 알게 된 모든 것을 말해 주었고, 샌더 커스가 아렌트를 악마로 의심하고 있다는 이야기도 들려주었다. 새미는 말도 안 되는 소리라며 친구의 가장 지루하고 가장 악마답지 못한 성향을 유쾌하게 나열했다.

그때 총독이 화약고에서 나왔고, 그들은 대화를 급히 멈추고 눈에 띄지 않기 위해 몸을 숨겼다. 총독 뒤에서 드레히트가 문지기의 외팔을 꽉 움켜쥐고 있었다.

"삼촌, 무슨 일이십니까?" 아렌트가 병실에서 나오며 물었다.

"이놈이 포세이돈을 훔쳤다." 총독이 거칠게 대답했다.

"제가 그런 게 아닙니다요. 모두가 말하는 악마의 짓입니다요!" 여전히 드레히트에게 끌려가면서 문지기가 소리쳤다. "제가 그 악마의 상징을 직접 보았습니다요." 문지기는 절망적인 눈빛으로 아렌트를 바라보았다. "헤이즈 중위, 제발 도와주시오. 제발."

"삼촌, 저는 이 사람을 압니다. 그런 짓을 할—"

총독은 조카를 측은한 눈빛으로 바라보았다. "아렌트, 나는 네게 올드 톰을 막을 기회를 줬다. 네가 그 일을 감당할 수 없다고 말했을 때 내가 들었어야 했는데. 네 잘못이 아니라 내 잘못이다. 이제 신경 쓰지 말거라. 내 방식대로 처리할 테니까."

아렌트는 항의하려고 했지만, 드레히트는 아렌트의 가슴에 손을 대고 경고하듯 고개를 저은 뒤 계단을 올라갔다.

그들이 보이지 않게 되자, 아렌트는 새미에게 말했다. "이보게, 그들이 끌고 가는 문지기 노인은 죄가 없는 사람이야. 그들이 노인을 처벌하기 전에 무슨 일이 일어났는지 알아내야 해."

"나는 그 빌어먹을 포세이돈을 이미 한 번 찾아냈어." 아렌트가 화약고 쪽으로 끌어당기자 새미가 투덜거렸다. 그런 말에도 불구하고 새미의 눈은 새로운 사건에 사로잡힌, 무서운 열망의 빛을 드러내고 있었다. "시간이 얼마나 남았나?"

"이런 아수라장 속에서 그들이 채찍을 찾는 데 얼마나 걸리는지에 달려 있네." 아렌트는 새미를 화약고 안으로 밀어 넣은 나음 문 옆에서 기다렸다. 사라와 리아는 주위를 살폈다.

"여기는 에일 맥주 냄새, 방귀 냄새, 시큼한 오줌 냄새가 진동하는군." 새미가 코를 킁킁거리며 불평했다. "포맨더를 갖고 있습니까?"

사라는 새미에게 허리춤에 매달린 포맨더를 건네주었고, 그는 고맙게 받아 들고 조사를 시작했다.

"저는 어떻게 해야 하죠?" 사라가 아렌트와 리아 옆으로 돌아와서 물었다.

"그냥 지켜보시면 됩니다." 아렌트가 대답했다. 새미가 불가능한 문제를 푸는 걸 지켜보는 일은 그의 인생에서 가장 큰 즐거움 중 하나였다. 지금도 다르지 않았다.

새미는 엎드린 채 화약고 바닥을 조사했고, 그다음에는 화물 상자를 조사했다. 그의 손은 나무조각을 따라 위아래로 움직였다. 그러고는 선반에 있는 화약통을 차례로 살펴보고 그것들을 하나씩 흔들었다. 어떤 아이디어가 떠오르자 새미는 만족하며 고개를 끄덕였다.

화물 상자 위로 뛰어오른 새미는 조타 장치에 연결된 대들보를 두드려 보고는, 주석으로 덮인 천장을 번뜩이는 눈으로 살펴보았다.

그는 혼잣말을 중얼거리더니 상자에서 뛰어내렸다

"화약고 열쇠와 화물 상자 열쇠는 누가 가지고 있었나, 아렌트?"

아렌트는 답을 찾기 위해 기억을 더듬었다. 그는 이전에 배에 대한 위협을 조사하면서 그걸 알아냈지만 지난 2주 동안 많은 일이 일어났고, 대부분의 시간 동안 잠을 자지 못했다.

"빨리, 아렌트. 문지기 노인에게는 시간이 없어." 새미가 초조해하며 말했다.

"내 삼촌과 보즈가 포세이돈 상자의 열쇠를 가지고 있었어." 아렌트가 말했다. "크로웰스 선장과 아이작 라르메, 문지기가 화약고 열쇠를 가지고 있었네. 겹치는 사람은 없어."

"그래, 하지만 화약고 열쇠는 포세이돈 상자 열쇠보다 훨씬 더 훔치기가 쉬웠을 거야."

새미는 군중이 아렌트의 등 뒤에 모여 수사를 지켜보고 있는 걸 알아차렸다. "신사 숙녀 여러분, 물론 제 일에 대한 여러분의 관심에 대해 영광스럽게 생각합니다만, 수사 중인 문제는 최대한 신중하게 다루어야 합니다. 리아, 출입문을 좀 닫아 주겠니?"

여기저기서 실망하는 소리가 터져 나왔지만 노천갑판에서 울리는 북소리에 묻혀 버렸다. 북소리의 리듬은 사르담호의 심장 박동처럼 느리고 안정적이었다.

"그들이 곧 문지기를 끌고 나올 거야." 아렌트가 말했다. "뭘 알아냈나?"

"나는 두 가지 가설을 세웠는데 어느 쪽도 만족스럽지는 않네." 새미가 두 손을 비비며 말했다.

아렌트는 리아가 엄마에게 흥분된 시선을 보내는 걸 알아차렸다. 아렌트는 그들 모녀가 새미의 수사 보고서를 즐겼다는 사실을 알고 있었고, 실제 수사 현장을 목격하는 지금 이 순간이 얼마나 즐거울지 상상할 수 있었다.

"첫 번째 가설은 바타비아 요새에서 포세이돈이 도난당했고 텅 빈 화물 상자만이 배에 실렸다는 것일세." 새미가 말했다. "우리가 포세이돈을 되찾은 후, 포세이돈은 요새의 금고에 보관되었지. 그 금고는 총독 가족의 가장 귀중한 재산을 보관했고 거기에 접근할 수 있는 사람은 오직 얀 하안 총독과 보즈 시종장 그리고…"

사라 부인, 아렌트가 그녀를 힐끗 쳐다보면서 생각했다.

사라는 보석으로 만든 머리핀을 금고에 보관해 두었다가 배가 출항하는 날 아침에 꺼냈다고 아렌트에게 말했었다. 그녀가 남편의 열쇠를 몰래 빼돌렸다가 그 열쇠로 상자에서 포세이돈의 부품을 꺼낸 다음, 다시 잠갔을지도 모른다.

하지만 그 가설은 사라가 포세이돈 부품을 훔친 후에 무엇을 했는지 설명하지 못했다.

"우리가 출항하던 날 아침에 저는 금고에 있었어요." 사라가 아렌트의 생각을 알아차린 듯 말했다. "그 화물 상자를 연 사람은… 전문가였어요. 그자는 포세이돈이 손상되지 않았는지 확인한 다음 포세이돈을 확실히 승선시켰어요."

"나의 두 번째 가설도 결함이 있기는 매한가지네. 자네가 내게 준 시간을 고려하면 기발한 것이지만." 새미는 아렌트가 다른 생각에 빠져 있다는 걸 알지 못한 채 말했다. "이 화약고는 어떤 비밀 문도 없이 견고하네. 그럼 이건 어떨까? 보즈가 선장의 열쇠나 아이작 라르메의 열쇠를 훔쳐서 화약고로 들어갔다는 것."

"보즈?" 사라가 반문했다. "왜 모든 사람 중에서 보즈인가요? 보즈는 그것이 제 남편에게 미칠 피해를 알고 있어요. 남편이 신사 17인회로 승진하려면 포세이돈을 전달하는 임무를 완수해야 해요."

"바타비아에서 포세이돈을 되찾는 수사를 하고 있을 때 저는 총독과 보즈가 화물 상자 열쇠를 목에 매달고 다닌다는 사실을 알게 되었습니다. 총독은 여전히 열쇠를 목에 걸고 있지요. 그런 상태에서 어떻게 열쇠를 훔칠 수 있겠습니까? 그러나 화약고 열쇠는 그렇게 조심스럽게 다루어지지 않은 것 같았습니다. 우리가 승선했을 때 아이작 라르메는 분명 화약고 열쇠를 가지고 있지 않았어요. 그의 반바지에는 주머니가 없었고 셔츠도 입지 않은 상태였으니까."

새미는 문지기의 의자에 털썩 주저앉았다. "우리에게 주어진 시간이 얼마 남지 않았습니다. 화약고 열쇠가 도난당한 거라고 가정하면 용의자는 총독과 보즈가 되겠지만 총독은 얻을 것이 없지요. 포세이돈은 이미 총독이 점유하고 있고 그가 지휘하려는 동인도회사에 이익을 줄 게 분명했으니까요."

"그렇다면 보즈는 어떤 범행 동기를 가지고 있는 거지? 그는 사냥개처럼 충성스러운데." 아렌트가 물었다.

갑판 위에서 북소리가 점점 더 빨라졌다.

"포세이돈은 아주 귀중한 물건이야." 새미가 말했다. "나는 보즈가 말하는 걸 들었네. 포세이돈을 소유하면 어떤 나라도 세계를 지배할 수 있지. 해도에 없는 바다를 탐험할 수 있고, 새로운 무역 항로를 개척할 수 있으며, 적들을 공격할 수 있네. 어떤 왕이든 그런 장치를 손에 넣기 위해 국고를 쏟아부을 거야."

사라가 동의했다. "보즈는 크리지에게 청혼하면서 자신이 큰돈을 벌게 될 거라고 말했어요. 만약 그가 포세이돈를 훔쳤다면 왜 그녀에게 사랑 고백을 할 만큼 대담해졌는지 설명이 돼요."

"그리고 삼촌은 보즈의 회사를 몰락시켰지요." 아렌트가 말했다. "보즈는 그 일에 대해 어떤 감정도 가지고 있지 않다고 말했지만 지난 몇 년 동안 원한을 품었을 수도 있습니다."

"그럼 일단 보즈에게 혐의를 두기로 하세." 새미가 결론지었다. "우리의 두 번째 의문은 어떻게 보즈가 다른 승객들에게 들키지 않고 자물쇠가 채워져 있고 경비가 잘 되어 있는 화약고에서 포세이돈을 꺼냈는가 하는 것이야."

"문지기는 매일 밤 오줌을 누러 산책 나간다고 내게 말했네. 만약 보즈가 문지기를 주시했다면 그 습관을 쉽게 파악했을 거야."

새미는 의자에서 벌떡 일어나 문을 열고서는 이렇게 물었다. "혹시 여러분 중에서 누군가가 여기서 큰 화물 상자를 빼내는 걸 보신 분이 있습니까?" 새미는 아렌트를 힐끗 보았다. "문지기가 몇 시에 소변을 보러 가나?"

"종이 두 번 울릴 때." 아렌트가 말했다.

"종이 두 번 울릴 때 말입니다!" 새미가 군중에게 말했다. "우리가 출항한 이후로 아무 때나 상관없습니다!"

군중은 서로를 바라보았지만 목격한 사람은 아무도 없었다. 새미는 화약고 출입문을 다시 쾅 닫았다.

"그러면 우리는 보즈가 포세이돈을 훔친 시간은 알고 있지만 훔친 방법은 모르는 셈이야. 보즈는 이 배에서 누구와 친하지?"

"제가 알기로는 없었어요." 사라가 말했다.

새미는 서성거리며 생각을 했다. "내가 화약통을 흔들었을 때 세 개가 비어 있었지." 그가 중얼거렸다.

"문지기는 선원들이 명령 없이 대포에 화약을 장전했기 때문에 그 화약통이 비어 있는 거라고 했어." 아렌트가 말했다.

"세 개의 화약통에는 포세이돈의 부품 세 개가 들어갈 수 있어." 새미는 선반으로 가서 빈 화약통 중 하나를 내려놓으려다가 실패했고,

대신 아렌트에게 부탁했다. 그들은 뚜껑을 뜯어내고 내부를 살폈다.

"여기." 새미가 다른 화약통으로 가기 전에 말했다. "그리고 여기. 포세이돈 부품의 톱니바퀴가 화약통 내부를 긁은 자국 같은 게 보이는군."

새미는 추리에 만족하며 자세를 바로잡았다. "보즈는 화약고 열쇠를 훔쳤고, 그 열쇠로 문지기가 볼일을 보는 동안 화약고 안으로 들어갔어. 그리고 자신의 열쇠를 사용해 화물 상자에서 포세이돈의 세 가지 부품을 꺼냈고, 그것들을 세 개의 화약통에 숨겼을 거야." 새미의 눈이 흐려졌다가 밝아졌다. 그는 기뻐서 손가락을 딱 쳤다. "아하, 보즈는 정말 치밀한 사람이로군." 그가 감탄하며 말했다.

"새미, 그게 무슨 말인가?"

"전투 준비였어!" 새미가 아렌트 주위를 빙빙 돌며 말했다. "8개월간 항해를 하면서 동인도 선박은 적어도 여섯 번은 전투 준비에 돌입할 거야. 보즈는 그 사실을 알았고, 그에 따라 계획을 세운 거야. 배가 암스테르담에 도착하는 한 그가 포세이돈을 언제 회수하는지는 중요하지 않았지. 그래서 그는 포세이돈 부품들을 화약통에 숨기고 기다렸어. 처음으로 전투 준비 명령이 내려졌을 때 보즈는 선원 복장을 하고, 두 명의 공범을 데리고 화약고로 들어갔어. 혼란 속에서 아무도 보즈를 알아보지 못했을 거야."

"왜 두 명의 공범이 필요한 거죠?" 사라가 궁금해했다. "왜 포세이돈의 세 가지 부품 모두를 직접 가져가지 않았을까요?"

"자기가 포세이돈을 숨긴 가짜 화약통 한 개를 옮기는 동안 다른 선원들이 나머지 두 개를 진짜 화약통으로 오인해 가져가는 위험을 감수할 수 없었을 겁니다."

아렌트는 출입문 쪽으로 황급히 향했다.

"어디로 가려는 건가?" 새미가 물었다.

"삼촌께 말씀드리려고."

"아렌트, 멈춰!" 새미는 그를 뒤쫓았다. "총독은 믿지 않을 거야. 보즈는 자네 삼촌의 가장 믿음직한 심복 아닌가. 총독은 보즈의 말이라면 사르담호에 날개가 달려 있다고 해도 믿을 사람이야. 확실한 증거가 필요해."

"그들은 죄 없는 노인을 채찍질하려 하고 있어." 아렌트가 계단을 올려다보며 분노한 목소리로 말했다. "좋은 사람을 괴롭히려 하고 있다고."

"그 노인이 채찍질당하는 마지막 사람이 되지 않을 거야." 새미가 슬프게 말했다. "게다가 우리의 가설은 문지기의 무죄를 입증하지 못하네. 오히려 더 깊은 혐의에 빠트릴 수도 있어. 보즈의 계획은 문지기에게 돈을 지불해 가짜 화약통들을 미리 빼놓을 수 있다면 더 잘 진행될 수 있었을 테니까. 만약 자네가 의심하는 것을 총독에게 말한다면 그건 보즈에게 조심하라는 정보를 주는 셈이야. 오히려 자네가 조용히 지켜보고만 있으면 보즈는 바보 같은 짓을 할 걸세. 그는 자네가 원하는 것을 줄 거야."

"탐정님은 그걸 어떻게 확신하시나요?" 사라가 물었다.

"그냥 그런 본성인 겁니다. 살인자들이 살인을 할 수밖에 없고, 도둑들이 도둑질을 할 수밖에 없는 것처럼요." 새미가 말했다. "가려움증이지요. 좀이 쑤시기 때문에 범행이 발각되는 겁니다."

아렌트는 발걸음을 멈췄다.

언제나처럼 새미의 말이 옳았다.

찜찜한 감각은 범인들에게 낙인과도 같았다. 그 찜찜함은 피부 밑으로 들어가 그들을 좀먹기 마련이었다. 그건 그들이 저지른 모든 행위를 다시 돌아보게 만들었고, 아무것도 없는 곳에서 흠을 찾았고, 하지 않은 실수들을 상상하게 했다. 오래지 않아 그들은 현장에서 무릎을 꿇고 남기지도 않은 증거를 지우고 있을 터였다.

새미는 그런 가려움 덕분에 많은 범인을 잡았다.

"그러면 이제 나는 대체 뭘 해야 하는 거지?" 아렌트가 물었다.

"자네가 아주 못하는 한 가지 일을 하게." 새미가 말했다. "아무것도 하지 않는 것 말일세. 그냥 보즈를 주시하게. 우리가 의심하는 대로 공범자가 있다면 사라진 포세이돈 때문에 틀림없이 보즈가 공범들에게 달려가거나 공범들이 보즈에게 달려올 거야. 그렇게 되면 자네는 필요한 모든 정보를 얻을 수 있을 걸세."

"올드 톰을 포함해서요." 사라가 덧붙였다. "샌더 목사는 세 가지의 불경스러운 기적이 있을 거라고 말했고, 각각 올드 톰의 상징과 함께 나타날 거라고 했어요. 실제로 여덟 번째 불빛이 가축을 도살했을 때 올드 톰의 상징이 바닥에 남겨져 있었어요. 그런데 그 상징이 여기 화약고에서 다시 나타났어요. 만약 그게 보즈의 짓이라면 우리는 악마에 사로잡힌 인간을 발견한 건지도 몰라요."

"혹은 보즈가 어둠 속에서 속삭이는 목소리를 들었겠지요." 아렌트가 말했다. "이것이 대가로 요구된 수고일 수도 있습—"

위에서 북소리가 멈췄다.

50

아렌트는 여행 가방에서 포도주 한 병을 꺼내어 강렬한 햇빛으로부터 눈을 가리고 중간 갑판 아래 칸을 통과했다.

사라 모녀는 여전히 최하 갑판에서 부상자들을 치료하고 있었고, 새미는 폭풍이 지나간 후 다시 감방에 투옥되었다. 아렌트는 새미를 보호하고 싶었지만 화약고 문지기를 혼자 괴로워하도록 내버려 둘 수 없었다. 어떤 이유에서인지 아렌트는 늙은 문지기에게 닥친 고난에 대해 책임감을 느꼈다.

선원들은 중간 갑판을 꽉 채우고 기다리고 있었다. 반바지 차림에 상의를 입지 않은 선원들을 구별하기란 쉽지 않은 일이었다. 어떤 이들은 키가 크고 어떤 이들은 키가 작았지만 바다에서의 삶은 그들 모두를 똑같이 영양실조 상태로 만들었으며, 두꺼운 어깨에 발장다리(두 발끝이 바깥쪽으로 벌어진 다리-옮긴이)로 만들었다. 그들의 몸은 이제 다른 어떤 일에도 적합하지 않았다.

드레히트가 손에 채찍을 든 채 기다리고 있는 동안, 문지기의 셔츠가 찢겨져 나갔다.

"제발 살려 주십쇼, 총독 각하." 문지기가 울먹였다. "제 다섯 딸들에게 맹세하건대 결코 제가 한 짓이 아닙니다요, 절대로요."

군중은 그의 혀가 또 다른 수십 대의 채찍을 부를 것을 걱정하며 그에게 조용히 하라고 촉구했다.

아렌트가 문지기를 향해 나아가자 선원들이 인상을 찌푸렸다.

이건 내가 원한 게 아니야, 아렌트는 그들에게 말하고 싶었다. 하지만 아렌트는 그래 봤자 별 소용이 없을 거란 걸 알았다. 선원들의 입장에서는 그들과 우리밖에 없었다. 승객과 선원. 부자와 빈자. 간부와 일반 선원.

그가 어떤 옷을 입었든 어떤 말을 했든 상관없이 아렌트는 우리가 아니라 그들 중 한 사람이었다.

유일한 차이점은 나머지 다른 사람들이 위쪽 선미 갑판에 모여 마치 극장에 공연을 보러 온 관객처럼 구경하고 있다는 것이다.

감정 없이 지켜보고 있는 보즈 옆에 그의 삼촌이 서 있었다. 삼촌이 악랄한 사람이면 더 좋을 거라고 아렌트는 생각했다. 즐거움이 있다면 더 좋을 것이다. 증오나 악의 같은 것들. 하지만 그런 건 없었다. 총독의 얼굴은 무표정했다. 번뜩이는 눈동자에는 아무런 감정도 드러나지 않았다.

크로웰스 선장과 나머지 간부 선원들이 뒤에 서 있었다. 그들의 자세는 자신들이 이 사건과 무관하다는 걸 가능한 한 가장 강력한 방식으로 암시하고 있었다.

오직 반 슈텐만이 보이지 않았다. 수석 상인은 채찍질이 끝날 때까지 포도주 한 병을 가지고 고급 객실에서 은둔하고 있을 것이다.

군중 속에서 나온 아이작 라르메가 문지기에게 속삭였다. "용기를 내. 이번 일이 끝나면 당신의 배급을 두 배로 늘려 줄게."

공포에 휩싸인 문지기의 눈이 아렌트를 포착했다.

"헤이즈!" 희끗희끗한 볼에 눈물이 흘러내리며 문지기가 애원했다. "부탁이오, 중위. 그들을 설득해 주시오. 나는 죄가 없소."

"내가 할 수 있는 일이 없소." 아렌트가 힘없이 말했다. 그리고 돌아서서 셔츠를 들어 올리고 등에 난 상처를 문지기에게 보여 주었다. "나도 예전에 채찍으로 50대를 맞은 적이 있소. 나는 처음부터 끝까지 소리를 질렀소. 당신도 똑같이 해야 하오. 가능한 한 큰 소리로. 그렇지 않으면 고통을 버틸 수가 없을 거요."

아렌트는 포도주 마개를 열고 문지기의 입술에 대어 주었다. "죄 없는 당신을 처벌하는 자들에게 심판의 날이 올 거요." 아렌트가 말했다. "하지만 그게 오늘은 아니요. 오늘 당신은 고통을 견뎌야 하오. 알겠소? 다섯 명의 딸이 기다리는 고향으로 살아서 돌아가야 하지 않겠소?"

문지기는 고개를 끄덕이며, 그 말에 용기를 얻었다.

문지기가 팔을 잃은 탓에 돛대에 손을 묶을 수 없어서 대신 허리를 묶었고, 그의 배는 밧줄 위로 늘어져 있었다. 선원들은 밧줄을 감을 때마다 그 무력한 노인에게 숨죽여 사과했다.

아렌트는 포도주 병을 문지기의 시선이 닿는 갑판 위에 놓았다. "이번 일이 끝나면 이 포도주는 당신 거요."

아렌트는 뒤로 물러나서 드레히트가 더러운 헝겊으로 문지기의 입을 틀어막는 걸 지켜보았다. 드레히트는 이 일에 대해 어떻게 생각하는지를 드러내지 않았다. 그는 그저 임무를 수행하는 군인일 뿐이었다.

바람에 돛이 펄럭였고 파도가 선체에 부딪쳤다. 모두가 총독을 바라보며 이 날카롭고 마른 독재자가 선고를 내리기를 기다리고 있었다.

"악랄한 범죄가 저질러졌다." 문지기의 입에 재갈이 물려지자 총독이 말했다. "굉장히 중요한 물건이 도난당했다. 나는 화약고 문지기가 범인이라고 믿지만 그가 혼자 저지른 짓이라고는 생각하지 않는다. 도난품이 반환될 때까지 매일 아침 무작위로 선원들을 한 명씩 채찍질할 것이다."

선원들은 항의하며 웅성거렸다.

총독이 방금 사르담호에 불을 질렀다고 아렌트는 생각했다.

"준비가 끝났으면 스무 대를 내리쳐라, 경비 대장." 총독이 북치는 병사에게 시작하라고 고개를 끄덕이며 명령했다.

드레히트는 채찍을 펼치고 팔을 뒤로 당겼다.

그는 북소리에 채찍질의 간격을 맞추었다. 사소해 보여도 그것은 분명 자비였다. 언제 고통이 올지 안다는 건 문지기가 고통을 이겨 내는 데 도움이 될 것이다.

채찍이 문지기의 살갗을 찢었고 선원들의 얼굴에 피가 튀었다. 고통의 비명과 신음이 터져 나왔다.

"이 범죄에 대해 아는 바가 있거나 자백하고 싶은 자가 있느냐?" 총독이 군중을 돌아보며 물었다.

아무런 반응이 없자 드레히트는 다시 채찍을 들었다.

열두 대를 내리치자 늙은 문지기는 의식을 잃고 축 늘어졌다. 나머지 여덟 대는 고통을 안겨 주지 않았다.

그것은 자비였다.

모든 것이 끝났을 때 드레히트는 채찍을 갑판 바닥에 떨어뜨렸다.

차가운 바람이 소용돌이치고, 피로 흥건한 문지기의 피부에 소름이 돋고 있었다.

아렌트는 단검을 꺼내 돛대에 묶은 밧줄을 잘라 내고 축 늘어진 문지기의 몸을 붙잡았다. 그는 최대한 부드럽게 문지기를 안아 들고 군중을 헤치며 병실로 향했다.

북소리가 멎었고, 선원들은 증오심을 안고 그들의 임무로 다시 흩어졌다.

선미 갑판 위 높은 곳에서 보즈는 두 손을 등 뒤로 맞잡고 그들을 지켜보고 있었다. 표정을 드러내지 않은 채 그의 생각은 어둡게 변하고 있었다.

51

리아는 탁자 위에 몸을 구부린 채 행복한 콧노래를 부르며 양피지에서 다른 양피지로 기능공의 설명서를 한 장 한 장 필사하고 있었다. 원본은 그녀의 왼쪽에 놓여 있었고, 거기에는 이상한 톱니바퀴와 선로, 태양과 달과 별, 라틴어로 된 기호들로 가득 차 있었다. 그 기호들은 데몬로지카에 있는 상징보다도 더 괴상하게 보일 정도였다.

하지만 리아가 그런 생각에 정신이 팔려 있는 건 아니었다. 그녀는 자기 일에 집중했다. 모든 디테일들을 완벽하게 처리하려면 여간 수고스러운 게 아니었다. 그녀가 바타비아에서 원본을 쓰는 데만 3주가 걸렸고, 흐려진 글자와 땀방울, 잉크 얼룩이 그녀에게 그 끔찍한 시간을 상기시켜 주었다. 끔찍한 더위에도 불구하고 그녀의 아버지는 일이 끝날 때까지 그녀를 폐쇄된 방에 가둬 놓았다.

그뿐만이 아니었다. 리아는 방에 감금되어 있는 동안 누구와도 만날 수 없었다. 그럴 때면 엄마가 몰래 와서 부드럽게 노래를 불러 주고, 피곤해하는 그녀를 안아 주었다. 그러다 아버지가 들어오면 침대 밑에 숨었다. 지금도 먼지를 뒤집어쓴 채 침대 밑에서 나오는 엄마의 모습이 그녀에게 벅찬 사랑의 기억으로 남아 있었다.

돌연 노크 소리가 끊이지 않고 들려왔다.

리아는 재빨리 서류를 덮으려다가 크리지의 목소리임을 알아채고 안심했다. "나야, 크리지." 그녀가 문을 열더니 금세 미끄러지듯 들어오면서 말했다.

크리지의 뒤에는 바타비아에서 리아가 만든 회전 댄서 인형 한 쌍을 가지고 노는 마커스와 오스버트가 보였다. 아이들은 도로테아의 보호 속에서 복도를 오르내리며 그 장난감을 쫓고 있었다. 아이들은 그 장난감이 마술이라고 생각했지만 그건 그저 재빠른 목공예품일 뿐이었다. 때때로 리아는 자신이 아이들과 기쁨을 나눌 수 있을 만큼 충분히 어리기를 바랐다. 사라는 딸에게 동심을 채워 주려 했지만 바타비아의 요새는 어린 소녀가 자라기에는 외로운 곳이었다.

그러나 그곳은 리아에게 설계할 시간을 주었다.

탁자로 다가온 크리지는 거의 완성된 나무 모형 사르담호를 집어 들었다. 모형은 디테일 하나까지도 완벽했고 심지어 삭구의 끈 연결도 제대로 되어 있었다.

"이게 엄마가 부탁한 모형이니?" 크리지가 감탄하며 물었다.

"네." 리아가 말했다. 손을 뻗어 숨겨진 걸쇠를 벗기자 모형 배가 반으로 분리되었다. 그 안에서 크리지는 모든 갑판을 볼 수 있었다. 리아는 작은 문을 잡아당겨 열었다.

"저는 배의 안정성에 영향을 미치지 않고 비밀 공간을 만들어 화물을 보관할 수 있는 방법을 계산해 보았어요."

"수십 개가 있구나." 크리지가 말했다.

"네." 리아가 동의했다.

크리지는 모형 배를 내려놓고 탁자 주위에 흩어져 있는 설계도들을 응시하면서, 리아의 길고 검은 머리칼을 애틋한 손길로 매만졌다.

"너는 정말 경이로운 존재야." 크리지가 말했다. "너는 엄청난 기적을 만드는 사람이야."

리아는 얼굴을 붉히며 칭찬을 즐겼다.

드레스를 매만지며 크리지는 침대 끝에 걸터앉았다. "물어보고 싶은 게 있는 데…" 그녀는 다시 생각했다. "오늘 밤에 네 아버지 선실에 갈 거야. 더 많은 설계도를 가져와야 하니?"

"네, 이모. 부탁해요." 리아가 서류를 훑어보며 말했다.

크리지는 어색하게 기침을 했다. "이런 걸 물어보는 건 처음이지만… 리아, 너는 우리가 하는 일이 편안하니?"

"편안이요?" 리아는 제 엄마가 하는 것처럼 고개를 갸웃거리며 되물었다. 대개 질문의 의도가 정확히 뭔지 모르겠다 싶을 때 사라는 그렇게 했다.

"그게 네가 원하는 거니?" 크리지가 솔직하게 물었다. "네 엄마는 매우 단호하지만, 네 생각은 다를지도 모르잖니."

"엄마는 우리가 암스테르담으로 돌아가면 제가 원하지 않는 사람과 결혼하게 될 거라 하셨어요. 아빠가 그렇게 만들 거라고요." 크리지의 질문을 이해하려고 애쓰면서 리아가 말했다.

"네 엄마는 그렇게 말씀하시지만," 크리지가 몸을 앞으로 내밀며 말했다. "너는 어떻게 생각해? 너를 위해 선택된 사람과 결혼하는 것이 나쁘다고 생각하니?"

"모르겠어요." 리아가 조심스럽게 말했다. "이모는 전에 중매결혼을 한 적이 있죠, 그렇죠?"

"처음에는 그랬지. 두 번째 결혼은 내가 선택한 거야. 그리고 아마세 번째도 마찬가지일지 몰라. 내가 아스토르 백작을 버리고 보즈를택한다면."

"그는 공작이에요, 크리지 이모."

"보즈는 그가 백작이라고 말했어."

"분명 그는 제게 자신을 공작이라고 소개했어요. 그는 평소엔 꽤믿음직했어요."

"그럼, 아스토르 공작을 버려야겠구나." 크리지가 말했다.

"하지만 전 이모가 보즈를 싫어한다고 생각했어요."

"맞아, 예전에는 그랬어." 크리지는 순순히 인정했지만, 그런 과거가 별로 중요하지는 않다는 듯한 어조로 말했다. "나는 그를 항상 별볼일 없는 남자라고 생각했지만 그의 제안은 매우 매력적이야. 그리고 그 제안은 그가 가졌을 거라곤 생각지 못한 야망을 내게 보여 준단다. 물론 그 점이 못마땅하기는 하다만."

"하지만 이모는 보즈를 사랑하지 않잖아요." 리아가 말했다.

"어머, 누가 네 엄마 딸 아니랄까 봐…" 크리지가 리아를 다정하게바라보며 말했다. "사랑은 꾸밀 수 있는 거란다, 리아. 스스로 사랑을확신시키는 일은 네가 충분히 노력한다면 가능할 테지만, 상상의 재산을 소비하는 건 불가능하지. 결혼은 불편한 편리함이야. 그건 여자들이 안전을 위해 받아들인 족쇄란다."

"엄마는 새장 안에서 편안해지느니 차라리 불편하고 자유로워지겠다고 말씀하세요."

"우리가 자주 벌이는 논쟁이구나." 크리지가 웃으며 말했다. "네 엄마와 달리 나는 남성이 약해져야 여성이 자유로울 수 있다고 생각하지 않아. 우리가 처음 다녀 보는 어두운 골목에서 폭행을 당하는 자유가 무슨 소용이 있겠니? 코넬리우스 보즈는 나를 흠모하고, 만약 부자가 된다면 그는 훌륭한 결혼 상대가 될 거야. 내 아들들은 교육을 잘 받고 보호받으면서 그들에게 걸맞은 미래를 물려받을 거야. 만약 내가 상상의 자유를 위해 그 보호막을 벗어난다면 아이들은 어떻게 될까? 그들은 어디에서 살 것이며, 어떻게 먹고살 것이며, 그들의 미래는 어떻게 될까? 그리고 나 자신은? 내게 손을 델 수 있는 힘을 가진 어떤 욕심 많은 남자의 처분에 맡겨질 거야. 그건 안 될 일이야. 결혼은 내가 귀족의 특권을 누리기 위해 지불하는 대가이고 나는 그 대가를 잘 사용한다고 생각해. 가난은 여자에게 가장 위험한 적이야. 우리는 길거리 생활에 적합하지 않단다."

"이모는 결혼하는 게 좋아요?"

"항상 그렇지는 않아." 금발 머리를 우아하게 매만지며 크리지가 대답했다.

리아는 부러운 듯이 그 모습을 바라보았다.

"내 첫 번째 남편은 악당이었단다." 크리지가 무덤덤하게 말했다. "하지만 두 번째 남편인 피터 플레처는 내 인생의 사랑이었지." 그녀의 목소리가 밝아졌고, 관목 숲이 갑자기 새소리로 가득 찬 것 같았다. "그는 매력적이고 말솜씨가 뛰어났어. 춤도 잘 추고 노래도 잘 부르고, 나를 웃게 만들었지."

"이모는 피터 플레처에 대해 자주 말하지 않았어요." 크리지의 슬픔을 떠올리며 리아가 말했다.

"그건 너무 고통스러워." 크리지가 말했다. "아침마다 나는 침대에서 그를 찾기를 기대하며 손을 뻗는단다. 아래층에서 문소리가 들리면 그가 여행에서 돌아온 걸까, 생각하지. 그가 너무 보고 싶어."

"이모는 그가 올드 톰을 막을 수 있었을 거라고 생각하세요?"

"그는 암스테르담에서 우리에게 탈출하도록 강요했을 때 많은 실수를 저질렀어." 그 말에는 뭔가 쓰라린 점이 있었다. "나는 피터를 사랑하지만 네 엄마가 피터보다 더 현명하다는 걸 인정해. 하지만 이 사람들 중에서 악마를 찾는 건 쉬운 일이 아니야. 사르담호에는 천국을 폐허로 만들 만큼 많은 악의가 존재한단다."

문이 활짝 열리며 사라가 숨 가쁘게 달려왔다.

"오, 안녕." 사라가 탁자 위에 있는 배 모형을 낚아채며 크리지에게 인사했다. "실례할게. 좋은 생각이 떠올랐어."

"사라 부인!" 복도 끝에서 아렌트의 목소리가 들려왔다. "제가 뭘 하면 되겠습니까?"

사라는 리아의 이마에 키스했다. "수고했어, 얘야. 정말 멋진 모형이구나."

그리고 그녀는 문을 쾅 닫으며 나갔다.

리아는 엄마가 나간 곳을 바라보며 미소를 지었다. "이렇게 행복해하는 엄마는 처음 봐요."

"그래, 좋아 보이는구나." 화제를 바꾸게 되어 다행인 듯 크리지가 그 말에 동의했다. "아쉬워. 네 엄마는 훌륭한 사람이지만 네 아빠에게는 안 어울려."

"왜요?"

"네 아빠는 동반자가 필요 없기 때문이지." 크리지가 마침내 말했다. "네 아빠는 순종적인 아내를 원하지만 네 엄마는 그런 남편을 원하지 않아. 네 엄마는 동반자를 필요로 해."

"그래서 아빠가 엄마를 때린 건가요?"

크리지는 리아의 차가운 목소리에 움찔했다.

"그런 것 같구나." 크리지가 인정했다.

"그래서 엄마가 걸을 수 없을 정도로 심하게 때린 건가요?" 리아가 얼굴을 일그러뜨리며 물었다.

"나는 너를 설득하거나 만류하려는 게 아니란다." 크리지가 껄끄러운 듯 대답했다. "네가 가장 좋은 결정을 내리기를 바라는 거야. 네 앞에 놓인 상황에 따라서 말이야. 아빠를 버리는 건 쉬운 일이 아니야. 특히 우리가 그 가치를 제대로 이해하지 못할 때는 더욱 그렇단다. 후회란 인생에서 가장 나쁜 거야."

"알겠어요." 리아가 고개를 끄덕이며 대답했다.

크리지는 치마를 가지런히 하고 문 쪽으로 발걸음을 옮겼다.

"용서할 수 없는 게 있다고 믿으세요?" 리아가 물었다.

크리지는 마치 그 질문을 이해해 보려는 듯 눈을 깜박거렸다.

"응." 그녀가 공허하게 말했다.

"알겠어요." 리아가 말했다. "나도 그래요."

그렇게 말하고 리아는 설계도 필사 작업으로 돌아갔다.

52

사라는 선미 갑판으로 올라가서 사르담호의 모형을 아렌트의 손에
쥐여 주었다. 손가락으로 선박 모형의 캡스턴 휠을 돌리면서 그의 표
정이 혼란에서 놀라움으로 바뀌었다. 이 정도의 정교함을 필요로 한
건 아니었지만, 리아는 자신이 만든 모든 것에 기쁨을 불어넣었다. 그
건 딸의 사랑스러운 특징 중 하나였다.

"정말 굉장하군요." 아렌트가 말했다. "어디서 이런 걸 구했습니까?"

사라는 망설였다. 그녀는 아렌트를 믿었지만 리아의 비밀을 알려
주는 건 위험했다. 성벽에 설치한 대포에 보를 추가하면 사정거리를
늘릴 수 있다고 리아가 중얼거리는 걸 어느 노인이 들은 이후로 그녀
는 가능한 한 그 비밀을 숨겨 왔다.

자기가 무슨 일을 저질렀는지 깨달을 틈도 없이 군중이 리아를 에
워쌌다. 그들은 여덟 살짜리 소녀에게서 그런 말을 들은 적이 없었다.

사라는 더 많은 질문이 쏟아지기 전에 간신히 딸을 데려왔지만, 며칠 후 또다시 그런 일이 벌어졌다. 리아가 석공에게 요새의 벽을 더 튼튼하게 설계할 것을 제안한 것이었다.

석공은 그녀의 자질을 곧바로 꿰뚫어 보았으나, 마찬가지로 그건 어린 소녀에게서 나올 법한 이야기가 아니었다.

그는 공포에 질려 리아를 총독에게 데려갔다. 그것이 리아가 요새 밖으로 돌아다닌 마지막 순간이었다.

"리아가 만들었군요." 아렌트가 사라의 불안을 지켜보며 조용히 말했다. "리아의 영리함은 숨기려 애써도 사람들이 자꾸 걸려 넘어지는 것들 중 하나입니다. 걱정 마십시오, 저는 새미의 재능이 그에게 가져온 문제를 봤습니다. 비밀을 저 혼자만 알고 있겠습니다." 아렌트는 입을 다물고 숨을 들이쉬었다. "포세이돈도 리아가 발명했습니까?"

사라는 거짓말을 하려고 했지만 그의 정직한 표정에 생각을 바꿨다. "어떻게 그걸 아셨어요?"

"저와 새미는 포세이돈을 회수하고 나서 그 장치를 봤습니다." 아렌트가 말했다. "포세이돈은 분명히 뛰어나지만 아름답고 우아했습니다. 재미있는 부분도 있어서 장난감이라고도 생각했습니다. 이 모형의 특징도 똑같습니다."

아렌트는 그 모형을 주의 깊게 살펴보았다. "리아는 포세이돈을 발명했고, 그건 리아를 이 배에서 가장 가치 있는 존재로 만듭니다." 그가 중얼거렸다. "만약 올드 톰이 그 사실을 안다면 리아는 위험에 처할 수도 있습니다."

"그 점에 대해 생각해 봤어요." 사라가 말했다. "만약 올드 톰이 제 남편을 노린다면 남편은 목숨을 유지하는 대가로 리아를 넘겨주는 거래도 마다하지 않을 거예요."

아렌트는 믿을 수 없다는 듯이 사라를 바라보았다. 그의 삼촌과 할아버지는 아렌트의 아버지가 아들을 죽일까 봐 너무 걱정했기 때문에 자객을 고용해서 그를 살해했다. 그건 사랑에 눈이 먼 어두운 마음에서 비롯된 헌신적인 행동이었다. 소름 끼치는 마음이지만 분명 그것 역시 사랑이었다. 삼촌이 어떻게 자기 딸에게 그 같은 헌신을 하지 않을 수 있단 말인가? 리아를 또 하나의 흥갑에 불과하다고 여기다니, 그의 마음이 얼마나 공허해진 것일까?

"우리가 저를 키운 바로 그 남자에 대해 말하고 있다는 사실을 저는 믿을 수가 없습니다." 아렌트가 공허하게 말했다.

"권력은 사람을 변하게 해요, 아렌트."

아렌트는 텅 빈 바다를 바라보았다. 그는 여전히 그것에 익숙하지 않았다. 지난 몇 주 동안 늘 다른 배들의 모습이 보였고, 그 덕분에 안심할 수 있었다. 그 배들이 없으니 바다가 갑자기 너무 커 보였다. 하늘은 매우 위협적이었고 사르담호는 매우 연약해 보였다.

이대론 안 되겠다 싶었는지 아렌트는 화제를 바꿔 자신이 대응할 수 있는 어떤 두려움에 초점을 맞추려고 했다. "이 모형의 목적은 무엇입니까? 우리에게 도움이 될 수 있다고 말씀하셨는데."

"제가 리아에게 배에서 비밀 공간을 만들 수 있는 위치를 찾아 달라고 부탁했어요." 사라는 모형 배 안으로 손을 뻗어 작은 문을 열었다. "우리가 하나씩 확인할 수 있을 거예요. 보세가 비밀 공간을 만들었고, 만약 올드 톰이 포세이돈의 도난에 연루되었다면 분명 그 공간에 숨겨져 있을 테죠."

"만약 우리가 삼촌에게 포세이돈을 되찾아 준다면 삼촌이 불필요하게 선원들을 채찍질하는 걸 막을 수 있을 겁니다."

"그리고 우리는 반란을 방지할 수 있을 거예요."

그들이 중간 갑판 아래 칸에 다다랐을 때 라르메의 빠르고 짧은 발소리가 뒤에서 들렸다. "아렌트." 라르메가 불렀다.

용병이 라르메를 돌아보았다.

"당신과 와이크의 싸움을 선원들이 기다리고 있어. 폭풍우가 지나갔으니 그들은 약속한 피를 보려고 혈안이 되어 있어." 아렌트가 대답하기도 전에 라르메는 손가락을 흔들었다. "나는 지금 다시 생각할 기회를 주는 거야. 2주면 상처받은 자존심을 치유하기에는 충분한 시간이라고 생각하는데. 그가 당신 침상을 더럽혔지만 그 이상은 아무런 해도 끼치지 않았지. 그 정도면 대부분의 선원들이 와이크에게 겪는 것보다는 형편이 낫다고 보는데. 그 일은 이제 잊어버려. 지금쯤 와이크는 괴롭힐 다른 누군가가 있을 거야. 나는 그의 성격을 알고 있어."

"난 와이크와 싸울 거요." 아렌트가 침착하게 말했다.

"당신은 돌대가리고 그 싸움에서 죽을 거야. 와이크는 내가 본 남자 중 최고의 칼잡이고 성질이 사나워. 당신이 피를 흘리면 그는 당신을 죽일 거야."

"난 내 질문에 답을 들어야 해." 아렌트가 말했다.

"그에게서 답변을 얻어 낼 다른 방법은 없어?" 라르메가 얼굴을 찌푸리며 물었다.

"없소." 아렌트가 무뚝뚝하게 대답했다.

"그럼 해질녘에 봐."

사라는 아렌트를 걱정스럽게 바라보았지만 아무 말도 하지 않았다. 그들은 하느님이 주신 재능을 이용해서 각자 자기들만의 방식으로 조사를 하고 있었다. 새미는 관찰을 했고 크리지는 장난을 쳤고 리아는 발명을 했다. 사라는 질문을 했고 아렌트는 언제나 그랬듯이 싸우려고 했다.

사라는 아렌트가 더 많은 것을 할 수 있다고 확신했다. 그는 리아와 짧은 시간을 보냈음에도 그녀가 포세이돈의 발명가라는 사실을 알아냈지만, 어떤 이유에서인지 자신의 능력을 믿지 않았다. 그녀는 어떻게 해서 그가 스스로를 의심하게 되었는지 궁금했다.

그들은 오후 내내 화물칸에서 촛불을 들고 돌아다니면서 모형과 배의 실제 모습을 비교했다. 그 일은 천천히 진행되었고 결과적으로 실망스러웠다. 보세와 라르메는 리아만큼 상상력이 풍부하지 않았고, 밀수 칸을 몇 군데 확실한 곳에만 만들었다.

그 비밀 공간 중 어디에도 포세이돈이나 그 외의 다른 물건이 들어 있지 않았다.

"여기가 마지막 지점입니다." 넓은 벽에 다다랐을 때 아렌트가 말했다. "저는 결투를 위해 곧 선수루 갑판으로 올라가야 합니다."

마지막 비밀 공간은 못으로 잠겨 있었지만 사라가 그것을 발견하기는 어렵지 않았다. 아렌트가 벽에서 뚜껑을 뜯어냈다.

어둠 속에서 갑자기 악취가 풍겨 나오자 그들은 비틀거리며 코와 입을 막았다.

"저 안에 뭔가가 있습니다." 아렌트가 기침을 하며 말했다.

사라는 촛불을 앞으로 내밀며 조심스럽게 다가갔다. 어둠 속에 놓여 있는 것은 목이 베인 샌더 커스의 시체였다.

53

어스름한 해질녘에 이등항해사가 중간 갑판에서 시간을 알리는 종을 울렸다. 선박 수리는 하루 종일 진행되었고, 배는 항해할 수 있는 정도는 아니더라도 깔끔해 보였다. 보라색과 오렌지색이 뒤섞인 하늘 아래에서 아렌트는 선원과 총병 무리를 따라 선수 갑판으로 갔고, 사라는 그 뒤를 따라 갔다.

그들은 샌더의 시체에 대해 크로웰스 선장에게 보고했고, 선장은 선원들을 보내서 시체를 수장시킬 준비를 했다. 아렌트는 새미가 그날 저녁에 시체를 검사할 수 있도록 해 달라고 부탁했지만 크로웰스 선장은 거절했다. 죽은 시체가 썩도록 배에 놓아두면 역병이 퍼진다는 걸 모든 사람들이 알고 있었다. 전염병이 발생한 것으로 의심되는 배는 항구에 60일 동안 정박해 있어야 했고, 승객과 선원들은 60일 동안 그 배 안에서 지내거나 죽어야 했다.

크로웰스 선장은 그런 위험을 무릅쓰고 싶지 않았다.

사라는 샌더 목사의 시신이 비밀 공간에 몇 주 동안 숨겨져 있었던 것으로 추정했고, 그건 샌더 목사가 사라진 날 밤에 죽었다는 걸 암시했다. 여덟 번째 불빛이 공격하던 날 밤.

그들은 이사벨에게 소식을 전했고, 그녀는 그들이 예상했던 것보다 현실을 잘 받아들였다. 눈물을 글썽였지만 이사벨의 등은 곧게 펴져 있었다. 목사의 시신이 어디에 있는지 물어본 후 이사벨은 시신을 위해 기도하러 갔다.

"와이크가 당신의 이곳, 아니면 이곳을 찌르지 못하게 하세요." 사라가 아렌트의 다리와 가슴을 가리키며 말했다. "당신이 계속 피를 흘리면 제가 할 수 있는 일은 아무것도 없을 거예요."

"사라—"

사라는 아렌트의 말을 무시했다. 그녀는 두려운 듯 빠르고 신경질적으로 말하고 있었다.

중간 갑판은 관중들로 꽉 차 있었다. 관중들은 그들을 통과시키기 위해 길을 열어 주었고 어떤 쪽에 내기를 거느냐에 따라 욕설이나 격려를 외쳤다. 통행금지를 무시한 채 최하 갑판에서 올라온 승객들은 더 생생하게 보기 위해 목을 높이 세우거나, 난간에 매달려 있었다. 크리지는 마커스와 오스버트를 데리고 나왔고, 아이들은 어른들의 어깨에 올라타 있었다.

소문에 따르면 심지어 총독도 보고 있었다. 아렌트는 사라가 평민 복장을 하고 있는 것이 다행스러웠지만 여전히 그녀가 눈에 띌까 봐 걱정이 되었다. 아렌트는 사라에게 오지 말라고 부탁했지만 그녀는 그의 부탁을 단호히 거절했다.

선수루 갑판에 도착한 아렌트는 와이크가 뱃머리에서 단검을 들고 연습하는 장면을 바라보았다.

"단검을 잘 다루는군요." 사라가 말했다.

"'굉장히' 잘 다룹니다." 아렌트가 정정했다.

와이크의 손놀림은 민첩했고, 모든 공격 지점을 변경하며 찌르고 베었다. 더 위협적인 것은 발을 계속 움직인다는 사실이었다.

아렌트는 당혹감을 느꼈다. 와이크는 큰 몸집에도 불구하고 빠르고 민첩했다. 그는 힘든 상대였고 아렌트는 공격을 피하기 어려울 것이다. 거짓 대결이든 아니든 그건 중요하지 않았다. 만약 와이크의 칼날이 우연히 아렌트의 급소를 찌른다면 죽음을 피하지 못할 터였다.

드레히트가 아렌트의 앞에 나타났다. 그는 모자를 아래로 당겨 쓴 채, 턱수염 사이로 담배 파이프를 물고 있었다. 경비 대장은 사라를 불안한 눈으로 흘끗 쳐다보았지만, 그녀와 논쟁해서는 안 된다는 걸 알고 있었다. 그는 허리띠에서 단검을 꺼내 아렌트에게 건네주었다.

"자네의 몸을 지키고 기회가 되면 저자의 목에 이 칼을 들이대게." 드레히트가 모자의 챙을 들어 올리고 날카로운 눈빛으로 아렌트를 바라보며 충고했다. "싸우는 시간이 길어질수록 자네에게 불리해."

"이전에도 말했듯이 나는 적당하게 져 줄 거야." 아렌트가 대답했다. "아무도 죽지 않아."

"그건 자네 계획일 뿐이야." 드레히트가 말했다. "저자의 계획은 자네에게 거짓말을 한 다음 빨리 죽이는 거고, 그 계획이 실패하면 자네를 천천히 죽이는 거야. 나는 와이크 같은 인간들을 잘 알아. 믿을 수 없는 놈들이지."

단검을 받아 든 아렌트는 사라에게 아버지의 묵주를 건넸다. "이걸 안전하게 보관해 주시겠습니까?"

"당신이 돌아오길 기다리며 보관하고 있을게요."

아렌트는 와이크의 시선을 느낄 수 있었다. 아렌트의 손과 사라의 팔이 스치듯 닿고 나서 그가 결투장 안으로 들어섰다. 그곳에서 와이크가 발끝으로 몸을 움직이고 있었다.

관중들이 시작하라고 함성을 지르자, 아렌트는 몸을 최대한 보호하려고 웅크린 채 앞으로 팔을 내밀었다. 키가 크고 몸집이 크다는 건 평소에는 장점이었지만 칼싸움에서는 그렇지 않았다.

와이크는 칼날을 번뜩이며 빙빙 돌았다.

와이크가 단검을 휘두르자 아렌트는 재빨리 몸을 피하고 단검으로 튕겨 내며 한걸음 전진했다.

와이크는 그 시도를 비웃으며 한 걸음 물러섰다.

이자는 대화하는 것만큼이나 싸움에서도 짜증 나게 하는군, 아렌트가 생각했다.

선원들은 갑판장에게 앞으로 전진하라고 소리쳤고, 머스킷 총병들은 아렌트를 응원했다.

갑판장은 다시 접근해서 단검을 휘두르고 찔러 댔다. 처음 두 번의 공격을 피한 아렌트는 세 번째 공격에서는 칼날과 칼날을 맞부딪쳤고 와이크를 밀어내려 했지만 쉽지 않았다.

"올드 톰이 안부를 전하더군." 와이크가 비웃으며 중얼거렸다.

아렌트가 놀란 틈을 타 와이크가 그의 옆구리를 가격한 다음 칼로 배를 찌르려고 했다. 뒤로 비틀거리며 물러선 아렌트는 간신히 칼날에 찔리는 걸 피했다.

군중들은 더욱 흥분하며 함성을 질렀다.

드레히트가 옳았다. 이건 우호적인 대결이 아니었다. 자비 같은 건 없을 터였다. 주저함도 없을 터였다. 와이크는 아렌트의 목을 베려 했고 올드 톰의 명령을 따르고 있었다.

"아렌트, 싸움을 멈춰야 해요!" 사라가 소리쳤다. "이건 연극이 아니에요. 와이크는 당신을 죽일 거예요!"

아렌트는 그녀를 안심시키고 싶었지만 와이크에게서 눈을 뗄 수 없었다. 사람들은 아렌트가 필사적으로 방어하면서 와이크가 지칠 때까지 버티려 애쓴다고 믿었지만 그건 사실이 아니었다. 아렌트는 방어하는 게 아니라 와이크가 어떻게 싸우는지, 어떻게 손을 뻗는지, 공격할 때 어떤 빈틈이 생기는지 살펴보고 있었다.

와이크는 싸우고 있었지만 아렌트는 전략을 세우고 있었다.

아렌트가 주의를 딴 데로 돌린 것을 보고 갑판장은 으르렁거리며 앞으로 돌진했다. 아렌트는 뒤로 물러서지 않았고 피하지도 않았다. 살짝 몸을 돌려 와이크의 칼날을 흘려보낸 다음, 상대방의 얼굴을 겨냥했다.

갑판장이 팔뚝으로 칼날을 막아 내자 아렌트의 옷에 피가 튀었다.

와이크는 뒤로 넘어지는 듯하다가 아렌트의 눈을 향해 주먹을 휘둘렀다. 순간 아렌트의 시야가 와이크의 피로 가려졌다.

아렌트는 필사적으로 발길질을 했고, 와이크의 배를 명중시켜 호흡을 곤란하게 만들었다. 와이크가 숨을 들이마시는 동안, 아렌트는 눈에서 최대한 많은 피를 닦아 냈다. 그의 시야는 흐릿했지만 아이작 라르메가 군중 속에 있는 누군가에게 고개를 끄덕이는 장면을 볼 수 있었다. 같은 방향을 응시하던 아렌트는 한 선원의 소매에서 칼날이 번쩍이는 것을 보았다.

빙빙 돌던 와이크는 갑자기 아렌트를 몰아붙여 그의 등이 선원의 숨겨진 칼날로 향하도록 했다.

아렌트는 뒤로 물러섰고 그와 선원 사이의 거리는 몇 걸음도 채 되지 않았다.

와이크가 다시 다가왔을 때 아렌트는 준비가 되어 있었다. 그는 칼날을 피하지 않고 팔뚝으로 막아 냈다. 파고드는 고통을 무시하고 와이크를 끌어당겨서 그의 손목을 잡았다. 아렌트는 으르렁거리면서 와이크를 칼날을 가진 선원에게 밀었고, 두 사람은 서로 부딪쳤다.

아렌트는 두 걸음에 그들에게 달려가서 떨어트린 칼을 집어 들고 군중 속에 있던 선원의 손을 찔러 갑판에 고정시켰다. 와이크의 몸을 덮친 아렌트는 주먹으로 가격한 다음 그의 귀에 입을 들이댔다. 진한 파프리카 냄새가 아렌트의 코를 자극했다.

"락사가르가 무슨 뜻인가?" 아렌트가 물었다.

와이크는 선원의 손을 관통한 칼을 뽑아내 아렌트의 엉덩이 쪽을 찌르려 했다.

용병은 으르렁거리면서 와이크의 팔을 붙잡아 갑판에 내려치고 단검을 튕겨 보냈다. 와이크가 반격을 시도하기도 전에 아렌트는 그의 얼굴을 발꿈치로 가격했다.

"락사가르가 무슨 뜻이냐고!" 아렌트가 다시 물었다.

와이크가 눈에 초점을 잃은 채 중얼거렸다. "올드 톰이 널 지옥으로 데려갈 거야."

아렌트는 다시 그를 가격했고, 주먹이 대포처럼 명중했다.

와이크의 광대뼈가 으스러졌다.

사라는 아렌트에게 그만 멈추라고 소리쳤다.

"락사가르가 무슨 뜻인지 말해."

"지옥으로 꺼져─" 아렌트가 다시 가격하자 와이크의 머리가 축 늘어졌다. 아렌트의 어둡고 불쾌한 본능이 안에서 꿈틀거렸다. 그는 싸움이 어떻게 끝나는지 알고 있었기 때문에 싸움을 경계하며 오랫동안 힘을 자제했다. 그런 만큼 그의 마음속에는 오랫동안 누적된 분노의 응어리가 쌓여 있었다. 모든 모욕, 모든 야유, 모든 냉소. 그것이 바로 아렌트가 참아 낸 것이었다. 그건 아렌트가 평소에 닫아 두었던 어두운 용광로 속 연료였다.

아렌트는 다시 주먹을 치켜들었다.

"락사가르가 무슨—"

"함정." 와이크가 대답했다. "함정이라는 뜻이다." 그가 피를 토하며 말했다.

군중들이 조용해졌다.

아렌트는 풀무처럼 숨을 헐떡이며 주위를 둘러보았다. 군중들은 처음으로 경외심을 가지고 그를 지켜보고 있었다.

올드 톰을 제외하면 와이크는 배에서 가장 무섭고 두려운 존재였다. 그의 눈에 거슬린 모든 사람들은 끔찍한 고통을 겪었다.

보세는 혀를 잘렸지만 유일한 피해자는 아니었다. 그들 모두에게 와이크가 만든 흉터가 있었다.

와이크는 살인자들, 악당들, 강간범들에게마저 악몽 같은 존재였다. 그러나 아렌트는 그를 쓰러뜨렸다.

사르담호에서 힘의 균형이 바뀌고 있었다.

선원들이 이런 생각을 하는 동안, 사라는 군중 사이를 뚫고 들어가 아렌트를 힘껏 껴안았다.

"사라 부인, 이러시면 안—"

"아무 말도 하지 말아요." 사라가 그의 가슴에 얼굴을 묻으며 말했다. 그녀의 눈에서 눈물이 흘러내렸다. "저는 당신이 와이크를 죽일 거라고 생각했어요."

아렌트는 팔뚝을 들어 칼자국을 살폈다. 상처는 깊지 않았지만 일주일 동안은 고생할 것이다. "락사가르는 노르웨이어로 함정이라는 뜻입니다." 아렌트가 말했다. "다른 선원들이 보세에게 무슨 일을 벌이는 거냐고 물었을 때 보세의 대답이 바로 그것이었습니다."

드레히트가 군중을 밀치고 다가왔다. "왜 와이크를 죽이지 않았나, 바보 같은 사람아."

"죽은 사람은 질문에 대답할 수가 없으니까." 아렌트가 단검을 돌려주며 대답했다.

"그리고 죽은 사람은 조사를 할 수 없지." 드레히트가 말했다. "힘은 힘을 따르는 거야. 자네는 와이크를 그의 부하들 앞에서 초라하게 만들었어. 그는 자네를 찾아올 거야. 반드시."

"누군가는 항상 나를 찾아오지." 아이작 라르메를 바라보며 아렌트가 말했다. "그리고 그자들이 빨리 찾아오지 않으면 내가 먼저 그들을 찾아낼 거야."

54

아렌트는 비틀거리며 중간 갑판 아래 칸으로 들어갔고, 손가락에서 피가 뚝뚝 떨어졌다. 통 위에서 타오르는 외로운 촛불이 두껍고 지저분한 연기를 공중에 내뿜고 있다.

이사벨의 웃음소리가 병실 뒤쪽의 그늘에서 들려왔다. 그녀는 의자에 앉아 도로테아와 이야기를 나누고 있었다. 아렌트를 보자마자 그들은 놀라서 눈이 휘둥그레졌다.

"당신이 이겼어요?" 도로테아가 물었다.

"그래, 이겼어." 사라가 병실에 놓아두었던 응급치료 상자를 열면서 대답했다. 상자에는 붕대, 연고, 약물 그리고 약품 가루 주머니가 들어 있었다.

사라는 촛불을 가까이 끌어당겨 아렌트의 상처를 살펴본 다음, 바늘과 고양이 창자로 만든 봉합 실을 꺼냈다.

"셔츠를 벗어야 해요." 사라가 아렌트에게 말했다. "옷이 치료에 방해가 돼요."

아렌트가 셔츠를 벗자 상처와 화상, 칼에 베인 흔적, 그리고 총상이 아물어 있는 흉터들이 드러났다.

이사벨은 간절하게 기도를 올렸다. "신께서는 당신이 이곳에 오기 위해 비싼 대가를 치르게 하셨으니…"

"신께서 내 손에 칼을 쥐게 하지는 않았소." 아렌트가 중얼거렸다.

사라의 손이 이미 피로 흥건했기 때문에 이사벨에게 봉합 실을 꿰어 달라고 부탁해야 했다. "사람들을 치료하는 방법을 제게 가르쳐 주실 수 있나요?" 이사벨이 바늘에 실을 꿰기 위해 눈을 찡그리며 물었다.

"치료에 대한 재능이 있다면 기꺼이." 사라가 이사벨에게 바늘을 건네받으며 말했다. "뜯지 않은 포도주가 있을까?"

"찾아볼게요, 부인." 이사벨이 대답했다.

"없으면 객실 급사에게 달라고 해. 내 이름을 대고."

이사벨이 밖으로 나갔다.

사라는 이빨에 실을 물고 바늘로 아렌트의 찢어진 피부를 봉합하기 시작했다. 따끔한 고통을 느끼며 아렌트는 예전 기억을 떠올렸다. 군대에서 부상을 그냥 내버려 두었다가 몇 주 동안 침대에 누워 죽지 않기만을 바랐던 기억이었다.

악취를 풍기는 늙은 군의관은 아렌트에게 나쁜 체액이 빠져나오도록 해야 한다고 말했다. 나쁜 체액을 빼내면 인간의 육체가 스스로 치유하게 된다는 말이었다.

새미는 그런 말을 좋아하지 않았다. 그는 아렌트의 상처를 처음 봤을 때 찢어진 재킷을 수선하는 것처럼 꿰맸다. 아렌트는 체액과 군의

관의 조언에 대해 이야기하며 논쟁을 벌이려 했지만 새미는 호의적으로 받아들이지 않았다. 그는 아렌트의 불안을 키우기 위해 바늘로 그를 몇 번 더 찔렀다.

아렌트는 사라가 능숙하게 치료하는 모습을 보며 놀라고 있었다.

"어디서 이런 걸 배웠습니까?" 상처를 봉합하는 사라의 모습을 신기하게 바라보면서 아렌트가 물었다.

"어머니에게요." 사라가 산만하게 말했다. "우리 할아버지는 유명한 치료사였어요. 할아버지께서 어머니에게 가르치셨고 어머니는 저에게 가르쳐 주셨어요."

"부인의 아버지도 치료사입니까?"

사라는 고개를 저었다. "아버지는 상인이에요." 그녀의 목소리가 차가워졌다. "어머니는 마을을 지나가다가 병이 난 아버지의 생명을 구했고, 두 분은 사랑에 빠졌어요. 어머니는 평민에 가까운 신분이었지만 귀족인 제 아버지는 그런 걸 상관하지 않았어요. 어머니와 결혼해서 행복하게 살았지만 친구들을 잃었어요. 아버지가 자기 같은 부유한 가문의 친구들이 낳은 딸들을 무시했거든요."

사라는 또 다른 상처의 봉합을 끝냈다.

"사랑이 제 가족을 거의 망칠 뻔했어요." 사라가 건조하게 말했다. "긍정적으로 볼 때 다섯 명의 딸이 있었기 때문에 아버지는 실수를 만회할 많은 기회가 있었죠."

사라는 그 후 조용히 치료를 했고 아렌트가 말을 하려고 할 때 고개를 가로저었다.

이사벨이 포도주를 가지고 돌아오자 사라는 포도주로 상처를 소독했고, 아렌트가 고통을 덜 수 있도록 술병을 건네주었다.

아렌트는 거의 손도 대지 않았다.

이런 상황에서도 사라가 자신 앞에 무릎을 꿇게 하는 건 부담스러 운 일이었다. 고통만이 현실을 받아들이게 해 주는 유일한 동기였다.

아이작 라르메가 치료실로 들어서며 아렌트의 발밑에 돈 주머니 를 던졌다. "당신이 이겼어. 이건 상금이야." 라르메가 사라를 힐끗 쳐다보면서 말을 이었다. "하지만 당신은 이미 충분한 상금을 받은 것 같군."

"저는 계급과 부, 그리고 매우 날카로운 단검을 가진 고귀한 여성 이에요." 사라가 눈을 가늘게 뜨고 말했다. "그러니 조금만 존중해 주 세요."

"사과할게요, 부인." 라르메가 시선을 내리깔며 말했다.

"당신은 선원들을 군중 속에 심어 두었지." 아렌트가 평온하게 말 했다. "그리고 고개를 끄덕이는 것도 보았소."

"선원들을 좀 더 심어 둘걸 그랬어." 라르메는 부끄러워하지 않고 말했다.

"왜 그런 거지?"

"와이크가 나를 위해 그 젊은 녀석들을 통제해 주니까. 내게는 당 신보다 와이크가 더 필요하다는 뜻이야. 당신은 싸우러 갔어. 내가 경 고했지만 당신은 듣지 않았어." 라르메는 불편하게 목을 가다듬었다. "그래서 내가 여기로 온 거야. 나에 대한 당신의 계획이 무엇인지 알 고 싶어서."

"계획?" 아렌트가 혼란스러워하며 말했다.

"나는 당신이 내 등에 칼을 꽂기를 기다리며 이 항해를 계속할 생 각은 없어. 당신이 원하는 대로 해." 난쟁이는 마치 아렌트가 자신을 바로 지금 칼로 찌를 거라고 예상하는 것처럼 가슴을 내밀었다.

사라는 눈을 돌리며 치료를 계속했다.

"난 당신을 죽이지 않을 거요, 라르메." 아렌트가 무덤덤하게 말했다. "나는 사람을 죽이는 일을 그만두었소. 당신이 나를 찌르라고 보낸 그 선원도 죽일 필요가 없어서 나는 그를 죽이지 않았소. 와이크도 마찬가지고 당신도 마찬가지요. 내 질문에 답해 주면 오늘부터 우리는 친구가 될 수 있을 거요."

라르메는 자비심 속에 숨어 있는 속셈을 찾으려 애쓰며 아렌트의 얼굴을 살펴보았다. 아렌트는 배에 탑승하던 날 목에 칼을 들이댄 일에 대해 에거트에게 사과하던 바로 그 표정을 짓고 있었다. 사르담호에서 자비심은 분명히 매우 드물었고, 누구도 더 이상 그것을 알아보지 못했다.

"당신이 선원이라면 자비심 때문에 한 시간도 살아남지 못할 거야." 라르메가 안도의 한숨을 내쉬며 말했다.

"살면서 지금까지 들어 본 말 중에 가장 듣기 좋은 말이군." 아렌트가 반대편 의자에 앉도록 권하며 라르메에게 말했다.

라르메는 여전히 의심스럽다는 눈빛을 하고 있었지만 아렌트가 건네준 포도주를 받아 들었다.

"화물칸에 있는 비밀 공간에는 무엇이 들어 있었소?" 사라가 또 한바늘을 꿰매자 아렌트가 얼굴을 찡그리며 물었다. "우리가 도착하기 전에 당신이 빼돌린 물건 말이오."

"그건 포세이돈의 부품이었어." 난쟁이는 그들의 충격적인 표정을 포착하고 재빨리 덧붙였다. "내가 훔치지 않았어, 정말이야. 나는 선장이 명령한 대로 보세의 누더기 옷을 찾고 있었어. 보세가 그걸 비밀 공간에 숨겼을 수도 있다고 생각했지. 그런데 거기서 누더기 옷 대신 포세이돈의 부품을 발견한 거야."

"포세이돈 전체가 아니었소?"

"아니었어, 아쉽게도." 너무 자주 운명의 장난을 마주친 사람처럼 라르메가 말했다. "부품 한 조각도 좋은 가격에 팔 수 있겠지만 만약 전체를 팔 수 있었다면 내 배를 한 척 마련할 수 있었을 텐데."

"그래서 포세이돈의 부품을 어떻게 한 거요?" 아렌트가 물었다.

라르메는 아렌트를 수상쩍다는 눈빛으로 쳐다보았다. "왜 묻는 거야?"

"저는 이 배의 탐욕에 대한 인내심이 바닥났어요." 사라가 한숨을 쉬었다. "당신이 질문에 제대로 대답하지 않는다면 저는 남편에게 당신이 포세이돈를 훔쳤다고 이야기하고, 당신의 팔다리가 잘려 나가는 걸 지켜볼 거예요."

"말할게요, 부인. 말하면 되잖아요." 라르메가 황급히 대답했다. "당신 둘에게 거의 붙잡힐 뻔했을 때 나는 포세이돈 부품을 산산조각 내 바닷물에 던져 버렸어요. 내가 갖고 있기에는 너무 위험한 물건이었으니까요."

아렌트는 사라와 눈빛을 교환했다. 그녀는 고개를 끄덕이며 라르메의 말이 사실일 거라고 판단했다.

"어떻게 그것이 포세이돈의 부품이라는 사실을 알았나요?" 사라가 물었다.

"총독이 사르담호에서 포세이돈을 시험했어요. 내가 그 장치를 사용하도록 허락받은 건 아니에요. 크로웰스 선장이 모든 항해를 지시해요. 나머지 선원들은 그가 가리키는 방향으로 항해할 뿐이에요."

"살해된 샌더 커스의 시신이 당신의 비밀 공간에 버려져 있었소." 아렌트가 무뚝뚝하게 말했다. "그 일에 대해 무엇을 알고 있소?"

"나는 아무것도 몰라." 라르메가 말했다. "내가 누구를 해칠 이유는 전혀 없어."

"보세를 제외하고 그렇겠지요." 사라가 말했다. "당신이 요하네스 와이크에게 보세의 혀를 잘라 내라고 지시했지요?"

포도주 병이 라르메의 입술에 반쯤 닿았다. 사라는 라르메를 쳐다보지 않고 여전히 아렌트의 상처를 꿰매고 있었다.

"그게 당신이 일을 처리하는 방법이에요, 안 그래요?" 집중하기 위해 윗입술을 깨물며 사라가 말했다. "와이크는 사람들에게 나쁜 짓을 하고 당신은 그들을 팔로 감싸 주는 척하잖아요. 군중 속에서 칼을 휘두르는 속임수가 그걸 알려 주었어요. 대체 보세가 뭐라고 했길래 자꾸 그렇게 숨기는 거예요?"

라르메는 앞으로 몸을 내밀며 목소리를 낮추었다. "사르담호는 나의 집이에요. 내가 놀림당하지 않고 발로 차이지 않은 곳은 여기뿐이었어요. 이 배를 안전하게 지키는 게 내가 할 일이죠. 그런데 보세가 이 배를 위험에 빠뜨렸어요."

"어떻게요?"

"보세는 내 부하들에게 나쁜 물을 들였어요. 이리저리 데리고 다니면서."

"어떻게요?" 사라가 다시 강조하듯 물었다.

"보세는 선원치고는 너무 많은 돈을 가지고 있었어요. 그는 다른 선원들을 매수했고 배에서 그를 위해 이상한 일을 하도록 시켰어요."

"당신의 얼버무리는 재능은 존경스럽기도 하고 짜증스럽기도 하군요." 사라가 말했다.

"그 일이 구체적으로 무엇인지는 모르지만," 라르메가 대답했다. "우리는 바타비아에 정박하고 난 후 보세와 다른 선원 몇 명이 배의 들어가지 말아야 할 구역에 있는 장면을 목격했어요. 내 생각에 그들은 뭔가를 찾고 있었던 것 같아요. 그들은 벽을 두드리며 바닥을 발로 걷어찼어요. 그들이 들고 있던 도구로 미루어 짐작해 보자면, 커다란 물건을 찾고 있는 것 같았어요. 나는 그들이 배의 후방 쪽을 재는 장면도 목격했지만 그 이유에 대해서는 한마디도 듣지 못했어요."

"그 선원들은 어떻게 되었소?" 아렌트가 진지하게 물었다. "우리가 그들과 얘기할 수 있겠소?"

"그들은 사라졌어." 라르메가 슬픈 표정으로 말했다. "어느 날 아침에 악마의 휘파람 소리를 들은 것처럼 배를 떠났어. 그들은 돌아오지 않았어. 정말이야, 그건 보세가 한 짓이야. 돈더미가 눈앞에 번쩍일 때 흔들리지 않는 사람을 나는 결코 보지 못했어. 보세가 그 선원들을 타락시켰어. 나는 알아. 그래서 와이크에게 보세의 혀를 자르라고 지시한 거야. 나는 선원들이 그 나쁜 놈의 유혹에 빠지는 걸 더 이상 원치 않았어."

"나는 보세가 당신의 친구라고 생각했소." 아렌트가 말했다. "둘이함께 비밀 공간을 만들지 않았소?"

"그래, 비밀 공간을 함께 만들고 수익금을 나눠 가졌지만 우리 관계는 거기까지였어."

라르메는 등을 긁으며 의자에서 뛰어내렸다. 그는 중간 갑판으로이어지는 아치형 통로를 힐끗 쳐다본 후에 양심의 가책을 느낀 듯한숨을 내쉬었다. "당신의 새로운 친구 야코비 드레히트를 조심해."

"왜 드레히트를 조심하라는 거요?"

"반다 제도에 대해 들어 본 적 있지?"

아렌트는 총독과 아침 식사 때 나눈 대화를 떠올리며 사라와 시선을 교환했다. 그의 삼촌은 반다 제도의 모든 주민들을 학살했다. 그들이 불평등한 향신료 계약을 이행하기를 거부했기 때문이었다.

"그게 드레히트와 무슨 상관이오?"

"주민들이 반란을 일으켰을 때 총독은 그들을 진압하기 위해 사르담호를 보냈어." 라르메가 설명했다. "야코비 드레히트와 총병들에게 모든 주민을 학살하라는 명령을 내렸어. 당신의 친구는 주민들을 살육한 후에 총병들과 함께 밤새 술을 마시고 노래를 불렀어. 총독은 충성심의 대가로 드레히트에게 그 칼을 주었고. 그 외에도 더 많은 것을 약속했어."

"더 많은 것?"

"왕의 재물. 고향에 도착할 때까지 안전하게 경호해 주면 드레히트에게 평생 쓸 수 있는 돈보다 더 많은 재물을 줄 거라고 했어. 알고 보니 침대에 누워 있는 아이들을 도살하도록 설득하는 데 그만큼 비용이 들어간 거야." 라르메는 격노했다. "그들은 올드 톰의 환영을 받을 거야."

55

아렌트, 사라, 새미는 중간 갑판에서 무릎을 꿇고 샌더 커스의 시신을 응시하고 있었다. 신교 목사는 누에고치처럼 삼베로 둘러싸여 있었고, 단단히 꿰매져 새벽에 바다 속으로 던져질 예정이었다. 수십 구의 시신들이 갑판 위에 늘어서 있었고 더 많은 시신들이 운반되고 있었다. 대부분은 폭풍우 동안 목숨을 잃은 사람들이었다. 사라는 크로웰스가 해도에 항로를 표시하는데 사용하는 점선처럼 시신들이 바다 밑바닥에 가라앉는 장면을 상상했다.

"부인께서는 제가 감방 밖으로 나와도 문제없을 거라고 확신하십니까?" 새미가 선원들을 바라보며 말했다. 선원들은 새미가 조사하는 장면을 지켜보기 위해 모여 있었다.

태양이 수평선 너머로 기울고 있었다. 너무 오랫동안 태양을 보지 못했던 새미는 아렌트가 밖으로 데리고 나왔을 때 눈물을 흘렸다.

"제가 명령을 무시하고 있다는 사실이 남편께 알려지면 저는 다시는 밝은 태양을 보지 못할 겁니다." 새미가 걱정스럽게 말했다.

"제 남편은 스스로를 가두고 혼자만의 생각에 골몰하는 중이에요." 사라가 말했다. "그는 포세이돈의 절도가 올드 톰이 자신을 상대로 벌이는 대규모 음모의 일부라고 믿고 있어요." 사라는 남편의 은둔에 기쁨을 감추지 못했다. "적어도 앞으로 한 시간 동안은 두려울 게 없어요. 드레히트 경비 대장은 총독의 선실 출입문을 지키고 있고, 보즈는 총독의 고함 소리를 들으며 그 안에 있어요. 그들의 회의가 끝나면 감방으로 돌아가야 하지만 지금은 안전해요. 저도 마찬가지고요."

새미는 사라의 평민 복장을 주의 깊게 바라봤다. "이 항해가 당신을 많이 변화시켰군요, 사라 웨셀 부인." 시신에 대한 조사를 재개하며 새미가 말했다. 잠시 후 새미는 시신을 다시 내려놓았다. "이 시체는 우리에게 더 이상 말해 줄 것이 없습니다. 2주 전쯤 목이 잘려 비밀 공간에 버려졌지요."

"그런데 시체는 왜 숨겨져 있었을까요?" 사라가 의문을 제기했다.

"우리가 찾아내면 안 될 것이 있는 게 분명합니다." 새미가 말했다. 그는 손에 묻은 먼지를 털어 내며 일어섰지만 그건 헛수고였다. 그의 손은 감방에서 2주 동안 쌓인 더러운 검댕과 오물로 뒤덮여 있었다. "샌더 커스에게 앙심을 품은 자가 있었을까요?"

"우리는 올드 톰이 샌더 목사를 바타비아로 유인했다고 생각하고 있어요. 저는 그 편지를 직접 보았어요. 제가 보기에는 목사를 죽이는 게 악마의 의도였던 것 같아요." 사라가 말했다.

새미는 더러운 손으로 머리를 긁적이며 이 몇 마리를 잡아냈다. "저는 최선을 다해서 이 사건들 사이에 어떤 연관성이 있는지 알아내려고 애쓰고 있습니다." 그가 갑판을 서성거리며 말했다.

리아가 이 장면을 보았다면 얼마나 좋아했을까, 사라가 생각했다. 아렌트는 보고서에서 새미의 짧지만 활기찬 걸음걸이를 매우 상세하게 묘사했고, 사라와 리아는 종종 그들을 흉내 내며 즐거워하곤 했다.

"제가 첫 번째로 관심을 둔 건 어둠 속의 목소리가 제안한 거래를 받아들인 목수 보세였습니다. 아이작 라르메는 보세와 몇몇 선원들이 배의 은밀한 공간에서 뭔가를 찾고 있었다고 주장했지만 우리는 확신하지 못합니다. 무엇을 하고 있느냐고 묻자 보세는 그들에게 '함정'이라고 말했습니다."

"아마도 보세는 함정을 만들고 있었을 거예요." 사라가 생각에 잠기며 말했다.

"아니면 함정을 찾고 있던 걸 수도 있지요." 새미가 덧붙였다.

"아니면 함정을 제거하고 있던 걸 수도 있지." 아렌트가 덧붙였다.

새미는 그들 사이를 힐끗 보고 나서 말을 이었다. "둘 다 합리적인 추정입니다. 어느 쪽이든 보세는 올드 톰이라고 불리는 존재의 명령에 따라 일을 하고 있었지요. 올드 톰은 아렌트가 어렸을 때 우연히 두들겨 맞아 죽게 만든 거지의 이름이었고요. 아렌트가 할아버지의 영지로 거의 쫓겨나다시피 옮겨 오자, 이 악마는 프로방스를 휩쓸며 수많은 부유한 상인들과 귀족들의 영혼을 지배하게 되었고, 말로 표현할 수 없는 악행을 저지른 후 그들의 삶을 폐허로 만들었어요. 올드 톰은 꼬리 달린 눈의 상징으로 자신의 존재를 과시했고, 그 상징은 30년 전으로 거슬러 올라가지요. 아렌트의 아버지가 살해되던 날 밤으로요. 그리고 바로 그분의 묵주가 사르담호 가축우리에서 발견되었습니다. 여덟 번째 불빛이 우리에게 나타난 후에요. 그 가축들은 아무도 가까이 가지 않았는데도 도살돼 있었고요."

새미의 뛰어난 기억력과 묘사 덕에 사라는 마치 그 사건들로 다시 돌아간 듯한 기분이 들었다.

"살해되기 전 신교 목사의 말에 따르면 이 가축들의 살육은 세 가지 불경스러운 기적 중 첫 번째였지요. 두 번째는 포세이돈이 화약고에서 감쪽같이 사라진 것이고요. 그건 크리지 옌스와 결혼하기 위해 코넬리우스 보즈가 저지른 일로 보입니다. 그리고 우리는 세 번째 불경스러운 기적을 예상하고 있습니다. 올드 톰과 거래를 하지 않은 사람들이 모두 살해되는 것이지요. 제가 놓친 사항이 있나요?"

"올드 톰은 이 배의 승객 중 한 명을 지배하고 있어." 아렌트가 과감하게 말했다.

"그리고 제 남편은 분명히 과거에 그 악마와 밀접한 관계였지만 지금 그 악마는 남편이 죽기를 원하고 있어요. 저와 크리지에게 남편의 침대 밑 서랍에 놓아둔 단검으로 그를 죽여 달라고 요구했어요."

"아, 그렇군요." 새미가 기쁘게 말했다. "서랍을 살펴보셨습니까?"

"드레히트 경비 대장이 매일 밤 살펴보았지만 옷밖에 없다고 했어요." 사라가 새미를 응시하며 대답했다. "말해 주세요, 핍스 탐정님. 당신은 이 배에 악마의 손길이 뻗쳐 있다고 믿으시나요?"

"그럴 수도 있고 아닐 수도 있겠지요." 새미가 쓸쓸하게 웃으며 말했다. "사실 저는 제가 이전에 만났던 그 어떤 것보다도 강한 상대를 마주하고 있다고 생각합니다. 그자가 초자연적인 존재라고 믿는 게 제 자존심에 난 상처를 달래 줄 것입니다. 그리고 무례를 무릅쓰고 말씀드리자면, 부인의 질문은 이 사건의 본질과는 아무런 상관이 없는 것입니다. 그자가 인간의 탈을 쓴 악마이든 악마의 탈을 쓴 인간이든, 우리가 해야 할 일은 그대로입니다. 단서를 찾아내고 조사해서 진실을 밝혀내야 하지요."

사라는 자신감이 깃든 새미의 목소리에 감탄할 수밖에 없었다. 새미의 말을 들으면서 사라는 자신들이 진실을 밝혀낼 수 있을 거라고 진심으로 믿었다. 처음으로 사라는 캐스퍼 반 덴 버그가 새미에게 씌운 스파이 혐의가 이 모든 사건의 일부인지 궁금해졌다. 올드 톰이 방해받지 않고 계획을 실행할 수 있도록 핍스를 따돌리려 한 걸까? 만약 그렇다면 아렌트의 할아버지가 이 모든 사건을 꾸미고 지휘하고 있다는 걸 암시하는 게 아닐까?

"만약 올드 톰이 정말로 악마라면 우리는 어떻게 해야 할까요?" 사라가 물었다.

"모르겠습니다, 그건 제 영역 밖의 일입니다. 하지만 악마를 추방하는 일에 정통한 신교 목사가 왜 살해되었는지 설명해 줄 것입니다."

"우리에게는 아직 이사벨이 있어요." 사라가 말했다. "그녀는 데몬로지카를 공부했고 악마를 추방하는 일에 샌더 목사만큼 열정적인 사명감을 가진 사람이에요."

"이사벨의 능력이 충분하기를 기대해야겠군요." 새미가 중얼거렸다.

"우리가 어떻게 수사를 진행해야 할지 알려 주게." 아렌트가 새미에게 요청했다.

사라가 듣기에 아렌트의 말투에 담긴 존경심은 어쩐지 이상했다. 평소 그는 매우 솔직한 성격이었고 길이 보이든 안 보이든 앞으로 나아가는 사람이었다. 사라는 아렌트의 그런 추진력을 존중했다. 하지만 새미에게 말을 걸 때 아렌트는 스스로는 생각할 수도 없고 앞으로 나아갈 길을 찾을 수도 없는 사람 같았다.

도대체 왜? 아렌트는 핍스가 감옥에 갇혀 있는 동안에도 올드 톰에 대해 새로운 사실을 밝혀냈다. 평생 누군가를 존중한 적이 없었던 그

녀의 남편도 아렌트를 존중했다. 아렌트는 그의 할아버지가 다섯 명
의 아들들을 제쳐 두고 선택한 후계자였다.

사라는 아렌트의 옆에 서 있는 작은 인물을 살펴보았다. 그는 너무
말을 빨리 해서 입에서 단어들이 쏟아져 나오는 것 같았다. 새미 핍스
곁에서 현명함을 드러내는 건 틀림없이 힘든 일일 거라고 그녀는 생
각했다. 이 남자들은 5년 동안 함께 일했다. 아렌트는 그 과정에서 여
러 번 기적 같은 새미의 재능을 목격했다. 사라는 아렌트가 왜 자신을
무능하다고 착각하고 있는지 알 수 있었다.

"세 번째 불경스러운 기적이 일어나기 전에 보즈를 추적해서 이 이
상한 사건들에 이어질 그의 다음 계획을 우리에게 드러내도록 해야
하네. 이제 우리의 유일한 목표는 살인을 막는 것이야."

56

별빛 아래에서 선원들은 마지막 시신을 중간 갑판까지 운반해 삼베 자루에 나란히 눕혔다. 조문객은 거의 없었다. 동인도 선박에서 죽은 사람들은 불운했다. 불침번을 서는 모든 선원들은 고개를 돌렸다. 돛 만드는 일꾼은 눈을 감은 채 자루를 꿰맸고, 크로웰스 선장과 아이작 라르메도 시신들을 외면하며 바다만 바라보았다.

샌더 목사가 죽은 후 이사벨은 많은 일을 떠맡았고 죽은 사람들을 위해 기도했다. 사라, 크리지, 리아는 고개를 숙이고 묵념을 했다. 모든 것이 끝나자 크로웰스 선장은 선원들에게 고개를 끄덕였고, 선원들은 시신을 하나씩 들어 올려 물보라를 일으키는 바다 속으로 던졌다.

장례식은 시작된 지 5분 만에 끝났다.

미련은 없었다. 그들 모두가 이 항해가 끝나기 전에 더 많은 장례식이 있을 거라는 걸 알고 있었다.

57

보즈가 지휘실에서 다른 승객들과 식사를 하고 있을 때 아렌트는 보즈의 객실로 살금살금 들어갔다. 그 객실은 주인을 완벽하게 반영하는 공간이었다. 어떤 장식도, 어떤 사치품도 없었다. 책상 위에는 쟁반에 받친 양초, 깃펜 그리고 잉크병이 놓여 있었다. 벽에 세워진 선반에는 두루마리가 가득했다.

아렌트는 보즈가 도둑에다가 악마이기까지 한 건지 확신하지 못했지만, 보즈의 객실은 어떤 종류의 악마와도 무관해 보였다. 그 방은 강박관념과 질서를 보여 주었고 열심히 일해서 성취하려는 야심을 드러내고 있었다.

책상은 장부와 세 장의 서류를 제외하고는 깔끔했다. 아렌트는 그 서류가 사라, 리아 그리고 얀 하안 총독의 객실을 배정하는 승선 영수증임을 확인했다. 사라의 객실은 달바인 자작 부인의 객실과 바뀌어 있었다. 장부에는 얀 하안 총독의 재산과 거래 규모를 보여 주는 수익과 비용들이 나열되어 있었다.

서류에서 눈을 뗀 아렌트는 마루와 벽을 두드려 새미가 이야기한 대로 비밀 공간이 있는지 살펴보았다. 두루마리 상자도 들추어 보았다. 하지만 포세이돈의 부품들은 이곳에 숨겨져 있지 않았다. 비밀 공간도 없었다.

객실을 빠져나올 때 아렌트는 복도 반대편에서 이상한 소리를 들었다. '쉿' 하는 소리 같았다. 쉿쉿, 그리고 침묵, 그리고 다시 들려오는 쉿쉿 소리.

"달바인 부인." 아렌트가 문 앞에서 그녀를 불렀다.

"몇 번이나 당신들에게 나를 내버려 두라고 말해야 하나요?" 힘없이 대답하는 여성의 목소리가 들렸다.

"이상한 소리가 들려서 말입니다."

"그만 좀 엿들어요." 그녀가 신경질적으로 대답했다.

아렌트는 사르담호에서 일어나는 이상한 일들을 사소하게 여길 수 없었다. 그는 이 소리의 정체를 알아내고 싶었다. 하지만 지금은 보즈를 감시해야 한다는 사실을 알고 있었다. 선미 갑판으로 돌아온 아렌트는 주 돛대 근처의 그늘에 몸을 숨기고 시종장이 저녁 식사를 마칠 때까지 기다렸다.

아렌트는 기다릴 줄 알았다. 그가 새미를 위해 한 일 중 거의 절반은 '기다리는 것'이었다. 아렌트는 호주머니에 손을 넣고 이제는 익숙해진 아버지 묵주의 나무 구슬을 만지작거리며 어떻게 이 물건이 가축우리에 있을 수 있는지 상상하려고 애썼다.

자신이 모르는 사이에 할아버지가 몰래 이 배에 승선하는 것 외에는 다른 가능성이 떠오르지 않았다.

그는 마음속에서 오래된 온기를 느꼈다.

그렇게도 듣기 싫었던 할아버지의 충고를 지금이라면 받아들일 수 있을 것 같았다.

아렌트는 사르담호를 타고 프리지아로 돌아간 적이 있었다. 할아버지의 품을 떠나 오랜 시간이 지난 후였다. 그의 할아버지는 많이 늙어 있었지만 예전보다 훨씬 더 아렌트의 선택을 존중해 주었다.

그들은 이틀 동안 많은 이야기를 나누고 다시 만날 날을 기약하며 헤어졌다. 아렌트는 문득 할아버지가 그리워졌다.

저녁 식사가 끝나자 고급 객실 승객들이 갑판으로 나왔다. 사라와 리아가 먼저 나란히 모습을 드러냈다. 보즈는 크리지의 손을 잡고 있었다. 그녀는 보즈와 함께 있는 것이 즐거운지 환하게 웃고 있었다.

고급 객실 입구에서 크리지와 헤어진 후 보즈는 표정과 자세를 고치고 계단을 내려갔다. 그는 슬그머니 갑판을 돌아보며 미행이 있는지 살펴보았다. 아렌트는 어둠 속에서 여전히 몸을 숨기고 있었다.

보즈는 쏜살같이 갑판 아래로 사라졌다.

아렌트는 조심스럽게 보즈를 뒤쫓으며 화물칸으로 이어지는 계단을 내려갔다.

아래쪽에서 물이 찰랑거리는 소리가 들렸다.

보즈는 주머니에서 양초와 부싯돌을 꺼내 촛불을 켰다. 보즈는 치밀한 성격이었고 아렌트는 추적을 발각당하지 않기 위해 어둠 속에서 움직여야 했다.

계단 아래쪽 화물칸은 폭풍 이후 보수 작업이 거의 완료돼, 화물 상자들이 다시 쌓아져 있었다. 대부분의 오수를 배수펌프로 퍼냈지만, 폭풍 전보다 고인 물의 양이 늘어난 상태였고 죽은 쥐들이 수면에 떠 있었다.

고맙게도 보즈는 조심스럽게 움직였다. 그는 어두운 지하 화물칸에서 돌아다니는 걸 싫어했다. 물방울 소리와 찍찍거리는 쥐 울음소리에 보즈는 걸음을 멈추고 주위를 살폈다.

아렌트에게는 모든 통로가 비슷해 보였지만, 보즈는 어렵지 않게 찾고 있던 것을 발견했다. 보즈는 오수 속에서 몸을 웅크린 채 단검의 자루로 화물 상자 하나를 두드리고 거기서 나오는 소리에 귀를 기울였다.

원하던 소리가 들리자 보즈는 입을 손으로 가린 채 안도의 한숨을 내쉬었다.

보즈가 단검으로 화물 상자의 뚜껑을 여는 동안, 아렌트는 상자의 내용물을 엿보기 위해 은밀하게 앞으로 나아갔다.

갑자기 보즈가 눈살을 찌푸리며 하던 일을 멈췄다.

그는 귀를 쫑긋 세우고 단검을 칼집에 넣은 다음, 촛불을 들고 모퉁이를 돌아 사라졌다.

아렌트는 보즈를 뒤쫓으려 했지만 생각을 바꾸고는 보즈가 찾아낸 화물 상자 쪽으로 더듬더듬 발걸음을 옮겼다. 아렌트가 해야 할 일은 보즈가 돌아오기 전에 포세이돈의 부품을 회수해서 갑판으로 올라가는 것이었다.

삼촌에게 보즈가 범인이라는 증거를 제시하면 화약고 문지기는 혐의를 벗게 될 것이다. 드레히트가 보즈를 체포할 터였다.

아렌트의 손가락이 화물 상자의 가장자리에 닿았다.

화물 상자 안으로 손을 넣은 아렌트는 자신이 속았음을 깨달았고 뒤에서 작은 소음이 들려왔다.

몸을 돌리려는 순간, 뭔가가 아렌트의 머리를 강타했다. 그는 정신을 잃고 쓰러졌다.

58

아렌트는 고통을 느끼며 서서히 깨어났다. 장소는 여전히 화물칸이었지만 입에는 재갈이 물려 있고 몸은 기둥에 묶여 있었다.

그는 몸부림쳤지만 너무 단단하게 결박돼 있었다.

보즈는 아렌트의 옆에서 몸을 세운 채 기둥에 올드 톰의 상징을 새기고 있었다. 그는 이미 꼬리 달린 눈 세 개를 완성했지만 이번 것이 더 정교했다.

아렌트는 묶인 밧줄을 풀려고 다시 몸을 꿈틀거렸다. 이번에도 실패하자 그는 목을 길게 내밀어서 보즈의 귀를 물어뜯을 순 없을까 생각했다.

꿈틀거리는 소리를 들은 보즈는 고개를 돌려 아렌트를 바라보았다. 평소 무표정하던 보즈의 얼굴에 긴장감이 묻어났다.

보즈는 아렌트의 목에 단검을 들이댔다.

"우리가 대화를 할 수 있도록 재갈을 풀어 주지." 보즈가 속삭이듯 말했다. "도움을 요청하려고 소리를 지르면 목을 베어 버리겠어, 알 겠나?"

아렌트는 고개를 끄덕였다.

보즈가 재갈을 내리자 아렌트의 수염이 삐져나왔다.

"몰래 내 뒤로 접근할 수 있는 사람은 많지 않은데." 아렌트가 말했 다. "솜씨가 좋군, 감명받았소."

"총독의 시중을 들면서 눈에 띄지 않게 움직이는 법을 배웠지."

"도둑에게 좋은 재주로군."

보즈의 눈이 살짝 커졌다가 다시 가늘어졌다. 그는 긴장을 풀었다.

"도둑? 그럼 당신은 알고 있었군." 보즈가 말했다. "좋아, 그렇다 면 이야기가 빠르겠지. 또 누가 알고 있나? 누가 위에서 날 기다리 고 있지?"

"모두가." 아렌트가 말했다. "모두가 알고 있소."

"그래도 자네는 지금 혼자지." 보즈가 위쪽으로 귀를 기울이며 말 했다. "발소리도 들리지 않고 사람들이 떠드는 소리도 들리지 않는 군. 다른 누군가가 이 아래 화물칸에서 움직이는 소리도 들리지 않 아." 보즈의 얼굴에 희미한 미소가 번졌다. "틀림없이 자네는 혼자 내려왔어. 작고 힘없는 나를 보면서 위협이 되지 않는다고 생각했겠 지." 보즈는 아렌트에게 단검을 들이댔다. "물론 자네만 그런 건 아 니야. 총독의 시종장이 되려면 경쟁자들을 따돌리고 진흙탕 싸움에 서 이겨야 해."

"하지만 이제 당신은 포세이돈을 갖고 있소. 이제 더 이상 총독의 시종장이 될 필요가 없게 되었소."

"포세이돈? 그래서 나를 미행한 건가?" 보즈는 어리둥절한 표정을 짓다가 갑자기 웃음을 터뜨렸다. 그건 아렌트가 처음 듣는 부자연스러운 웃음소리였다. "오, 가엾은 아렌트. 운명의 여신은 자네를 사랑하지 않는군, 그렇지 않나? 나는 포세이돈을 훔치지 않았네. 하지만 내가 그걸 훔칠 수 있다고 생각한 건 영광일세. 나는 범인이 맞지만 다른 범죄를 저지른 범인이야."

긴장이 풀린 보즈는 아렌트의 입에 다시 재갈을 물리고 기둥에 올드 톰의 상징을 새기는 작업을 재개했다.

"이상하게 들릴지 모르지만 나는 이 상징을 새기는 일이 즐겁네." 보즈가 중얼거렸다. "시종 일은 속마음을 숨기고 못난 척해야 하지만, 나는 항상 내 미래에 대해 야심을 품고 있었지. 나는 영원히 총독의 애완견으로 살아가는 것에 결코 만족하지 않네. 드디어 내 속마음을 털어놓을 수 있어 시원하군."

멀리서 촛불이 나타났다. 작은 빛이 점점 커지고 있었다.

하지만 보즈는 단검으로 올드 톰의 상징을 새기는 일에 정신을 쏟고 있었다. "두려워하지 말게. 나는 그 악마의 변덕에 굴복하지 않았어. 그게 아렌트, 자네 생각이라면 말이야. 사람들이 엄청난 두려움을 느낄 때 좋은 점은 아무도 그 너머를 보려 하지 않는다는 거야. 그 두려움은 모든 이성을 마비시키지. 나는 자네 가슴에도 이 상징을 새겨 넣을 걸세. 그러면 사람들은 악마가 자네를 죽였다고 믿게 되겠지. 그들은 의문을 제기할 생각도 하지 못할 걸세. 오히려 그걸 믿고 싶어 할 테지. 사람들은 진실보다는 자극적인 이야기를 더 좋아하니까."

촛불이 가까이 다가오자 어둠 속에서 누더기가 드러났고 피 묻은 붕대로 얼굴을 감싼 문둥병자가 보였다. 문둥병자는 보즈의 등 뒤로 접근했다. 보즈는 자기 이야기에 도취돼 문둥병자가 다가오고 있음을 눈치채지 못했다. "자네도 알다시피, 올드 톰이 내게 속삭였네. 총독의 침대 밑에 단검을 놓아두겠다고 제안을 하더군." 보즈는 상념에 빠져들고 있었다. "솔직히 그 제안에 혹한 건 사실이네만, 내게는 내 나름대로의 계획이 있지." 보즈는 기둥에 단검을 힘껏 꽂은 다음 한숨을 쉬었다. "크리지는 결국 나의 청혼을 받아들일 걸세. 그건 시간 문제일 뿐이지."

이제 문둥병자는 보즈로부터 두 걸음 뒤에 있었다. 아렌트는 몸을 뒤틀고 머리를 흔들며 경고의 소리를 지르려 했지만 재갈 때문에 제대로 소리가 나오지 않았다.

아렌트가 몸부림을 치자 보즈는 짜증이 난 듯 이맛살을 찌푸렸다. "이봐, 진정하라고. 마지막으로 남길 말이 있으면 해 보게."

한 걸음. 아렌트는 몸부림을 멈추고 보즈가 재갈을 내리기를 기다렸다.

"당신 뒤에!" 아렌트가 소리쳤다. "당신 뒤에, 이 빌어먹을 멍청아!"

아렌트의 목소리에 놀란 보즈가 몸을 돌리자 문둥병자와 얼굴이 마주쳤다. 붕대 속에서 쉿하는 소리를 내면서 문둥병자는 보즈의 가슴에 단검을 꽂아 비틀었다.

시종장의 헉 하는 소리가 화물칸에 메아리쳤다. 그의 몸이 축 늘어지자 문둥병자는 천천히 단검을 뽑아냈고 보즈는 바닥으로 쓰러졌다.

문둥병자는 보즈의 몸 위로 발을 딛고 올라서서 피 묻은 붕대 속의 눈동자로 아렌트의 얼굴을 응시했다. 두엄 썩은 냄새가 아렌트의 코를 찔렀다.

문둥병자의 단검에서 보즈의 피가 뚝뚝 흘러내렸다. 그 단검은 거칠게 조각된 나무 손잡이와 금방이라도 부러질 것처럼 보이는 이상하게 얇은 칼날로 이루어져 있었다.

문둥병자는 칼날을 아렌트의 뺨에 대었다.

칼날이 뺨을 타고 내려와 목을 거쳐 아렌트의 배를 가로지르고 있었다. 붕대로 칭칭 감고 있기는 했어도 거친 숨소리가 들려왔다. 죽은 사람은 숨을 쉬지 않아, 아렌트가 생각했다.

단검이 그의 배를 찌르려다가 갑자기 멈추었다. 문둥병자가 코를 킁킁거렸다. 그리고 뭔가에 놀란 것처럼 한 손을 아렌트의 호주머니로 집어넣어 천천히 묵주를 꺼냈다. 문둥병자는 머리를 갸우뚱거렸고, 아렌트와 사라가 얼마 전에 들었던 이상한 동물의 으르렁거리는 소리를 내면서 구슬들을 매혹된 눈빛으로 응시했다.

잠시 동안 문둥병자는 아렌트를 바라보았다.

훗, 문둥병자가 촛불을 끄고 사라졌다.

59

사라는 아렌트가 객실 문을 노크하기를 기다릴 필요가 없었다. 비틀거리는 아렌트의 발소리가 복도에 울려 퍼졌고 리아, 도로테아, 크리지, 이사벨을 위해 연주하던 하프 소리가 멈췄다.

사라가 문을 열었을 때 아렌트는 무거운 자루를 어깨에 메고 있었다. 이마와 팔뚝의 꿰맨 상처에서 피가 흘러내렸고 손목 살갗이 심하게 벗겨져 있었다. 어떻게 이곳까지 몸을 이끌고 올라왔는지 상상할 수 없을 정도로 초췌한 몰골을 하고 있었다.

포도주를 마시던 다른 여성들도 깜짝 놀라서 사라와 함께 복도로 나왔다.

그들 앞에 도착한 아렌트는 자루를 바닥에 떨어뜨렸다.

"새미의 생각이 옳았습니다." 아렌트가 쉰 목소리로 말했다.

"보즈가 범인이었나요?" 사라가 물었다.

"네."

"이게 포세이돈인가요?" 크리지가 자루를 바라보며 물었다.

"아니요." 아렌트가 말했다. "그건 새미가 틀렸습니다. 보즈는 포세이돈을 훔치지 않았습니다. 대신 이것을 훔쳤지요." 아렌트가 자루를 걷어차자 은쟁반과 성배, 다이아몬드, 금은보화가 쏟아져 나왔다.

크리지는 반짝이는 보석들을 바라보았다.

"보즈는 나에게 부자가 될 거라고 말했어요." 크리지가 무릎을 꿇고 탐욕스럽게 말했다. "이건 보즈가 말한 보물이 틀림없어요."

"엄청난 양이군요." 사라가 놀라며 말했다. "보즈는 이 모든 보물을 어디서 얻었을까요?"

"말하기도 전에 문둥병자가 그를 죽였습니다."

"문둥병자? 당신이 문둥병자를 봤어요?"

"그자가 제 생명을 구했습니다." 아렌트가 몸을 벽에 기대며 말했다. "분명 문둥병자는 저를 죽이려 했어요. 그런데 갑자기 제 호주머니에 있는 아버지의 묵주를 빼앗더니 사라졌습니다. 그래서 저는 결박을 풀고 화물칸에서 빠져나올 수 있었습니다."

"보즈가 죽었다고요?" 순간적으로 충격을 받은 크리지가 말했다. "이럴 수가!"

리아가 크리지를 위로하는 동안 사라는 아렌트의 가슴에 손을 얹었다. 얇은 셔츠 사이로 펄펄 끓는 체온을 느낄 수 있었다.

"당신에겐 안정이 필요해요, 아렌트. 몸에 열이 심해요." 사라가 말했다.

"이 보석들은 저보다 더 오래되었네요." 손가락에 반지를 끼우면서 도로테아가 즐겁게 말했다. "이거 저한테 잘 맞죠, 안 그래요?"

그녀는 사라에게 손가락을 내밀었다.

"잠깐만." 도로테아가 손가락에 낀 반지를 잡아당기며 사라가 말했다. "나는 이 문장紋章을 알아. 아버지께서는 어릴 적 내게 지체 높은 귀족들의 이름과 족보를 알려 주셨어. 이건 딕스마 가문의 문장이야."

"헥터 딕스마는 올드 톰이 지배한 사람들 중 한 명이었어." 크리지가 놀라며 대답했다. "그리고 내가 총독의 선실에서 보았던 명단에 포함되어 있었어."

"맞아, 데몬로지카에서 헥터 딕스마에 대해 읽은 기억이 나." 정확한 구절을 기억하려고 애쓰며 사라가 말했다.

"헥터 딕스마는 프로방스에서 부유한 무역가의 둘째 아들이었어요." 이사벨이 말했다. "샌더 목사님은 제게 모든 페이지를 다 외울 수 있을 때까지 데몬로지카를 공부하도록 시켰어요. 헥터 딕스마는 1609년, 올드 톰에게 영혼을 팔았어요. 인근 마을에서 몇 달 동안 처녀들이 실종되었고, 피터는 그들이 모두 헥터 딕스마의 집에 갇혀 있다는 사실을 알게 되었어요. 피터는 처녀들을 풀어 주러 갔지만 그들은 이미 도살당한 뒤였어요. 피터는 올드 톰과 싸우고 헥터의 몸을 정화시키려 했지만, 헥터는 화형당하기 직전에 프로방스에서 도망쳤어요."

"헥터에게 무슨 일이 생겼는지 데몬로지카에 적혀 있어?"

"아니요." 이사벨이 말했다. "하지만 이것이 헥터 딕스마의 보물이라면 보즈가 실제로 헥터였을지도 몰라요. 가문이 몰락할 때 남은 재산을 갖고 달아났을 수도 있어요."

"아니면 보즈가 올드 톰이었을지도 모르지." 크리지가 추측했다. "그럴 수도 있지 않을까?"

"저는 보즈가 화물 상자 위에 올드 톰의 상징을 새기는 걸 목격했습니다." 아렌트가 말했다. 다른 사람들은 그의 말을 거의 이해할 수 없었다. 그는 열이 높아 횡설수설하는 것으로 보였다. "하지만 보즈는 자신이 악마라는 걸 부인했습니다. 그는 두려움이 범죄를 감추기 위한 훌륭한 은폐 수단이라고 말했습니다."

"저를 따라오세요, 아렌트." 사라가 걱정하며 말했다. "당신을 침대로 데려가야겠어요."

"저는 먼저 새미를 만나 보겠습니다. 누가 제 삼촌께 보즈에 대해 말해 주시겠습니까? 그분이 보즈가 포세이돈을 훔쳤다고 믿게 하십시오. 저는 또 다른 무고한 사람이 채찍질을 당하는 걸 원치 않습니다."

아렌트가 비틀거리며 밖으로 나가자 사라는 그를 쫓아 달려갔다. 그는 똑바로 서지 못하고 벽에 기대어 균형을 잡아야 했다.

"괜찮겠어요?" 사라가 물었다.

"긴 하루였고 많은 사람들이 저를 죽이려고 했습니다." 아렌트가 희미하게 웃으며 대답했다. "보즈는 올드 톰일 수도 있고 아닐 수도 있습니다. 이 악마는 존재할 수도 있고 그렇지 않을 수도 있습니다. 이제 살해된 신교 목사의 예언에 따르면 모든 사람이 학살당하는 불경스러운 기적이 나타날 겁니다. 가장 안타까운 사실은 이 아비규환 속에서 사건을 해결할 수 있는 유일한 사람이 제 할아버지로부터 억울한 누명을 쓰고 감옥 속에 갇혀 있다는 것입니다. 그리고 제가 그 사람을 돕기 위해 할 수 있는 일은 아무것도 없습니다."

그 말과 함께 아렌트는 정신을 잃고 쓰러졌다.

총독은 선실 문을 세 번 두드리는 소리에 하던 일을 멈췄다.

"들어오게, 드레히트." 문을 두드리는 모양새만으로 상대가 누군지 파악한 총독이 말했다.

화약고에서 포세이돈이 사라지고 2주가 지나자, 총독은 수염도 깍지 않고 수척해졌다. 깊고 어두운 그림자가 눈 밑에 깔려 있었고, 바타비아에서도 홀쭉했던 그의 몸은 뼈만 남은 시체처럼 변했다.

총독은 촛불을 켠 채 올드 톰이 지배하고 있던 사람들의 목록과 승객 명단을 비교하고 있었다. 배 안에 있는 누군가가 오래된 빚을 요구하고 있었다. 올드 톰의 상징은 총독의 과거가 현재를 삼켰다는 걸 알리기 위해 돛에 새겨졌고, 이제 그의 미래를 휘감고 있었다. 총독은 그런 일이 일어나기 전에 아렌트가 올드 톰에게 칼을 들이댈 거라고 믿었지만 아렌트에게 충분한 정보를 주지 않았다. 아렌트는 강하고 영리했지만 눈을 가리고 싸울 수는 없었다.

얀 하안은 후회를 하지 않는 사람이었지만 지금까지 아렌트에게 거짓말을 한 것이 후회스러웠다. 과거는 오염된 땅이라고 캐스퍼 반 덴 버그가 그에게 가르쳐 주었다. 하느님께서 모든 사람의 길을 정하셨으니 길을 가다가 넘어지고 다치고 짓밟히는 걸 걱정한들 무슨 소용이 있겠는가?

총독은 그 말을 믿었지만 지금이라도 아렌트에게 숲과 그의 아버지, 그리고 성사된 거래에 대한 진실을 말해 주고 싶었다. 그렇게 되면 아렌트는 이 배를 위협하는 자가 누구인지 분명히 알게 될 터였다. 하지만 그 비밀은 너무 오랫동안 묻혀 있었다. 아무리 애써 보아도 얀 하안은 그 비밀을 털어놓을 수 없었다.

그리고 이제 올드 톰이 포세이돈를 빼앗아 갔다.

얀 하안이 신사 17인회의 일원이 되려면 그들에게 포세이돈을 전달해야 했다. 그것이 그들이 얀 하안을 싫어하지 않는 유일한 이유였다. 그는 빈손으로 암스테르담으로 돌아갈 수 없었다.

총독은 화약고 문지기가 악마와 거래를 했는지 확신하지 못했다. 하지만 그건 상관없었다. 문제는 공포였다. 공포는 전염성이 있었다. 선원들은 화약고 문지기가 채찍질당하는 걸 지켜보았고 얼마 후 자신도 그렇게 되리라는 걸 알고 있었다. 사악한 마음을 가진 그들 중 한 명은 총독이 필요로 하는 정보를 가지고 있을 터였다. 피를 흘린 후, 그들은 그 정보를 총독에게 털어놓을 것이다.

잠시 동안 총독은 승객 명단과 악마에게 사로잡힌 사람들의 목록을 응시했다. 올드 톰은 이 배에 탔고 항상 흥정을 했다. 총독은 무엇을 가지고 그 악마를 유혹할 것인지 고민해야만 했다.

드레히트는 무거운 자루를 질질 끌며 총독의 선실로 들어갔다. 자루에서 빠져나온 보물이 바닥을 굴러 총독의 발치에 떨어졌다. 총독은 보물을 들어 올려 불빛에 비추었다.

"헥터 딕스마." 총독이 중얼거렸다.

"그걸 아십니까, 각하?"

"오래전 일이지. 이 보물을 어디서 구했나?"

드레히트 경비 대장은 자세를 바로하고 칼자루에 손을 얹었다. 이는 그가 나쁜 소식을 전하기 전에 항상 취하던 자세였다. "각하의 조카인 아렌트가 보즈 시종장에게 그 보물을 되찾았습니다. 아렌트는 보즈가 포세이돈을 훔친 범인임을 확인했고 보즈는 아렌트를 죽이려했습니다." 드레히트는 가슴을 부풀렸다. "보즈는 죽었습니다, 각하. 문둥병자에 의해 살해당했습니다."

"아렌트는 어떻게 되었나?" 총독이 걱정스러운 듯 물었다.

"열병에 걸려 있습니다, 각하." 드레히트의 얼굴이 턱수염 밑에서 씰룩거렸다. "치료를 받고 있습니다."

총독은 의자에 기대어 앉았다. "보즈, 불쌍한 녀석. 야망은 아무나 가질 수 있는 게 아니지. 욕심이 그를 짓밟은 것 같군." 총독은 고개를 가로저었다. "그래도 보즈는 유능한 시종장이었어." 그것으로 추도사는 끝났고 총독의 생각은 이미 다른 곳으로 향했다.

"포세이돈도 되찾았나?"

"아닙니다."

얀 하안의 얼굴이 일그러졌다. "보즈가 어떻게 그걸 훔쳤지?"

"세 개의 부품을 세 개의 빈 화약통에 숨겼고, 전투 준비 명령이 내려졌을 때 공범들에게 그걸 빼돌리도록 시켰습니다."

"세 개?" 총독이 중얼거렸다. 오래전에 올드 톰을 소환할 때에도 세 개가 필요했다. 이건 우연일 리가 없었다. "공범들이 보즈에게 등을 돌린 게 틀림없어. 공범들을 잡았나?"

"아직 못 잡았습니다."

"그러면 매일 선원 두 명을 주 돛대에 묶고 채찍질하게. 나는 반드시 포세이돈을 찾아내고 말겠어." 총독은 주먹으로 탁자를 쾅 쳤다.

보즈가 그를 배신했다. 정말 배신이 그렇게 간단할 수 있을까? 총독은 자비야말로 자신이 받을 수 있는 가장 심각한 상처라고 믿었다. 자비는 치유되지 않는 유일한 상처였기 때문이다. 프로방스에서의 자비가 그에게 이 모든 일을 초래한 것일까?

총독은 선실 창문으로 보름달을 바라보았다.

"올드 톰." 하늘에 떠 있는 악마의 얼굴을 본 듯 총독이 중얼거렸다. "우리는 더 조심했어야 했어." 그는 특별히 어느 누구에게랄 것도 없이 말했다. "그렇게 강력한 존재가 결국 우리에게 문제를 일으킬 거라는 사실을 알았어야 했어. 조만간 누군가가 우리를 처단하기 위해 그 악마를 소환할 거야."

총독의 시선이 수년간 악마가 지배했던 사람들의 이름으로 향했다.

바스티안 보즈
투키히리
길리스 반 더 슐렌
헥터 딕스마
에밀리 드 하빌랜드

"누구일까?" 그 이름들을 승객 명단과 비교하면서 총독이 중얼거렸다. "어디 숨어 있는가, 이 악마는?"

갑자기 총독의 눈이 놀라 휘둥그레졌고 특정한 글자에 집중되었다. 2주 동안 총독은 두 문서를 비교하면서 자신에게 필요한 정보를 찾아내려 했지만 실패했다. 어떻게 그가 이렇게 분명한 사실을 놓쳤던 것일까?

"이건 포세이돈 때문에 벌어진 일이 아니었어." 총독이 휘청하며 중얼거렸다. 그의 얼굴은 창백해져 있었다. 그는 떨리는 손으로 눈을 비비며 경비 대장을 올려다보았다. "드레히트, 나는 객실로 가야겠네."

밖에서는 비가 세차게 갑판을 두드리고 있었다. 배가 불안한 굉음을 냈다. 폭풍우가 몰아친 이후로 사르담호는 예전 같지 않았다. 삐걱거리는 소리가 비명처럼 들리고, 쇠사슬이 거미줄처럼 흔들렸다.

이 배의 견고함은 환상에 지나지 않았다. 그들은 목재와 못에 몸을 맡기고 바다에 뛰어들었다. 그들의 용기가 그들을 안전하게 해 줄 거라고 믿었다. 하지만 올드 톰은 그들이 얼마나 어리석었는지를 보여 주었다.

비는 총독의 긴 코를 적시고 뾰족한 턱으로 흘러내렸다. 총독의 눈꺼풀이 파르르 떨렸다. 경비 대장은 뒤에서 따라오고 있었다.

"여기서 기다리게." 고급 객실로 들어가는 출입구에 다다랐을 때 총독이 말했다.

"각하, 저는—"

"여기서 기다려! 필요하면 자네를 부르겠네."

드레히트는 빨간색 출입문 옆에 자리를 잡고 에거트와 불안한 표정을 교환하며 입술을 꽉 다물었다. 총독은 흉갑이 튼튼한지 확인하고 안으로 들어가서 출입문을 닫았다. 드레히트는 재빨리 칼집을 틈새로 끼워 넣어 출입문이 완전히 닫히는 걸 막았다. 그래야 안에서 무슨 일이 일어나고 있는지 직접 볼 수는 없더라도 소리로라도 들을 수 있을 터였다.

총독은 6호실 방문을 두드렸다.

아무 대답도 없었다.

총독은 다시 노크를 하고 나서 목을 가다듬었다. "나는 얀 하안이오." 총독이 양탄자를 파는 사람처럼 차분한 어조로 말했다. "귀하께서 나를 기다리셨다는 걸 알고 있소."

문이 삐걱 열리면서 구석에 앉은 누군가의 모습이 보였다. 촛불의 광채 뒤에 앉아 있었지만 총독이 객실로 들어서자 긴 손가락으로 촛불을 밀어내며 얼굴을 드러냈다.

"아." 총독이 슬프게 말했다. "역시 그런 것이었군."

그의 뒤로 문이 쾅 닫혔다.

어두운 바다 속에서 여덟 번째 불빛이 눈을 떴다.

61

객실 출입문을 지키고 있던 드레히트는 배 우현에서 나타난 여덟 번째 불빛을 바라보았다. 그의 마음속에서는 절망감이 커지고 있었다. 그는 예전에도 전투에서 진 적이 있었다. 하지만 적의 규모, 의도, 항복 조건을 이해하지 못한 적은 단 한 번도 없었다.

마음대로 나타났다가 사라지는 적으로부터 어떻게 그가 총독을 보호할 수 있을까? 소리 없이 말하고, 멀리 떨어진 곳에서 가축을 도살하고, 흔적도 남기지 않고 잠긴 방에서 물건들을 꺼낼 수 있는 적으로부터 총독을 보호하는 건 불가능에 가까웠다.

아이작 라르메는 계단을 덜컹거리며 올라와서 빨간색 출입문을 통해 고급 객실로 들어갔고, 몇 분 후에 크로웰스 선장과 함께 나타났다. 선장은 잠들었던 게 분명했다. 그게 아니라면 그토록 허술한 옷차림을 하고 있을 리가 없었다. 드레히트가 의복을 제대로 갖춰 입지 않은 선장의 모습을 본 것은 이번이 처음이었다.

그들 두 사람은 몇 걸음 떨어진 선미루로 갔다.

"우리도 우리 위치를 모르는데 저 빌어먹을 불빛은 어떻게 우리를 찾아냈을까?" 크로웰스가 여덟 번째 불빛을 응시하며 저주하듯 말했다.

"총독은 저 불빛이 다시 나타나면 대포를 발사하라고 지시했어요." 아이작 라르메가 대답했다.

"저 불빛은 너무 멀고, 심지어 풍력계를 갖고 있을지도 몰라." 크로웰스가 그 배 위에 휘날리는 깃발을 노려보며 짜증스럽게 말했다. "그렇지 않다고 해도 우리의 돛은 여전히 너덜너덜한 까닭에 제대로 기동을 할 수가 없어. 그건 우리가 제대로 싸울 수 없다는 뜻이지. 우리가 무엇과 싸움을 하고 있는지조차 확신할 수 없어."

"선장, 명령을 내리세요."

"모두 무장을 하고 갑판에 올라가서 대기하라고 전해." 선장이 말했다. "당분간 우리는 상황을 지켜볼 것이다."

두 시간 후 얀 하안 총독은 객실에서 나와 조용히 자신의 선실로 돌아왔다. 드레히트 경비 대장은 평소와 다름없이 문밖에서 파이프 담배를 입에 물고 경호를 했다. 몇 분 후 총독의 울음소리가 문틈으로 새어 나왔다.

62

그날 밤과 그 다음 날 밤에도 여덟 번째 불빛이 나타났지만 두 번 모두 날이 밝기 전에 사라졌다.

그 후 이틀에 걸쳐 돛은 수리되었고, 사르담호는 바다를 항해할 수 있게 되었다. 크로웰스는 방향을 잡기 위해 가능한 한 가장 넓은 해역을 원호를 그리며 항해하라고 명령했다.

희망이 있어야 하는 곳에는 새로운 공포만이 있을 뿐이었다.

바타비아를 떠난 순간부터 그들은 저주받았고 이제 모든 사람들은 다음에 어떤 재앙이 들이닥칠지 두려워하고 있었다. 총독은 나오기를 거부하며 선실에 틀어박혀 있었다. 아렌트는 열병으로 병실에 누워 있었다. 보즈는 죽었다. 신교 목사도 죽었다. 문둥병자는 화물칸을 자유롭게 배회하고, 사르담호는 가까스로 바다 위에 떠 있었다. 매일 밤 올드 톰은 불경스러운 기적을 선원들에게 속삭였다. 두

가지는 실현되었고 한 가지는 남아 있었다. 올드 톰과 거래하지 않은 사람들은 악마의 추종자들에 의해 살해될 터였다. 그것이 올드 톰의 약속이었다.

대부분의 사람들은 속삭이는 목소리의 유혹에 압도당했다. 다른 사람이 흘린 피의 대가로 안전하게 항해하는 건 너무나 좋은 거래였다. 동인도회사에서 받은 것보다 확실히 더 나은 보상이었다.

매일 아침 더 많은 부적들이 삭구 연결 고리에 매달려 있었다. 그 부적들은 바람에 나부끼고 버려졌다. 부적들은 더 이상 아무 소용도 없었다. 이미 선원들은 막아야 할 악마와 악수를 하고 있었다.

63

아렌트는 병실 침대에서 몸을 뒤척이며 신음했다. 사라는 그의 가슴 위에 손을 얹고 심장이 격렬하게 뛰는 소리를 들었다.

와이크와의 칼싸움에서 열병에 걸렸는지 아니면 폭풍우 동안 배수펌프에서 일하면서 열병에 걸렸는지는 분명하지 않았지만 아렌트의 생명은 위태로웠다. 사라는 선원들과 머스킷 총병들 사이에 내기가 벌어지고 있다는 소문을 들었다. 그는 승산이 없었다. 아렌트의 모든 힘에도 불구하고, 치료사들은 결투 후에 아렌트와 비슷한 상태로 쓰러진 사람들을 보았고 그것이 무엇을 의미하는지 알고 있었다. 눈에 보이는 상처를 꿰매서 출혈은 멎었지만 보이지 않는 상처는 치유될 수 없었다. 소리 지르기보다는 신음하면서 죽는 사람이 더 많았다.

지난 3일 동안 사라는 아렌트의 체온을 낮추기 위해 할 수 있는 모든 것을 시도했다. 하지만 이제 인내와 기도 외에는 아무것도 남아 있지 않았다.

"배급품을 핍스 탐정에게 보냈어요." 사라가 아렌트를 향해 혼잣말을 했다. "문을 지키고 있는 티먼이라는 총병이 밤에 같이 걷자고 제안해서 운동을 한 것 같아요. 어젯밤에 저는 핍스 탐정과 잠깐 이야기를 나누었어요. 그는 당신을 그리워해요. 여기에 와서 직접 당신을 보살피길 원했어요, 내 남편을 원망하면서요. 저는 그를 설득해서 그만두게 했어요. 당신이 병상에 누워 있는 동안 그가 죽으면 당신이 저를 원망할 거라고 하면서요. 핍스 탐정은 그걸 받아들이기 힘들어했어요. 그는 당신을 매우 그리워해요." 사라는 잠시 울컥한 후 말을 이었다. "그 사람만 그런 게 아닌 것 같아요."

사라는 어떤 반응이 있는지 살펴보며 아렌트의 얼굴을 주시했다. 하지만 아무런 반응도 없었다. "그는 당신이 어둠 속에서 헤매다가 길을 찾았다고 말했어요." 사라는 아렌트의 귀에 입술을 댔다. "당신이 하느님을 불렀지만 그분이 오지 않았다고 했어요. 그는 당신이 아무것도 믿지 않는다고 말했어요. 신도·악마도 성자도 죄인도 없다고 말이에요." 사라는 힘겹게 말을 이었다. "저는 천국이 텅 비어 있다고는 믿지 않아요. 하느님께서 당신을 기다리고 계시지만 저도 당신을 기다리고 있어요." 사라가 떨리는 손을 아렌트의 가슴에 대었다. "나는 여기서 당신을 기다리고 있어요. 악마가 배회하는 암울한 배에서 말이에요. 나 혼자서는 저항할 수 없어요. 일어나서 저를 도와주세요, 아렌트. 당신이 필요해요."

뭔가 무거운 물체가 바다 속으로 풍덩 떨어졌고 놀란 그녀의 손이 아렌트의 가슴에서 멀어졌다.

사라는 창밖을 내다보았다. 바다 표면이 출렁이고 있었지만 무엇이 바다에 떨어졌는지는 알 수 없었다.

바다는 늘 그랬듯 자신의 비밀을 지키고 있었다.

갑자기 그녀의 뒤에서 아렌트가 잔뜩 쉰 목소리로 말했다. "내가 잠을 좀 자려고 하는 걸 사람들이 안 도와주는군요."

64

지휘실의 흔들리는 등불 아래서 사람들은 음식을 무료하게 쿡쿡 찔렀다.

많은 좌석이 비어 있었다. 보즈가 죽은 후 총독은 선실 밖으로 거의 모습을 드러내지 않았다. 그들이 자리를 잡을 때 총독이 드레히트를 부르는 소리를 들었지만 이내 조용해졌다.

경비 대장은 평소와 다름없이 문 밖에 배치되어 있었다. 그의 주변엔 파이프 담배 연기가 자욱했다.

아래 갑판에서 아렌트 헤이즈는 몸을 뒤척였다. 사라 웨셀은 아내의 의무를 다하기 위해 남편을 방문하는 걸 제외하고는 아렌트의 침대 옆에서 시간을 보냈다. 사라는 약초를 태운 연기로 아렌트를 치료하고 있었다.

달바인 자작 부인은 여전히 객실에 은둔해 있었다. 폭풍우가 지나간 후 크로웰스 선장이 그녀의 상태를 확인하려 했지만 사라와 아렌트 때처럼 마찬가지로 완강하게 거절당했다.

그로 인해 크로웰스, 레이니어 반 슈텐, 리아, 크리지, 이사벨이 접시에 음식을 약간 더 담을 수 있었다. 사르담호는 겨우 케이프까지 갈 정도의 물자밖에 적재하지 않았다. 선단의 다른 배들에서 다시 보급받을 수 있을 거라고 생각했지만 폭풍우 이후 사르담호는 혼자였다.

반 슈텐은 모든 사람들에게 식량 배급을 지시했고, 사람들은 빵 한 조각과 물 한 모금으로 버텨야 했다.

사람들 간의 대화는 줄어들었고, 각자 생각의 소용돌이 속으로 빨려 들어간 것처럼 보였다. 심지어 크리지마저 조용했다. 그녀의 반짝이는 유머 감각은 피곤한 얼굴 속에서 완전히 사라졌다.

이사벨은 지휘실 식사에 참석할 수 없었지만 샌더 목사의 임무를 맡았고 주 돛대 아래에서 설교를 하기도 했다. 점점 더 적은 수의 사람들이 설교에 참석했지만 열정의 부족 때문은 아니었다. 신의 말씀은 샌더 커스의 목소리보다 이사벨의 목소리로 더 밝게 전달되었다.

"선장님, 궁금한 게 있어요." 이사벨이 물었다.

크로웰스는 빵 덩어리를 씹는 도중에 받은 갑작스런 질문에 짜증을 감추려 하지 않았다. 그는 입술에서 빵 부스러기를 털어 내고 술잔으로 손을 뻗었다.

"말해 보시오." 선장이 말했다.

"암흑의 바다가 뭔가요?" 이사벨이 물었다. "갑판에서 남자들이 그것에 대해 말하는 걸 들었어요."

선장이 술잔을 내려놓으며 투덜거렸다. "그들이 뭐라고 말하였소?"

"올드 톰이 암흑의 바다 속에 도사리고 있다고 했어요."

크로웰스는 테이블에서 금속 부적을 집어 들고 손으로 만지작거렸다. "올드 톰이 밤에 어떻게 속삭였는지 그들이 언급했소?"

승객들은 놀란 눈빛을 주고받으며 숨을 헐떡였다. 모든 사람들이 속삭이는 존재를 자기만의 비밀로 간직하고 있었다. 그 속삭임은 그들의 은밀한 욕망을 드러냈다.

크로웰스는 만족한 표정으로 고개를 끄덕이며 사람들의 얼굴을 바라보았다. "그럴 줄 알았소." 그가 말했다. "올드 톰이 우리 모두에게 속삭인 것이군. 아마 이 배에 있는 모든 사람들에게 그랬을 거요."

"그대는 무엇을 열망하는가?" 총독의 선실 문 앞에서 드레히트가 중얼거렸다.

"저 속삭임이었어." 레이니어 반 슈텐이 역겨워하며 말했다. 그가 여전히 악마에 홀렸다는 것에 모두가 동의했지만 배급제가 시행된 이후 그나마 좀 나아져 보였다. 하지만 눈은 수면 부족으로 빨갛게 충혈되어 있었다.

"선장님." 이사벨이 고집스럽게 물었다. "암흑의 바다가 뭔가요?"

"그건 노련한 늙은 선원들이 영혼이라고 부르는 것이야." 테이블의 반대편에서 반 슈텐이 대신 대답했다. "그들은 우리의 죄가 난파선처럼 바다 밑에 드리워져 있다고 생각하지. 암흑의 바다는 우리의 영혼이고 올드 톰은 그 안에 도사리고 있어."

마치 그 말에 소환된 것처럼 바다에서 여덟 번째 불빛이 되살아나기 시작했다.

그 불빛은 이전보다 훨씬 더 가까이에 있었다.

그리고 붉게 타오르고 있었다.

ᚷᚤ

요하네스 와이크는 병실에 누워서 치료를 받고 있었다. 치료사는 죽은 쥐에서 꿈틀거리는 구더기를 꺼내 그의 상처에 올려놓고 독성을 뽑아냈다.

와이크는 위장이 뒤틀렸지만 고개를 돌려 공기를 빨아들였고, 아렌트 헤이즈와의 결투에 대해 수군거리는 몇몇 선원들의 목소리를 들을 수 있었다.

그들은 와이크를 비웃고 있었다. 와이크는 아렌트를 모욕한 다음 천천히 죽여 버리겠다고 약속했었다. 하지만 오히려 용병이 그를 심하게 두들겨 팼고, 군중 속에서 선원이 휘두른 두 번째 칼날도 와이크를 돕기에 충분치 않았다.

평소 같으면 와이크의 눈빛이 선원들을 움찔하게 만들었겠지만, 그들은 와이크의 부상으로 인해 더 대담해졌다. 머지않아 누군가가 와이크의 목을 베러 접근할 터였다. 와이크도 그런 방법으로 갑판장 자리를 차지했었다.

와이크는 고개를 저었다. 그는 이제 배를 떠나 정착하기를 원했고 조용한 삶을 살기를 바랐다. 하지만 그가 살아 있는 한 항상 주변에 적이 있었다.

올드 톰이 다가왔을 때 와이크는 조금도 놀라지 않았다. 마치 그가 프로방스의 그 웅장한 집에서 그랬던 것처럼 말이다. 그는 올드 톰이 누구를 보호하고 있는지 알고 있었다. 그는 올드 톰이 이 배에 나타난 이유를 알고 있었다. 그 비밀을 지켜 주는 대가로 와이크는 그의 가족을 위한 새로운 삶을 원했다.

올드 톰은 와이크에게 아렌트 헤이즈를 죽이면 꿈에도 생각지 못한 부를 안겨 주겠다고 속삭였다. 악마는 와이크가 알고 있는 그 누구보다도 아렌트 헤이즈가 칼을 더 잘 휘두를 수 있다는 사실을 언급하지 않았다. 그 어떤 남자보다도 움직임이 빠르다고 말해 주지 않았고, 와이크가 무엇을 할 것인지 예측할 수 있다고 말해 주지 않았다.

빌어먹을 악마와 흥정하지 말아야 한다는 것을 그는 언제쯤이면 배울 수 있을까?

칸막이 너머에서 비명이 터져 나왔다.

와이크는 벌떡 일어나 치료사를 한쪽으로 밀치면서 구더기를 바닥에 흩뜨리고 병실 밖으로 성큼성큼 걸어 나왔다. 칸막이 너머는 아수라장이었다. 당황한 간부 선원들은 아무도 듣지 않는 지시를 내리며 이리저리 뛰어다니고 있었다. 채광창이 덜컹거렸고 화약고에서 굴러나온 화약통들이 대포 주변에 널브러져 있었다.

그것은 전투 준비였다. 여덟 번째 불빛이 피 묻은 불꽃을 태우며 돌아왔다. 지난번에는 총을 쏘지 않고도 가축들을 도살했다. 아수라

469

장에 발을 들여놓으면서 와이크는 승객들의 얼굴 중에 그녀가 있는지 살펴보았다.

"불이야!" 누군가가 소리를 질렀다.

와이크는 목소리가 난 쪽을 돌아보았고 바닥에서 하얀 연기가 피어오르는 것을 보았다. 사람들은 갑판으로 올라가기 위해 서로 짓밟으며 계단을 향해 우르르 몰려갔다.

"일어나라, 빌어먹을 놈들아!" 와이크가 소리쳤다. "일어나서 물을 퍼붓고 화재를 진압해!"

그들은 듣지 않았다. 한때 모든 선원들의 가슴에 공포를 불어넣었던 와이크의 목소리는 이제 도와달라는 비명 속에서 사라졌다.

연기가 빠르게 피어올랐지만, 그건 불이 아니었다. 어떤 바보도 알 수 있을 터였다. 그건 이글거리지 않았고 기름 냄새도 나지 않았다. 그 연기는 마치 안개 같았다.

그리고 그 연기 사이로 문둥병자가 나타났다.

와이크는 비틀거리며 병실로 돌아와 벽에 걸린 쇠톱을 움켜쥐었다. 그는 달아날 작정이었지만 두 걸음 앞도 볼 수 없었다. 와이크는 쇠톱을 흔들며 문둥병자에게 가까이 오지 말라고 소리쳤다.

와이크는 숨이 막혔다. 부리머리의 악취가 코를 찔렀다.

뭔가가 그의 손을 베었고, 고통 때문에 그는 쇠톱을 떨어뜨렸다. 문둥병자의 피 묻은 붕대가 그의 눈앞에 나타났다.

문둥병자는 와이크의 얼굴에 단검을 꽂았다.

꿃

아래에서는 비명을 지르고 위에서는 혼란이 벌어졌다. 크리지는 팔에 소름이 돋으며 지휘실 출입구에 멈춰 섰다. 여덟 번째 불빛이 이글거리며 창문으로 쏟아져 들어와 모든 것에 지옥 같은 그림자를 드리우고 있었다.

"올드 톰." 그녀가 중얼거렸다.

그녀의 마음은 객실로 달려가 잠든 아이들을 껴안고 싶었지만, 그녀가 그런 생각을 하는 이 순간에도 어둠 속에서 작은 빛이 타올랐다. 그건 마치 등불에서 불꽃이 튀어나오는 것처럼 그녀를 향해 떠다녔다.

그녀의 심장이 쿵쿵거렸다.

"부인, 객실로 돌아가십시오." 불빛 속에서 나타난 경비 대장 드레히트가 입에 담배 파이프를 물고 말했다. "뭔가가 벌어지고 있습니다.”

“총독을 만나 봐야겠어요.” 크리지가 말했다. “총독께서 저를 불렀어요.”

드레히트는 모자를 푹 눌러쓴 채 크리지를 쳐다보며 잠깐 생각했다. 그녀는 그의 눈빛이 어딘가 이상하다고 생각했다.

드레히트가 그녀를 이대로 통과시킬지 여부를 고민하는 동안 크리지는 드레히트 곁을 지나쳐 총독의 선실 출입문을 열었다.

내부는 어둑어둑했고, 빨간 불빛만이 문으로 스며들어 선실을 비추었다. 그건 얀 하얀에게 흔치 않은 일이었다. 어둠에 대한 두려움 때문에 그는 항상 촛불을 켜둔 채 잠을 잤다.

“얀?”

지옥 같은 분위기 속에서 크리지의 상상력은 모든 형태의 괴물을 만들었다. 웅크린 짐승은 책상으로 드러났고, 등에 달린 뾰족한 뿔은 포도주 병이었다.

총독의 갑옷 받침대가 골목의 노상강도처럼 구석에 웅크리고 있었다.

선반 위의 뼈 더미는 엉성하게 쌓여 있는 두루마리였다.

크리지는 침대로 다가갔고 손을 내밀자 차가운 체온이 느껴졌다.

“드레히트!” 그녀가 놀라서 소리쳤다. “빨리요, 뭔가 잘못됐어요!”

경비 대장은 급히 방으로 들어가 총독에게 달려갔다. 그는 어두워서 아무것도 볼 수 없었고 뭔가에 부딪혔다. 그건 침대 밖으로 축 늘어진 총독의 손이었다.

“각하의 몸이 차갑습니다.” 드레히트가 말했다. “양초를 가져오십시오.”

크리지는 부들부들 떨었고, 그녀의 눈은 생명력 없는 총독의 손에 고정되어 있었다.

"양초를 가져와!" 드레히트가 다시 소리쳤지만 그녀는 충격으로 얼어붙어 있었다. 그는 방을 뛰쳐나가서 탁자에서 양초를 움켜쥐었다. 그가 선실로 돌아왔을 때 양초가 쟁반 위에서 흔들렸다.

양초의 불빛이 그들이 두려워하던 것을 확인시켜 주었다. 총독은 한참 전에 죽었고 가슴에는 단검이 꽂혀 있었다.

크로웰스 선장은 갑판 아래 아수라장을 수습하기 위해 한 번에 계단을 두 개씩 뛰어 내려갔다. 사르담호는 마비 상태였고 그의 명령은 무용지물이었다. 여덟 번째 불빛은 총 한 방 쏘지 않은 채 그들을 무력하게 만들었다. 그러고는 홀연히 사라졌다.

중간 갑판 아래 칸에 도착한 선장은 선원과 승객들이 서로 나가기 위해 싸우는 가운데 최하 갑판 안으로 들어가는 계단이 사람들로 꽉 차 있는 걸 발견했다.

하얀 연기가 통풍구 사이로 뿜어져 나왔다.

탈출한 사람들은 무릎을 꿇고 기침을 하고 있었다.

아이작 라르메가 선원들을 돌보고 있는 동안 아렌트는 승객들을 구조하고 있었다. 아렌트의 창백한 피부에는 여전히 열병으로 인한 땀방울이 번들거렸지만 열병이 그의 힘을 약화시킨 것 같지는 않았다.

"우리는 저 아래로 내려가 화재를 진압해야 한다." 승객들이 계단을 기어오르는 것을 바라보며 크로웰스가 소리쳤다. 승객들은 무너진 개미굴에서 쏟아져 나온 개미들 같았다.

"화재가 아닙니다." 아렌트가 소리쳤다. "불길도 없고 열기도 없습니다. 저 연기가 무엇인지는 모르겠지만 우왕좌왕하는 게 더 위험합니다."

군중 속에 있는 작은 아이를 본 아렌트는 사람들을 밀어내고 아이를 팔로 들어 올려 갑판으로 안전하게 옮겨 주었다. 아이의 어머니가 앞으로 달려 나오더니 울면서 아이를 꼭 껴안았다.

"화재가 아니라면 도대체 이게 무슨 일인가?" 크로웰스가 물었다.

"문둥병자였소." 화약고 문지기가 힘겹게 계단을 올라와서 기침을 하며 말했다.

그의 눈은 연기로 충혈되었고 눈물이 줄줄 흘러내리고 있었다. 채찍질을 당한 몸이 회복되지 않은 채로 그는 화약고 지키는 일을 다시 시작했다. "연기 속에서 봤소… 문둥병자가 와이크를 죽이고…" 문지기는 난간으로 달려가 바다에 구토를 했다.

아렌트는 사람들을 밀치고 계단을 내려가기 시작했다.

길이 열리는 모습을 보고 크로웰스도 아렌트를 따라 내려갔다. 하얀 연기가 걷히면서 둥근 창으로 빠져나가며 소용돌이치고 있었다.

사람들이 바닥에 쓰러져 있었다. 몇 명은 의식을 잃었고, 다른 이들은 신음하며 피투성이가 된 팔다리를 움켜쥐고 있었다.

"이 사람들을 보살펴야 해." 크로웰스가 혼란 속으로 들어서며 계단 위로 소리쳤다.

요하네스 와이크가 바닥에 쓰러져 있는 모습을 발견하는 데는 그리 오래 걸리지 않았다. 그의 얼굴은 참혹하게 일그러져 있었고 도살된 가축처럼 내장이 삐져나와 있었다.

"신이시여, 올드 톰이 내 배에서 무슨 짓을 하는 것입니까?" 선장이 구역질을 하며 말했다.

선장은 항해 경력 동안 많은 시체들을 보았지만 그렇게 참혹하게 칼에 찔린 시체는 없었다.

아렌트는 무릎을 꿇고 시체를 자세히 살펴보았다.

"이사벨을 여기로 데려오라고 하십시오." 아렌트가 말했다.

"왜 그러나?"

"와이크에게 파프리카 냄새가 나기 때문입니다."

크로웰스는 그 대답에 어리둥절했지만 아렌트는 설명할 여유가 없었다. 그는 이미 갑판을 가로질러 어디론가 향하고 있었다.

"어디로 가는 것인가?" 크로웰스가 아렌트의 뒷모습을 향해 소리쳤다.

"새미를 감방에서 꺼내야 합니다. 너무 많은 사건들이 벌어지고 있어요. 그가 필요합니다."

사라가 지휘실에 도착했을 때, 촛대에는 촛불이 켜져 있고 테이블 너머로 음울한 불빛이 감돌고 있었다. 선미 갑판에서 달려 내려온 리아는 사라보다 몇 걸음 뒤에 있었다. 그들은 크리지가 비명을 지르는 소리를 듣고 황급히 달려왔다. 크리지는 총독의 선실에서 울고 있었다.

모녀의 눈이 총독의 시신으로 향했다.

그는 사라가 얼마 전에 가져다준 잠옷을 입고 있었다. 잠옷은 단검이 박힌 가슴에서 흘러나온 피로 흠뻑 젖어 있었다.

사라는 아무 감정도 느껴지지 않았다. 기쁨도 없었다. 그녀는 모든 것이 가엾다고 생각했다. 죽음 속에서 그는 여위고 허약한 노인처럼 보였다. 재산도 권력도 잔인함도 모두 허상이었다.

갑자기 사라는 허탈감을 느꼈다.

"괜찮니, 애야?" 사라가 리아에게 물었다. 딸의 얼굴에 안도감이 드러났다. 끔찍한 시련이 마침내 끝났다는 표정이었다.

이건 그의 업보야, 사라가 생각했다. 그의 유산은 그가 죽은 것을 기뻐하는 가족이었다. 사라는 죽은 남편이 조금 불쌍해졌다.

남편의 시신을 제외하면 선실의 다른 모든 것은 예전 그대로였다. 테이블 위에 포도주 술잔 두 개가 놓여 있었는데, 하나는 비어 있고 다른 하나는 가득 차 있었다. 그 사이에는 술병과 깜박이는 촛불이 있었다. 그리고 바닥에는 올드 톰의 상징이 동인도회사의 사자 문양을 가로질러 새겨져 있었다.

사라는 남편의 죽음이 세 번째 불경스러운 기적이라는 사실을 깨달았다.

크리지는 사라의 품으로 안겼고 잠시 동안 그들은 서로를 꼭 껴안았다. 둘 다 무슨 말을 해야 할지 몰랐다. 위로의 말을 전할 필요도 없었고, 달래거나 눈물을 흘릴 필요도 없었다. 고상한 예의범절은 죽은 사람에 대한 기독교적 추모심을 요구했지만, 살해된 남자에 대한 모든 기억은 그들에게 춤과 술을 떠올리게 했다.

사라에게 그는 이 배를 공포에 떨게 하는 악마의 희생자일 뿐이었고, 죽음을 애도하기보다는 사인을 밝혀내야 할 대상이었다.

"단검을 봤어?" 크리지가 떨리는 목소리로 속삭였다. "우리가 거래를 받아들일 경우에 올드 톰이 얀의 침대 밑에 놓아두기로 했던 단검이 틀림없어."

사라는 단검을 응시했다. 나무 손잡이가 달린 조잡한 칼자루와 소매치기가 동전을 훔칠 때 사용할 것 같은 무딘 칼날이었다. 얀 하안은 살해당할 때 근사한 무기조차 허락되지 않았다.

사라는 그것이 어떤 의미인지 궁금했다. 올드 톰은 그에게서 모든 존엄성을 박탈했다.

"자기는 누군가가 올드 톰의 제안을 받아들였다고 생각해?" 크리지가 물었다.

"모르겠어. 며칠 안에 갑자기 왕이 탑승한다면 그렇다고 대답하겠지." 사라는 살짝 웃으면서 죄책감을 느꼈다. "아렌트에게 이 죽음을 알렸어? 그들은 가까운 사이였어."

"그 남자가 깨어났어?" 크리지가 사라의 팔을 잡으며 물었다.

"한 시간 전에." 사라가 웃으며 대답했다.

"최하 갑판에 불이 났어요." 리아가 말했다. "그 아저씨가 밑에서 돕고 있다고 들었어요."

"물론 아렌트는 그렇게 하겠지." 자부심이 담긴 목소리로 사라가 말했다. "그가 밑에서 조사하고 있다면 나는 여기 위에서 조사해야 할 것 같아."

"어떻게?" 크리지가 물었다.

"사건 보고서에서 핍스 탐정은 항상 존재해야 하는 단서와 존재해서는 안 되는 단서들을 찾아보라고 말했어."

"나에게는 너무 어려운 말처럼 들리네." 크리지가 투덜거렸다. "그는 어떻게 그 두 가지를 구별할 수 있지?"

사라는 어깨를 으쓱했다. "핍스 탐정의 보고서는 그 부분을 설명하지 않았어."

"한 가지는 확실히 말할 수 있어." 크리지가 말했다. "내가 얀의 선실에 들어갔을 때 촛불이 꺼져 있었어."

크리지는 분명히 사라와 같은 생각을 하고 있었다. 얀 하안은 어둠을 두려워했기 때문에 촛불 없이는 잠을 자지 않았다. 그리고 더 중요한 것은 사라가 그의 포도주에 잠드는 약물을 섞었다는 사실이었다.

사라는 남편이 그 약물을 마시는 모습을 지켜봤다.

잠드는 약물 때문에 남편은 아무리 빨라도 아침까지 깨어날 수 없었을 것이다. 그건 살인자가 촛불을 껐다는 걸 의미했다.

사라는 출입문을 지키고 있는 드레히트에게 돌아섰다. 그는 이제 경호할 대상이 없는 경비 대장이었다.

"남편이 살아 있는 걸 마지막으로 본 사람이 저였나요?" 사라가 드레히트에게 물었다.

경비 대장은 생각에 잠겼고 즉각적인 대답을 내놓지 않았다.

"아닙니다, 부인." 그가 단호하게 말했다. "저였습니다. 저녁 식사 후에 총독께서 저를 부르셨고 단검을 찾기 위해 선실을 수색하라고 명하셨습니다. 매일 밤 그렇게 하라고 말씀하셨습니다. 그분은 올드 톰이 자신을 위협했다고 말씀하셨습니다."

"그래서 그렇게 하셨나요?"

"물론입니다."

"단검을 찾아냈나요?"

"아닙니다."

드레히트는 인상을 찌푸리며 총독의 가슴에 박혀 있는 단검을 바라보았다. "제가 이 방을 나올 때 저런 단검은 없었습니다." 그 말에 모두가 곁눈질로 단검을 흘끗 쳐다보았다. "그리고 크리지 부인과 제가 총독님의 시신을 발견할 때까지 아무도 이 방에 들어오지 않았습니다. 저는 밤새도록 문 앞에서 경호하고 있었습니다. 졸지도 않았고 자리를 비우지도 않았습니다."

"맞아요. 저녁 식사 후에 얀이 당신을 부르던 게 기억나요." 크리지가 기억을 더듬으며 말했다. "그때 얀의 목소리가 좀 이상했어요."

"총독께서는 고급 객실을 방문한 이후로 줄곧 이상하셨습니다." 경비 대장이 동의했다.

"그게 언제죠?"

"보즈가 죽은 날 밤입니다." 드레히트는 턱수염을 매만지며 그 기억을 떠올렸다. "총독께서는 오후부터 승객 명단과 귀족 가문의 목록을 자세히 살펴보면서 악마와의 거래에 대해 횡설수설하셨습니다. 그분은 명단에서 뭔가를 발견하신 게 분명합니다. 왜냐하면 이건 포세이돈에 관한 게 아니었다고 말씀하셨기 때문입니다. 그런 다음 자리에서 벌떡 일어나 누군가를 만나기 위해 고급 객실로 향하셨습니다. 그분의 목소리는 두려움에 떨리고 있었습니다."

"누구를 만난 건가요?"

"모르겠습니다. 저는 총독께서 말씀하시는 내용을 밖에서만 들었습니다. '귀하께서 나를 기다리셨다는 걸 알고 있소'라고 말씀하셨습니다. 매우 공손하게… 말씀하셨습니다. 처음 듣는 어조였습니다."

"그런 다음 무슨 일이 벌어졌나요?" 사라가 물었다. 그녀는 호기심이 솟구쳤다. 바로 이것이 핍스가 항상 느끼는 감정이리라. 발견의 짜릿함과 손이 닿지 않는 곳에 적이 있다는 느낌. 신은 그녀를 외면했지만 이번 항해는 그녀에게 일어났던 일 중 가장 신나는 일이었다.

"두 시간 후에 그 방에서 나와 선실로 돌아가자고 말씀하셨습니다." 드레히트가 대답했다. "그 외에는 아무 말씀도 하지 않으셨습니다. 선실에서는 총독님의 울음소리가 들려왔습니다. 그 후에는 밖으로 나오지 않으셨습니다."

"아빠가 눈물을 흘리셨다고요?" 리아가 믿을 수 없다는 듯이 말했다.

사라는 자신이 알지 못했던 남편을 이해하려고 선실을 서성거렸다. 그는 권력자였기 때문에 자기 쪽에서 누군가를 만나러 가는 법이 없었다. 그는 필요한 사람들을 불러들였다. 그런 총독을 공손하게 만든 사람. 대체 누가 그럴 수 있다는 걸까? 그는 누구를 만나기 위해 고급 객실을 방문한 것일까?

사라는 책상으로 가서 명단을 살펴보았지만, 그녀의 남편을 괴롭힐 만한 이름은 찾을 수 없었다. 깃펜이 그 옆에 놓여 있었고 잉크가 책상에 배어 있었다.

그녀는 이상한 기시감을 느꼈다. 3일 전에 코넬리우스 보즈도 객실에서 똑같은 작업을 하고 있었다. 이유를 설명할 수는 없었다. 아렌트가 이미 말한 것 외에 알아낸 건 아무것도 없었다. 객실 영수증 외에는 모든 것이 정돈되어 있었고, 그건 보즈가 죽기 전에 그 영수증에 몰두했음을 암시했다. 보즈는 정리 정돈이 철저한 사람이었다. 살펴볼 이유가 없었다면 그 서류를 꺼내지 않았을 것이다.

"리아?"

"네, 엄마."

"올드 톰이 지배하던 사람 목록과 승객 명단을 살펴봐 주겠니? 너는 눈썰미가 있고 현명하니까 내가 놓쳤던 걸 찾아낼 수 있을 거야."

리아는 엄마의 칭찬에 미소를 지으며 책상에 앉았다.

두 번째 의문은 '그들이 무엇을 논의했을까'였다. 무엇이 되었든 그녀의 남편은 눈물을 흘렸다. 그 눈물은 아렌트와 관련이 있을지도 모른다. 아렌트는 그녀의 남편이 사랑한 유일한 사람이었다.

사라는 진실을 알려 줄 단서를 찾으면서 남편의 선실을 다시 한번 둘러보았다. 그녀의 시선은 촛불로 향했다. 살인자는 분명히 촛불을 껐다. 왜 그런 것일까? 그리고 어떻게 드레히트에게 발각되지 않은 채 총독 선실을 드나들 수 있었을까? 드레히트가 거짓말을 하는 것일 수도 있지만, 아이작 라르메는 경비 대장이 총독을 암스테르담으로 안전하게 모셔 가는 대가로 큰 보상을 약속받았다고 그들에게 말했다. 만약 드레히트가 총독을 죽이려 했다면 과거에도 충분한 기회가 있었을 것이다. 여기서 살인을 저지른다면 그가 범인이라는 사실이 금방 드러날 터였다.

사라는 가구를 살펴보면서 다른 단서를 찾았다. 핍스의 수사 보고서 중 〈한밤중의 비명 소리의 비밀〉에는 마루 밑 비밀 문에 살인자가 숨어 있었다고 기록돼 있었다. 살인자는 수사가 끝날 때까지 그곳에 숨어 있다가 몰래 도망쳤다.

사라는 다른 사람들로부터 이상한 시선을 받으면서 마룻바닥에서 발을 구르기 시작했다.

바닥은 견고했다.

"경비 대장."

"네, 부인."

"의자에 올라서서 천장을 두드려 보시겠어요? 제 드레스는 너무 무거워요."

드레히트는 어리둥절한 표정을 지었다. "남편의 죽음으로 부인께서 충격을 받으신 건 이해하지만—"

"비밀 문이 있을지도 몰라요." 사라가 설명했다. "살인자가 위에서 내려왔을지도 몰라요."

"하지만 천장 위쪽은 당신의 객실입니다, 사라 부인."

"그래요, 하지만 오늘 저녁에 저는 병실에서 아렌트 중위를 치료하고 있었기 때문에 객실에 있지 않았어요."

그들이 이야기하고 있을 때 리아가 웃음을 터뜨리며 소리쳤다. "알아냈어요! 정말 기발한 방법이군요." 리아는 너무나 즐거운 표정이었다. 아무도 그녀의 아빠가 겨우 몇 걸음 떨어진 곳에서 살해당했다고는 믿지 못할 정도로.

"아빠가 누구를 만나러 갔는지 알 것 같아요." 리아가 말했다.

사라와 크리지가 리아에게 달려갔다. 리아는 총독의 깃펜을 손에 쥐고 승객 명단에서 달바인 부인의 이름에, 그리고 올드 톰이 지배했던 사람들의 목록에서 에밀리 드 하빌랜드라는 이름에 밑줄을 그었다.

"보이시나요?" 리아가 말했지만 아무도 비밀을 파악하지 못했다. "달바인Dalvhain은 하빌랜드Haviland의 스펠링을 재배열한 이름이에요."

그 말을 듣는 순간, 사라는 드레스 자락을 움켜쥐고 재빨리 선실에서 나와 선미 갑판으로 달려갔다. 사라의 갑작스러운 행동에 어리둥절한 채 드레히트와 크리지, 리아가 그녀를 따라갔다.

하늘에는 별이 총총했고 최하 갑판의 아수라장 속에서 시신들이 끌어 올려지고 있었다. 어른들은 사랑하는 사람들의 시신을 힘없이 바라보았고 아이들은 울고 있었다.

달바인 부인의 객실에 도착한 사라는 노크를 했다. 아무 대답도 없었다.

"달바인 부인!" 여전히 대답이 없었다.

"에밀리 드 하빌랜드!" 사라가 그녀를 다른 이름으로 불렀다.

크리지, 리아, 드레히트가 복도 끝에 도착했다. 사라가 객실 문을 발로 걷어차자 문이 삐걱거리며 열렸다. 희미한 불빛이 안으로 쏟아졌고 객실은 텅 비어 있었다. 마치 아무도 이 방을 사용하지 않은 것 같았다. 개인 소지품도 없고, 벽에 걸린 그림도 없고 침대 위에 모피도 없었다. 요강에는 티끌 하나 없었다. 남아 있는 유일한 흔적이라고는 바닥에 깔린 크고 빨간 양탄자뿐이었다. 사라는 출항 하던 날 아침에 선원들이 객실에 양탄자를 밀어 넣으려 했던 일을 기억했고, 펼쳐진 양탄자는 그때보다 작아 보이지 않았다.

사라는 촛불을 찾으려고 객실을 가로질러 탁자로 갔다.

뭔가가 발밑에서 바스락거렸다.

"엄마?" 객실 문 옆에서 리아가 물었다.

사라는 딸에게 물러나 있으라고 손짓했다. 드레히트는 칼을 움켜쥐고 리아와 크리지를 경호했다.

사라는 무릎을 꿇고 돌돌 말려진 물체들을 찾아냈다. 그녀는 그게 뭔지 확인하기 위해 복도로 가져가서 불빛에 비춰 보았다. 그건 대팻밥이었다. 그날 아침 목수 앙리가 사라의 객실에서 선반을 만들 때 깎아 냈던 것과 정확히 똑같았다. 이 대팻밥이 도로테아가 들은 이상한 소리와 관련이 있을까? 달바인 부인이 여기서 뭔가를 만들고 있었던 것일까?

혹은 리아가 목록에서 찾아낸 에밀리 드 하빌랜드가?

"락사가르는 노르웨이어로 함정이라는 뜻이었어." 사라가 중얼거렸다.

"탁자 위에 뭔가가 있습니다." 드레히트가 어둠 속을 살펴보며 말했다. 그는 초조해하는 것 같았고, 객실 안으로 발을 들여놓을 의사가 없음을 분명히 했다.

사라는 재빨리 자기 객실로 가서 쟁반에 있는 양초를 챙겨 들고 에밀리 드 하빌랜드의 객실로 돌아왔다.

탁자 위에 놓여 있는 것은 데몬로지카였다.

사라는 숨이 멎는 듯했다.

이사벨은 그 책을 항상 가지고 다녔다. 그녀가 달바인 부인과 무슨 관계가 있었을까? 왜 이 책이 텅 빈 방에 놓여 있을까? 이름 철자를 바꾼 것은 기발한 아이디어였지만, 에밀리 드 하빌랜드는 분명히 그 철자가 밝혀지기를 원했다. 그건 에밀리가 누군가에게 이 책을 보여 주기를 원했다는 의미였다.

사라는 조심스럽게 다가가서 표지를 넘겼다.

그건 데몬로지카가 아니었다. 내용이 달랐다.

표지도 같고 가죽 장정도 같고 글씨체도 같았지만 내용이 달랐다. 라틴어 문장 대신 그림이 있었다.

사라는 첫 장을 넘겼다.

성난 군중이 거대한 집을 불태우고 사람들을 밖으로 끌고 나가 목을 베는 장면이 보였다. 한쪽 구석에서 마녀사냥꾼 피터 플레처가 무표정하게 바라보고 있었고, 올드 톰은 그의 귓가에서 킬킬거리고 있었다.

사라는 책장을 넘겼다.

이번에는 더욱 상세한 그림이었다. 피터 플레처가 벽에 족쇄로 묶인 채 비명을 지르고 있었고 올드 톰은 그의 내장을 뽑아내어 바닥에 쌓아 두고 있었다.

사라는 계속해서 책장을 넘겼다.

이번에는 사람들이 바타비아 항구에서 사르담호에 탑승하는 그림이었다. 얀 하안 총독과 사라와 리아는 선미 갑판에 있었고, 새뮤얼 핍스와 아렌트는 드레히트의 감시 속에서 군중 사이를 지나가고 있었다. 박쥐 얼굴을 하고 늑대를 타고 있는 올드 톰이 뒤에서 따라오고 있었다.

경악과 충격 속에서 사라는 다시 책장을 넘겼다.

이번에는 사르담호가 바다 위에서 선단에 둘러싸여 있었다. 멀리 보이는 여덟 번째 불빛은 배가 아니라 한 손에 등불을 들고 있는 올드 톰이었다.

다섯 번째 페이지에는 문둥병자가 사르담호의 가축들을 도살하고, 올드 톰이 시체들 사이에서 춤을 추고 있었다.

여섯 번째 페이지에는 문둥병자가 최하 갑판의 연기 속에서 살금살금 움직이고 있었고 올드 톰이 뒤를 쫓고 있었다.

"그건 무슨 책이야?" 크리지가 사라에게 다가가며 물었다.

"지금까지 일어난 모든 사건에 대한 기록." 사라가 떨리는 목소리로 중얼거리며 책장을 넘기자, 단검이 가슴에 꽂힌 채 침대에서 죽어가는 얀 하얀의 모습이 그려져 있었다.

"엄마!" 리아가 옆에서 소리쳤다. "이건 바로 지금 상황을 그린 장면이에요. 달바인 부인은 어떻게 앞으로 무슨 일이 일어날지 알았을까요?"

사라의 손이 돌처럼 굳어졌지만 다음 페이지에 무슨 장면이 그려져 있을지 확인해야 했다.

사르담호가 불타고 있었고, 승객들은 올드 톰의 거대한 몸체에 달라붙어 근처의 섬으로 옮겨지고 있었다. 올드 톰은 음흉한 미소를 지으며 사라를 노려보고 있었다. 악마는 사라가 이 책을 읽게 되리라는 걸 알고 있었다.

마지막 페이지에는 올드 톰의 상징이 바다 위에 떠 있었고, 사르담호는 그 옆에 작은 점으로 표시되어 있었다.

뭔가가 사라의 눈에 거슬렸다. 이 페이지의 상징은 이상하게 그려져 있었다. 익숙한 꼬리 달린 눈이 아니라 에밀리 드 하빌랜드가 깃펜에서 아무렇게나 잉크를 떨어뜨린 것처럼 서로 다른 크기의 거친 원으로 나뉘어 있었다.

사라의 호흡이 거칠어졌다.

이건 올드 톰의 상징이 아니야, 두려움이 그녀를 휩싸는 가운데 사라는 문득 깨달았다. 그것은 사르담호가 항로를 바꿔 향하고 있는 어떤 섬의 형상이었다.

그 섬은 올드 톰의 상징이 유래된 곳이었다.

세 가지 불경스러운 기적을 행하고, 이제 올드 톰은 사람들을 자신
의 소굴로 끌고 가고 있었다.

아렌트는 이사벨을 노려보았고 이사벨도 지지 않고 노려보았다.

"파프리카?" 그녀의 뒤에서 크로웰스 선장이 중얼거렸다.

새미는 힘없이 웃었다. 그게 그가 할 수 있는 최선이었다. 이틀 동안 아렌트가 병실에 누워 있을 때, 사라는 소총수 티먼에게 새미를 산책시켜 달라고 부탁했다. 티먼은 매우 활발한 성격이었지만, 아렌트와는 달리 밤새도록 새미와 함께 있을 생각이 없었다. 그래서 새미는 비좁고 어두운 감옥에서 이틀을 보내야 했고, 아렌트를 쇠약하고 창백한 상태로 내버려 둬야 했다. 하지만 이제 아렌트는 파리 떼를 쫓아내면서 와이크의 시신을 조사하고 있었다. "내 기분이 어떨지 상상해 보시오." 새미가 말했다. "4년 전에 나는 아렌트를 훈련시키려고 온갖 노력을 했지만 이제 보니 헛수고였던 것 같소. 내가 감방에 갇혀 지낸 몇 주 동안 그가 보여 준 놀라운 능력을 생각해 보면."

"이사벨이 밤에 몰래 배 주위를 돌아다니는 모습을 화약고 문지기가 목격했네." 아렌트가 새미의 농담을 무시하며 말했다. "지난 며칠 동안 와이크에게서도 파프리카 냄새가 났어. 파프리카 상자는 화물칸의 특정 구역에 보관되어 있는데, 그곳에서 만나지 않는 한 두 명이 동시에 파프리카 냄새를 풍길 이유가 없지."

"그게 사실인가?" 크로웰스가 물었다.

"이사벨의 뱃속에 있는 아기의 아빠는 와이크가 분명합니다." 이사벨의 흔들리는 눈빛을 바라보며 아렌트가 말했다. "그걸 감추기 위해 올드 톰과 거래를 했을 겁니다. 와이크를 죽여 달라고요."

"제가 와이크를 죽였다고요?" 이사벨의 두 눈에 분노가 번뜩였다. "와이크는 제 친구였어요. 그의 아기는 아니었지만 그는 제가 임신한 사실을 알고 축하해 줬어요."

크로웰스는 코웃음을 쳤다. "축하?"

"와이크는 오래전부터 저를 알고 있었어요." 이사벨이 이글거리는 눈빛으로 선장에게 말했다. "그는 제가 부두에서 구걸하는 어린 소녀였을 때부터 바타비아로 항해하고 있었어요. 그는 저에게 음식과 거처를 제공해 주었어요. 그리고 제가 아기를 가졌지만 함께 키울 남자가 없다는 사실을 알고는 함께 프로방스로 돌아가자고 했어요. 저와 아기를 돌봐 주겠다고 하면서요. 저는 이 배에 승선할 형편이 못 됐지만, 샌더 목사님 덕분에 이 배에 탈 수 있었죠. 마침내 하느님이 저를 보고 미소 짓는 줄 알았어요."

"그 말에는 아무 문제가 없는데 왜 몰래 만났소?" 새미가 궁금해했다.

"갑판장이 되기 위해서는 모두가 그를 두려워해야 해요. 와이크가 그렇게 말했어요." 이사벨이 대답했다. "하지만 와이크가 저를 돌보는 걸 다른 사람이 알게 되면 제가 위험에 처할 거라고 했어요."

크로웰스는 동의하듯 고개를 끄덕였다. "갑판장은 선원들을 통제해야 하지. 더 이상 그렇게 할 수 없었기 때문에 와이크는 죽었어. 와이크는 정말 뛰어난 갑판장이었지만, 그건 그가 정말 나쁜 인간이라는 뜻이기도 하지."

"우리는 암스테르담까지 서로 모르는 척 이야기를 하지 않을 생각이었지만, 와이크가 제게 선원 선실에서 만나자는 전갈을 보냈어요. 그곳으로 가는 도중에 난쟁이에게 목격되었지만요." 이사벨은 여전히 분노가 담긴 목소리로 말했다. "그래서 몰래 화물칸에서 만난 거예요. 와이크는 이 배에서 다른 사람인 척하는 귀족을 발견했다고 말했어요. 예전에 그가 일했던 훌륭한 가문의 귀족이라고 했어요."

"그게 누구였소?" 아렌트가 물었다.

"와이크는 제 안전을 우려해서 더 이상 알려 주지 않았어요. 하지만 그들은 비밀을 지키기 위해 많은 돈을 지불할 것이고, 그러면 우리는 안정된 삶을 살게 될 거라고 말했어요." 이사벨은 쓸쓸하게 와이크의 시신을 응시했다. "그런데 이렇게 끝나 버렸네요."

"와이크는 어느 가문에서 일했습니까?"

"그것도 제게 말해 주지 않았어요."

"그건 틀림없이 하빌랜드 가문이었을 거예요." 사라가 계단을 내려오면서 말했다. "달바인은 하빌랜드의 철자를 재배열한 이름이에요. 30년 전 프로방스에서 올드 톰이 지배했던 사람들 중 한 명이 에밀리 드 하빌랜드였어요. 그녀는 이 배에 승선해 있었어요. 리아가 그 이름을 찾아냈고, 제 남편도 그 사실을 알고 있었어요. 그래서 그녀를 만나기 위해 고급 객실로 찾아갔는데…"

사라의 목소리가 작아졌고 슬픈 표정으로 아렌트를 올려다보았다.

"갑자기 이렇게 시신이 되어 버렸어요."

사라는 아렌트의 손을 잡았다. "미안해요, 나의 친구."

아렌트는 슬픔을 억누르며 화물 상자 위에 주저앉았다.

"그분은 제게…" 그의 목소리가 떨렸다. "…좋은 삼촌이셨습니다."

"그래요, 그는 당신을 사랑했어요." 사라가 부드럽게 말했다. "누가 뭐래도 그건 틀림없는 사실이에요."

사라가 아렌트를 위로할 때 새미는 머리 위에서 흔들리고 있는 등불로 손을 내밀었다. "이제 상황을 종합해 봅시다." 그가 말했다. "와이크는 에밀리 드 하빌랜드가 탑승했을 때 갑판 위에서 그녀를 알아보았습니다. 그는 프로방스에서 하빌랜드 가문을 위해 일했고, 에밀리가 한때 마녀로 기소되었고 피터 플레처의 조사를 받았다는 걸 알았습니다. 와이크는 에밀리를 협박하려고 했지만, 그녀는 문둥병자를 자객으로—"

"그는 내가 아끼던 목수였어." 크로웰스가 중얼거렸다.

"자객으로 보내서 와이크를 죽였습니다." 새미가 말했다.

"하지만 에밀리 드 하빌랜드는 어째서 우리가 결국 들춰낼 그 이름을 숨기는 데 그토록 신경을 썼을까요?" 사라가 물었다. "그녀는 철자를 바꾼 이름을 사용해서 이 배에 탑승했어요. 그래 놓고 결국 그 이름이 발견되기를 원했죠."

"우리가 그 사실을 발견하는 것이 그녀에게는 중요한 문제일 수도 있습니다." 아렌트가 큰 확신 없이 말했다.

"그건 이제 중요하지 않아." 크로웰스가 고개를 저으며 소리쳤다. "올드 톰은 세 가지 불경스러운 기적을 약속했고, 자신의 제안을 받아들이지 않은 사람은 모두 죽일 거야. 우리는 그 기적들을 목격했네. 내가 보기에 지금 올드 톰을 막을 수 있는 유일한 방법은 에밀리

드 하빌랜드를 찾아내서 그녀의 손과 발을 묶어 배 밖으로 던지는 것 뿐이야."

"마녀를 익사시킨다고요?" 사라가 어이없다는 듯한 표정으로 말했다. "참 신선한 생각이군요."

71

사람들은 어두운 얼굴을 한 채 흔들리는 등불 아래 그림자를 드리우고 지휘실에 모여 있었다. 달바인 부인의 객실에서 발견한 책이 테이블 중앙에 놓여 있었고, 모두가 그것으로부터 거리를 두고 있었다. 그들은 책의 내용을 보았지만 차라리 보지 않았으면, 하고 생각했다.

총독이 죽었기 때문에 이제 사르담호의 최고 책임자는 수석 상인이었다. 그러나 그는 그 사실이 별로 탐탁지 않은 듯 보였다. 그는 잿빛이 된 얼굴로 창 앞을 왔다 갔다 하면서 가늘어진 머리카락을 손으로 만지작거렸다. 술 생각이 간절했지만 그가 마실 포도주는 남아 있지 않았다.

"수십 명이 죽었고 총독도 죽었소." 레이니어 반 슈텐이 말했다. "우리는 올드 톰이 이 배를 완전히 삼켜 버리기 전에 대책을 세워야 하오." 그는 비난하듯 손가락질을 하며 아렌트에게 소리쳤다. "악마의 상징이 처음 돛에 나타났을 때 자네 삼촌이 자네에게 악마를 찾는 일을 맡기지 않았나? 그런데 달바인 부인이 에밀리 드 하빌랜드라는 사실을 왜 놓친 것인가?"

"나머지 사람들은 아마 의심에 불타고 있었을 테니까." 새미가 테이블 위에 발을 올려놓으며 빈정거렸다.

감방에서 나온 새미는 소금물로 몸을 씻고 아렌트가 가져온 여분의 옷으로 갈아입었다. 파우더를 바르고, 향수를 뿌렸다. 비록 몸의 허약함이나 목소리의 미세한 떨림을 감출 수는 없었지만 몇 주 만에 처음으로 새미는 거의 본래 모습으로 돌아왔다.

"게다가 우리는 두 사람이 같은 인물인지도 알지 못합니다." 새미가 말을 이었다. "우리는 누군가가 에밀리 드 하빌랜드라는 가명을 사용해 탑승했다는 사실만을 알고 있지요. 에밀리 드 하빌랜드가 게임을 하는 것일 수도 있고, 아니면 다른 누군가가 우리를 속이려고 하는 것일 수도 있어요. 그러니 섣부르게 추측하는 건 삼가도록 하지요. 수석 상인." 새미는 웃으며 두 손을 맞잡았다. "이건 정말 놀라운 사건입니다. 암스테르담에서 내가 이 사건을 맡았더라면 기뻐서 펄쩍펄쩍 뛰었을 겁니다."

"도대체, 누가 당신을 감옥에서 꺼내 준 것인가?" 새미의 경솔한 태도에 화가 난 반 슈텐이 투덜거렸다.

"제가 그랬습니다." 아렌트가 자신의 거대한 가슴을 가리키며 말했다. "제 삼촌은 돌아가셨고, 새미를 감옥에 가두어야 할 유일한 이유도 사라졌습니다. 그런데 세 가지 불경스러운 기적이 나타났습니다. 우리는 새미가 비좁은 감방에서 썩는 것이 아니라 밖으로 나와 조사를 하도록 해 줘야 합니다."

지휘실에 모인 사람들이 중얼거리며 동의하자, 반 슈텐은 마지못해 패배를 인정할 수밖에 없었다.

"그럼 고급 객실에 있던 달바인 자작 부인이라는 승객은 도대체 지금 어디에 있는 거요?" 수석 상인이 물었다.

"글쎄요." 새미가 말했다. "여러분 중 그녀를 만나 본 사람이 있을까요?"

"내가 한 번 만나 보았네." 크로웰스가 말했다. 그는 손바닥을 테이블 위에 올려놓은 채 앞쪽에 서 있었다. "긴 회색 머리에 같은 색 드레스를 입고서 멍한 눈빛을 하고 있었어. 그녀는 침울하게 앉아서 자기를 내버려 두라고 나에게 소리를 질렀네."

"객실 급사들은 어땠습니까? 그들 중 누가 그녀의 방에 들어갔나요?" 새미가 물었다.

"그들은 객실 안으로 들어갈 수 없어." 반 슈텐이 대답했다.

"그럼 누가 그녀의 요강을 비웠지요?"

"요강은 매일 밤 그녀의 객실 출입문 밖에 놓여 있었어요." 크리지가 여전히 냄새를 맡을 수 있는 것처럼 코를 찡그리며 말했다.

"그녀가 그토록 숨어 지내고 싶어 했다면 왜 객실을 예약하는 위험을 무릅썼을까요?" 사라가 말했다.

"언제부터 이런 회의에 여자들이 참석하기 시작했지?" 사라, 리아, 크리지가 크로웰스 선장의 반대쪽 의자를 차지하고 있는 모습을 보며 반 슈텐이 투덜거렸다. "이건 여자들이 나설 일이 아니야."

"올드 톰이 배를 침몰시키고 나서야 여자들이 나서면 될까요?" 크리지가 쏘아붙였다.

"누가 여기 있든 없든 상관없소." 크로웰스가 건조한 목소리로 말했다. "우리가 다음에 무엇을 하느냐가 중요하오. 사르담호를 어떻게 구할 것인가 말이오. 지금까지 올드 톰은 마음대로 돌아다니고 마음대로 도살할 수 있었소. 핍스 탐정, 당신에 대한 명성을 들었소. 에밀리 드 하빌랜드가 어디에 숨어 있는지 찾아내는 걸 도와주시오."

"그녀를 찾을 수는 없을 겁니다, 선장." 새미가 비웃듯이 대답했다. "에밀리 드 하빌랜드이든 올드 톰이든 이 사건의 배후에 있는 존재는 모든 것을 철저하게 계획했습니다." 새미는 창문 너머 어두운 바다를 향해 손을 흔들었다. "아마도 그녀가 조종하는 배가 저 바다에 있을 겁니다. 우리가 찾지 못했던 문둥병자가 그녀의 지령을 따르고 있을 겁니다. 그녀는 아무도 모르게 포세이돈를 훔쳤고, 우리의 코앞에서 가축들을 도살했으며 총독의 선실에 들어간 흔적도 없이 이 배에서 가장 강력한 권력자를 살해했습니다. 그녀는 자취를 감출 시간이 되었기 때문에 감쪽같이 사라졌습니다. 우리가 까마귀 둥지에 숨어 있는 그녀를 무슨 수로 찾겠습니까?"

"하지만 우리는 뭔가를 해야 하오." 새미가 말을 오래 할수록 점점 더 화가 난 크로웰스가 소리쳤다.

"물론 그렇게 해야겠지요." 새미가 웃었다. "제가 볼 때 세 가지 중요한 의문점이 있는데, 에밀리 드 하빌랜드의 행방은 거기에 포함되지 않아요. 우리가 지금 가장 우선해야 할 것은 불경스러운 기적을 연결시키는 것입니다. 왜 범인은 포세이돈를 훔치고, 가축들을 도살한 다음 총독을 죽였을까요?"

"저는 그 사건들이 우발적인 거라고 생각했어요." 크리지가 부채질을 하며 말했다.

새미는 크리지를 쳐다보고는 의자에서 몸을 일으켜 우아하게 인사를 했다. "부인, 우리가 정식으로 인사를 나눈 적이 없는 것 같네요. 저는 새뮤얼 핍스입니다."

크리지는 활짝 웃으며 고개를 숙였다. "저는 크리지 옌스에요." 그녀가 말했다. "당신은 아렌트의 보고서에 어울리는 분이시군요, 탐정님."

그들은 서로에게 미소를 지으며 호감을 드러냈다.

"부인의 질문에 답변을 드리겠습니다. 불경스러운 기적은 우발적인 것 같지만 그렇지 않습니다. 기적은 계획되었고 희생자들은 의도적으로 선택되었지요." 새미가 일어서서 손가락으로 허공을 찌르며 말했다. "두 번째 의문점은 총독이 어떻게 살해됐느냐는 것입니다. 세 번째 의문점은 왜 문둥병자가 코넬리우스 보즈만 죽이고 아렌트는 살려 두었는가 하는 것이고요. 이 의문들에 대한 답을 찾으면 이 매혹적인 사건의 나머지 부분들은 저절로 해결될 것이라고 확신합니다."

"과연 그럴까?" 크로웰스가 반박했다. "살인 사건을 해결하면 우리의 고통이 끝날 거라고 생각하나? 그 빌어먹을 여덟 번째 불빛이 빨갛게 타오를 때마다 내 배는 망가지고 있어. 문둥병자가 바다 속에서 기어올라 사라 부인의 객실을 엿보더니, 이제 에밀리 드 하빌랜드가 배에서 감쪽같이 사라졌네. 총독이 아렌트 중위에게 조사를 맡긴 것은 아이를 전쟁터에 내보내는 것과 다를 바 없어 보였는데, 이제 보니 핍스 탐정 당신도 마찬가지로군." 선장은 눈살을 찌푸리며 밖으로 나가 버렸다.

"조사에 착수하시오, 핍스 탐정." 수석 상인이 말했다. "크로웰스 선장은 내가 진정시키겠소. 라르메, 우리는 선원들이 악마에 대해 걱정하지 않고 다시 항해하도록 만들어야 하네. 새 갑판장을 선임하는 게 도움이 될 거야."

"갑판장 후보자들은 보통 한 명만 남을 때까지 서로를 칼로 찌르지만 서둘러 보겠어요." 출입문에 등을 기대고 서 있던 라르메가 대답했다.

새미가 아렌트에게 눈짓으로 신호를 보냈고, 그들 둘은 총독의 선실로 향했다. 새미는 곧장 걸어 들어갔지만 아렌트는 문 앞에서 잠시 머뭇거렸다. 침대를 살펴보려고 할 때도 아렌트는 두려움에 숨이 막힐 듯했고 눈빛이 흔들렸다.

마침내 삼촌의 시신을 보았을 때 아렌트는 입술을 깨물고 눈물을 삼키며 슬픔을 이겨 내려 했다.

냉철하게 생각해 보면 이 사람은 그가 기억하는 삼촌이 아니었다. 친절은 사라졌고 잔혹함만이 남은 자였다. 총독은 아내를 때리고 딸을 가두고 올드 톰과 거래를 했다. 어렸을 때 아렌트에게 가르쳤던 윤리를 스스로 저버렸다. 하지만… 아렌트는 삼촌을 사랑했다.

그리고 그 사랑은 여전했다. 삼촌과의 추억은 아렌트의 마음속에 새겨져 있었고 아무리 애를 써도 지워 버릴 수 없었다.

아렌트는 새미가 총독 선실을 조사하는 모습을 한참 동안 멍하니 지켜보았다. 결과에 만족하자 새미는 총독의 몸에서 역겨운 비늘을 뽑아내듯 단검을 뽑아낸 다음 상처를 살펴보았다.

"가시로군." 총독의 가슴에서 작은 나무 조각 하나를 조심스럽게 꺼내면서 새미가 말했다. "아마도 살인 무기의 칼자루에서 나온 것이겠지. 아렌트, 자네도 한번 살펴보게."

새미는 단검과 가시를 아렌트의 손에 쥐어 주었다. 새미는 군인으로서의 통찰력이 유용할 경우에 대비해 항상 아렌트에게 살인 무기를 조사해 달라고 요청했지만 이것은 다른 문제였다.

이건 무기가 아니었다. 죄책감이었다.

총독은 아렌트로부터 멀리 떨어지지 않은 곳에서 살해당했다. 그게 어떻게 가능했을까? 아렌트는 스페인 군대에서도 삼촌을 구해 냈는데 왜 어둠 속에서 속삭이는 목소리로부터 삼촌을 지켜 주지 못했을까?

하지만 마음속 깊은 곳에서 아렌트는 목소리를 들었다. '사실 너는 삼촌을 보호하길 원하지 않았어.' 드디어 삼촌은 죽었고 사라는 남편으로부터 자유로워졌다.

"그만해." 아렌트가 혼잣말을 했다.

"뭐라고?" 새미가 물었다. 그는 단서를 찾기 위해 눈을 나무 바닥에 대고서 손과 무릎으로 엉금엉금 기고 있었다.

"아무것도 아닐세." 아렌트가 단검을 살펴보며 당황한 듯한 목소리로 대답했다. 그 단검은 길이가 상당히 짧았고 칼날이 얇았다. 너무 얇아, 아렌트가 생각했다. 어떤 대장장이도 이런 식으로 무기를 만들지 않을 것이다. 갑옷을 뚫기는커녕 부러지고 말 것이다.

"나는 이 단검을 알고 있어." 아렌트가 손바닥으로 단검의 무게를 가늠하며 말했다. "문둥병자가 화물칸에서 나를 위협한 무기였지."

"그건 흥미롭군. 문둥병자의 손자국이 둥근 창까지 올라와 있었고, 그 위에는 넓은 간격으로 세 개의 갈고리가 있었지. 그 갈고리의 용도가 무엇인지 우리가 알아내야 해."

"그럼 자네는 내 삼촌을 살해한 범인으로 문둥병자를 의심하는 건가?"

"그래. 크리지와 경비 대장 드레히트가 촛불을 켰을 때 총독의 시체는 이미 차가웠고 피가 응고돼 있었지. 나는 총독이 죽은 지 몇 시간쯤 되었을 거라고 추정하고 있네."

"그럼 자네는 삼촌이 저녁 식사 중에 살해당했다고 생각하나?" 아렌트가 물었다. "그렇게 되면 모든 고급 객실 승객들이 무죄가 될 거야. 그들은 함께 모여서 식사를 했어."

"그들 중 어느 누구도 어떤 이유로든 지휘실 만찬을 떠나지 않았다는 사실을 확인해야 해. 다만 그럴 경우, 사라 웨셀이 다소 곤경에 빠질 수도 있어."

아렌트의 반발을 느끼고 이를 달래려 새미가 손을 들었다. "자네가 그녀를 신뢰한다는 건 알지만 자네는 저녁 내내 의식이 없었잖아. 그녀는 자네 곁에서 쉽게 빠져나갈 수 있었어. 어쩌면 그녀는 총독이라는 악마를 죽이고 그걸 올드 톰이라는 악마의 범행으로 위장할 기회를 만난 것일 수도 있어."

아렌트는 보즈가 비슷한 방법으로 범행을 계획했던 것을 기억하며 몸을 떨었다. 문둥병자가 보즈를 방해하지 않았더라면 그 계획은 성공했을 것이다.

"자, 이제 촛불이 꺼진 문제에 대해 생각해 보세." 둥근 창밖을 내다보며 새미가 말했다. "사라 부인은 남편이 불빛 없이는 잠을 자지 않는다고 말했지. 몇 년 동안 단 하루도 빼놓지 않고 말이야. 분명히 총독은 어둠을 두려워했지만 그와 가장 가까운 사람들만이 그 사실을 알았을 거야. 오늘 밤 강풍이 불었나?"

"아니."

새미는 둥근 창과 책상 사이에 서서 두 팔을 뻗어 보았다. 팔이 양초에 닿지 않았다. "창 밖에서 촛불을 끄는 건 불가능해."

새미는 가려진 선반 뒤에서 두루마리 상자를 꺼내 아렌트에게 건네주었다. "우리는 이 방에 있는 모든 것을 조사해야 해. 그러니 여기서 시작하세." 새미가 말했다.

아렌트는 책상으로 가서 무겁게 자리에 앉아 두루마리를 펼쳤다. 이건 포세이돈의 설계도야, 아렌트는 깨달았다. 아니면 적어도 설계도의 일부분이었다.

"아렌트." 턱을 바닥에 대고 둥근 창을 올려다보고 있던 새미가 말했다. "아이작 라르메는 자네 삼촌에 대해 어떻게 생각하고 있었나?"

"라르메는 삼촌이 반다 제도에서 사람들을 학살하라고 명령을 내린 걸 증오했네." 아렌트가 말했다. "그것 말고는 모르겠어. 왜 묻는건가?"

"왜냐하면 난쟁이는 조금만 꿈틀거리면 이 둥근 창을 통과할 수 있으니까."

아렌트는 선실 창문을 바라보면서 라르메가 비집고 들어오는 장면을 상상해 보았다.

"아니야. 그랬다면 달그락거리는 소리에 삼촌이 깨어나고 드레히트가 달려왔겠지." 아렌트가 반박하며 다음 두루마리를 펼쳤다.

사랑하는 얀,

내 건강이 나빠지고 있구나. 내년 여름을 볼 수 없을 듯하다. 내가 죽으면 신사 17인회에서 내 자리가 공석이 될 것이다. 네게 한 약속에 따라, 그리고 그 오랜 세월 동안 함께한 우리의 위대한 업적에 대한 보답으로, 나는 너를 그 자리에 추천했고 내 동료들도 이에 동의했다.

하지만 그들은 각자 원하는 후보자를 가지고 있고 암투가 시작되었다. 내가 죽으면 그 자리를 장담할 수 없다.

나의 충고를 귀담아듣고 지체 없이 암스테르담으로 돌아오도록 해라. 네 딸도 데려오거라. 리아는 결혼 적령기이니 거래가 시작되면 네게 큰 도움이 될 것이다.

그리고 새뮤얼 핍스에게 수갑을 채워라. 나는 그자가 영국 스파이라는 혐의를 확인했다. 그자는 우리의 고귀한 사업에 해가 될 배신자일 뿐만 아니라, 조국을 배신한 반역자이기도 하다. 나는 이미 그 사실을 확인했고 곧 내 동료들에게도 밝힐 것이다. 처형이 대기 중이다. 신사 17인회 앞으로 그자를 끌고 오면 자네의 지위가 크게 향상될 것이다. 빨리 돌아와서 일을 진행시키도록 해라.

자네를 기다리겠다.

—캐스퍼 반 덴 버그

새미는 아렌트의 어깨 너머로 그 편지를 읽었고 표정이 굳어졌다. 그는 동정심을 잘 표현하는 사람이 아니었다. 그는 시체를 단서로 보고 살인 사건을 직업적으로 바라보는 사람이었다. 하지만 그도 이번만큼은 동정심에 가까운 감정으로 친구를 바라보았다.

"안타까운 소식이군." 새미가 말했다. "자네가 할아버지를 사랑했다는 걸 알고 있네. 삼촌을 잃고 동시에 이런 비보까지 듣게 되다니—"

"할아버지는 쉽게 돌아가실 분이 아니야." 아렌트가 말을 가로막았다.

새미는 아렌트의 무덤덤한 얼굴을 내려다보았다.

"현실을 받아들이기 어렵다는 걸 이해하네."

"이 편지는 우리가 항해하기 일주일 전에 작성된 거야." 아렌트가 말했다. "우리가 도착하던 날에 이 편지도 바타비아에 도착했을 거야. 우리가 암스테르담을 떠나기 며칠 전에 나는 할아버지를 만나 보았네. 내가 항해에서 살아남지 못할까 봐 걱정하셨지만…" 아렌트는 잠시 머뭇거리다 말을 이었다. "그분은 건강하셨네, 새미. 늙으셨지만 쉽게 돌아가실 분이 아니야. 그분은 이 편지를 쓰지 않았어. 자네를 스파이라고 비난하지도 않으셨어."

새미는 아렌트의 손에서 편지를 낚아챘다. "그럼 이 편지는 그분의 마음을 잘 아는 사람이 쓴 거야." 새미가 말했다. "자네 삼촌은 에밀리 드 하빌랜드와 가까웠나?"

"삼촌은 그녀에 대해 언급하지 않았고, 내가 아는 바로는 삼촌의 지위가 그들과 비할 수 있을 만큼 충분히 상승하기 훨씬 전에 그들의 집이 폐허가 된 것으로 알고 있네. 할아버지께서는 그녀를 알고 계셨을지도 모르지."

"편지에는 위대한 사업이 언급되어 있네. 그게 뭔지 알고 있나?"

"할아버지는 내가 태어나기 전부터 얀 하안 삼촌과 막역한 사이였네. 무슨 일인지는 모르지만 함께 사업을 하기도 했지. 내게 말해 주신 적은 없지만 그 사업은 두 분 모두 부자가 되는 데 도움이 되었어."

새미는 찢어진 봉인의 가장자리를 누르면서 두루마리를 말아 올렸다. "이건 신사 17인회의 공식 도장이야. 동인도회사의 최고위층이어야만 도장이 어떻게 생겼는지 알 수 있고 위조할 수 있겠지. 그 경우에도 편지는 회사에서 충분히 신뢰할 만한 사람이 전달해야 했을 거고."

"그게 누구일까?"

새미는 숨을 몰아쉬면서 승진 명령서를 다시 책상 위에 던지고 술잔을 조사하기 위해 걸어갔다. "보즈가 할 수 있었을 것 같군. 크로웰스 선장, 레이니어 반 슈텐, 나도 가능하지. 그들은 더 이상 이 배에 있지 않을 수도 있네."

"달바인 부인이 전달해 준 게 아닐까?" 아렌트가 물었다. "삼촌은 죽기 직전, 그녀의 객실에 갔어. 그녀가 자네를 감방에 가두고 삼촌이 살해된 사건을 조사하지 못하도록 방해하는 것일 수도 있지 않은가."

"좋은 추리군." 새미가 동의했다. "만약 그녀가 신사 17인회와 관련이 있다면 그녀는 확실히 도장을 알고 있었을 거야."

"내 삼촌은 속아서 이 배에 승선했어, 그렇지 않은가?" 갑자기 아렌트가 말했다. "샌더 커스 목사처럼 말이야. 올드 톰은 그들 둘 다 탑승하기를 원했어."

새미는 술잔의 냄새를 맡고 있었다. "자네도 우연히 이 배에 승선한 건지 의문이 드는군. 올드 톰은 결국 자네에 관한 이야기였어. 그 상징은 자네의 흉터와 똑같지. 자네 아버지의 묵주가 가축우리에 있었어. 화물칸에서 문둥병자는 자네를 죽이지 않았고. 이 배에서 일어나고 있는 모든 일이 계속 자네와 연결되고 있다고."

"하지만 나는 자네가 감방에 갇혀 있기 때문에 이 배를 탔을 뿐이잖아."

새미는 포도주 병을 앞뒤로 흔들며 내부의 액체가 출렁이는 소리에 귀를 기울였다. 그러고 나서 포도주를 빈 술잔에 담아서 액체의 흐름을 지켜보았다.

"이 포도주에는 다른 물질이 섞여 있어." 새미가 술잔을 들여다보며 말했다. "자, 살펴보게."

처음에 아렌트는 아무것도 보지 못했지만 새미가 촛불을 더 가까이 끌어당기자 바닥에 가라앉은 이물질이 보였다.

새미는 그 물질을 손끝에 묻혀 맛을 보았다.

"뭔지 식별할 수 있겠나?" 아렌트가 물었다.

"사라 부인이 내게 준 잠드는 약물일세."

"삼촌도 그걸 마셨나 보군."

"아마 이건 그녀에게 직접 설명을 들어 봐야 할 거야." 새미가 문을 열고 지휘실로 다시 걸어 들어가며 대답했다. 사람들은 자리에 그대

505

로 있었다. 각자 깊은 생각에 잠겨 있었고 눈은 초점이 없었다. 손가락을 두드리고 발을 구르고 있었다.

새미는 사라, 리아, 크리지에게 걸어가면서 아이작 라르메의 옷을 슬쩍 살펴보았다. 그러더니 갑자기 걸음을 멈추었다. "당신 반바지에 녹색 도료가 묻어 있군요." 새미가 눈썹을 씰룩거리며 말했다. "왜 그럴까요?"

"당신이 신경 쓸 일이 아니야."

"핍스 탐정의 질문에 대답해!" 뒷짐을 지고 창가에 서 있던 반 슈텐이 소리쳤다.

라르메가 눈을 흘기며 대답했다. "저는 이 배의 곳곳을 오르내리잖아요, 안 그래요?"

"총독의 선실 바깥 부분이 녹색 도료로 칠해져 있습니다." 새미가 말했다.

"내가 대부분의 시간을 보내는 선수 갑판도 마찬가지야."

새미가 라르메의 얼굴을 응시하자 라르메는 욕을 하며 밖으로 뛰쳐나갔다. 난쟁이가 사라지자 새미는 사라에게 주의를 돌렸다. "남편께서는 자기 전에 잠드는 약물을 드셨나요?"

"아니에요." 사라가 리아와 크리지의 손을 잡으며 말했다. "내가 남편의 포도주에 약물을 탔고, 그래서 크리지가 포세이돈의 설계도를 훔칠 수 있었어요."

사라는 그것이 완벽하게 합리적인 행동인 것처럼 말했다. 크리지가 이야기를 거들었다.

"매일 밤마다 저는 가운 안쪽 주머니에 두루마리를 하나씩 빼돌려서 리아에게 전달하고 필사하도록 했어요. 다음 날 밤에 다시 가져다 놓고 똑같은 일을 반복했어요."

"왜 리아가—"

"제가 포세이돈을 발명했어요, 핍스 탐정님." 리아가 별일 아니라
는 듯이 말했다.

반 슈텐은 거의 넘어질 뻔했다.

"저는 많은 것들을 발명해요." 리아가 어깨를 으쓱하며 수석 상인
을 힐끗 쳐다보았다. "포세이돈은 제가 좋아하는 장치가 아니었지만,
아빠는 그걸 좋아하는 것 같았어요."

"저는 크리지와 결혼하기로 예정된 공작에게 그 설계도를 팔 생각
이었어요. 그 대가로 재물과 자유와 프랑스에 있는 안식처를 얻을 계
획이었지요." 사라가 차분한 목소리로 말했다. "그 정도면 작은 대가
같았어요. 핍스 탐정님, 당신이 저를 의심하는 건 충분히 이해하지만
아시다시피 제가 남편을 죽이는 위험을 감수할 이유는 전혀 없어요."

침묵이 감돌았다.

"나는 백작과 결혼하는 줄 알았어." 크리지가 조용히 말했다.

71

레이니어 반 슈텐은 객실에서 촛불을 켜고 남아 있는 보급품 목록을 점검했다. 그는 머리를 쥐어뜯었고, 관자놀이가 욱신거렸다. 사르담 호는 폭풍우 때문에 대부분의 물자를 잃었다. 원래 예정된 항로로 돌아갈 수 있다고 해도 케이프까지 갈 만큼 충분한 식량을 가지고 있지 않았다. 그들이 바랄 수 있는 최선의 상황은 바타비아로 무사히 귀환하는 것이었다.

신사 17인회는 악마나 폭풍에 대해 신경 쓰지 않을 것이다. 그들은 회계장부의 숫자에만 신경을 썼으며, 부족한 숫자들은 그들을 기쁘게 하지 않을 것이다. 수석 상인에게는 운송하는 화물에 대한 책임이 있었으므로 화물이 분실되었을 때 손해를 보상할 의무가 있었다. 반 슈텐은 동인도회사의 임원으로 여생을 보낼 계획이었다.

다년간의 경험을 통해 그는 바타비아에서 암스테르담으로 가는 항로를 최대한 주의 깊게 살피도록 배웠다. 그는 이번 항해의 위험성을 알고 있었다. 선단이 흩어지고 보급품 재공급이 불확실해질 것을 분명히 인식하고 있었다. 총독이 여분의 화물 공간을 요구했을 때 어째서 순순히 동의했을까, 그는 후회가 막심했다.

돈 때문이었지, 반 슈텐이 혐오에 가득 차 생각했다. 총독은 그가 지금까지 본 것 보다 더 많은 돈을 주겠다고 제안했다.

그는 말단 직원에서 수석 상인으로 진급하는 동안 열심히 일했고 무시할 수 없는 능력을 보여 주었다. 상사들은 그를 자기 사촌과 형제들보다 빨리 승진시켜 주었고, 그가 늦게까지 일하는 걸 비웃는 사람들보다 위로 올라가게 해 주었다.

하지만 그럼에도, 총독의 제안은 성공을 위한 지름길처럼 보였다. 한 번만 더 항해하면 다시는 항해할 필요가 없을 것이다. 해적들에게 시달리며 잠 못 이루는 밤도 더 이상 없을 것이다. 더 이상 열대성 질병에 시달릴 일도 없을 것이다. 크로웰스 같은 탐욕스러운 놈들과 더 이상 말싸움을 벌일 일도 없을 것이다.

그렇게 생각하자 총독의 제안을 받아들이는 게 쉬워졌다. 그것이 바로 총독이 일을 처리하는 방식이었다. 총독이 건넨 돈은 어느새 그를 꼼짝도 못하게 만들었다. 총독은 탐욕스러운 상인을 자신의 주머니에 넣어 두고 필요할 때마다 꺼내 썼다.

반 슈텐은 잉크가 묻은 손으로 회계장부를 탁 쳤다. 그는 그 악당이 죽어서 기뻤다. 그는 코넬리우스 보즈가 죽어서 기뻤다. 그는 에밀리드 하빌랜드가 경비 대장 드레히트를 죽이고 계획을 완성하기를 바랐다. 그들은 이 배에 불운만을 가져다주었다.

갑자기 노크 소리가 들렸다.

"누구냐?" 반 슈텐이 물었다.

"총독이 배에 실은 비밀 화물이 무엇이오?" 드레히트가 소리쳤다.

반 슈텐은 천천히 깃펜을 내려놓았다. 그의 바지는 오줌으로 젖어 있었다.

"만약 내가 이 문을 부수고 들어가면 당신에게 안 좋은 일이 생길 거요." 드레히트가 경고했다.

반 슈텐은 의자를 뒤로 밀고는 마치 사형당하는 사람처럼 문으로 갔다. 문을 살짝 열자 그 틈으로 드레히트의 손이 불쑥 튀어나와 반 슈텐의 목을 움켜쥐었다.

경비 대장의 시퍼런 눈이 무력한 수석 상인을 뚫어지게 쳐다보고 있었다. 드레히트의 얼굴은 야수 같았고 토끼를 만난 늑대처럼 보였다.

"반 슈텐, 그 화물이 뭐였나? 당신은 총독이 그 화물을 싣는 걸 도왔고 그게 어디에 보관되어 있는지 알고 있잖아. 그것이 무엇인가? 누군가가 총독을 죽일 만큼 중요한 것인가?"

"그건 보물이었소." 반 슈텐이 숨을 헐떡이며 대답했다. "내가 지금껏 본 것보다… 더 많은 보물."

"내게 보여 줘." 드레히트가 속삭였다.

그들은 즉시 밖으로 나갔다. 드레히트는 고급 선실 출입문을 지키는 총병 에거트에게 귓속말로 몇 가지 지시를 내렸고 에거트는 뱃머리를 향해 재빠르게 달려갔다.

화물칸에 도착하자 반 슈텐은 계단 옆에 걸린 등불을 꺼냈고 올드 톰의 상징으로 뒤덮여 있는 화물 상자들의 미로를 헤치고 나아갔다. 그 상징들은 전문가의 손에 의해 그려진 게 아니었다. 많은 상징들이 서툴렀고, 어떤 상징들은 절반만 그려져 있었다. 어떤 것은 크고 어떤 것은 작았다. 상징을 새기는 일은 올드 톰에게 충성을 맹세하는 방법이 되어 가고 있었다.

반 슈텐은 배에 탑승한 후 이곳에 내려오는 게 두 번째였고 그간의 변화에 놀랐다. 보통 화물칸은 화물 상자와 쥐떼와 밀반입한 물건이 쌓여 있는 공간이었고 불쾌하지만 위협적이지는 않았다.

하지만 이제 이곳은 저주받은 장소처럼 느껴졌다.

끈적끈적한 어둠과 썩은 향신료 냄새가 공기를 가득 채웠다.

"이곳 전체가 올드 톰을 숭배하는 제단이 되었군." 드레히트가 중얼거렸다. "네 구의 시체로 올드 톰은 광신도를 끌어모았어."

반 슈텐은 드레히트가 그것보다 훨씬 더 많은 사람을 죽였다고 의심했고 그 보상이 무엇이었는지 궁금해졌다.

미로의 중심에 도달한 반 슈텐은 커다란 화물 상자를 가리켰다. "저 안에 있소." 그가 떨리는 목소리로 말했다.

단검을 꺼낸 드레히트는 상자를 뜯어냈고, 그 안에는 수십 개의 삼베 자루가 쌓여 있었다.

"하나를 잘라 보시오." 반 슈텐이 말했다.

드레히트의 칼날이 천을 뚫고 금속에 닿았다. 단검을 집어넣은 드레히트가 두 손으로 자루를 찢자 금은보화가 쏟아져 나왔다. 목걸이와 반지 그리고 은으로 만든 성배도 보였다.

"이것들은 문둥병자가 보즈의 내장을 갈랐을 때 보즈의 자루 속에 있던 것과 같은 보물이군." 드레히트가 말했다. "시종장은 이 보물에서 일부를 훔친 게 틀림없어. 화물칸에 이런 상자가 얼마나 더 있지?"

"수백 개가 있소. 화물칸의 절반을 차지하오." 반 슈텐이 대답했다. "대부분은 삼베 자루에 숨겨져 있고 다른 것으로 위장되어 있소. 그래서 총독은 당신에게 선원들을 죽이라 명령을 내린 것이오."

드레히트는 반 슈텐의 비겁함 밑에 숨어 있던 작은 용기를 발견했고 비웃는 표정으로 그를 힐끗 쳐다보았다. 총독은 자신의 화물에 대한 비밀이 유지되기를 원했고, 그건 이 화물을 사르담호에 실었던 일꾼들을 포함해 그것에 대해 알고 있는 모든 사람들을 죽여 버리라는 의미였다.

"나는 총독의 명령을 따랐을 뿐이야." 드레히트가 손에 들고 있던 성배를 바라보며 말했다. "그게 군인들이 하는 일이지. 내가 기다리던 장소로 일꾼들을 보낸 사람은 바로 당신이야. 당신은 그들을 죽음으로 몰아넣고 총독의 돈을 받아 챙겼어."

드레히트는 눈빛을 번뜩이며 보석을 집어 들었다. "이 정도의 재물을 가진 사람은 다시는 욕망을 느낄 일이 없겠군." 그가 놀라며 말했다. "웅장한 저택에서 하인들을 부리면서 자식 대대로 물려줄 수 있겠어."

드레히트의 손이 천천히 칼자루를 움켜쥐었다. "사실은 말이야, 반 슈텐. 이 화물에 대해 알고 있는 사람은 그 일꾼들만이 아니잖아." 그는 수석 상인 앞으로 다가섰다. "그리고 내가 죽여야 할 사람도 그들만이 아니었지."

72

도로테아는 이사벨이 노래하는 걸 들으며 최하 갑판에서 옷을 세탁하고 있었다. 모든 승객들이 이사벨의 목소리에 매료되어 있었다. 그건 이사벨이 크게 자랑스러워하는 기술은 아니었다. 그녀는 그냥 입을 벌리고 노래를 쏟아 냈다. 모든 게임과 대화가 멈췄다. 해먹과 침상 위에서 사람들은 눈을 감고 이 항해에서 만난 유일한 기쁨을 즐기고 있었다.

"도로테아 부인."

도로테아가 몸을 돌리자 총병 에거트가 달려오는 게 보였다. 그녀는 에거트를 보고 환하게 웃었다. 평소에 웃을 때보다 더 환한 웃음이었다.

"만나서 반갑지만 저녁차를 마시기에는 너무 이른 시간이잖아요." 도로테아가 부끄러운 듯이 말했다.

"배에서 무슨 일이 일어나고 있어요." 에거트는 조용히 말했지만, 그의 두려움이 그녀의 가슴에 전해졌다. "앞으로 일어날 일을 대비해서 안전한 장소를 찾아야 해요."

"도대체 무슨 일이에요?"

에거트는 긴장한 표정으로 딱지가 들러붙은 머리를 흔들었다. "시간이 없어요." 그가 말했다. "사라 부인이 당신을 고급 객실에 숨겨 줄 수 있나요?"

"네."

"좋아요." 에거트가 도로테아의 팔을 잡으며 말했다. "그럼 일단 내 옆에 있어요."

"그런데 이 사람들은 어떻게 하나요?" 도로테아가 몸을 일으키고 다른 승객들에게 손짓을 하며 물었다. "이 사람들은 어디로 숨어야 하나요?"

"나는 당신을 지켜 줄 힘밖에 없어요, 부인." 에거트가 사과하듯 말했다.

"저는 도움이 필요한 사람들을 떠나지 않을 거예요."

에거트는 다급하게 주변을 둘러보고 나서 화약고로 달려가 문을 두드렸다. 환기창이 열리고 반대편에서 흰 눈썹 한 쌍이 나타났다.

"무슨 일이야?" 문지기가 물었다. 그는 채찍질을 당한 이후로 성질이 급해졌다.

"반란, 반란이 일어날 것 같아요." 에거트가 다급하게 말했다. "화약고 안에 승객들을 대피시킬 수 있겠어요?"

문지기는 수상쩍은 듯 최하 갑판을 휙 둘러보았다. 이사벨은 여전히 노래를 부르고 있었고, 승객들은 그녀를 바라보고 있었다. 반란이 일어날 기미는 보이지 않았다. 문지기는 에거트 뒤에 서 있는 도로테아를 바라보았다. "이자가 말하는 게 사실이요?" 그가 물었다.

"이 사람이 무엇 때문에 거짓말을 하겠어요?"

"반란 명령은 드레히트 경비 대장이 내린 거예요." 에거트가 말했다. "총병들이 이미 움직이고 있어요. 우리는 사람들을 안전하게 대피시켜야 해요."

화약고 출입문이 열리자 최하 갑판 집단 숙소의 어둠 속으로 불빛이 퍼져 나왔다. "엄마와 아이들은 화약고 안에 숨겨 줄 수 있네." 문지기가 말했다. "그 이상 수용할 수는 없어. 나머지 여자들은 아래쪽 빵 만드는 주방에 들어가서 숨어야 해. 남자들은 무장을 하는 게 좋을 거야. 곧 싸워야 할 테니까."

73

중간 갑판에서 종이 열두 번 울리자 선원들이 갑판으로 모여들었다. 종소리조차 암울한 분위기를 암시하는 듯 애절하게 들려왔다.

비가 억수같이 퍼붓고 있었다. 위도 변화를 반영하듯 빗방울이 차가웠다.

흔들리는 등불의 불빛 속에서 돛이 펄럭였고 선원들의 표정이 굳어졌다.

크로웰스 선장은 선미 갑판의 난간을 붙잡고 선원들을 내려다보았다. 그는 무슨 말을 해야 할지는 알았지만 어떻게 말해야 할지는 몰랐다. 그는 수백 번도 더 선원들에게 연설을 했지만, 그건 항해를 시작할 때 으레 한 번씩 하던 것일 뿐이었다. 그 연설은 행운이었고 축복이었고 세상에서 가장 쉬운 말이었다. 이번 연설은 달랐다. 피를 부르는 단어를 쏟아 내야 했다.

"사르담은 저주를 받았다." 모두가 모이자 선장이 말했다. "우리는 이 배에서 무슨 일이 일어나고 있는지 알고 있다. 어둠의 바다 속에서 우리를 추적하는 것이 무엇인지 알고 있다."

선원들이 웅성거렸다.

"모두 속삭이는 목소리를 들었나?" 대부분의 선원들은 고개를 끄덕였고 몇몇은 멍한 눈으로 선장을 바라보았다. 상관없었다. 그들은 모두 선장이 무슨 말을 하려는지 알고 있었다.

크로웰스는 자세를 바로 세웠다. 마치 깨진 도자기 조각들로 꽃병을 만들려고 하는 것처럼.

"내가 몇 가지 실수를 저질렀다." 선장이 인정하자 눈앞의 얼굴들이 흐릿해졌다. "잘못된 사람들을 믿고 너희들을 혼란스럽게 만들었다. 하지만 이제 우리는 스스로 선택을 해야 한다. 우리가 원하는 게 무엇인가? 우리는 귀족이 아니다. 저 빌어먹을 총병도 아니다. 우리는 선원이다. 그러니 우리는 선원을 위한 선택을 해야 한다."

동의하는 목소리가 터져 나왔다.

"올드 톰은 이 배를 확보하고 있다. 그것은 부인할 수 없는 사실이다. 그 악마는 자신의 힘을 우리에게 증명하기 위해 세 가지 불경스러운 기적을 보여 주었다. 올드 톰은 어둠 속에서 우리에게 제안을 했다. 우리가 그의 깃발을 휘날리고 그의 보호를 받아들일 수 있는 세 번의 기적이 주어졌다." 선원들은 숨을 죽이고 귀를 기울였다. "남은 기적은 이제 없다. 다만 학살만이 남았을 뿐이다. 이제 올드 톰은 거래를 받아들이지 않은 자들을 모두 쓸어버릴 것이다."

공포의 함성이 울려 퍼졌다.

"그러니 우리는 결정을 내려야만 한다!" 크로웰스가 소리쳤다. 그의 손에는 금속 부적이 들려 있었다. "얀 하안 총독은 반다 제도로 항해한 대가로 나에게 이 금속 부적을 주었다. 그리고 그대들은 그곳에서 무슨 일이 일어났는지 모두 알고 있다."

선원들은 도살, 학살, 살육이라고 외쳤다.

"우리는 자랑스럽지 않은 돈을 받아 왔다. 하지만 그것이 바로 동인도회사다. 그렇지 않은가? 그들은 터무니없이 적은 대가로 너무 많은 것을 요구한다. 귀족들은 우리 노동에 빌붙어서 점점 더 부유해지고 있다. 나는 그것에 신물이 난다."

선장, 선장, 선장, 그들은 환호성을 질렀다.

선장은 금속 부적을 군중 속으로 던졌고, 선원들은 그걸 붙잡기 위해 들썩거렸다. 선장은 단검을 들고 손바닥을 펼쳐 보였다.

"올드 톰은 우리의 헌신을 보여 달라며 피를 요구하고 있다." 선장이 칼로 손바닥을 그으며 말했다. "그 피는 우리의 의무이다. 제군들, 새로운 주인을 맞이할 준비가 되었다면 단검을 들어라. 우리를 이 모든 역경에서 벗어나게 해 줄 새로운 주인은 우리에게 끔찍한 일을 해 달라고 요구하겠지만 그 행동에 대한 보상은 충분할 것이다."

선원들은 수백 개의 단검을 공중으로 들어 올리고 수백 개의 손바닥을 그어 댔다.

피가 넘쳐흘렀다.

"바로 그것이다." 크로웰스가 외쳤다. "우리는 이제 올드 톰의 깃발 아래 뭉쳐서 그 목소리를 따를 것이다."

그 순간, 선장의 가슴에서 칼날이 튀어나왔고 등이 휘어지며 입에서 피가 솟구쳤다.

바닥에 쓰러진 크로웰스 선장 뒤에서 야코비 드레히트가 모습을 드러내자 격분한 선원들은 단검을 빼 들고 선미 갑판 쪽으로 몰려들었다.

"머스킷 총병, 사격하라." 드레히트가 외쳤다. 대혼란 속에서 학살이 벌어졌다. 갑판 너머로 총성이 울려 퍼지고, 선원들이 비명을 지르며 쓰러졌다.

아이작 라르메가 단검을 움켜쥐고 드레히트를 향해 돌진했다.

드레히트가 라르메의 가슴에 칼을 찔렀지만, 아렌트가 난쟁이를 끌어당겨 칼날에서 구해 냈다. 핍스는 아렌트 뒤에 숨어 있었다.

"이게 무슨 짓인가, 드레히트?" 아렌트가 전투의 함성 너머로 소리쳤다.

"나는 이 배를 올드 톰에게 내줄 수 없어!" 드레히트가 말했다.

"머스킷 총병들은 선장의 연설이 시작되기도 전에 사격 위치에 있었어." 아렌트가 드레히트를 노려보면서 말했다. "이건 반란이야."

"나는 총독이 나에게 약속한 재산을 원해." 드레히트가 말했다. "나는 내 아이들의 더 나은 미래를 위해 반다 제도에서 다른 아이들을 학살했지. 아렌트, 난 더 이상 편안히 잠을 잘 수 없어, 절대로. 이제 나는 그토록 비싼 대가를 치렀던 것을 보상받고 싶군."

"선원들을 모두 죽이면 항해는 누가 한단 말이오?" 칼날이 부딪히는 소리에 귀를 틀어막으며 새미가 물었다.

"항해에 필요한 최소한의 선원들은 살려 둘 거요."

"과연 그럴까?" 총병들이 닥치는 대로 선원들을 살육하는 장면을 지켜보며 새미가 말했다.

드레히트는 얼굴에 묻은 크로웰스의 피를 닦아 내며 아렌트를 노려보았다. "자네는 우리와 함께하겠나? 지금 대답해."

"나는 승객들과 함께하겠어." 아렌트가 외쳤다. "자네 부하들이 그들을 해치지 못하도록."

아렌트는 새미를 들어 올려 아래쪽 갑판으로 안전하게 내려놓은 다음, 난간을 뛰어넘었다. 머스킷 총병들은 계단 아래에 자리를 잡고 분노한 선원들의 무리와 싸우고 있었다. 선원들은 온몸으로 저항하고 있었지만 점점 열세에 몰리고 있었다. 머스킷 총병은 선원 두 명과 동시에 싸울 수 있고, 폭풍을 이겨 내는 동안 선원들의 체력은 약해져 있었다. 그들은 총병들보다 훨씬 먼저 쓰러질 터였다.

배가 출렁이자 사람들이 비틀거렸다.

사르담호는 누구의 조종도 받지 않은 채 바다 속으로 표류하고 있었다. 싸움의 빈 공간으로 쏜살같이 뛰어든 아렌트와 새미는 라르메가 난간에 기댄 채 칼로 머스킷 총병의 허벅지를 찌르는 걸 목격했다.

아렌트는 칼날을 밀쳐 낸 다음, 난쟁이의 손을 낚아채 손바닥을 살펴보았다. 난쟁이의 손바닥에는 올드 톰의 상징이 새겨져 있지 않았다.

"당신은 올드 톰과 함께하지 않았소?" 아렌트가 싸움의 함성 속에서 소리쳤다.

"난 사르담호와 함께할 거야." 난쟁이가 말했다. "다른 건 아무것도 필요 없어."

머스킷 총병 한 명이 고함을 지르며 그들을 향해 돌진했다. 아렌트는 총병의 셔츠를 움켜쥐고 바다 속으로 내던졌다.

"우리가 이 배를 장악하게 되면 선원들에게 이야기해서 우리를 바타비아로 귀환시켜 줄 수 있겠소?" 라르메 앞에 웅크리고 앉아서 새미가 물었다.

"얼마나 많은 선원들이 살아남느냐에 달려 있어." 라르메가 대답했다. "하지만 내게 더 좋은 계획이 있어. 당신 친구들은 어디 있지?"

"확실하진 않지만 최하 갑판에 있을 거요." 아렌트가 말했다.

아렌트는 더 이상 말하지 않았고 말할 필요도 없었다. 모든 사람들은 자신을 방어할 힘이 없는 사람들에게 전투가 무엇을 의미하는지 알고 있었다. 한번 피를 보고 나면 더 이상 죄의식이 남아 있지 않았다. 남자들 중 몇몇은 이미 다른 욕심을 채우기 위해 여자들이 있는 아래 칸으로 내려가고 있었다.

선원 한 명이 난간을 넘어 선미 갑판으로 올라가려 했지만 드레히트의 칼날이 그의 눈을 꿰뚫고 아래쪽 군중 속으로 떨어뜨렸다.

"저자가 숨을 쉬고 있는 한 당신이 이 배를 장악할 기회는 없을 거야." 라르메가 드레히트를 노려보며 아렌트에게 말했다.

"드레히트는 이성을 찾을 거요." 아렌트가 말했다. "하지만—"

그 순간 갑판의 나무판자가 굉음을 내며 쪼개졌고, 그 사이를 뚫고 나온 암초가 주 돛대를 쓰러뜨렸다. 사람들은 먼지처럼 튕겨나갔다. 다이아몬드가 공중으로 흩어졌고, 금 목걸이와 성배가 우박처럼 쏟아졌다.

암흑의 바다가 거대한 손처럼 위로 솟구쳐 아렌트, 새미, 라르메를 차가운 바닷물 속으로 끌어당겼다.

74

바다의 파도소리가 아렌트의 귀를 가득 채웠다. 뭔가가 그를 쿡 찔렀고 그는 신음 소리를 내며 가늘게 눈을 떴다. 새벽이었고 하늘은 온통 회색빛이었다. 그는 몸을 움직이려 했지만 뜻대로 되지 않았다. 햇빛이 비치더니 그 속에서 머스킷 총병 에거트와 티먼의 실루엣이 드러났다. 한 명은 서 있었고 다른 한 명은 웅크린 채 아렌트의 어깨를 흔들고 있었다.

"상태가 어때?" 서 있는 티먼이 물었다.

"숨은 쉬고 있군." 에거트가 말했다.

아렌트는 옆으로 몸을 비틀어 목구멍이 쓰라릴 때까지 바닷물을 토해 냈다.

그러고는 입을 닦으며 흐릿한 눈으로 주위를 둘러보았다.

해초가 널려 있는 조약돌 해변이었고, 하얀 파도가 밀려왔다가 뒤로 물러나면서 발목을 적셨다. 자주색과 주황색 산호들이 들쭉날쭉한 바위들 사이로 손가락처럼 솟아 있고, 그 사이로 바닷물이 찰랑거리며 거대한 물보라를 토해 냈다.

사르담호는 만을 가로질러 작은 섬에 좌초되어 있었다. 배의 아래쪽에서 날카로운 바위가 갑판을 뚫고 나와 위로 솟구쳐 있었다.

"사라 웨셀은 어디 있소?" 귀에서 바닷물을 빼내며 아렌트가 물었다. "새미 핍스는?"

아렌트는 그들을 찾으려고 절박하게 머리를 좌우로 돌렸다. 해변에는 30여 명의 생존자들이 흩어져 있었고, 얕은 물에는 더 많은 사망자들이 둥둥 떠 있었다. 그들의 몸은 바위에 의해 잘려 나갔고, 붉은 혈흔이 칼에 찔리고 몽둥이에 얻어맞은 상처를 드러내고 있었다.

엄마들은 아이들을 끌어안은 채 잃어버린 남편의 이름을 부르짖었고, 남자들은 바다에 표류하는 보급품을 건져 내려고 물속으로 뛰어들었다. 그들은 서로 몸싸움을 벌이며 손에 닿는 모든 것을 움켜쥐었다.

세 명의 총병들이 몸부림치는 선원을 제압했고 네 번째 총병이 그의 배에 대검을 찔렀다. 더 많은 총병들이 해변을 배회하며 표류해 온 선원들의 몸을 대검으로 꿰뚫고 있었다.

섬의 오른쪽에는 절벽이 솟아 있었고, 왼쪽에는 곡선으로 휘어진 백사장이 있었다. 섬의 중심은 정글처럼 보였고, 듬성듬성한 붉은 잡목림이 해변과 경계를 이루고 있었다.

아렌트는 친구들 중 누구의 흔적도 찾을 수 없었다.

"나는 핍스를 보지 못했소. 살아 있다면 경비 대장 드레히트와 함께 임시 천막에 있을 거요." 티먼이 말했다.

"그럼 드레히트는 당연히 살아 있겠군." 아렌트가 비틀거리며 일어서서 중얼거렸다.

"경비 대장은 사르담호를 버리고 사라 부인과 그녀 가족을 보트에 태워 섬으로 보내라고 명령했소." 에거트가 말했다. "그들은 모두 임시 천막에 있소."

"임시 천막에서 핍스를 볼 수 있을 거라고 기대하지 마시오." 에거트가 어두운 목소리로 말했다. "올드 톰이 우리에게 벌을 내렸소. 대부분이 죽었소."

이곳은 에밀리 드 하빌랜드의 데몬로지카에 그려진 섬이 틀림없었다. 올드 톰의 상징이 유래된 그 섬은 아렌트 손목에 있는 흉터 모양과 똑같았다. 사르담호의 승객과 선원들은 데몬로지카의 예언대로 살육당하고 이곳으로 인도되었다.

3주 만에 육지에 발을 딛자 아렌트는 몸을 제대로 가누지 못했다.

지금까지 그는 자신이 온갖 종류의 험한 삶을 헤쳐 나갈 수 있다고 생각했지만 운명은 그를 다시 비틀거리게 만들었다. 너덜너덜한 상처가 그의 몸을 뒤덮었고 갈비뼈가 너무 욱신거려서 몸을 똑바로 세울 수 없었다. 그의 턱에서 치아가 흔들렸다.

아렌트는 마치 백 명의 사람들에 의해 짓밟혔다가 간신히 살아난 것 같은 기분이 들었다.

바닷물이 바위 사이로 흘러들어 날카로운 산호와 죽은 자, 그리고 죽어 가는 자들을 적셨다. 아렌트는 기적이란 모든 희망을 잃었을 때 일어나는 것이라고 믿어 왔다. 기적은 약간의 행운에 불과할지 몰라도 필요한 순간에 반짝거리면서 나타나기 마련인 것이라고.

하지만 이건 기적이 아니었다. 도살장에서 살아남은 돼지가 부엌으로 곧장 달려가는 것과 다를 바가 없었다.

"당신은 정말 불사신이 맞는가 보군." 티먼이 의심스럽게 말했다.

"모든 소문이 다 사실이었어."

"임시 천막은 어디에 있소?" 아렌트가 쉰 목소리로 물었다.

에거트는 왼쪽 백사장을 가리켰다.

아픈 갈비뼈를 움켜쥔 아렌트는 에거트의 지시를 따랐다. 잿빛 하늘이 시퍼런 바다와 맞닿았고, 기온은 꾸준히 올라가서 미지근하게 계속 내리는 비가 바람 속의 오줌 줄기처럼 아렌트를 적셨다.

아렌트는 몸을 굽혀 각각의 시신마다 얼굴을 살폈고, 이내 하얀 새 똥으로 뒤덮인 절벽의 그늘에서 의식을 잃은 새미를 발견했다. 그 절벽에서는 긴 부리를 가진 바닷새들이 바위 구멍에 만든 둥지를 재빠르게 드나들고 있었다. 새미는 아렌트에게 등을 보인 채 옆으로 쓰러져 있었지만 미약하게나마 아직 숨을 쉬고 있었다. 지난밤에 입었던 멋진 옷은 너덜너덜해졌고 깡마른 몸이 드러나 있었다. 수십 개의 상처에서 피가 흘러나왔고, 그 빛깔은 창백하게 떨리는 피부에 대비되어 놀라울 정도로 붉었다.

두 명의 머스킷 총병이 칼을 꺼내 들고 아렌트를 포위했다.

고통에 움찔하면서 아렌트는 몸을 똑바로 폈다.

"살고 싶으면 나를 방해하지 말게. 병사들." 아렌트가 경고했다.

총병들은 지원을 요청하러 주변을 둘러보다가 아무도 찾지 못하자 슬그머니 달아났다. 아렌트는 보이지 않을 때까지 그들을 바라보다가 다시 몸을 숙이고 새미의 상처를 살폈다.

새미의 얼굴은 절반이 산호에 의해 찢겨졌고 오른쪽 눈이 없었다.

아렌트는 얼굴을 찡그리며 손을 뻗어 새미를 해안에서 끌어냈다. 통증이 아렌트의 갈비뼈에서 무릎까지 내려왔다. 잠시 동안 그는 숨을 고르기 위해 애썼고 마침내 이를 악물고 걷기 시작했다.

한 걸음 한 걸음이 괴로웠지만 도움이 필요한 사람들에게 그의 고통은 사치였다. 새미는 심하게 다쳤고, 사라와 리아도 찾아야 했다. 아렌트는 간신히 발을 들어 올려 앞으로 내디뎠다.

비명을 지르는 선원이 아렌트 쪽으로 도망쳤지만 두 명의 머스킷 총병이 그를 쫓아와 늑대처럼 덮치며 죽을 때까지 수십 차례 찔러 댔다. 머스킷 총병들은 피투성이가 되어 웃으며 일어섰고, 아직 배가 고픈 듯 아렌트를 바라보다가 더 많은 먹이를 찾아 떠났다.

그들은 이성을 잃었어, 아렌트는 생각했다. 모래톱에는 칼에 찔리고 학살당한 선원들이 쓰러져 있었다.

새미는 아렌트의 품에 안겨 뒤척이며 침을 삼켰다. 그의 하나 남은 눈이 친구에게 향했다. "자네는 암소와 함께 밤을 보낸 것 같군." 새미가 힘없이 중얼거리자 아렌트는 고통스러운 웃음을 터뜨렸다.

"자네 어머니를 홀로 있게 할 수는 없었지." 아렌트가 대답했다. "내가 자네를 지켜 주겠네."

"무슨 일이…" 새미가 기침을 했다. "…무슨 일이 벌어진 것인가?"

"반란이 벌어지는 동안 사르담호가 섬에 좌초됐네."

새미는 아렌트의 셔츠를 꽉 움켜쥐었다. "그래도…" 그는 한 마디한 마디가 힘겨워 보였다. "…그래도 멋진 섬이군, 안 그런가?"

"아니야." 아렌트가 말했다. "이 섬은 올드 톰이 지배하는 곳인 것 같아."

"아, 그래." 새미가 만족스럽게 고개를 끄덕였다. "그러면 더 이상그 악마를 찾아다닐 필요가 없겠군."

새미의 눈이 감겼고 머리가 축 늘어졌다. 아렌트는 순간 두려워졌지만 다행히 새미는 여전히 숨을 쉬고 있었다.

다행스럽게도 아렌트는 너무 늦기 전에 임시 천막 앞에 도착했고, 그곳에서는 마커스와 오스버트가 돌을 뒤적이며 장난을 치고 있었다. 그리고 이들 형제를 지켜보고 있는 도로테아가 있었다. 그들은 헝클어진 머리칼 외에는 표류하는 동안 별로 지친 것 같지 않았다.

아이작 라르메는 맥주 통 위에 털썩 주저앉아 바다에 둥둥 떠 있는 보급품을 노려보고 있었다. 마치 그것들을 사르담호가 자신을 배신하고 모욕하는 증거로 여기는 듯했다. 야코비 드레히트는 총병들에게 소리 지르며 명령을 내리고 있었다. 총병들은 파도 속에서 첨벙거리며 상자와 통을 모아서 비에 젖지 않도록 나무 밑에 쌓아 두고 있었다. 그 옆에는 보물이 가득 든 수십 개의 화물 상자들이 있었다.

아렌트를 보자마자 아이작 라르메가 달려왔다. "수백 명이 죽었지만 당신은 상처도 거의 없이 멀쩡하군. 하느님이 아직 당신을 버리지 않으셨어."

"새미가 내 몫의 상처를 입었소." 아렌트가 대답했다.

드레히트는 반갑다는 듯이 머리를 살짝 숙였다. 붉은 깃털이 사라졌지만 모자는 멀쩡했고 턱수염도 그대로였다. 하지만 오른쪽 귀에서 살점이 없어졌고 손가락 하나가 이상한 각도로 굽어 있었다. 불행하게도 그건 드레히트가 싸울 때 쓰는 손이 아니었다.

"무사한걸 보니 반갑군. 나는 최악의 상황을 우려했네." 드레히트가 말했다.

아렌트는 드레히트와 라르메를 번갈아 바라보았다. "당신 두 명이 서로를 죽이려 하지 않다니 놀랍군."

"사르담호가 난파된 후에 우리는 가능한 한 많은 승객들을 보트에 태우기 위해 휴전을 선언했네." 드레히트가 말했다.

"당신 부하들은 지금도 바닷가에서 선원들은 학살하고 있어!" 난쟁이가 분노한 목소리로 말했다.

"부상당한 사람들만 처리하는 것일세." 드레히트가 솔직하게 말했다. "우리는 이 문제를 논의했네. 보급품은 터무니없이 부족해. 죽어가는 사람들에게 낭비할 수는 없어." 드레히트의 파란 눈동자가 아렌트의 품에서 새미를 발견했다. "그자는 숨을 쉬고 있나?"

"그래. 하지만 새미에게 손댈 생각은 접어." 아렌트가 경고했다. "사라 부인을 보았나?"

"내가 직접 구명보트에 태웠지." 드레히트가 말했다. "그녀는 부상자들을 치료하고 있어. 자, 내가 데려다주지."

드레히트는 해안의 곡선을 따라 백사장 쪽으로 아렌트를 데려갔다. 라르메가 뒤에서 따라왔다.

"사르담호가 좌초된 후에 무슨 일이 일어났나?" 아렌트가 물었다.

"신께서 우리 편을 들어주셨지." 드레히트가 입술을 깨물며 말했다. 그는 바위에 뚫려 난파된 사르담호 쪽으로 돌아섰다. 거대한 균열이 배의 한가운데로 확대되고 있었고, 바다의 끝없는 출렁임에 선체가 흔들리고 있었다. 아렌트는 사람들이 그런 식으로 고통받는 걸 지켜보았다. 그들은 몸이 찢어졌지만 아직 숨을 쉬면서 벌벌 떨고 있었다. 한때 그토록 웅장했던 그 모든 것들은 지독히도 끔찍한 결말을 맞이한 듯 보였다.

"대부분의 선원들은 여전히 중간 갑판과 최하 갑판 위에 있었네." 드레히트가 계속 말했다. "사르담호를 관통한 바위가 많은 선원들을 죽였지만 내 부하들은 대부분 무사했네. 올드 톰의 추종자들이 죽임을 당했지."

"그들과 함께 많은 선량한 사람들도 죽었어." 드레히트의 당당한 말투에 화가 나서 라르메가 반발했다.

드레히트는 신음하는 부상자들로 가득 찬 큰 동굴로 그들을 안내했다. 동굴은 섬 깊숙한 곳에 있어서 매우 시원했고, 소금기를 머금은 바람이 잠든 짐승의 숨결처럼 어둠 속에서 뿜어져 나왔다.

동굴 안에는 약 20명의 사람들이 있었고, 그들 중 누구도 온전한 상태가 아니었다. 부러진 팔을 움켜쥐고 부러진 다리로 절뚝거렸다. 얼굴은 수척하고 창백했고 몸은 말라붙은 피로 덮여 있었으며 눈은 혼란과 고통으로 흐릿했다.

빈 공간을 발견한 아렌트는 새미를 요람의 아기처럼 부드럽게 눕히고 나서 사라를 찾았다. 사라는 주머니칼을 들고 부상자들 사이를 이동하면서 사과 더미에서 벌레를 제거하는 것처럼 그들의 몸에서 나무조각 파편들을 빼내고 있었다.

"나는 수색 보트를 띄울 생각이네." 드레히트가 말했다. "우리가 바타비아를 떠난 지 3주밖에 안 됐지. 폭풍우 때문에 항로를 심하게 벗어났지만 수색 보트가 우리에게 우호적인 선박을 찾을 수 있을 거라고 낙관하네." 라르메는 그 계획을 비웃었지만 드레히트는 난쟁이를 무시하고 말을 계속했다. "우리는 생존자를 추려 낸 후에 향후 계획을 세우기 위해 위원회를 소집할 거야. 당신 두 명이 함께해 주면 좋겠군."

"그래, 좋은 생각인 것 같군." 아렌트가 말했다.

"그럼 여기서 할 일을 마치고 날 찾아오게."

"아렌트!" 사라가 붉은 머리카락을 휘날리며 달려와 그의 얼굴을 감싸 안으며 키스를 했다. 그 입맞춤은 다른 어떤 키스와도 비교할 수 없을 정도로 간절하고 열정적이었다.

새미는 아렌트에게 사랑은 다른 어떤 감정과도 다르기 때문에 가장 쉽게 드러날 수 있는 것이라고 말한 적이 있었다. 사랑은 숨길 수 없고 위장할 수도 없고 오랫동안 눈에 띄지 않게 할 수도 없었다. 아렌트는 이제야 그 말이 무슨 뜻인지 진정으로 이해할 수 있었다.

그녀는 아렌트의 뺨을 어루만졌다. "난 당신이 죽은 줄 알았어요."

아렌트는 안도감과 황홀감 속에서 사라를 끌어안은 채 자기 몸에 닿은 그녀의 온기를 느꼈다. 갈비뼈가 욱신거렸지만 전혀 신경 쓰지 않았다.

"리아와 크리지는…?" 그가 동굴을 둘러보며 조심스럽게 물었다.

"둘 다 구명보트를 타고 왔어요. 그들은 부상자들을 돌보고 있어요." 사라가 어두운 구석 방향을 가리키며 말했다. 두 여성은 이사벨과 함께 옷을 찢어 붕대로 만들고 있었다.

사라는 아렌트의 가슴에 손을 대고 그의 얼굴을 부드럽게 바라보다가 새미를 발견했다.

그녀는 무릎을 꿇고 새미의 눈과 다른 상처를 살피기 시작했다.

"그가 괜찮겠습니까?"

"상처는 제가 치료할 테니 당신은 다른 문제를 해결하고 오세요. 드레히트가 보급품을 아끼기 위해 부상자들을 죽이고 있어요."

"드레히트는 새미를 죽이지 않겠다고 약속했습니다."

"그자의 말을 믿지 마." 라르메가 멀리 있는 경비 대장의 모습을 바라보며 말했다. "그자는 크로웰스 선장의 가슴에 칼을 꽂지 않겠다고 맹세했지만 그 말을 어겼어. 그리고 나는 그자가 부상자들을 죽이는 것에서 멈추지 않을 거라고 생각해. 식량이 부족해지면 그는 쓸모가 없다고 생각하는 사람을 죽이기 시작할 거야. 그리고 난쟁이도 쓸모가 없다고 생각하겠지."

아렌트는 피곤함이 밀려오는 걸 느꼈다. 살육은 결코 끝나지 않을 터였다, 그렇지 않은가? 그들은 서로를 죽이는 짓을 결코 멈추지 않을 것이다. 야코비 드레히트는 반란을 일으킨 후 손에 피를 묻히는 걸 멈추지 않았다. 사르담호에서의 첫날 밤, 경비 대장은 악마를 믿지 않는다고 말했다. 악행을 저지르는 데 악마가 필요한 건 아니라고 했다. 아렌트는 그것이 한탄이라고 생각했지만, 이제는 그 말이 고백이라는 걸 알았다. 드레히트는 인간의 마음속을 들여다보고 거기서 발견한 진실을 말했다.

아렌트는 허탈한 웃음이 나왔다. 만약 올드 톰이 고통을 주기 위해 인간들을 이 섬으로 데려온 거라면 그들을 그냥 내버려 두면 될 것이다. 그들은 보수를 받지 않고 살육을 저지르면서도 다른 어떤 악마들보다 두 배나 더 기뻐했다.

아렌트는 한숨을 내쉬었다.

"나한테 원하는 게 무엇이오, 라르메?"

"당신이 빌어먹을 저 드레히트를 죽여 주면 좋겠어. 그리고 가능한 한 빨리 그렇게 해 줬으면 좋겠어."

"그건 안 될 말이오." 아렌트가 말했다. "드레히트가 있어야 총병들이 날뛰는 걸 막을 수 있소. 그가 죽으면 우리도 머지않아 그렇게 될 거요."

"그래요. 우리는 그의 부하들을 통제할 필요가 있어요." 사라가 말했다.

"맞습니다." 해변에서 보급품을 모으는 머스킷 총병을 바라보며 아렌트가 말했다. "하지만 어떤 방법으로 그렇게 할 수 있을까요?"

75

아렌트는 동굴을 떠나 임시 천막으로 돌아왔다. 나무 밑에 작은 화톳불이 켜져 있었고 옷을 말리려는 승객들이 모여 있었다. 비는 거의 안개에 가까웠지만 잠깐 사이에 모든 것을 흠뻑 적시기에는 충분했다.

머스킷 총병들은 시체를 쌓고 있었고, 다른 사람들은 보급품 목록을 만들기 위해 인양된 화물 상자의 뚜껑을 열고 있었다. 그들은 발견한 물품을 화약고 문지기에게 불러 주었고 화약고 문지기는 그것을 집계하고 있었다. 아렌트를 보자 화약고 문지기는 살짝 경례를 했다.

"말린 양고기 한 상자."

"비스킷 두 상자."

"에일 맥주 세 통."

"브랜디 네 병."

"포도주 두 병."

"양초와 노끈."

"손도끼, 망치, 긴 못."

형편없이 부족하군, 아렌트는 생각했다. 그것들로는 몇 주는커녕 며칠 동안도 버틸까 말까 했다.

두 척의 보트가 거친 바다를 건너 난파선에서 돌아오고 있었다. 사르담호에 남겨진 물품과 보물을 회수하기 위해 드레히트가 보낸 부하들이었다.

아렌트와 라르메는 드레히트가 다리를 꼬고 나무 위에 걸터앉아 있는 모습을 발견했다. 빗방울이 그의 모자에 떨어지고 있었다.

"위원회는 어디인가?" 아렌트가 드레히트에게 물었다.

"우리가 위원회일세. 이제 당신들이 여기 있으니 나는 회의를 진행하겠네." 드레히트가 모자에 쌓인 빗물을 털어 내기 위해 챙을 기울이며 말했다.

"다른 사람들도 참여시켜야 해." 아렌트가 얼굴을 찌푸리며 말했다. "이 회의는 모든 사람에게 영향을 미치는 거라고."

라르메가 헛기침을 했다. "그러기 전에 저자가 무슨 말을 하려는지 들어 보자고."

드레히트는 얼음처럼 차가운 눈을 아렌트에게 고정시켰다. "우리가 건져 낸 대부분의 보급품은 비를 피하게 해 주고 따뜻하게 해 줄 거야. 하지만 못과 양초를 먹을 수 있는 게 아니라면 우리는 결국 굶주린 채 잠을 자야 해." 드레히트가 소금기 어린 입술을 핥으며 말했다. "머스킷 총병 열아홉 명, 선원 스물두 명 그리고 자네를 포함해서 승객 사십 명이 살아남았네. 그들 모두를 먹여 살릴 수는 없어. 그건 우리의 자원에 대해 어려운 결정을 내려야 한다는 뜻이지."

드레히트는 의미심장하게 그들을 바라보며 잠시 생각할 시간을 주었다.

"내가 지휘하는 총병들은 살인자와 좀도둑 출신이야. 하지만 그들은 살아남는 데 능숙하고 사냥과 추적을 할 수 있지. 이 병사들은 우리를 살려 줄 사람들이야. 특히 배급량이 떨어지기 시작할 때 그들에 대한 나의 통제력은 절대적이지 않네. 조만간 그들은 욕망이 끓어오르기 시작할 거야. 가장 현명한 방법은 복종의 대가로 그들의 욕망을 채워 주는 것인세."

드레히트는 나무 가장자리에 장작을 모으며 여자들을 바라보았다.

"자네는 보상으로 강간을 제안하고 있군." 아렌트가 분노한 목소리로 말했다.

"저 여자들이 결혼했거나 약혼한 것 같지는 않아." 드레히트가 재빨리 대답했다. "그건 기독교 교리에 위배되지 않아. 이봐, 아렌트, 자네 앞에 있는 현실을 보게. 사라와 자네는 친밀한 사이야. 나는 그걸 알아. 사라와 리아는 무사할 것이네. 그리고 라르메, 자네도 마음에 드는 여자를 골라."

아렌트는 구역질이 났다. 올드 톰이 이겼다. 올드 톰은 사르담에 있는 모든 사람들 중 가장 나쁜 인간들을 유혹하려 했고 마침내 성공했다. 더 이상 거래를 할 필요도 없었다. 그들은 자발적으로 죄악과 보상을 꿈꾸고 있었다.

"크리지 옌스는?" 아렌트가 냉소적으로 말했다. "다른 여자들을 희생양으로 만들고 자네는 그 여자와 결혼하려는 것인가?"

"나는 드렌테에 아내가 있어. 그 여자는 필요 없어." 드레히트가 거리낌 없이 말했다.

"이 제안에 대해 어떻게 생각하시오, 라르메?" 아렌트가 물었다.

"내 생각이 왜 중요하지?" 라르메는 그들을 기분 나쁘게 쳐다보았다. "내겐 선원 몇 명이 남았어. 그들 중 대부분은 부상을 입었고, 무장한 사람은 아무도 없어. 우리가 걱정해야 할 건 드레히트의 총병들이야. 나는 단지 회의가 공정하게 보이도록 들러리로 여기 온 거야."

"그래도 당신 생각은 어떻소?" 아렌트가 다시 물었다.

"이건 내가 들어 본 것 중 가장 끔찍한 제안인 것 같아." 라르메가 드레히트를 노려보며 말했다. "하지만 우리가 무슨 말을 하든 저자는 자기 생각대로 할 거야."

"그 말이 맞아." 드레히트가 부끄러워하지 않고 동의했다. "나에게는 힘이 있어. 그 말은 내게 결정권이 있다는 뜻이지. 그리고 나는 이 제안이 현실적이라는 걸 알아. 승객들은 아렌트 자네를 존경해. 자네와 함께라면 설득하기가 더 쉬울 거야."

"내가 거절한다면? 그럼 내가 어떻게 해야 할까?"

"자네가 현명하다면 가능한 한 나의 칼날에서 멀리 떨어져야겠지."

그들은 서로를 응시했다. 항해 첫날 아침에 사르담호에서 누가 먼저 덤벼들지 기다렸던 것처럼.

"난 사라와 리아를 원해." 아렌트가 마침내 말했다. "그리고 라르메가 크리지와 결혼하는 것에 자네가 동의해야 해. 크리지를 자네 부하들에게 넘겨줄 수 없어."

경비 대장은 속임수의 기미를 찾기 위해 아렌트의 얼굴을 뚫어지게 쳐다봤지만 아렌트는 이미 새미로 인해 면역이 된 상태였다. 드레히트의 눈에는 단지 분노 속에서 동의하는 아렌트만이 보였다.

"자네의 명예를 걸고 하는 말인가?" 드레히트가 손을 내밀며 말했다.

아렌트가 악수를 했다. "그렇네."

드레히트는 기쁨을 감추지 못하고 안도의 한숨을 내쉬었다. "나는 그런 대답을 기대하지 않았어, 아렌트. 하지만 자네가 현실을 인정하니 기쁘군. 우리는 모든 보급품을 확보했는지 확인할 필요가 있네. 그일이 끝나면 승객들에게 우리의 계획을 말하겠네. 모든 게 분명해진 다음, 부족한 배급으로 힘든 밤을 보낸 후 내일 아침 우리가 직면하는 상황이 무엇인지 모두에게 선포하겠네."

"그러기 전에 한 가지 더 원하는 게 있어." 아렌트가 말했다. "새미를 구명보트에 태우고 싶네."

라르메는 고개를 가로저으며 말했다. "그건 바보 같은 짓이야. 우리에겐 실력 있는 항해사가 남아 있지 않아. 누구든 물자가 거의 없을 것이고 그걸 나눠 줄 의향도 없을 거야. 우리는 좋은 날씨와 행운을 바라고 있지만, 이 둘이 충족된 적은 좀처럼 없었지."

"새미의 부상은 심각하오. 그는 여기에 남아 있으면 죽을 거요. 살릴 수 있는 기회를 찾기 위해 나는 그를 이 섬에서 멀리 데려가겠소."

"그게 자네의 소원이라면 그렇게 하게." 드레히트가 말했다. "반대할 사람은 없을 거야. 라르메, 구명보트에 탈 선원을 찾는 일은 자네에게 맡기겠네."

"아, 그래." 라르메가 시큰둥하게 말했다. "저주받은 배에 올라가서 쉬라는 말이지?"

"아니, 자네가 누구를 사지로 보낼 수 있는지 판단하라는 뜻이야." 드레히트의 얼굴이 굳어졌다 "이보게들, 우리는 이제 지휘를 맡았소. 쉬운 선택은 남아 있지 않소."

76

사라는 동굴에서 지친 모습으로 나왔지만 뿌듯함을 느끼며 손가락을 응시했다.

3주 전, 그녀는 예절과 증오에 얽매여서 자신이 누구인지 거의 잊은 채 사르담호에 탑승했다. 하지만 폭풍의 고통과 올드 톰의 공포 사이의 어딘가에서 그녀는 다시 자신을 발견했다. 마치 장막 아래에서 발견한 먼지투성이 거울 같았다. 이 모든 고통 속에서도 그녀는 과거 어느 때보다 행복했다. 지난 몇 시간 동안 그녀는 지위에 어울리지 않는다는 말을 듣지 않고 치료를 할 수 있었고, 아렌트와 공공연히 입맞춤을 했다. 그녀는 자신이 원하는 곳으로 갈 수 있었고, 자신이 원하는 것을 말할 수 있었다. 리아를 꾸짖을 필요 없이 그녀가 원하는 만큼 똑똑하게 행동하도록 할 수 있었다.

그들이 암스테르담으로 돌아가면 결코 그렇게 행동할 수 없을 터였다.

경비 대장 드레히트에게 포세이돈의 설계도를 빼앗겼기 때문에 사라에게는 자유를 위해 바꿀 어떤 수단도 남아 있지 않았다. 리아는 아마도 포세이돈을 다시 만들 수 있을 것이다. 하지만 그건 수년간의 작업이 필요할 것이고 그들에게는 그만한 시간이 없었다. 리아는 결혼 적령기였고 외할아버지가 즉시 적당한 남편감을 찾아낼 터였다.

사라가 갈 수 있는 장소는 제한될 것이고, 그녀의 아버지는 그녀가 한 번도 만나 본 적이 없는 남자들의 명단에서 그녀의 다음 남편을 선택하게 될 것이다. 그런 생각을 하고 있자 사라는 바다로 뛰어들고 싶어졌다.

"사라," 아렌트가 백사장을 달려오며 다급하게 속삭였다.

사라는 아렌트를 바라보며 미소를 지었지만 그의 어두운 표정에 당황했다.

"왜 그래요?"

"리아와 크리지를 데려와야 합니다." 그가 말했다. "나쁜 소식이 있습니다."

"당신은 제게 좋은 소식은 절대 가져오지 않는군요." 사라가 살짝 투덜거렸다. "크리지는 아이들을 달래며 낮잠을 재우고 있어요. 무슨 일이든 나중에 그녀에게 말할게요. 하지만 이사벨에게는 지금 바로 알려 주고 싶어요."

"당신은 이사벨을 신뢰합니까?"

"그래요, 아렌트. 이사벨은 임신을 했어요. 무슨 일이 있어도 우리는 그녀를 보호해야 해요."

아렌트가 고개를 끄덕이자 사라는 리아와 이사벨을 재빨리 데려왔다. 아렌트는 총병들에게 들키지 않게 그들을 숲속으로 데리고 갔다.

숲속에 도착하자 아렌트는 드레히트의 계획을 설명했다.

"강간이요?" 사라가 역겨워하며 물었다.

비가 억수같이 내리고 있었고, 머스킷 총병들은 화물을 위한 천막을 세우고 사냥용 나뭇가지를 깎느라 분주했다. 하지만 그런 와중에도 모래톱에서 그물을 만들고 있는 여자들에게 욕망의 눈길을 던지고 있었다.

"경비 대장이 언제 그 계획을 실행할까요?" 눈가에서 젖은 머리를 떼어 내며 리아가 물었다. 리아는 사르담호를 떠날 때 입은 망토가 흠뻑 젖어 몸을 떨었다. 딸에게 입혀 줄 옷이 없어서 사라는 자신의 몸을 담요 삼아 딸의 몸을 감쌀 수밖에 없었다.

"내일 모든 사람들에게 계획을 말할 거야." 아렌트가 말했다. "아마도 손에 칼을 쥔 채 강압적인 분위기를 조성하겠지."

이사벨은 겁에 질려 배에 손을 얹었다.

"그러면 우리는 오늘 밤 모두 도망쳐야 해요." 리아가 말했다. "숲속에 숨는 게 어떨까요?"

"리아의 판단이 맞습니다." 아렌트가 말했다. "오늘 오후에 제가 정찰을 해서 숲속에 숨을 만한 동굴이 있는지 알아보겠습니다. 승객들에게 우리의 계획을 전하고 준비하라고 말해 주시겠습니까? 드레히트는 부하들에게 노고에 대한 보상으로 포도주를 나눠 줄 겁니다. 그들이 술에 취하면 우리는 몰래 도망칠 수 있을 겁니다."

"그다음은요? 드레히트는 모든 식량과 무기를 장악하고 있어요." 사라가 말했다. "그는 결국 우리를 찾아낼 거예요." 위험하고 무모한 분노가 그녀의 목소리에서 타올랐다.

"우리는 그들과 싸울 수 없습니다, 사라." 아렌트가 경고했다. "그건 자살행위입니다."

"오늘 싸우다 죽든 내일 그냥 죽든, 그게 무슨 차이가 있나요?" 그녀는 격렬하게 말했다.

"오늘 우리가 도망치면 구조선이 올 때까지 버틸 방법을 찾을 수 있을 겁니다." 아렌트가 말했다. "살아남는 게 이기는 겁니다. 게다가 여긴 올드 톰의 섬입니다. 올드 톰은 어떤 목적을 위해 우리를 여기에 데려왔으니 여덟 번째 불빛도 그리 멀리 있지 않을 겁니다."

그 말이 사라의 눈을 번뜩이게 했다. "우리가 그 유령선을 붙잡을 수 있다고 생각하세요?"

"그 배가 보여 준 능력을 생각하면 우리를 바타비아로 되돌아가게 해 주는 건 간단한 일일 겁니다."

그들 사이에 아찔한 흥분과 희망의 불씨가 일어났다.

멀리서 드레히트가 아렌트의 이름을 부르는 소리가 들려왔다. 그는 두 손을 입에 대고 용병을 찾으며 모래톱을 걷고 있었다.

"저는 가 봐야 합니다." 아렌트가 말했다.

"모든 승객들이 우리에게 동참하지는 않을 거라는 걸 알아야 해요." 사라가 말했다.

아렌트는 실망감을 드러냈다. "네? 왜죠?"

"그들 중 일부는 드레히트의 제안이 공평하다고 생각할 거예요. 그들에게 영향을 미치지 않기 때문에, 혹은 그들이 살아남을 수 있다면 그런 대가를 치를 가치가 있다고 생각하기 때문에."

"저는 이해할 수 없습니다."

"그건 당신이 한 번도 그럴 필요가 없었기 때문이에요." 사라가 말했다. "걱정하지 마세요, 공감하는 사람들에게만 우리 계획을 전달하도록 할게요. 우리가 모두를 구할 수는 없다는 것만 알아 두세요."

그들은 서로를 솔직하게 바라보았다. 처음에 그들은 배에서 죽을 거라고 생각했었다. 이제 그들은 여기서 죽을 거라고 생각했다. 더 이상 거리감도, 비밀도 없었다. 사르담호는 많은 것을 빼앗아 갔지만 비밀도 함께 가져갔다.

"그럼 우리가 구해 낼 수 있는 사람들만이라도 구해 내야겠군요."

그가 말했다.

77

아렌트가 깊은 숲속으로 향할 때 오래된 나뭇가지들이 그의 뺨을 할 퀴었다. 바닷바람도 이곳으로 들어올 수는 없었기에 아무것도 흔들 리지 않았다. 아렌트는 드레히트에게 사냥을 간다고 말했지만, 비밀 리에 탈출로를 정찰할 생각이었다. 모든 일이 잘 풀리면 그들은 밤에 조용히 사라지겠지만, 모든 일이 잘못되었을 때 아렌트는 사람들이 숨을 곳을 찾아야 했다. 여기는 올드 톰의 섬이었다. 그 악마가 계획 한 일이 무엇이든 바로 이곳에서 일어날 터였다. 아렌트는 사람들이 그 일에 무방비로 노출되기를 원하지 않았다.

섬 내부는 이상하고 뒤틀린 곳이었다. 나무줄기가 바닥에서 갈라 져서 마치 괴물의 손가락처럼 공중으로 뻗어 나갔다. 땅에는 아렌트 의 키의 절반 높이에 달하는 커다란 붉은 꽃들이 피어 있었고, 각각 의 꽃들은 그 위에 날아든 파리를 잡을 수 있을 만큼 끈적끈적하고 두

거운 줄기를 갖고 있었다. 꽃잎 크기의 나비들이 우아하게 허공을 가르며 날아다니고, 접시 크기만 한 꽃잎들은 강렬한 태양으로부터 그늘을 만들어 냈다.

보이지 않는 생물들이 덤불 속을 은밀히 지나다니고 있었다. 숲속으로 들어와서 한 시간 동안 그는 모든 소음들이 굶주린 배를 채우기 위해 그의 목숨을 노리고 있다고 생각했다. 그는 하마터면 모래톱으로 다시 달려갈 뻔했지만 두려움은 좋은 결정을 내리기에 지나치게 불완전한 감정이었다.

아렌트의 얼굴에서 땀이 줄줄 흘러내렸고, 공기는 지나치게 습했다. 그는 고통에 몸부림치며 젖은 솜덩이처럼 숨을 들이마셨다.

사라는 그가 혼자 숲속으로 가는 걸 원하지 않았다. 자기와 함께 가자고 요구하며 항의했었다. 혼자 가는 편이 빠르고 안전할 거라는 점을 그녀에게 납득시키기 위해 한참을 설득해야 했다.

그는 계속 나아가다가 부러진 나뭇가지들을 발견했다. 누군가가 이곳을 지나간 흔적이었다. 몇 걸음 더 나아가자 오솔길이 넓어졌다. 이 길은 최근에 만들어진 게 아니었다. 베어 낸 나뭇가지들이 이미 되살아나기 시작하고 있었다.

오솔길은 앞으로 길게 뻗어 있었다. 10여명의 사람들이 거의 한 달 동안 작업해서 만든 길이 분명했다.

그는 조심스럽게 그 길을 따라갔고 마침내 넓은 공터로 들어섰다. 오두막집 세 채가 세워져 있었고, 돌로 만든 우물 주위에 물통이 놓여 있었다. 그는 잡목림에 서서 거주자들을 찾아보았지만 주위에는 아무도 없었다. 문과 덧문을 가로질러 펼쳐진 거대한 거미줄로 판단하건대 이곳에는 몇 달 동안 아무도 없었다.

아렌트는 나무숲에서 뛰쳐나와 가장 가까운 오두막집의 벽에 몸을 밀착시켰다. 문을 잡아당겨 열려고 했지만 안에서 꽉 잠겨 있었다.

그는 다른 오두막집들이 잘 보이는 쪽으로 계속 나아갔다. 주위에는 여전히 아무도 없었고 진흙투성이의 땅에는 발자국도 없었다.

이곳에는 사람이 없었다.

"아니면 버려진 거겠지." 그는 중얼거리며 가장 가까운 문을 열고 어둠 속으로 발을 들여놓았다. 지붕에서 거미들이 기어 다녔고 오두막집 내부에는 2인용 침대 30개가 질서 정연하게 늘어서 있었지만 한동안 사용하지 않은 듯했다.

오두막집의 맨 끝에는 또 다른 문이 있었다. 그쪽으로 가는 도중에 아렌트는 마루에 떨어진 진주 자개단추와 그 구멍에 달라붙은 실오라기를 발견했다. 크로웰스가 즐겨 입는 것과 유사한 비싼 옷에 달린 단추였다. "누군가가 여기서 살고 있었어." 단추의 먼지를 불어 내며 아렌트가 혼잣말을 했다. 그는 침대를 응시했다. "많은 사람들이 있었군."

아렌트의 심장이 쿵쾅거리기 시작했다.

그는 더욱 과감하게 두 번째 문을 열었다. 그 너머에는 보급품 저장소가 있었다. 선반은 불룩한 자루와 화물 상자, 그리고 코르크 마개로 막힌 진흙 항아리로 가득 차 있었다.

그는 진흙 항아리를 선반에서 내려놓고 코르크 마개를 열어 냄새를 맡아 보았다.

"포도주로군." 그가 중얼거렸다.

화물 상자 뚜껑은 꽉 닫혀 있었지만 아렌트는 팔꿈치를 가운데로 밀어 넣어 나무를 부러뜨렸다. 손가락으로 파편을 걷어 내자 상자 속에는 소금에 절인 쇠고기로 가득 차 있었다. 또 다른 상자에는 비스킷이 들어 있었다.

단검으로 가장 가까이에 있는 자루 윗부분을 찢어 내자 보리가 들어 있었다. 이곳에는 몇 주 동안 사르담호에서 살아남은 사람들을 먹일 충분한 음식이 있었다.

이곳은 올드 톰의 섬이었으므로 새로운 추종자들을 수용하기 위한 오두막집일 터였다. 그들은 따뜻하게 지내고 부족함 없이 먹으며 올드 톰에게 감사해했을 것이다.

아렌트는 보리 알갱이를 꽉 움켜쥐었다. 이건 말이 되지 않아.

올드 톰은 이 거주 시설을 만들지 않았을 것이다. 악마가 무엇 때문에 감사하는 마음을 원하겠는가? 데몬로지카는 살육과 파괴를 갈망하는 존재를 묘사했고, 그 존재는 타락한 인간성 외에는 아무것도 원하지 않았다. 악마의 추종자들은 고통을 퍼뜨리기 위해 세상으로 보내졌다. 든든한 식사와 숙면을 묘사한 장면은 전혀 없었다.

아렌트가 싸웠던 어떤 왕도 병사들에게 이렇게 잘 대해 준 적이 없었다. 병사들은 진흙탕에서 악취 나는 음식을 먹었고 낡고 더러운 담요를 덮었다.

어리둥절한 아렌트는 오두막집을 나와 우물 뚜껑을 열었다. 죽은 곤충 몇 마리가 떠 있는 걸 제외하고는 깨끗한 물이었다. 그는 손을 오므리고 물을 떠서 마셔 보았다. 달콤하고 상쾌했다. 그는 더위를 식히기 위해 물로 얼굴을 적신 후 다른 오두막집을 점검했다.

둘 다 똑같이 식량이 충분히 비축되어 있었다.

이 거주 시설에는 수백 명의 사람들을 위한 공간이 있었고, 오두막집에는 더위 속에 오래 방치된 식량이 없었기 때문에 이것들은 최근에 비축된 것임이 틀림없었다. 드레히트는 쓸데없이 부상자들을 학살한 것이다. 이 식량과 에일 맥주는 생존자들이 몇 달 동안 먹을 수 있는 양이었다.

아렌트는 악마의 자애로운 마음을 이해하지 못한 채 다시 밖으로 나가 천천히 건물 주위를 둘러보았다.

목재 조각, 기둥 덩어리와 부서진 화물 상자들이 잡목림 주변에 버려져 있었고, 그 뒤에 더 많은 잔해가 있었다. 뒤집힌 화물 상자에서 못이 땅바닥으로 쏟아져 있었고 목재 기둥들이 나무의 두꺼운 줄기에 기대어 쌓여 있었다. 아렌트는 지저분한 잔해를 헤치고 더 깊은 숲속으로 들어가서 너덜너덜한 돛천과 심하게 파손된 보트를 발견했다.

보트는 거대한 나뭇잎에 가려져 있었지만 아렌트가 바로 그 옆을 지나가다가 우연히 나무 몇 그루가 잘려 나간 지점 아래쪽에서 그 선체를 발견했다. 그는 나뭇잎을 치워 내고 보트를 조사했다. 보트의 좌석은 커다란 삼각형 틀을 세울 공간을 마련하기 위해 뜯겨져 있었지만 그 틀은 보이지 않았다. 선체에서 빠져나온 못들이 바닥에 떨어져 있었고 보트의 한쪽 면은 부서져 있었다.

삼각형 틀은 보트 전체를 차지했지만 그 목적이 무엇인지 알려 주는 단서는 보이지 않았다.

아렌트는 한참 동안 부서진 보트를 바라보다가 오두막집으로 돌아왔다.

갈증을 느낀 아렌트는 우물로 다가가서 물을 마시다가 진흙 속에 박혀 있는 단검을 발견했다. 칼날은 부러진 상태였다. 그는 별다른 관심을 갖지 않고 단검을 물통에 씻었다. 칼날은 강철로 만들어졌고 두 개의 날카로운 모서리를 갖고 있었다. 다른 모든 칼들처럼 살인 무기로는 훌륭했고 면도를 하기에는 적당하지 않았다. 그 단검은 오두막집을 만든 사람들에 대해 아렌트에게 아무것도 알려 주지 않았다. 다만 그들은 무기를 잘 관리하지 않았고 칼날에 녹이 슬어서 부러지도록 방치했다. 이 단검으로 사람을 죽이는 가장 좋은 방법은 그것에 걸려 넘어져서 바위에 머리를 부딪히게 하는 것이었다.

아렌트는 숲속에서 바스락거리는 소리를 들었다. 이 단검은 그가 지난 며칠 동안 보았던 무기 중 두 번째로 형편없는 무기였다. 하지만 문둥병자의 단검과는 달리 강철로 만든 칼날을 가지고 있었다. 문둥병자의 단검은 단지 얇은 금속 조각과 나무 손잡이로 되어 있을 뿐이었다. 그건 거의⋯

"장식품과 다를 바 없었지⋯" 그는 천천히 혼잣말을 하다가 갑자기 이상한 생각에 사로잡혔다.

올드 톰은 사라, 크리지, 리아에게 총독의 침대 밑에 단검을 넣어둘 테니 그를 죽이라고 말했고, 문둥병자는 아렌트가 단검을 잘 살펴볼 수 있도록 남겨 놓았다. 왜일까?

사람들이 엄청난 두려움을 느낄 때 좋은 점은 아무도 그 너머를 보지 않는다는 거야. 보즈는 아렌트를 죽이려고 했을 때 그렇게 말했었다. 시종장은 화물칸 기둥에 올드 톰의 상징을 새기면서 그것이 발견되어도 아무도 의문을 갖지 않을 거라는 사실을 알고 있었다. 만약 누군가가 단검의 진짜 본질을 감추기 위해 같은 생각을 하고 있었다면 어떨까? 그래, 그건 대단한 무기는 아니었지만 악마의 것이니까 의심하지 마. 자네는 악마의 화신이 그걸 들고 있는 걸 보았잖아.

하지만 그 단검이 살인 무기가 아니라면?

이는 논리적으로 가능하지 않았다. 총독의 선실은 잠겨 있었다. 총독이 침대에 누운 후 아무도 들어오지 않았다. 총독을 살해할 수 있는 유일한 사람은 야코비 드레히트였지만 그는 전문적인 군인이었다. 만약 그가 총독을 죽였다면 진짜 무기를 사용했을 것이다. 드레히트는 문둥병자의 단검으로 사람을 죽일 수 있다고 생각하지 않았을 것이다. 그리고 그 생각이 옳았다.

그 단검은 장식품이었다.

하나의 생각이 떠오르자 또 하나, 또 하나, 또 하나의 생각들이 꼬리를 물고 떠올랐다. 어떻게 선실에 들어가지 않고 그 안에 있는 총독을 죽일 수 있었을까? 어떤 무기로 그렇게 할 수 있을까? 누가 그 무기를 휘둘렀을까?

"그럴 리가…" 아찔한 기억 속에서 안개가 걷히면서 아레트가 소리쳤다. "그럴 리가…"

78

사라는 앙리의 힘없는 손을 내려놓았다. 이 사람은 그녀에게 보세에 대해 처음으로 얘기해 준 목수였다. 솟구친 선체 조각이 그의 가슴에 박혀서 내장을 망가뜨렸다. 앙리는 보트에 옮길 수 있을 정도로 오랫동안 숨을 쉬었고 동료들이 이 섬으로 데려왔지만 이런 부상은 치료할 수 없었다. 이런 부상 앞에서 사라가 할 수 있는 것이라고는 보세에게 그랬던 것처럼 안식을 기원하는 일뿐이었다.

사라는 허탈한 마음으로 동굴 주위를 응시했다. 이곳으로 옮겨진 거의 모든 사람들이 죽었다. 살아남은 소수의 사람들은 고통 속에서 신음하며 버티고 있었다. 어떤 이들은 곧 죽을 것이고 어떤 이들은 오래 살아남을 것이다.

신은 이 사람들을 위한 자신만의 계획을 가지고 있었다. 그녀는 신이 자비롭기만을 기도할 수 있었다. 그들이 겪었던 모든 일을 생각하면 적어도 그 정도의 자비는 요구할 자격이 있었다.

더 이상 고통을 견딜 수 없어서 사라는 동굴 밖으로 나갔고 회색 비를 맞으며 모래톱을 지나 파도가 손에 닿는 곳으로 향했다. 뒤편 산등성이에서는 나무들이 공포에 떨 듯이 바스락거리는 소리를 내고 있었다.

이곳은 올드 톰의 섬이었고, 올드 톰은 끔찍한 목적으로 그들을 여기로 데려왔다. 분명 어떤 비밀이 잡목림 속에서 그들을 기다리고 있는 것 같았지만 아렌트는 마치 시장에 가는 것처럼 숲속으로 사라졌다.

사라는 용감한 남자를 만난 적이 없었다. 아렌트는 그녀의 요청을 받아들이지 않았다. 그는 필요한 일을 하는 데에는 용기가 필요 없다고 말했다. '그런 남자를 사랑하는 일은 결코 쉽지 않을 거야.' 사라는 한숨을 쉬었다.

무릎을 꿇은 사라는 바닷물에 손을 씻고 멀리 사르담호의 잔해를 응시했다. 중간 갑판의 거대한 균열이 커지면서 안쪽의 화물이 노출되어 있었다. 부서진 판자들이 물위에 떠다녔고 바닷새들은 마치 죽은 황소를 선회하는 까마귀처럼 그 위에서 빙빙 돌았다.

보트가 보물 상자들로 가득 차서 돌아오고 있었다. 머스킷 총병들은 그 보물을 다른 보급품에서 조금 떨어진 잡목림 아래쪽에 몇 시간 동안 쌓아 두고 있었다. 여기 바닷가에서도 그녀는 성배와 금 쟁반, 보물들을 볼 수 있었다. 그 보물들은 그녀의 남편이 레이니어 반 슈텐에게 은밀히 적재하라고 지시한 비밀 화물이었다.

반 슈텐, 사라는 깜짝 놀라며 그 이름을 기억했다.

그녀는 반란 이후, 수석 상인의 모습을 본 적이 없었다. 그는 동굴이나 구명보트에서 목격되지 않았다. 그녀는 걱정스러운 듯 해변을 둘러보았지만 시체들은 매장되기만을 기다리며 하얀 천 밑에 쌓여 있었다. 바다는 죽은 사람들을 흘려보내면서 파도를 밀고 당겨 그들의 팔다리에 이상한 경련을 일으키고 살아 있는 것처럼 보이게 만들었다. 반 슈텐이 결국 파도에 쓸려 내려올 거라는 사실은 의심의 여지가 없었다.

사라는 머스킷 총병들이 보트를 해변으로 끌고 올라와서 화물 상자 12개를 내려놓으며 금은보화, 목걸이, 다이아몬드, 루비를 함부로 다루는 모습을 바라보았다. 머스킷 총병들은 웃으면서 떨어진 보물들을 그냥 내버려 두었다. 누가 그걸 훔치려고 하겠어, 그들은 농담을 주고받았다.

총병들은 끙끙거리면서 화물 상자 하나를 들어 올려 임시 천막 쪽으로 옮겼고, 나머지는 방치했다.

사라는 높이 쌓여 있는 보물들을 응시했다.

그것은 아렌트와 마주쳤을 때 보즈가 숨기려 했던 보물이었다.

시종장은 그녀의 남편 몰래 그 보물을 훔친 게 틀림없었다. 그래서 그는 포세이돈을 훔치지 않았음에도 불구하고 자신이 도둑임을 인정한 것이다.

하지만 남편은 왜 그 보물을 가지고 있었을까? 얀 하안은 원래 상인이었다. 그는 향신료를 금과 교환했다. 하지만 성배와 접시는 아무리 값비싸다고 해도 향신료와 교환하지 않았다.

사라는 걸어가서 보물 더미에서 접시와 술잔을 집어 들고 거기에 새겨진 문장을 살펴보았다. 예상대로 그 문장은 보즈가 훔친 물건에 새겨진 것과 같이 딕스마 가문의 문장이었다.

그러나 다른 보물에는 더 많은 가문의 문장이 새겨져 있었다.

칼집에서 화려한 검을 뽑아 든 그녀는 칼과 화살을 들고 있는 사자 문양을 발견했다. 사자 문양 위에는 라틴어로 '명예와 지혜'라는 깃발이 나부꼈다.

"명예와 지혜." 그녀가 중얼거렸다. 그건 하빌랜드 가문의 문장이었다. 에밀리 드 하빌랜드가 사르담호에 탑승한 건 결코 우연이 아니었다. 사라는 보물을 계속 조사하면서 반 드 슐렌스 가문과 보즈 가문에 속한 문장을 찾아냈다. 이들은 모두 피터 플레처가 올드 톰의 마수에서 구해 낸 가문들이었다.

왜 그녀의 님편이 이 보물을 가지고 있었을까? 그가 올드 톰을 소환한 목적이 이 보물 때문이었을까? 이 보물들을 강탈하려고?

강탈이 아니야, 사라의 번뜩이는 통찰력이 빛을 발했다. 그건 남편의 방식이 아니었다. 만약 얀 하안이 그녀의 아버지와 코넬리우스 보즈, 그리고 수많은 다른 사람들에게 저질렀던 악행을 이 가문들에게도 저질렀다면 어땠을까? 그들을 공격하고 그들을 경멸하고 그들이 초라해질 때까지 살려 두었다면.

데몬로지카에 따르면 이 가문들은 모두 무역업자, 상인, 조선업자들이었다. 그녀의 남편이 30년 전 사업을 벌일 때 필요했거나 경쟁하던 사람들이었다. 만약 남편이 올드 톰을 소환해서 그들을 속였다면 어땠을까?

피터 플레처는 그 계획을 좌절시켰고, 그녀의 남편은 복수하기 위해 올드 톰에게 그를 죽이도록 했다.

유일한 예외는…

기억이 손톱처럼 자라나 사라의 머릿속에 떠오르기 시작했다. 크리지의 객실에서 피터 플레처의 초상화를 처음 보았을 때 사라는 의아했다. 피터는 화려한 옷을 입고 거대한 저택 앞에 당당하게 서 있었다. 그는 심지어 왕들이 데리고 살던 크리지의 사치스러운 생활도 감당할 수 있었다.

반면에 샌더 커스 목사는 누더기 옷을 입고 있었고 사르담호에 승선하기 위해 신도들에게 헌금을 요청해야 했다.

마녀사냥꾼은 부자가 되는 직업이 아니었다. 하지만 어찌 된 일인지 피터 플레처는 부자였다.

사라는 크리지에게 달려갔다. 크리지는 이사벨이 장작을 모으는 것을 돕고 있었고 사라는 숨이 찬 나머지 질문을 하기에 앞서 말을 잠시 멈춰야 했다.

"피터가…" 사라가 숨을 헐떡거리며 물었다. "…귀족 …귀족이었니? 돈이 많았니?"

크리지는 묘한 웃음을 지으며 대답했다. "마녀사냥은 돈벌이가 되지 않아. 피터의 재산은 그가 구해 준 가문들로부터 받은 보상금이었어."

아니, 그렇지 않았어, 사라는 생각했다. 보상은 자발적으로 건네주는 것이다. 총독은 올드 톰을 소환해서 이 가문들을 몰락시켰고, 경쟁자의 평판을 무너뜨렸다. 그런 다음 그에게 유용한 사람들을 협박해서 부하로 만들었다. 자신의 요구를 수용한 사람들에 한해 총독은 피터 플레처를 보내 올드 톰을 추방시켰고, 모든 사람들에게 악마가 정말로 사라졌다고 믿게 했다.

그녀의 남편은 적을 죽이지 않고 살려 두었다. 항상 그랬다. 총독은 그들이 고통받는 걸 보고 즐겼다.

그리고 그들 중 한 명이 총독을 찾아왔다.

달바인 부인의 객실에서 책을 발견했을 때 사라는 그 책이 데몬로지카에 대한 조롱이라고 생각했지만 만약 그것이 실제로 수년 전에 일어났던 일에 대한 진실한 기록이라면 어떨까? 올드 톰은 하빌랜드 가문을 파괴했고 에밀리만이 살아남았다. 에밀리는 성장해서 복수를 다짐했다. 에밀리는 피터 플레처의 행동을 직접 목격하고 그를 추적하는 데 전념했을 것이다. 에밀리는 피터를 암스테르담에서 발견했다. 피터는 크리지와 결혼했고 두 소년의 아버지였다. 피터는 에밀리를 알아보고 도망쳤지만, 에밀리는 피터를 추적해서 릴로 갔다. 에밀리는 피터를 고문해서 공모자들의 정체를 자백하도록 만들었다. 그래서 샌더 커스 목사와 얀 하안 총독이 공모자라는 걸 알아냈을 것이다.

남편이 그 빌어먹을 흉갑을 결코 벗지 않았던 건 당연한 일이었다. 그리고 높은 성벽과 경비병에 둘러싸여 바타비아에 숨어 지냈던 것도 당연한 일이었다.

어떻게 그토록 철저하게 경호를 받는 총독을 죽일 수 있을까? 그를 유인한 거야, 사라는 생각했다.

신교 목사는 2년 전 피터 플레처로부터 바타비아로 오라는 가짜 편지를 받았다. 그녀의 남편은 사르담호에 탑승하기 한 달 전에 아렌트의 할아버지로부터 가짜 승진 명령서를 받았다.

"락사가르는 노르웨이어로 함정이라는 뜻이야." 사라가 다시 난파선을 바라보며 중얼거렸다.

에밀리 드 하빌랜드는 사라의 남편에게 과거의 적이 그를 찾아냈다는 사실을 알 수 있도록 돛에 올드 톰의 상징을 새겼다. 에밀리는 총독이 누구를 의심해야 하는지 정확히 알 수 있도록 가명과 책을 남겨 두었다. 올드 톰은 고통을 몰고 왔고 에밀리 드 하빌랜드는 얀 하안이 스스로 저지른 짓 때문에 고통을 받도록 만들었다.

사라는 해안으로 달려가 아렌트를 숨 가쁘게 찾아다녔다. 모든 게 충격적이었고, 그녀는 머리가 터져 버릴 것 같았다.

사라는 이 모든 걸 아렌트에게 말해 줘야 했다.

아렌트는 정신없이 주변을 두리번거리며 해변을 걷고 있었다. 사라를 보자 그의 얼굴에 안도하는 표정이 나타났다.

그들은 서로를 향해 달려갔고, 사라는 아렌트의 팔을 잡았다.

"왜 이런 일이 벌어지는지 알아냈어요!" 사라가 다급하게 말했다.

아렌트의 눈이 휘둥그레졌다. "그렇습니까? 저도 알아냈습니다."

"이건 매우 나쁜 계획입니다." 보트를 타고 사르담호로 다가가면서 아렌트가 말했다. 난파선이 그들 위로 어렴풋이 보였고, 드러난 선체는 따개비와 해초로 뒤덮여 있었다. 햇빛이 화물칸의 갈라진 틈으로 쏟아져 들어오자 배의 골격에 둥지를 틀고 있던 바닷새들이 모습을 드러냈다. 사르담호는 마치 거대한 짐승이 죽을 자리를 찾아 드러누운 것 같았다.

"우리는 좋은 계획을 세울 시간이 없었어요." 사라가 대답했다. 그녀는 보트의 뱃머리에 앉아 얕은 바다를 살펴보고 있었다. "게다가 우리는 그 추리가 옳은지 여부를 확인해야 해요. 이곳이 그걸 확인할 수 있는 유일한 장소예요."

바다는 거칠었고 아렌트는 날카로운 바위에 부딪히지 않기 위해 노를 열심히 저어야 했다. 그들은 드레히트에게 사라의 하프를 되찾으러 간다고 핑계를 댔다. 그건 다른 누구에게도 맡길 수 없는 일이었다. 바타비아 요새에서 매일 몇 시간씩 사라가 하프를 연주하는 걸 들었기 때문에 드레히트는 의심 없이 그 요청을 받아들였다.

사라가 뛰어내릴 수 있도록 아렌트는 보트를 단단히 붙잡았다. 그는 노를 안으로 집어넣고 바위에 올라가 보트를 끌어당겼다. 승객들이 오늘 아침 여기서 내렸기 때문에 밧줄 사다리가 여전히 중간 갑판에 매달려 있었다.

파도가 바위에 부딪쳐 물보라를 일으키며 아렌트와 사라를 흠뻑 적셨다. 힘겹게 몸을 일으킨 아렌트는 선체 밖으로 튀어나온 총독 선실 일부분을 올려다보며 뒤쪽을 향해 걸어갔다.

문둥병자의 손자국은 너무 작고 희미해진 나머지 웬만큼 가까이 다가가지 않는 한 알아보기 힘들 정도였다. 그 손자국들은 흘수선에서 총독의 선실로 이어지다가 사라의 객실을 지나 선미루 갑판으로 향했다.

"우리는 문둥병자가 바다에서 올라올 때 선체에 구멍들을 냈다고 추정했지만, 우리가 탑승하기 전에 이미 그 구멍들이 있었다면 어떨까요?" 아렌트가 말했다. "모두가 반대편에서 승선했기 때문에 항구에서 아무도 이 구멍을 보지 못했을 겁니다."

"사다리 역할을 하도록 보세가 그 구멍을 만들었다고 생각하세요?

"그렇습니다." 아렌트가 말했다. "보세는 바타비아에서 샌더 목사에게 주인님을 위해 보트를 준비시킬 거라고 말했습니다. 이곳에서 그런 일이 진행된 것 같습니다."

그들은 선체 틈새를 통해 화물칸으로 걸어 들어갔다. 달콤한 냄새와 썩은 냄새가 뒤엉켜 코를 찔렀다. 드레히트가 반란에서 승리하도록 해 준 바위가 칼날처럼 선체를 뚫고 위로 솟구쳐 있었다. 바위는 향신료로 얼룩져 있었다.

드레히트의 총병들이 보트로 옮기다가 떨어뜨린 보석들이 화물칸 바닥에 고인 물에서 반짝거렸다.

"삼촌은 왜 보물을 바타비아로 가져왔습니까?" 아렌트가 자수정 하나를 집어 들고 물방울을 털어 내면서 물었다.

"도난당하거나 의심받지 않고 보관할 수 있는 곳이니까요." 사라가 대답했다. "보석 외에도 거의 모든 귀중한 물건에 놀락한 위대한 가문의 문장이 새겨져 있었어요."

"보석을 팔고 나머지는 녹여서 부피를 줄일 수도 있었을 텐데요."

"당신은 삼촌의 성격을 정말 몰랐군요." 사라의 목소리에는 동정심이 담겨 있었다. "그는 아마도 어떤 대가를 위해 돈이 필요할 때 이 물건들을 팔았을 거예요. 하지만 그는 이 물건을 보물로 여기지 않았어요. 이건 그의 전리품이었어요. 승리의 기념품이요. 보즈와 저도 그의 전리품이었고요. 얀 하안은 자신이 희생시킨 사람들의 물건을 진열하는 걸 즐겼어요."

아렌트는 손바닥을 기울여 자수정을 바닥의 더러운 물속으로 떨어뜨렸다.

그들은 피로 뒤덮여 미끄러운 최하 갑판 계단을 올라갔다. 바닷새들이 잔치를 벌이듯 죽은 사람들의 시신을 뜯어 먹고 있었다.

사라는 아렌트가 고급 선실로 곧장 갈 거라고 예상했지만 그는 화약고 출입문을 열었다. 화약통에서 화약 가루가 바닥에 엎질러졌지만 이미 축축해진 탓에 위험하지는 않았다. 반란의 아수라장 속에서 화약고 문지기의 목에서 떨어져 나온 게 분명해 보이는 부적이 나무 조각들 사이에 놓여 있었다.

"무엇을 찾고 있나요?" 사라가 물었다.

"이 항해에서 우연히 일어난 일은 아무것도 없습니다." 화약 가루를 털어 낸 부적을 주머니에 넣으며 아렌트가 대답했다. 나중에 그 부적을 문지기에게 돌려줄 터였다. "사르담호는 삼촌을 죽이기 위한 함정이었습니다. 모든 일이 몇 년 전에 미리 계획된 것입니다."

"세 가지 불경스러운 기적을 포함해서요." 사라가 말했다.

"선원들만이 포세이돈이 들어 있는 통을 화약고에서 꺼낼 수 있었습니다." 아렌트가 말했다.

"그럼 우리는 공범 세 사람을 쫓고 있어요."

"두 사람입니다." 아렌트가 정정했다. "크로웰스 선장은 확실한 공범입니다. 만약 에밀리 드 하빌랜드가 우리를 이 섬으로 데려오려고 했다면 선장의 도움이 반드시 필요했을 겁니다. 그는 이 배를 지휘하는 사람이었으니까요."

"아마도 포세이돈이 그 대가였을 거예요." 사라가 말했다. "그 장치는 엄청난 가치가 있어요. 포세이돈으로 리아와 저는 완전히 새로운 삶을 살 수도 있었어요. 크로웰스는 자기 가문의 명예를 회복하는 일에 집착했어요. 만약 그가 정말로 포세이돈을 손에 넣어 그걸 팔 수 있었다면, 가문의 명예를 회복하는 건 일도 아니었을 거예요."

"선장은 여덟 번째 불빛이 언제 나타날지 알고 있었기 때문에 언제 전투 준비를 지시해야 할지도 알고 있었습니다. 그는 포세이돈이 들어 있는 통을 화물칸으로 가져가서 보세가 만든 비밀 공간에 숨길 수 있는 믿을 만한 사람이 필요했습니다. 만약 우리가 에밀리 드 하빌랜드의 정체를 제대로 맞춘 게 맞다면 에밀리는 포세이돈 상자의 열쇠를 쉽게 훔칠 수 있었을 겁니다."

그들은 그 추리에 씁쓸함을 느끼며 서로를 응시했다.

"아이작 라르메도 공범이라고 생각하십니까?" 아렌트가 갑자기 사라에게 물었다.

"왜요?"

"라르메는 크로웰스와 가까운 사이였습니다. 그들이 함께 일을 처리했을지도 모릅니다."

"저는 그렇게 생각하지 않아요." 사라가 말했다. "라르메는 자신의 비밀 공간에서 숨겨진 포세이돈의 부품을 발견했다고 시인했지만 나머지 부품은 찾지 못했다고 말했어요. 라르메가 얼마나 실망스럽게 말했는지 기억해 보세요. 만약 그가 크로웰스와 함께 일했다면 왜 그런 사실을 고백했을까요?"

위층 계단이 부서져서 그들은 조심스럽게 움직여야 했다. 중간 갑판 아래 칸은 조타실로 기울어져 있었고 죽은 시신들이 벽에 쌓여 있었다. 시체 외에도 반란의 참상은 나무의 홈에서부터 판자에 꽂힌 칼에 이르기까지 도처에 널려 있었다.

바위가 중간 갑판을 뚫고 들어가서 주 돛대를 바다에 쓰러뜨렸고 배의 모든 기능을 망가뜨려 버렸다. 이제 돛대는 삭구로만 배와 연결되어 있었다.

"잘린 팔을 연상시키네요." 사라가 역겨워하며 말했다.

아렌트는 침묵했다. 이곳은 그가 탈출했다고 생각한 전쟁터였다.

"고급 객실부터 확인해야 할까요?" 사라가 슬픈 표정으로 말했다. "우리의 추리가 옳다면…"

"저도 압니다." 아렌트가 공감하듯 말했다. "저도 같은 기분입니다."

그들은 묵묵히 계단을 올라가 고급 객실로 들어갔다. 반란이 고급 객실까지 휩쓸지는 못했다. 드레히트 경비 대장은 명예심 때문에 사라와 리아를 보호하려 했고, 부하들을 그들의 객실 문 앞에 배치했다. 하지만 명예심이 부족했기 때문에 그들을 위험에 빠뜨리며 반란을 일으켰다.

아렌트는 그런 생각을 할 수 있다는 걸 상상할 수 없었다. 드레히트의 마음은 낡은 밧줄처럼 꼬인 게 틀림없었다.

그들은 먼저 보즈의 객실로 갔지만, 아렌트는 안으로 들어가지 않고 문 옆에서 대기했다. 그는 사라가 책상 위에 있는 승선 영수증을 뒤지다가 바닥에서 회계장부를 집어 드는 걸 바라보았다. 그녀는 몇 페이지를 획획 넘기다가 어떤 항목에서 손길을 멈췄다.

사라는 분노하며 장부를 쾅 닫았다. 그리고 아렌트에게 번뜩이는 눈길을 보내며 그들이 의심했던 모든 게 사실임을 확인시켜 주었다.

아렌트의 마음은 돌처럼 무겁게 내려앉았다.

그들은 복도를 가로질러 달바인 부인의 객실로 들어갔다. 바닥을 덮고 있는 거대한 양탄자가 사라의 발에 닿았다.

아렌트는 웅크리고 앉아서 손가락으로 직물을 매만지며 중얼거렸다. "이건 잘려 나간 흔적이군요."

"나무 막대기요?"

아렌트가 사라에게 눈을 깜박거렸다. "뭐라고요?"

"제가 복도에 있을 때 선원들이 이 양탄자를 객실로 밀어 넣으려 했어요. 그러다가 양탄자 안에 있던 길고 얇은 나무 막대기를 부러뜨렸어요."

"아닙니다." 아렌트가 이마를 찡그렸다. "제 말은 그런 뜻이 아니었습니다. 보십시오."

아렌트는 카펫을 가로질러 손을 뻗었다. 눈을 가늘게 뜨고 사라는 아렌트가 발견한 흔적을 살펴보았다. 그건 마치 누군가가 칼로 그은 것처럼 깔끔하게 잘려 나가 있었다.

"이 손상된 흔적은 양탄자 전체에 걸쳐 있습니다." 아렌트가 말했다.

"왜 그렇게 된 걸까요?"

"살인 무기 때문이었습니다." 아렌트는 자신의 추리가 옳았다는 만족감과 그 감각으로부터 오는 혐오감 사이의 균형을 맞추려 고군분투하며 말했다.

"이건 큰 칼의 흔적이에요." 사라가 당황한 표정으로 말했다.

"그럴 수밖에 없었습니다." 아렌트가 말했다. "삼촌은 멀리 떨어져 있었으니까요."

배가 흔들리고 그들의 발아래에서 판자가 삐걱거렸다. "배가 부서지고 있어요." 사라가 다급하게 말했다.

그들은 대화를 중단하고 서둘러 사라의 객실로 들어갔다. 그곳에서 아렌트는 침대의 매트리스를 들어 올렸다. 아렌트가 침대 근처에 있다는 사실은 이런 상황에서도 사라의 얼굴을 살짝 붉어지게 만들었다.

"문둥병자의 단검이 삼촌을 살해한 무기였다는 건 말이 되지 않습니다." 아렌트가 손으로 매트리스 바닥을 뒤지며 말했다. "그 단검은 너무 얇고 어설프기 짝이 없었어요. 하지만 영리한 살인 무기는 대부분 이렇듯 어설픈 무기라는 사실을 새미가 저에게 보여 주었습니다. 전쟁에 나가는 사람들은 뱀에서 나오는 독이나 날카로운 도자기 조각을 가볍게 여기지 않습니다. 살인자는 필요에 따라 어떤 무기라도 만드니까요."

"그리고 남편의 살인자는 선실에 들어가지 않고도 살해할 수 있는 무기가 필요했어요." 사라가 말했다.

"맞습니다. 삼촌이 침대에서 돌아가셨기 때문에 저는 그분이 잠자는 동안 침대에 닿을 수 있는 무기에 대해 생각을 해 봤습니다."

아렌트는 아까 조사하던 지점을 향해 손짓을 했다. "여기입니다."

어두운 나무판자 사이에 사라의 작은 손가락만 한, 거의 눈에 띄지 않는 크기의 좁은 구멍이 있었다.

"새미는 삼촌의 가슴에 가시가 박힌 걸 발견했습니다." 아렌트가 말했다. "새미는 그 가시가 단검의 나무 손잡이에서 나온 거라고 판단했지만, 그렇지 않았습니다. 그 가시는 이 구멍에서 나왔습니다. 삼촌의 선실은 이곳 바로 아래쪽에 있고, 이 구멍은 삼촌의 침대 바로 위쪽에 있습니다. 구멍은 얇아야만 했습니다. 그렇지 않았다면 삼촌이 알아차렸을 겁니다. 만약 삼촌이 이 구멍을 발견했다고 해도 나무에 금이 간 것으로 착각했을 겁니다. 에밀리 드 하빌랜드는 이 구멍을 통과하도록 길고 가는 칼날을 만들었습니다. 그리고 그것을 카펫에 숨겼습니다. 그래야 아무런 의심을 받지 않고 그토록 위험한 물건을 반입할 수 있었을 테니까요. 그녀는 침대 밑에서 수납 서랍을 빼낸 다음, 양탄자에서 칼날을 꺼내서 이 구멍으로 찔러 넣어 삼촌을 죽였습니다. 일을 끝마쳤을 때 그녀는 칼날을 위로 끌어 올려 객실 창문 밖으로 던져 버렸고 서랍을 다시 밀어 넣었습니다."

"제가 그 소리를 들은 것 같아요." 사라가 말했다. "그날 밤 제 남편이…" 그녀는 잠깐 멈칫했다. "…얀 하안이 죽었을 때요. 당신을 치료하고 있었는데 밖에서 풍덩 하는 소리가 들렸어요."

"이 객실이 비어 있어서 에밀리 드 하빌랜드는 틀림없이 기뻤을 겁니다." 아렌트가 말했다.

"얀 하안이 살해되었을 때 객실 승객들은 모두 지휘실에서 저녁을 먹고 있었고 객실 출입문은 에거트가 지키고 있었잖아요. 그런데 어떻게 살인자가 이 방에 들어왔을까요?"

그들은 복도 끝에 있는 크로웰스의 객실로 갔다. 선장의 화려한 옷들이 바닥에 널려 있었고, 그것들은 난파되는 동안 둥근 창문을 통해 쏟아져 들어온 바닷물에 젖어 있었다. 아렌트는 걸쇠를 벗겨 내고 천장을 밀어 올렸다. 천장은 가축우리로 연결되어 있었고 아렌트의 어깨 위로 짚이 떨어졌다.

"이것이 바로 여덟 번째 불빛이 가축들을 도살한 방법입니다. 그리고 이곳이 바로 문둥병자가 당신의 객실 창문에 나타난 후 제가 그를 뒤쫓았을 때 사라진 통로입니다." 아렌트가 말했다. "삼촌이 살해되던 날 밤, 문둥병자는 바다에서 배 옆면으로 기어올라 선미루 갑판으로 갔습니다. 그는 이 객실에 들르기 위해 이 통로를 사용했습니다. 그는 몸을 말리고 옷을 갈아입은 뒤, 모든 흔적을 지우고는 칼을 들고 당신의 객실로 갔습니다."

사라와 아렌트가 마지막으로 향한 곳은 지휘실이었다. 지휘실은 커다란 테이블이 옆으로 쓰러져 있었고 창문이 모두 깨져서 그 너머로 사나운 바다가 회색빛으로 출렁거렸다.

총독의 선실은 두루마리가 방 전체에 흩어져 있었다. 잉크병은 뒤집어져 있었고 벽과 책상은 잉크로 얼룩져 있었다.

사라는 남편의 침대 위쪽 천장에 있는 좁은 틈을 살펴보았다. "하지만 단검의 손잡이는 여기에 맞지 않아요."

"그렇습니다." 아렌트가 대답했다. "그게 바로 영리한 부분입니다. 범인이 촛불을 꺼야 했던 이유이기도 하고요. 하지만 저는 여전히 그 일이 어떻게 이루어졌는지 잘 모르겠습니다. 방에 들어가지 않고는 촛불을 끌 수가 없고, 촛불이 놓인 탁자가 너무 멀어서 선실 창문에서는 끌 수가 없었을 텐데."

"저는 알겠어요." 사라가 웃으며 말했다. "저는 그걸 봤어요. 그리고 그걸 만드는 소리를 들었어요."

"무슨 말씀이신지…"

"아렌트, 마지막으로 교회에 간 게 언제였나요?"

"오래전입니다." 아렌트가 대답했다.

"교회에서 샹들리에의 촛불을 끌 때 사용하는 긴 막대기를 본 적이 있나요?"

아렌트는 이제야 알겠다는 표정을 하고 있었다.

"달바인 부인의 양탄자 속에서 부러진 막대기는 촛불을 끄는 도구였어요." 사라는 둥근 창으로 가서 그 위쪽에 넓은 간격으로 벌어진 세 개의 고리를 올려다보았다. 총독이 살해된 후 새미가 발견한 고리였다. "아마 문둥병자는 달바인 부인의 방에서 그 막대기를 꺼내서 필요할 때 사용하기 위해 이 고리 위에 놓아두려고 했을 테지만, 객실이 바뀐 것을 알지 못했어요. 그래서 그날 밤 문둥병자가 제 객실 창문에 나타났던 거예요."

"하지만 부인께서는 그 막대기가 부러졌다고 말씀하셨습니다. 범인들이 수리를 한 걸까요?"

"아니요, 그들은 화물칸에 있는 캡스턴 휠에서 손잡이 하나를 훔쳤어요. 저는 첫 번째 설교에서 요하네스 와이크가 그 일에 대해 격분하는 소리를 들었어요. 그런 다음에 범인들은 목수의 손대패를 사용해서 캡스턴 휠 손잡이를 다루기 쉬운 크기로 만들었어요. 도로테아가 달바인 부인의 객실을 지나갈 때 들었다는 이상한 소리가 바로 그 소리였어요. 그 손잡이는 아마도 그들이 쉽게 훔칠 수 있는 유일한 막대기였을 거예요."

"생각해 보니," 아렌트가 침울하게 말했다. "만약 범인들이 그 빌어먹을 캡스턴 휠 손잡이를 구하지 못했다면 이런 사건은 벌어지지 않았겠군요."

ǁǁ

아렌트와 사라는 오후를 함께 보냈고, 해변을 오가며 계획을 세웠다. 그들은 손을 잡고 속삭이면서 자주 사르담호를 힐끗 쳐다보았다.

아무도 그들을 방해하지 않았다.

대부분의 사람들은 그들의 모습을 로맨스로 착각했지만 그들의 표정을 보고 생각을 바꿨다. 그들은 다시는 그런 분노로 가득한 표정을 보지 않기를 바랐다.

야코비 드레히트로부터 구명보트가 출발할 준비가 되었다는 이야기를 듣고 나서야 그들은 마침내 헤어졌다. 그들은 각각 어려운 임무를 안고 있었다. 아렌트는 아이작 라르메를 찾아다녔고 해변 끝에 혼자 앉아 있는 난쟁이를 발견했다. 라르메는 새로운 나무토막을 발견했고 작은 조각품을 다시 만들기 시작했다.

난쟁이는 아렌트를 보고는 얼굴을 찡그렸다. 그는 아렌트가 드레히트의 강간 제안을 그토록 쉽게 받아들인 것을 마음에 담아 두고 있었다. 하지만 아렌트의 계획을 듣고 난 후 라르메는 놀란 입을 다물지 못했다.

"당신이 부탁한 일을 하려면 나는 미쳐야 할 거야." 라르메가 상황을 이해하려고 애쓰며 말했다.

"당신이 미치지 않으면 모두가 죽게 돼요." 아렌트가 설득했다. 아렌트는 점점 더 조바심을 내면서 구명보트 옆에서 기다리고 있는 드레히트를 힐끗 쳐다보았다.

"그리고 미친다면 내가 죽게 될 거야." 라르메가 말했다. 그리고 혐오하는 눈빛으로 드레히트를 바라보았다. "하지만 나는 저자의 모자에 오줌을 갈겨 줄 기회를 갖고 싶어." 라르메는 고개를 끄덕였다. "그리고 나는 그것이 정당한 행동이라고 생각해. 당신은 내가 어디로 가기를 원하지?"

"맨 왼쪽으로." 아렌트가 대답했다. 라르메의 어리둥절한 표정을 보고 아렌트는 그의 왼손을 두드렸다. "좌현 쪽으로."

라르메가 떠나는 모습을 확인한 아렌트는 동굴로 갔다. 새미는 매트 위에서 신음하고 있었고, 사라는 부상당한 새미의 얼굴에 연금술 상자에서 꺼낸 오줌 냄새 나는 연고를 발라 주었다.

아렌트는 동굴 바닥에서 새미를 들어 올려 구명보트로 데려갔다. 그곳에서 티먼과 에거트는 드레히트의 명령을 듣고 있었다.

"아렌트, 자네는 틀림없이 이 병사들을 기억하고 있겠지?" 드레히트가 말했다.

"그래." 아렌트가 그들을 알아보며 말했다. "새미를 사르담호에 태운 병사들이군. 새미를 거칠게 다루는 것에 대해 나와 약간의 의견 충돌이 있었지. 새미를 배로 데려가는 건 그들이 마땅히 해야 할 일인 것 같네."

아렌트는 새미를 보트 뒤쪽 자리에 반듯이 눕혔다. 새미는 깨어
나지 않았고 아렌트는 그것이 다행스러웠다. 아렌트는 무슨 말을 해
야 할지 몰랐다. 그는 새미를 보호해야 했지만, 어떻게 보호해야 할
지 더 이상 알 수 없었다. 아렌트는 자신의 한 가지 임무가 실패했다
고 느꼈다.

"숲속에서 보급품이 가득한 오두막집을 찾았네." 아렌트가 드레히
트에게 말했다. "소금에 절인 고기, 에일 맥주 등 모든 것이 몇 달 동
안 우리 모두가 먹을 수 있을 정도로 충분했네."

"정말인가!" 드레히트의 얼굴이 밝아졌다. "그건 엄청난 행운이야.
해적의 창고가 틀림없어."

아렌트는 보트에 있는 초라한 보급품들을 바라보았다. "이 사람들
에게 에일 맥주와 빵을 좀 더 줄 수 있다고 생각하네. 그렇지 않나? 이
번 여행은 힘들 테니까."

드레히트는 망설였지만 아렌트가 같은 편이라고 생각하며 고개
를 끄덕였다.

보급품들은 숲 근처에 보관되어 있었다. 아렌트는 맥주 통을 어깨
에 걸치고 건빵과 말린 고기 한 바구니를 집어 들어 보트에 조심스럽
게 넣어 주었다.

아렌트는 할 수 있는 최선의 기회를 그들에게 준 것에 만족하며 커
다란 손으로 새미의 작은 가슴을 어루만졌다.

아쉬운 작별이었지만 아렌트에겐 다른 방법이 없었다.

에거트와 티먼의 행운을 빌며 아렌트는 두 손으로 보트의 뱃머리
를 거친 바다로 밀어 넣었다.

크리지는 구명보트가 수평선 너머로 사라지는 모습을 걱정스럽게 지켜보았다.

마커스와 오스버트는 엄마 옆에서 장난을 치고 있었다. 어린 소년들은 반란과 난파선의 충격으로부터 빠르게 회복되었고, 이제 그들 자신이 위대한 모험을 하고 있다고 믿었다. 크리지는 아이들이 항상 두려움을 떨쳐 버릴 수 있기를 바랐다.

크리지는 왼쪽에서 이사벨이 걸어오는 걸 보았다. 이사벨의 얼굴에는 공허한 표정이 역력했다. 크리지는 이사벨을 잘 알지 못했지만 그녀를 좋아했다. 샌더 목사의 죽음 이후 이사벨은 샌더의 많은 임무를 떠맡았고, 그를 능가할 정도로 열정을 보여 주었다.

"안녕, 이사벨?" 크리지가 물었다. 이사벨은 크리지의 존재를 인식하지 못한 듯이 그저 사르담호를 응시하고 있었다.

"부인은 에밀리 드 하빌랜드가 저 배에서 죽었다고 생각하세요?" 이사벨이 물었다.

"모르겠어." 이사벨의 나직한 목소리에 불안감을 느끼며 크리지가 대답했다.

"샌더 목사님은 제가 세상 사람들 모두에게 외면받을 때 저를 받아 주셨어요." 이사벨이 말했다. "그분은 제게 은총을 주고 악과 싸우는 법을 가르쳐 주었지만 저는 그분을 실망시켰어요. 저는 그분이 살해되도록 내버려 두었고, 그분의 예언대로 올드 톰은 사람들을 학살했어요."

"대부분의 승객들은 난파선에서 사망했어." 크리지는 이사벨을 어떻게 위로해야 할지 확신하지 못했다. "나는 에밀리도 그들 중 한 명이었을 거라고 확신해. 분명히 우리는 살아 있는 사람들 중에서 긴 회색 머리를 한 노부인을 본 적이 없어."

"그럼 올드 톰은 또 다른 화신을 찾았겠군요."

"이사벨—"

"사르담호가 난파되기 전에 승객들 중 한 명이 올드 톰에게 영혼을 팔겠다고 맹세했을지 누가 알겠어요?" 이사벨이 격렬하게 말했다. "올드 톰은 썩은 영혼에 웅크릴 수 있어요." 이사벨의 눈은 거칠고 무서웠고 목소리는 정의로운 분노로 떨렸다.

"저는 사르담호에서 샌더 목사님을 잃었어요. 제가 해야만 하는 일을 할 용기가 없었기 때문이에요." 이사벨이 말했다. "다시는 그런 실수를 하지 않겠어요."

"무슨 일을 하려는 거야?" 크리지가 당황해하며 물었다.

"저는 다른 누구도 다치지 않게 하겠어요. 무슨 일이 있어도 올드 톰이 이 섬에서 벗어나지 못하도록 만들 거예요."

81

저녁 무렵, 섬 전체에 어둠이 드리웠을 때 두 개의 캠프가 세워졌다.

야코비 드레히트와 머스킷 총병들은 거대한 화톳불 주변에서 아렌트가 발견한 오두막집에서 꺼내 온 포도주를 마시며 즐기고 있었다. 승객들은 총병들과 함께하도록 초대받았지만, 사라는 드레히트의 계획에 대한 소문을 퍼뜨려 승객들의 마음을 돌렸다. 하지만 그녀가 예상했듯이 승객들 중 몇 명은 드레히트에게 합류했고 즐겁게 어울리고 있었다.

나머지 승객들은 잡목림 근처에 훨씬 더 작은 화톳불을 만들었고, 에일 맥주와 구운 생선을 나눠 먹었다. 너덜너덜한 돛천 한 조각이 그들의 등 뒤에서 소용돌이치는 비를 막아 주었지만 그들의 고통까지 막아 주지는 못했다. 그들은 술에 취한 총병들을 두렵게 바라보았다. 총병들의 욕망이 불빛 속에서 이글거리고 있었다.

승객들은 어떤 상황이 다가올지 알고 있었다. 강자가 약자를 마음대로 유린할 터였다.

오직 이사벨만이 그 사실을 망각한 것처럼 보였다.

그녀는 머스킷 총병들 사이에서 흥겹게 노래하고 춤을 추면서 술을 따르고 추파를 던지며 스스로를 타락시키고 있었다.

아까 크리지와 이야기를 나눈 이후로 이사벨은 어딘가 이상해진 상태였다. 크리지는 이사벨에게 총병들과 어울리지 말라고 간청했지만 이사벨은 말을 듣지 않았다. 그녀는 작은 화톳불 옆에서 마커스, 오스버트, 리아를 껴안은 채 이사벨이 곧 제정신으로 돌아오기를 기도할 수밖에 없었다.

크리지의 시선이 사라를 향했다. 사라는 아렌트의 어깨에 머리를 기대고 해변에 서 있었다. 그들은 사르담호의 잔해를 응시하며 손을 잡고 있었다.

이 모든 혼란 속에서도 좋은 일이 생겼어, 크리지가 생각했다.

커다란 화톳불 쪽에서 발소리가 들리고 이어서 고함 소리가 들려왔다. 머스킷 총병들은 술에 취해 비틀거리며 민첩하게 도망치는 이사벨을 붙잡으려고 했다.

총병들은 하나둘씩 쓰러지기 시작했다.

드레히트는 앞으로 비틀거리며 칼을 빼려고 했지만 이사벨 앞에서 무릎을 꿇고 쓰러졌다.

아렌트와 사라는 나머지 승객들과 동시에 머스킷 총병들의 화톳불에 도착했다. 이글거리는 불길 주위에는 수십 명의 총병들이 의식을 잃은 채 쓰러져 있었고, 술병이 그들의 손에서 미끄러졌다.

"총병들이 죽었어?" 사라가 물었다.

"아니에요." 이사벨이 발로 야코비 드레히트의 몸을 밀며 말했다.

"제가 총병들의 포도주에 부인의 잠드는 약물을 섞었어요. 총병들을 묶을 수 있도록 누가 밧줄을 좀 가져다주시겠어요?"

크리지가 이사벨을 뜨겁게 껴안았다. "나는 자기가 실성한 줄 알았어. 하지만 이제 보니… 자기가 우리 모두를 구했어."

"아직은 아니에요." 이사벨이 슬프게 말했다. "하지만 거의 다 됐어요."

이사벨은 크리지 옆으로 돌아서서 승객들에게 설교를 시작했다.

"올드 톰은 우리를 죽이려고 이 섬으로 데려왔어요." 그녀가 말했다. "사르담호를 바위에 충돌시킨 것은 악마의 손길이었지만 우리를 구원한 것은 하느님의 손길이었어요."

갑자기 아렌트가 비틀거리다가 쓰러졌다. 다른 승객들도 휘청거리면서 신음하고 있었다.

"대체 무슨 짓을 한 거야?" 크리지가 소리쳤다. 마커스와 오스버트도 모래톱에 쓰러져 있었다.

"올드 톰은 사악한 영혼에 몸을 숨길 수 있어요." 이사벨이 말하는 가운데, 사라가 정신을 잃고 쓰러졌다. "하지만 나는 당신들 중 누가 죄인인지 확신할 수 없어요."

크리지의 눈앞이 아찔해졌다.

"데몬로지카는 제게 성스러운 불을 만드는 법을 가르쳐 주었어요." 이사벨은 순교자처럼 미소를 지으며 말을 이었다. "악마가 숨을 수 있는 곳이 없어질 때까지 나는 여러분의 영혼을 정화시킬 거예요. 올드 톰의 안식처를 모두, 영원히 불태우겠어요."

✱

크리지는 신음 소리를 내며 깨어났다.

그녀는 좌초돼 있는 사르담호의 잔해 조각에 묶여 있었다. 매듭이 단단했고 잔해가 너무 무거워서 움직일 수 없었다. 두 시간 정도 지난 듯했다. 하늘은 여전히 어두웠고 화톳불이 타오르고 있었다. 승객들과 머스킷 총병 모두가 똑같이 묶여 있었다.

"마커스! 오스버트!" 크리지가 소리쳤다.

사라와 리아는 근처에 묶여 있었지만 아이들은 어디에도 보이지 않았다. 크리지는 사라 모녀를 바라보았다. 사라와 리아는 정신을 차리기 위해 머리를 좌우로 흔들면서 혼란 속에서 무슨 일이 일어나고 있는지 이해하려고 애썼다.

"마커스! 오스버트!" 크리지가 울먹이며 다시 소리쳤다. "하느님, 제발 저에게 대답해 주세요!"

천천히 더 많은 사람들이 깨어나기 시작했다. 크리지는 그들 중 얼마나 많은 사람들이 올드 톰을 믿는지 알 수 없었지만 그들이 두려워하고 있다는 걸 알았다. 한 시간 전에 그들은 총병에게 강간당하거나 살해될 거라고 확신했었다. 이제 그들은 미친 여자에게 화형을 당하기 직전이었다.

그건 올드 톰이 만족할 만한 거래였다.

"이사벨!" 사라가 소리쳤다. 사라는 크리지가 볼 수 없는 쪽을 향해 고개를 돌리고 있었다. "이사벨, 제발 그만해!"

그들 뒤에서 불길이 활활 타오르고 있었고, 고통스러운 비명이 해변에 울려 퍼졌다. 크리지는 누구의 비명인지 확인하려고 목을 길게 뺐지만 아무것도 보이지 않았다. 그녀가 할 수 있는 일은 이사벨의 이상한 설교를 듣는 것뿐이었다.

"엄마!" 리아가 겁에 질려 소리쳤다. "이사벨을 진정시켜 주세요!"

"리아, 용기를 내야 해!" 사라가 묶인 밧줄을 당기며 소리쳤다. "네가 부두에서 문둥병자를 만났을 때 가졌던 용기를 잃지 마. 눈을 감고 나와 함께 기도하자. 나와 함께 기도해!"

비명 소리가 끊기고 어둠 속에서 이사벨이 횃불을 들고 나타났다. 나뭇가지와 돛천으로 만든 횃불이 이사벨의 손에서 타오르며 모래톱 위로 불꽃을 뚝뚝 떨어뜨렸다.

"이사벨, 이러면 안 돼." 크리지가 눈물을 흘리며 애원했다. "제발, 제발, 내 친구들은 죄가 없어, 내 아이들도 죄가 없어. 제발 그들을 풀어 줘!"

"올드 톰은 어떤 영혼에도 숨을 수 있어요." 이사벨이 단조로운 목소리로 중얼거렸다. "지금이 올드 톰을 추방할 수 있는 유일한 기회에요."

이사벨은 리아 앞으로 가서 무릎을 꿇었다. "너는 순결한 영혼일 수도 있어. 그렇다면 내가 해야 할 일에 대해 사과할게." 이사벨의 눈은 텅 비어 있었다. "이 사과가 네게 위로가 된다면 하느님께서 네게 베푸는 자비가 지옥에서 나에게 찾아오는 고통과 같을 거야."

이사벨은 손가락 끝에 흙을 바르고 리아의 이마에 올드 톰의 상징을 그렸다.

"이사벨, 제발 그만해! 내 딸은 마녀가 아니야, 그냥 소녀일 뿐이야!" 사라가 쉰 목소리로 외쳤다.

이사벨은 사라를 무시하고 리아의 옷자락에 타오르는 횃불을 들이댔다. "정말 미안해."

리아는 엄마에게 살려 달라고 외쳤다. 사라는 이사벨에게 제발 멈추라고 소리쳤다.

"올드 톰은 가짜야!" 크리지가 피를 토하듯 소리쳤다.

침묵이 흘렀고 모든 시선이 크리지에게 쏠렸다. 이사벨의 얼굴에서 혼란이 걷히면서 타오르는 횃불이 리아의 드레스 앞에서 멈췄다.

"내가 꾸며 낸 일이야!" 크리지가 필사적으로 소리쳤다. "다 내가 한 거야. 나는 총독을 죽이고 싶었고 그게 유일한 방법이었어. 리아는 악마가 아니야. 그러니 리아를 해치지 마, 제발!"

광기가 이사벨의 얼굴에서 사라졌다. 그리고 미소를 지으며 사라를 바라보았다.

"어땠어요?" 이사벨이 물었다.

"정말 멋진 연기였어." 사라가 느슨한 밧줄에서 손을 빼내 리아를 일으켜 주며 말했다.

크리지는 혼란스러워하며 그들을 바라보았다. "사라, 도대체 어떻게 된 거야?"

"이건 연극이었어." 사라가 차갑게 말했다. "네가 우리를 속인 것처럼. 의심할 여지가 없었어. 네가 범인이라는 걸 더 일찍 알아야 했는데."

82

연극은 끝났고 리아와 도로테아는 다른 승객들을 풀어 주면서 무슨 일이 일어났는지 차분하게 설명하기 시작했다. 그건 대단한 이야기였고 대부분은 입을 다물지 못한 채 귀를 기울였다.

"내 아이들은 어디 있지?" 크리지가 아이들을 찾기 위해 안간힘을 쓰며 물었다.

"아렌트과 함께 있어." 사라가 대답했다. "우리는 아이들이 이런 모습을 보는 걸 원치 않았어." 그녀는 어둠 속으로 휘파람을 불었고 응답이 돌아왔다. "사람들이 지금 아이들을 데려오고 있어."

크리지는 기진맥진해진 모습으로 안도의 한숨을 내쉬며 주저앉았다. "고마워, 사라."

"내게 고마워할 필요는 없어. 아직 끝난 게 아니야."

"그러면 언제 끝나는 거니?"

여덟 번째 불빛이 활활 타오르더니 바로 폭발했다. 불타는 조각들이 바다로 떨어졌다.

"저렇게 될 때." 사라가 말했다.

또 다른 등불이 좌현에서 켜졌고, 그 뒤를 이어 십여 개가 더 켜지면서 돛대와 갑판, 뱃머리 그리고 중간 갑판에 있는 선원들을 비추었다. 여덟 번째 불빛은 두려운 존재에서 평범한 존재로 변했다. 그건 사르담호와 똑같은 동인도 선박이었다. 식구와 돛을 달고 있었고, 그들이 그랬던 것처럼 폭풍우에 시달린 게 분명해 보였다.

"저건 그냥 선박일 뿐이잖아." 사라 뒤에서 누군가가 말했다. 그들은 실망한 것 같았다.

"저건 리버든호야." 또 다른 목소리가 말했다. "나는 저 색깔을 알아. 저 배는 바타비아에서 출항한 선단의 일부였어. 폭풍우 속에서 저 배를 잃은 줄 알았는데."

동의하는 중얼거림과 놀라워하는 목소리가 이어졌다. 두 번째 작은 보트가 바다를 건너서 섬으로 접근하고 있었다.

"리버든호는 처음부터 여덟 번째 불빛이었어." 아렌트가 마커스, 오스버트와 함께 어둠 속에서 모습을 드러내며 말했다. 아이들은 아렌트의 큰 걸음을 따라잡기 위해 종종걸음을 하고 있었다. 엄마를 본 아이들은 곧바로 그 곁으로 달려갔고 엄마가 잔해 조각에 묶여 있는 걸 보면서 혼란스러워했다.

"이건 우리가 하고 있는 놀이일 뿐이란다." 크리지가 아이들을 안심시키려 애쓰며 말했다. 그녀는 사라에게 호소하는 눈길을 보냈고 사라는 아렌트를 향해 고개를 끄덕였다.

아렌트가 부츠에서 단검을 꺼내 크리지의 두 손을 묶은 밧줄을 끊어 주었고, 크리지는 아이들을 힘껏 껴안았다.

"하지만 우리는 바다 위에서 여덟 번째 불빛을 봤잖아요." 리아가 말했다. "배가 일곱 척 뿐이었다면 어떻게 그런 일이 가능했을까요?"

"여덟 번째 불빛은 특수하게 만든 작은 보트에 매달린 등불일 뿐이었단다." 바닷가로 가면서 아렌트가 대답했다. "나는 정글에서 그 보트가 부서진 잔해를 봤어. 크리지의 선원들이 이 섬에서 그 등불을 몇 개 만들었을 거야. 제대로 만들어서 리버튼호로 옮기기 전에 말이야. 우리를 겁주기 위해 여덟 번째 불빛이 필요했을 때 그들은 그 배를 움직여서 바다 위에 띄우고 불을 붙였지. 그래서 그렇게 빨리 나타났다가 사라졌던 거야. 그 등불은 리버튼호에서 바다에 띄워 보낸 것이었지."

보트가 점점 가까이 다가옴에 따라 노가 첨벙거리는 소리가 들렸다. 누군가가 보트의 뱃머리에서 등불을 들고 있었다. 아렌트는 어두운 표정을 지으며 등불을 바라보았다.

사라는 눈을 부릅뜨고 크리지를 노려보며 말했다. "네가 내 딸을 위험에 빠뜨렸어!"

"아니야." 크리지가 애원하듯 대답했다. "그건 내 의도가 아니었어. 내가 사르담호를 위험에 빠뜨리려는 마음을 먹었다면 내 아이들을 태웠겠니? 올드 톰은 모두 연극이었어. 단지 벽에 비치는 그림자일 뿐이었다고. 반란이나 난파는 의도한 게 아니었어. 사라, 나는 아주 조심스럽게 계획을 세웠어. 크로웰스 선장은 우리를 이 섬으로 데려다주는 대가로 돈을 받았고, 모든 승객을 이 섬에 하선시킬 계획이었어. 에밀리 드 하빌랜드를 찾기 위해 배를 철저히 수색할 필요가 있다고 하면서 말이야. 나는 모든 사람들이 두려워하면서 그 말에 기꺼이 동의할 거라고 생각했어. 이 섬은 위험하지 않아. 사실 올드 톰의 상징과 닮지도 않았어. 그건 마지막까지 의심하는 사람들에게 그 악마가 진짜이고 얀 하안을 죽였다는 걸 확신시키기 위한 수단에 불과했지. 이 섬에는 보급품이 충분히 있고 리버튼호가 하루쯤 지나면 다가올 예정이었어. 모든 사람들을 태워 암스테르담으로 돌아갈 계획이었지. 이 섬에 보물을 내려놓기 위해 크로웰스와 최소한의 선원만 남겨 두고 말이야. 그 일이 끝나면 그들이 사르담호를 무사히 항해시켜서 화물을 전달하고 신사 17인회를 만족시킬 거라고 예상했어. 죽어야 할 사람은 얀 하안과 샌더 키스뿐이었다고." 크리시의 말 한 마디 한 마디에는 증오심이 배어 있었다. "나는 요하네스 와이크가 탑승할 줄 몰랐고 크로웰스가 나를 배신할 줄 몰랐어. 선장은 보물과 포세이돈을 원했고 선원들을 선동해서 나를 비롯한 귀족들을 죽이면 그 욕심을 채울 수 있을 거라고 생각했어. 나를 믿어 줘. 올드 톰은 오직 얀 하안을 노린 함정이었어."

"보세는 어떻게 된 거지? 네가 불태운—" 마커스와 오스버트가 엄마의 커다란 눈을 응시하는 것을 보고 사라의 분노가 잦아들었다. 엄마에게 매달린 아이들의 순수하고 겁에 질린 표정이 불빛에 비치고 있었다.

"나와 너희 엄마는 몇 가지 문제를 해결할 필요가 있단다." 사라가 자상한 목소리로 말했다. "도로테아와 다른 곳에서 잠깐 놀고 있겠니?"

아이들은 불안하게 엄마를 힐끗 바라봤고, 크리지는 아이들에게 미소를 지었다. "그래, 그렇게 하렴. 내가 곧 너희들을 데리러 갈게."

도로테아는 아이들의 손을 잡았고, 그녀의 표정은 이런 상황에서도 실망이나 혼란을 드러내지 않았다. 사라는 도로테아가 나중에 질문을 던질 거라는 사실을 알았지만, 지금 도로테아의 관심은 평소처럼 마커스와 오스버트를 향하고 있었다.

한 무리의 승객들이 그들을 에워싸고 있어서 도로테아는 그들을 밀쳐 내야 했다. 그들은 잠시 동안 호기심이 발동했고, 일어나고 있는 모든 일에 여전히 혼란스러운 상태였지만 그들의 분노가 언제까지고 마음속에만 머물지 않을 거라고 사라는 생각했다. 자신들이 겪은 고통에 대해 비난할 대상이 있다는 걸 알고 나면 어떻게 될까.

사라는 해안선 근처에 있는 아렌트를 힐끗 쳐다보았고 그가 더 가까이 있으면 좋겠다고 생각했다. 비록 몇 발자국밖에 떨어져 있지 않았지만 그가 곧 필요할지도 몰랐다.

"왜 보세를 죽였지?" 크리지가 일어서는 걸 바라보며 사라가 물었다.

주위의 얼굴들을 본 크리지는 마치 하인들을 대하듯이 거만하게 턱을 치켜들었다. "나는 악마를 등장시킬 사람이 필요했어. 그래서 크로웰스에게 그가 알고 있는 최악의 인간을 추천해 달라고 부탁했지. 선장은 보세를 추천했어. 날 믿어 줘, 살인은 보세가 저지른 가장 작은 죄였어. 나는 보세에게 한 짓을 좋아하지 않았지만 보세는 약에 취해서 둔감했어. 그건 자비심이었어."

"보세가 죽을 때 나는 그의 눈을 똑똑히 봤어," 사라가 크리지의 경멸적인 말투에 화가 나서 소리쳤다. "그는 고통에 몸부림쳤어. 자비 따위는 없었다고."

"부두에서는 어떻게 한 거죠?" 리아가 끼어들었다. 그녀의 목소리에는 범죄의 배후에 있는 기술에 대한 열렬한 호기심이 드러났다. "아무도 보세에게 가까이 가지 않았는데 어떻게 그런 식으로 불타도록 만든 거죠?"

"보세가 서 있던 화물 상자는 텅 비어 있었고, 그 안에는 사다리가 세워져 있었어. 내 공모자가 안에 숨어 있었지. 그 공모자가 네가 들은 목소리의 장본인이었어. 때가 되었을 때 공모자는 간단히 작은 해치를 열고 화물 상자 안에서 보세의 누더기 옷에 불을 붙였어."

군중은 분노로 술렁거렸다. 그들 중 많은 사람이 보세가 불탔을 때 부두에 있었고, 그런 광경은 쉽게 잊을 수 없었다.

"샌더 목사님의 시체는 왜 숨긴 거죠?" 리아가 다그쳤다.

사라는 대답을 갈망하는 딸에게 집요한 성향이 있다고 생각했다. 이는 마치 세미 핍스의 또 다른 사건인 것 같았다. 아무런 중요성, 의미도 없이 오로지 그녀의 즐거움을 위해서만 존재하는 사건.

"샌더 커스는 마녀사냥 교단의 마지막 인물이었어." 크리지가 말했다. 그녀의 표정에는 사라와 같은 불편함이 배어 있었다. "그들은 아무렇지도 않게 고문하고 살인을 저질렀어. 그래서 나는 세상에서 그들을 없애는 게 최선이라고 생각했어. 나는 치밀한 계획을 세워서 다른 사람에게 그들을 살해하도록 시켰지만 샌더만큼은 내 손으로 처단하고 싶었어. 샌더는 피터에게 온갖 비열한 속임수를 가르쳤어. 그가 피터를 망쳐 놓은 거라고. 그래서 나는 샌더를 바타비아로 유인했어. 얀 하안을 죽인 날 밤에 샌더도 함께 죽일 작정이었지만 샌더는 레이니어 반 슈텐의 고해성사를 듣고 나서 화물칸에 있는 보물을 조사하러 내려갔어. 그런데 무슨 우연의 장난인지 샌더는 나와 옵…" 크리지는 누군가를 언급하려다가 잠시 멈칫했다. "…오래된 친구가 이야기하는 걸 엿들었어. 나는 몰래 샌더의 뒤로 다가가서 목을 베었지만 솜씨가 서툴렀어. 어둠 속에서 살인의 흔적을 남기지 않았다는 걸 확신할 수 없었기 때문에 우리는 샌더의 시체를 처리할 방법을 결정할 때까지 보세의 비밀 공간 중 한 곳에 넣어 두기로 한 거야."

군중 너머에서 고통스런 비명 소리가 들려왔다. 아렌트가 그쪽을 향해 달려갔다.

드레히트가 머리에 상처를 입은 채 피를 흘리고 있었고, 그 옆에는 돌덩어리가 떨어져 있었다. 누군가가 드레히트에게 돌팔매질을 한 것이다.

아렌트가 다가가 군중 사이를 천천히 훑어보자, 그들이 뒤로 물러섰다.

"여러분들은 드레히트에게 분노할 권리가 있습니다." 아렌트가 말했다. "그가 한 짓을 생각하면 당연한 일입니다. 여러분은 또한 이 여자에게도 분노할 권리가 있습니다." 아렌트는 손가락으로 크리지를 가리켰다. "하지만 이미 충분한 피가 흘렀습니다. 잘못된 것은 바로 잡아야 하고, 우리가 곧 모든 문제를 해결해야겠지만 분노로 해결되지는 않을 겁니다. 그런 분노 때문에 연극이든 아니든 올드 톰이 세상에 등장했고 이런 참상이 벌어진 겁니다." 아렌트는 웅성거림을 가라앉히고 나서 크리지를 향해 걸어갔다. 아렌트의 굳은 표정과 거대한 체구를 바라보며 크리지는 몸을 움츠렸다.

"내 아버지의 묵주를 갖고 있습니까?" 아렌트가 추궁했다.

"바다에 던져 버렸어요." 크리지가 진심으로 후회하는 목소리로 말했다. "그 묵주는 피터의 유물 중 하나였어요. 당신 삼촌이 당신 아버지를 죽이기 위해 피터를 고용했고, 당신 할아버지는 피터에게 임무를 완수했다는 증거로 묵주를 가져오라고 요구했어요. 당신 할아버지인 캐스퍼는 묵주를 확인하고 나서 피터에게 부숴 버리라고 명령했지만 피터는 어떤 이유에선지 그걸 보관했어요. 아마 전리품으로 간직했을 거예요. 당신을 괴롭히기 위해 묵주를 가축우리에 남겨둔 게 아니에요, 아렌트." 크리지의 목소리가 떨렸다. "저는 왜 이런 사건이 벌어졌는지를 얀 하안에게 알려 주고 싶었어요. 당신 아버지의 암살에서 모든 것이 시작되었으니까요. 피터가 당신 아버지를 칼로 찔렀을 때 당신은 화살을 쏘며 피터에게 덤벼들었고, 피터는 당신을 힘들게 제압해 개울에 밀어 넣었어요. 그 과정에서 심하게 다친 피터는 자기 몸을 질질 끌고 그곳에서 달아났어요. 당신을 그 숲에 혼자 내버려 둔 채로. 당신이 너무 두려웠으니까요. 당신 손목에 난 상처는 당신이 물속에서 허우적댈 때 날카로운 바위에 베여 생긴 거예요. 흉터가 아무런 문제도 초래하지 않았으면 좋으련만… 당신은 마을에 있는 집 대문 몇 곳에 그 상징을 그렸죠. 그리고 얀은 혼란이 벌어지는 모습을 지켜보면서 부를 쌓을 방법이 있다는 걸 깨달았어요. 그는 그 계획을 캐스퍼 반 덴 버그와 피터에게 설명했어요. 캐스퍼는 필요한 자금을 제공했고 피터는 동료 마녀사냥꾼들을 이용해 악마의 상징에 대한 이야기를 퍼뜨리면서 얀이 장악하려고 노리는 지역을 공포로 몰아넣었어요. 그들은 서로 공모해서 내 가족을 비롯한 경쟁자들을 영토에서 몰아냈어요."

"크리지 옌스의 본명은 에밀리 드 하빌랜드였어." 사라가 말했다. 사라는 크리지의 떨리는 얼굴을 응시하면서 그 안에 있는 또 다른 인간성을 찾으려고 애썼다. 지난 2년 동안 사라는 그 얼굴을 사랑했고 그 안에 있는 모든 생각을 알고 있다고 믿었다. 하지만 이제 사라는 자신이 얼마나 어리석었는지 깨달았다. 사라는 이용당하고 배신당했다.

사라는 남편보다도 크리지를 잃은 것 같았다.

크리지는 감탄하며 사라를 바라보았다. "나는 네가 현명하다는 걸 알고 있었어. 에밀리라는 순진한 소녀의 이름이 죄 많은 여성이 된 지금의 나와는 어울리지 않는다는 걸 인정할게. 그런데 내가 이 사건의 배후에 있다는 걸 어떻게 알아낸 거야?"

"보즈의 장부에서 확인했지. 보즈가 죽은 후 우리의 항해 영수증이 그의 책상 위에 놓여 있었어. 마치 그를 괴롭혔던 것처럼 말이야. 그건 나와 리아의 객실 그리고 내 남편의 선실에 대한 청구서였어. 그때는 이유를 몰랐지만 아렌트가 너를 의심한다고 말했을 때 의문이 생겼어. 보즈는 내 남편의 모든 자금을 관리하고 있었기 때문에 내 남편이 무엇을 샀는지 무엇을 사지 않았는지 정확히 알고 있었어. 너는 계속해서 우리에게 총독이 너와 함께 항해할 것을 요구했기 때문에 승선했다고 말했고, 총독이 너의 항해 비용을 지불했다고 말했어. 그런데 왜 너의 객실 영수증이 보즈의 장부에 포함되지 않았을까? 남편이 너에게 동행을 요구하지 않았고 너의 객실 비용을 지불하지도 않았기 때문이지. 너는 실수로 보즈에게 거짓말을 했어, 그렇지 않니? 그리고 보즈는 그 사실을 깨달았어. 그래서 문둥병자가 보즈를 죽여야 했던 거야."

크리지는 순순히 인정했다. "그래. 만약 보즈를 죽이지 않았다면 아렌트는 보즈의 손에 죽었을 거야. 운명이란 참 묘한 거야, 그렇지 않나요?" 크리지가 아렌트 쪽을 바라보며 물었지만, 아렌트는 작은 보트가 다가오는 걸 확인하기 위해 바다 쪽을 살펴보고 있었다. 그는 긴장한 채로 주먹을 불끈 쥐고 있었다.

"왜 저를 의심하게 되었나요?" 크리지가 물었다. "매우 조심했다고 생각했는데."

아렌트는 다가오는 보트에 너무 열중한 나머지 이사벨이 소매를 잡아당길 때까지 사람들이 그가 대답하기를 기다리고 있다는 걸 깨닫지 못했다. "크리지가 총독의 죽음에 책임이 있다는 사실을 어떻게 알아냈는지 사람들이 궁금해하고 있어요." 이사벨이 말했다.

아렌트의 시선이 궁금증에 가득 찬 얼굴들을 스쳐 지나갔다. 그는 여전히 바다 쪽에 정신이 팔려 있었다. "삼촌은 긴 칼날에 의해 침대에서 자는 동안 살해당했습니다. 그 칼날은 사라 부인의 침대 밑바닥을 통과한 후에 다시 위로 끌어 올려졌지요. 저는 삼촌 가슴에 꽂혀 있던 단검이 계속 신경 쓰였어요. 그리고 그 단검이 삼촌이 죽은 뒤에 꽂힌 거라는 사실을 깨달았습니다. 그렇게 할 수 있는 기회는 단 한 번뿐이었습니다. 그건 바로 당신이 처음 시체를 발견했을 때지요. 촛불을 꺼야했던 이유도 바로 그 때문입니다. 만약 방에 불이 켜져 있었다면 삼촌의 가슴에 단검이 꽂혀 있지 않다는 걸 드레히트가 즉시 알아차렸을 것이고, 새미가 사건의 진상을 밝혀내는 데는 불과 몇 분밖에 걸리지 않았을 겁니다. 문둥병자는 삼촌을 살해한 후 선실 창문 밖으로 내려갔고 그곳에 놓여 있던 막대를 사용해서 책상의 촛불을 껐습니다. 당신은 드레히트에게 다른 양초를 가져오게끔 유도했고, 그 사이에 삼촌의 상처에 단검을 찔러 넣었던 겁니다."

"대단하군요, 인정해요." 크리지가 한숨을 내쉬고 눈을 비비며 말했다. "들키지 않고 얀 하안을 죽일 수 있는 다른 방법은 없었어요. 드레히트는 요새를 떠날 때마다 총독을 그림자처럼 철저히 경호했고, 총독은 침대를 제외한 모든 곳에서 그 빌어먹을 흉갑을 착용했으니까요."

"문둥병자의 정체가 크리지 이모가 아니라면 대체 누가 문둥병자였던 거죠?" 어리둥절해하며 리아가 물었다.

"그 답은 저 보트 안에 있단다." 사라가 작은 배를 가리키며 말했다. "조금만 참고 기다리면 알 수 있을 거야."

"기다릴 수가 없어요." 리아가 조급해하며 말했다. "이모는 어떻게 해서 아빠의 정부가 되었나요? 우연이 아니었던 것 같은데."

"나는 가족이 없고 재산도 없고 영향력도 없어서 미모에 의지할 수밖에 없었어. 내 첫 번째 남편은 끔찍한 망나니였지만 나는 그의 재산을 이용해서 마녀사냥꾼인 피터를 뒤쫓았어. 피터를 찾아냈을 때 나는 남편을 버리고 창부로 변신했지. 그리고 기회가 왔을 때 피터를 유혹해서 죽이려고 했지만…" 크리지는 마치 덫에 걸린 짐승처럼 울먹였다. "그와 사랑에 빠져 버렸어. 피터는 마녀사냥을 포기했고 나에게 친절하고 다정하게 대해 줬어. 그리고… 나를 새로운 사람처럼 느끼게 해 주었어. 나는 피터가 변했다고 믿었어. 내가 변했다는 것도. 그런데 그렇게 시간이 지나자 우리는 돈이 부족해졌고 피터는 부자가 될 수 있는 계획에 대해 이야기하기 시작했어. 피터는 아렌트의 할아버지에게 편지를 보냈고 나는 피터가 다시 마녀사냥을 시작할 거라는 걸 알았어. 피터는 우리 가문을 몰락시킨 방법으로 더 많은 가문을 몰락시킬 계획을 세우고 있었어. 나는 옵…" 크리지는 하마터면 그 누군가를 다시 언급할 뻔했다. "…오래된 친구에게 연락을 했고 친구는 피터를 고문해서 동료들의 이름을 알아냈어. 그러고 나서 우리는 복수를 계획했던 거야."

크리지의 눈에 눈물이 고였다. 예전에 그녀가 피터에 대해 말할 때마다 흘렸던 바로 그 눈물이었다. 크리지는 피터를 정말로 사랑했었던 거야, 사라가 혼란스러워하며 생각했다.

"그래서 내 남편에게 접근한 거야?" 사라가 물었다.

"몇 년 전, 난 피터를 통해 네 남편을 만났고, 그가 내게 반했다는 걸 알아차렸어. 나는 피터를 죽인 후 얀 하안에게 편지를 써서 흠모한다고 고백했고, 그는 나를 바타비아로 가는 첫 선박에 태웠지."

"그런데 왜 기다린 거지? 2년 전에 네가 바타비아에 도착했을 때 왜 얀 하안을 죽이지 않은 거야?"

"그렇게 되면 내가 붙잡혔을 테고 사랑하는 내 아이들을 다시는 볼 수 없었을 테니까. 그리고 너와 리아도. 그래서 나는 적당한 때를 기다려야 했어."

아렌트는 바다 속으로 들어가서 작은 배를 모래톱으로 끌어 올렸다. 아이작 라르메가 등불을 손에 들고 배에서 뛰어내렸다. 노를 저은 병사는 에거트와 티먼이었다.

"당신이 말한 대로 모든 것이 사실이었어." 아렌트의 손을 맞잡으며 라르메가 말했다. "그는 당신이 말한 그대로였어. 그리고 당신들을 만나고 싶어 해."

"누가 우릴 만나고 싶어 한다는 거죠?" 리아가 초조해하며 물었다. "누가 크리지 이모를 돕고 있었나요?"

"리아, 너는 새미와 나의 사건 보고서를 모두 다 읽었다고 했지." 아렌트가 되물었다. "우리가 해결한 사건에서 새미 핍스가 얼마나 많은 단서를 간과했는지 알고 있니?"

"핍스 탐정님은 아무것도 간과하지 않았어요." 리아가 기분이 상한 듯 자신의 영웅을 옹호하려 했다.

"그랬었지." 아렌트가 슬프게 말했다. "하지만 어쩐 일인지 새미는 가축우리에서 크로웰스 선장의 객실로 이어지는 간단한 비밀 문을 놓쳤구나."

"그게 무슨 말씀이세요?"

"우리가 올드 톰을 만날 때가 되었다는 뜻이란다." 사라가 말했다.

83

에거트와 티먼이 노를 젓는 작은 배가 리버든호의 선체에 도착했다. 그들은 한마디도 하지 않았다. 아렌트 옆에서 둘 다 긴장하고 있는 게 분명했다. 아렌트는 뒷좌석을 전부 차지한 채 항해하는 동안 거의 움직이지 않았다. 그는 조용히 리버든호를 노려보고 있었다.

티먼이 갑판을 향해 휘파람을 불자, 위에서 승강기가 내려왔다.

"누가 먼저 탈까?" 사라가 초조하게 물었다.

"내가 먼저 탈게." 크리지가 말했다. "맹세코 아무에게도 해를 끼치지 않을 거야. 여긴 안전해. 모두가 안전해. 올드 톰의 저주는 끝났어. 악마는 추방되었어."

크리지가 위로 올라가는 동안 아렌트는 에거트와 티먼에게 다가 갔다.

"그녀를 위해 얼마나 오랫동안 일했나?" 아렌트가 물었다.

병사들은 서로를 힐끗 쳐다보며 머뭇거렸다. "자네 둘은 크리지가 바타비아에서 포세이돈을 훔치는 걸 도왔지, 그렇지 않은가? 자네들이 내게서 도망친 포르투갈 도둑들인가?"

에거트는 마치 친구들 사이의 오래된 농담을 떠올리듯 히죽 웃었다. "그렇소, 하지만 크리지가 당신이 올 거라고 우리에게 알려 주지 않았더라면—"

티먼이 에거트의 옆구리를 슬쩍 찔렀지만 아렌트는 만족한 것 같았다.

"에거트, 자네가 가축들을 죽였나?" 아렌트가 물었다. "자네는 고급 객실을 지키고 있었지. 그럼 선장실로 걸어 들어가 천장에 있는 비밀 문을 열기가 쉬웠을 거야."

"에거트가 열기로 되어 있었지만 결국에는 내가 열어야만 했소." 티먼이 코를 훌쩍거리며 말했다. "저 녀석은 불쌍한 암퇘지를 죽일 배짱이 없어서 선장실 창문으로 리버든호를 주시하다가 그들이 등불을 켜면 나에게 연락을 했소."

"그건 사실과 다르지." 에거트가 티먼을 밀치며 투덜거렸다. "나는 암퇘지만 못 죽인 거야. 그 전에 이미 내가 닭을 죽였고 어둠 속에서 상징을 그렸잖아. 너는 나처럼 조용하게 처리할 수 없었을 거야. 대부분의 일은 내가 처리했다고."

사라는 아렌트를 힐끗 보았다. 아렌트의 표정은 예상대로였다. 대체 누가 이 두 명의 바보들이 그런 엄청난 짓을 했다고 의심할까?

승강기가 다시 내려왔고 이번에는 사라가 올라갔다. 리아가 뒤를 따랐고, 마지막으로 아렌트가 올라갔다. 아렌트를 들어 올리는 데는 여섯 사람의 힘이 필요했다.

리버든호는 사르담호와 모든 구조가 동일했다. 하지만 선원들의 행동이 조용하고 부지런히 임무를 수행한다는 점이 달랐다. 리버든호의 선장과 간부 선원들은 선미 갑판에서 이야기를 나누고 있었는데, 그들의 침착한 목소리는 크로웰스, 라르메, 반 슈텐의 거친 말투와는 극명한 대조를 이뤘다. 사르담호의 아수라장을 경험한 후라서 그런지 리버든호는 정말로 조용한 유령선처럼 느껴졌고, 리아는 긴장하며 엄마 곁에 달라붙었다.

아렌트가 우뚝 서자, 모든 선원들이 하던 일을 잠시 멈추고 바라보았다. 그들은 아렌트의 덩치에 관한 소문이 분명 과장된 것이라고 믿었음에 틀림없었다.

"우리가 이런 식으로 다시 만나게 되리라고 예상한 건 아니었네." 등불 뒤에서 귀에 익숙한 새미의 목소리가 들려왔다.

새미가 눈부신 불빛을 낮추자, 리아는 너무 놀라 숨이 멎을 뻔했다. 깃털 모자를 쓰고 러프와 리본으로 멋지게 차려입었지만 그의 얼굴은 심각한 상처로 뒤덮여 있었다. 얼굴의 절반이 망가졌고, 잃어버린 눈을 안대로 가리고 있었다.

"이 모자가 맘에 안 드니?" 새미가 유쾌하게 물었다.

"사라, 도로테아가 아이들을 객실로 데려가도록 허락해 주면 좋겠어." 크리지가 말했다. "사르담호에서 했던 것과 똑같이 말이야. 그러면 아이들이 목욕을 하고 쉴 수 있을 거야. 아이들은 많은 일을 겪었어."

사라는 고개를 끄덕였고, 크리지가 아이들을 다독이며 입맞춤하는 걸 지켜보았다. 아이들은 리아와 사라에게 다가와 항상 그랬듯 그들을 꼭 안았다. 아이들이 계단을 폴짝 뛰어오르고 도로테아가 아이들을 쫓아가는 모습을 바라보면서 사라는 현기증을 느꼈다. 아무것도 변하지 않았다고 믿는 편이 더 쉬워 보였다.

새미는 크리지에게 다가가서 두 손을 맞잡았다. 새미의 표정에는 걱정이 서려 있었다. "너 괜찮은 거니? 네가 소식을 보내지 않아서 걱정했어."

"이사벨의 연극에 속았어. 걱정을 끼쳐서 미안해, 오빠."

"오빠라고?" 아렌트가 깜짝 놀라며 소리쳤다.

새미는 과장스럽게 인사를 했다. "이렇게 뒤늦게 내 소개를 하는 걸 용서해 주게, 친구. 나는 휴고 드 하빌랜드라고 하네. 혹은 예전에 그런 이름을 가졌었지." 새미의 억양이 미묘하게 바뀌더니 표정 또한 귀족의 품위를 드러내는 듯 더욱 고상해졌다. 그러더니 갑자기 씩 웃으며 탐정의 면모를 다시 드러냈다. "난쟁이를 이용한 것은 천재적인 방법이었네. 나도 거기까진 예상하지 못했어."

"난쟁이?" 아렌트와 새미 사이를 힐끗 쳐다보며 크리지가 물었다. "아이작 라르메가 이번 수사에서 어떤 역할을 맡았나요?"

"사라 부인과 저는 만약 저 섬이 올드 톰의 근거지라면 여덟 번째 불빛이 바다를 배회하고 있을 거라고 추측했습니다." 새미를 계속 응시하며 아렌트가 말했다. "모든 이들이 구명보트를 보내는 건 자살 행위라고 했지요. 그렇다면 이 일에 자원하는 사람은 저 바다 어딘가에 우리를 기다리는 친절한 선박이 있다는 걸 아는 자들일 거라 생각했습니다." 아렌트는 눈 밑을 긁었다. "그래서 저는 라르메를 맥주 통에 숨겨서 다른 보급품과 함께 구명보트에 태우기로 했지요. 그리고 그 친절한 선박에 올라가면 몰래 나가서 선장실에서 핍스를 찾으라고 말했습니다."

"어떻게 핍스 탐정님이 거기 계실 걸 알았나요?" 리아가 물었다.

"내가 새미의 성격을 잘 아니까."

새미는 얼굴을 붉혔다. "나는 악취와 어둠 속에서 3주를 보냈고 스스로에게 약간의 위로를 해 줄 자격이 있다고 생각했네. 라르메가 대담하게 선장실 문 앞에 나타나서 아렌트가 모든 사실을 알고 있으며 우리의 우정을 유지하려면 여덟 번째 등불을 밝혀야 한다고 말했을 때 내가 얼마나 놀랐는지 상상할 수 없을 거야."

새미는 자랑스러운 아들을 바라보는 부모처럼 아렌트를 향해 활짝 웃었다. "난 자네가 해결할 줄 알고 있었네."

"자네가 대부분의 일을 했지." 아렌트는 칭찬이 부끄러운지 중얼거렸다.

"여기저기에 몇 가지 힌트를 남겨 두긴 했지." 새미가 웃으며 말했다. "이건 자네의 두 번째 사건이야, 난 자네가 이 사건을 즐기길 바랐네."

"사람들이 죽었어요." 새미의 경박함에 화가 난 사라가 날카롭게 말했다.

"그게 바로 대부분의 사건이 시작되고 종결되는 방식이지요." 반발에 당황한 새미가 말했다. "위로가 된다면 돌아가신 모든 분에게 사과드리지요. 난파된 사르담호에서 사망한 사람들을 제외하고 말입니다. 그들의 죽음은 계획을 무시한 크로웰스 선장의 잘못이었습니다." 새미는 상처투성이인 자신의 얼굴을 손가락으로 가리켰다. "그리고 저 역시 그 대가를 치렀다는 것에 부인께서도 동의하시리라 생각합니다."

부드러운 바람이 갑판으로 불어오자 삭구가 흔들렸다.

"여기서 이럴 게 아니라," 크리지가 선원들을 힐끗 쳐다보며 말했다. 선원들은 이들 다섯 사람의 대화를 듣고 있지 않은 것처럼 보이려고 애쓰고 있었다. "우리 지휘실로 가는 게 어때요?"

"그래요, 그렇게 합시다." 새미가 말했다. "모든 것이 준비되어 있으니."새미는 평소처럼 아렌트와 나란히 걸으려고 했지만 아렌트는 새미를 노려보았다. 새미는 리아와 사라 옆으로 한 걸음 물러났다.

"핍스 탐정님, 사르담호에서 속삭였던 목소리가 당신이었나요?" 리아가 물었다. 모든 진실이 밝혀졌음에도 불구하고 소녀는 영웅을 여전히 존경하고 있었다.

"다양한 시간과 장소에서 우리 네 명 모두가 속삭였지. 나와 크리지, 에기드, 티민이 말이다. 그건 가상 간단한 임무였단다." 중간 갑판 아래 칸으로 지나가면서 새미가 별일 아니었다는 듯이 말했다. "우리가 속삭일 수 있도록 객실 벽에 작은 구멍을 뚫으라고 했지. 보즈에게 돈을 지불하고 말이다. 사용하지 않을 때는 소리가 객실 사이로 통과하지 못하도록 구멍에 마개를 씌웠단다."

강한 돌풍이 난간 위로 불어와 사람들의 옷이 펄럭였다. 멀리 모래톱의 모닥불이 잠깐 동안 꺼지자 마치 섬 전체가 사라진 것 같았다.

"선원들에게는 어떻게 하신 건가요?" 리아가 물었다. "어떻게 그들에게 속삭이셨나요?"

"화물칸에 있는 화물 상자들이 최하 갑판 바닥의 격자에 거의 붙어 있었고 선원들은 격자의 반대편에서 잠을 잤지. 주변을 볼 수 있는 어떤 빛도 없는 상황에서는 단지 속삭이는 것만으로도 선원들을 두려움에 떨게 만들 수 있단다."

"그런데 크리지, 왜 그런 고생을 한 거지?" 사라가 목소리를 높이며 물었다. 그건 해변에서부터 사라를 괴롭힌 질문이었다. "네가 총독을 그토록 증오했다면 틀림없이 더 간단하게 죽이는 방법을 찾을 수 있었을 텐데."

"그건 재미가 없지 않겠습니까?" 새미가 묘한 웃음을 지으며 되물었다.

"총독은 그냥 죽이기에는 아까운 인간이었어, 사라." 크리지가 오빠의 말을 이었다. "우리는 쫓기고 사냥당하는 게 어떤 느낌인지 그자가 알길 바랐어. 올드 톰의 상징이 우리 영지를 가로질러 나타나기 시작하고 낯선 사람들이 우리를 마녀라고 비난하면서 대문을 두들겨 댔을 때, 어린 우리가 어떤 느낌이었는지 알기를 원했어. 오빠와 내가 가진 재능이 갑자기 저주의 대상이 되었어. 평소에 친했던 하인들이 우리를 피하고 그들을 유혹할까 봐 두려워했어. 마을에 들어가면 사람들은 우리에게 돌을 던졌어. 모두 피터 플레처와 마녀사냥꾼들이 숲에 상징을 새기고 소문을 퍼뜨렸기 때문이었지. 우리는 얀 하안에게 그가 죽을 거라는 사실과 그걸 막을 힘이 없다는 걸 각인시키고 싶었어. 폭도들이 우리 집을 습격해서 부모님을 죽이고 우리의 영토를 불태웠을 때처럼. 우리는 총독에게 우리가 겪은 공포를 그대로 되돌려 주고 싶었어."

"그리고 얀 하안에게 당신들의 존재를 알려 주고 싶었겠지." 사라가 말했다. "그래서 항해 첫날, 돛에 꼬리 달린 눈 상징을 새겨 놓은 거야. 그리고 이름의 철자를 바꿔서 객실을 예약한 거지. 당신들은 얀 하안이 당신들을 찾아오기를 원했어."

"저는 끝을 내기 전에 총독을 마주 보고 싶었습니다." 새미가 단호하게 말했다. "누가 그에게 이런 복수극을 벌이는지 알려 주고 싶었어요. 보즈를 죽인 날 밤에 저는 달바인 부인의 객실에서 총독을 기다리고 있었습니다."

"오빠는 너무 대담해서 탈이야." 크리지가 눈을 흘기며 말했다. "나는 그런 계획이 너무 위험하다고 주장했지만 오빠는 듣지 않았어. 언제나처럼." 아렌트는 자신도 모르게 공감하며 고개를 끄덕였다. "드레히트가 오빠를 붙잡았더라면 어쩔 뻔했어?" 크리지가 새미에게 짜증을 내면서 투덜거렸다.

"우리는 얀 하안을 조사하는데 몇 년을 보냈지." 새미가 대답했다. 그의 지친 목소리는 이것이 오래된 논쟁임을 암시했다. "총독은 많은 약점이 있었지만 어리석지는 않았어. 그는 적의 규모를 알고 있었고, 자신에게 불리한 모든 상황에서 협상을 시도했어. 나는 그가 손에 모자를 들고 찾아와서 우리에게 용서를 구하는 척한 후에 배신하리라는 것을 알고 있었이. 게다가 에거트가 객실을 지키고 있었지. 만약 드레히트가 나를 붙잡으려 했다면 에거트가 뒤에서 그를 찔렀을 거야. 상황은 내 손안에 있었어."

"탐정님은 아빠에게 무엇을 제안하셨나요?" 리아가 궁금한 듯 물었다.

"네 아빠의 가장 큰 약점은 자기가 원하는 걸 모두가 원한다고 생각하는 것이었지. 하지만 그걸 차지할 교활함과 무자비함이 부족하다고 생각했어. 나는 얀 하안에게 우리 가족의 재산을 되찾고 싶다고 말했고, 그가 신사 17인회에 합류하면 우리 가문의 명예를 회복시켜 줄 것을 요구했어. 만약 우리를 배반하면 사르담호를 완전히 장악하고 당신과 당신 가족과 아렌트를 죽일 거라고 말했어."

"얀 하안이 바타비아로 회항할 수도 있었잖아요?" 사라가 물었다.

"그는 주머니에 승진 명령서를 가지고 있었고, 도착이 늦어지면 신사 17인회에서 한자리를 차지할 기회가 위태로워질 거라고 판단했을 겁니다. 보석으로 가득 찬 화물 상자도 빨리 운반하고 싶었겠지요." 새미가 어둡게 웃었다. "욕심은 가장 조심스러운 인간도 죽일 수 있답니다."

"그 승진 명령서는 자네가 위조한 서류 중 하나였어, 그렇지 않은가?" 아렌트가 새미에게 물었다.

"그래." 새미가 대답했다. "나는 직인을 복제해서 갖고 있었네."

"얼마나 오랫동안 이 계획을 세운 거지?" 아렌트가 질린 표정으로 말했다.

"내가 자네를 고용했을 때부터." 새미가 말했다. "나는 오직 자네만을 선택했지. 자네 삼촌과 할아버지를 끌어들이는 미끼로 이용하기 위해서. 하지만 당황스럽게도 자네는 너무나 좋은 사람이었어. 내가 만난 사람 중 가장, 그리고 유일하게. 나는 저도 모르게 자네의 친구가 되었어. 이용하려던 사람과 사랑에 빠지는 건 사실 우리 가문의 특성이지."

새미는 의미심장하게 크리지를 바라보았다.

"그만 해, 오빠."

그들은 촛불로 장식된 지휘실로 들어갔다. 지휘실에는 화려한 만찬이 준비되어 있었다. 황금빛 소시지는 껍질이 바삭바삭하고 기름이 줄줄 흘러내렸다. 감자가 높이 쌓여 있었고, 옥수수가 설탕에 절여져 있었고, 곡식 낟알이 불빛에 반짝였다. 객실 급사들이 의자를 꺼내 주고 포도주를 따랐다.

"이게 다 뭔가요?" 사라가 화를 내며 테이블을 쾅 내리쳤다. "저 섬에는 굶주린 아이들과 고생하는 사람들이 가득한데 우리는 여기 앉아서 한가하게 만찬을 즐기다니요? 우리는 저 사람들을 승선시켜야 해요. 그들에게 이제는 안전하다는 사실을 알려 줘야 한다고요!"

크리지는 오빠를 힐끗 보고 나서 말했다. "그래, 네 말이 맞아. 하지만 그보다 먼저 우리는 상의해야 할 게 많아. 섬에 남아 있는 사람들에게 음식과 포도주가 담긴 보트를 보내는 게 어때? 우리는 한 시간만 논의하면 돼. 섬에 있는 사람들이 식사를 마칠 때쯤이면 우리는 그들을 데려올 수 있을 거야. 그렇게 해 줄래?"

사라는 마지못해 고개를 끄덕였고 새미는 객실 급사를 불러서 조용히 지시를 내렸다.

"이 모든 비용을 어떻게 감당할 수 있었나?" 아렌트가 화려한 천장과 기둥을 바라보며 물었다. "객실 급사까지 고용했군. 자네가 수사에 대해 상당한 대가를 받는 건 알았지만 이런 사치를 감당할 수는 없을 텐데."

"사실은 에드워드 코일이 이 모든 비용을 지불했네." 새미가 모두에게 앉으라고 손짓을 하며 말했다.

"코일?" 사라가 아렌트를 힐끗 쳐다보며 물었다.

"에드워드 코일은 다이아몬드를 훔쳐서 프랑스로 도망친 혐의를 받고 있는 사람이었습니다." 아렌트가 자리에 앉으며 말했다. "저는 그가 유죄라고 판단했지만 새미가 무죄의 증거를 찾아냈지요."

"나 혼자 하지는 않았지." 새미가 무릎 위에 냅킨을 올려놓으며 말했다. "에드워드 코일은 자신을 석방시켜 주는 대가로 내게 다이아몬드를 주었지만, 애초에 그가 다이아몬드를 훔친 이유는 어떤 미녀에게 푹 빠졌기 때문…" 새미는 옆에 있는 여성을 향해 손짓을 했다.

"크리지 이모." 리아가 중얼거렸다.

"보즈와 똑같았군요." 사라가 고개를 저으며 말했다. 크리지는 사라에게 미소를 지으며 우정의 잔해를 찾으려 했지만 실패했다.

"자네가 그 사건을 해결했어, 아렌트." 새미가 말했다. "자네가 모든 것을 밝혀냈고 나는 자네에게서 그것을 빼앗았지."

결국 이제야 사과를 하는군, 아렌트가 생각했다. 새미는 직접 사과한 게 아니라 말투와 표정으로 사과했다. 난파와 공포에 대해 새미는 별로 책임감을 느끼지 않는 듯 보였고, 아렌트를 축하해 주기보다는 그에게 거짓말을 했다.

아렌트는 비로소 지금, 처음으로 진짜 새미를 마주한 것 같았다. 새미는 자신이 생각했던 영웅이 아니라 단지 영리한 사람일 뿐이었다. 새미는 그가 만났던 다른 모든 사람들처럼 냉담하고 차가웠다. 새미를 통해 아렌트는 지혜가 힘을 이기고 모든 사람들, 특히 약한 사람들을 위해 세상을 더 안전하게 만드는 미래를 보았다고 생각했다. 하지만 새미는 무고한 사람을 죽이는 것이 강력한 사람을 죽이기 위해 치러야 할 정당한 대가라고 믿었다. 새미는 아렌트가 싸웠던 왕들과 다를 바 없었다.

"이 다이아몬드로 우리는 리버튼호 선원들의 충성심을 살 수 있었어요." 크리지가 말했다. "우리는 암스테르담에서 리버튼호를 타고 저 섬에 도착해서 보급품을 내리고 오두막집과 여덟 번째 불빛을 만들었어요. 리버튼호는 몇 주 늦게 바타비아에 도착했지만 사람들은 폭풍우 때문에 잠시 항로를 벗어났다고 믿었어요."

"우리는 총독을 설득해서 이 배를 타고 암스테르담으로 돌아갈 수 있을 거라고 생각했지만 총독은 사르담호를 타고 항해하는 걸 고집했네." 새미가 말을 이었다. "그래서 나는 보세와 크로웰스에게 돈을 지불하고 우리의 계획에 동참시켰지. 에거트와 티먼은 여러 해 동안 우리와 함께 일했기 때문에 그들의 충성심을 의심할 필요가 없었네."

"자네는 왜 감방에 들어갔나?" 아렌트가 물었다.

"내가 그걸 원했기 때문이야."

크리지가 말을 이었다. "오빠가 얀 하안에게 간첩 혐의를 담고 있는 가짜 승진 명령서를 발송한 후, 우리는 총독이 크로웰스 선장에게 죄수를 가둘 공간을 마련하라고 지시했다는 걸 알았어요. 그래서 그 명령에 따르는 척 선장에게 말해 배 앞쪽에 감방을 만들었죠."

"나는 사건 조사를 맡을 위험을 감수할 수 없었어. 자네라면 내가 일부러 사건을 해결하지 않고 있는 걸 금방 꿰뚫어 볼 거라고 생각했거든." 새미가 거만하게 말했다. "감방에 갇혀 있으면 아무도 나에게 악마의 범죄를 해결하지 못했다고 비난할 수 없잖아."

새미는 고기 한 조각을 입에 넣었다. "사실 나는 감방을 마음대로 드나들 수 있었어. 우리는 보세에게 감방에서 뱃머리까지 이어지는 비밀 문을 만들도록 지시했지. 그 덕분에 나는 문둥병자의 옷을 입고 바다 속으로 뛰어들어 선미 갑판으로 올라오는 사다리 쪽으로 헤엄칠 수 있었어. 대개 자네와 면회를 마친 후 그렇게 했네. 나는 오직 우리가 만든 비밀 문을 통해서만 가축우리에서 크로웰스의 객실로 들어가야 했네. 그런 다음에 누가 발견하기 전에 복도를 가로질러 달바인 부인의 객실로 재빨리 달려갔지. 나는 하루의 대부분을 그곳에서 보냈네."

"그래서 탐정님은 에거트와 티먼에게 가축들을 도살하도록 시킨 거군요." 리아가 이제야 알겠다는 듯 말했다. "가축들은 가까이서 소리가 날 때마다 소란을 피웠겠죠. 그런 상황에서 탐정님이 계속 오가게 되면—"

"누군가가 알아챘을 거야." 새미가 말했다. "사라 부인이 객실 창문에서 나를 처음으로 봤던 그날 밤처럼 말이야. 나는 여동생에게 촛불을 끄는 막대기를 받으러 갔는데 사라 부인의 객실과 달바인 부인의 객실이 바뀐 줄 몰랐던 거지. 아렌트에게 거의 붙잡힐 뻔했지만 간신히 가축우리에 몸을 숨길 수 있었단다. 나는 닭을 품에 안고 크로웰스의 객실로 내려갔어. 다행스럽게도 모두들 너무 정신이 없어서 그 소리를 못 들은 것 같구나."

"자네는 모든 사람들이 저녁을 먹는 동안 총독을 살해했어, 그렇지 않은가?" 아렌트가 감자 더미를 밀어 내고 테이블 위에 팔꿈치를 기대며 물었다.

"그래."

"나를 보즈에게서 구해 준 사람도 자네였나?"

"그건 우연한 일이었지만 내가 거기에 있어서 다행이었지."

"와이크도 당신이 죽였나요?" 사라가 물었다.

배가 살짝 기울자 테이블 위에서 접시가 미끄러졌다.

"와이크는 우리 가문의 충실한 일꾼이었어." 크리지가 포도주를 마시며 오빠 대신 대답했다. "피터는 우리가 악마처럼 행동하는 걸 목격했다고 하인들에게 증언하라 강요했지만 와이크는 우리 편을 들어주었어. 그로 인해 와이크는 한쪽 눈을 잃었고, 가족이 살해된 후 결국 동인도회사에 선원으로 들어갔지. 그 경험이 와이크를 변하게 만들었어."

새미는 여동생의 뺨을 달래듯 어루만졌다. "내가 어둠 속에서 속삭이자 와이크는 갑판에서 크리지를 알아보았다고 말했네." 새미가 말했다. "그리고 그는 침묵에 대한 대가를 요구했지. 우리는 와이크를 그냥 내버려 둘 수 없었네. 나는 와이크에게 결투에서 아렌트를 죽이면 돈을 주겠다고 제안했지." 아렌트의 이글거리는 눈빛을 보고 새미는 두 손을 들었다. "아, 물론 나는 와이크가 이길 수 없으리라는 걸 알고 있었어. 나는 아렌트 자네가 정당하게 그를 죽여서 나를 곤란에서 구해 주기를 바라고 있었네."

"핍스 탐정님, 모든 사람들이 불이라고 착각했던 하얀 연기는 어떻게 만드셨나요?" 호기심 어린 표정으로 리아가 물었다.

"아연으로 철학자의 양털을 만드는 동안 우연히 발견한 것이란다." 새미가 행복하게 말했다. "정말 인상적이지 않니? 우리는 최하 갑판의 마개를 아연으로 채웠단다. 타르에 불꽃을 댄 것만으로도 아연이 불타오르면서 하얀 연기를 냈고, 목재는 그대로 무사했지."

누가 들으면 새미가 그 하얀 연기를 단지 궁전에서 요술을 부리는데 사용했다고 믿을지도 모르겠어, 사라는 생각했다. 신기하다는 듯호응하는 리아의 반응을 보면 리아도 똑같이 믿고 있는 듯했다.

"얼마나 오랫동안 그렇게 살아왔나?" 아렌트가 갈라지는 목소리로 물었다. "범죄를 저지르는 것 말일세."

사라는 아렌트가 간신히 분노를 억누르는 걸 느낄 수 있었다. 그녀는 테이블 밑으로 아렌트의 손을 잡았지만 그의 주먹은 꽉 쥐어져 있었다.

"나는 탐정이 되기 훨씬 전부터 살인을 계획했네." 새미가 인정했다. "우리 가문은 파괴되었고 어린 우리를 돌봐 줄 사람은 아무도 없었지. 여동생과 나는 간신히 살아남았고, 그걸로 분명해진 게 있었네. 많은 사람들이 누가 그들을 죽였는지 걱정하기보다는 누군가 죽기를 바란다는 것. 내가 가난하고 배고파서 살인을 계속해 왔다고 말할 수도 있지만 오늘은 솔직하게 말하겠네. 나의 재능은 실행을 요구하지. 복잡한 살인 사건을 해결하는 일보다 더 짜릿한 건 음모를 꾸미고 그것이 완벽하게 실현되는 걸 지켜보는 거야. 아무도 그것이 범죄라는 걸 파악하지 못한 채 말이지. 왕들은 잠자리에서 평화롭게 죽었어. 귀족들은 사냥을 하다가 말에서 떨어져 죽었고. 아름다운 상속녀들은 무도회에서 자살했어. 좋은 미스터리를 발명하는 건 분명 쉬운 일은 아니지만, 약간의 상상력이 있다면 아주 불가능한 건 아니야. 그건 수년간 수익성이 있는 모험임이 입증되었지. 나는 프랑스, 독일, 케이프 등지로 진출했네. 그 미스터리들이 바로 내 향신료였거든. 하지만 그건 설탕이나 파프리카와는 달라. 귀족들은 서로를 죽이는 일에 결코 질리지 않을 거니까."

"자네가 다름 아닌 올드 톰이었군." 아렌트가 허탈하게 말했다.

"악마 같은 건 없어, 아렌트." 새미는 포도주를 한 모금 마셨고 입술이 붉게 물들었다. "하지만 언제나 거래할 수 있는 욕망들이 있지."

아마도 저건 포도주이거나 춤추는 그림자이거나 뺨의 홍조일지도 모르지만 새미에게는 정말로 악마 같은 성향이 존재한다고 사라는 생각했다.

"거래." 사라는 새미의 말투에서 어떤 제안을 느끼며 천천히 되풀이했다.

크리지는 두 손을 꼭 쥐고 테이블을 가로질러 촛불 쪽으로 몸을 기울였다. "아까 네게 말했듯이 우리는 얀 하안이 우리의 두려움을 알기를 원했기 때문에 이 모든 일을 벌인 거야. 하지만 동시에 우리는 잡히고 싶지도 않았어. 이번 일로 저 섬의 모든 사람들은 악마가 네 남편을 죽였다고 믿고 있어. 그게 바로 우리가 의도한 거야. 저 사람들은 집으로 돌아가서 그렇게 이야기할 거야." 의심하는 사라의 표정을 보고 크리지는 손을 흔들었다. "우리가 모든 진실을 설명해 줄 수도 있지만 사람들의 마음속에는 이미 미신이 깊숙이 파고들었어. 그들은 올드 톰의 존재를 믿고 있지. 그들은 자기 인생이 잘못되는 것에 대해 그를 저주하고 자신을 안전하게 지키기 위해 부적을 매만지며 일생을 보낼 거야. 그들의 자녀들도, 그 손자들도 그렇게 믿을 거야." 크리지는 잠시 자세를 가다듬고 말을 이었다. "나는 너를 사랑해, 사라." 크리지의 눈이 리아를 향했다. "나는 너를 사랑해, 리아. 내 아이들도 널 사랑해. 나는 네가 계획한 대로 나와 함께 프랑스로 갔으면 좋겠어. 우리에게는 얀 하안의 보물이 있어. 그건 우리가 억지로 결혼할 필요가 없고, 우리가 지금까지 꿈꿔 온 삶을 살 수 있다는 걸 의미하잖아."

리아는 엄마를 힐끗 쳐다보았지만 사라는 굳은 표정으로 크리지를 응시했다. 리아는 상냥하고 영리했지만 낯선 사람들의 고통에는 별로 신경 쓰지 않았다. 리아는 오래전부터 크리지와 약속했던 삶을 원했고, 사라는 딸의 검은 눈동자가 허락을 구하고 있다는 걸 알았다.

사라는 자신에게 거부할 힘이 있을지 알지 못했다. 혹은 굳이 그래야 하는지도. 그녀는 얀 하안과 함께한 15년 동안 오직 자유만을 꿈꿨다. 이제 그녀는 자신이 원하던 삶을 코앞에 두고 있었다. 사라의 마음 한편에서 그 제안을 받아들이고 싶은 욕망이 꿈틀거렸다.

"자네의 의도가 무엇이든 수백 명의 사람들이 죽었어." 아렌트가 분노한 목소리로 말했다. "아이들은 엄마와 아빠를 잃었고, 남편들은 아내를 잃었어. 자네는 그 책임에서 벗어날 수 없어. 누군가는 책임을 져야 해." 아렌트는 새미를 무섭게 노려보았다. "그게 우리가 했던 일이잖아, 새미. 우리는 이런 짓을 저지른 사람들에게 책임을 물었었지."

"그건 당신 삼촌이 책임을 져야 할 일이에요." 크리지가 말했다. "우린 희생된 사람들에게 양심의 가책을 느끼고 있지만, 그건 신사 17인회가 포세이돈을 악용하지 못하도록, 얀 하안처럼 무자비한 사람들이 권력을 움켜쥐지 못하도록 막는 과정에서 일어난 실수에요."

"포세이돈을 다른 사람에게 팔기 전까지는 그렇겠지." 아렌트가 냉담하게 말했다.

"우리는 포세이돈을 파괴했네." 새미가 무덤덤하게 말했다. "적어도 우리가 되찾은 두 부분은 말이야. 포세이돈은 너무 강력한 도구이기 때문에 어떤 왕이나 회사가 소유하도록 내버려 둘 수 없었어."

사라는 수년간의 노력이 물거품이 돼 괴로워하는 리아의 한숨 소리를 들었다.

크리지는 고개를 숙였다. "우리의 계획이 어긋난 건 슬프지만 승객들의 목숨을 앗아간 건 크로웰스였어. 우리는 구할 수 있는 사람들을 모두 구해 내고 암스테르담으로 돌아갈 생각이었어."

새미는 불빛 쪽으로 몸을 기울이고 아렌트를 바라보았다. 새미의 표정은 어린아이가 아버지에게 부탁하는 것처럼 조심스러웠지만 또한 희망적이었다. 사라는 새미와 크리지의 닮은 점을 파악하지 못한 자신이 원망스러웠다. 오누이는 눈과 턱이 매우 닮았고 똑같이 비현실적으로 아름다웠다. 아마도 그래서 그들은 같은 방에 함께 있는 상황을 피해야 했을 것이다.

"나는 자네의 본성을 알고 있네, 친구." 새미가 아렌트에게 말했다. "그렇게 부당한 짓을 응징하지 않고 내버려 두는 건 자네를 분노하게 만드는 일이지. 하지만 이곳에는 정말로 악마가 있었고, 우리는 그 악마를 이 세상에서 추방했어. 포세이돈은 말로 다할 수 없는 고통을 가져왔을 테지만 우리는 그걸 파괴했지. 이제 두 가지 선택이 우리 앞에 놓여 있네. 이 사건에 대한 우리의 설명을 받아들이면 우리는 자네와 승객들에게 얀 하안의 보물을 나누어 줄 거야. 우리는 모두 자유로워질 테고, 원하는 어떤 삶도 선택할 수 있게 되겠지. 어쩌면 언젠가 우리가 다시 함께 퍼즐을 풀 수도 있을 테고."

사라는 아렌트를 바라보며 그의 기분을 가늠하려 애썼다. 평소 그의 얼굴은 가면처럼 모든 감정이 닫혀 있었지만 오늘 밤은 그렇지 않았다. 일그러진 이마와 찌푸린 눈을 통해 분노가 드러났다. 그 분노는 긴장된 어깨와 움켜쥔 주먹을 통해 표출되었다. 아렌트는 맨손으로 이 배를 침몰시킬 준비가 되어 있었다.

"다른 선택은 뭔가요?" 리아가 떨리는 목소리로 물었다. "우리가 거부하면 어떻게 되죠? 우릴 죽일 건가요?"

"아니야." 크리지가 놀라며 소리쳤다. "절대로 아니야. 그럴 거라면 애초에 이사벨이 너를 태워 버릴 거라고 위협했을 때 진실을 고백하지도 않았을 거야."

"우리의 제안이 마음에 들지 않는다면 여러분은 평화롭게 저 섬에 머무를 자유가 있습니다." 새미가 진심으로 아쉽다는 듯이 말했다. "저곳에는 몇 년 동안 먹을 수 있는 충분한 식량이 있고 사냥감도 많이 있지요."

아렌트의 분노에 당황한 듯 새미는 사라를 응시했다. "가장 바라는 것이 무엇이냐고 올드 톰이 속삭였을 때, 부인은 자유라고 말씀하셨지요. 지금 우리는 부인께 그 자유를 제안드리고 있는 겁니다. 문제는 부인께서 그 자유에 대해 어떤 대가를 지불할 것인가 하는 겁니다."

사라는 리아를 바라본 다음 아렌트를 쳐다보았다.

리아의 눈빛은 간절해 보였다. 이것은 그녀가 원했던 삶이었다. 하지만 아렌트의 거대한 체구는 넓은 지휘실을 가득 채운 듯 보였고 거대한 어깨는 마치 황소가 땅을 긁는 것처럼 들썩였다. 여기, 부패한 왕국을 무너뜨리기 위해 하늘이 보낸 강직하고 막을 수 없는 아렌트가 있었다. 그러나 그가 섬겼던 신은 그를 실망시켰다. 용서는 있을 수 없었다.

사라는 자신이 어떤 선택을 내리느냐에 따라 아렌트의 삶과 죽음, 그리고 얼마나 많은 사람들이 아렌트를 막으려다 목숨을 잃게 될지가 결정될 것임을 깨달았다.

그녀가 정말로 갈망하는 건 무엇일까? 그리고 그걸 위해 무슨 대가를 지불해야 할까?

모두가 사라의 선택을 기다리는 동안 나무가 삐걱거리는 소리가 들렸다.

"아니에요," 사라가 부드럽게 말했다. 테이블 주위에서 사람들은 숨을 들이마시고 있었다. 아렌트는 긴장한 채 의자에서 벌떡 일어날 준비를 하고 있었다. "나는 선택을 강요받는 게 지겨워요." 사라가 말을 이었다. "제3의 길이 있어요."

"분명히 말씀드리지만 우리는 모든 가능성을 생각해 보았습니다." 새미가 아렌트를 경계하며 말했다.

"조용히 해, 오빠." 크리지가 말했다. "제3의 길은 뭐야, 사라?"

"속죄의 길." 사라가 말했다. "사르담호의 승객들은 그들이 잃은 모든 것에 대해 보상을 받을 자격이 있고, 너는 그들에게 새로운 생명을 줄 수 있을 만큼 충분히 많은 재물을 갖고 있어. 하지만 그렇다고 아무 일도 일어나지 않은 것처럼 돌아다닐 수는 없어. 무고한 사람들이 너무 많이 죽었잖아. 너는 보상을 할 거라고 말했어."

"우리가 어떻게 하길 원하는 거니?" 크리지가 조심스럽게 물었다.

"올드 톰을 고귀한 목적으로 바꿔야 해." 뭔가를 결심한 듯 사라가 대답했다. "그의 목소리를 들어야 할 자들에게 확실하게 속삭이도록 만들어야 해." 사람들의 혼란이 점점 커지는 걸 느끼며 사라는 빠르게 말을 이었다. "얀 하안처럼 끔찍한 일을 저지르는 사람들이 수백 명도 더 있다는 사실을 우리 모두가 알고 있어. 하지만 그들은 너무나 권력이 막강해서 처벌받지 않아. 그런데 만약 그렇지 않다면 어떻게 될까? 만약 귀족이 하녀를 살해했을 때 올드 톰이 그를 찾아가 대가를 치르게 한다면 어떻게 될까? 왕이 군대를 이끌고 살육을 하다가 겁에 질려 전쟁터에서 도망쳤을 때 올드 톰이 성에서 기다리고 있다면 어떻게 될까?"

새미와 크리지는 믿을 수 없다는 듯이 눈빛을 교환했지만 아렌트는 웃고 있었다. 리아도 마찬가지였다.

"네가 복수를 위해 얼마나 애썼는지 생각해 봐." 사라가 다그쳤다.

"너는 4년 동안 이 일을 계획했지만 아렌트와 나는 몇 주 만에 해결했어. 리아는 지루함을 달래기 위해 포세이돈을 발명했어. 우리 다섯 명이 함께 무슨 일을 해낼 수 있을지 상상해 봐. 우리가 할 수 있는 좋은 일을 상상해 봐."

"우리가 세상의 모든 악행을 벌할 수는 없습니다." 새미가 반박했지만 그의 목소리에는 어떤 열망이 담겨 있었다. 새미는 다른 사람이 동의하기를 원하고 있어, 사라가 생각했다. 제3의 길은 그가 평생 동안 계속하고 싶은 도전이었다. 그녀는 단지 적절한 말을 꺼냈을 뿐이었다.

"우리가 모든 악행을 벌할 필요는 없네." 아렌트가 조용한 목소리로 말했다. "하지만 우리는 사람들이 악행을 저지르는 걸 두려워하게 만들 수 있지." 아렌트는 새미를 응시했다. "자네는 계략을 꾸미고 거짓말을 하고 믿음을 배신하는 악마였어, 새미 핍스. 하지만 어제까지 자네는 내 친구였고 앞으로도 그랬으면 좋겠어. 내가 자네를 계속 믿을 수 있도록 증명해 달라고 부탁했기 때문에 자네는 여덟 번째 불빛을 밝혔지. 이제 나는 새로운 부탁을 하고 싶어."

"크리지 이모, 제발." 리아가 테이블 너머로 크리지의 손을 잡으며 애원하듯 말했다.

크리지는 희망 어린 눈빛으로 오빠를 바라보았다. "그런 일이 과연 가능할까?"

"우리에겐 충분한 재물이 있어." 새미가 중얼거렸다. "배, 섬, 영리함과 지혜는 말할 것도 없고. 그렇게 할 수 있을지도 몰라. 나는 직접 확인하고 싶군."

그들은 이렇듯 이상하고도 새로운 계약을 체결하며 서로 은밀한 미소를 주고받았다.

"이제 신이 하지 못하는 일을 악마가 할 때가 된 거야." 크리지가 기쁘게 말했다. 그녀는 호기심에 찬 눈길을 친구에게로 향했다. "우리 어디서부터 시작할까?"

역사와 선박에 대한 사과

반갑습니다, 독자 여러분.

초대받지 않은 저녁에 불쑥 찾아와서 죄송합니다. 저는 독서의 여운이 가라앉은 후에 나타나 여러분과 이야기를 나누고 싶었습니다.

책이란 독자 여러분이 다양하게 받아들일 수 있는 것이라고 생각합니다. 장면, 분위기, 등장인물—여러분이 느끼는 모든 것은 옳습니다! 그래서 저는 책을 좋아합니다. 두 명의 독자는 서로 다른 존재이므로 책에 대한 감상 역시 동일하지 않습니다. 아렌트가 섹시하다고 생각하는 사람들의 수에서 알 수 있듯 여러분이 느끼는 아렌트와 제가 느낀 아렌트는 다릅니다. 멋진 경호원 이미지가 제가 의도한 건 아니었지만, 그렇게 생각하셔도 상관없습니다. 여러분이 멋진 아렌트를 원하신다면 멋진 아렌트를 가질 수 있습니다.

마찬가지로 저는 제 이야기를 한 가지 장르에 규정하는 걸 좋아하지 않습니다. 이전 작품인 『에블린 하드캐슬의 일곱 번의 죽음』은 황금시대 미스터리, 형이상학적인 과학소설, 현대 판타지, 그리고 공포소설로 다양하게 묘사되었습니다. 어떤 경우든 맞는 말입니다. 그건 여러분의 책이었고 그래서 여러분이 어떤 식으로든 즐겁게 받아들일 수 있다면 상관없습니다.

『여덟 번째 불빛이 붉게 타오르면』 역시 다양한 장르로 읽힐 거라고 생각합니다. 그건 자연스러운 일입니다. 다만, 저는 여러분들이 이 책을 '해양 소설' 또는 '역사소설'이라고 여길까 봐 조금 걱정이 됩니다.

얼핏 보면 그런 책 같습니다.『여덟 번째 불빛이 붉게 타오르면』은 1634년을 배경으로 했으므로 분명히 역사적인 소설입니다. 하지만 그와 동시에 허구이기도 합니다. 또 이 소설은 분명히 선박에서 벌어진 사건을 다룹니다. 제가 걱정하는 것은 힐러리 맨텔과 패트릭 오브라이언을 원하는 사람들이 제가 일부러 깊게 파고들지 않은 세부사항을 원하지 않을까 하는 점입니다. 그건 오만함 때문이 아니라 단지 제가 말하려던 이야기에 방해가 되었기 때문에 간소화한 것입니다.

동인도 선박에는 수십 명의 간부 선원이 있었고, 그들 모두가 항해에 필수적인 존재였습니다. 하지만 이 책에는 세 명만 등장합니다. 왜냐하면 많은 등장인물 혹은 곁가지 줄거리로 이야기를 수렁에 빠뜨리고 싶지 않았기 때문입니다. 제 책에 등장하는 역사는 종종 훨씬 더 늦게, 혹은 전혀 다르게 일어났습니다. 저는 그 당시의 기술 수준을 등장인물의 행동 방식이나 말투와 마찬가지로 실제보다 훨씬 더 진전된 것으로 묘사했습니다. 특히 말투가 그렇습니다. 이건 모두 의도적인 것입니다. 저는 고증을 했고 이야기에 방해가 되는 부분들을 버렸습니다. 다시 말해 이 책은 역사에 근거한 소설이 아니라 허구의 역사를 쓴 소설입니다. 그러니 독자 여러분께서 크게 신경을 쓰지 않으셨으면 좋겠습니다.

이 글은 17세기 여성 복장이나 선박의 적절한 삭구 연결 기술에 대한 비판적인 편지를 보내지 말아 달라는 길고 우회적인 요청입니다. 그런 지식이 여러분이 공유하고 싶은 아주 흥미로운 사실이 아니라면 말입니다.

저는 반가운 편지를 받고 싶습니다.

그래요, 제가 여러분을 너무 오래 기다리게 했습니다. 저는 독자 여러분께서 『여덟 번째 불빛이 붉게 타오르면』을 즐겁게 읽으셨기를 진심으로 바랍니다. 제가 우리의 대화를 즐겼듯이 말입니다. 좋은 저녁이 되길 바라며, 2년 후 저의 다음 책이 나올 때 또 이야기를 나눕시다. 그 책은 정말 재미있을 겁니다. 약속할게요.

감사의 말

아이들에게 안전벨트를 채우고 기네스에게 달려가고 있다. 『에블린 하드캐슬의 일곱 번의 죽음』에서는 고마운 이들 중 절반밖에 감사의 마음을 전하지 못했다. 이번에는 정말로 모든 분들께 감사드리려한다. 『여덟 번째 불빛이 붉게 타오르면』을 쓰는 건 힘든 일이었다. 책을 쓰는 동안 아기가 태어났기 때문이다. 나는 둘 다에 대해 꽤 불평을 했고, 그 사실이 못내 죄송스럽다.

불평을 들어주고 차를 끓여 주는 것 외에도 아내는 남편의 몫까지 짊어지며 많은 주말에 혼자서 아다를 돌보았다. 또한 내가 원래 구상했던 결말이 형편없음을 지적해 준 사람이었다. 레사와 같은 동반자가 곁에 있기에 내 인생의 90%가 완벽해졌다. 고마워, 핫티. (이런 호칭을 공공장소에서 사용하면 나는 죽음을 면치 못할 것이다.)

편집자인 앨리슨 헤네시, 샤나 드레스 그리고 그레이스 메너리-윈필드에 대해 조금 이야기해 보겠다. 『여덟 번째 불빛이 붉게 타오르면』은 한 단어 한 단어를 파내야 했다. 그건 발로 차고 침을 뱉고 이빨로 물어뜯는 과정이었다. 이들은 찌꺼기를 너무 많이 읽어야 했음에도 불구하고 항상 친절하고 긍정적이었다. 이들이 없었다면 『여덟 번째 불빛이 붉게 타오르면』은 존재하지 못했을 것이다.

에이전트 해리 일링워스는 출판에 대해 많은 것을 알고 있는 동료다. 이건 엄청난 도움이 된다. 마감일을 또 넘길 거라고 말했을 때 그는 울지 않고 앨리슨에게 소식을 전해 주었다(이건 놀라운 재능이다).

이런 기술들은 가르칠 수 없다.

빅 필이 우릴 버렸으니 나한테 그녀는 죽은 사람이다. 아니, 사실 그녀의 『에블린 하드캐슬의 일곱 번의 죽음』 홍보 캠페인이 얼마나 훌륭했는지, 그리고 『여덟 번째 불빛이 붉게 타오르면』 홍보 캠페인이 얼마나 잘 진행되고 있는지를 말하려 했을 뿐이다. 에이미, 당신은 대단한 능력자야. 고마워. 필도 물론 고마워. 당신에게 못되게 굴 순 없어. 당신도 갓난아기가 생겼으니까. 그 정도면 충분한 벌칙이지.

글렌은 내가 책에 사인을 할 때마다 브라우니를 가져다주었다. 또 우리가 런던 서점을 돌아다닐 때 귀에 대고 실컷 떠들 수 있게 해 주었다. 고마워! 데이비드 만은 멋진 표지를 디자인해 주었다. 『에블린 하드캐슬의 일곱 번의 죽음』, 『여덟 번째 불빛이 붉게 타오르면』 두 권 모두 그의 작품이었다. 그리고 나는 그것 모두를 좋아한다. 고마워, 친구.

케이틀린, 발레리, 제네비브는 내 책을 많은 사람들에게 권했고, 나는 그들이 집을 떠날 때 내 책들에 걸려 넘어지지 않는 게 놀라웠다. 모두 고마워! 그리고 사라 헬렌도 잊을 수 없다. 코로나 시국에서도 출판 과정을 어려움 없이 진행해 주었다. 고마워!

그리고 마지막으로 어머니, 아버지, 그리고 스퍼드. 내가 서 있는 지구와 온실가스로부터 나를 보호해 주는 오존층과 같은 그분들께 어떻게 충분히 감사할 수 있을까? 나는 오랫동안 작가가 되려고 노력해 왔다. 그분들은 내가 해낼 거라는 믿음을 잃지 않으셨다. 그건 여전히 중요하다.

그러니 음악을 켜세요. 눈물을 흘릴 준비를 하세요. 이제 제가 달려갈 테니까요.

여덟 번째 불빛이 붉게 타오르면

1판 1쇄 인쇄	2022년 2월 4일
1판 1쇄 발행	2022년 2월 18일
지은이	스튜어트 터튼
옮긴이	한정훈
발행인	황민호
본부장	박정훈
책임편집	김사라
기획편집	김순란 강경양 한지은
마케팅	조안나 이유진 이나경
국제판권	이주은 한진아
제작	심상운
발행처	대원씨아이㈜
주소	서울특별시 용산구 한강대로15길 9-12
전화	(02)2071-2019
팩스	(02)749-2105
등록	제3-563호
등록일자	1992년 5월 11일
ISBN	979-11-92290-06-5 03840